Super ET

Dello stesso autore nel catalogo Einaudi

Parti in fretta e non tornare
Sotto i venti di Nettuno
L'uomo a rovescio
Nei boschi eterni
L'uomo dei cerchi azzurri
Un luogo incerto
La trilogia Adamsberg
Scorre la Senna

Fred Vargas
I tre evangelisti

Chi è morto alzi la mano
Un po' piú in là sulla destra
Io sono il Tenebroso

Einaudi

Debout les morts
© 1995 Éditions Viviane Hamy, Paris
Traduzione di Maurizia Balmelli

Un peu plus loin sur la droite
© 1996 Éditions Viviane Hamy, Paris
Traduzione di Margherita Botto

Sans feu ni lieu
© 1997 Éditions Viviane Hamy, Paris
Traduzione di Maurizia Balmelli

© 2010 Giulio Einaudi editore s.p.a., Torino
www.einaudi.it

ISBN 978-88-06-20241-5

I tre evangelisti

Chi è morto alzi la mano

A mio fratello

Capitolo primo

– Pierre, in giardino c'è qualcosa che non va, – disse Sophia.
Aprí la finestra e scrutò quel lotto di terra di cui conosceva ogni filo d'erba. Ciò che vedeva le faceva venire la pelle d'oca. A colazione Pierre leggeva il giornale. Per questo forse Sophia guardava cosí spesso dalla finestra. Vedere che tempo fa... È una cosa che facciamo sovente quando ci alziamo. E ogni volta che il tempo era brutto lei, manco a dirlo, pensava alla Grecia. A lungo andare quelle contemplazioni immobili si riempivano di una nostalgia che certe mattine si dilatava fino al risentimento. Poi passava. Ma quella mattina in giardino c'era qualcosa di strano.
– Pierre, c'è un albero in giardino.
Si sedette accanto al marito.
– Pierre, guardami.
Pierre alzò verso la moglie un volto annoiato. Sophia si aggiustò il foulard intorno al collo, un'accortezza rimastale dai tempi in cui era cantante lirica. Per tenere la voce al caldo. Vent'anni prima, su un gradino di pietra del teatro di Orange, Pierre aveva edificato una montagna compatta di certezze e promesse d'amore. Un attimo prima che lei andasse in scena.
Sophia trattenne con una mano quel viso tetro da lettore incallito di giornale.
  Che ti prende, Sophia?
– Ti ho detto una cosa.
– Sí?
– Ti ho detto: «C'è un albero in giardino».
– Ho sentito. Mi pare normale, no?

– In giardino c'è un albero che ieri non c'era.
– E allora? Cosa vuoi che ti dica?
Sophia non era tranquilla. Non sapeva se fosse il giornale, lo sguardo annoiato o l'albero, ma qualcosa non andava, era chiaro.
– Pierre, spiegami come fa un albero ad arrivare da solo in un giardino.
Pierre si strinse nelle spalle. Gli era del tutto indifferente.
– Che importanza ha? Gli alberi si riproducono. Un seme, un germoglio, una gemma e il gioco è fatto. A queste latitudini i boschi crescono come niente. Immagino che tu lo sappia.
– Non è un germoglio, è un albero! Un giovane albero, dritto come un fuso, con i rami e tutto il resto, piantato solo soletto a un metro dal muro di cinta. Allora?
– Allora l'avrà piantato il giardiniere.
– Il giardiniere è in vacanza da dieci giorni, e poi non gli ho chiesto niente. Non è stato il giardiniere.
– Che importanza ha? Non penserai che me la prenda per un alberello ai piedi del muro.
– Ti spiace alzarti e guardarlo? Almeno questo?
Pierre si alzò fiaccamente. La lettura era bell'e rovinata.
– Lo vedi?
– Certo che lo vedo. È un albero.
– Ieri non c'era.
– Può essere.
– È sicuro. Cosa facciamo? Hai un'idea?
– Un'idea per che cosa?
– Quell'albero mi fa paura.
Pierre rise. Ebbe addirittura un gesto affettuoso. Ma fugace.
– Sul serio, Pierre. Mi fa paura.
– A me no, – disse lui tornando a sedersi. – Anzi, la vista di quell'albero mi mette di buon umore. Lasciamolo in pace, punto. E tu lascia in pace me. Se qualcuno ha sbagliato giardino, peggio per lui.
– Ma Pierre, l'hanno piantato durante la notte!
– Ragione di piú per sbagliare giardino. A meno che non sia un regalo. Ci hai pensato? Qualche ammiratore che voleva fe-

steggiare in modo discreto il tuo cinquantesimo compleanno. Gli ammiratori sono capaci di invenzioni strampalate, soprattutto gli ammiratori-roditori, anonimi e cocciuti. Vai a vedere, forse c'è un biglietto. Sophia ci pensò su. L'idea non era del tutto idiota. Pierre aveva suddiviso gli ammiratori in due grandi categorie. C'erano gli ammiratori-roditori, paurosi, febbrili, muti e inestirpabili. Pierre si ricordava di un topo che in un inverno aveva trasportato un intero sacco di riso in uno stivale. Chicco dopo chicco. Gli ammiratori-roditori fanno cosí. Poi c'erano gli ammiratori-pachidermi, altrettanto temibili nel loro genere, rumorosi, mugghianti, pieni di sé. All'interno di queste due categorie, Pierre aveva elaborato un'infinità di sottocategorie. Sophia non ricordava piú bene. Pierre disprezzava gli ammiratori che l'avevano preceduto e quelli che l'avevano seguito, vale a dire tutti. Quanto all'albero, forse aveva ragione. Forse. Lo sentí dire «ciao a stasera non pensarci piú» e si ritrovò sola.

Con l'albero.

Andò a guardarlo da vicino. Con circospezione, come se potesse esplodere.

Ovviamente non c'era nessun biglietto. Ai piedi dell'albero, un cerchio di terra dissodata di fresco. Che tipo di albero era? Sophia ci girò intorno piú volte, imbronciata, ostile. Propendeva per il faggio. Propendeva anche per uno sradicamento selvaggio, ma essendo un po' superstiziosa non osava attentare a nessuna forma di vita, nemmeno vegetale. E poi, chi si divertirebbe a sradicare un albero che non ha fatto niente di male?

Trovare un libro sull'argomento non fu facile. A parte l'opera lirica, la vita degli asini e i miti, Sophia non aveva avuto il tempo di approfondire granché. Un faggio? Difficile dirlo, in mancanza di foglie. Scorse l'indice del volume, tanto per vedere se c'era un albero che si chiamava *Sophia Qualcosa*. Un omaggio segreto, in linea con la mente contorta degli ammiratori-roditori; questo l'avrebbe tranquillizzata. Ma no, con Sophia non c'era nulla. E perché non una specie *Stelyos Qualcosa*? Certo non sarebbe stato molto piacevole. Stelyos non aveva niente del roditore, e nemmeno del pachiderma. E venerava gli alberi.

Dopo la montagna di promesse di Pierre sulla gradinata di Orange, Sophia si era chiesta come avrebbe fatto a lasciare Stelyos e aveva cantato meno bene del solito. Cosí, senza pensarci due volte, quel pazzo di un greco non aveva trovato niente di meglio che andarsi ad annegare. L'avevano ripescato boccheggiante, che galleggiava nel Mediterraneo come un imbecille. Da ragazzi, Sophia e Stelyos adoravano uscire da Delfi e inerpicarsi per i sentieri con tanto di asini, capre e compagnia cantante. Lo chiamavano «fare gli antichi greci». E quell'idiota aveva tentato di annegarsi. Per fortuna c'era la montagna di sentimenti di Pierre. Oggi, a Sophia capitava ancora di cercarne meccanicamente qualche granello.

Stelyos? Una minaccia? Stelyos avrebbe potuto fare una cosa simile? Sí, ne sarebbe stato capace. L'immersione nel Mediterraneo gli aveva dato una scossa, e appena riemerso aveva attaccato a sbraitare come un ossesso. Con il cuore in gola, Sophia si sforzò di alzarsi, bevve un bicchier d'acqua e diede un'occhiata fuori dalla finestra.

Subito quella vista la calmò. Che cosa le era saltato in mente? Fece un bel respiro. A volte quel suo vizio di costruire un castello di paure sul niente era esasperante. Era quasi sicura che si trattasse di un faggio, un giovane faggio senza alcun significato. E la persona che l'aveva piantato? Da dov'era passata? Sophia si vestí alla svelta, uscí e controllò la serratura del cancello. Tutto a posto. Ma era una serratura cosí rudimentale che di sicuro con un cacciavite l'aprivi in un attimo e senza lasciare tracce.

Inizio di primavera. L'aria era umida, e lei prendeva freddo restando lí, a sfidare il faggio. Un faggio. Un saggio? Sophia bloccò il corso dei suoi pensieri. Non sopportava che il suo animo greco prendesse il sopravvento, e due volte di fila in una mattinata, per di piú. E dire che Pierre non si sarebbe mai interessato a quell'albero... E perché avrebbe dovuto? Era normale che fosse cosí indifferente?

A Sophia non andava di rimanere sola tutto il giorno col faggio. Prese la borsa e uscí. Nella stradina c'era un giovane, sui trent'anni o poco piú, che guardava oltre il cancello della casa accanto. «Casa» era una parola grossa. Pierre la chiamava «topaia». Diceva che in quella strada residenziale, tra tante abitazioni ben tenute, quel vecchio rudere era un pugno nell'occhio. Fino a quel momento, Sophia non aveva mai pensato che Pierre potesse rincretinire con l'età. Ma quel giorno, l'idea cominciò a farsi largo. Ecco il primo effetto nefasto dell'albero, pensò incattivita. Pierre aveva perfino fatto alzare il muro divisorio per meglio proteggersi dalla topaia. La vedevano solo dal secondo piano. E invece il ragazzo guardava quella facciata dalle finestre rotte con aria incantata. Era minuto, capelli e vestiti neri, una mano carica di grossi anelli d'argento, un volto spigoloso, la fronte incuneata tra due sbarre del cancello arrugginito.

Proprio il genere di ragazzo che a Pierre non sarebbe piaciuto. Pierre era un fautore della sobrietà e della misura. E quel ragazzo era elegante, austero e un po' pacchiano insieme. Belle mani aggrappate alle sbarre. Osservarlo le dava un senso di conforto. Fu senz'altro per questo che gli chiese se sapeva il nome di quell'albero. Il ragazzo staccò la fronte dal cancello, portandosi via un po' di ruggine tra i capelli lisci e neri. Doveva essere rimasto lí appoggiato a lungo. Senza fare domande, per nulla sorpreso, seguí Sophia che gli indicò il giovane albero, abbastanza visibile dalla strada.

– È un faggio, signora.
– Ne è sicuro? Mi scusi, ma è piuttosto importante.

Il ragazzo tornò a studiare l'albero. Con i suoi occhi cupi, ma non ancora spenti.

– Non c'è dubbio, signora.
– La ringrazio davvero. Lei è molto gentile.

Gli sorrise e si allontanò. Il ragazzo se ne andò per la sua strada, sospingendo un sassolino con la punta del piede.

Dunque Sophia aveva ragione. Era un faggio. Un banalissimo faggio.

Fetente.

Capitolo secondo

Ed eccolo lí.
Esattamente quel che si dice essere nella merda. Da quanto tempo durava? Due anni, piú o meno.
E tempo due anni, il tunnel. Marc colpí il sassolino facendolo avanzare di sei metri. Non è facile trovare sassolini da prendere a calci, sui marciapiedi di Parigi. In campagna è diverso. Ma in campagna che te ne fai. A Parigi, invece, trovare un bel sassolino da calciare a volte può essere utile. È un dato di fatto. E un'ora prima, breve squarcio di sereno, Marc aveva avuto la fortuna di trovarne uno di tutto rispetto. Quindi lo prendeva a calci e lo seguiva.
E cosí facendo arrivò all'altezza di rue Saint-Jacques, non senza qualche problema. Toccare il sassolino con la mano è vietato, si può intervenire solo con il piede. Due anni, dunque. Niente lavoro, niente soldi, niente piú donne. All'orizzonte, nessuna possibilità di rimonta. Tranne che per la casa, forse. L'aveva vista la mattina precedente. Quattro piani con giardino contando il sottotetto, in una via fuori dal mondo e in uno stato disastroso. Buchi dappertutto, niente riscaldamento e bagno all'esterno, che si chiudeva con un fermo di legno. Strizzando gli occhi, una meraviglia. Tenendoli normalmente aperti, una tragedia. In compenso, il proprietario l'affittava a un prezzo stracciato a condizione che la si mettesse a posto. Quella casa l'avrebbe tirato fuori dai guai. E poi cosí avrebbe potuto offrire un tetto al padrino. Nei pressi della casa, c'era una donna che gli aveva chiesto una cosa strana. Cos'è che voleva? Ah sí. Il nome di un albero. È stra-

no come la gente non sappia nulla degli alberi, pur non potendone fare a meno. Forse tutto sommato è giusto cosí. Lui conosceva i nomi degli alberi e, francamente, a cosa gli era servito? In rue Saint-Jacques il sassolino cominciò a fare storie. I sassi non amano le strade in salita. E quello di Marc era andato a cacciarsi in un canaletto di scolo, e proprio dietro la Sorbonne, per giunta. Addio Medioevo, tanti saluti. Tanti saluti a chierici, contadini e signori. A mai piú. Marc strinse i pugni nelle tasche. Niente piú lavoro, niente piú soldi, niente piú donne né Medioevo. Che schifo. Marc pilotò abilmente il sassolino sul marciapiede, fuori dal canaletto di scolo. Per far salire un sassolino sul marciapiede c'è un trucco. E Marc lo conosceva bene, piú o meno come il Medioevo. Insomma, basta con questo Medioevo. In campagna non ci si trova mai di fronte alla sfida di un sassolino che deve scalare un marciapiede. Ecco perché in campagna uno di calciare sassolini se ne frega, nonostante ce ne siano a quintali. La pietruzza di Marc attraversò di gran carriera rue Soufflot e affrontò senza intoppi il tratto in cui rue Saint-Jacques si restringe.
 Diciamo due anni. Tempo due anni, l'unica reazione possibile di un uomo nella merda è di cercare un altro uomo che sia nella merda quanto lui.
 Perché quando sei un trentacinquenne fallito, frequentare uomini di successo ti inacidisce il carattere. All'inizio ovviamente è una distrazione, fa sognare, è incoraggiante. Poi diventa irritante, e alla fine inacidisce. È risaputo. E a Marc di inacidire proprio non andava. Non è una bella cosa, e poi è rischioso, soprattutto per un medievista. Un calcio ben assestato, e il sassolino raggiunse il Val-de-Grâce.
 A pensarci bene, aveva sentito parlare di un altro veramente nei guai. E stando alle ultime notizie, Mathias Delamarre doveva essere nella merda fino al collo da un bel po'. Marc gli voleva bene, anzi molto bene. Ma negli ultimi due anni l'aveva perso di vista. Forse Mathias ci stava ad affittare la casa con lui. Perché, nonostante l'affitto fosse ridicolo, Marc al momen-

to non poteva pagarne piú di un terzo. E bisognava sbrigarsi a dare una risposta. Marc sospirò e spinse il sassolino fino a una cabina telefonica. Se Mathias ci stava, forse si poteva concludere. C'era solo un grosso problema: Mathias era uno studioso di preistoria. E con questo, Marc aveva detto tutto. Ma non era il momento di sottilizzare. Nonostante l'abisso che li separava, tra loro c'era una reciproca simpatia. Strano. Era a quella stranezza che doveva pensare, non alla scelta assurda di Mathias di occuparsi del periodo desolante dei cacciatori-raccoglitori armati di selci. Marc ricordava ancora il suo numero di telefono. Gli risposero che non abitava piú lí e gli diedero un altro numero che Marc compose, risoluto. Mathias era in casa. Quando sentí la sua voce, Marc riprese a respirare. Se un uomo di trentacinque anni è in casa di mercoledí alle tre del pomeriggio, vuol dire che le cose non gli vanno granché bene. E questa era già una buona notizia. Se poi il trentacinquenne, senza chiedere spiegazioni, accetta di raggiungerti nel giro di mezz'ora in un anonimo caffè della rue du Faubourg-Saint-Jacques, vuol dire che è pronto ad accettare qualunque cosa.

Anche se...

Capitolo terzo

... Anche se Mathias non era certo un tipo malleabile. Era cocciuto e orgoglioso. Orgoglioso quanto Marc? Forse anche peggio. A ogni modo era il prototipo del cacciatore-raccoglitore che insegue il suo uro fino allo sfinimento e che pur di non tornare a mani vuote abbandona la tribú. No. Quello era il ritratto di un idiota, e Mathias era un tipo intelligente. Ma se capitava che le sue idee fossero in disaccordo con la vita, poteva anche restare muto per due giorni. Probabilmente aveva idee troppo dense, o desideri impossibili da realizzare. Marc, che con le chiacchiere sfiorava l'arte del ricamo – spesso stancando il proprio pubblico – aveva dovuto chiudere la bocca piú di una volta di fronte a quel gigante biondo che capitava di incrociare nei corridoi della facoltà, seduto in silenzio su una panchina, intento a premere le grandi mani una contro l'altra, come a voler spappolare la sorte avversa, grande cacciatore-raccoglitore dagli occhi azzurri in piena febbre dell'uro. Da dove veniva, dalla Normandia? Marc si accorse che in quattro anni non glielo aveva mai chiesto. E in fondo che fretta c'era? Non aveva alcuna importanza.

In quel caffè non c'era niente da fare, e Marc ammazzava il tempo disegnando col dito dei motivi scultorei sul tavolino. Aveva mani lunghe e magre. Gli piaceva la loro struttura precisa, con le vene in rilievo. Per il resto, aveva seri dubbi. Ma perché quei pensieri? Perché stava per rivedere il grande cacciatore biondo? E allora? Certo lui, Marc, con i suoi tratti spigolosi, la statura media, la magrezza eccessiva, non sarebbe stato il tipo ideale per la caccia all'uro. Piuttosto l'avrebbero spedito sugli alberi a far cadere i frutti. Un raccoglitore, insomma.

Delicato di nervi. E allora? Con la delicatezza ci si faceva ben poco. I soldi erano finiti. Gli restavano gli anelli, quattro grossi anelli d'argento, di cui due venati d'oro, vistosi e complicati, mezzo africani e mezzo carolingi, che gli coprivano le prime falangi delle dita della mano sinistra. Che sua moglie l'avesse lasciato per un tizio piú largo di spalle era un dato di fatto. E piú stupido, anche, poco ma sicuro. Un giorno se ne sarebbe resa conto, Marc ne era convinto. Ma sempre troppo tardi.

Con gesto rapido cancellò il disegno. Una statua mal riuscita. Ebbe un moto di stizza. Uno dei suoi frequenti moti di stizza, di rabbiosa impotenza. Facile fare la caricatura di Mathias. E lui? Lui non era altro che uno di quei medievisti decadenti, quei tipetti bruni ed eleganti, gracili e resistenti, la ricerca dell'inutilità in carne e ossa, prodotto di lusso dalle speranze perdute, che si aggrappava a un anello d'argento, a qualche visione dell'anno mille, a un pugno di contadini che spingono l'aratro, morti da secoli, a una lingua romanza dimenticata di cui non fregava niente a nessuno, al ricordo di una donna che lo aveva lasciato. Marc alzò la testa. Dall'altro lato della strada c'era un immenso garage. Non gli piacevano i garage. Lo intristivano. A passi lunghi e tranquilli, costeggiando quel vasto garage, ecco che arrivava il cacciatore-raccoglitore. Marc sorrise. Biondo come sempre, con i capelli troppo stopposi per essere pettinati decentemente, i piedi in quegli eterni, orrendi sandali di pelle, Mathias veniva all'appuntamento. Senza canottiera, come sempre. Non si sa come, Mathias riusciva sempre a dare l'impressione di non avere niente sotto. Maglione, pantaloni e sandali senza niente sotto. A ogni modo, rozzi o raffinati, snelli o robusti che fossero, si ritrovarono al tavolino di un sordido caffè. Quando si dice «l'abito non fa il monaco»...

– Ti sei tagliato la barba? – domandò Marc. – E la preistoria?
– C'è ancora, c'è ancora, – fece Mathias.
– Dove?

– Nella mia testa.
Marc scosse il capo. Non gli avevano raccontato storie, Mathias era davvero nella merda.
– Cosa ti sei fatto alle mani?
Mathias si guardò le unghie nere.
– Ho fatto il meccanico. Ma mi hanno licenziato. Dicevano che non ho il senso dei motori. Ne ho distrutti tre in una settimana. Sono complicati, i motori. Soprattutto quelli in panne.
– E adesso?
– Vendo stronzate, poster, alla fermata del metró.
– Si guadagna bene?
– No. E tu?
– Niente, ho fatto il negro in una casa editrice.
– Medioevo?
– Romanzi d'amore di ottanta pagine. L'uomo è felino ma competente, la donna radiosa ma innocente. Alla fine s'innamorano perdutamente ed è una vera palla. La storia non dice quando si separano.
– Ovviamente... – disse Mathias. – Te ne sei andato?
– Mi hanno congedato. Cambiavo delle frasi sulle ultime bozze. Per acredine e per irritazione. Se ne sono accorti... Sei sposato? Hai qualcuno? Figli?
– Niente, – disse Mathias.
I due tacquero e si guardarono.
– Quanti anni abbiamo? – domandò Mathias.
– Siamo sui trentacinque. In genere a questa età si è uomini fatti.
– Cosí dicono. E quel fottuto Medioevo? Non ti è ancora passata?
Marc scosse il capo.
– Certo che è una bella rottura, – disse Mathias. – Non sei mai stato molto ragionevole in questo.
– Lascia perdere, ci sono cose piú importanti. Dove abiti?
– In una stanza che lascio tra dieci giorni. I poster non bastano piú neanche per quei venti metri quadri. Diciamo che sono in caduta libera.

Mathias premette le mani l'una contro l'altra.
– Devo farti vedere una casa, – disse Marc. – Se ci stai, forse è la volta che superiamo quei trentamila anni che ci separano. Vieni?

Benché fosse indifferente, per non dire ostile, nei confronti di tutto quello che era accaduto dopo il 10000 a. C., Mathias aveva sempre fatto un'incomprensibile eccezione per quell'esile medievista sempre vestito di nero con la fibbia d'argento alla cintura. A dire il vero, quella di Marc era una debolezza che il cacciatore-raccoglitore imputava a una mancanza di gusto. Ma l'affetto che nutriva per lui, la stima per la sua mente acuta e versatile l'avevano costretto a chiudere un occhio sulla scelta rivoltante di studiare quel periodo degenerato della storia dell'uomo. E, a dispetto di un simile vizio, Mathias di lui tendeva a fidarsi, tanto che spesso si era lasciato trascinare dai suoi capricci insulsi di aristocratico decaduto. Perfino oggi, nonostante fosse chiaro che il nobil signore non aveva nemmeno più gli occhi per piangere e gli mancava solo il bastone del pellegrino, insomma, che era nella merda esattamente come lui – cosa che d'altro canto non gli dispiaceva affatto – bene, anche cosí, Marc non aveva perso quel suo non so che di regale, quel portamento elegante e convincente. Agli angoli degli occhi c'era forse una nota di acredine, una catasta di amarezze, batoste e ferite accumulate di cui avrebbe fatto volentieri a meno. Ma quello charme, quelle tracce di sogni, lui, Mathias, li aveva smarriti nel metró.

Non che Marc desse l'impressione di aver rinunciato al Medioevo. Ma Mathias lo avrebbe accompagnato ugualmente a vedere quella casa di cui gli parlava camminando. La mano coperta di anelli si agitava nell'aria grigia, seguendo il filo delle spiegazioni. Una stamberga che cadeva a pezzi, dunque, quattro piani contando il sottotetto e un giardino. A Mathias l'idea non faceva paura. Bisognava cercare di mettere insieme i soldi dell'affitto. Ripristinare il caminetto. E offrire un tetto al vecchio padrino di Marc. E questo padrino da dove usciva? Impossibile abbandonarlo, prendere o lasciare. Ah, ecco. Non aveva importanza. Mathias se ne fregava. Già vedeva sfumare la stazione del metró. Seguiva Marc da un marciapiede all'altro, contento che fosse nella merda, contento della sua desolante inutilità di medievista disoccupato, contento del suo abbigliamento affettato e pacchiano, contento per quella casa dove sarebbero certo morti di freddo perché si era solo a marzo. Tanto che, arrivato al cancello sgangherato da cui si scorgeva la casa nell'erba alta, in una di quelle vie introvabili di Parigi, non fu capace di considerarne oggettivamente il degrado. Tutto gli sembrò perfetto. Si girò verso Marc e gli strinse la mano. Affare fatto. Ma i suoi guadagni di venditore di paccottiglia non sarebbero bastati. Appoggiato al cancello, Marc ne convenne. Entrambi tornarono a incupirsi. Ci fu un lungo silenzio. Stavano cercando una soluzione. Un altro pazzo, ma un pazzo nella merda. Mathias suggerí un nome: Lucien Devernois. Marc cacciò un urlo.

– Stai scherzando, vero? Devernois? Ti ricordi cosa fa? Hai presente cos'è?

– Sí, – sospirò Mathias. – Storico della Grande Guerra.

– E allora? Lo vedi che sei fuori? D'accordo, siamo al verde e non è il momento di fare gli schizzinosi. Ma almeno un po' di passato per fantasticare sul futuro noi ce l'abbiamo. E tu, con cosa te ne esci? La Grande Guerra? Un contemporaneista? E poi cos'altro? Ti rendi conto di quello che dici?

– Sí. Ma guarda che Lucien non è affatto stupido.

– Cosí dicono. Ma insomma. È impensabile. C'è un limite a tutto, Mathias.

– Nemmeno io faccio i salti di gioia. Con tutto che per me, Medioevo o Contemporanea, siamo lí.

– Attento a quel che dici.

– D'accordo. Ma mi è sembrato di capire che nonostante abbia un piccolo stipendio Devernois è nella merda.

Marc strizzò gli occhi.

– Nella merda?

– Esattamente. Un passato da insegnante pubblico in una scuola media del Nord-Pas-de-Calais. Un misero impiego a metà tempo nel privato cattolico parigino. Sconforto, disillusione, scrittura e solitudine.

- Ma allora è nella merda... Perché non me l'hai detto subito? Marc restò qualche secondo immobile. Rifletteva rapidamente.
- Questo cambia tutto! – riprese. – Mathias, datti una mossa. Grande Guerra o meno, chiudiamo un occhio, forza e coraggio, vedi di scovarlo e convincilo. Voglio vedervi alle sette qui davanti, appuntamento con il proprietario. Dobbiamo firmare il contratto stasera. Muoviti, inventati qualcosa e sii persuasivo. Nella merda come siamo tutti e tre, riusciremo senz'altro a coronare la nostra rovina.

Un cenno di saluto e i due si separarono, Marc a passo di corsa, Mathias in tutta calma.

Capitolo quarto

E venne la prima sera nella casa di rue Chasle. Lo storico della Grande Guerra aveva fatto la sua comparsa, stretto le mani in fretta e furia, visitato i quattro piani al volo e poi era sparito di nuovo.
Passato il sollievo dei primi istanti, ora che il contratto era firmato Marc sentiva riaffiorare le peggiori paure. L'apparizione di quel contemporaneista agitato, con le guance smorte, la ciocca di capelli castani sempre sugli occhi, la cravatta stretta al collo, la giacca grigia, le scarpe di cuoio scalcagnate ma inglesi gli suscitava una sorda inquietudine. Quel tipo, a prescindere dalla scelta catastrofica della Grande Guerra, era un inafferrabile miscuglio di rigidità e lassismo, schiamazzi e gravità, ironia gioviale e cinismo ostentato; passava di colpo da un estremo all'altro, alternando scatti di rabbia e buonumore. Allarmante. Impossibile sapere come poteva girare il vento. Vivere con un contemporaneista in giacca e cravatta era un'esperienza nuova. Marc guardò Mathias che si aggirava per la stanza vuota con aria preoccupata.
– Ci hai messo molto a convincerlo?
– Tre parole. Si è alzato in piedi, ha stretto il nodo della cravatta, mi ha piazzato una mano sulla spalla e ha detto: «Solidarietà di trincea, c'è poco da discutere. Sono il tuo uomo». Un po' teatrale. Lungo il tragitto mi ha chiesto chi eravamo, cosa facevamo. Ho parlato un po' di preistoria, di poster, ho accennato al Medioevo, ai romanzi d'amore e ai motori. Ha arricciato il naso, forse per il Medioevo. Ma poi si è ripreso, ha bofonchiato qualcosa sull'amalgama sociale delle trincee o simili, e basta.

– E adesso è sparito.
– Ha lasciato qui la borsa. È un buon segno.
Poi l'uomo della Grande Guerra era riapparso, con una cassa di legna da ardere sulla spalla. Marc non lo credeva cosí robusto. Quantomeno avrebbe potuto tornare utile.

E fu cosí che, dopo una cena veloce, sistemati alla bell'e meglio, i tre ricercatori si strinsero intorno a un grande fuoco. Il camino era tutto incrostato ma imponente. «Il fuoco, – annunciò sorridendo Lucien Devernois, – è un punto di partenza comune. Modesto, ma comune. O un punto di caduta, se preferite. Merda a parte, oggi come oggi la nostra alleanza si fonda su questo. Mai sottovalutare le alleanze».
Lucien fece un gesto enfatico. Marc e Mathias lo guardarono senza sforzarsi di capire, con le mani tese verso le fiamme.
– Semplice, – continuò Lucien alzando la voce. – Per il solido studioso della preistoria qui presente, Mathias Delamarre, il fuoco s'impone... Sparute tribú di uomini irsuti e intirizziti stretti l'uno all'altro davanti alla grotta, intorno a un salutare falò che tiene lontane le belve feroci. La Guerra del fuoco, insomma.
– *La Guerra del fuoco*, – tagliò corto Mathias, – è una fitta rete di...
– Non ha importanza! – lo interruppe Lucien. – Lascia stare la tua erudizione in fatto di caverne, non me ne può fregare di meno, qui il posto d'onore va al fuoco preistorico. Proseguiamo. Ecco Marc Vandoosler, che si affanna a dividere la popolazione medievale in «focolari»... Hanno il loro bel filo da torcere, i medievisti. Prima di trovare il bandolo... Andiamo avanti. Risalendo la scala del tempo, finalmente si arriva a me, a me e al fuoco della Grande Guerra. «Guerra del Fuoco» e «Fuoco della Guerra». Emozionante, no?
Lucien rise, tirò su col naso e alimentò la fiamma spingendo con il piede un grosso ceppo nel camino. Marc e Mathias avevano un vago sorriso. Un soggetto impossibile, ma se non volevano rimanere con l'ultimo terzo dell'affitto scoperto si sarebbero dovuti adattare.

- Dunque, - concluse Marc facendo girare gli anelli, - quando le nostre divergenze diventeranno insostenibili e gli scarti cronologici inconciliabili, basterà accendere il fuoco. È cosí?
- A volte aiuta, - ammise Lucien.
- Mi pare un programma sensato, - aggiunse Mathias.

Smisero di parlare del Tempo e si riscaldarono. Quella sera, a dire il vero, il tempo atmosferico era ben piú preoccupante. Si era alzato il vento e una fitta pioggia s'infiltrava in casa. I tre uomini cominciavano a valutare la portata delle riparazioni da mettere in cantiere. Per ora le stanze erano vuote e alcune casse servivano da sedie. L'indomani, ognuno avrebbe portato il proprio bagaglio. Intonaco, impianto elettrico, assito e tubature erano completamente da rifare. E Marc avrebbe portato il suo vecchio padrino. Ma chi era? Be', il suo vecchio padrino, appunto. E allo stesso tempo, era anche suo zio. E cosa faceva il vecchio zio-padrino? Niente, era in pensione. In pensione da cosa? Be', in pensione da un lavoro. Quale lavoro? Lucien era asfissiante con tutte queste domande. Un lavoro da funzionario, punto. Le spiegazioni erano rimandate a piú tardi.

Capitolo quinto

L'albero era cresciuto.
Da piú di un mese, ogni giorno Sophia si appostava alla finestra del secondo piano per osservare i nuovi vicini. La incuriosivano. Che c'era di male? Tre uomini piuttosto giovani, niente donne, niente bambini. Solo quei tre. Aveva subito riconosciuto quello che si era arrugginito la fronte contro il cancello e poi le aveva detto che l'albero era un faggio. Ritrovarselo lí le aveva fatto piacere. Si era portato dietro altri due tizi, molto diversi. Un biondone in sandali e un agitato in abito grigio. Sophia cominciava a conoscerli abbastanza bene. Si domandava se spiarli a quel modo non fosse scorretto. Scorretto o no, per lei era una distrazione, la tranquillizzava e le teneva la mente occupata. Quindi continuava. Per tutto il mese di aprile non erano stati fermi un secondo. Avevano trasportato assi, secchi, sacchi di materiale su delle carriole e casse su dei... come si chiamano quei cosi di ferro con ruote sotto? Eppure hanno un nome... muletti, ecco. Portavano delle casse su dei muletti. Bene. Una ristrutturazione, dunque. Avevano attraversato il giardino in lungo e in largo cosicché Sophia, dalla finestra socchiusa, aveva potuto impararne i nomi. Marc era il magrolino in nero. Mathias il biondo lento. E Lucien quello con la cravatta. Non se la toglieva nemmeno per fare i buchi nel muro. Sophia si toccò il foulard. Ognuno ha le proprie manie, dopotutto.
Dalla finestra della cabina armadio al secondo piano, Sophia riusciva a vedere anche quello che succedeva dentro la casa. Le finestre riattate non avevano tende, e lei dubitava che ne avrebbero mai avute. A quanto pareva, ognuno si era preso un pia-

no. Il problema era che il biondo ristrutturava il suo mezzo nudo, o quasi nudo, o completamente nudo, a seconda. E dava l'idea di essere perfettamente a proprio agio. Imbarazzante. Il biondo era piacevole da guardare, niente da dire. Ma questo non la faceva sentire in diritto di accamparsi nell'armadio. A parte i lavori, che i tre eseguivano con ostinazione anche se a volte sembravano non poterne piú, in quella casa si leggeva e si scriveva molto. Gli scaffali si erano riempiti di libri. Nata tra le pietre di Delfi e approdata al mondo grazie alla sua sola voce, Sophia ammirava chiunque stesse seduto a leggere alla luce di una lampada da tavolo.

E poi, la settimana prima, ne era arrivato un altro. Sempre un uomo, ma molto piú anziano. Sophia aveva pensato a una visita. E invece, l'uomo anziano si era installato nella casa. Per molto tempo? A ogni modo era lí, nel sottotetto. Strano, però. Una faccia che sembrava promettere bene. Era di gran lunga il piú bello dei quattro. Anche se il piú vecchio. Tra i sessanta e i settanta. Con una faccia del genere ci si sarebbe aspettati una voce stentorea, e invece aveva un timbro cosí dolce e profondo che Sophia non era ancora riuscita a cogliere una sola parola di ciò che diceva. Alto, dritto, un'aria da capitano in ritiro, mai una volta che desse una mano nei lavori. Lui sorvegliava, chiacchierava. Impossibile scoprirne il nome. Sophia, nell'attesa, lo chiamava Alessandro il Grande, o il vecchio rompiballe, a seconda dell'umore.

Il piú rumoroso dei quattro era quello con la cravatta, Lucien. Le sue esclamazioni si sentivano da lontano. Sembrava divertirsi a commentare ad alta voce tutto quello che faceva e a dare ordini di ogni tipo, che il piú delle volte cadevano nel vuoto. Sophia aveva provato a parlarne con Pierre, ma i vicini lo interessavano quanto l'albero. Finché se ne stavano buoni buoni nella topaia, non aveva niente da obicttare. D'accordo, Pierre era preso dai suoi affari sociali. D'accordo, ogni giorno lo aspettavano pile di dossier tremendi su ragazze madri sotto i ponti, gente che si ritrovava in mezzo a una strada, dodicenni senza famiglia, vecchi boccheggianti in qualche mansarda, e gli toccava redigere delle relazioni per il segretario di Stato. E Pierre era davvero il tipo che fa coscienziosamente il proprio lavoro. Anche se a volte Sophia detestava il modo in cui parlava dei «suoi» diseredati, che classificava in categorie e sottocategorie come aveva fatto con gli ammiratori. E lei, che a dodici anni propinava fazzoletti ricamati ai turisti di Delfi, in che categoria rientrava? Una diseredata di che tipo? Va bene, d'accordo. Con tutte le responsabilità che aveva, era comprensibile che Pierre se ne fregasse di un albero e di quattro nuovi vicini. Ma insomma. Perché non era mai possibile parlarne? Neanche per un minuto?

Capitolo sesto

Marc non alzò nemmeno la testa quando sentí la voce di Lucien, che dall'alto del terzo piano lanciava un allarme generale – o qualcosa del genere. Tutto sommato, Marc era riuscito ad adattarsi allo storico della Grande Guerra, che se da un lato aveva contribuito in maniera consistente ai lavori, dall'altro era capace di silenzi di studio estremamente lunghi. Anzi, profondi. Quando si tuffava nel buco nero della Grande Guerra, Lucien non sentiva piú nulla. A lui si doveva il ripristino dell'impianto elettrico e delle tubature, e Marc, che di queste cose non capiva nulla, gliene sarebbe stato riconoscente a vita. A lui si doveva la trasformazione del sottotetto in un ampio bilocale caldo e accogliente che faceva la gioia del padrino. A lui si doveva un terzo dell'affitto e una generosità incontenibile che ogni settimana portava a un ulteriore miglioramento dell'abitazione. Ma la sua generosità si estendeva anche ai discorsi e al volume delle esclamazioni. Tirate ironiche in stile militare, eccessi di ogni tipo, giudizi tagliati con l'accetta. Era capace di sbraitare un'ora intera per un particolare di assoluta irrilevanza. Marc stava imparando a lasciare che le tirate di Lucien entrassero e uscissero dalla sua vita come orchi inoffensivi. Dopotutto, Lucien non era neanche militarista. Rincorreva con rigore e determinazione il cuore della Grande Guerra senza riuscire ad afferrarlo. Forse era per questo che gridava. No, sicuramente c'era dell'altro. Fatto sta che quella sera, verso le sei, ebbe un nuovo attacco. Ma stavolta scese le scale ed entrò in camera di Marc senza bussare.
– Allarme generale, – gridò. – Guadagnate i rifugi. La vicina è alle porte.

– Quale vicina?
– La vicina del Fronte occidentale. Quella di destra, se preferisci. La signora ricca con il foulard. Non una parola. Quando suona il campanello, nessuno si muova. La casa deve sembrare vuota. Vado ad avvisare Mathias.
Prima che Marc potesse dire la sua, Lucien stava già scendendo al primo piano.
– Mathias, – gridò aprendo la porta della sua camera. – Allarme! È un ordine della...
Marc sentí Lucien zittirsi. Sorrise e scese a sua volta.
– Ma che diavolo, – stava dicendo Lucien. – Che bisogno c'è di stare nudi per montare una libreria? Non vedo il senso! E che cavolo, possibile che non hai mai freddo?
– Non sono nudo, ho i sandali, – rispose pacatamente Mathias.
– Con o senza sandali non cambia niente, lo sai benissimo. E se giocare alla notte dei tempi ti diverte, faresti meglio a ficcarti nella zucca che, a prescindere da quel che penso io, gli uomini preistorici non erano certo cosí idioti e primitivi da starsene con le chiappe al vento.
Mathias scrollò le spalle.
– Lo so meglio di te, – disse. – Ma gli uomini preistorici non c'entrano niente.
– E allora che cos'è?
– Sono io. I vestiti mi soffocano. Cosa vuoi che ti dica? Sto bene cosí. E non vedo che fastidio ti può dare, visto che questo è il mio piano. Non hai che da bussare. Cosa c'è? Un'emergenza?
Il concetto di emergenza non era nelle corde di Mathias. Marc entrò sorridendo.
– «Il serpente, – disse, – quando vede un uomo nudo, si spaventa e fugge piú in fretta che può; e quando vede l'uomo vestito, lo attacca senza il minimo timore». Tredicesimo secolo.
– Siamo a posto, – disse Lucien.
– Cosa succede? – ripeté Mathias.
– Niente. Lucien ha visto la vicina del Fronte occidentale muoversi verso di noi. E ha deciso di non rispondere al campanello.

– Il campanello è ancora da aggiustare, – disse Mathias.
– Peccato che non sia la vicina del Fronte orientale, – osservò Lucien. – È graziosa, la vicina orientale. Sento che con il Fronte orientale si potrebbe patteggiare.
– E tu che ne sai?
– Ho svolto alcune ricognizioni tattiche. L'est è piú interessante e piú abbordabile.
– E invece arriva da ovest, – disse Marc con fermezza. – E non vedo perché non dovremmo aprire. A me è simpatica, tempo fa abbiamo scambiato due parole. E comunque, farci benvolere dal vicinato è nel nostro interesse. Per una semplice scelta strategica.
– Be', certo, – disse Lucien, – da un punto di vista diplomatico...
– Diciamo conviviale. Umano, se preferisci.
– Sta bussando alla porta, – disse Mathias. – Scendo ad aprirle.
– Mathias! – fece Marc trattenendolo per un braccio.
– Che c'è? Hai appena detto che eri d'accordo.
Marc lo guardò, facendo un breve gesto con la mano.
– Ah già, scusa, – disse Mathias. – Dei vestiti, ci vogliono dei vestiti.
– Proprio cosí. Ci vogliono dei vestiti.
Mathias rimediò un pullover e dei pantaloni, mentre Marc e Lucien scendevano di sotto.
– Eppure gli avevo spiegato che i sandali non bastano, – commentò Lucien.
– Tu, zitto, – disse Marc a Lucien.
– Non è mica facile stare zitti, dovresti saperlo.
– È vero, – ammise Marc. – Però lascia fare a me. Apro io, sono io che conosco la vicina.
– Come fai a conoscerla?
– Te l'ho già detto, le ho parlato. Mi ha chiesto il nome di un albero.
– Quale albero?
– Un giovane faggio.

Capitolo settimo

Sophia, imbarazzata, sedeva rigida sulla sedia che le avevano offerto. La vita – Grecia a parte – l'aveva abituata a ricevere o a rifiutare le visite di giornalisti e ammiratori, non a bussare alla porta della gente. Dovevano essere almeno vent'anni che non andava a suonare il campanello di qualcuno, cosí, senza preavviso. Adesso che stava seduta in quella stanza, circondata da quei tre uomini, pensò che la tradizionale visita di benvenuto ai vicini doveva sembrare loro una seccatura. Sono cose che non si fanno piú. Perciò avrebbe voluto spiegarsi al piú presto. Ma erano davvero persone con cui ci si poteva spiegare, come le era sembrato dalla finestra del secondo piano? A volte, quando ti trovi a tu per tu con la gente è diverso. Marc, appoggiato al grande tavolo di legno, le lunghe gambe incrociate in una posa elegante e un viso niente male che la guardava paziente. Mathias, seduto di fronte a lei, anche lui bei lineamenti, un po' appesantiti forse, ma l'azzurro degli occhi limpido, un mare liscio, senza segreti. Lucien, occupato a tirare fuori bicchieri e bottiglie, che gettava indietro il ciuffo con degli scatti del capo, faccia da bambino e cravatta da uomo. Sophia si sentí rassicurata. Perché, in fondo, era stata la paura a spingerla fin lí.

– Ecco, – disse prendendo il bicchiere che Lucien sorridendo le porgeva. – Scusate il disturbo, ma avrei bisogno di un favore.

Due volti in attesa. Doveva spiegarsi. Ma come parlare di una cosa tanto ridicola? Quanto a Lucien, non ascoltava. Andava e veniva, apparentemente impegnato a sorvegliare la cottura di un piatto laborioso, che monopolizzava tutta la sua energia.

– È una storia ridicola. Ma avrei bisogno di un favore, – ripeté Sophia.
– Che tipo di favore? – domandò Marc con dolcezza, per aiutarla.
– È difficile da dire, e so bene che nell'ultimo mese avete già lavorato abbastanza. Si tratterebbe di scavare un buco nel mio giardino.
– Intervento in forze sul Fronte occidentale, – mormorò Lucien.
– Beninteso, – continuò Sophia, – se foste d'accordo vi pagherei. Diciamo... trentamila franchi per tutti e tre.
– Trentamila franchi? – mormorò Marc. – Per un buco?
– Tentativo di corruzione da parte del nemico, – bofonchiò Lucien in tono inudibile.
Sophia era a disagio. Ma era convinta di essere capitata nella casa giusta. E di dover insistere.
– Sí. Trentamila franchi per un buco, e per il vostro silenzio.
– Ma, – cominciò Marc, – signora...
– Relivaux, Sophia Relivaux. Sono la vostra vicina di destra.
– No, – disse piano Mathias, – no.
– Sí, – disse Sophia, – sono la vostra vicina di destra.
– D'accordo, – continuò Mathias a bassa voce, – però lei non è Sophia Relivaux. Suo marito si chiama Relivaux. Ma lei, lei è Sophia Siméonidis.
Marc e Lucien guardarono Mathias, sorpresi. Sophia sorrise.
– Cantante lirica, soprano, – continuò Mathias. – *Manon Lescaut*, *Madame Butterfly*, *Aida*, *Desdemona*, *La Bohême*, *Elettra*... Ma ormai sono sei anni che ha smesso di cantare. Mi permetta di dire che sono onorato di averla come vicina.
Mathias fece un piccolo cenno col capo, una specie di saluto. Sophia lo guardò e pensò che era proprio capitata nella casa giusta. Sospirò soddisfatta e i suoi occhi percorsero la grande sala, piastrellata, tinteggiata, ancora rimbombante perché i mobili erano pochi. Tre grandi finestre a tutto sesto che davano sul giardino. Sembrava un po' il refettorio di un monastero. Lucien appariva e scompariva con un cucchiaio di legno in ma-

no, attraverso una porticina anch'essa ad arco. In un monastero si può dire tutto, specialmente nel refettorio, purché a bassa voce.
– Visto che ha detto tutto lui, posso fare a meno di presentarmi, – disse Sophia.
– Ma noi no, – disse Marc, un po' intimidito. – Lui è Mathias Delamarre...
– Non serve, – tagliò corto Sophia. – Spiacente, ma vi conosco già. Anche senza volerlo, da un giardino all'altro si sentono molte cose.
– Senza volerlo? – domandò Lucien.
– Ha ragione, non proprio. Ho guardato e ascoltato, e anche attentamente. Lo ammetto.
Sophia fece una pausa. Si chiedeva se Mathias avrebbe capito che l'aveva visto dalla finestrella.
– Non vi ho spiati. Mi interessavate. Pensavo di aver bisogno di voi. Cosa direste se un bel mattino vi ritrovaste un albero nel giardino senza sapere da dove arriva?
– Francamente, – disse Lucien, – viste le condizioni del nostro giardino, non so se ce ne accorgeremmo.
– Che c'entra questo, – lo riprese Marc. – Sta forse parlando di quel piccolo faggio?
– Esatto, – disse Sophia. – È arrivato una mattina. Senza nessun biglietto. Non so chi l'abbia piantato. Non è un regalo. E non è stato il giardiniere.
– Suo marito che dice? – domandò Marc.
– La cosa lo lascia indifferente. È un uomo impegnato.
– Vuol dire che se ne frega? – domandò Lucien.
– Peggio. Non vuole nemmeno piú che gliene parli. Gli dà fastidio.
– Curioso, – disse Marc.
Lucien e Mathias scossero la testa.
– Lo trova curioso? Veramente? – domandò Sophia.
– Veramente, – disse Marc.
– Anch'io, – mormorò Sophia.
– Perdoni la mia ignoranza, – disse Marc, – era una cantante molto famosa?

– No, – disse Sophia. – Non moltissimo. Ho avuto un certo successo. Ma non mi hanno mai chiamata «la» Siméonidis. Questo no. Se sta pensando a un omaggio appassionato, come ha ipotizzato mio marito, è una falsa pista. Ho avuto i miei ammiratori, ma non ho mai suscitato vere e proprie passioni. Lo chieda al suo amico Mathias, visto che se ne intende.

Mathias si limitò a un gesto vago.

– Non sia cosí modesta, – mormorò.

Ci fu un silenzio. Lucien, mondano, tornò a riempire i bicchieri.

– In poche parole, – disse agitando il cucchiaio di legno, – lei ha paura. Non accusa suo marito, non accusa nessuno e l'ultima cosa che vuole è avere dei pensieri, però ha paura.

– Non sono tranquilla, – disse Sophia a bassa voce.

– Perché piantare un albero, – continuò Lucien, – significa terra. Della terra sotto. Terra che nessuno andrà a dissodare perché c'è un albero sopra. Terra sigillata. Diciamolo pure, una tomba. La questione non è priva d'interesse.

Lucien era un tipo brusco, che esprimeva le sue opinioni senza mezzi termini. Nel caso specifico, aveva ragione.

– Senza arrivare a tanto, – disse Sophia, sempre sussurrando, – diciamo che mi piacerebbe vederci chiaro. E sapere se c'è sotto qualcosa.

– O qualcuno, – precisò Lucien. – Ha qualche motivo di pensare a qualcuno? Suo marito? Storie torbide? Amanti scomode?

– Smettila, Lucien, – disse Marc. – Nessuno ti ha chiesto di aprire il fuoco. La signora Siméonidis è venuta qui perché c'è un buco da scavare, nient'altro. Limitiamoci a questo, se non ti dispiace. Evitiamo di fare danni per niente. Per ora si tratta solo di scavare, dico bene?

– Sí, – disse Sophia. – Trentamila franchi.

– Perché tutti questi soldi? Certo, è allettante. Siamo completamente al verde.

– Me ne sono accorta, – disse Sophia.

– Ma non è un buon motivo per farsi pagare un misero scavo a peso d'oro.

– È che non si sa mai, – disse Sophia. – Dopo il buco... se c'è un seguito, potrei preferire il silenzio. E quello si paga.

– Ho capito, – disse Mathias. – Comunque, seguito o non seguito, per lo scavo siamo tutti d'accordo, non è vero?

Ci fu un altro silenzio. La questione non era semplice. Ovvio che nello stato in cui erano, i soldi non potevano non tentarli. D'altra parte, rendersi complici per denaro... E poi, complici di cosa?

– Bisogna farlo, mi sembra chiaro, – disse una voce suadente.

Tutti si girarono. Il vecchio padrino era entrato nella sala e si versava da bere, come se niente fosse. Salutò la signora Siméonidis. Sophia lo soppesò. Da vicino non era Alessandro Magno. Era magro e dritto come un fuso, perciò sembrava alto, ma neanche poi tanto. Però c'era il volto. Di una bellezza consumata che faceva ancora il suo effetto. Tratti marcati ma non duri, un naso arcuato, labbra irregolari, occhi triangolari dallo sguardo pieno, tutto era fatto per sedurre, e sedurre in fretta. A Sophia quel volto piacque, e mentalmente ne apprezzò le qualità. Intelligenza, vivacità, dolcezza, magari anche una certa ambiguità. Il vecchio si passò la mano fra i capelli, non ancora grigi ma brizzolati, un po' lunghi e ricci sulla nuca, poi si sedette. Aveva detto la sua. Scavare. E nessuno si sognava di contraddirlo.

– Ho origliato alla porta, – disse. – D'altronde la signora ha origliato alla finestra. Nel mio caso, è quasi un tic, una vecchia abitudine. Non mi faccio nessun problema.

– Divertente, – disse Lucien.

– La signora ha perfettamente ragione, – continuò il vecchio. – Bisogna scavare.

Imbarazzato, Marc si alzò.

– È mio zio, – disse, come se questo potesse attenuarne l'indiscrezione. – Il mio padrino, Armand Vandoosler. Vive qui.

– Gli piace dire la sua su tutto, – borbottò Lucien.

– Buono, Lucien, – disse Marc. – Devi stare zitto, me l'hai promesso.

Vandoosler sorrise e spazzò l'aria con la mano.

– Stai calmo, – disse a Marc. – Sono d'accordo con Lucien.

Mi piace dire la mia su tutto. Soprattutto quando ho ragione. D'altronde, a lui pure piace farlo. Anche quando ha torto.
Marc, sempre in piedi, lanciava occhiate allo zio per fargli capire che in quella conversazione lui non c'entrava e che forse era meglio se se ne andava.
– No, – disse Vandoosler guardando Marc. – Se resto è perché ho i miei motivi.
Il suo sguardo si posò su Lucien, su Mathias, su Sophia Siméonidis e infine tornò a Marc.
– Forse è meglio dire le cose come stanno, Marc, – concluse con un sorriso.
– Non è il momento, non rompere, – disse Marc a bassa voce.
– Non sarà mai il momento, per te, – rispose Vandoosler.
– E allora parla tu, visto che ci tieni. Alla fin fine è un problema tuo.
– E piantatela! – disse Lucien agitando il cucchiaio di legno. – Lo zio di Marc è un vecchio sbirro, fine del discorso! Non vorrete mica passarci la notte, no?
– E tu come lo sai? – domandò Marc, che si era voltato di scatto verso Lucien.
– Bah... qualche piccolo rilevamento mentre rifacevo il sottotetto.
– Certo che qui siete tutti dei ficcanasi – disse Vandoosler.
– Uno storico che non sa ficcanasare non è un vero storico, – disse Lucien con un'alzata di spalle.
Marc era esasperato. Un altro di quei benedetti moti di stizza. Sophia era attenta e calma, come Mathias. In attesa.
– Bella la storia contemporanea, – disse Marc digrignando i denti. – E cos'altro hai scoperto?
– Poca roba. Che il tuo padrino è stato nella narcotici, nella squadra antitruffa...
– ... e commissario della Criminale per diciassette anni, – continuò Vandoosler con voce pacata. – E che poi mi hanno cacciato, rimosso. Rimosso senza onore né gloria dopo ventotto anni di servizio. In poche parole, biasimo, vergogna e pubblica condanna.

Lucien annuí.

– È una buona sintesi, – concluse.

– Magnifico, – fece Marc a denti stretti, gli occhi puntati su Lucien. – E perché non l'hai detto?

– Perché non me ne frega niente, – disse Lucien.

– Benissimo, – fece Marc. – Quanto a te, zio, nessuno ti ha chiesto nulla, né di uscire dalla tua camera, né di origliare. E tu, Lucien, chi ti ha chiesto di ficcanasare e di sbandierare le cose? Non c'era nessuna fretta, no?

– È qui che ti sbagli, – disse Vandoosler. – La signora Siméonidis ha bisogno di voi per una faccenda delicata, ed è meglio che sappia che in solaio c'è un vecchio sbirro. Cosí potrà scegliere se ritirare l'offerta o andare avanti. Mi sembra piú onesto.

Marc lanciò un'occhiata di sfida a Mathias e Lucien.

– Benissimo, – ripeté, tornando ad alzare la voce. – Armand Vandoosler è un vecchio ex sbirro corrotto. Ma sempre sbirro e sempre corrotto, statene certi. Lui con la giustizia e con la vita si prende le sue libertà. Libertà che, a seconda dei casi, possono anche costargli care.

– Di norma le pago, – precisò Vandoosler.

– E vi lascio immaginare il resto, – continuò Marc. – Insomma, vedete un po' voi. Ma vi avviso, è il mio padrino e mio zio, il fratello di mia madre, per cui, in ogni caso, non si discute. È cosí e basta. Se non vi va piú di stare qui in questa...

– Topaia... – disse Sophia Siméonidis. – È cosí che la chiamano, nel quartiere.

– Bene... se la topaia non vi va piú, perché il padrino era uno sbirro fatto a modo suo, avete solo da prendere e andare. Io e il vecchio ci arrangeremo.

– Perché si scalda? – domandò Mathias, gli occhi del placido azzurro di sempre.

– Non so, – disse Lucien scrollando le spalle. – È un tipo nervoso, pieno di immaginazione. Nel Medioevo sono cosí, lo sai bene. La mia prozia lavorava al mattatoio di Montereau, e io non faccio mica tante storie.

Marc, che si era improvvisamente calmato, chinò la testa e incrociò le braccia. Lanciò una rapida occhiata al soprano del Fronte occidentale. Cosa avrebbe deciso adesso che dalla topaia saltava fuori un vecchio sbirro in pensione?

Sophia seguiva il filo dei suoi pensieri.

– La sua presenza non mi dà alcun fastidio, – disse.

– Niente di piú affidabile di uno sbirro corrotto, – confermò Vandoosler il Vecchio. – Ti ascolta, cerca di fare chiarezza ed è costretto a tacere. In un certo senso, la perfezione.

– Anche se aveva dei metodi discutibili, – aggiunse Marc a mezza voce, – il padrino era un grande poliziotto. Può sempre servire.

– Lascia perdere, – gli disse Vandoosler, girandosi verso Sophia. – La signora Siméonidis avrà modo di giudicare. Se mai dovesse sorgere qualche problema, voglio dire. Quanto a loro tre, – accennò ai giovani coinquilini, – non sono stupidi. Anche loro possono servire.

– Non ho mai detto che sono stupidi, – disse Sophia.

– Precisare le cose è sempre utile, – rispose Vandoosler. – Mio nipote Marc... ne so qualcosa. L'ho ospitato a Parigi quando aveva dodici anni... Diciamo pure che praticamente era già spacciato. Confuso, ostinato, esaltato, insicuro, ma già troppo furbo per essere tranquillo. Non ho potuto fare granché, a parte inculcargli qualche sano principio sulla pratica assidua dell'anarchia. Quanto agli altri due, li conosco solo da una settimana, e per ora non posso lamentarmi. Una combriccola curiosa, ognuno con la sua ricerca. È divertente. Comunque sia, è la prima volta che sento parlare di un caso come il suo. Ha aspettato anche troppo a occuparsi di quell'albero.

– Cosa potevo fare? – disse Sophia. – La polizia mi avrebbe riso in faccia.

– Su questo non c'è dubbio, – disse Vandoosler.

– E non volevo allarmare mio marito.

– Il ritratto della saggezza.

– Quindi aspettavo... di conoscerli meglio. Loro.

– Come procediamo, per non preoccupare suo marito? – domandò Marc.

- Ho pensato che potreste farvi passare per operai mandati dal Comune, - disse Sophia. - Un controllo di vecchi cavi elettrici o roba del genere. Insomma, qualsiasi cosa giustifichi lo scavo di una piccola trincea. Trincea che, ovviamente, passerà sotto l'albero. Vi darò dei soldi extra per le tute da lavoro, il noleggio di un furgoncino e gli attrezzi.
- Bene, - disse Marc.
- Si può fare, - disse Mathias.
- Dal momento che si tratta di una trincea, ci sto, - aggiunse Lucien. - Mi darò malato a scuola. Per un lavoro del genere due giorni ci vogliono tutti.
- Avrà il sangue freddo di spiare la reazione di suo marito, quando si presenteranno con la storia dello scavo? - domandò Vandoosler.
- Ci proverò, - disse Sophia.
- Lui conosce le loro facce?
- Sono sicura di no. Non gli interessano minimamente.
- Perfetto, - disse Marc. - Oggi è giovedí. Il tempo di definire i dettagli... Lunedí mattina verremo a suonare a casa sua.
- Grazie, - disse Sophia. - È strano, adesso ho la certezza che sotto quell'albero non c'è niente.
Aprí la borsetta.
- Ecco i soldi, - disse. - C'è l'intera somma.
- Di già? - fece Marc.
Vandoosler sorrise. Sophia Siméonidis era una donna singolare. Spaurita, esitante, ma pronta a pagare. Era cosí sicura che li avrebbe convinti? Al vecchio sbirro la cosa parve interessante.

Capitolo ottavo

Dopo che Sophia Siméonidis se ne fu andata, rimasero tutti a cincischiare nello stanzone. Escluso Vandoosler il Vecchio, che preferí cenare nei suoi appartamenti, sotto il cielo. Prima di lasciare la sala, il vecchio sbirro guardò i suoi coinquilini. I tre si erano curiosamente inchiodati ciascuno davanti a una delle grandi finestre e fissavano il giardino nella notte. Sotto quelle volte a tutto sesto, sembravano tre statue viste di spalle. La statua di Lucien a sinistra, quella di Marc al centro, quella di Mathias a destra. San Luca, san Marco e san Matteo, ognuno pietrificato nella propria alcova. Dei tipi strani e degli strani santi. Marc aveva intrecciato le mani dietro la schiena e se ne stava rigido, con le gambe leggermente divaricate. Nella sua vita, Vandoosler ne aveva combinate di tutti i colori, ma voleva un gran bene al proprio figlioccio. Che d'altronde non era mai stato battezzato.

– Mangiamo, – disse Lucien. – Ho fatto il pâté.

– Pâté di cosa? – domandò Mathias.

I tre uomini non si erano mossi e si parlavano da una finestra all'altra, gli occhi puntati sul giardino.

– Di lepre. Un pâté bello sodo. Credo che sia buono.

– È cara, la lepre, – disse Mathias.

– Marc l'ha rubata stamattina e me l'ha regalata, – disse Lucien.

– Divertente, – disse Mathias. – Tutto suo zio. Perché hai rubato quella lepre, Marc?

– Perché Lucien la voleva, ma era troppo cara.

– Logico, – disse Mathias. – Messa cosí... Di' un po', perché ti chiami Vandoosler come tuo zio materno?

– Perché mia madre era sola, idiota.
– Mangiamo, – disse Lucien. – Perché gli rompi l'anima?
– Io non rompo niente. Chiedo solo. E Vandoosler, cos'ha fatto per essere cacciato?
– Ha aiutato un assassino a prendere il largo.
– Logico, – ripeté Mathias. – E Vandoosler che nome è?
– È un nome belga. In origine si scriveva Van Dooslaere. Improponibile. Mio nonno si è stabilito in Francia nel 1915.
– Ah, – disse Lucien. – È stato al fronte? Ha lasciato degli appunti, delle lettere?
– E che ne so, – disse Marc.
– Bisognerebbe approfondire, – disse Lucien senza staccarsi dalla finestra.
– Intanto, cominciamo a scavare quella trincea, – disse Marc. – Chissà in cosa ci siamo cacciati.
– Nella merda, – disse Mathias. – Questione di abitudine.
– Mangiamo, – disse Lucien. – E facciamo finta di esserne usciti.

Capitolo nono

Vandoosler tornava dal mercato. Fare la spesa stava diventando una delle sue mansioni. Non che gli desse fastidio, al contrario. Amava girovagare per le strade, guardare la gente, carpire frammenti di conversazione, mettersi in mezzo, sedersi sulle panchine, contrattare sul prezzo del pesce. Vezzi da sbirro, riflessi da seduttore, uno stile di vita. Sorrise. Gli piaceva quel nuovo quartiere. E anche la nuova casa. Aveva lasciato il suo vecchio alloggio senza alcun rimpianto, contento di poter ricominciare. L'idea di ricominciare l'aveva sempre attirato molto piú dell'idea di continuare.

Giunto in vista di rue Chasle, Vandoosler si fermò a considerare compiaciuto quella nuova zona della sua esistenza. Come ci era arrivato? Una serie di coincidenze. Quando ci rifletteva, la sua vita gli sembrava un tessuto coerente, anche se fatto d'ispirazioni disordinate, sensibili alla fugacità del presente e di nessuna tenuta sul lungo periodo. Di grandi idee, di progetti fondamentali ne aveva avuti eccome. Ma non ne aveva portato a compimento nessuno. Non uno. Aveva sempre visto le sue piú ferree risoluzioni soccombere alla prima sollecitazione, le sue promesse piú sincere sfilacciarsi alla minima occasione, le sue parole piú vibranti dissolversi nella realtà. Non c'erano santi. Vandoosler ci aveva fatto l'abitudine e quasi non se la prendeva piú. Basta esserne consapevoli. Efficace e a volte perfino eroico nell'istante, sulla media durata si sapeva sconfitto in partenza. Quella rue Chasle, cosí curiosamente provinciale, era perfetta. Ancora un posto nuovo. Per quanto tempo? Un passante gli lanciò un'occhiata. Probabilmente si stava chiedendo cosa ci facesse lí fermo sul marciapiede con la borsa della spesa. Vandoosler immaginò che quel tizio avrebbe saputo spiegare per filo e per segno perché viveva lí, e magari anche tracciare un quadro del proprio futuro. Mentre per lui sarebbe stato difficile semplicemente riassumere il proprio passato. Una magnifica rete di circostanze, ecco come lo vedeva. Di azioni slegate, d'indagini riuscite o mancate, di occasioni prese al volo, di donne sedotte, di eventi formidabili ma passeggeri e di piste troppo numerose per prestarsi a una sintesi, fortunatamente. Certo, non era stato indolore. È inevitabile. Per conoscere il nuovo bisogna disfarsi del vecchio.

Prima di rincasare, l'ex commissario si sedette sul muretto davanti alla topaia. Un raggio di sole ad aprile fa sempre bene. Evitò di guardare verso il giardino di Sophia Siméonidis, dove dal giorno prima tre operai del Comune si accanivano a scavare una buca, e volse gli occhi alla casa dell'altra vicina. Come diceva san Luca? Il Fronte orientale. Che fanatico, quel tipo. Cosa gliene importava della Grande Guerra? Comunque. Ognuno ha i suoi problemi. Sul Fronte orientale Vandoosler aveva fatto progressi. Aveva raccolto piccole informazioni qua e là. Metodi da sbirro. La vicina si chiamava Juliette Gosselin e viveva con il fratello Georges, un omone taciturno. Chissà. Come in qualunque altra situazione, Armand Vandoosler stava a vedere. Il giorno precedente, la vicina del lato est aveva lavorato in giardino. Un benvenuto alla primavera. Lui le aveva rivolto due parole, tanto per fare. Sorrise. Aveva sessantotto anni e qualche certezza da relativizzare. Non gli sarebbe piaciuto vedersi rifiutato. Prudenza, dunque, e ponderazione. Ma immaginare non gli costava nulla. Questa Juliette l'aveva osservata bene, gli era sembrata graziosa ed energica, sulla quarantina, ed era giunto alla conclusione che non aveva nulla da spartire con un vecchio sbirro – anche se era ancora un bell'uomo, a quanto dicevano. Cosa ci trovassero nella sua faccia, non l'aveva mai capito. Per i suoi gusti era troppo magra, troppo storta, non abbastanza pura. Mai e poi mai lui si sarebbe innamorato di uno cosí. Agli altri però capitava spesso. Cosa che sul lavoro, e non solo, gli era stata di grande aiuto. Ma non era stata indolore. Ad Armand Vandoosler non piaceva quando i suoi pensieri andavano a finire lí, al dolore. Ed era già la seconda volta in un quarto d'ora. Probabilmente perché, una volta di piú, stava cambiando vita, casa, frequentazioni. O forse per via di quei due gemelli incrociati in pescheria.

Si spostò per mettere la borsa all'ombra, e cosí facendo si avvicinò al Fronte orientale. Dannazione, perché continuava a pensarci? Non aveva che da spiare l'apparizione della vicina di sinistra e occuparsi del pesce per i tre operai comunali. Dolore? Sí, e allora? Non era mica l'unico, accidenti. D'accordo, spesso ci era andato pesante. Soprattutto con lei e i due gemelli, che aveva lasciato dall'oggi al domani. I gemelli avevano tre anni. Eppure ci teneva, a Lucie. Aveva perfino detto che sarebbe stato con lei per sempre. E invece no. Li aveva guardati allontanarsi sul marciapiede di una stazione. Vandoosler sospirò. Sollevò il capo lentamente e si ravviò i capelli. Ormai i suoi figli dovevano avere ventiquattro anni. Dov'erano? Aveva fatto una cazzata. Lontano, vicino? E lei? Inutile stare a pensarci. Pazienza. Non era grave. L'amore fiorisce ovunque, e un fiore vale l'altro, basta chinarsi a raccoglierli. È cosí. Niente di grave. Non è vero che alcuni sono meglio, tutte storie. Vandoosler si alzò, prese la borsa e si avvicinò al giardino della vicina orientale, Juliette. Ancora nessuno. Poteva sempre andare a cercarla... Se le informazioni che aveva erano giuste, Juliette gestiva *La Botte*, un ristorantino a due isolati da lí. Vandoosler il pesce lo cucinava alla perfezione, ma chiedere una ricetta non gli costava nulla.

Capitolo decimo

I tre picconieri erano talmente distrutti che mangiavano la spigola senza neanche accorgersene.
– Niente! – disse Marc versandosi da bere. – Niente di niente! Incredibile. Stiamo richiudendo. Stasera sarà tutto finito.
– Cosa ti aspettavi? – domandò Mathias. – Un cadavere? Te lo aspettavi davvero?
– Be', a forza di pensarci...
– E allora non sforzarti. Si pensa già abbastanza senza volerlo. Sotto quell'albero non c'è niente, punto.
– Ne siete sicuri? – domandò Vandoosler con voce sorda.
Marc alzò la testa. Conosceva quel tono di voce. Quando il padrino era nel pallone, voleva dire che ci aveva pensato su.
– Sicurissimi, – rispose Mathias. – Chi ha piantato quell'albero non ha scavato molto in profondità. A settanta centimetri dalla superficie gli strati erano intatti. Una specie di terrapieno risalente alla fine del XVIII secolo, epoca in cui è stata costruita la casa.
Mathias tirò fuori di tasca e posò sul tavolo un frammento di pipa d'argilla bianca col fornello pieno di terra. Fine XVIII.
– Ecco, – disse, – per gli intenditori. Sophia Siméonidis potrà dormire tranquilla. E quando gli abbiamo parlato di uno scavo nel suo giardino, il marito non ha fatto una piega. Un uomo pacifico.
– Può darsi, – disse Vandoosler. – Ma tutto ciò non spiega l'albero.
– Esattamente, – disse Marc. – L'albero non si spiega.
– E chi se ne frega dell'albero, – disse Lucien. – Sarà stata

una scommessa, o qualcosa del genere. Abbiamo intascato trentamila franchi con piena soddisfazione di tutti quanti. Richiudiamo la trincea e stasera ce ne andiamo a dormire alle nove. Ripiegamento. Sono stanco morto.

– No, – disse Vandoosler. – Stasera si esce.

– Commissario, – disse Mathias, – Lucien ha ragione, siamo cotti. Esca pure, se vuole, ma noi andiamo a dormire.

– Dovrete fare uno sforzo, san Matteo.

– Non mi chiamo san Matteo, accidenti!

– Certo, – disse Vandoosler stringendosi nelle spalle, – ma che differenza fa? Matteo, Mathias... Luca, Lucien... se non è zuppa è pan bagnato. E io mi diverto. Assediato dagli evangelisti, alla mia età. A proposito, il quarto dov'è? Da nessuna parte. Un'auto a tre ruote, ecco cosa siete... una carrozza a tre cavalli. Davvero spassoso.

– Spassoso? Perché si rovescia in un fosso? – domandò Marc, irritato.

– No, – disse Vandoosler. – Perché non va mai dove dovrebbe, dove si vorrebbe farla andare. Imprevedibile, ecco. Per questo è uno spasso. Non è vero, san Matteo?

– Come vuole, – sospirò Mathias, premendo le mani l'una contro l'altra. – Comunque, non sarà certo lei a trasformarmi in un angelo.

– Non vorrei suonare pedante, – disse Vandoosler, – ma un evangelista e un angelo sono due cose ben diverse. Comunque, andiamo avanti. Stasera la vicina ha organizzato una cenetta tra amici. La vicina del lato est. A quanto pare lo fa spesso. È una tipa festaiola. Ho accettato l'invito. Ho detto che ci saremmo andati tutti e quattro.

– Una cenetta tra amici? – fece Lucien. – Neanche morto. Bicchieri di plastica, vino bianco acido, piatti di carta pieni di schifezze salate. Neanche morto. Anche se sono nella merda, mi ha capito, commissario?, anzi, proprio perché sono nella merda, non ci penso nemmeno. Fosse pure sulla sua carrozza a tre cavalli. Un cenone fastoso o niente. Merda o grandeur, niente compromessi. Le vie di mezzo mi fanno sentire impotente e mi avviliscono.

– Non sarà a casa sua, – disse Vandoosler. – La vicina gestisce un ristorante a due isolati da qui, *La Botte*. E avrebbe piacere di offrirvi da bere. Che problema c'è? Questa Juliette del lato est non è affatto male, e suo fratello lavora nell'editoria. Può sempre servire. Ma soprattutto, ci sarà Sophia Siméonidis col marito. Loro ci vanno sempre. E mi interesserebbe vederli.

– Sophia e la vicina sono amiche?

– Per la pelle.

– Collusione tra i due fronti, – disse Lucien. – Rischiamo di essere presi in una sacca, bisogna tentare uno sfondamento. Al diavolo i bicchieri di carta.

– Stasera ci faremo un'idea, – disse Marc, stanco dei desideri volubili e imperiosi del padrino. Cosa cercava Vandoosler il Vecchio? Un modo di distrarsi dai propri pensieri? Un'indagine? L'indagine era finita ancora prima di cominciare.

– Ti abbiamo detto che sotto l'albero non c'è niente, – riprese Marc. – Lascia perdere la cena.

– Non vedo cosa c'entra, – disse Vandoosler.

– E invece scusami ma lo vedi eccome. Tu vuoi indagare. Non importa dove, non importa su cosa, pur d'indagare.

– E allora?

– E allora smettila di inventarti storie inesistenti per sostituire quello che non hai piú. Noi andiamo a chiudere il buco.

Capitolo undicesimo

Fatto sta che alle nove di sera Vandoosler si era visto arrivare gli evangelisti alla *Botte*. Richiuso il buco, cambiati i vestiti, i tre si erano presentati sorridenti e pettinati. «Volontari a rapporto», aveva sussurrato Lucien all'orecchio del commissario. Juliette aveva cucinato per venticinque persone e aveva chiuso il ristorante al pubblico. La serata in realtà era andata piú che bene: Juliette, passando tra i tavoli, aveva detto a Vandoosler che i suoi nipoti avevano un certo fascino, messaggio che il padrino aveva gonfiato e trasmesso. Immediatamente, Lucien aveva cambiato idea su tutto quanto gli stava intorno. Nemmeno Marc era rimasto insensibile al complimento, e con ogni probabilità Mathias lo apprezzava in silenzio.

Vandoosler aveva spiegato a Juliette che dei tre uno solo era suo nipote, quello in nero, argento e oro, ma a Juliette le precisazioni tecniche e famigliari non interessavano. Era il genere di donna che ride prima di conoscere la fine della barzelletta. Ragion per cui rideva spesso, e a Mathias la cosa piaceva. Una risata molto graziosa. Gli ricordava la sua sorella maggiore. Juliette aiutava il cameriere a servire in tavola e si sedeva raramente, piú per sfizio che per necessità. Sophia Siméonidis, al contrario, era il ritratto della ponderazione. Di tanto in tanto guardava i tre scavatori e sorrideva. Suo marito le sedeva accanto. Lo sguardo di Vandoosler indugiava su di lui, e Marc si domandava cosa sperasse di scoprire. Spesso Vandoosler faceva finta. Fingeva di scoprire qualcosa. Metodi da sbirro.

Quanto a Mathias, osservava Juliette. A intervalli regolari, lei e Sophia si raccontavano storielle a bassa voce. Sembravano divertirsi. Senza un motivo preciso, a Lucien venne voglia di sapere se Juliette Gosselin avesse un amico, un compagno o qualcosa del genere. E siccome il vino era di suo gradimento e ne stava bevendo parecchio, gli sembrò naturale porre la domanda in modo diretto. Juliette rise e disse che se lo era lasciato sfuggire, non aveva ancora capito come. Insomma, era sola. E la cosa la divertiva. Quel che si dice un buon carattere, pensò Marc, e la invidiò. Gli sarebbe piaciuto conoscerne il segreto. In compenso, aveva scoperto che il nome del ristorante si ispirava alla forma della porta della cantina, i cui montanti di pietra erano stati incavati per consentire il passaggio di botti molto grandi. Bei locali. Del 1732, stando alla data incisa sull'architrave. Anche la cantina doveva essere interessante. Se l'avanzata sul Fronte orientale continuava, sarebbe andato a dare un'occhiata.

L'avanzata continuò. Non si sa come, alle tre del mattino il sonno aveva vinto i piú valorosi, e attorno al tavolo coperto di bicchieri e posacenere rimasero solo Juliette, Sophia e i quattro della topaia. Mathias si era ritrovato accanto a Juliette e Marc pensò che, anche se con discrezione, l'aveva fatto apposta. Che imbecille. Certo, Juliette era conturbante, malgrado avesse cinque anni piú di loro – informazione che Vandoosler aveva raccolto e diffuso. Pelle bianca, braccia sode, abito piuttosto stretto, viso tondo, lunghi capelli biondi. E la risata, soprattutto. Ma Juliette non cercava di sedurre nessuno, era chiaro come il sole. Sembrava essersi perfettamente adattata alla solitudine dell'ostessa, come aveva detto poco prima. No, era solo una fantasia di Mathias. Niente di grave, ma comunque. Se sei nella merda, desiderare la prima vicina che ti capita a tiro, per quanto graziosa, non è certo una grande idea. È un modo per complicarti la vita, quando proprio non ce n'è bisogno. E poi se ne pagano le conseguenze, Marc ne sapeva qualcosa. Oddio, forse si sbagliava. Dopotutto, Mathias aveva il diritto di essere turbato senza per questo doverne pagare le conseguenze.

Dal canto suo Juliette, che non si rendeva conto dell'attenta immobilità di Mathias, era impegnata a raccontare aneddoti,

come quello del cliente che mangiava le patatine con la forchetta, o del tizio del martedí che si guardava in uno specchietto per tutto il pranzo. Alle tre del mattino un aneddoto vale l'altro, nessuno fa troppo il difficile. Cosí lasciarono che Vandoosler riferisse nei minimi particolari qualche episodio criminale. Il Vecchio raccontava con voce lenta e persuasiva. Un'ottima ninna-nanna. Lucien aveva sempre meno dubbi circa la necessità di rispondere alle offensive sferrate dai due fronti. Mathias andò a prendere dell'acqua e tornò a sedersi in un posto qualunque, addirittura fuori dal campo visivo di Juliette. Marc, che in fatto di turbamenti, per quanto leggeri o passeggeri, di solito ci azzeccava, rimase sorpreso. Dunque Mathias non era un libro aperto come gli altri. Forse era criptato. Juliette sussurrò qualcosa all'orecchio di Sophia. Sophia scosse la testa. Juliette insistette. Nessuno aveva sentito nulla, ma Mathias disse:
– Se Sophia Siméonidis non vuole cantare, non bisogna costringerla.

Juliette ci rimase male, cosí Sophia cambiò idea. Quello che seguí fu un momento eccezionale: alle tre del mattino, davanti a quattro uomini chiusi in una botte, Sophia Siméonidis cantò, in segreto, accompagnata al piano da Juliette – che pur avendo un modesto talento doveva essersi abituata a suonare soprattutto per lei. Evidentemente certe sere, dopo la chiusura del locale, Sophia si esibiva in questi recital clandestini, lontana dal palcoscenico, soltanto per sé e per l'amica.

Dopo un momento eccezionale non si sa mai bene cosa dire. I tre scavatori cominciavano a sentire la fatica. La tavolata si alzò e si vestí. Il ristorante venne chiuso e il gruppo si avviò compatto nella stessa direzione. Fu solo quando giunsero sotto casa sua che Juliette raccontò del cameriere. Due giorni prima le aveva dato buca. L'aveva mollata senza preavviso. Juliette esitava a continuare. L'indomani avrebbe messo un annuncio, ma... dal momento che... siccome aveva sentito dire che...
– Che siamo nella merda, – le venne in aiuto Marc.
– Ecco, sí, – disse Juliette, che superato il primo scoglio già appariva piú vivace. – E allora stasera, mentre suonavo il pia-

no, ho pensato che in fondo è pur sempre un lavoro, e che forse avrebbe potuto interessare a qualcuno di voi. Per uno che ha fatto l'università un posto di cameriere non è il massimo, ma nell'attesa...

– Come fa a sapere che abbiamo fatto l'università? – domandò Marc.

– È facilissimo da capire, per chi non ha studiato, – disse Juliette ridendo nella notte.

Senza sapere perché, Marc si sentí a disagio. Scoperto, scontato, anche un po' offeso.

– E il pianoforte? – disse.

– Il pianoforte è diverso, – disse Juliette. – Avevo un nonno fattore e melomane. Era un grande esperto di barbabietole, lino, frumento, musica, segale e patate. Per quindici anni mi ha obbligata a prendere lezioni di musica. Era il suo chiodo fisso... Quando sono venuta a Parigi, mi sono messa a fare la domestica e ho chiuso col pianoforte. Ho potuto riprendere solo parecchio tempo dopo, quando il nonno è morto e mi ha lasciato una grossa somma. Aveva molti ettari di terreno e molti chiodi fissi. E perché io potessi ereditare, aveva posto una condizione inderogabile: dovevo riprendere a suonare il pianoforte... Ovviamente, – continuò Juliette ridendo, – il notaio mi disse che la condizione non era valida. Ma io ho voluto rispettare il chiodo fisso del nonno. Ho comprato la casa, il ristorante e un pianoforte. Ecco com'è andata.

– Per questo nel menu ci sono spesso le barbabietole? – domandò Marc con un sorriso.

– Esattamente, – disse Juliette. – Variazioni sul tema.

Cinque minuti dopo, Mathias era assunto. Sorrideva e premeva le mani l'una contro l'altra. Piú tardi, mentre salivano le scale di casa, Mathias domandò a Marc perché aveva mentito dicendo che non poteva prendere quel lavoro, che aveva un'occasione in vista.

– Perché è vero, – disse Marc.

– No che non è vero. Tu in vista non hai niente. Perché non hai preso quel lavoro?

- Perché il primo che vede prende, – disse Marc.
- Il primo che vede cosa?... Dio santo, dov'è Lucien? – aggiunse tutt'a un tratto.
- Merda, mi sa che l'abbiamo lasciato di sotto.

Lucien, che aveva bevuto l'equivalente di venti bicchieri di carta, non era riuscito ad andare oltre i primi gradini e dormiva all'altezza del quinto. Marc e Mathias lo tirarono su per le braccia.

Vandoosler aveva riaccompagnato Sophia fin sotto casa e rientrò in quel momento, in perfetta forma.

- Che bel quadretto, – commentò. – I tre evangelisti aggrappati gli uni agli altri si apprestano all'ascensione impossibile.
- Accidenti, – disse Mathias sollevando Lucien, – perché gli abbiamo dato il terzo piano?
- Mica sapevamo che beveva come una spugna, – disse Marc. – E poi ti ricordo che non si poteva fare diversamente. L'ordine cronologico prima di tutto: al piano terra l'ignoto, il mistero originale, il disordine generale, il magma primordiale, insomma, le stanze comuni. Al primo piano, vago superamento del caos, qualche modesto tentativo, l'uomo nudo si raddrizza in silenzio, insomma, tu, Mathias. Risalendo la scala del tempo...
- Cosa c'è da gridare? – domandò Vandoosler il Vecchio.
- Sta declamando, – disse Mathias. – È pur sempre un suo diritto. Non ci sono orari per gli oratori.
- Risalendo la scala del tempo, – continuò Marc, – scavalcata l'antichità, l'agevole ingresso nel glorioso secondo millennio, i contrasti, gli ardimenti e gli stenti medievali, insomma, io, al secondo piano. Dopodiché, al piano superiore, il degrado, la decadenza, il contemporaneo. Insomma, lui, – proseguí Marc scuotendo Lucien per un braccio, – lui, al terzo piano, che con la sua vergognosa Grande Guerra chiude la stratigrafia della Storia e della Scala. Ancora piú su il padrino, che in un modo tutto suo porta avanti lo scardinamento del presente.

Marc si fermò e tirò un sospiro.

- Capisci che, anche se sarebbe piú pratico sistemare questo qui al primo piano, non possiamo mica permetterci di sconvolgere la cronologia rovesciando la stratigrafia della scala. La scala del tempo è tutto quel che ci resta, Mathias! Vuoi buttare all'aria la tromba delle scale, che è l'unica cosa che abbiamo messo in ordine? L'unica, caro mio! Non possiamo permettercelo.

– Hai ragione, – disse Mathias con tono grave. – Non possiamo. Dobbiamo portare la Grande Guerra al terzo piano.

– Se mi è concesso, – intervenne pacatamente Vandoosler, – siete uno piú sbronzo dell'altro, e gradirei che trascinaste san Luca fino allo strato cronologico che gli spetta per potermi ritirare negli ignobili quartieri dei tempi che corrono, dove risiedo.

Lucien rimase molto sorpreso quando, alle undici e trenta del giorno dopo, vide Mathias prepararsi alla meglio per il lavoro. Gli ultimi episodi della serata, in particolare l'ingaggio di Mathias come cameriere, gli erano del tutto ignoti.

– Altroché, – insisteva Mathias, – hai perfino abbracciato due volte Sophia Siméonidis per ringraziarla di aver cantato. Sembravate piuttosto intimi, Lucien.

– Non me lo ricordo minimamente, – disse Lucien. – Cosí ti sei arruolato sul Fronte orientale? E parti contento? Con il fiore nel fucile? Lo sai almeno che si pensa sempre di trionfare sulla merda in quindici giorni ma in realtà non si finisce mai?

– Hai bevuto come una spugna, – disse Mathias.

– Sono a prova di bomba, – disse Lucien. – Buona fortuna, soldato.

Capitolo dodicesimo

E Mathias entrò in servizio sul Fronte orientale. Quando Lucien non aveva lezione, attraversava la linea del fuoco con Marc e insieme andavano a pranzo alla *Botte*, per incoraggiare l'amico e perché lí si stava proprio bene. Il giovedí, a pranzo c'era pure Sophia Siméonidis. Ogni giovedí, da anni.
Mathias serviva con lentezza, un piatto alla volta, senza fare acrobazie. Al terzo giorno, aveva individuato il cliente che mangiava le patatine con la forchetta. Al settimo giorno, Juliette aveva preso l'abitudine di dargli gli avanzi della cucina, per cui alla topaia i pasti erano migliorati. Al nono giorno, un giovedí, Sophia invitò Marc e Lucien a pranzare con lei. Il giovedí seguente, sedicesimo giorno, Sophia scomparve.
L'indomani nessuno la vide. Preoccupata, Juliette domandò a san Matteo se dopo la chiusura poteva andare a parlare con il vecchio commissario. A Mathias seccava tremendamente che Juliette lo chiamasse san Matteo. Ma la prima volta che le aveva parlato dei suoi tre coinquilini, Vandoosler il Vecchio aveva usato quei nomi idioti e magniloquenti, e lei ora non riusciva piú a toglierseli dalla testa. Chiusa *La Botte*, Juliette accompagnò Mathias alla topaia. Lui le aveva spiegato il sistema di gradazione cronologica della scala, perché non si stupisse scoprendo che il piú anziano stava nel sottotetto.
Ancora ansimante per la rapida ascensione, Juliette si sedette di fronte a Vandoosler, che subito si fece attento. Nonostante sembrasse stimare gli evangelisti, Juliette prediligeva il parere del vecchio commissario. Appoggiato a una trave, Mathias pensò che, in realtà, del vecchio commissario Juliette predilige-

va l'aspetto, e questo un po' lo irritava. Piú il padrino si faceva attento, piú diventava bello.

Di ritorno da Reims, dove l'avevano chiamato per tenere una conferenza ben retribuita su «La guerra di posizione», Lucien chiese un riassunto dei fatti. Sophia non era ricomparsa. Juliette era andata da Pierre Relivaux il quale aveva detto di non spaventarsi, che sarebbe tornata. Sembrava preoccupato ma sicuro di sé. Il che faceva pensare che Sophia avesse motivato la partenza. Ma Juliette non si dava pace. Non si capacitava che non avesse detto niente a lei. Lucien si strinse nelle spalle. Non voleva ferire Juliette, ma Sophia non era mica obbligata a raccontarle tutto. Lei però insisteva. Sophia non aveva mai saltato un giovedí senza avvertirla. Alla *Botte* cucinavano lo spezzatino ai funghi apposta per lei. Lucien borbottò. Che cos'è uno spezzatino ai funghi di fronte a un'emergenza? Per Juliette, chiaramente, veniva prima lo spezzatino. Eppure non era stupida. Ma è sempre cosí: il tempo di distogliere il pensiero dal quotidiano, da se stessi e dallo spezzatino, e ti scappa un'idiozia. Juliette sperava che il vecchio commissario riuscisse a far parlare Pierre Relivaux. Anche se le era parso di capire che Vandoosler non era esattamente una garanzia.

– Ma dopotutto, – disse Juliette, – un poliziotto è sempre un poliziotto.

– Non è detto, – replicò Marc. – Uno sbirro messo alla porta può diventare un antisbirro, magari un lupo mannaro.

– Non è che per caso si era stufata dello spezzatino? – domandò Vandoosler.

– Per niente, – disse Juliette. – E oltretutto ha un curioso modo di mangiarlo. Allinea i funghetti un po' come delle note su un rigo e vuota il piatto metodicamente, una battuta dopo l'altra.

– Una donna organizzata, – disse Vandoosler. – Non il tipo che scompare senza spiegazioni.

– Se suo marito non si allarma avrà le sue buone ragioni, – disse Lucien, – e nessuno lo obbliga a mettere in piazza la sua vita privata solo perché la moglie ha disertato uno spezzatino.

Lasciamo stare. Se una donna ha voglia di sparire per un po', ha tutto il diritto di farlo. Non vedo perché dovremmo darle la caccia.

– Eppure, – disse Marc, – Juliette sta pensando a qualcosa che non dice. Non è solo lo spezzatino, vero, Juliette?

– È vero, – ammise Juliette.

Era graziosa, nella luce fioca del sottotetto. Tutta presa dalla sua preoccupazione, non badava al contegno. Piegata in avanti con le mani incrociate, il vestito non aderiva al corpo, e Marc notò che Mathias le si era piazzato di fronte. Ancora quel turbamento immobile. Poteva capirlo. Un corpo bianco, pieno, nuca tonda, spalle nude.

– Ma se poi Sophia domani torna, – continuò Juliette, – non mi perdonerei di aver raccontato i fatti suoi a dei semplici vicini.

– Si può essere vicini anche senza essere semplici, – disse Lucien.

– E poi c'è l'albero, – disse Vandoosler, delicato. – L'albero costringe a parlare.

– L'albero? Quale albero?

– Dopo, dopo, – disse Vandoosler. – Mi racconti quello che sa.

Nessuno resisteva al timbro di voce del vecchio sbirro. E non c'era motivo perché Juliette facesse eccezione.

– Era arrivata dalla Grecia con un amico, – disse Juliette. – Si chiamava Stelyos. Un amico fedele, a sentir lei, un protettore, ma a me è parso di capire che era un fanatico, affascinante, ombroso, che non permetteva a nessuno di avvicinarla. Sophia era sostenuta, covata, sorvegliata da Stelyos. Finché non incontrò Pierre, e lasciò il suo compagno di viaggio. A quanto pare questo scatenò un dramma tremendo e Stelyos tentò di farla finita, o qualcosa del genere. Sí, ecco, cercò di annegarsi, ma senza riuscirci. Dopodiché urlò, si scalmanò, minacciò e alla fine lei non ne seppe piú nulla. Tutto qui. Niente di straordinario, in realtà. Salvo il modo in cui Sophia ne parla. Mai tranquilla. Lei crede che un giorno o l'altro Stelyos tornerà, e allora ci sarà poco da stare allegri. Dice che lui è «molto greco», imbevuto di vecchie storie greche, credo, e queste sono cose che non si cancellano. I greci non erano gente qualunque, nell'antichità. Secondo Sophia si tende a dimenticarlo. Comunque sia, tre mesi fa, no, tre mesi e mezzo, mi ha fatto vedere una cartolina che aveva ricevuto da Lione. Sopra c'era soltanto una stella, anche piuttosto mal disegnata. A me non sembrava poi cosí interessante, ma Sophia è rimasta sconvolta. Ho pensato che la stella stesse a indicare la neve, o il Natale, ma lei era convinta che volesse dire Stelyos e che non promettesse niente di buono. Pare che Stelyos disegnasse continuamente delle stelle, e che l'idea di studiarle sia venuta in mente proprio ai greci. Poi non c'è stato nessun seguito, e lei se n'è dimenticata. Tutto qui. Ma adesso io mi chiedo: e se Sophia avesse ricevuto un'altra cartolina? Forse aveva i suoi buoni motivi per spaventarsi. Sono cose che noi non possiamo capire. I greci non erano gente qualunque.

– Da quanto tempo è sposata con Pierre? – domandò Marc.

– Da tanto... Quindici, vent'anni... – disse Juliette. – Francamente, mi sembra assurdo che uno si vendichi con vent'anni di ritardo. Nella vita abbiamo ben altro da fare che star lí a rimuginare le nostre delusioni. Vi rendete conto? Se tutti gli amanti abbandonati di questo mondo rimuginassero la loro vendetta, la terra sarebbe un campo di battaglia. Un deserto... O sbaglio?

– A volte capita di ripensare a qualcuno anche dopo molto tempo, – disse Vandoosler.

– Che si uccida qualcuno a caldo, d'accordo, – continuò Juliette senza prestargli attenzione, – sono cose che capitano. Un raptus omicida. Ma prendersela dieci anni piú tardi, non ci credo. Anche se, a quanto pare, Sophia a questo genere di reazioni ci crede. Dev'essere una cosa greca, non ne ho idea. Se racconto tutto questo, è perché Sophia lo ritiene importante. Ho l'impressione che si senta un po' in colpa per aver abbandonato il suo compagno greco, e visto che Pierre l'ha delusa, forse era un modo per ricordarsi di Stelyos. Diceva di averne paura, ma io credo che le piacesse pensare a lui.

– Delusa da Pierre? – domandò Mathias.

– Sí, – disse Juliette. – Pierre ha cominciato a trascurare tutto, o meglio, a trascurare lei. Le rivolge la parola, ma niente di piú. Fa conversazione, come dice Sophia, e poi legge i suoi giornali per ore e ore senza neanche alzare il naso quando lei gli passa accanto. Già di prima mattina, a quanto pare. Ho provato a dirle che è normale, ma lei lo trova triste.

– E allora? – disse Lucien. – Se se n'è andata a spasso con il suo amico greco, non sono affari nostri!

– Però c'è lo spezzatino ai funghi, – riprese Juliette, cocciuta. – Mi avrebbe avvertita. In ogni caso, preferirei sapere. Sarei piú tranquilla.

– Non è tanto lo spezzatino, – disse Marc. – È quell'albero. Una donna che sparisce senza preavviso, un marito indifferente, un albero nel giardino... È un po' troppo. Non credo che si possa stare a guardare. Tu che ne pensi, commissario?

Armand Vandoosler alzò la testa. Aveva ritrovato la sua faccia da sbirro. Lo sguardo concentrato che spariva sotto le sopracciglia e il naso che appariva piú possente, offensivo. Marc c'era abituato. Il volto del padrino era talmente mobile che lui riusciva a decifrare i diversi registri dei suoi pensieri. I toni gravi corrispondevano ai gemelli e alla moglie, spariti chissà dove, i medi a qualche indagine poliziesca, gli acuti a una ragazza da sedurre. Questo per semplificare. A volte i pensieri si confondevano e allora diventava piú complicato.

– Sono preoccupato, – disse Vandoosler. – Ma da solo non posso fare granché. Da quel che ho visto l'altra sera, Pierre Relivaux non parlerà al primo sbirro corrotto che gli si para davanti. Poco ma sicuro. È di quelli che si piegano solo davanti all'uniforme. D'altra parte, sarebbe il caso di saperlo.

– Che cosa? – disse Marc.

– Se Sophia ha motivato la partenza, e se sí, come, e poi dovremmo scoprire se sotto quell'albero c'è qualcosa.

– Non vorrà mica ricominciare! – gridò Lucien. – Non c'è niente sotto quel dannato albero! Solo pipe di terracotta del XVIII secolo! E rotte, per di piú.

– Sotto l'albero non c'*era* niente, – precisò Vandoosler. – Ma... adesso?

Juliette li guardava a turno senza capire.
– Che cos'è questa storia dell'albero? – domandò.
– Il giovane faggio, – disse Marc, impaziente. – Vicino al muro di cinta, nel suo giardino. Ci aveva chiesto di scavarci un buco sotto.
– Il faggio? Quello nuovo? – disse Juliette. – Ma se è stato lo stesso Pierre a dirmi che l'aveva fatto piantare per nascondere il muro!
– Ma guarda, – disse Vandoosler. – Non aveva detto questo, a Sophia.
– Che senso ha piantare un albero in piena notte senza dirlo alla moglie? Spaventandola per niente? È una perversione demenziale, – disse Marc.
Vandoosler si girò verso Juliette.
– Sophia non ha detto nient'altro? A proposito di Pierre? Qualche rivale in vista?
– Lei non ne sa nulla, – disse Juliette. – A volte, il sabato o la domenica, Pierre sta fuori parecchio tempo. Per rinfrescarsi le idee. Ma nessuno ci crede molto, a queste rinfrescate. E anche a Sophia vengono dei dubbi, è normale. Ecco, per esempio, io dubbi del genere non ne ho. Non sembra, ma è un bel vantaggio.
Rise. Mathias la fissava, sempre immobile.
– Dobbiamo vederci chiaro, – disse Vandoosler. – Al marito ci penso io, vedrò di combinare un incontro. Tu, san Luca, hai lezione domani?
– Si chiama Lucien, – mormorò Mathias.
– Domani è sabato, – disse Lucien. – Per i santi, i soldati in licenza e buona parte del resto del mondo è un giorno di vacanza.
– Allora, tu e Marc pedinate Pierre Relivaux. È il tipico uomo impegnato e prudente. Se davvero ha un'amante, le avrà destinato la classica casella del sabato e domenica. Avete già pedinato qualcuno? Sapete come si fa? No, ovviamente. Se vi si tolgono le vostre indagini storiche, siete persi. E dire che per tre studiosi del Tempo come voi, capaci di andare a ripescare

un passato inafferrabile, braccare il presente non dovrebbe essere un problema. A meno che il presente vi disgusti...
Lucien fece una smorfia.
– E Sophia? – disse Vandoosler. – Ve ne fregate?
– Certo che no, – disse Marc.
– Bene. San Luca e san Marco, tallonate Relivaux per tutto il week-end. Senza mollarlo un secondo. San Matteo deve lavorare per cui resterà nella sua botte di ferro con Juliette. Ma con le orecchie aperte, non si sa mai. Quanto all'albero...
– Cosa facciamo? – chiese Marc. – Non possiamo certo riciclare la farsa degli operai comunali. E poi non penserai davvero...
– Tutto è possibile, – disse Vandoosler. – Per quanto riguarda l'albero, la questione va affrontata di petto. Leguennec andrà benissimo. È un tipo resistente.
– Chi è Leguennec? – domandò Juliette.
– Uno con cui ho fatto delle indimenticabili partite a carte, – disse Vandoosler. – Avevamo inventato un gioco che si chiamava «la baleniera». Straordinario. Lui sul mare la sapeva lunga, da giovane era stato pescatore. Pesca d'altura, il mare d'Irlanda, queste cose qui. Straordinario.
– E cosa ce ne facciamo del tuo giocatore dei mari d'Irlanda? – domandò Marc.
– Questo pescatore-giocatore è diventato uno sbirro.
– Di quelli come te? – domandò Marc. – Largo di manica o svelto di mano?
– Né l'uno né l'altro. E infatti continua a fare lo sbirro. È addirittura diventato ispettore capo al commissariato del XIII arrondissement. Quando mi hanno rimosso, è stato uno dei pochi che hanno cercato di difendermi. Ma non posso contattarlo io, lo metterei in una posizione scomoda. Vandoosler è un nome ancora troppo noto nell'ambiente. Se ne occuperà san Matteo.
– E con quale pretesto? – domandò Mathias. – Cosa gli dico a questo Leguennec? Che una donna non è tornata a casa e suo marito non se ne preoccupa? Fino a prova contraria, un

adulto è libero di andare dove gli pare senza che la polizia ci metta il naso, cazzo.
– Un pretesto? Niente di piú facile. Mi pare che quindici giorni fa tre individui siano venuti a scavare nel giardino della signora spacciandosi per operai del comune. Frode. Ecco un ottimo pretesto. Poi gli dài gli altri elementi e Leguennec capirà al volo. E si farà vivo.
– Molte grazie, – disse Lucien. – Il commissario ci spinge a scavare nel giardino e poi ci mette gli sbirri alle calcagna. Stupendo.
– San Luca, pensaci un attimo. Alle calcagna io vi metto Leguennec, è un po' diverso. E poi non ho detto che Mathias deve fare i nomi degli scavatori.
– Questo Leguennec li scoprirà da solo, se è cosí in gamba.
– Non ho detto che è in gamba, ho detto che è un tipo resistente. I nomi li scoprirà perché glieli suggerirò io, ma piú avanti. E solo se necessario. San Matteo, ti dirò io quando intervenire. Per ora, credo che Juliette sia stanca.
– È vero, – disse lei raddrizzandosi. – Io vado a casa. È proprio indispensabile coinvolgere la polizia?
Juliette guardò Vandoosler. Le parole del vecchio sbirro sembravano averla rassicurata. Gli sorrise. Marc e Mathias si scambiarono un'occhiata. La bellezza del padrino, benché senile e già molto sfruttata, faceva ancora il suo effetto. Che possibilità avevano i lineamenti statici di Mathias contro una bellezza logora ma operante?
– Adesso l'importante è andare a dormire, – disse Vandoosler.
– Domattina farò un salto da Pierre Relivaux. Dopodiché, subentreranno san Luca e san Marco.
– Agli ordini, – disse Lucien.
E sorrise.

Capitolo tredicesimo

In piedi su una sedia, Vandoosler sporgeva la testa da un lucernario e sorvegliava il risveglio della casa di destra. Il Fronte occidentale, come diceva Lucien. Veramente un fanatico. Eppure pareva che avesse scritto dei libri piú che validi su una quantità di aspetti sconosciuti della questione '14-18. Com'era possibile appassionarsi a quelle anticaglie quando in un angolo di un giardino qualsiasi potevano annidarsi intrighi mai visti? Ma tutto sommato, forse era la stessa cosa.
Forse doveva smetterla di chiamarli santi. A loro dava fastidio, ed era comprensibile. Non erano piú dei bambini. Sí, ma lui si divertiva. Anzi, di piú. E finora Vandoosler non aveva mai rinunciato a qualcosa che gli procurava piacere. Perciò aspettava di vedere come se la sarebbero cavata con il presente, i tre studiosi del Tempo. Se era per fare una ricerca, che differenza c'era tra la vita dei cacciatori-raccoglitori, quella dei monaci cistercensi, quella dei soldati semplici e quella di Sophia Siméonidis? Intanto, occorreva tenere d'occhio il Fronte occidentale e aspettare il risveglio di Pierre Relivaux. Non ci sarebbe voluto molto. Non era tipo da rimanere a letto a poltrire. Era un convinto fautore della volontà, una razza un po' rompipalle.
Verso le nove e trenta il vecchio commissario decise che, stando ai movimenti intercettati, Pierre Relivaux era pronto. Pronto all'incontro con lui, Armand Vandoosler. Scese le quattro rampe di scale e salutò i tre, già riuniti nello stanzone comune. Gli evangelisti che si abbuffano gomito a gomito. Forse era questo che gli piaceva: il contrasto tra le parole e i fatti. Vandoosler andò a suonare il campanello del vicino.

Pierre Relivaux non gradí l'intrusione. Vandoosler l'aveva previsto e aveva optato per l'attacco frontale: ex poliziotto, preoccupazione per la signora scomparsa, alcune domande, meglio se in casa. Pierre Relivaux rispose quel che Vandoosler si aspettava, ossia che tutto ciò riguardava soltanto lui.

– Verissimo, – disse Vandoosler, andando a sedersi in cucina senza che nessuno l'avesse invitato. – Ma pensi che seccatura se la polizia venisse a trovarla, ritenendo che la cosa la riguardi. Cosí ho immaginato che i consigli preventivi di un vecchio poliziotto potessero esserle d'aiuto.

Come previsto, Pierre Relivaux aggrottò la fronte.

– La polizia? Per che motivo? A quanto mi risulta, mia moglie ha tutto il diritto di assentarsi.

– Naturalmente. Ma si è verificata una spiacevole catena di circostanze. Ricorda i tre operai comunali che sono venuti a scavare nel suo giardino, piú di quindici giorni fa?

– Certo. Sophia mi ha detto che dovevano controllare dei vecchi cavi elettrici. E io non ci ho dato peso.

– Peccato, – disse Vandoosler. – Perché quelli non erano impiegati del Comune, e neanche dell'Azienda elettrica, né di alcunché di rispettabile. Non ci sono mai stati cavi elettrici, nel suo giardino. Quei tre individui hanno mentito.

– Ma è assurdo! – gridò Relivaux. – Cos'è questa storia? E poi cosa c'entrano mia moglie e la polizia?

– È proprio qui che le cose si complicano, – disse Vandoosler, con un'aria sinceramente dispiaciuta. – Una persona del quartiere, un ficcanaso, insomma, qualcuno che non la vede di buon occhio, ha fiutato l'imbroglio. Immagino che abbia riconosciuto e interrogato uno degli operai. Fatto sta che ha avvisato la polizia. E io l'ho saputo. Ho ancora qualche discreta entratura.

Vandoosler mentiva con facilità e piacere. Si sentiva completamente a suo agio.

– La polizia si è fatta una risata ed è finita lí, – continuò. – Ma ha riso di meno quando il testimone in questione, risentito, ha intensificato le ricerche ed è tornato a informarli che sua moglie era «sparita senza preavviso», come già si mormora nel quartiere. Aggiungendo poi che era stata proprio sua moglie a volere quello scavo abusivo, e a chiedere che passasse sotto quel giovane faggio laggiú.

Vandoosler indicò l'albero puntando distrattamente il dito verso la finestra.

– Sophia ha fatto questo? – disse Relivaux.

– Stando al testimone, l'ha fatto. Tant'è che la polizia sa di sua moglie, sa della sua preoccupazione per un albero apparentemente caduto dal cielo, sa dello scavo e della successiva scomparsa. Per la polizia, in quindici giorni è decisamente troppo. Bisogna capirli. Quelli si mettono in allarme per un nonnulla. Verranno a interrogarla, non c'è dubbio.

– E questo «testimone», chi è?

– Un anonimo. Gli uomini sono creature vili.

– E lei che c'entra, in tutto questo? Se la polizia mi viene in casa, a lei che gliene importa?

Vandoosler aveva previsto anche questa domanda banale. Pierre Relivaux era un uomo coscienzioso, caparbio, per niente originale, all'apparenza. D'altronde era per questo che il vecchio commissario puntava sull'amante del fine settimana. Vandoosler lo guardava. Mediamente calvo, mediamente grasso, mediamente simpatico. Un uomo a metà. Non troppo difficile da manovrare, per ora.

– Diciamo che se potessi confermare la sua versione dei fatti, sicuramente si calmerebbero. Hanno un buon ricordo di me.

– E perché dovrebbe farmi un favore? Che cosa vuole? Soldi?

Vandoosler scosse la testa sorridendo. Relivaux era anche mediamente idiota.

– Eppure, – insistette Relivaux, – non vorrei sbagliarmi, ma voi in quella topaia avete tutta l'aria di essere nella...

– Merda, – disse Vandoosler. – Proprio cosí. Vedo che lei è piú informato di quanto non voglia far credere.

– I poveri sono il mio mestiere, – disse Relivaux. – E comunque, me l'ha detto Sophia. Allora, cosa vuole?

– A suo tempo, gli sbirri mi hanno fatto passare delle grane inutili. Quando gli gira c'è poco da star tranquilli, non si fermano davanti a niente. Da allora mi dò da fare per evitare agli altri le stesse assurdità. Una piccola rivincita, se vogliamo. Un dispositivo antisbirro. E poi mi distrae. Gratis.

Vandoosler lasciò che Pierre Relivaux riflettesse su quella spiegazione capziosa e male argomentata. Il vicino sembrò bersela.

– Cosa vuole sapere? – domandò.
– Quel che vorranno sapere loro.
– Cioè?
– Dov'è Sophia?

Pierre Relivaux si alzò, allargò le braccia e cominciò a muoversi per la cucina.

– È partita. Ma torna. Non è il caso di farne una tragedia.
– Vorranno sapere perché lei non ne fa una tragedia.
– Perché non siamo a teatro. Perché Sophia mi aveva detto che partiva. Mi ha parlato di un appuntamento a Lione. Non è mica l'America!
– Potrebbero non crederle. Sia preciso, signor Relivaux. Ne va della sua tranquillità, che, se ho capito bene, le sta molto a cuore.
– È una storia priva d'interesse, – disse Relivaux. – Martedí scorso, Sophia ha ricevuto una cartolina. Me l'ha fatta vedere. Sopra c'era scarabocchiata una stella e un appuntamento a una certa ora in un certo albergo di Lione. Avrebbe dovuto prendere un certo treno la sera dopo. Niente firma. Invece di restare calma, Sophia è entrata in fibrillazione. Si è messa in testa che l'autore della cartolina fosse un suo vecchio amico, un greco, tale Stelyos Koutsoukis. Per via della stella. Io con quel tipo ci ho avuto a che fare varie volte prima del matrimonio. Un ammiratore-pachiderma-impulsivo.
– Scusi?
– No, niente. Un amico fedele.
– Il suo ex amante.
– È ovvio, – disse Pierre Relivaux. – Ho cercato di dissuaderla. Se l'autore della cartolina era qualcun altro, sa Dio a co-

sa sarebbe andata incontro. Se invece era Stelyos, non è detto che fosse meglio. Ma niente da fare, ha preso la borsa ed è partita. Le confesso che mi aspettavo di vederla tornare ieri. Non so altro.

– E l'albero? – domandò Vandoosler.

– Cosa vuole che le dica? Sophia mi ha fatto una testa cosí! Anche se non credevo che sarebbe arrivata ad architettare quello scavo. Chissà cos'è andata a immaginare, stavolta... Ha la testa piena di favole... Sarà un regalo, ecco tutto. Lei forse saprà che Sophia era abbastanza famosa, prima di ritirarsi dalle scene. Cantava.

– Lo so. Ma Juliette Gosselin dice che è stato lei a piantare quell'albero.

– Già, a lei ho detto cosí. Una mattina, attraverso il cancello, Juliette mi ha chiesto cos'era quel nuovo albero. Visto che Sophia era preoccupata, non mi andava di spiegarle che non sapevamo da dove venisse, e che poi la cosa facesse il giro del quartiere. Ha detto bene lei: io alla mia tranquillità ci tengo. Ho fatto la cosa piú semplice. Ho detto che mi era venuta voglia di piantare un faggio e ho chiuso il capitolo. Del resto, è quello che avrei dovuto dire a Sophia. Ci avrebbe evitato parecchie noie.

– Non fa una piega, – disse Vandoosler. – Ma questa è semplicemente la sua versione. Se mi mostrasse quella cartolina sarebbe meglio. Sapremmo dove raggiungerla.

– Spiacente, – disse Relivaux, – Sophia l'ha portata con sé. C'erano scritte le indicazioni da seguire. Logico, no?

– Già. È una seccatura, ma pazienza. La storia sta in piedi.

– Ovvio che sta in piedi! Perché dovrebbero rimproverarmi qualcosa?

– Sa bene cosa pensa la polizia del marito quando la moglie scompare.

– È un'idiozia.

– Già, un'idiozia.

– La polizia non arriverà a tanto, – disse Relivaux sbattendo una mano sul tavolo. – Non sono uno qualunque.

– Già, – ripeté piano Vandoosler. – Come tutti.

Si alzò lentamente.
– Se la polizia viene a trovarmi, sosterrò la sua versione, – aggiunse.
– Non ce ne sarà bisogno. Sophia tornerà.
– Speriamo.
– Io non mi preoccupo.
– Meglio cosí, allora. E grazie per la franchezza.

Vandoosler attraversò il giardino per tornare a casa. Pierre Relivaux lo guardò allontanarsi pensando: «Perché non si fa gli affari suoi, quel rompipalle?»

Capitolo quattordicesimo

Fino a domenica sera, gli evangelisti non riferirono nulla di consistente. Sabato, Pierre Relivaux era uscito soltanto per comprare i giornali. Marc aveva detto a Lucien che sicuramente Relivaux li chiamava «quotidiani», non «giornali», e che un giorno avrebbero dovuto verificare la cosa, solo per il gusto di saperlo. Comunque sia, il vicino non si era mosso: chiuso in casa con i suoi quotidiani. Forse temeva una visita della polizia. Ma, non essendo successo niente, ritrovò la sua determinazione. Quando uscí, verso le undici del mattino, Marc e Lucien si misero sui suoi passi. Relivaux li condusse a una palazzina del xv arrondissement.

– Colpito e affondato, – sintetizzò Marc nel suo rapporto a Vandoosler. – La ragazza abita al quarto piano. È carina, piuttosto molle, uno di quei tipi dolci, passivi, di bocca buona.

– Diciamo di quelle che «meglio con uno qualunque che da sola», – precisò Lucien. – Personalmente sono molto esigente, non approvo chi si fa prendere dal panico e si getta tra le braccia del primo venuto.

– Cosí esigente che sei solo come un cane, – osservò Marc.
– Diciamolo.

– Esattamente, – disse Lucien. – Ma non è questo il tema della serata. Prosegui con il tuo rapporto, soldato.

– Ho finito. La ragazza vive nascosta, fa la mantenuta. Non lavora, ci siamo informati nel quartiere.

– Dunque Relivaux tradisce la moglie. Ha avuto fiuto, – disse Lucien a Vandoosler.

– Il fiuto non c'entra, – disse Marc. – Il commissario ha una lunga esperienza.

Padrino e figlioccio si scambiarono un rapido sguardo.

– San Marco, pensa per te, – disse Vandoosler. – Siete sicuri che si tratti di un'amante? Potrebbe essere una sorella, una cugina.

– Siamo rimasti sul pianerottolo e abbiamo origliato alla porta, – spiegò Marc. – Morale: non è sua sorella. Relivaux si è congedato verso le sette. Quel tizio ha tutta l'aria di essere un coglione pericoloso.

– Frena, – disse Vandoosler.

– Non sottovalutiamo il nemico, – disse Lucien.

– E il cacciatore-raccoglitore? Non è rientrato? – domandò Marc. – È ancora nella botte?

– Sí, – disse Vandoosler. – E Sophia non ha chiamato. Se avesse voluto tranquillizzare l'entourage senza far sapere gli affari suoi, si sarebbe messa in contatto con Juliette. E invece niente, neanche un cenno. Ormai sono passati quattro giorni. Domattina, san Matteo chiamerà Leguennec. Stasera gli farò ripetere il copione. L'albero, la buca, l'amante, la moglie scomparsa. Leguennec ci cascherà. Verrà a dare un'occhiata.

Mathias telefonò ed espose i fatti con voce neutra.

Leguennec ci cascò.

Quello stesso pomeriggio, due poliziotti affrontarono il faggio sotto le direttive di Leguennec, che teneva Pierre Relivaux a portata di mano. Non l'aveva sottoposto a un vero e proprio interrogatorio perché era al limite della legalità, e lo sapeva. Leguennec era uno che agiva d'impulso, e se non avesse trovato nulla avrebbe sloggiato al piú presto. I due sbirri che scavavano erano fidati. Non avrebbero aperto bocca.

Ammassati contro la finestra medievale del secondo piano, Marc, Mathias e Lucien seguivano l'operazione.

– Quel faggio sarà stufo marcio, – disse Lucien.

– Zitto, – disse Marc. – Non capisci che la situazione è grave? Da un momento all'altro, da lí sotto potrebbe saltar fuori Sophia e tu che fai? Ridi? Mentre io da cinque giorni non riesco nemmeno a mettere insieme una frase che stia vagamente in piedi?

– L'ho notato, – disse Lucien. – Sei deludente.

– Tu però potresti trattenerti. Prendi esempio da Mathias. Lui non si agita. Sta zitto.

– Per Mathias è naturale. Ma vedrai che prima o poi la natura gli giocherà un brutto tiro. Hai sentito, Mathias?

– Ho sentito. E allora?

– Tu senti ma non dài mai ascolto a nessuno. E fai male.

– Stai zitto, Lucien, – gridò Marc. – Ti dico che la situazione è grave. Io le volevo bene, a Sophia. Se la trovano là sotto, vomito e cambio casa. Silenzio! Uno dei poliziotti sta guardando qualcosa. No... ha ripreso.

– Guarda guarda, – disse Mathias, – ecco il tuo padrino che spunta alle spalle di Leguennec. Che cos'ha intenzione di fare? Non può stare tranquillo, una volta tanto?

– Impossibile, il padrino vuole essere dappertutto, – disse Marc. – Sempre presente. D'altronde, è sostanzialmente quello che ha fatto per tutta la vita. Qualunque posto non goda della sua presenza gli sembra un luogo desolato che gli tende le braccia. Dopo quarant'anni di onnipresenza, non sa piú bene a che punto si trova, e nessuno lo sa. In realtà è un conglomerato di migliaia di padrini concentrati in uno. Parla normalmente, cammina, fa la spesa, ma se vai a rovistare non sai mai cosa salterà fuori. Un fabbro, un grande sbirro, un traditore, un robivecchi, un creatore, un salvatore, un distruttore, un marinaio, un pioniere, un barbone, un assassino, un protettore, un poltrone, un principe, un dilettante, un fanatico, insomma, tutto quello che vuoi. In un certo senso è pratico. Salvo che a scegliere è sempre lui. Mai gli altri.

– Credevo che si dovesse star zitti, – disse Lucien.

– Sono nervoso, – disse Marc. – E ho tutto il diritto di parlare. Questo è pur sempre il mio piano.

– A proposito di piano, sei tu che hai buttato giú quelle pagine che ho letto sulla tua scrivania? Sul commercio nei villaggi all'inizio dell'XI secolo? Sono idee tue? Le hai verificate?

– Chi ti ha detto di leggerle? Nessuno ti obbliga a uscire dalle tue trincee, se non ti piace.
– E invece mi è piaciuto. Ma che cavolo fa il tuo padrino?

In silenzio, Vandoosler si era avvicinato agli uomini intenti a scavare. Si era piazzato alle spalle di Leguennec, che superava di una testa. Leguennec era un bretone di bassa statura, tracagnotto, capelli crespi, mani grandi.
– Salve, Leguennec, – disse Vandoosler con voce suadente. – L'ispettore si voltò di scatto. Sbalordito, squadrò Vandoosler.
– Allora? – disse l'ex commissario. – Hai dimenticato il tuo capo?
– Vandoosler... – disse lentamente Leguennec. – Quindi... c'eri tu dietro questa faccenda?
Vandoosler sorrise.
– Ovvio, – rispose. – Mi fa piacere rivederti.
– Anche a me, – disse Leguennec, – ma...
– Lo so. Non mi farò riconoscere. Almeno per ora. Sarebbe di cattivo gusto. Stai tranquillo, terrò la bocca cucita, e se non trovi niente ti conviene fare la stessa cosa.
– Perché mi hai chiamato, perché proprio io?
– Mi sembrava un caso adatto a te. E poi siamo nel tuo distretto. E all'epoca eri un tipo curioso. Ti piaceva pescare qualsiasi cosa, perfino la grancevola.
– Pensi davvero che quella donna sia stata uccisa?
– Non ne ho idea. Ma c'è qualcosa che non quadra, ne sono sicuro. Sicuro come la morte, Leguennec.
– Che cosa sai?
– Niente di piú di quello che ti hanno detto al telefono stamattina. Era un amico mio. A proposito, non perdere tempo a cercare i tre del primo scavo. Sono miei amici pure loro. E non una parola con Relivaux. Lui crede che stia cercando di aiutarlo. Ha un'amante per il week-end, nel xv. Se sarà necessario ti farò avere il suo indirizzo. Altrimenti è inutile darle fastidio, la lasciamo dov'è e facciamo finta di niente.

– Mi pare chiaro, – disse Leguennec.
– Adesso scappo. Per te è piú prudente. Non correre rischi per tenermi informato, – disse Vandoosler indicando la buca sotto l'albero. – Posso vedere tutto, abito qui accanto. Sotto il cielo.
Vandoosler fece un vago gesto verso le nuvole e scomparve.

– La stanno richiudendo, – disse Mathias. – Non c'era niente.
Marc tirò un gran sospiro di sollievo.
– Sipario, – disse Lucien.
Si strofinò le braccia e le gambe anchilosate per la lunga attesa incastrato tra il cacciatore-raccoglitore e il medievista. Marc chiuse la finestra.
– Vado a dirlo a Juliette, – disse Mathias.
– Che fretta c'è? – domandò Marc. – Tanto la vedi stasera al lavoro, no?
– No, oggi è lunedí. Siamo chiusi.
– Ah, già. Allora fai come vuoi.
– Semplicemente mi sembrava carino avvisarla che la sua amica non è sotto l'albero, ti pare? – fece Mathias. – Ci siamo preoccupati abbastanza. Fa piú piacere saperla in gita da qualche parte.
– Sí, come vuoi.
Mathias scomparve.
– Cosa ne pensi? – domandò Marc a Lucien.
– Penso che Sophia ha ricevuto una cartolina da Stelyos, l'ha rivisto e, delusa dal marito, stufa di Parigi e piena di nostalgia per la sua terra natale, ha deciso di tagliare la corda con il greco. Una lodevole iniziativa. A me non piacerebbe andare a letto con Relivaux. Si farà viva tra un paio di mesi, quando l'emozione iniziale si sarà placata. Una cartolina da Atene.
– Sto parlando di Mathias. Mathias, Juliette... tu che ne pensi? Non hai notato niente?
– Niente di particolare.
– Ma un certo feeling? Non hai notato un certo feeling?

– Un certo feeling, sí. Ma il feeling lo trovi dovunque, sai. Normale amministrazione. Ti dà fastidio? La volevi per te?
– Ma va', – disse Marc. – Dicevo per dire. In realtà non penso niente. Dimentica.
Sentirono il commissario che saliva le scale. Senza neanche fermarsi, il vecchio gridò che non aveva niente da dichiarare.
– Cessate il fuoco, – disse Lucien.
Prima di uscire guardò Marc, ancora appostato alla finestra. Si stava facendo buio.
– Faresti meglio a tornare ai commerci nelle campagne, – disse. – Non c'è piú niente da vedere. Sophia è su un'isola greca. Ci ha presi in giro. Alle greche piace scherzare.
– E quest'informazione chi te l'ha data?
– L'ho inventata io, in questo preciso istante.
– Forse hai ragione. Avrà tagliato la corda.
– A te piacerebbe andare a letto con Relivaux?
– Per carità, – disse Marc.
– Quindi, vedi. Se l'è filata.

Capitolo quindicesimo

Lucien archiviò il caso nel purgatorio della sua mente. Tutto ciò che transitava dal purgatorio, in breve tempo andava a finire nei cassetti inaccessibili della sua memoria. Dopodiché riaprí il capitolo sulla propaganda, che negli ultimi quindici giorni aveva subito delle intrusioni. Marc e Mathias ripresero il filo delle loro opere mai commissionate da nessun editore. Si vedevano all'ora dei pasti. Mathias rientrava tardi dal lavoro, salutava velocemente gli amici e passava dal commissario per una breve visita. Vandoosler gli rivolgeva sempre la stessa domanda.
– Novità?
Mathias scuoteva la testa e se ne tornava al suo piano.
Vandoosler non andava mai a letto prima del ritorno di Mathias. Probabilmente era il solo a rimanere all'erta, insieme a Juliette, che, specialmente quel giovedí, aveva spiato con ansia la porta del ristorante. Ma Sophia non si era fatta vedere.
Il giorno dopo ci fu un discreto sole di maggio. Dopo tutta la pioggia dell'ultimo mese, su Juliette ebbe l'effetto di un reagente. Alle tre del pomeriggio chiuse il ristorante come sempre, mentre Mathias si sfilava la camicia da cameriere e, a torso nudo dietro un tavolo, cercava il suo maglione. Juliette non era insensibile a quel rito quotidiano. Non era il tipo di donna che si annoia, ma da quando Mathias lavorava al ristorante le cose andavano meglio. Con il cuoco e il cameriere di prima le pareva di avere ben poco in comune. Con Mathias ancora meno. Ma con Mathias si poteva parlare facilmente di tutto, e questo era davvero piacevole.

– Stai pure a casa fino a martedí, – gli disse improvvisamente Juliette. – Chiudiamo per tutto il fine settimana. Faccio una puntata a casa, in Normandia. Tutte queste storie di buche e di alberi mi hanno incupita. Infilo un paio di stivali e vado a camminare nell'erba bagnata. Mi piacciono gli stivali e mi piace la fine di maggio.

– È una buona idea, – disse Mathias, che non riusciva proprio a immaginarsi Juliette con gli stivali di gomma.

– Se vuoi puoi venire con me, perché no? Credo che farà bel tempo. Tu devi essere uno che ama la campagna.

– È vero, – disse Mathias.

– Portati anche san Marco e san Luca, e il vecchio commissario fiammeggiante, se ti va. Non ci tengo particolarmente a stare da sola. La casa è grande, non ci daremo fastidio. Insomma, come volete. Avete una macchina?

– Non piú. Ma conosco un posto dove procurarmene una. Sono rimasto in amicizia con un tale, in un garage. Perché «fiammeggiante»?

– Cosí. Ha una bella faccia, no? Con le sue rughe, mi fa pensare a una di quelle chiese tutte arzigogolate che cadono a pezzi, le guardi, ti sembra che debbano lacerarsi come una stoffa piena di buchi e invece rimangono in piedi. Quell'uomo un po' mi sorprende.

– Perché? Te ne intendi di chiese?

– Figurati che da piccola andavo a messa. Ogni tanto, la domenica, mio padre ci portava alla cattedrale di Évreux, e durante la predica io leggevo i cenni storici sul dépliant. Non credere, è tutto quello che so del gotico fiammeggiante. Ti scoccia se dico che il vecchio assomiglia alla cattedrale di Évreux?

– Ma figurati, – disse Mathias.

– Però non conosco solo Évreux. La chiesetta di Caudebeuf, massiccia, sobria, ha i suoi begli anni e mi riposa. E per quanto riguarda le chiese, la mia competenza finisce qui.

Juliette sorrise.

– Insomma, ho proprio voglia di andare a camminare. O di fare dei giri in bici.

– Credo che Marc la sua l'abbia venduta. Ne hai parecchie, lassú?

– Ne ho due. Se l'idea vi alletta, la casa è a Verny-sur-Besle, un paesino poco lontano da Bernay, un buco. Arrivando dalla statale, è la grande fattoria a sinistra della chiesa. Si chiama «Le Mesnil». Ci sono un torrente e degli alberi di melo. Solo meli, niente faggi. Ti ricorderai?

– Sí, – disse Mathias.

– Adesso scappo, – disse Juliette abbassando la serranda. – Non è necessario avvisarmi, se venite. E poi, comunque, non c'è il telefono.

Rise, baciò Mathias sulla guancia e si allontanò agitando la mano. Mathias rimase impalato sul marciapiede. Le automobili puzzavano. Pensò che, se il sole teneva, avrebbe potuto fare il bagno nel torrente. Juliette aveva la pelle morbida e la sua vicinanza era piacevole. Mathias si scosse e camminò a passi lentissimi verso la topaia. Il sole gli scaldava il collo. L'idea lo attirava, è chiaro. Un tuffo nel paesello di Verny-sur-Besle e una corsa in bici fino a Caudebeuf, anche se delle chiese non gliene fregava granché. Ma in compenso sarebbero piaciute a Marc. Perché di andarci da solo non se ne parlava. Solo con Juliette, con le sue risate, il suo corpo rotondo, agile, bianco e rilassato, il tuffo poteva trasformarsi in qualcos'altro. Creare confusione. Un rischio che Mathias avvertiva abbastanza chiaramente, e che in un certo senso lo spaventava. Si sentiva cosí pesante, ora. La cosa piú saggia era portarsi dietro gli altri due e il commissario. Il commissario sarebbe andato a visitare Évreux, con la sua sontuosa imponenza e la sua decadenza sbrindellata. Convincere Vandoosler sarebbe stato facile. Il vecchio amava muoversi, vedere. Dopodiché, il commissario avrebbe provveduto a smuovere gli altri due. In ogni caso, l'idea era buona. Avrebbe fatto bene a tutti, anche se a Marc piaceva esplorare le città e Lucien avrebbe inveito contro il progetto trovandolo rustico e sommario.

Si misero in viaggio verso le sei di sera. Sul sedile posteriore Lucien, che aveva portato con sé i suoi dossier, protestava contro la rusticità primitiva di Mathias. Mathias guidava col sorriso sulle labbra. Arrivarono per cena.

Il sole tenne. Mathias passò molto tempo nudo nel torrente e nessuno riusciva a capire come potesse non sentire freddo. Quel sabato mattina si alzò prestissimo, gironzolò nel giardino, visitò la legnaia, la dispensa, il vecchio frantoio e si spinse fino a Caudebeuf per vedere se la chiesa gli assomigliava. Lucien trascorse parecchio tempo a dormire nell'erba sui suoi dossier. Marc andò in bici per ore. Armand Vandoosler raccontava storie a Juliette, come la prima sera alla *Botte*.

– Sono simpatici, i suoi evangelisti, – disse Juliette.

– A dire il vero non sono miei, – disse Vandoosler. – Faccio finta.

Juliette scosse la testa.

– È proprio necessario chiamarli santi? – domandò.

– Oh no, al contrario... è un capriccio pretenzioso e puerile che mi ha preso una sera, guardandoli incorniciati dagli archi delle finestre... È un gioco. Sono un giocherellone, e anche un bugiardo, un mistificatore. Insomma, mi trastullo, ci metto del mio e questo è il risultato. E poi, in qualche modo mi sembra che ognuno di loro abbia un che di luminoso. Non è cosí? In ogni caso, a loro dà fastidio. Ma io ormai ci ho preso il vizio.

– Anch'io, – disse Juliette.

Capitolo sedicesimo

Nonostante quel lunedí sera, al ritorno, Lucien non volesse ammetterlo, erano stati tre giorni perfetti. L'analisi della propaganda per il fronte interno era rimasta al punto di prima, ma sul fronte della serenità i tre avevano fatto progressi. La cena fu pacifica e nessuno alzò la voce, nemmeno Lucien. Mathias ebbe modo di parlare e Marc di costruire alcune frasi belle lunghe a proposito di qualche futilità. Come ogni sera, Marc portò fuori il sacco dell'immondizia. Lo stringeva con la mano sinistra, quella con gli anelli, perché i rifiuti non traboccassero. Rientrò preoccupato. Durante le due ore che seguirono tornò fuori piú volte, facendo la spola tra la casa e il cancello.

– Cosa fai? – finí col domandare Lucien. – La ronda alla proprietà?

– C'è una ragazza seduta sul muretto, davanti a casa di Sophia. Ha un bambino addormentato tra le braccia. È lí da piú di due ore.

– Lascia perdere, – disse Lucien. – Starà aspettando qualcuno. Non fare come il tuo padrino, pensa agli affari tuoi. Per quanto mi riguarda, non voglio piú sapere niente.

– È per il bambino, – disse Marc. – Trovo che cominci a fare freschetto.

– Stai calmo, – disse Lucien.

Ma nessuno lasciò lo stanzone. Si fecero un altro caffè. E poi cominciò a piovigginare.

– Andrà avanti tutta la notte, – disse Mathias. – Che tristezza, il 31 maggio.

Marc si morse il labbro. Uscí di nuovo.

– È ancora lí, – disse rientrando. – Ha avvolto il bambino nel giubbotto.
– Che tipo è? – domandò Mathias.
– Non sono stato a fissarla, – disse Marc. – Non voglio che si spaventi. Ma non è una barbona, se è questo che vuoi sapere. E poi, barbona o no, non possiamo lasciare una mamma e un bambino ad aspettare chissà cosa sotto l'acqua per una notte intera. Vi pare? Bene. Lucien, passami la tua cravatta. Presto.
– La mia cravatta? Per fare che? Vuoi prenderla al lazo?
– Imbecille, – disse Marc. – È per non spaventarla, tutto qui. A volte la cravatta può essere rassicurante. Dài, sbrigati, – disse Marc agitando la mano. – Piove.
– Perché non posso andarci io? – domandò Lucien. – Mi eviterebbe di disfare il nodo della cravatta. Che oltretutto con la tua camicia nera ci fa a pugni.
– Non sei un tipo rassicurante, ecco perché non puoi andarci, – disse Marc annodandosi la cravatta in fretta e furia. – Se la porto qui, vedete di non puntarla come una preda. Siate naturali.
Marc uscí e Lucien domandò a Mathias come si faceva ad avere un'aria naturale.
– Bisogna mangiare, – disse Mathias. – Uno che mangia non può fare paura.
Mathias prese l'asse e tagliò due fettone di pane. Ne allungò una a Lucien.
– Ma io non ho fame, – si lamentò Lucien.
– Mangia quel pane.
Mathias e Lucien avevano appena addentato le loro fette quando comparve Marc, sospingendo delicatamente una giovane donna silenziosa e stanca, che si stringeva al petto un bambino già grandicello. Per un attimo Marc si chiese perché Mathias e Lucien si fossero messi a mangiare pane.
– Prego, si sieda, – disse un po' cerimonioso, nell'intento di rassicurarla.
Le prese gli abiti bagnati.

Mathias uscí dalla stanza senza dire nulla e tornò con un piumone e un cuscino dalla federa pulita. Con un gesto invitò la donna a distendere il piccolo sul lettino nell'angolo, accanto al camino. Poi lo coprí delicatamente con il piumone e accese il fuoco. Un cacciatore-raccoglitore dal cuore tenero, pensò Lucien con una smorfia. Ma i gesti silenziosi di Mathias l'avevano toccato. A lui non sarebbe mai venuto in mente. Invece gli veniva facilmente un groppo alla gola.

La giovane donna era quasi tranquilla e molto meno infreddolita. Grazie al fuoco nel camino, probabilmente. Un camino acceso fa sempre bene, sia contro la paura che contro il freddo, e Mathias aveva fatto proprio una bella fiamma. Ma a parte questo, non sapeva che dire. Premeva le mani l'una contro l'altra come per rompere il silenzio.

– È maschio o femmina? – chiese Marc, cercando di essere gentile. – Il bambino, voglio dire.

– È un maschietto, – disse la donna. – Ha cinque anni.

Marc e Lucien annuirono gravemente.

La donna si tolse la sciarpa che le avvolgeva la testa, scosse i capelli, posò la sciarpa bagnata sullo schienale della sedia e alzò gli occhi per guardare dov'era capitata. In realtà tutti si osservavano. E i tre evangelisti non ci misero molto a capire che la dolcezza di quel viso sarebbe bastata a dannare un santo. Non era una bellezza appariscente. Doveva avere una trentina d'anni. Pelle chiara, una bocca di bambina, mascelle marcate, capelli folti, neri, corti sulla nuca, un viso che Marc avrebbe volentieri preso tra le mani. Gli piacevano i corpi slanciati e quasi troppo esili. Non riusciva a capire se lo sguardo era audace, guizzante, avventuroso, o se, al contrario, si nascondeva, incerto, timido, ombroso.

La ragazza era ancora tesa e lanciava occhiate frequenti al piccolo addormentato. Aveva un leggero sorriso. Non sapeva da dove cominciare, né se fosse il caso di cominciare. E se avessero cominciato dai nomi? Marc fece le presentazioni. Aggiunse che suo zio, un ex poliziotto, stava dormendo al quarto piano. Dettaglio un po' pesante ma utile. La ragazza sembrò rassicurata. Addirittura si alzò e andò a scaldarsi vicino al fuoco. Indossava dei pantaloni di tela piuttosto aderenti sulle cosce e sui fianchi stretti, e una camicia troppo grande. Niente a che vedere con la femminilità di Juliette, con quei suoi vestiti che scoprivano le spalle. Però c'era quel bel visino chiaro sopra la camicia.

– Non deve sentirsi obbligata a dirci il suo nome, – precisò Marc. – È solo perché pioveva. Allora... siccome c'era il piccolo, abbiamo pensato... Insomma... abbiamo pensato.

– Grazie, – disse la ragazza. – Siete stati gentili, io non sapevo piú che pesci pigliare. Il mio nome però ve lo posso dire, Alexandra Haufman.

– Tedesca? – domandò bruscamente Lucien.

– Per metà, – disse lei, un po' sorpresa. – Mio padre è tedesco, ma mia madre è greca. Spesso mi chiamano Lex.

Lucien emise un gridolino entusiasta.

– Greca? – riprese Marc. – Sua madre è greca?

– Sí, – disse Alexandra. – Ma... cosa cambia? È cosí strano? La mia è una famiglia d'importazione. Io sono nata in Francia. Viviamo a Lione.

Greca o romana che fosse, in quella casa non era stato previsto un piano per l'antichità. A ogni modo, nessuno poté fare a meno di ripensare a Sophia Siméonidis. Una ragazza per metà greca seduta per ore davanti a casa di Sophia. Capelli nerissimi e occhi scurissimi, proprio come lei. Una voce armoniosa e grave, come la sua. Stessi polsi fragili, stesse mani affusolate e leggere. A eccezione delle unghie, che Alexandra portava corte, quasi rosicchiate.

– Aspettava Sophia Siméonidis? – domandò Marc.

– Come fa a saperlo? – domandò Alexandra. – La conosce?

– Siamo vicini di casa, – fece notare Mathias.

– È vero, che stupida, – disse la ragazza. – Ma zia Sophia non ha mai parlato di voi nelle sue lettere a mia madre. C'è da dire che scrive raramente.

– Siamo nuovi, qui, – disse Marc.

La ragazza parve capire. Si guardò attorno.

– Allora siete voi che avete preso la casa abbandonata? La topaia?

– Esatto, – disse Marc.

– Chiamarla topaia mi sembra esagerato. Caso mai è un po' spoglia... quasi monacale.

– Abbiamo fatto un sacco di lavori, – disse Marc. – Ma non credo che le interessi. Lei, piuttosto, è veramente la nipote di Sophia?

– Sí, veramente, – disse Alexandra. – È la sorella di mia madre. Si direbbe che vi dispiaccia. Zia Sophia non vi sta simpatica?

– Ma no, anzi, – disse Marc.

– Meglio cosí. Quando ho deciso di venire a Parigi, l'ho chiamata e lei mi ha proposto di stare a casa sua finché non trovavo lavoro.

– A Lione era disoccupata?

– Mi sono licenziata.

– Quel che faceva non le piaceva piú?

– No, al contrario, era un buon lavoro.

– Era Lione che non le piaceva?

– No, mi piaceva.

– Allora, – intervenne Lucien, – perché si è trasferita qui?

La ragazza rimase un istante in silenzio, con le labbra strette nel tentativo di reprimere qualcosa. Incrociò le braccia, stringendole al corpo.

– Forse era un po' triste, – disse.

Mathias ricominciò a tagliare il pane. Che tutto sommato si lasciava mangiare. Ne offrí una fetta ad Alexandra, con la marmellata. Lei sorrise e allungò la mano. Di nuovo, dovette alzare lo sguardo. Aveva gli occhi umidi, era evidente. Contraendo il viso riusciva a trattenere le lacrime. Ma in compenso le tremavano le labbra. Certe cose non si possono nascondere.

– Non capisco, – riprese Alexandra, mangiando la sua fetta di pane e marmellata. – Zia Sophia aveva organizzato tutto da due mesi. Aveva iscritto il bambino alla scuola del quartiere. Era tutto pronto. Mi aspettava per oggi, doveva venirmi a prendere alla stazione per aiutarmi con il piccolo e i bagagli. L'ho aspettata per un pezzo, poi ho pensato che, dopo dieci anni, forse non mi aveva riconosciuta. O forse al binario non ci eravamo incontrate. Allora sono venuta qui. Ma non c'è nessuno. Non capisco. Ho continuato ad aspettare. Forse sono andati al cinema. Però mi sembra strano. Sophia non si sarebbe dimenticata di me.

Alexandra si asciugò gli occhi rapidamente e guardò Mathias. Mathias preparò un'altra fetta di pane e marmellata. La ragazza non aveva cenato.

– Dove sono i bagagli? – domandò Marc.

– Li ho lasciati accanto al muretto. Ma non si preoccupi. Prendo un taxi, mi cerco un albergo e domani chiamerò zia Sophia. Ci dev'essere stato un equivoco.

– Non credo che sia la soluzione migliore, – disse Marc.

Guardò gli altri due. Mathias teneva gli occhi bassi sul tagliere. Lucien si defilava camminando per la stanza.

– Ascolti, – disse Marc, – Sophia è scomparsa dodici giorni fa. È da giovedí 20 maggio che non la vediamo.

La ragazza s'irrigidí sulla sedia e squadrò i tre uomini.

– Scomparsa? – mormorò. – Che vuol dire?

Quegli occhi un po' all'ingiú, timidi e avventurosi, tornarono a riempirsi di lacrime. Aveva detto di essere un po' triste. Forse. Ma Marc avrebbe scommesso che c'era dell'altro. Alexandra faceva affidamento sulla zia per fuggire da Lione, dal luogo di un disastro. Lui conosceva quel riflesso. Ed ecco che, alla fine del viaggio, Sophia non c'era.

Marc le si sedette accanto, cercando le parole per raccontarle la scomparsa di Sophia, l'appuntamento stellato a Lione, la presunta partenza con Stelyos. Lucien gli passò alle spalle e, con gesto lento, recuperò la cravatta. Marc sembrò non accorgersene. Alexandra lo ascoltava, ammutolita. Lucien si riannodò la cravatta e cercò di sdrammatizzare dicendo che Pierre Relivaux non era il meglio che si potesse sperare. Mathias, con il suo corpo ingombrante, rimetteva legna nel fuoco, andava e veniva nella stanza, risistemava il piumone sul piccolo.

Era un bel bambino, coi capelli neri neri come quelli della madre, però ricci. Stessa cosa per le ciglia. Ma i bambini sono tutti carini quando dormono. Bisognava aspettare la mattina per giudicare. Ammesso che la madre decidesse di rimanere, ovviamente.

Alexandra, le labbra serrate, ostili, scuoteva la testa.

– No, – disse. – No. Zia Sophia non avrebbe mai fatto una cosa del genere. Mi avrebbe avvisata.

Ci risiamo, pensò Lucien, come con Juliette. Perché la gente è cosí sicura della propria unicità?

– Dev'esserci dell'altro. Le dev'essere successo qualcosa, – mormorò Alexandra.

– No, – disse Lucien distribuendo dei bicchieri. – Ci siamo dati da fare. Abbiamo perfino cercato sotto l'albero.

– Idiota, – sibilò Marc tra i denti.

– Sotto l'albero? – fece Alexandra. – Cercato sotto l'albero?

– Non ci faccia caso, – disse Marc. – Sta farneticando.

– Non credo che stia farneticando, – disse Alexandra. – Cos'è successo? È mia zia, devo sapere!

Con voce strozzata, reprimendo l'irritazione nei confronti di Lucien, Marc raccontò l'episodio dell'albero.

– E voi tutti avete concluso che zia Sophia era da qualche parte a divertirsi con Stelyos, – disse Alexandra.

– Già. Insomma, piú o meno, – ammise Marc. – Credo che il padrino, cioè mio zio, non sia del tutto d'accordo. Quanto a me, quell'albero continua a mettermi a disagio. Comunque Sophia dev'essere andata da qualche parte, questo è sicuro.

– E io vi dico che è impossibile, – insistette Alexandra pestando un pugno sul tavolo. – Fosse anche andata a Delos, zia Sophia mi avrebbe chiamata per avvisarmi. Su di lei si poteva contare. E oltretutto, amava Pierre. Le è successo qualcosa! È evidente! Non mi credete? La polizia mi crederà! Devo andare alla polizia.

– Domani, – disse Marc, molto scosso. – Vandoosler farà venire qui l'ispettore Leguennec e lei, se vuole, potrà testimoniare. L'ispettore riprenderà le indagini, se il padrino glielo chiede. Ho l'impressione che il padrino faccia un po' quello che vuole con quel Leguennec. Sono vecchi compagni di partite a carte e baleniere nel mare d'Irlanda. Ma mi deve credere, non è che Sophia si divertisse tanto con Pierre Relivaux. Lui non ha nemmeno denunciato la sua scomparsa, né intende farlo. Lasciare la moglie libera di muoversi è un suo diritto. La polizia ha le mani legate.

– Non possiamo chiamarli ora? Sarò io a fare la denuncia.

– Lei non è suo marito. E poi sono quasi le due del mattino, – disse Marc. – Dobbiamo aspettare.

Mathias, che si era eclissato di nuovo, stava scendendo le scale.

– Lucien, scusami, – disse aprendo la porta, – ho usato la tua finestra. La mia non è abbastanza alta.

– Quando si scelgono dei periodi bassi, – disse Lucien, – poi non bisogna lamentarsi se non si vede niente.

– Relivaux è rientrato, – continuò Mathias senza raccogliere. – Ha acceso la luce, trafficato un po' in cucina e si è appena messo a letto.

– Vado, – disse Alexandra balzando in piedi. Prese cautamente il piccolo tra le braccia, gli adagiò la testolina sulla sua spalla, chioma nera contro chioma nera, poi, con una mano, afferrò sciarpa e giubbotto.

Mathias le sbarrò il passo.

– No, – disse.

Alexandra provò qualcosa che non era paura ma ci andava vicino. Non capiva.

– Vi ringrazio tutti e tre, – disse con fermezza. – Mi siete stati di grande aiuto, ma dal momento che mio zio è tornato, ora vado da lui.

– No, – ripeté Mathias. – Non sto cercando di trattenerla qui. Se preferisce andare a dormire da un'altra parte l'accompagno in albergo. Ma da suo zio lei non ci va.

La porta era completamente e pesantemente bloccata da Mathias. Il cacciatore-raccoglitore lanciò uno sguardo a Marc e Lucien da sopra la spalla della donna, piú per imporsi che per cercare approvazione.

Alexandra, cocciuta, fronteggiava Mathias.
- Mi dispiace, - disse Mathias. - Ma Sophia è scomparsa. Non la lascerò andare da lui.
- Perché? - domandò Alexandra. - Cosa mi nascondete? Zia Sophia è lí? Non volete che la veda? Mi avete mentito?
Mathias scosse la testa.
- No, è la verità, - disse lentamente. - È scomparsa. C'è chi pensa che sia con quello Stelyos e chi, come lei, che le sia successo qualcosa. Per conto mio, Sophia è stata assassinata. E finché non scopriranno il colpevole, lei a casa sua non ci mette piede. E nemmeno il bambino.
Mathias rimaneva inchiodato davanti alla porta, gli occhi puntati sulla donna.
- Starà meglio qui che in albergo, credo, - disse. - Lo dia a me.
Mathias protese le sue braccione e Alexandra gli affidò il bambino senza fiatare. Marc e Lucien tacevano, occupati a digerire il tranquillo colpo di stato di Mathias. Il quale liberò la porta, rimise il bambino nel letto e tornò a coprirlo con il piumone.
- Ha il sonno pesante, - commentò sorridendo. - Come si chiama?
- Cyrille, - disse Alexandra.
Era distrutta. Sophia assassinata. Ma che ne sapeva, quell'omone? E perché lei lo lasciava fare?
- È sicuro di quello che dice? A proposito di zia Sophia?
- No, - disse Mathias. - Ma preferisco essere prudente.
Improvvisamente, Lucien cacciò un gran sospiro.
- Forse è meglio rimettersi alla saggezza millenaria di Mathias, - disse. - La sua vivacità animale risale alle ultime glaciazioni. Lui di belve feroci e pericoli della steppa se ne intende. Sí, credo che le convenga affidarsi alla protezione di questo biondone primitivo dall'istinto un po' grezzo, ma tutto sommato utile.
- È vero, - disse Marc, ancora sotto shock per i sospetti di Mathias. - Perché non resta con noi finché le cose non si chia-

riscono? Qui a pianterreno c'è un piccolo locale da cui potremmo ricavare una camera. Sarà un po' fredda e un po'... monacale, come dice lei. È buffo, sua zia Sophia questo stanzone lo chiama «il refettorio dei frati». Non le daremo nessun fastidio, abbiamo un piano ciascuno. A pianterreno ci riuniamo soltanto per parlare, litigare, mangiare, o per accendere il fuoco e tener lontane le belve. Potrebbe dire a suo zio che, date le circostanze, preferisce non disturbarlo. Qualunque cosa accada, qui c'è sempre qualcuno. Cos'ha deciso?

Alexandra quella sera ne aveva sentite troppe, era esausta. Tornò a soppesare le facce dei tre uomini, rifletté un istante, guardò Cyrille addormentato ed ebbe un brivido.

– D'accordo, – disse. – Vi ringrazio.

– Lucien, vai fuori a prendere i bagagli, – disse Marc. – E tu, Mathias, aiutami a trasportare nell'altra stanza il letto del piccolo.

Spostarono il divano e salirono al secondo piano a prendere una lampada e un letto supplementare che Marc aveva usato in tempi migliori. E Lucien acconsentí a prestare il suo tappeto.

– Solo perché ha l'aria triste, – disse arrotolandolo.

Quando la stanza fu piú o meno a posto, Marc infilò la chiave dall'altra parte della toppa, perché Alexandra Haufman, se lo desiderava, potesse chiudersi dentro. Un gesto abile, senza commenti. La solita eleganza discreta da nobile decaduto, pensò Lucien. Bisognerà comprargli un anello con il sigillo, perché possa sigillare la sua corrispondenza con la ceralacca rossa. Di sicuro gli piacerebbe molto.

Capitolo diciassettesimo

L'ispettore Leguennec arrivò quindici minuti dopo la chiamata mattutina di Vandoosler. Tenne un breve conciliabolo con il suo ex capo, poi chiese un colloquio con la ragazza. Marc uscí dallo stanzone tirandosi dietro il padrino a forza, cosí da lasciare Alexandra tranquilla con il piccolo ispettore.
Vandoosler passeggiò nel giardino con il figlioccio.
– Se non fosse arrivata la ragazza, mi sa che avrei lasciato perdere. Cosa ne pensi di lei? – domandò Vandoosler.
– Abbassa la voce, – disse Marc. – Il piccolo Cyrille sta giocando qui a fianco. Be', non è stupida, ed è bella come un sogno. Immagino che te ne sia reso conto anche tu.
– Naturale, – disse Vandoosler infastidito. – Salta agli occhi. Ma oltre a questo?
– È difficile giudicare, in cosí poco tempo, – disse Marc.
– Hai sempre detto che ti bastano cinque minuti.
– Be', fino a un certo punto. Quando le persone si portano dentro una storia triste, non si riesce a vedere bene. E per quanto riguarda lei, se vuoi il mio parere, deve aver preso una bella batosta. E questo confonde la vista, è come una cascata, una cascata di disillusione. Le conosco, io, queste cascate.
– Le hai fatto delle domande in proposito?
– Ti ho detto di parlare piano, accidenti. No, non le ho chiesto niente. Non è il caso, ti pare? Intuisco delle cose, faccio supposizioni, confronto. Niente di straordinario.
– Credi che sia stata mollata?
– Faresti meglio a evitare simili insinuazioni, – disse Marc.
Il padrino serrò le labbra e diede un calcio a un sassolino.

– Quello era il mio, – disse seccamente Marc. – L'avevo messo lí giovedí scorso. Potresti chiedere, prima.

Vandoosler calciò il sassolino per qualche minuto. Poi lo perse tra l'erba alta.

– Bravo furbo, – commentò Marc. – Credi che siano facili da trovare?

– Continua, – disse Vandoosler.

– La cascata, dicevamo. Mettici pure la scomparsa della zia. Non è poco. Ho l'impressione che sia una ragazza onesta. Dolce, fragile, genuina, molte cose delicate che bisogna stare attenti a non rompere. E al tempo stesso, collerica e suscettibile. Basta un niente e protende la mascella. No, è un'altra cosa ancora. Diciamo: una natura intransigente dai pensieri raffinati. O il contrario, forse: dei pensieri intransigenti e una natura raffinata. Insomma, non so, e poi cosa importa. Ma per quanto riguarda la storia di sua zia, andrà fino in fondo, puoi starne certo. Detto questo, sarà vero quello che racconta? Anche qui, non lo so. Cosa farà Leguennec? Voglio dire, cosa farete?

– Daremo un taglio alla discrezione. In ogni caso, come dici tu, quella ragazza non si fermerà davanti a niente. Per cui tanto vale passare all'azione. Apriremo un'inchiesta con un pretesto qualsiasi. Al momento è tutto troppo larvato, rischia di sfuggirci di mano. Per conto mio, dobbiamo muoverci per primi. La storia dell'appuntamento con la stella, però, è impossibile da verificare, il marito non ricorda il nome dell'albergo indicato sulla cartolina. E nemmeno il luogo da cui è stata spedita. È un colabrodo, quel tipo. Oppure lo fa apposta e la cartolina non è mai esistita. Leguennec ha fatto chiamare tutti gli alberghi di Lione. Con questo nome non hanno registrato nessuno.

– La pensi anche tu come Mathias? Dici che l'hanno uccisa?

– Piano, ragazzo. San Matteo corre un po'.

– Mathias sa essere veloce, quando occorre. A volte i cacciatori-raccoglitori sono cosí. E perché un omicidio? Se fosse un incidente?

– Un incidente? No. Il corpo sarebbe stato ritrovato da un pezzo.

– Un delitto, dunque? È possibile?
– È quello che pensa Leguennec. Sophia Siméonidis è veramente ricca. Suo marito, invece, è in balia di un periodo di instabilità politica e rischia di essere retrocesso a una posizione subalterna. Però manca il cadavere, Marc. Niente cadavere, niente delitto.

Quando Leguennec uscí, ci fu un altro conciliabolo con Vandoosler. L'ispettore scosse la testa e si allontanò, piccolo piccolo e molto risoluto.

– Cos'ha in mente di fare? – domandò Marc.
– Avviare le indagini. Giocare a carte con me. Lavorarsi Pierre Relivaux. E farsi torchiare da Leguennec non è divertente, credimi. Ha una pazienza infinita. Sono stato con lui su un peschereccio, so di cosa parlo.

La notizia arrivò il giorno dopo. Leguennec ne diede l'annuncio in serata e, nonostante la sua voce misurata, fu veramente un colpo. Durante la notte, i pompieri erano stati chiamati a domare un incendio in una viuzza fuori mano di Maison-Alfort. Al loro arrivo, il fuoco si era già esteso alle case confinanti, dei tuguri abbandonati. L'incendio era stato spento solo alle tre del mattino. Tra le macerie, tre automobili incenerite, e in una di queste un corpo carbonizzato. Leguennec era stato informato dell'incidente alle sette del mattino, mentre si faceva la barba. Alle tre del pomeriggio era andato a trovare Pierre Relivaux in ufficio. Relivaux aveva riconosciuto senza esitazione la piccola pietra di basalto che Leguennec gli aveva mostrato. Un feticcio vulcanico da cui Sophia Siméonidis non si separava mai, e che da ventotto anni si consumava nella sua borsa o nelle sue tasche.

Capitolo diciottesimo

Seduta sul letto con le lunghe gambe incrociate e la testa tra le mani, Alexandra, incredula, pretendeva dei dettagli, delle certezze. Erano le sette di sera. Leguennec aveva autorizzato Vandoosler e gli altri a rimanere nella camera. L'intera storia sarebbe apparsa l'indomani sui giornali. Lucien, preoccupato, controllava che il piccolo non gli avesse pasticciato il tappeto con i pennarelli.

– Perché siete andati fino a Maison-Alfort? – domandava Alexandra. – Che cosa sapevate?

– Niente, – le assicurò Leguennec. – Nel mio distretto, ho quattro casi di persone scomparse. Pierre Relivaux aveva preferito non sporgere denuncia. Era sicuro che sua moglie sarebbe tornata. Ma poi è arrivata lei e... diciamo che l'ho convinto. Sophia Siméonidis era sulla mia lista, e io continuavo a pensarci. Sono andato a Maison-Alfort perché è il mio lavoro. Le dirò subito che non ero il solo. C'erano anche altri ispettori, sulle tracce di adolescenti e mariti svaniti nel nulla. Ma io ero l'unico che cercava una donna. Le donne spariscono molto meno degli uomini, lo sapeva? Quando un uomo sposato o un adolescente spariscono, non ci preoccupiamo piú di tanto. Ma quando è una donna, c'è da temere il peggio. Capisce? Purtroppo il corpo, mi perdoni, era irriconoscibile, persino i denti erano spaccati o ridotti in polvere.

– Leguennec, – troncò Vandoosler, – risparmiaci i dettagli.

Leguennec scosse la piccola testa mascelluta.

– Ci sto provando, ma la signorina Haufman vuole delle certezze.

– Ispettore, continui, – disse Alexandra a bassa voce. – Devo sapere.

La ragazza aveva il viso devastato dal pianto, i capelli neri a furia di passarci le mani bagnate erano arruffati e appiccicosi. Marc avrebbe voluto asciugarli, ripettinarli. Ma non poteva fare nulla.

– Al laboratorio ci stanno lavorando, ma per eventuali nuovi risultati ci vorranno alcuni giorni. Il corpo comunque era di bassa statura e faceva pensare a una donna. La carcassa del veicolo è stata passata al setaccio, ma niente, non un brandello di vestito, non un accessorio, niente. Il fuoco è stato appiccato con litri e litri di benzina, versati a profusione non solo sul corpo e l'automobile, ma anche sull'asfalto tutt'intorno e sulla facciata della casa di fronte, fortunatamente vuota. Non ci abita piú nessuno, in quel vicolo. È destinato a essere raso al suolo e c'è solo qualche carcassa d'auto in decomposizione, dove ogni tanto, la notte, si rifugiano i barboni.

– Quindi quel posto non è stato scelto a caso...

– Esatto. Il tempo di dare l'allarme, il fuoco aveva già fatto il suo lavoro.

L'ispettore Leguennec faceva dondolare il sacchetto con la pietra nera, e Alexandra seguiva con gli occhi quella piccola, esasperante oscillazione.

– E poi? – domandò.

– Sul pavimento dell'automobile, abbiamo trovato due concrezioni d'oro fuso che facevano pensare a degli anelli, o a una catena. Qualcuno di piuttosto benestante, dunque, tanto da possedere almeno qualche gioiello d'oro. Infine, sui miseri resti del sedile anteriore destro, una piccola pietra nera che aveva resistito al fuoco, un ciottolo di basalto che probabilmente era tutto ciò che restava di una borsetta poggiata sul sedile del passeggero. Nient'altro. Le chiavi avrebbero dovuto resistere allo stesso modo. Ma, curiosamente, nessuna traccia di chiavi. Tutte le mie speranze erano in quella pietra, capisce? Gli altri tre scomparsi della lista erano uomini di alta statura. Ragion per cui Pierre Relivaux è stato il primo che sono andato a trovare. Gli ho chiesto se sua moglie portasse con sé le chiavi quando usciva, come fanno tutti. Ebbene no. Sophia le sue le nascondeva nel giardino, come una bambina, ha detto Relivaux.

– Certo, – disse Alexandra abbozzando un sorriso. – Mia nonna aveva il terrore di perdere le chiavi. Ci ha insegnato a nasconderle come degli scoiattoli. Non ce le portiamo mai appresso.

– Ah, – disse Leguennec, – adesso è piú chiaro. Ho fatto vedere la pietra a Relivaux, senza dirgli quel che avevo scoperto a Maison-Alfort. E lui l'ha riconosciuta senza esitazioni.

Alexandra tese una mano verso il sacchetto.

– Zia Sophia l'aveva raccolta in Grecia, su una spiaggia, all'indomani del suo primo successo a teatro, – sussurrò. – Non usciva mai di casa senza la sua pietra, e a Pierre la cosa dava molto sui nervi. Noi invece lo trovavamo divertente, e adesso è proprio questa pietra... Un giorno erano partiti per la Dordogna e hanno dovuto fare dietro-front a piú di cento chilometri da Parigi perché Sophia l'aveva dimenticata. È vero, la metteva nella borsetta, o nella tasca del cappotto. In scena, qualunque fosse il costume, si faceva cucire una piccola tasca interna per portarla con sé. Non avrebbe mai cantato senza.

Vandoosler sospirò. Quanto possono essere scoccianti, questi greci!

– Quando avrete concluso le indagini, – continuò Alexandra a bassa voce, – insomma... se non dovete conservarla, mi piacerebbe averla. Certo, a meno che zio Pierre...

Alexandra restituí il sacchetto all'ispettore, che scosse la testa.

– Per ora ovviamente dobbiamo tenerla noi. Ma Pierre Relivaux non mi ha fatto nessuna richiesta a questo proposito.

– Quali sono le conclusioni della polizia? – domandò Vandoosler.

Ad Alexandra piaceva sentir parlare quel vecchio poliziotto – lo zio o il padrino del ragazzo in nero con gli anelli, se aveva capito bene. Pur non fidandosi completamente di lui, la sua voce le infondeva calma e coraggio. Anche quando non diceva niente di speciale.

– E se ci spostassimo di là? – suggerí Marc. – Potremmo bere qualcosa.

Il gruppo si alzò in silenzio e Mathias infilò la giacca. Il suo turno alla *Botte* stava per cominciare.

– Juliette non chiude? – domandò Marc.

– No, – disse Mathias. – Ma dovrò lavorare per due. Non si regge in piedi. Prima, quando Leguennec le ha chiesto d'identificare la pietra, ha voluto delle spiegazioni.

Leguennec allargò le braccia corte con fare dispiaciuto.

– La gente vuole delle spiegazioni, è normale. E poi sviene, e anche questo è normale.

– A stasera, san Matteo, – disse Vandoosler, – abbia cura di Juliette. Allora, Leguennec, queste conclusioni?

– Il corpo della signora Siméonidis è stato rinvenuto quattordici giorni dopo la sua scomparsa. Sai meglio di me che nello stato in cui si trovava, carbone e cenere, stabilire a quando risale la morte è impossibile: potrebbero averla ammazzata quattordici giorni fa e ficcata in quell'auto solo in seguito, cosí come potrebbe essere stata uccisa la notte scorsa. In tal caso, che cos'ha fatto nel frattempo? E perché? Potrebbe esserci andata da sola, in quel posto, magari aspettava qualcuno e si è fatta incastrare. Visto lo stato in cui si trova il vicolo, qualsiasi rilevamento è impossibile. Ci sono macerie e fuliggine ovunque. Francamente, le indagini non potevano iniziare peggio. Le linee d'attacco scarseggiano. La linea del «come» è impraticabile. La linea degli alibi, su un arco di quattordici giorni, è ingestibile. La linea degli indizi materiali è inesistente. Rimane la linea del «perché», con tutto ciò che comporta. Eredi, nemici, amanti, maestri cantori e tutto il tran tran di una vita che possiamo immaginare.

Alexandra allontanò da sé la tazza vuota e uscí dal «refettorio». Suo figlio disegnava al piano di sopra, seduto a un tavolino in camera di Mathias. La donna ridiscese con lui al pianterreno e prese una giacca nella loro stanza.

– Esco, – disse ai quattro uomini seduti a tavola. – Non so quando torno. Mi raccomando, non aspettatemi.

- Con il piccolo? - fece Marc.
- Sí. Se rientro tardi, Cyrille si addormenterà sul sedile posteriore dell'auto. Non preoccupatevi, ho bisogno di prendere aria.
- L'auto? Quale auto? - domandò Marc.
- Quella di zia Sophia. La macchina rossa. Pierre mi ha dato le chiavi e mi ha detto che posso prenderla quando voglio. Lui ha la sua.
- È stata da Relivaux? - disse Marc. - Da sola?
- Non crede che mio zio si sarebbe sorpreso se in due giorni non fossi neanche passata a trovarlo? Mathias può dire quel che vuole, ma Pierre è stato adorabile. E mi spiacerebbe se la polizia gli desse delle noie. Per lui è già abbastanza difficile cosí.

Alexandra aveva i nervi a fior di pelle, era palese. Marc si domandò se non era stato un po' avventato ospitarla. Perché non rispedirla da Relivaux? No, proprio non era il momento. E poi Mathias si sarebbe messo un'altra volta a sbarrarle il passo, come un macigno. Guardò la ragazza tenere saldamente per mano il suo piccolo, con lo sguardo perso chissà dove. La cascata di disillusione, Marc stava per dimenticarla. Dove voleva andare con la macchina? Aveva detto che a Parigi non conosceva nessuno. Marc accarezzò i riccioli di Cyrille. Quel bambino aveva dei capelli irresistibili. Certo che sua madre, per quanto delicata e bella, quando aveva i nervi tesi poteva essere una gran rompipalle.

- Voglio fare cena con san Marco, - disse Cyrille. - E con san Luca. Sono stufo di andare in macchina.

Marc guardò Alexandra e le fece capire che non c'era problema, lui quella sera non usciva e si sarebbe occupato del piccolo.

- D'accordo, - acconsentí Alexandra.

Diede un bacio al figlio, gli disse che in realtà quei signori si chiamavano Marc e Lucien e uscí con le braccia strette al corpo, dopo aver fatto un cenno del capo all'ispettore Leguennec. Marc raccomandò a Cyrille di andare a finire il suo disegno, prima di cena.

- Se va a Maison-Alfort, non caverà un ragno dal buco, - disse Leguennec. - Il vicolo è sbarrato.

– E perché dovrebbe andarci? – domandò Marc con un moto d'irritazione, dimenticando che qualche minuto prima aveva desiderato che Alexandra si trasferisse altrove. – Andrà un po' in giro, niente di piú!

Leguennec alzò le grandi mani senza rispondere.

– Hai intenzione di farla seguire? – domandò Vandoosler.

– No, stasera no. Stasera non farà niente d'importante.

Marc si alzò, correndo con lo sguardo da Leguennec a Vandoosler.

– Seguirla? Cos'è questa storia?

– L'eredità andrà alla madre, e Alexandra potrà approfittarne.

– E allora? – gridò Marc. – Non sarà l'unica, immagino! Dio mio, ma guardatevi! Non un'emozione, neanche il minimo tremore! Prima di tutto, pugno di ferro e sospetti! Quella ragazza sta andando alla deriva, le manca la terra sotto i piedi e voi? Date il via alla sorveglianza. Dei duri, che non si lasciano fregare, mica dei pivellini alle prime armi! Stronzate! Sono capaci tutti! E sapete cosa penso, io, degli uomini che non perdono il controllo della situazione?

– Lo sappiamo, – disse Vandoosler. – Ci sputi sopra.

– Esattamente, ci sputo! Non c'è peggior idiota di chi non è capace, di tanto in tanto, di tornare a essere un pivellino alle prime armi! Certo, ne hai viste di tutti i colori! E mi chiedo se tra gli sbirri sopravvissuti a tutto il piú indurito non sia tu!

– Ti presento san Marco, mio nipote, – disse Vandoosler a Leguennec con un sorriso. – Basta un niente e ti riscrive il Vangelo.

Marc alzò le spalle, finí il suo bicchiere d'un fiato e lo sbatté rumorosamente sul tavolo.

– Ti lascio l'ultima parola, caro zio, tanto vorrai averla comunque.

Marc uscí dalla stanza e infilò le scale, seguito da Lucien che sul pianerottolo del primo piano lo afferrò per una spalla. Lucien, cosa rara, parlava a volume normale.

– Calma, soldato, – disse. – La vittoria sarà nostra.

Capitolo diciannovesimo

Quando Leguennec lasciò il sottotetto di Vandoosler, Marc guardò l'orologio. Mezzanotte e dieci. I due avevano giocato a carte. Il nipote del commissario, che non riusciva a prender sonno, sentí Alexandra rincasare verso le tre del mattino. Aveva lasciato tutte le porte aperte in modo da accorgersi se Cyrille si svegliava. Si disse che scendere ad ascoltare sarebbe stato scorretto. Dopodiché scese fino al settimo gradino della scala e tese l'orecchio. La ragazza si muoveva in punta di piedi per non svegliare nessuno. Marc la sentí bere un bicchier d'acqua. Proprio come pensava. Uno parte in tromba, si smarrisce coraggiosamente nell'ignoto, prende alcune risoluzioni valide quanto contraddittorie, sbanda e finisce per tornare.

Marc si sedette sul settimo gradino. I suoi pensieri si urtavano, si accavallavano oppure si allontanavano gli uni dagli altri. Come le placche della crosta terrestre, tutte impegnate a slittare su quella roba scivolosa e calda che c'è sotto. Sul mantello incandescente. È spaventosa questa storia di placche impazzite sulla superficie della terra. Non c'è verso di farle star ferme. La tettonica delle placche, si chiama cosí. La tettonica dei pensieri. Gli slittamenti continui e ogni tanto, inevitabilmente, il pigia pigia. Con le seccature che ne conseguono. Quando le placche si discostano, si ha un'eruzione vulcanica. Quando le placche si scontrano, idem. Cos'aveva Alexandra Haufman? Come si sarebbero svolti gli interrogatori di Leguennec? Perché Sophia aveva preso fuoco a Maison-Alfort? Perché Alexandra aveva amato quel tizio, il padre di Cyrille? Era il caso di mettersi degli anelli anche alla mano destra? A cosa serve una pietra di basalto per cantare? Ah, il basalto. Quando le placche si discostano, fuoriesce il basalto, quando si sovrappongono, fuoriesce qualcos'altro. Il...? La...? L'andesite. Proprio cosí, l'andesite. E perché questa differenza? Mistero, Marc non se lo ricordava. Sentí Alexandra che si preparava ad andare a letto. E lui, seduto su un gradino di legno alle tre di notte passate, aspettava che le placche si assestassero. Perché aveva aggredito il padrino in quel modo? L'indomani Juliette avrebbe preparato un'*île flottante*, come spesso il venerdí? E Pierre Relivaux avrebbe confessato la storia dell'amante? Chi erano gli eredi di Sophia? La sua conclusione sul commercio nei villaggi era forse troppo audace? Perché Mathias non voleva mai vestirsi?

Marc si passò le mani sugli occhi. Stava arrivando al punto in cui la rete di pensieri diventava una tale ammucchiata da non poterci nemmeno piú infilare un ago. Per cui l'unica era lasciar perdere tutto e cercare di prendere sonno. Ripiegamento, avrebbe detto Lucien, lontano dalle zone di fuoco. E Lucien? Eruzionava anche lui? Eruzionare non esiste. Eruttava? Semmai Lucien era da classificare nella categoria «attività sismica cronica». E Mathias? Per niente tettonico, Mathias. Il grande biondo era l'acqua, le maree. Quelle vaste, però, oceaniche. L'oceano che raffredda la lava. Anche se il fondo dell'oceano non è calmo come si pensa. Anche lí ce n'è di merda, altroché. Fosse, fratture... E magari, in fondo in fondo, si trovano perfino delle specie animali sconosciute e ripugnanti. Alexandra era andata a letto. Al piano terra non c'era piú un rumore, tutto era immerso nel buio. Marc cominciava a intorpidirsi, ma non aveva freddo. La luce delle scale si riaccese e si sentí il padrino scendere silenziosamente dal sottotetto.

– Dovresti andare a dormire, Marc, dico sul serio, – sussurrò Vandoosler quando lo ebbe raggiunto.

E si allontanò con la sua torcia. Andava a pisciare di fuori, sicuramente. Un gesto preciso, semplice e salutare. A Vandoosler il Vecchio la tettonica delle placche non era mai interessata, eppure suo nipote gliene aveva parlato varie volte. A Marc non andava di farsi trovare ancora lí al suo ritorno. Salí rapidamente al secondo piano, aprí la finestra per rinfrescare l'aria e si coricò. Perché suo zio andava a pisciare in giardino con un sacchetto di plastica in mano?

Capitolo ventesimo

Il giorno dopo, Marc e Lucien portarono Alexandra a cena da Juliette. Gli interrogatori erano cominciati e si preannunciavano lenti, lunghi e inutili.

Quella mattina era toccato a Pierre Relivaux, per la seconda volta. Vandoosler riportava tutte le informazioni fornitegli dall'ispettore Leguennec. Sí, aveva un'amante a Parigi, ma non erano certo affari loro, e poi come facevano a saperlo. No, Sophia non l'aveva mai scoperto. Sí, avrebbe ereditato un terzo del suo patrimonio. Sí, era una grossa somma ma avrebbe preferito che Sophia non morisse. Se non gli credevano, che andassero a farsi fottere. No, Sophia non aveva nemici. Un amante? Ne dubitava.

Poi era giunto il turno di Alexandra Haufman. Ripetere tutto quattro volte. A sua madre sarebbe andato un terzo dell'eredità. Ma sua madre non era capace di rifiutarle alcunché, vero? Dunque lei beneficiava direttamente dell'afflusso di capitali in famiglia. Sí, certo, e allora? Perché era venuta a Parigi? Chi poteva confermare l'invito di Sophia? Dov'era stata quella notte? Da nessuna parte? Difficile crederlo.

L'interrogatorio di Alexandra durò tre ore.

In serata, era toccato a Juliette.

– Sembra di cattivo umore, Juliette, – disse Marc a Mathias tra una portata e l'altra.

– Leguennec l'ha offesa, – disse Mathias. – Non voleva credere che una cantante d'opera potesse essere amica di un'ostessa.

– Pensi che Leguennec lo faccia apposta per esasperarla?

– Può darsi. In ogni caso, se la voleva ferire ci è riuscito.
Marc guardava Juliette mettere via i bicchieri in silenzio.
– Vado a dirle due parole, – disse Marc.
– Inutile, – disse Mathias, – l'ho già fatto io.
– Forse usiamo parole diverse... – disse Marc incrociando di sfuggita lo sguardo di Mathias.
Si alzò e si diresse al bancone.
– Non preoccuparti, – sussurrò a Mathias passandogli accanto, – non ho niente d'intelligente da dirle. Solo un grosso favore da chiederle.
– Fai come vuoi, – disse Mathias.
Marc appoggiò i gomiti al bancone e fece segno a Juliette di avvicinarsi.
– Leguennec ti ha ferita? – domandò.
– Niente di grave, ci sono abituata. Mathias ti ha raccontato?
– In tre parole. E per lui è già tanto. Cosa voleva sapere Leguennec?
– Indovina, non è difficile. Come può una cantante d'opera rivolgere la parola alla figlia di un bottegaio di provincia? E allora? I nonni di Sophia pascolavano capre.
Juliette smise di andare e venire e si fermò dietro il bancone.
– In realtà è colpa mia, – disse sorridendo. – Davanti a quella faccia di sbirro scettico, ho cominciato a giustificarmi come una bambina. A dire che Sophia aveva delle amiche di ceti sociali ai quali io non avevo accesso, anche se non era necessariamente con loro che poteva parlare apertamente. Ma lui aveva sempre quell'aria scettica.
– È un trucco, – disse Marc.
– Può darsi, però funziona. Perché al posto di riflettere, io mi sono resa ridicola: gli ho fatto vedere la mia biblioteca per provargli che sapevo leggere. Per dimostrargli che in tutti questi anni e con tutta questa solitudine non ho fatto altro che leggere, migliaia di pagine. Allora ha passato in rassegna gli scaffali e ha cominciato ad accettare l'idea che fossi amica di Sophia. Che idiota!
– Sophia diceva che lei non leggeva quasi, – disse Marc.

– Appunto. E io non sapevo niente di lirica. Per questo c'era uno scambio di idee, discutevamo, qui nella biblioteca. Sophia rimpiangeva di aver «perso» la strada della lettura. Io le dicevo che a volte si legge perché si sono perse altre cose. Può sembrare stupido, ma certe sere Sophia cantava mentre io strimpellavo il piano, altre sere io leggevo e lei fumava.

Juliette sospirò.

– Il peggio è che Leguennec è andato a interrogare mio fratello, casomai i libri fossero suoi. Figurati! A George piacciono solo i cruciverba. Lavora nell'editoria ma non legge una riga, si occupa della distribuzione. Anche se devo ammettere che coi cruciverba è un portento. Insomma, tutto questo per dire che quando fai l'ostessa e vuoi essere amica di Sophia Siméonidis devi provare la tua emancipazione dai pascoli normanni. Perché i pascoli sono pieni di fango.

– Non te la prendere, – disse Marc. – Leguennec ha rotto le scatole a tutti. Posso avere un bicchiere di vino?

– Te lo porto al tavolo.

– No, qui al bancone, per piacere.

– Marc, che cos'hai? Anche tu sei offeso?

– Non esattamente. Ti devo chiedere un favore. Se non sbaglio, nel tuo giardino c'è una casetta indipendente...

– Sí. Risale al secolo scorso, immagino che l'abbiano costruita per la servitú.

– Com'è? In buono stato? Abitabile?

– Vuoi andare a vivere per conto tuo?

– Juliette, dimmi, è abitabile?

– Sí, è ben tenuta. C'è tutto quel che serve.

– Perché l'hai arredata?

Juliette si mordicchiò le labbra.

– Per ogni evenienza, Marc. Non è detto che debba rimanere sola in eterno... Chissà. E siccome mio fratello vive con me, una casetta indipendente può sempre tornare utile... Lo trovi assurdo? Ti fa ridere?

– Per niente, – disse Marc. – Hai qualcuno da sistemarci, in questo momento?

– No, lo sai bene, – disse Juliette con un'alzata di spalle. – Allora, cosa vuoi?

– Vorrei che tu la proponessi a qualcuno, con delicatezza e a un prezzo moderato. Se non ti scoccia.

– A te? A Mathias? A Lucien? Al commissario? Non vi sopportate piú?

– No, tra noi va piú o meno bene. È Alexandra. Dice che non può rimanere a casa nostra. Dice che con suo figlio ci disturba, che non può mettere radici da noi, ma credo piuttosto che voglia stare un po' tranquilla. In ogni caso sta spulciando gli annunci, cerca una sistemazione. Allora ho pensato...

– Non vuoi che si allontani, è cosí?

Marc fece ruotare il bicchiere.

– Mathias dice che bisogna tenerla d'occhio. Almeno finché il caso non sarà risolto. Nel tuo giardino lei e il piccolo starebbero tranquilli, e al tempo stesso rimarrebbe vicina.

– Certo. Vicina a te.

– Ti sbagli, Juliette. Mathias pensa veramente che per Alexandra sia meglio non isolarsi.

– Per me fa lo stesso, – tagliò corto Juliette. – Non mi dà nessun fastidio averla qui con suo figlio. Se posso esserti d'aiuto, ben venga. E oltretutto è la nipote di Sophia. È il minimo che possa fare.

– Sei gentile.

Marc la baciò sulla fronte.

– Ma lei lo sa? – domandò Juliette.

– No, mi sembra ovvio.

– E chi ti dice che abbia voglia di restare vicino a voi? Ci hai pensato? Come farai a convincerla ad accettare?

Marc si rabbuiò.

– Pensaci tu. Non dire che è stata un'idea mia. Trova dei buoni argomenti.

– In poche parole vuoi che ti tolga le castagne dal fuoco?

– Conto su di te. Non lasciarla andar via.

Marc tornò al tavolo, dove Lucien e Alexandra giravano i cucchiaini nel caffè.

– Ha voluto sapere a tutti i costi dov'ero andata stanotte, – stava dicendo Alexandra. – È stato inutile spiegargli che non guardavo neanche i nomi dei paesi: non mi ha creduto, e non m'importa.

– Anche il padre di suo padre era tedesco? – la interruppe Lucien.

– Sí, ma cosa c'entra? – disse Alexandra.

– Ha fatto la guerra? La Prima? Non ha lasciato delle lettere, degli appunti?

– Lucien, non potresti trattenerti? – domandò Marc. – Se proprio devi parlare, non puoi trovare altri argomenti? Spremendoti un pochino, vedrai che ce ne sono.

– Bene, – disse Lucien. E dopo una pausa: – Ha intenzione di uscire in macchina anche stasera?

– No, – sorrise Alexandra. – Stamattina Leguennec me l'ha portata via. E dire che si sta alzando il vento. Amo il vento. Era una notte perfetta per andare in giro.

– Non capisco, – disse Lucien. – Andare in giro senza scopo e senza meta? Francamente, non capisco a cosa serve. E lei può andare in giro cosí per una notte intera?

– Una notte intera non sapresti... Sono solo undici mesi che lo faccio, ogni tanto. Finora ho sempre gettato la spugna verso le tre del mattino.

– Gettato la spugna?

– Sí, rinunciato. E allora torno indietro. Passa una settimana e ricomincio, convinta che stavolta funzionerà. E invece, niente da fare.

Alexandra scrollò le spalle e si sistemò i capelli corti dietro le orecchie. Marc avrebbe voluto farlo al posto suo.

Capitolo ventunesimo

Nessuno sa cosa escogitò Juliette. Sta di fatto che l'indomani Alexandra traslocò nel suo giardino. Marc e Mathias l'aiutarono a portare la sua roba. Presa da quel diversivo, Alexandra cominciava a rilassarsi. Marc, che aveva visto riaffiorare su quel viso tristezze e turbamenti –, non difficili da indovinare per un occhio esperto – era contento di vederli fluire, pur sapendo che simili tregue possono essere di breve durata. Fu durante quella tregua che Alexandra decise di farsi chiamare Lex e lasciarsi dare del tu.

Arrotolando il tappeto per portarselo via, Lucien bofonchiò che l'evoluzione degli schieramenti diventava sempre piú complessa, il Fronte occidentale essendo stato tragicamente privato di uno dei suoi elementi portanti, che si era lasciato alle spalle solo un marito sospetto, mentre il Fronte orientale, già rinvigorito dal trasferimento di Mathias nella botte, si vedeva rafforzato da una nuova alleanza corredata di bambino. Originariamente destinata al Fronte occidentale, la nuova alleata era stata temporaneamente trattenuta in territorio neutrale e ora disertava per la trincea est.

– È quella fottuta Grande Guerra che ti ha mandato fuori di testa, o stai vaneggiando perché ti dispiace che Alexandra se ne vada? – gli domandò Marc.

– Non sto vaneggiando, – replicò Lucien, – arrotolo il tappeto e commento l'accaduto. Lex, ha detto di chiamarla Lex, voleva andarsene e invece si ritrova a due passi da qui. A due passi da suo zio Pierre, a due passi dall'epicentro del dramma. Che cosa sta cercando? Certo, a meno che, – disse lo storico

raddrizzandosi, tappeto sottobraccio, – a meno che non sia stato tu ad avviare l'operazione Capanno Est.
– E perché avrei dovuto? – replicò Marc, sulle difensive.
– Per tenerla sott'occhio o a portata di mano, vedi tu. Io propendo per la seconda. Comunque sia, mi congratulo. Gran bella mossa.
– Lucien, mi stai facendo incazzare.
– Perché? Cosa credi, è evidente che ti piace. Attento a non prenderti un'altra batosta. Non dimenticarti che siamo nella merda. Tutti. E quando uno è nella merda, rischia di scivolare, di perdere il controllo. Bisogna fare un passo alla volta, cauti, quasi a quattro zampe. O quanto meno non correre come pazzi. Con questo non voglio dire che un povero tapino immerso nel fango della trincea non abbia bisogno di distrazioni. Al contrario. Ma Lex non è una qualsiasi, è troppo carina, troppo intelligente per poter sperare in una semplice distrazione. Cosí non ti distrai, rischi di innamorarti. Una catastrofe, Marc, una vera catastrofe.
– E perché una catastrofe, demente di un soldato?
– Perché tu, demente infarcito d'amor cortese, sospetti quanto me che Lex sia stata scaricata col bambino. O qualcosa del genere. E come un cavaliere sul suo destriero, ti dici che il suo cuore è una landa desolata e che puoi procedere all'occupazione. Un errore di valutazione alquanto grossolano, lasciatelo dire.
– Sentimi bene, demente da trincea. Sulla desolazione ne so parecchio piú di te. E la desolazione occupa piú spazio di qualsiasi gioia.
– Lucidità inaudita per un uomo delle retrovie, – disse Lucien. – Non sei stupido, Marc.
– Perché, ti stupisce?
– Assolutamente no. Mi ero informato.
– Insomma, – disse Marc, – non ho sistemato Alexandra nel giardino per potermi buttare su di lei. Anche se mi turba. E chi non ne sarebbe turbato?
– Mathias, – disse Lucien puntando il dito. – Lui è turbato dalla bella e coraggiosa Juliette.

– E tu?
– Te l'ho detto, io ci vado piano e faccio le mie considerazioni. Tutto qui. Per ora.
– Bugiardo.
– Può darsi. È vero che non sono del tutto privo di sentimenti e di attenzioni. Per esempio ho proposto ad Alexandra di tenersi il tappeto per un po', se le fa piacere. Risposta: se ne frega.
– Per forza. Ha ben altro a cui pensare, e non sto parlando di problemi di cuore. Se proprio vuoi sapere perché ci tengo ad averla qui, è perché i ragionamenti dell'ispettore Leguennec hanno preso una piega che non mi piace. E quelli del mio padrino pure. Quei due pescano in coppia. Lex è stata convocata per un nuovo interrogatorio dopodomani. Ed è meglio rimanere in zona, casomai ci fosse bisogno.
– Nobile cavaliere dalla bianca armatura, non è vero, Marc? Anche se senza cavallo. E se Leguennec qualche ragione ce l'avesse? Ci hai pensato?
– Mi pare ovvio.
– E allora?
– Allora non ci dormo la notte. Però ci sono un paio di cosette che mi piacerebbe chiarire.
– Credi di farcela?
Marc si strinse nelle spalle.
– Perché no? Le ho chiesto di passare di qui non appena si sarà sistemata. Con il bieco secondo fine di farle qualche domanda su quel paio di cosette che non mi fanno dormire. Che ne pensi?
– Audace e poco simpatico, ma l'offensiva potrebbe essere interessante. Posso partecipare?
– A una condizione: deponi le armi e silenzio.
– Se ti rassicura, – disse Lucien.

Capitolo ventiduesimo

Alexandra chiese tre zollette di zucchero per il suo tè. Mathias, Lucien e Marc l'ascoltavano parlare, raccontare come, per puro caso, Juliette le aveva detto che cercava un inquilino. La camera di Cyrille era carina, diceva, in quella casa era tutto bello e luminoso, c'era un'atmosfera piacevole e libri per ogni sorta di insonnia, e dalle finestre avrebbe visto spuntare i fiori, e Cyrille amava i fiori, diceva. Juliette si era portata Cyrille alla *Botte* per fare i pasticcini. Due giorni dopo, lunedí, sarebbe andato alla nuova scuola. E lei al commissariato. Alexandra corrugò la fronte. Cosa voleva da lei Leguennec? Aveva già detto tutto...

Marc pensò che era l'occasione buona per sferrare l'offensiva audace e poco simpatica, ma l'idea non lo convinceva piú molto. Si alzò e si sedette sul tavolo per farsi forza. Non aveva mai concluso granché restando seduto su una sedia.

– Credo di sapere cosa voglia da te, – disse mollemente. – Potrei farti le domande che ti farà lui, cosí ti abitui.

Alexandra alzò la testa di scatto.

– Mi vuoi interrogare? Allora anche tu, anche voi avete in mente solo questo! Dubbi, idee malsane, l'eredità?

Alexandra si era alzata in piedi. Marc le prese una mano per trattenerla. Quel contatto gli provocò una leggera stretta allo stomaco. Be'. Evidentemente aveva mentito dicendo a Lucien che non voleva saltarle addosso.

– Non è questo, – disse. – Perché non ti risiedi e bevi il tuo tè? Potresti chiederti con delicatezza delle cose che Leguennec cercherà di estorcerti con la forza. Perché non vuoi?

– Sei un bugiardo, – disse Alexandra. – Ma non me ne frega niente, guarda. Fammi pure le tue domande, se ti tranquillizza. Io non ho paura, né di voi, né di Leguennec, né di nessun altro se non di me stessa. Avanti, Marc. Sentiamo le tue idee malsane.

– Io taglio un po' di pane, – disse Mathias.

Con il volto contratto, Alexandra si appoggiò allo schienale e cominciò a dondolarsi sulla sedia.

– Non importa, – disse Marc. – Io ci rinuncio.

– Un combattente valoroso, – mormorò Lucien.

– No, – disse Alexandra. – Aspetto le tue domande.

– Forza, soldato. Animo, – disse Lucien a bassa voce passando alle spalle di Marc.

– E va bene, – disse Marc con voce sorda. – Va bene. Leguennec ti chiederà sicuramente perché sei arrivata con un simile tempismo, accelerando la ripresa delle indagini che due giorni piú tardi hanno portato alla scoperta del corpo di tua zia. Se non fossi arrivata tu, il caso sarebbe rimasto nel limbo e zia Sophia sulla sua isola greca. Niente corpo, niente morto. Niente morto, niente eredità.

– E allora? L'ho già detto. Sono venuta perché zia Sophia mi aveva invitata. Avevo bisogno di cambiare aria. Non è un segreto per nessuno.

– Tranne che per sua madre.

I tre uomini girarono la testa verso la porta, da cui ancora una volta, senza che l'avessero sentito arrivare, era apparso Vandoosler.

– Chi ti ha interpellato? – fece Marc.

– Nessuno, – disse Vandoosler. – Non m'interpellano piú molto, ultimamente. Il che, nota bene, non mi impedisce di farmi sentire.

– Sparisci, – disse Marc. – Quello che sto facendo è già abbastanza difficile.

– Perché lo fai con i piedi. Vuoi precedere Leguennec? Dipanare la matassa prima del suo arrivo, liberare la fanciulla? Almeno fallo bene. Permette? – chiese ad Alexandra sedendosi accanto a lei.

– Non credo di avere scelta, – disse la ragazza. – Tutto sommato, preferisco rispondere a un poliziotto vero, sia pure corrotto, che a tre poliziotti finti invischiati nelle loro dubbie intenzioni. A parte l'intenzione di Mathias di tagliare un po' di pane, che è buona. L'ascolto.

– Leguennec ha telefonato a sua madre. La quale sapeva che lei si sarebbe trasferita a Parigi. E sapeva anche perché. Pene d'amore, cosí le chiamano in sintesi, due parole davvero troppo brevi per quello che devono dire.

– Perché, che ne sa lei di pene d'amore? – domandò Alexandra sempre accigliata.

– Diciamo che ne ho causate parecchie, – rispose lentamente Vandoosler. – Tra cui una piuttosto seria. Sí, ne so quanto basta.

Il padrino si passò le mani tra i capelli brizzolati. Ci fu un silenzio. Raramente Marc l'aveva sentito parlare in modo cosí serio e cosí semplice. Adesso, con il volto disteso, tamburellava silenziosamente sul tavolo. Alexandra lo guardava.

– Insomma, sí, – riprese. – Me ne intendo.

Alexandra chinò il capo. Vandoosler domandò se il tè era obbligatorio o se si poteva bere altro.

– Questo per dire, – riprese versandosi del vino, – che le credo quando dice di essere fuggita. A me basta un'occhiata. Quanto a Leguennec, l'ha verificato, e sua madre ha confermato. Sola con Cyrille da quasi un anno, ha pensato di trasferirsi a Parigi. Ma quel che sua madre non sapeva, era che Sophia l'avrebbe ospitata. Lei le aveva parlato soltanto di amici.

– Mia madre è sempre stata un po' gelosa di sua sorella, – disse Alexandra. – Non volevo pensasse che la lasciavo per Sophia, non volevo rischiare di ferirla. Noi greci siamo sempre pronti a immaginare un sacco di cose. O quantomeno, cosí diceva mia nonna.

– Un nobile motivo, – disse Vandoosler. – Ma passiamo a quel che potrebbe pensare Leguennec... Alexandra Haufman, trasformata dalla disperazione, assetata di vendetta...

– Vendetta? – mormorò Alexandra. – Quale vendetta?

– Non m'interrompa, per favore. La forza di un poliziotto sta nei lunghi monologhi che schiacciano come macigni o nella battuta fulminea che ammazza come un colpo di manganello. Mai privare il poliziotto dei piaceri che si è costruito, è una cosa che lo fa innervosire. Per cui, dopodomani, attenta a non interrompere Leguennec. Assetata di vendetta, dunque. Delusa, inasprita, determinata ad acquistare nuovo potere, piuttosto squattrinata, invidiosa della vita facile di sua zia, intravedendo un modo di vendicare sua madre, che nonostante qualche remoto tentativo di canto non è mai riuscita ad affermarsi, progetta di togliere di mezzo Sophia e di mettere le mani su una larga fetta del suo patrimonio, tramite sua madre.

– Straordinario, – disse Alexandra tra i denti. – Non ho forse detto che volevo bene a zia Sophia?

– Una difesa puerile, ragazza mia, e un po' sciocca, anche. Un ispettore che ha individuato movente e modalità non perde tempo in simili sciocchezze. Tanto piú che lei sua zia non la vedeva da dieci anni. Un po' troppo per una nipote affezionata. Ma andiamo avanti. A Lione, lei possedeva un'automobile. Allora perché venire in treno? Perché, alla vigilia della partenza, è andata a venderla, insistendo sul fatto che le sembrava troppo vecchia per farci un viaggio fino a Parigi?

– E questo come lo sa? – domandò Alexandra, smarrita.

– Sua madre mi ha detto che lei aveva venduto la macchina. Ho telefonato a tutte le autorimesse delle sue parti finché ho trovato quello che cercavo.

– Ma che c'è di male? – gridò Marc all'improvviso. – Cosa stai cercando di fare? Vuoi lasciarla in pace sí o no!

– Insomma, Marc, – disse Vandoosler alzando gli occhi su di lui. – Volevi prepararla per Leguennec? È quello che sto facendo. Vuoi fare lo sbirro e non sopporti nemmeno l'inizio di un interrogatorio? Io so perfettamente che cosa l'aspetta lunedí. Per cui chiudi il becco e apri le orecchie. E tu, san Matteo, mi dici perché tagli fette di pane come se aspettassimo venti persone?

– Per sentirmi a mio agio, – rispose Mathias. – E perché Lucien le mangia. A Lucien il pane piace.

Vandoosler sospirò e si girò verso Alexandra, che era sempre più angosciata e si asciugava le lacrime con uno strofinaccio per i piatti.

– Di già? – fece la ragazza. – Già tutte queste telefonate, queste indagini? È così grave vendere una macchina? Era tutta scassata. Non mi andava di guidare fino a Parigi con Cyrille. E poi mi ricordava delle cose. Me ne sono sbarazzata... È un delitto?

– Continuiamo a ragionare, – disse Vandoosler. – Nel corso della settimana precedente, mettiamo il mercoledì, giorno in cui Cyrille sta con la nonna, lei si fionda a Parigi con la sua auto, che tra l'altro secondo il garagista non è poi così scassata.

Lucien, che come al solito girava intorno al grande tavolo, tolse ad Alexandra lo strofinaccio e le mise in mano un fazzoletto.

– Non è molto pulito, – le sussurrò.

– Non è poi così scassata, – ripeté Vandoosler.

– Le ho detto che quell'auto mi ricordava delle cose, cazzo! – disse Alexandra. – Se capisce perché uno scappa, dovrebbe anche capire perché si sbarazza della macchina!

– Certo. Ma se quei ricordi erano così opprimenti, perché non l'ha venduta prima?

– Perché coi ricordi non è così facile, cazzo! – gridò Alexandra.

– Mai dire due volte cazzo a uno sbirro, Alexandra. Con me non fa niente. Ma lunedì stia attenta. Leguennec non batterà ciglio, ma non gli piacerà. Non gli dica cazzo. E comunque non si dice cazzo a un bretone, è il bretone che lo dice. È la legge.

– Allora perché l'hai scelto, questo Leguennec? – domandò Marc. – Se non c'è verso di fargli credere qualcosa e se non sopporta che si dica cazzo?

– Perché Leguennec è abile, perché Leguennec è un amico, perché è il suo distretto, perché raccoglierà tutti i dettagli per noi e perché alla fine io, Armand Vandoosler, di quei dettagli ne farò quello che voglio.

– Ma cosa dici! – gridò Marc.

– San Marco, smettila di gridare, è controproducente per la canonizzazione. E smettila d'interrompermi. Andiamo avanti. Alexandra, lei ha lasciato il suo lavoro tre settimane fa, in previsione della partenza. Ha spedito a sua zia una cartolina con una stella e un appuntamento a Lione. Tutti in famiglia conoscono la vecchia storia con Stelyos, e sanno che il disegno di una stella a Sophia non può che evocare quel nome. Poi, una sera, lei viene a Parigi, intercetta la zia, le racconta qualcosa su Stelyos che è a Lione, la fa salire in macchina e la uccide. Bene. La scarica da qualche parte, per esempio nella foresta di Fontainebleau, o di Marly, fa lo stesso, in un posto sufficientemente sperduto perché non la trovino troppo presto – il che le eviterà il problema del giorno del decesso e degli alibi da costruire – e la mattina dopo rientra a Lione. Passano i giorni, sui giornali niente. La cosa le fa comodo. Poi la preoccupa. Il luogo è troppo sperduto. Se il corpo non viene ritrovato, addio eredità. Occorre tornare nella capitale. Quindi vende l'auto, si premura di spiegare che mai ci farebbe un viaggio fino a Parigi e salta su un treno. Poi attira l'attenzione, aspettando stupidamente sotto la pioggia con suo figlio, e non la sfiora nemmeno l'idea di portarlo all'asciutto nel bar piú vicino. Bisogna assolutamente impedire che credano a una scomparsa volontaria. Lei dunque protesta e le indagini ripartono. Il mercoledí sera si fa prestare l'auto della zia e quella stessa notte va a recuperare il cadavere. Prende le dovute precauzioni perché nel bagagliaio non ne rimanga traccia – un lavoro faticoso, plastica, isolanti e dettagli tecnici alquanto sinistri – e infine lo trasborda in uno scassone abbandonato in un vicolo di periferia. Poi dà fuoco al tutto per evitare ogni possibile traccia di trasporto, manipolazione, materiali. Il sassolino, l'amuleto di zia Sofia resisterà, e lei lo sa bene. Non ha forse resistito al vulcano che l'ha sputato? Ottimo lavoro, il corpo viene identificato. Solo il giorno dopo si servirà ufficialmente dell'auto presa in prestito dallo zio. Per andare in giro di notte, senza meta, dice lei. O forse per far dimenticare la notte in cui una meta ce l'aveva eccome. Caso mai l'avessero vista. Ancora un dettaglio: non stia a chiedersi dov'è finita l'auto di sua zia, da ieri mattina è al laboratorio d'analisi per accertamenti.

– Lo sapevo, pensi un po', – troncò Alexandra.

– Analisi del bagagliaio, dei sedili... – continuò Vandoosler, – avrà sentito parlare di questo tipo di esami. Non appena le operazioni saranno terminate gliela restituiranno. E questo è tutto, – concluse il vecchio dandole qualche colpetto sulla spalla.

Alexandra, immobile, aveva lo sguardo vuoto di chi valuta la portata di una catastrofe. Marc era tentato di prendere quel vecchio bastardo di un padrino e sbatterlo fuori, afferrarlo per le spalle della sua impeccabile giacca grigia, spaccargli quella bella faccia che aveva e farlo volare dalla finestra a tutto sesto. Vandoosler alzò lo sguardo e incrociò quello del nipote.

– So a cosa pensi, Marc. Ti sentiresti sollevato. Ma risparmia le forze e tienimi da conto. Potrei essere utile, qualunque cosa accada e qualsiasi colpa le accollino.

Marc pensò all'assassino che Armand Vandoosler aveva lasciato a piede libero, sfidando ogni giustizia. Cercava di restare calmo, ma la dimostrazione del padrino reggeva. E piuttosto bene, anche. Improvvisamente gli risuonò nelle orecchie la vocina di Cyrille: voleva cenare con loro, aveva detto giovedí sera, era stufo di andare in macchina... Alexandra l'aveva dunque portato in giro con sé, la notte prima? Quando era andata a recuperare il cadavere? No. Era atroce. Sicuramente il piccolo si riferiva ad altri viaggi. Erano undici mesi che Alexandra andava in giro la notte.

Marc guardò i suoi coinquilini. Mathias, gli occhi sul tavolo, cincischiava una fetta di pane. Lucien spolverava uno scaffale con lo strofinaccio sporco. E lui aspettava che Alexandra reagisse, spiegasse, urlasse. E invece lei disse soltanto:

– Regge.

– Regge, – confermò Vandoosler.

– Tu sei pazza, di' qualcosa, – la supplicò Marc.

– Non è pazza, – disse Vandoosler, – è molto intelligente.

– Ma... e gli altri? – fece Marc. – Non è mica l'unica a beneficiare dei soldi di Sophia. C'è anche sua madre...

Alexandra strinse il fazzoletto che aveva in mano.

– Lascia stare sua madre, – disse Vandoosler. – Non si è mossa da Lione. È andata in ufficio tutti i giorni, sabato compreso. Ha un lavoro part-time e la sera va a prendere Cyrille a scuola. Inattaccabile. È tutto verificato.

– Grazie, – bisbigliò Alexandra.

– E Pierre Relivaux, allora? – domandò Marc. – Rimane pur sempre il primo erede, no? E per di piú ha un'amante.

– Relivaux è in una posizione scomoda, non dico di no. Dopo la scomparsa di sua moglie si è assentato per varie notti. Ma se ben ricordi, non ha mosso un dito per aiutarci a trovarla. E niente corpo, niente eredità.

– Una messinscena! Sapeva perfettamente che prima o poi l'avremmo ritrovata!

– Possibile, – disse Vandoosler. – Leguennec marca stretto anche lui, non temere.

– E il resto della famiglia? – domandò Marc. – Lex, raccontaci dei tuoi parenti.

– Chiedi a tuo zio, – disse Alexandra, – visto che a quanto pare sa tutto prima degli altri.

– Mangia un po' di pane, – disse Mathias a Marc. – Ti aiuterà a rilassare le mascelle.

– Tu dici?

Mathias annuí e gliene porse una fetta. Marc masticò con aria inebetita, mentre ascoltava Vandoosler riprendere il filo delle sue informazioni.

– Terzo erede, il padre di Sophia, che vive a Dourdan. Papà Siméonidis è un fan della figlia. Non si è mai perso un suo concerto. Ed è all'Opéra di Parigi che ha incontrato la sua seconda moglie. La donna era lí per vedere il figlio, una semplice comparsa, ma lei ne andava fiera. Fu altrettanto fiera di conoscere il padre della cantante, per pura coincidenza seduto accanto a lei in platea. Probabilmente pensò che per il figlio sarebbe stato un buon trampolino di lancio. Comunque sia, una chiacchiera tira l'altra, i due genitori hanno finito per sposarsi e stabilirsi nella casa di Dourdan. Due cose: Siméonidis non è ricco, e guida ancora. Ma il dato fondamentale rimane che è un fervido ammiratore della figlia. La sua morte l'ha distrutto. Ha collezionato tutto ciò che la riguardava, tutto quel che se n'è detto, scritto, le fotografie, i pettegolezzi, i disegni. Pare che abbia riempito un'intera stanza della casa. È vero?

– Cosí racconta la leggenda famigliare, – mormorò Alexandra. – È un vecchio in gamba, un tipo autoritario, peccato che abbia sposato un'idiota in seconde nozze. Un'idiota piú giovane di lui, che se lo intorta come vuole, tranne per ciò che riguarda Sophia. Quello è un territorio sacro, e lei non può metterci becco.

– Il figlio è un tipo strano.

– Ah! – fece Marc.

– Sta' calmo, – disse Vandoosler. – Strano nel senso che si trascina, è moscio, velleitario, un voyeur, un buono a nulla che a quarant'anni suonati dipende ancora dalla madre, ogni tanto mette su qualche traffico balordo, ma gli manca la stoffa, si fa beccare, poi lo rilasciano, insomma, piú che losco è un disgraziato. Sophia gli ha trovato diversi ingaggi come comparsa, ma anche in queste parti mute non ha mai brillato e si è stufato presto.

Alexandra asciugava meccanicamente il tavolo con il fazzoletto bianco che le aveva prestato Lucien. E Lucien ci stava male. Mathias si alzò perché cominciava il turno serale alla *Botte*. Disse che avrebbe fatto cenare Cyrille in cucina e poi si sarebbe assentato tre minuti per riaccompagnarlo a casa. Alexandra gli sorrise.

Mathias salí in camera a cambiarsi. Juliette non tollerava che sotto l'uniforme da cameriere fosse nudo. E per lui era una tortura. Con tre strati di vestiti addosso aveva l'impressione di scoppiare. Ma capiva il punto di vista di Juliette. Gli aveva anche chiesto di smetterla di cambiarsi per metà in cucina e per metà nella sala da pranzo quando i clienti se n'erano già andati, «perché qualcuno avrebbe potuto vederlo». Qui il punto di vista di Juliette cominciava a sfuggirgli, e stentava a capire cosa ci fosse d'imbarazzante. Ma siccome non voleva contrariarla, aveva preso a cambiarsi a casa, ed era costretto a uscire per strada in divisa, mutande, calzini, scarpe, pantaloni, camicia, farfallino, gilet e giacca, cosa che lo rendeva abbastanza infelice. Ma il lavoro non gli dispiaceva. Era quel tipo di occupazione che ti permette di pensare ad altro. E poi Juliette, appena poteva, certe sere poco movimentate, lo lasciava andare via prima. Peraltro Mathias non avrebbe avuto niente in contrario a passarci anche la notte intera da solo con lei, ma siccome era uomo di poche parole non c'era pericolo che Juliette lo intuisse. Perciò se ne andava a casa prima. Abbottonandosi quel gilet abominevole, Mathias pensava ad Alexandra e a tutto il pane che aveva dovuto affettare per rendere la situazione sopportabile. Il vecchio Vandoosler non era andato troppo per il sottile. Incredibile comunque la quantità di fette che Lucien riusciva a spazzolare.

Uscito Mathias, tutti rimasero in silenzio. Marc pensò che capitava spesso. Quando Mathias era lí, parlava appena e nessuno gli badava. Ma quando non c'era piú, era come se il ponte di pietra a cui si erano appoggiati fosse crollato all'improvviso e occorresse trovare un nuovo equilibrio. Ebbe un brivido e si riscosse.

– Ci stiamo addormentando? – gli fece Lucien.

– Niente affatto, – disse Marc. – Sto vagando seduto. È una questione di tettonica, non puoi capire.

Vandoosler si alzò e con un gesto costrinse Alexandra a guardarlo.

– Regge, – ripeté lei. – Il vecchio Siméonidis non può avere ucciso Sophia, perché l'amava. Il suo figliastro non può averla uccisa perché è uno smidollato. Sua madre nemmeno perché è un'idiota. La mia neanche perché la mamma è sempre la mamma. E poi non si è mossa da Lione. Resto io: io che sono venuta qui, io che ho mentito a mia madre, io che ho venduto la macchina, io che non vedevo zia Sophia da dieci anni, io che sono amareggiata, io che col mio arrivo ho fatto partire le indagini, io che sono rimasta senza lavoro, io che ho preso l'auto di mia

zia, io che di notte vago senza meta. Sono in trappola. E comunque, ero già nella merda prima.
– Anche noi, – disse Marc. – Ma essere nella merda è diverso dall'essere in trappola. In un caso scivoli, nell'altro ci lasci le penne. Non è per niente la stessa cosa.
– Lascia perdere le tue allegorie, – disse Vandoosler. – Non è di questo che ha bisogno.
– Una piccola allegoria di tanto in tanto non ha mai fatto male a nessuno, – disse Marc.
– Per ora è piú utile quello che le ho detto io. Adesso è pronta. Tutti gli errori che ha commesso stasera, agitazione, lacrime, rabbia, interrompere chi la interroga, dire due volte cazzo, gridare, costernarsi e poi mostrarsi sconfitta, lunedí non li commetterà. Domani dovrà dormire, leggere, passeggiare col bambino ai giardinetti o lungo la Senna. Leguennec la farà sicuramente seguire. Questo è il piano. Ma lei non dovrà accorgersi di nulla. Lunedí, accompagnerà il piccolo a scuola e poi andrà al commissariato. Ora sa cosa l'aspetta. Dirà la sua verità senza strepitare, senza aggressività, è la cosa migliore per frenare un poliziotto.
– Dirà la verità ma Leguennec non le crederà, – osservò Marc.
– Non ho detto «la» verità. Ho detto «la sua» verità.
– Allora credi che sia colpevole? – Marc ricominciava a innervosirsi.
Vandoosler alzò le mani e se le lasciò ricadere sulle gambe.
– Ci vuole del tempo perché «la» e «la sua» coincidano, Marc. Tempo. È l'unica cosa che ci occorre. È quello che sto cercando di guadagnare. Leguennec è un bravo poliziotto, ma tende a voler catturare la balena troppo in fretta. È un ramponiere, e a volte serve. Personalmente, preferisco che la balena sia libera di muoversi, le dò lenza, calmo le acque agitate, individuo il punto in cui riemerge, lascio che continui le sue esplorazioni e cosí via. Tempo, tempo...
– Cosa pensa di ottenere con il tempo? – domandò Alexandra.

– Delle reazioni, – rispose Vandoosler. – Dopo un omicidio, niente rimane immobile. Aspetto delle reazioni. Anche piccole. Ma ci saranno. Basta drizzare le antenne.

– E tu, – fece Marc, – hai intenzione di startene lassú, nel sottotetto, a spiare eventuali reazioni? Senza spostarti? Senza indagare? Insomma, senza darti una mossa? Credi che le reazioni ti cadranno dal cielo come sterco di piccione? Sai quante cacche di piccione mi sono beccato da quando vivo a Parigi? Lo sai? Una, una sola! Una misera cacchina, mentre in giro per la città ci sono milioni di piccioni che defecano tutto il santo giorno. Allora? Cosa ti aspetti? Che le reazioni vengano docilmente fin qui per posarsi sulle tue antenne?

– Esattamente, – disse Vandoosler. – Perché qui...

– Perché qui siamo in trincea, – disse Lucien.

Vandoosler si alzò annuendo.

– È sveglio, il tuo amico della Grande Guerra, – disse a Marc.

Ci fu un silenzio pesante. Vandoosler si frugò nelle tasche e ne estrasse due monete da cinque franchi. Scelse la piú lucida e scomparve in cantina, dove avevano ammucchiato gli attrezzi. Si udí la breve vibrazione di un trapano. Vandoosler riapparve con la moneta bucata e con tre colpi di martello la piantò nella trave sinistra del camino.

– Hai finito di dare spettacolo? – gli domandò Marc.

– Visto che abbiamo parlato di balene, – rispose Vandoosler, – ho piantato una moneta sull'albero maestro. Andrà a chi arpionerà l'assassino.

– È proprio necessario? – chiese Marc. – Sophia è morta, e tu, tu ti diverti. Ne approfitti per fare il cazzone, il capitano Achab. Sei irriverente.

– Non è uno scherzo, è un simbolo. Piccola sfumatura. Pane e simboli. Due cose fondamentali.

– E il capitano saresti tu, chiaramente...

Vandoosler scosse la testa.

– Non ne ho idea. Non è una gara. Voglio prendere l'assassino, e con l'aiuto di tutti voi.

– Ti ricordavo piú indulgente con gli assassini, – disse Marc.

Vandoosler si voltò di scatto.
– Non con questo. Questo è una carogna.
– Ah sí? E tu come lo sai?
– Lo so. Questo è un professionista. Un killer, hai capito? Buona sera a tutti.

Capitolo ventitreesimo

Quel lunedí, verso mezzogiorno, Marc sentí un'auto fermarsi davanti al cancello. Mollò la matita e si precipitò alla finestra: Vandoosler scendeva da un taxi con Alexandra. L'accompagnò alla sua casetta e tornò canticchiando. Ecco perché era uscito: per andare a prendere Alexandra al commissariato. Marc strinse i denti. La sottile onnipotenza del padrino cominciava a esasperarlo. Sentí il sangue pulsargli alle tempie. Ancora uno di quei maledetti moti di stizza. La tettonica. Come diavolo faceva Mathias a restare taciturno e imponente, quando i suoi desideri non si avveravano mai? A lui pareva di consumarsi nell'esasperazione. Quella mattina si era mangiato un terzo della matita, e sputacchiava schegge di legno sul foglio. E se avesse provato a mettersi i sandali anche lui? Ridicolo. Non solo avrebbe avuto freddo ai piedi, ma avrebbe perso l'ultimo motivo di lustro che gli rimaneva, tenuto in vita dalla ricercatezza del suo abbigliamento.

Marc strinse la cintura argentata e si lisciò i pantaloni neri aderenti. Ieri Alexandra non era nemmeno venuta a trovarli.

E perché avrebbe dovuto? Adesso aveva la sua casetta, la sua indipendenza, la sua libertà. Era una ragazza molto gelosa della propria libertà, bisognava starci attenti. Ciononostante aveva trascorso la domenica seguendo le raccomandazioni di Vandoosler il Vecchio. Ai giardinetti con Cyrille. Mathias li aveva visti giocare a pallone e aveva fatto una partitina con loro. Nel tiepido sole di giugno. A Marc non era venuto in mente. Mathias certe volte sapeva mettere in atto delle forme silenziose e puntuali di conforto che lui neanche considerava, tanto erano semplici. Marc aveva ripreso il filo del suo saggio sul commercio nei secoli XI e XII con entusiasmo agonizzante. La questione dell'eccedenza della produzione rurale era alquanto fumosa, e se non ti ci buttavi a capofitto rischiavi di rimanerci impantanato. Una rottura. Forse avrebbe fatto meglio a giocare a pallone: sai cosa lanci, vedi cosa ti torna. Quanto al padrino, aveva passato l'intera domenica appollaiato sulla sedia, col naso fuori dall'abbaino a sorvegliare i dintorni. Coglione. Chiaro che con quelle pose da spia nel suo nido d'aquila, o da capitano nella sua baleniera, agli occhi degli ingenui il vecchio acquistava importanza. Ma Marc non si lasciava certo impressionare da quel genere di spacconate.

Sentí Vandoosler salire i quattro piani e non si mosse, deciso a non dargli la soddisfazione di accorrere in cerca di notizie. Ma come sempre gli accadeva nelle piccole cose, la sua risolutezza s'incrinò rapidamente, e venti minuti dopo apriva la porta del sottotetto.

Il padrino era di nuovo sulla sedia, con la testa fuori dalla finestra.

– Lí cosí sembri un imbecille, – disse Marc. – Che cosa aspetti? La reazione? La cacca del piccione? La balena?

– Non ti dò nessun fastidio, mi pare, – disse Vandoosler scendendo dalla sedia. – Perché t'innervosisci?

– Ti dài importanza, fai l'indispensabile. Te la tiri. Ecco che cosa mi fa innervosire.

– Sono d'accordo con te, è irritante. Eppure ci sei abituato, anzi, di solito non te ne importa niente. Ma adesso mi sto occupando di Lex, e questo ti fa innervosire. Forse dimentichi che se la tengo d'occhio è soltanto per evitare qualche cosetta che potrebbe essere spiacevole per tutti. Vuoi farlo da solo? Ti manca il mestiere. E siccome t'innervosisci e non ascolti quello che dico, è difficile che lo impari. E per finire, non hai modo di arrivare a Leguennec. Se vuoi renderti utile, sarai costretto a sopportare i miei interventi. E magari anche a eseguire i miei ordini, perché non riuscirò a essere dappertutto contemporaneamente. Tu e i due evangelisti potete essermi d'aiuto.

– Per fare cosa? – chiese Marc.
– Calma. È ancora troppo presto.
– Aspetti la cacca di piccione?
– Chiamala come vuoi.
– Sei sicuro che verrà?
– Quasi. Alexandra si è comportata bene all'interrogatorio di stamattina. Leguennec sta rallentando. Ma ha per le mani qualcosa che la può incastrare. Vuoi sapere cos'è o quello che faccio non t'interessa?

Marc si sedette.
– Hanno analizzato l'auto di zia Sophia, – disse Vandoosler. – Nel bagagliaio hanno trovato dei capelli. Provengono dalla testa di Sophia Siméonidis, questo è fuor di dubbio.

Vandoosler si fregò le mani e scoppiò a ridere.
– Lo trovi divertente? – domandò Marc, atterrito.
– Ragazzo, sta' calmo, quante volte te lo devo ripetere? – rise di nuovo e si versò da bere.
– Ne vuoi? – chiese a Marc.
– No grazie. È gravissimo, questo fatto dei capelli. E tu ridi. Mi fai schifo. Sei cinico, sei cattivo. A meno che... Pensi che possano cavarne qualcosa? In fondo era la macchina di Sophia, niente di strano se dentro ci sono i suoi capelli.
– Nel bagagliaio?
– Perché no? Si saranno staccati da un cappotto.
– Sophia Siméonidis non era come te. Non avrebbe mai buttato il cappotto in fondo a un bagagliaio. No, stavo pensando a un'altra cosa. Non agitarti. Un'indagine non è una partita a dadi. E poi ho le mie risorse. Se mi fai il piacere di calmarti, se la smetti di aver paura che io cerchi di circuire Alexandra, in un senso o in un altro, e ti sforzi di ricordarti che almeno in parte ti ho tirato su io, e neanche tanto male, nonostante le cazzate che facevi e che facevo anch'io, insomma, se vuoi essere cosí gentile da darmi un po' di fiducia senza star lí col fucile spianato, ti chiederò un piccolo favore.

Marc rifletté un istante. Quella storia dei capelli lo preoccupava non poco. E il vecchio aveva l'aria di sapere dell'altro. A ogni modo, stare a farsi domande era inutile, non gli andava di sbattere suo zio fuori di casa. E il suo padrino nemmeno. Questo rimaneva un dato fondamentale, come avrebbe detto Vandoosler.

– Avanti, parla, – sospirò Marc.

– Oggi pomeriggio io devo uscire. C'è l'interrogatorio dell'amante di Relivaux, poi interrogheranno di nuovo lo stesso Relivaux. Farò un giretto in zona. Ho bisogno che qualcuno stia di vedetta, caso mai arrivasse la cacca di piccione. Per cui tu sorveglierai al posto mio.

– E cosa devo fare?

– Non muoverti da qui. Non allontanarti nemmeno per una commissione. Non si sa mai. Resta alla finestra.

– Ma cosa cavolo devo sorvegliare? Che cosa ti aspetti?

– Non ne ho idea. Per questo bisogna essere vigili. Anche di fronte all'incidente piú insignificante. Intesi?

– D'accordo, – disse Marc. – Ma non vedo a cosa porti. Comunque, compra il pane e le uova. Lucien ha lezione fino alle sei. Toccava a me fare la spesa.

– Abbiamo qualcosa per pranzo?

– Un avanzo di arrosto poco invitante. E se andassimo alla *Botte*?

– Il lunedí è chiuso. E poi ho detto che non dobbiamo allontanarci da qui, ricordi?

– Neanche per mangiare?

– Neanche per quello. Finiremo l'arrosto. Dopodiché tu ti apposti alla finestra e aspetti. E non metterti a leggere. Rimani alla finestra e guarda.

– Mi romperò le palle, – disse Marc.

– Non credo. Succedono un mucchio di cose, fuori.

All'una e trenta Marc, immusonito, si appostò alla finestra del secondo piano. Pioveva. Di norma in quella stradina passava pochissima gente, e quando il tempo era brutto ancora meno. Scorgere qualcosa sotto gli ombrelli aperti era davvero difficile. Come Marc aveva immaginato, non successe assolutamente niente. Due donne arrivarono in un senso, un uomo nell'altro. Poi, verso le due e mezzo, il fratello di Juliette uscí in ricognizione, al riparo di un grande ombrello nero. Non si faceva vedere spesso, il grande Georges. Lavorava saltuariamente, quando la casa editrice lo mandava a fare delle consegne in provincia. Certe volte si assentava per una settimana, poi stava a casa diversi giorni di seguito. Allora capitava di incontrarlo a passeggio o seduto a bere una birra da qualche parte. Aveva la pelle bianca come la sorella, un tipo gentile, ma niente di piú. Salutava cortesemente senza cercare di attaccare discorso. Non lo si vedeva mai alla *Botte*. Marc non aveva osato farle domande in proposito, ma Juliette non sembrava particolarmente fiera di quel fratellone che sulla soglia dei quaranta viveva ancora con lei. Non ne parlava quasi mai. Un po' come se volesse nasconderlo, proteggerlo. Mai sentito che avesse una donna, tanto che Lucien, anche se con garbo, aveva ipotizzato che in realtà fosse l'amante di Juliette. Assurdo. La loro somiglianza fisica saltava agli occhi, pur essendo uno la brutta copia dell'altra. Deluso ma costretto ad arrendersi all'evidenza, Lucien era tornato alla carica dicendo di aver visto Georges intrufolarsi in un sex shop di rue Saint-Denis. Marc si era stretto nelle spalle. Lucien ricamava su qualsiasi cosa. Dalla piú raffinata alla piú oscena.

Verso le tre, Marc vide Juliette rientrare di corsa proteggendosi dall'acqua con una scatola e, pochi passi dietro di lei, Mathias, che se ne veniva verso casa a testa scoperta e in tutta calma. Spesso, il lunedí, Mathias andava ad aiutarla a fare i rifornimenti per la settimana. Adesso era tutto gocciolante, cosa che a un tipo come lui ovviamente non dava alcun fastidio. Seguí un'altra signora. Poi un uomo, un quarto d'ora dopo. La gente camminava spedita, irrigidita dall'umidità. Mathias bussò alla porta di Marc per chiedergli una gomma in prestito. Non si era neanche asciugato i capelli.

– Cosa fai alla finestra? – domandò.

– Sono in missione, – rispose Marc con tono stanco. – Il commissario mi ha incaricato di sorvegliare gli eventi. E io eseguo.
– Ah sí? E quali eventi?
– Questo non si sa. Inutile dirti che qui, di eventi, non se n'è verificato mezzo. Hanno trovato due capelli di Sophia nel bagagliaio dell'auto che ha usato Lex.
– Brutta storia.
– Puoi dirlo forte. Ma il padrino lo trova divertente. Toh, ecco il postino.
– Vuoi che ti dia il cambio?
– Ti ringrazio. Comincio ad abituarmi. In questa casa sono l'unico che se ne sta con le mani in mano. Una missione, per quanto idiota, è sempre meglio che niente.

Mathias intascò la gomma e Marc rimase nella sua postazione. Alcune signore, degli ombrelli. Bambini di ritorno da scuola. Alexandra passò con il piccolo Cyrille. Senza uno sguardo alla topaia. E perché avrebbe dovuto guardarla?

Poco prima delle sei, Pierre Relivaux posteggiò l'automobile. Probabilmente avevano analizzato anche quella. L'uomo sbatté con forza il cancello del giardino. A nessuno piace farsi interrogare. E sicuramente lui temeva che la storia dell'amante mantenuta nel XV arrivasse fino al ministero. Ancora non si sapeva quando avrebbe avuto luogo la sepoltura dei miseri resti di Sophia. Per il momento, erano in mano alla polizia. Marc non s'illudeva che il marito crollasse al funerale. Quell'uomo aveva l'aria preoccupata, ma non distrutta per la morte della moglie. Quantomeno, se l'aveva uccisa lui, non cercava di recitare la parte. Una strategia come un'altra. Verso le sei e mezzo rincasò Lucien. La pace era finita. Poi fu la volta di Vandoosler il Vecchio, bagnato fradicio. Marc distese i muscoli, intorpiditi dall'immobilità. Gli tornò in mente il giorno in cui aveva sorvegliato i poliziotti che scavavano sotto l'albero. Nessuno parlava piú dell'albero. Eppure, tutto era partito da lí. E Marc non riusciva a dimenticarlo. L'albero.

Un pomeriggio buttato via. Nessun evento, neanche un fatterello, nemmeno una cacchina di piccione, niente.

Marc scese a fare rapporto al padrino che stava accendendo il fuoco per asciugarsi.

– Niente, – disse Marc. – Cinque ore a guardare il nulla, sono tutto anchilosato. E tu? Gli interrogatori?

– Leguennec comincia a opporre resistenza, non ha piú tanta voglia di scucire informazioni. Amici fin che vuoi, ma ognuno ha il suo amor proprio. Sta girando a vuoto, e non gli va di essere visto in diretta. Dato il mio passato, la sua fiducia in me è comunque traballante. E poi ormai è salito di grado. Avermi sempre tra i piedi lo irrita, ha l'impressione che lo stia sfidando. Soprattutto quando ho riso per il dettaglio dei capelli.

– E perché ridi?

– Si chiama tattica, ragazzo mio. Povero Leguennec. Credeva di essere a un passo dalla soluzione e invece si ritrova con mezza dozzina di criminali che potenzialmente rispondono tutti al profilo del nostro assassino. Dovrò invitarlo a giocare a carte perché si rilassi un po'.

– Una mezza dozzina? Ci sono altri candidati?

– Diciamo che ho spinto Leguennec a considerare che se la piccola Alexandra era partita con il piede sbagliato, non era un buon motivo per rischiare di sbagliare anche noi. Non dimenticare che sto cercando di frenarlo. Nient'altro. Per cui gli ho sottoposto una serie di assassini potenziali di tutto rispetto. Oggi pomeriggio Relivaux, che si difende bene, gli aveva fatto una buona impressione. Ho dovuto metterci del mio. Relivaux assicura che lui l'auto di sua moglie non l'ha toccata. Che ha dato le chiavi ad Alexandra. E io ho detto a Leguennec che Relivaux a casa ha un duplicato nascosto. D'altronde l'avevo portato con me. Allora? Che ne dici?

Nel camino, il fuoco scoppiettava rumorosamente. A Marc era sempre piaciuta quella breve e scomposta fiammata che precede il crollo della legna e la successiva normale combustione, stadi altrettanto affascinanti, ma per ragioni diverse. Lucien si era appena unito a loro per scaldarsi. Nonostante fosse giugno, la sera, in camera, avevano freddo alle dita. Tranne Mathias, che in quell'istante era entrato a torso nudo per preparare la cena. Muscoloso ma quasi glabro.

– Formidabile, – disse Marc, sospettoso. – E come hai fatto a procurarti le chiavi?

Vandoosler sospirò.

– Ho capito, – disse Marc. – Hai forzato la porta quando lui non c'era. Prima o poi ci metti nei guai.

– Anche tu hai rubato quella lepre, l'altro giorno, – ribatté Vandoosler. – Difficile perdere le vecchie abitudini. Volevo dare un'occhiata. Ho cercato di tutto. Lettere, estratti conto, chiavi... È prudente, questo Relivaux. Non c'è traccia di carte compromettenti, in casa sua.

– Come hai fatto a trovare le chiavi?

– Semplice. Dietro il tomo C del Grand Larousse del XIX secolo. Un dizionario favoloso. Detto questo, aver nascosto le chiavi non lo rende colpevole. Forse è un tipo pauroso e gli è sembrato piú sicuro dire che non aveva mai avuto un duplicato.

– E allora perché non se n'è sbarazzato?

– In certi momenti può essere utile avere a disposizione un mezzo di cui ufficialmente non si hanno le chiavi. Quanto alla sua auto personale, è stata analizzata. Niente.

– E la sua amante?

– Non molto resistente agli attacchi di Leguennec. La diagnosi di san Luca non era esatta. Quella ragazza non si accontenta di Pierre Relivaux: lo usa. Le dà da vivere, a lei e al suo amante del cuore, che non ci trova niente di male a doversi eclissare quando l'altro sbarca per il week-end. Stando alla ragazza, quell'idiota di Relivaux non sospetta di nulla. Gli è capitato d'incontrarlo, ma crede che sia il fratello. Lei dice che le stava bene cosí, e in effetti non vedo cosa ci guadagnerebbe da un matrimonio che la priverebbe della sua libertà. Quanto a Relivaux, neppure lui ci guadagnerebbe, credo. Sophia Siméonidis era una donna che lo valorizzava ben di piú nelle sfere sociali a cui lui ambiva. Comunque, ho voluto dare il mio contributo. Ho suggerito che forse Elisabeth, cosí si chiama la ragazza, mentiva su tutta la linea e voleva Relivaux ricco e tutto per sé, una volta eliminata la moglie. Magari sarebbe riuscita a sposarlo, in fondo la storia va avanti da sei anni, lei non è male, e molto piú giovane di lui.

– E gli altri sospetti?

– Ovviamente ho calcato la mano sulla matrigna e il fratellastro di Sophia. Per quanto riguarda la notte di Maison-Alfort si coprono a vicenda, ma nulla vieta che uno dei due abbia potuto andarci. Dourdan non è lontano. Meno lontano di Lione.

– Non siamo ancora alla mezza dozzina, – disse Marc. – Chi altro gli hai tirato fuori?

– Be', san Luca, san Matteo e te. Cosí avrà qualcosa da fare.

Lucien sorrise, Marc scattò in piedi.

– Noi? Sei impazzito!

– Vuoi aiutare la signorina o no?

– Stronzate! Cosí non l'aiutiamo affatto! Come vuoi che Leguennec sospetti di noi?

– Facilissimo, – intervenne Lucien. – Prendi tre uomini di trentacinque anni allo sbando in una casa fatiscente. Bene. È come dire dei vicini poco raccomandabili. Uno di questi ha portato in gita la signora, l'ha violentata selvaggiamente e l'ha uccisa per farla tacere.

– E la cartolina? – gridò Marc. – La cartolina con la stella e l'appuntamento? Nostra anche quella?

– Quella complica leggermente le cose, – ammise Lucien. – Diciamo che la signora potrebbe averci parlato di questo Stelyos e della cartolina ricevuta tre mesi fa. Per spiegarci le sue paure, per convincerci a scavare. Non dimenticare che abbiamo scavato una trincea.

– Puoi stare sicuro che non lo dimentico, quell'albero di merda!

– E cosí uno di noi, – continuò Lucien, – utilizza questo trucco grossolano per attirare la donna fuori di casa, la intercetta alla Gare de Lyon, la conduce da un'altra parte e lí comincia il dramma.

– Ma Sophia non ci ha mai parlato di Stelyos!

– E alla polizia cosa vuoi che gliene freghi? Non possiamo

mica dimostrarlo, e la parola di chi è nella merda non conta niente.

– Perfetto, – disse Marc, fremente di rabbia. – Perfetto. Davvero formidabili, le idee del padrino. E lui, allora? Perché non lui? Con il passato che si ritrova, le sue piú o meno gloriose imprese poliziesche e sessuali, in questo scenario ci starebbe a pennello. Che ne pensi, commissario?

Vandoosler si strinse nelle spalle.

– Non credo proprio che uno si metta a stuprare donne a sessantotto anni. Di solito si comincia prima. Lo sa qualsiasi sbirro. Quando invece si ha a che fare con dei trentacinquenni solitari e mezzi matti, c'è da temere il peggio.

Lucien scoppiò a ridere.

– Straordinario, – disse. – Lei è davvero un fenomeno, commissario. I suggerimenti che ha dato a Leguennec mi divertono da morire.

– A me no, – disse Marc.

– Perché tu sei un puro, – gli disse Lucien dandogli una pacca sulla spalla. – Non sopporti che si macchi la tua immagine. Ma qui la tua immagine non c'entra, amico mio. Serve solo a confondere le acque. Leguennec contro di noi non può niente. Però, il tempo di andare a controllare la nostra estrazione, i nostri percorsi e le nostre fedine penali, basta a farci guadagnare una giornata e a tenere occupati un paio di tirapiedi. È sempre un punto di vantaggio sul nemico!

– A me sembra una cazzata.

– Ma no, scommetto che Mathias lo trova molto divertente. Non è vero, Mathias?

Mathias fece un mezzo sorriso.

– Per me è del tutto indifferente, – disse.

– Avere la polizia tra i piedi, essere sospettato di aver stuprato Sophia, questo ti è del tutto indifferente? – fece Marc.

– E allora? Io so perfettamente che non violenterò mai una donna. Di quel che pensano gli altri me ne frego.

Marc sospirò.

– Il nostro cacciatore-raccoglitore è un saggio, – sentenziò

Lucien. – E per di piú, da quando lavora alla *Botte* comincia a saperci fare ai fornelli. Non essendo né puro né saggio, io propongo di andare a tavola.

– Mangiare, parli sempre e solo di mangiare e della Grande Guerra, – disse Marc.

– Mangiamo, – disse Vandoosler.

Passò dietro la schiena di Marc e gli strinse rapidamente la spalla. Quel suo modo di stringergli la spalla, sempre uguale, come quando era bambino e litigavano. Il suo modo di dire «non preoccuparti, ragazzo, non faccio niente contro di te, non innervosirti, tu ti innervosisci troppo, non preoccuparti». Marc sentí sbollire la rabbia. Per il momento Alexandra era ancora innocente, e da quattro giorni il vecchio lavorava perché lo rimanesse. Marc gli lanciò un'occhiata. Armand Vandoosler si sedette a tavola facendo finta di niente. Un bastardo o un uomo meraviglioso? Difficile capirci qualcosa. Ma era pur sempre suo zio. E anche se alzava la voce, Marc di lui si fidava. Per certe cose.

Capitolo ventiquattresimo

Ma nonostante tutto, quando l'indomani mattina alle otto Vandoosler entrò in camera sua seguito da Leguennec, Marc fu preso dal panico.

– È ora, – gli disse il padrino. – Io devo scappare con Leguennec. Tu fai quello che hai fatto ieri, andrà tutto bene.

E scomparve. Marc rimase nel letto inebetito, con la sensazione di essere sfuggito a un'imputazione per il rotto della cuffia. Il padrino non era mai stato incaricato di svegliarlo. Vandoosler il Vecchio stava perdendo la testa. No, non era questo. Nell'urgenza di accompagnare Leguennec, gli aveva fatto capire di riprendere la sorveglianza al posto suo. Leguennec non era al corrente di tutti i maneggi del padrino. Marc si alzò, si docciò e scese nel refettorio a pianterreno. In piedi da chissà che ora, Mathias sistemava dei ceppi nella cassa della legna. Solo lui poteva alzarsi all'alba quando nessuno glielo chiedeva. Marc, rintronato, si preparò un caffè bello forte.

– Sai perché Leguennec è venuto qui? – domandò.

– Perché non abbiamo il telefono, – rispose Mathias. – E allora lui è costretto a scomodarsi ogni volta che vuol parlare con tuo zio.

– Questo l'ho capito. Ma perché cosí presto? Ti ha detto qualcosa?

– Non una parola, – disse Mathias. – Aveva la faccia di un bretone preoccupato per l'annuncio di una tempesta, ma immagino che sia spesso cosí, anche senza tempesta. Mi ha fatto un piccolo cenno e si è infilato su per le scale. Mi pare di averlo sentito brontolare contro questa stamberga a quattro piani e senza telefono. Nient'altro.

– Bisognerà aspettare, – disse Marc. – Quanto a me, devo riprendere la mia postazione alla finestra. C'è poco da stare allegri. Non so cos'abbia in mente, il vecchio. Donne, uomini, ombrelli, il postino, quell'omone di Georges Gosselin, non vedo passare altro.
– E Alexandra, – disse Mathias.
– Tu come la trovi? – domandò Marc, esitante.
– Adorabile, – disse Mathias.

Soddisfatto e geloso, Marc sistemò la sua tazza e due fette di pane tagliate da Mathias su un vassoio, portò il tutto al secondo piano e trascinò uno sgabello fino alla finestra. Almeno non avrebbe passato la giornata in piedi.

Non pioveva, quel mattino. Una timida luce di giugno. Con un po' di fortuna, avrebbe fatto in tempo a vedere Lex che usciva per accompagnare suo figlio all'asilo. Sí, appena in tempo. Eccola, l'aria un po' addormentata e Cyrille per mano che, a quanto sembrava, aveva un sacco di cose da raccontarle. Come il giorno prima, non alzò la testa verso la topaia. E come il giorno prima, Marc si domandò perché avrebbe dovuto. Del resto era meglio cosí. Se l'avesse scorto immobile sullo sgabello, intento a mangiare pane imburrato con gli occhi sulla strada, non ne avrebbe certo ricavato una bella impressione. L'auto di Relivaux invece non si vedeva. Doveva essere uscito presto, quella mattina. Un onesto lavoratore o un assassino? Il padrino aveva detto che l'assassino era un professionista. E un professionista è un'altra cosa, molto piú pericoloso di un balordo qualsiasi. Fa piú paura. A Marc non sembrava che Relivaux avesse la stoffa del killer, e non lo temeva. Ecco, Mathias, per esempio, sarebbe stato perfetto. Grande, grosso, robusto, imperturbabile, un uomo della foresta, dalle idee silenziose e a volte strampalate, raffinato quanto inaspettato conoscitore di opera lirica. Sí, Mathias sarebbe stato perfetto.

Un pensiero dopo l'altro, si fecero le nove e mezzo. Mathias entrò nella stanza per restituirgli la gomma. Marc gli disse che l'avrebbe visto bene nei panni di un killer e Mathias si strinse nelle spalle.

– Come procede la sorveglianza?
– Un buco nell'acqua, – disse Marc. – Il vecchio è fuori di testa e io obbedisco alla sua follia. Dev'essere di famiglia.
– Se va per le lunghe, – disse Mathias, – prima di andare alla *Botte* ti porto su qualcosa per pranzo.

Mathias richiuse la porta con delicatezza e Marc lo sentí sedersi alla sua scrivania al piano di sotto. Cambiò posizione sullo sgabello. In futuro era il caso di procurarsi un cuscino. Per un attimo s'immaginò inchiodato davanti a quella finestra per anni, in una poltrona speciale, appositamente imbottita per l'inutile attesa e, unico visitatore, Mathias che arrivava con dei piatti. Alle dieci la donna di servizio di Relivaux entrò, aprendo la porta con il suo mazzo di chiavi. Marc riprese il filo attorcigliato dei suoi pensieri. Cyrille aveva la pelle scura, i capelli ricci, era rotondetto. Forse suo padre era grasso e brutto... Merda. Perché pensava continuamente a quel tizio? Scosse la testa e tornò con lo sguardo al Fronte occidentale. Il giovane faggio era in fiore. Contento che fosse giugno. Marc non riusciva a dimenticare quell'albero, e sembrava che fosse il solo. Anche se, giorni prima, aveva visto Mathias fermarsi davanti al cancello di Relivaux e guardare verso il muro. Gli era sembrato che osservasse l'albero, o meglio la base dell'albero. Perché Mathias spiegava cosí poco di quello che faceva? Sulla carriera di Sophia aveva una quantità incredibile di informazioni. La prima volta che era venuta a trovarli, lui già sapeva chi fosse. Quel tipo sapeva un sacco di cose e mai che ne facesse parola. Marc decise che non appena Vandoosler gli avesse dato il permesso di lasciare quello sgabello sarebbe andato a dare un'occhiata all'albero. Come aveva fatto Sophia.

Vide passare una signora. Annotò: «10,20: signora indaffarata con sacchetto della spesa. Cosa c'è nel sacchetto?» Aveva deciso di prendere nota di tutto, per annoiarsi meno. Riprese in mano il foglio e aggiunse: «in realtà non è un sacchetto, è quel che chiamano sporta. Sporta è una parola strana, uso ormai circoscritto agli anziani e alla provincia. Controllare etimologia». Quest'idea di andare a cercare l'etimologia della parola sporta gli ridiede un po' di energia. Cinque minuti dopo aveva di nuovo il foglio in mano. Una mattina decisamente movimentata. Annotò: «10,25: un tizio allampanato suona da Relivaux». Marc si tirò su di scatto. Proprio cosí, un tizio allampanato suonava da Relivaux, un tizio che non era né il postino, né un impiegato della società elettrica.

Marc si alzò, aprí la finestra e si sporse. Molta agitazione per un'inezia. Ma a furia di vedere Vandoosler dare tanta importanza a una cacca di piccione, Marc si sentiva suo malgrado sopraffatto da quella missione di sentinella e cominciava a confondere cacche di piccione e pepite d'oro. Ragion per cui, quella mattina, aveva rubato a Mathias il suo binocolo da teatro – prova tangibile che all'Opéra il cacciatore ci era andato davvero. Mise a fuoco e scrutò. Un uomo, dunque. Con una cartella da professore, un soprabito chiaro e pulito, capelli radi, fisico longilineo. La domestica venne ad aprire e, dai suoi gesti, Marc capí che il padrone non era in casa, avrebbe dovuto tornare un'altra volta, diceva la donna al visitatore. Il tizio allampanato insisteva. La domestica fece altri gesti di diniego, poi accettò il biglietto da visita che l'uomo aveva tirato fuori dalla tasca e su cui aveva scribacchiato qualcosa. La porta si richiuse. Bene. Pierre Relivaux aveva ricevuto visite. Era forse il caso di andare a parlare con la donna? Per chiederle di vedere quel biglietto da visita? Marc prese qualche appunto sul foglio. Quando rialzò gli occhi, vide che il tizio era ancora lí, impalato davanti al cancello, indeciso, deluso, pensoso. E se era venuto per Sophia? Alla fine si allontanò, dondolando la cartella. Marc balzò in piedi, si precipitò giú dalle scale, corse per strada e in quattro salti raggiunse l'uomo. Dopo tutto quel tempo passato alla finestra, non si sarebbe certo lasciato scappare il primo evento, per quanto insignificante, che gli cadeva dal cielo.

– Sono il vicino, – disse. – L'ho vista suonare. Posso esserle utile?

Marc era senza fiato, ancora con la penna in mano. Il tizio lo guardò con interesse e, cosí parve a Marc, quasi speranzoso.

– La ringrazio, – disse, – volevo parlare con Pierre Relivaux, ma non è in casa.
– Ripassi stasera, – disse Marc. – Rientra verso le sei o le sette.
– No, – disse il tizio, – la domestica mi ha detto che è fuori per lavoro. Non ha saputo dirmi dove, né quando torna. Forse venerdí o sabato. Non ne aveva idea. È una bella scocciatura, perché vengo da Ginevra.
– Se vuole, – disse Marc, preoccupato di veder svanire quell'evento insignificante, – posso provare a informarmi. Sono sicuro che in pochissimo tempo le saprò dire qualcosa.
Il tizio esitò. Aveva l'aria di chiedersi perché Marc s'impicciasse degli affari suoi.
– Ce l'ha una scheda telefonica? – domandò Marc.
Il tizio annuí e senza troppe resistenze lo seguí fino a una cabina in fondo alla via.
– Sa, io non ho il telefono, – spiegò Marc.
– Ah, – fece il tizio.
Raggiunta la cabina, un occhio all'allampanato, Marc chiese del servizio informazioni e poi il numero del commissariato del XIII arrondissement. Fortuna che aveva con sé la penna. Si annotò il numero su una mano e chiamò Leguennec.
– Ispettore, mi passi mio zio, è urgente.
Marc pensava che, quando volevi qualcosa da uno sbirro, «urgente» fosse una parola chiave, decisiva. Pochi minuti dopo, Vandoosler era all'altro capo del filo.
– Che succede? – domandò Vandoosler. – Scoperto qualcosa?
In quel preciso istante, Marc realizzò che non aveva scoperto un bel niente.
– Non credo, – disse. – Ma chiedi al tuo amico bretone dov'è Relivaux e quando torna. Immagino che abbia segnalato la sua assenza alla polizia.
Marc attese alcuni secondi. Aveva lasciato la porta aperta apposta perché il tizio sentisse tutto, ma quello non aveva l'aria sorpresa. Dunque era al corrente della morte di Sophia Siméonidis.

– Scrivi, – disse Vandoosler. – Stamattina è andato a Tolone per lavoro. Non è una balla, hanno verificato al ministero. Il rientro non è stato fissato, dipende da come andrà la sua missione laggiú. Potrebbe tornare domani come lunedí prossimo. In caso di urgenza, la polizia può contattarlo tramite il ministero. Ma tu no.

– Grazie, – disse Marc. – E tu, novità?

– Stanno indagando sul padre dell'amante di Relivaux, Elizabeth, ricordi? Suo padre è in galera da dieci anni perché ha accoltellato un presunto amante di sua moglie. Leguennec non esclude che nella famiglia abbiano il sangue caldo. Ha nuovamente convocato Elisabeth e se la sta lavorando, per capire da che parte pende. Esempio paterno o modello materno.

– Perfetto, – disse Marc. – Di' all'amico bretone che su nel Finistère c'è una tempesta della madonna, cosí magari si distrae, se gli piacciono le tempeste.

– Lo sa già. Mi ha detto che «tutte le imbarcazioni sono attraccate. Tranne diciotto che sono ancora al largo».

– Benissimo, – disse Marc. – A dopo.

Marc riagganciò e tornò dal tizio allampanato.

– Ho l'informazione, – disse. – Venga con me.

Marc mirava a portarsi il tizio in casa, per sapere almeno cosa voleva da Pierre Relivaux. Sicuramente si trattava di lavoro, ma non si può mai dire. Secondo Marc, Ginevra comportava inevitabilmente delle questioni professionali, e molto seccanti per giunta.

Il tizio lo seguí, sempre con quello sguardo vagamente speranzoso. Marc cominciava a esserne incuriosito. Lo fece sedere nel refettorio, tirò fuori due tazze e mise del caffè a scaldare, poi afferrò la scopa e diede un colpo al soffitto. Da quando avevano preso l'abitudine di chiamare Mathias con quel sistema, picchiavano sempre nello stesso punto, per non rovinare tutto l'intonaco. Il manico della scopa lasciava piccole ammaccature, e Lucien diceva che avrebbero dovuto avvolgerlo in uno straccio. Cosa che ancora non avevano fatto.

Nel frattempo, il tizio aveva posato la cartella su una sedia e

guardava la moneta da cinque franchi inchiodata alla trave. Fu grazie a quella moneta che Marc entrò senza preamboli nel vivo della questione.
– Stiamo cercando l'assassino di Sophia Siméonidis, – disse, come se la cosa potesse spiegare la moneta.
– Anch'io, – fece il tizio.
Marc serví il caffè. I due si sedettero. Dunque era proprio cosí. Quell'uomo sapeva e stava indagando. Non aveva l'aria triste, Sophia non doveva essere stata un'amica intima. Il motivo per cui indagava era un altro. Mathias entrò nella stanza e si piazzò sulla panca con un piccolo cenno del capo.
Marc fece le presentazioni.
– Mathias Delamarre. Io sono Marc Vandoosler.
Il tizio si vide costretto a presentarsi.
– Mi chiamo Christophe Dompierre. Vivo a Ginevra.
E, come aveva fatto poco prima, tirò fuori un biglietto da visita.
– È stato molto gentile a informarsi per me, – riprese. – Quando rientra?
– È a Tolone, al ministero non sono in grado di dire quando tornerà. Tra domani e lunedí. Dipende dal lavoro. In ogni caso, noi non possiamo contattarlo.
Il tizio annuí e si morse il labbro.
– Una bella seccatura, – disse. – Quindi voi indagate sulla morte della signora Siméonidis? Siete degli... ispettori?
– No. Ma Sophia era la nostra vicina, le eravamo affezionati. Speriamo in un risultato.
Marc si rendeva conto che le sue erano frasi di circostanza, e lo sguardo di Mathias gliene diede conferma.
– Anche il signor Dompierre sta facendo delle ricerche, – disse a Mathias.
– Su cosa? – domandò Mathias.
Dompierre l'osservò. I lineamenti quieti di Mathias, l'azzurro marino dei suoi occhi dovettero farlo sentire a suo agio, perché si sistemò meglio sulla sedia e si tolse il soprabito. Quando una persona prende una decisione, sul suo volto accade qualco-

sa che dura una frazione di secondo ma basta a fartelo capire.
Marc era molto bravo a cogliere quell'attimo, lo trovava un esercizio ben piú facile che non far salire un sassolino su un marciapiede. Dompierre aveva appena preso una decisione.

– Forse potreste farmi un favore, – disse. – Vi dispiacerebbe avvisarmi non appena Pierre Relivaux torna a casa?

– Non c'è problema, – disse Marc. – Ma che cosa vuole da lui? Relivaux dice di non sapere niente dell'omicidio di sua moglie. La polizia lo tiene d'occhio, ma per il momento contro di lui non c'è niente di serio. Lei sa qualcosa di piú?

– No. Spero che sia lui a saperne di piú. Sua moglie potrebbe aver ricevuto una visita, ad esempio.

– Lei non è molto chiaro, – disse Mathias.

– Il fatto è che per ora brancolo nel buio, – disse Dompierre. – Ho dei sospetti. Sono quindici anni che li ho, e con la morte della signora Siméonidis spero di trovare quello che mi manca. Quello che all'epoca la polizia non ha voluto capire.

– All'epoca di cosa?

Dompierre si agitò sulla sedia.

– È troppo presto per parlarne, – disse. – Non so nulla. Non voglio commettere errori, sarebbe grave. E non voglio che la polizia ci metta il naso, mi capite? Niente polizia. Se ci riesco, se trovo il tassello mancante, sarò io ad andare da loro. Anzi, gli scriverò. Non voglio vederli. Ci hanno fatto troppi torti, a me e a mia madre, quindici anni fa. All'epoca dei fatti non ci hanno dato retta. È vero che in pratica non avevamo argomenti. Solo la nostra piccola certezza. Una misera convinzione. E questo non vale niente, per un poliziotto.

Dompierre spazzò l'aria con la mano.

– Sembrerà un discorso sentimentale, – disse, – o comunque un discorso che non vi riguarda. Ma io la mia misera convinzione continuo ad averla, piú quella di mia madre, che è morta. Cosí adesso ne ho due. E non permetterò che uno sbirro me le distrugga. No, mai piú.

Dompierre tacque e li guardò uno dopo l'altro.

– Con voi è diverso, – disse dopo un attento esame. – Non

mi sembrate degli insensibili. Ma prima di chiedervi di aiutarmi preferisco aspettare un po'. Lo scorso fine settimana sono andato a trovare il padre della signora Siméonidis, a Dourdan. Mi ha aperto i suoi archivi e credo di aver messo le mani su un paio di cosette. Gli ho lasciato il mio recapito, casomai trovasse altri documenti, ma aveva tutta l'aria di non ascoltarmi. È terribilmente abbattuto. E l'assassino continua a sfuggirmi. Sono in cerca di un nome. Ma ditemi, eravate suoi vicini da molto?

– Dal 20 marzo, – disse Mathias.

– Ah, era una cosa recente. Non si sarà certo confidata con voi. È scomparsa il 20 maggio, giusto? Prima di questa data è venuto a trovarla qualcuno? Qualcuno che lei non aspettava? Non sto parlando di un vecchio amico o di una conoscenza mondana. No, qualcuno che non pensava piú di rivedere o che magari non conosceva nemmeno?

Marc e Mathias scossero il capo. Non avevano avuto molto tempo per conoscere Sophia, ma si poteva domandare agli altri vicini.

– Eppure, una visita veramente inaspettata l'ha ricevuta, – disse Marc aggrottando la fronte. – Non proprio qualcuno, in realtà. Qualcosa, piuttosto.

Christophe Dompierre si accese una sigaretta e Mathias notò che le sue mani esili tremavano leggermente. Mathias aveva deciso che quel tizio gli piaceva. Era troppo magro, non bello, ma onesto, perseguiva la sua idea, la sua piccola certezza. Come lui, quando Marc lo prendeva in giro con la storia della caccia all'uro. Per quanto esile, quel tizio non avrebbe mollato, poco ma sicuro.

– In realtà si tratta di un albero, – continuò Marc, – un giovane faggio. Non so cosa stia cercando e quindi non so nemmeno se possa interessarla. Io, quell'albero, non riesco a togliermelo dalla testa, ma nessuno mi dà retta. Vuole che le racconti?

Dompierre annuí e Mathias gli avvicinò un posacenere. Ascoltò la storia con molta attenzione.

– Capisco, – disse. – Ma non è questo che cercavo. Per il momento, non vedo il nesso.

– Nemmeno io, – disse Marc. – A dire il vero, credo che non c'entri niente. Eppure ci penso. Continuamente. Non so perché.

– Ci penserò anch'io, – disse Dompierre. – Appena Relivaux torna, fatemelo sapere, per favore. Potrebbe aver ricevuto la visita della persona che cerco senza rendersi conto dell'importanza della cosa. Vi lascio il mio indirizzo. Sto in un alberghetto del XIX arrondissement, l'*Hôtel du Danube*, in rue de la Prévoyance. Da bambino abitavo in quel quartiere. Non esitate a telefonarmi, anche di notte, perché da un momento all'altro potrei essere richiamato a Ginevra. Lavoro alla Commissione europea. Vi lascio il nome dell'albergo, l'indirizzo, il telefono. La mia camera è la 32.

Marc gli tese il biglietto da visita e Dompierre ci scrisse sopra il suo recapito. Marc si alzò e infilò il biglietto sotto la moneta da cinque franchi, sulla trave. Dompierre lo seguiva con gli occhi. Per la prima volta sorrise, e il suo volto divenne quasi gradevole.

– Siamo a bordo del Pequod?

– No, – disse Marc, sorridendo a sua volta. – Siamo sul ponte della ricerca. Ere, uomini, spazi. Dal 500 000 avanti Cristo al 1918, dall'Africa all'Asia, dall'Europa all'Antartico.

– «E quindi, – citò Dompierre, – non solo Achab poteva sperare di incontrare la preda in periodi determinati con sicurezza e in campi di pascolo diversi e ben conosciuti, ma nell'attraversare le piú ampie distese d'acqua tra quei campi poteva regolare ad arte la sua corsa in modo da avere, anche lungo il tragitto, una qualche probabilità di incontrarla».

– Conosce *Moby Dick* a memoria? – gli chiese Marc, strabiliato.

– Solo questa frase, perché mi è stata spesso utile.

Dompierre strinse calorosamente la mano ai due storici. Lanciò un'ultima occhiata al proprio biglietto da visita appuntato sulla trave, come per controllare di non aver dimenticato nien-

te, poi prese la cartella e uscí. Marc e Mathias, ciascuno sotto l'arco di una finestra, lo guardarono allontanarsi verso il cancello.
– Intrigante, – disse Marc.
– Molto, – disse Mathias.
Una volta incorniciati da quei grandi archi, era difficile avere voglia di andarsene. Il mite sole di giugno rischiarava il giardino incolto. L'erba cresceva a una velocità sorprendente. Marc e Mathias rimasero alla finestra senza dire niente per un bel pezzo. Fu Marc a parlare per primo.
– Sei in ritardo per il turno di mezzogiorno, – disse. – Juliette si chiederà cosa combini.
Mathias sussultò, salí al suo piano per infilarsi la divisa e Marc lo guardò uscire di corsa, stretto nel gilet nero. Era la prima volta che lo vedeva correre. E correva bene. Uno splendido cacciatore.

Capitolo venticinquesimo

Alexandra non faceva niente. Niente di utile, insomma, niente di fruttuoso. Si era seduta a un tavolino e si puntellava la testa con i pugni. Pensava alle lacrime, quelle lacrime che nessuno vede, che nessuno sa, lacrime sprecate che malgrado tutto non riusciamo a trattenere. Si stringeva la testa, stringeva i denti. Ma ovviamente non serviva a nulla. Si raddrizzò. «I greci sono liberi, i greci sono fieri», diceva sua nonna. Ne diceva di cose, la vecchia Andromaca.

Guillaume aveva chiesto mille anni di vita con lei. In realtà, calcolando bene, erano stati cinque. «I greci credono alle promesse», diceva la nonna. Può darsi, pensava Alexandra, ma in tal caso sono degli idioti. Perché a lei poi era toccato partire, piú o meno a testa alta, piú o meno col petto in fuori, abbandonare paesi, suoni, nomi, un viso. E camminare con Cyrille lungo sentieri dissestati, attenta a non rompersi il collo nei tristi solchi delle illusioni perdute. Alexandra si stirò. Non ne poteva piú. Marabú. Come faceva già, la filastrocca? *J'en ai marre, marabout, bout de ficelle...* Arrivava fino a *terre de feu, feu follet, lait de vache*, ma oltre, il vuoto. Alexandra buttò un occhio alla sveglia. Era ora di andare a prendere Cyrille. Juliette le aveva proposto un prezzo forfettario per far pranzare il piccolo alla *Botte* dopo l'asilo. Era stata fortunata a trovare delle persone cosí, come Juliette e gli evangelisti. Avere quella casetta vicino a loro le dava sollievo. Forse perché sembravano tutti quanti nella merda. Pierre le aveva promesso di trovarle un lavoro. Doveva crederci, ogni promessa è debito. Alexandra s'infilò gli stivali al volo e prese la giacca. *Feu follet, lait de va-*

che, come diavolo continuava? Il troppo piangere annebbia la mente. Si ravviò i capelli e si affrettò verso l'asilo.

La Botte a quell'ora non era molto affollata, e Mathias le assegnò il piccolo tavolo accanto alla finestra. Alexandra non aveva fame e chiese a Mathias di servire solo il bambino. Mentre Cyrille mangiava, lo raggiunse al bancone con un bel sorriso sulle labbra. Mathias trovava che quella ragazza fosse coraggiosa, e gli sarebbe piaciuto vederla mangiare. Per alimentare il coraggio.

– Tu sai che cosa viene dopo *feu follet, lait de vache, hache* qualcosa? – gli domandò.

– Non ne ho idea, – disse Mathias. – Quando ero piccolo ne dicevo un'altra. Vuoi sentirla?

– No, poi mi confondo.

– Io la sapevo, – disse Juliette, – ma non ricordo neanche piú come inizia.

– Prima o poi ci tornerà in mente, – disse Alexandra.

Juliette le aveva servito un piattino di olive e Alexandra le sgranocchiava pensando a sua nonna: per lei le olive nere erano quasi sacre. Aveva veramente adorato la vecchia Andromaca, con quelle sue massime che sciorinava a ogni pie' sospinto. Alexandra si stropicciò gli occhi. Si rifugiava nei sogni. Ma doveva riprendersi, parlare. «I greci sono fieri».

– Senti, Mathias, – cominciò, – stamattina, mentre vestivo Cyrille, ho visto il commissario che se ne andava con Leguennec. Ci sono novità? Tu ne sai qualcosa?

Mathias guardò Alexandra. Sorrideva di nuovo, ma un attimo prima si era rabbuiata. Meglio parlare.

– Vandoosler è uscito senza dire niente, – cominciò. – Però io e Marc abbiamo incontrato uno strano tipo. Tale Christophe Dompierre di Ginevra, decisamente strambo. Una storia confusa, vecchia di quindici anni, che lui spera di risolvere da solo in relazione all'omicidio di Sophia. Una faccenda che ha ricominciato a girargli per la testa. Mi raccomando, non farne parola con Leguennec. Gliel'abbiamo promesso. Non so cosa abbia in mente ma non mi va di tradirlo.

– Dompierre? Non mi dice niente, – osservò Alexandra. – E cosa voleva?

– Vedere Relivaux, fargli delle domande, sapere se ultimamente avesse avuto una visita inattesa. Insomma, niente di chiaro. Comunque aspetta Relivaux, è un chiodo fisso.

– Lo aspetta? Ma Pierre starà via parecchi giorni... Non gliel'hai detto? Non lo sapevi? Non possiamo mica lasciare che si aggiri nella nostra strada per tutto il giorno, anche se è confuso.

– Marc gliel'ha detto. Ma non preoccuparti, sappiamo dove trovarlo. Ha preso una stanza in rue de la Prévoyance. Bel nome, no? Stazione del métro Danube... Io l'ho visto, il vero Danubio. A te non dice niente, immagino. È ai margini della città, una via legata a un suo ricordo d'infanzia, pare. Davvero curioso, quel tipo, con un gran sangue freddo. È perfino andato a trovare tuo nonno a Dourdan. Ci ha chiesto di avvisarlo quando torna Relivaux, tutto qui.

Mathias girò attorno al bancone con uno yogurt e una fetta di torta per Cyrille, che ricevette anche una carezza.

– Mangia di gusto, il bambino, – disse Juliette. – Meglio cosí.

– E a te, Juliette, – domandò Mathias di ritorno al bancone, – ti dice qualcosa? Una visita inattesa? Sophia non te ne ha accennato?

Juliette rifletté per qualche secondo scrollando il capo.

– No, – disse. – A parte quella famosa cartolina con la stella, non è successo niente. O comunque niente che l'abbia preoccupata. Me ne sarei accorta, e poi me lo avrebbe detto.

– Dipende, – disse Mathias.

– Hai ragione, dipende.

– Comincia a esserci parecchia gente, vado a prendere le ordinazioni.

Juliette e Alexandra rimasero un altro po' al bancone.

– Mi chiedo se... – disse Juliette, – per caso, non è *feu follet, lait de vache, hache de pierre*?

Alexandra aggrottò la fronte.

– E poi come continua? *Pierre* che cosa?

Mathias arrivò con delle ordinazioni e Juliette filò in cucina. Adesso c'era troppo rumore. Al bancone non era piú possibile parlare tranquillamente. Vandoosler passò di lí. Cercava Marc: aveva lasciato la postazione. Mathias disse che forse gli era venuta fame, era normale, all'una del pomeriggio. Vandoosler brontolò e ripartí prima ancora che Alexandra avesse il tempo di domandargli qualcosa. Davanti al cancello della topaia incrociò il nipote.
– Che fai, diserti? – disse Vandoosler.
– Non parlare come Lucien, per piacere, – disse Marc. – Sono andato a comprarmi un panino, non ci vedevo piú dalla fame. Ho lavorato per te tutta la mattina, cazzo.
– Per lei, san Marco.
– Lei chi?
– Lo sai benissimo. Alexandra. Non ne è ancora fuori. Anche se si sta interessando ai guai del padre di Elizabeth, Leguennec non dimentica i capelli nel bagagliaio. Le conviene stare tranquilla. Alla prima mossa falsa, clac.
– Addirittura?
Vandoosler annuí.
– È proprio un idiota il tuo amico bretone.
– Caro Marc... sarebbe troppo bello se tutti quelli che ci mettono un bastone tra le ruote fossero idioti. E per me un panino non l'hai preso?
– Non mi avevi detto che saresti tornato. Bastava telefonare, cazzo.
– Non abbiamo il telefono.
– Ah già, è vero.
– E piantala di dire «cazzo», mi dà sui nervi. Tutti quegli anni in polizia hanno lasciato il segno.
– Non ne dubito. Che dici, andiamo a casa? Dividiamo il panino e ti racconto la storia di Dompierre. È la cacca di piccione di stamattina.
– Vedi che ogni tanto qualcosa cade?
– Scusa, ma sono io che l'ho presa al volo. Ho barato. Se non mi fossi precipitato giú dalle scale l'avrei persa. Però non so se

sia una cacca degna di nota. Magari è solo uno stitico stronzino di passero. Di' quello che vuoi, ma ti avverto che io smonto. Ho deciso di partire per Dourdan domani.

A Vandoosler la storia di Dompierre sembrò molto interessante, ma non seppe dire perché. Marc pensò che non volesse dirlo. Il vecchio lesse e rilesse il biglietto infilato sotto la moneta da cinque franchi.
– E quella citazione da *Moby Dick*, non te la ricordi? – domandò.
– No, te l'ho già detto. Era una bella frase, tecnica e lirica al tempo stesso, di ampio respiro, ma non c'entrava niente con il suo caso. Era di tipo filosofico, ricerca dell'impossibile, quella roba lí.
– Comunque sia, – disse Vandoosler, – mi sarebbe piaciuto che tu me la ritrovassi.
– Non penserai che vada a rileggermi il libro per cercartela, vero?
– Non lo penso. L'idea di andare a Dourdan è buona, però stai partendo alla cieca. Per quel che ne so, mi stupirebbe che Siméonidis avesse qualcosa da dirti. E Dompierre non gli ha certo parlato di quelle «cosette» che ha trovato.
– È anche per farmi un'idea della seconda moglie e del figliastro. Puoi sostituirmi oggi pomeriggio? Ho bisogno di riflettere e di sgranchirmi le gambe.
– Io invece ho bisogno di sedermi. Fila. Mi prendo la tua finestra.
– Aspetta, prima di partire ho una cosa urgente da fare.
Marc salí in camera sua e dopo tre minuti ridiscese.
– Fatto? – domandò Vandoosler.
– Che cosa? – disse Marc infilandosi la giacca nera.
– La cosa urgente.
– Ah, sí. Era l'etimologia della parola «sporta». Vuoi sentire?
Vandoosler scosse il capo un po' scoraggiato.
– Non me ne frega niente, – disse. – Fila, adesso.

Vandoosler passò il resto della giornata a guardare la strada. La cosa lo divertiva molto, ma la storia di Marc e Dompierre gli dava da pensare. Che Marc avesse avuto l'impulso di fermare quell'uomo era notevole. Quanto a impulsi, suo nipote andava forte. Nonostante i suoi principî sotterranei, fin troppo rigidi e intransigenti, solo se lo conoscevi bene, nelle sue impennate analitiche partiva un po' in tutte le direzioni. Ma i bruschi scarti dei suoi ragionamenti e i suoi frequenti sbalzi di umore potevano produrre effetti preziosi. Marc rischiava di cadere in due eccessi opposti: a volte era impaziente, a volte imperturbabile. Anche su Mathias si poteva contare, non tanto come decodificatore, ma piuttosto come sensore. Vandoosler pensava a san Matteo come a una specie di dolmen, una roccia massiccia, statica, sacra, che senza accorgersene s'impregnava di ogni sorta di evento sensibile, orientando le sue particelle di mica nel senso del vento. In ogni caso, descriverlo era complicato. Perché era capace di prontezza, di rapidità, di un tempismo insieme audace e giudizioso. Quanto a Lucien, era un idealista che si disperdeva su tutta la gamma degli eccessi, da quelli piú striduli a quelli piú bassi e vibranti. E nella sua agitazione cacofonica, inevitabilmente si verificavano degli urti, delle collisioni capaci di generare scintille insperate.

E Alexandra?

Vandoosler si accese una sigaretta e tornò alla finestra. Probabilmente Marc ne era attratto, ma era ancora troppo coinvolto dal ricordo della moglie. Vandoosler faceva una gran fatica a capire il nipote e i suoi principî, lui che non era mai riuscito a mantenere per piú di qualche mese promesse che avrebbero dovuto durare mezzo secolo. Chissà poi perché aveva bisogno di fare tutte quelle promesse... Il viso della giovane mezza-greca lo toccava. Per quel che riusciva a intuirne, nel suo intimo si svolgeva un'interessante lotta tra vulnerabilità e coraggio, tra sentimenti autentici e trattenuti e un violento bisogno di sfida, a volte silenzioso. Una miscela esplosiva rivestita di dolcezza, che Vandoosler prima di allora aveva trovato e a lungo amato sotto altre spoglie. Per poi buttarla via nel giro di mezz'ora. La rivedeva distintamente allontanarsi con i gemelli sul marciapiede di quella stazione, finché le loro figure non erano piú che tre puntini. Dov'erano adesso, quei tre puntini? Vandoosler si riscosse e afferrò la ringhiera del davanzale. Da dieci minuti aveva smesso di guardare la strada. Gettò la sigaretta e riprese a scorrere la lista degli argomenti non trascurabili che Leguennec aveva stilato contro Alexandra. Guadagnare tempo e scoprire qualcosa di nuovo, per ritardare la conclusione delle indagini. Forse Dompierre era quel che ci voleva.

Marc, che era di turno per la spesa, rincasò tardi, poco dopo Lucien, che il giorno prima gli aveva ordinato due chili di scampi, solo se freschi, e se il furto era fattibile, ovviamente.

– Non è stato facile, – disse Marc posando una grossa busta sul tavolo. – Per niente. In realtà ho fregato il sacchetto al tizio davanti a me.

– Ingegnoso, – disse Lucien. – Sei uno su cui si può contare.

– La prossima volta, vedi di farti venire delle voglie piú semplici, – borbottò Marc.

– Il mio problema è tutto lí, – disse Lucien.

– Non saresti stato un soldato molto efficiente, lasciatelo dire.

Improvvisamente, Lucien si distolse dalle sue mansioni culinarie e guardò l'orologio.

– Merda, – gridò, – la Grande Guerra!

– La Grande Guerra cosa? Ti hanno mobilitato?

Lucien mollò il coltello da cucina con una faccia costernata.

– Oggi è l'8 giugno, – disse. – Che guaio, gli scampi... Stasera ho una cena commemorativa, non posso mancare.

– Commemorativa? Ti sbagli, vecchio mio. In questo periodo si festeggia la Seconda guerra mondiale, non la prima, e poi è l'8 maggio, non l'8 giugno. Ti confondi.

– No, – disse Lucien. – La cena '39-45 doveva sí essere l'8 maggio, ma volevano invitare anche due veterani della Prima, per una questione di prospettiva storica, capisci. Poi uno dei vecchi si è ammalato. Allora hanno rimandato di un mese. Cioè stasera. Non posso mancare, è troppo importante, uno dei due vecchi ha novantacinque anni ed è ancora lucidissimo. Devo incontrarlo. Bisogna scegliere: la Storia o gli scampi.

– Vada per la Storia, – disse Marc.
– Naturalmente, – disse Lucien. – Scappo a prepararmi.

Lanciò alla tavola un'occhiata piena di sincero rincrescimento e si arrampicò fino al terzo piano. Mentre si precipitava fuori di casa, chiese a Marc di lasciargli qualche scampo per il ritorno.

– Sarai troppo ubriaco per questo tipo di prelibatezze, – disse Marc.

Ma Lucien non lo sentiva già piú. Correva verso la sua amata '14-18.

Capitolo ventiseiesimo

Mathias fu svegliato da una voce che lo chiamava. Anche nel sonno, il cacciatore-raccoglitore era sempre all'erta. Si alzò dal letto e dalla finestra vide Lucien giú in strada che gesticolava urlando i loro nomi. Si era appollaiato su un bidone dell'immondizia, chissà poi perché, forse per farsi sentire meglio, e sembrava in equilibrio precario. Mathias prese un manico di scopa senza scopa e diede due colpi al soffitto per svegliare Marc. Siccome non si muoveva nulla, decise di fare a meno di lui. Nel preciso istante in cui lo raggiunse, Lucien cadde dal trespolo.

– Sei completamente ubriaco, – disse Mathias. – Ti sembra il caso di sbraitare cosí per la strada alle due del mattino?

– Amico, ho perso le chiavi, – bofonchiò Lucien. – Le ho tirate fuori di tasca per aprire il cancello e mi sono scivolate di mano. Hanno fatto tutto da sole, te lo giuro. Sono cadute mentre passavo davanti al Fronte orientale. Ritrovarle è un'impresa impossibile, è buio pesto.

– Pesto sarai tu. Vieni a casa, le tue chiavi le cercheremo domani.

– No, voglio le mie chiavi! – gridò Lucien, con l'insistenza infantile e cocciuta di chi ha bevuto come una spugna.

Si sottrasse alla presa di Mathias e con passo incerto, a testa bassa, si mise a cercare davanti al cancello di Juliette.

Mathias intravide Marc che, finalmente sveglio, si stava avvicinando.

– Alla buon'ora, – disse.

– Non sono mica un cacciatore, io, – ribatté Marc. – Non sussulto al primo grido di un animale selvatico. E vedete di spicciarvi. Lucien metterà in subbuglio il vicinato, Cyrille si sveglierà e tu, Mathias, sei completamente nudo. Non è un rimprovero, te lo sto solo facendo notare.

– E allora? – disse Mathias. – È colpa mia se questo imbecille mi tira giú dal letto in piena notte?

– Intanto però ti stai congelando.

Mathias, al contrario, avvertiva un dolce tepore lungo la schiena. Non si capacitava che Marc potesse essere cosí freddoloso.

– È tutto a posto, – disse Mathias. – Sento caldo.

– Io no, invece, – disse Marc. – Forza, un braccio a testa e lo trasciniamo in casa.

– No! – gridò Lucien. – Voglio le mie chiavi!

Mathias sospirò e percorse quei pochi metri di selciato. Capace che quell'imbecille le avesse perse un bel po' prima. No, eccole, lí per terra. Erano facili da individuare con quel portachiavi: un soldatino di piombo d'epoca, con le braghe rosse e la mantella blu dai lembi alzati. Per quanto insensibile a quel genere di futilità, Mathias capiva che Lucien ci tenesse.

– Trovate, – disse. – Possiamo portarlo nel suo buco.

– Non voglio che mi teniate, – disse Lucien.

– Cammina, – disse Marc senza mollarlo. – Se penso che dobbiamo ancora trasportarlo fino al terzo piano… Un'impresa senza fine.

– «La stupidità militare e l'immensità del mare sono le due sole cose che sappiano dare un'idea d'infinito», – disse Mathias.

Lucien si fermò di colpo in mezzo al giardino.

– Da dove l'hai presa? – domandò.

– Da un diario di trincea che s'intitola *Avanziamo*. È in uno dei tuoi libri.

– Non sapevo che mi leggessi, – disse Lucien.

– È sempre meglio conoscere la gente con cui si vive, – disse Mathias. – E adesso avanziamo, comincio a sentir freddo.

– Ah, mi pareva, – fece Marc.

Capitolo ventisettesimo

La mattina dopo, a colazione, sotto gli occhi stupiti di Marc, Lucien accompagnò il caffè con il piatto di scampi che gli avevano tenuto da parte.

– Hai l'aria di esserti ripreso bene, – disse Marc.

– Non direi, – obiettò Lucien con una smorfia. – Ho un cerchio alla testa.

– Sarà colpa dell'elmetto, – disse Mathias.

– Molto divertente, – disse Lucien. – Ottimi, i tuoi scampi, Marc. Hai scelto molto bene la pescheria. La prossima volta, rubami del salmone.

– E il veterano? Com'è andata? – domandò Mathias.

– A meraviglia. Ho appuntamento con lui mercoledí della settimana prossima. A parte questo, non ricordo granché.

– Fate silenzio, – disse Marc, – sto ascoltando il giornale radio.

– Ti interessano delle notizie in particolare?

– La tempesta in Bretagna, vorrei sapere a che punto è.

Marc adorava le tempeste, anche se era una cosa piuttosto banale. Ma almeno era un punto in comune con Alexandra. Sempre meglio che niente. Lei aveva detto che amava il vento. Posò sul tavolo una radiolina costellata di macchie di vernice bianca.

– Quando saremo grandi ci compreremo un televisore, – disse Lucien.

– Dio buono, zitti!

Marc alzò il volume. Lucien sgusciava gli scampi e faceva un baccano infernale.

Le notizie del mattino si avvicendavano. Il Primo ministro aspettava il Cancelliere tedesco. La Borsa era in ribasso. In Bretagna la tempesta si stava placando e si spostava verso Parigi, sempre meno violenta. Peccato, pensò Marc. Un'agenzia segnalava il rinvenimento di un uomo assassinato nel posteggio del suo albergo, a Parigi, quella stessa mattina. Si trattava di Christophe Dompierre, quarantatre anni, celibe e senza figli, membro della Commissione europea. Un delitto politico? La stampa non disponeva di altre informazioni.

Marc spense bruscamente la radiolina e guardò Mathias, sgomento.

– Che ti prende? – domandò Lucien.

– Ma è il tizio di ieri! – gridò Marc. – Altro che delitto politico!

– Non mi avevi detto come si chiamava, – si difese Lucien.

Marc fece la scala quattro gradini alla volta fino al sottotetto. Vandoosler, che era sveglio da un pezzo, leggeva in piedi davanti al tavolo.

– Hanno ammazzato Dompierre! – disse Marc col fiato corto.

Vandoosler si girò lentamente.

– Siediti, – disse, – racconta.

– Non so niente di più, – gridò Marc, sempre ansimando. – L'hanno detto alla radio. È stato ucciso, ecco tutto. Ucciso! L'hanno trovato stamattina nel posteggio del suo albergo.

– Che idiota! – disse Vandoosler pestando il pugno sul tavolo. – Ecco cosa succede a voler giocare in solitaria! Poveraccio, qualcuno l'ha battuto sul tempo.

Marc scuoteva la testa dispiaciuto. Sentiva le mani tremare.

– Sarà anche stato un idiota, ma aveva scoperto qualcosa d'importante, adesso è sicuro. Devi avvisare il tuo amico Leguennec, perché da soli non arriveranno mai a metterlo in relazione con la morte di Sophia Siméonidis. Indirizzeranno le ricerche su Ginevra o chissà che altro.

– Sí, bisogna avvisare Leguennec. Ci prenderemo tutti una bella strigliata perché non l'abbiamo messo al corrente ieri. Dirà che si sarebbe potuto evitare un omicidio, e forse ha ragione.

Marc gemette.

– Avevamo promesso a Dompierre di tenere la bocca chiusa. Che cosa avremmo dovuto fare?

– Lo so, lo so, – disse Vandoosler. – Allora mettiamoci d'accordo: intanto, Dompierre non sei certo andato tu a cercarlo, è lui che si è rivolto a te, in quanto vicino di Relivaux. Inoltre, gli unici al corrente della sua visita eravate tu, san Matteo e san Luca. Io ero all'oscuro di tutto, non mi avete detto niente. Avete tirato fuori la storia solo stamattina. Sta in piedi?

– Ma certo! – gridò Marc. – Tu ti chiami fuori! Cosí noi ci andiamo di mezzo e ci facciamo cazziare da Leguennec, mentre tu te ne stai al riparo!

– Allora proprio non capisci! Non me ne frega niente di stare al riparo! Le ramanzine di Leguennec non mi fanno né caldo né freddo! L'importante è che almeno in parte continui a fidarsi di me, mi segui? Per avere delle informazioni, tutte le informazioni che ci servono!

Marc annuí. Lo seguiva. Aveva un nodo alla gola. «Né caldo né freddo». Quella frase gli ricordava qualcosa. Ah ecco, la notte precedente, quando avevano recuperato Lucien. Mathias aveva caldo e lui, con il pigiama e un maglione, sentiva freddo. Incredibile, quel cacciatore-raccoglitore. Ma questo che c'entrava? Sophia era stata uccisa, e adesso anche Dompierre. A chi aveva lasciato l'indirizzo dell'albergo, Dompierre? A tutti. A loro, a quelli di Dourdan e forse a tanti altri, senza contare che qualcuno poteva averlo seguito. Dire tutto a Leguennec? E Lucien? Lucien la sera prima era uscito...

– Io scappo, – disse Vandoosler. – Vado a dare una dritta a Leguennec e poi sicuramente andremo a fare un sopralluogo. Gli starò addosso, e appena finiamo vengo a riferire quel che c'è da riferire. Marc, datti una mossa. Siete stati voi a fare tutto quel casino, stanotte?

– Sí. Lucien aveva perso il suo soldatino di piombo.

Capitolo ventottesimo

Leguennec guidava a tutta birra, furioso, con Vandoosler al fianco e la sirena inserita per poter bruciare i semafori e sfogare la sua frustrazione.

– Mi spiace, – disse Vandoosler. – Mio nipote, sulle prime, non ha capito l'importanza della visita di Dompierre e ha dimenticato di parlarmene.

– È scemo o cosa, tuo nipote?

Vandoosler s'irrigidí. Lui con Marc poteva litigarci per ore, ma non tollerava che qualcun altro lo criticasse.

– Puoi spegnere la sirena? – disse. – Non si riesce a parlare, in questa macchina. Ormai Dompierre è morto, non c'è bisogno di correre.

Leguennec spense la sirena senza una parola.

– Marc non è uno scemo, – disse seccamente Vandoosler. – Se tu indagassi come sa fare lui sul Medioevo, avresti già lasciato il tuo commissariato di quartiere da un pezzo. Per cui ascoltami bene. Marc ti avrebbe avvisato oggi. Ieri aveva degli appuntamenti importanti, è in cerca di lavoro. Ti è già andata bene che abbia acconsentito a ricevere quel losco individuo e ad ascoltare le sue balle, altrimenti le indagini avrebbero seguito la pista ginevrina e addio anello mancante. Dovresti piuttosto essergli grato. D'accordo, Dompierre ci ha lasciato le penne. Ma non ti avrebbe detto niente di piú, ieri. E tu non l'avresti messo sotto scorta. Dunque, non cambia niente. Rallenta, siamo arrivati.

– All'ispettore del XIX arrondissement dirò che sei un collega, – mugugnò Leguennec, un po' ammansito. – Ma tu lasciami fare. Chiaro?

Per superare lo sbarramento della polizia all'entrata del posteggio – un sudicio cortiletto riservato ai clienti dell'albergo – Leguennec mostrò il suo distintivo. L'ispettore Vernant, del commissariato di zona, era stato avvisato del suo arrivo. E sbolognargli il caso non gli dispiaceva, perché non sembrava promettere niente di buono. Non c'erano di mezzo donne, nessuna eredità, nessuno scandalo politico, insomma, all'orizzonte, niente. Leguennec gli strinse la mano, presentò il collega quasi sottovoce e ascoltò le informazioni che il giovanotto biondo era riuscito a raccogliere.

– Il proprietario dell'*Hôtel du Danube* – cominciò Vernant, – ci ha chiamati stamattina prima delle otto. Ha scoperto il corpo mentre ritirava i bidoni della spazzatura. Per lui è stato un vero e proprio shock eccetera eccetera. Dompierre era sceso all'albergo due giorni prima, arrivava da Ginevra.

– Passando per Dourdan, – precisò Leguennec. – Continui.

Non ha ricevuto né telefonate né messaggi, tranne una lettera non affrancata che qualcuno ha lasciato per lui nella cassetta dell'albergo, ieri pomeriggio. Alle cinque il padrone ha ritirato la busta e l'ha infilata nella casella di Dompierre, camera 32. Inutile dire che quella lettera non è stata ritrovata, né in tasca, né in camera sua. È chiaro che è stato quel messaggio a spingerlo a uscire. Un appuntamento, molto probabilmente. L'assassino dev'essersi ripreso la lettera. Questo cortiletto è l'ideale per un omicidio. A parte il retro dell'albergo, gli altri due muri sono ciechi e il tutto dà su quel vicolo dove di notte girano solo topi. Inoltre, ogni cliente dispone di una chiave che apre quella porticina sul cortile, perché l'ingresso principale dell'albergo chiude alle undici. Non dev'essere stato difficile far scendere Dompierre dalla scala di servizio a tarda ora, farlo uscire da quella porta e confabulare con lui tra due auto nel cortile. Stando a quel che mi ha detto lei, quell'uomo era in cerca d'informazioni. Evidentemente si è fidato. Un violento colpo in testa e due coltellate nel ventre.

Il medico che trafficava intorno al corpo alzò la testa.

– Tre, – precisò. – Hanno preferito non rischiare. Il poveretto dev'essere morto nel giro di pochi minuti.

Vernant indicò dei frammenti di vetro disposti su un telo di plastica.

– L'hanno colpito con una bottiglietta d'acqua minerale. Niente impronte, ovviamente.

Scosse il capo.

– Viviamo in un'epoca infelice in cui anche l'ultimo degli idioti sa che è meglio usare i guanti.

– Ora del decesso? – domandò Vandoosler a bassa voce.

Il medico legale si raddrizzò e si spolverò i pantaloni.

– Cosí su due piedi, direi tra le undici e le due del mattino. Dopo l'autopsia sarò piú preciso, perché l'albergatore sa a che ora ha cenato. In serata vi farò avere i primi risultati. Comunque, saranno state al massimo le due.

– Il coltello? – domandò Leguennec.

– Un coltello da cucina probabilmente, di quelli soliti, abbastanza grande. Un'arma comune.

Leguennec si girò verso Vernant.

– Il proprietario dell'albergo non ha notato niente di particolare sulla busta indirizzata a Dompierre?

– No. Il nome era scritto in lettere maiuscole e con una penna a sfera. Una comune busta bianca. Tutto comune. Tutto discreto.

– Mi chiedo perché Dompierre abbia scelto un albergo di ultima categoria come questo... Non sembrava squattrinato.

– Stando all'albergatore, – disse Vernant, – Dompierre da bambino aveva abitato in questo quartiere. Tornarci gli piaceva.

Adesso il corpo era stato rimosso. Per terra non rimaneva che l'inevitabile contorno tracciato con il gesso.

– La porta era ancora aperta, stamattina? – domandò Leguennec.

– No, era stata richiusa, – disse Vernant. – Presumibilmente da un cliente mattiniero uscito verso le sette e mezzo, sempre stando all'albergatore. Dompierre aveva ancora in tasca la chiave.

– E questo cliente non si è accorto di niente?
– No. Eppure aveva l'auto parcheggiata accanto al cadavere. Ma alla sua sinistra, dal lato opposto rispetto al conducente. Sicché il corpo rimaneva completamente nascosto dal veicolo, una R19. Il cliente deve aver messo in moto e inserito la prima senza rendersi conto di niente.
– Bene, – concluse Leguennec. – Vernant, io vengo con lei per le formalità. Immagino che non abbia nulla in contrario a girarmi il dossier...
– Assolutamente, – disse Vernant. – Per il momento, la pista Siméonidis sembra l'unica plausibile. Per cui le passo il testimone. Se non salta fuori niente, l'incarto torna a me.

Prima di raggiungere Vernant al commissariato, Leguennec lasciò Vandoosler a una fermata del metró.
– Piú tardi passo da casa tua, – gli disse. – Ho degli alibi da verificare. Ma prima chiamo il ministero per sapere dove si è cacciato Pierre Relivaux. Sarà veramente a Tolone?
– Che ne dici di una partitina a carte, stasera? Una baleniera? – propose Vandoosler.
– Vediamo. In ogni caso faccio un salto. Cosa aspetti a mettere il telefono?
– I soldi, – disse Vandoosler.
Era quasi mezzogiorno. Prima di prendere il metró, Vandoosler, preoccupato, si affrettò a cercare una cabina telefonica. Il tempo di attraversare Parigi e poteva essere troppo tardi. Non si fidava di Leguennec. Compose il numero della *Botte* e gli rispose Juliette.
– Sono io, – disse. – Mi passi san Matteo?
– Hanno scoperto qualcosa? – domandò Juliette. – Sanno chi è?
– Non crederai mica che si risolva cosí, in due ore. No, sarà una cosa complicata, forse impossibile.
– Ho capito, – sospirò Juliette. – Te lo passo.
– San Matteo? – disse Vandoosler. – Rispondimi sottovoce. Alexandra oggi pranza lí?

– Oggi è mercoledí, ma è qui comunque, con Cyrille. Ormai è un'habituée. Juliette le cucina dei pranzetti squisiti. Il piccolo ha mangiato puré di zucchine.

Sotto l'influenza materna di Juliette, Mathias aveva cominciato ad apprezzare la cucina. A Vandoosler venne da pensare che, forse, quell'interesse pratico lo aiutava a tenerne lontano un altro ben piú impegnativo: la stessa Juliette, con le sue belle spalle bianche.

Al posto suo, Vandoosler si sarebbe buttato su Juliette senza tante esitazioni, altro che puré di zucchine! Ma Mathias era un ragazzo complicato, che misurava ogni gesto e non si scopriva se non dopo aver riflettuto a lungo. Ognuno fa a modo suo, con le donne. Vandoosler si levò dalla testa le spalle di Juliette, la cui vista gli procurava sempre un leggero fremito, soprattutto quando lei si chinava a prendere un bicchiere. Non era certo il momento di fremere. Né per lui, né per Mathias, né per nessuno.

– Alexandra era lí ieri a mezzogiorno?
– Sí.
– Le hai detto della visita di Dompierre?
– Sí. Non volevo, ma lei mi ha interrogato. Era triste. Allora io ho parlato. Per distrarla.
– Non ti sto rimproverando. Darle un po' di lenza non è mica sbagliato. Le avevi detto l'indirizzo dell'albergo?

Mathias ci pensò su un secondo.

– Sí, – disse di nuovo. – Aveva paura che Dompierre aspettasse Relivaux per strada tutto il giorno. Per tranquillizzarla le ho detto che aveva una stanza in rue de la Prévoyance. Quel nome mi piaceva. Credo proprio di averlo menzionato. E anche Danubio.

– E a lei cosa importava che uno sconosciuto aspettasse Relivaux per tutto il giorno?

– Non ne ho idea.

– Ascoltami bene, san Matteo. Dompierre è stato ucciso con tre coltellate nel ventre tra le undici e le due del mattino. L'hanno incastrato con un appuntamento. Potrebbe essere stato Relivaux, che guarda caso è in giro chissà dove, come pure qualcuno di Dourdan o chiunque altro. Assentati cinque minuti e vai da Marc, che mi aspetta a casa. Riassumigli quel che ti ho detto sulle indagini e digli di venire alla *Botte* e interrogare Lex su come ha passato la notte. Con calma e in modo amichevole, se gli riesce. E poi, che domandi discretamente a Juliette se ha visto o sentito qualcosa. Pare che ogni tanto soffra d'insonnia, può darsi che in questo abbiamo fortuna. Dev'essere Marc a fare le domande, non tu, hai capito bene?

– Sí, – disse Mathias, per nulla offeso.

– Tu fai il cameriere, osserva da sopra il tuo vassoio e registra ogni reazione. E prega il cielo che stanotte Alexandra non si sia mossa. Ma soprattutto, non una parola con Leguennec, almeno per ora. Ha detto che andava al commissariato, ma è capacissimo di presentarsi da Alexandra o alla *Botte* prima di me. Quindi sbrigati.

Dieci minuti più tardi, Marc entrava alla Botte, perfettamente a suo agio. Baciò Juliette, Alexandra e il piccolo Cyrille, che gli saltò al collo.

– Ti spiace se mangio un boccone con te?

– Siediti, – disse Alexandra. – Spingi un po' in là Cyrille, che occupa tutto il posto.

– Hai saputo?

Alexandra annuí.

– Mathias ci ha raccontato. E Juliette aveva sentito il notiziario. È proprio lui, vero? Non può essere uno sbaglio?

– Purtroppo no.

– Brutta storia, – disse Alexandra. – Avrebbe fatto meglio a parlare. Mi sa che non lo prendono più l'assassino di zia Sophia. E questo non so se riuscirò a digerirlo. Come l'hanno ucciso? Lo sai?

– Un coltello nella pancia. Non si muore sul colpo, ma si muore.

Mathias stava servendo Marc, e osservò Alexandra. Che rabbrividí.

– Per favore, abbassa la voce, – disse la donna accennando a Cyrille.

– È successo tra le undici e le due del mattino. Leguennec sta cercando Relivaux. Tu hai sentito qualcosa? Una macchina?

– Dormivo. Quando dormo non sento assolutamente niente. Dovresti vedere, sul comodino ho ben tre sveglie, per essere sicura di non fare tardi all'asilo. E oltretutto...

– Oltretutto?

Alexandra esitò, accigliata. Marc si sentí vacillare, ma aveva ricevuto degli ordini.

– Oltretutto, in questo periodo sto prendendo qualcosa per dormire. Per non pensare troppo. E quindi ho il sonno ancora piú pesante del solito.

Marc annuí, tranquillizzato. Anche se trovava che Alexandra gli stesse dando un po' troppe spiegazioni sul proprio sonno.

– Ma Pierre... – riprese Alexandra. – No, non è possibile. Come avrebbe fatto a sapere che Dompierre era venuto a cercarlo?

– Dompierre potrebbe essere riuscito a contattarlo piú tardi, tramite il ministero. Non dimenticare che anche lui aveva le sue entrature. Sembrava ostinato, sai. E aveva fretta.

– Ma Pierre è a Tolone.

– Con l'aereo non ci vuole niente, – disse Marc. – Andata e ritorno. Tutto è possibile.

– Capisco, – disse Alexandra. – Ma è una pista sbagliata. Pierre non avrebbe mai toccato Sophia.

– Resta il fatto che aveva un'amante, e da parecchi anni.

Alexandra si rabbuiò. Marc si pentí di quell'ultima uscita. E non ebbe il tempo di riparare con una frase un po' piú intelligente, perché Leguennec entrò nel ristorante. Il padrino ci aveva visto giusto. Leguennec tentava il sorpasso.

L'ispettore si avvicinò al loro tavolo.

– Signorina Haufman, se ha finito di mangiare, e se può affidare suo figlio a uno dei suoi amici per un'ora, vorrei che venisse con me. Ancora qualche domanda. Mi scusi, ma non posso farne a meno.

Bastardo. Marc non lo degnò di uno sguardo. Tuttavia doveva riconoscere che faceva soltanto il suo lavoro, proprio come lui qualche minuto prima.

Alexandra non si scompose e Mathias le assicurò con un gesto che avrebbe badato lui a Cyrille. La donna seguí l'ispettore e salí sulla sua auto. Senza piú appetito, Marc allontanò il piatto e andò a sedersi al bancone. Chiese una birra a Juliette. Grande, possibilmente.

– Non preoccuparti, – gli disse lei. – Non può farle niente. Alexandra non si è mossa per tutta la notte.

– Lo so, – disse Marc con un sospiro. – È quel che dice lei. Ma perché Leguennec dovrebbe crederle? Non ha creduto a niente fin dall'inizio.

– È il suo lavoro, – disse Juliette. – Ma io ti posso assicurare che non si è mossa. È la verità e gliela dirò.

Marc afferrò la mano di Juliette.

– Dimmi, che cosa sai?

– Quello che ho visto, – disse Juliette con un sorriso. – Verso le undici ho finito il mio libro. Ho spento, ma non riuscivo ad addormentarmi. Mi capita spesso. A volte è perché sento Georges che ronfa al piano di sopra, da far rizzare i capelli. Ma ieri sera non russava. Sono scesa a cercare un altro libro e sono rimasta a leggere di sotto fino alle due e mezzo. Poi mi sono detta che dovevo assolutamente coricarmi e sono tornata in camera. Mi sono decisa a prendere una pastiglia e finalmente mi sono addormentata. Ma quello che ti posso dire, Marc, è che dalle undici e un quarto alle due e mezzo Alexandra non si è mossa da casa sua. Non c'è stato nessun rumore di porte o di macchine. E oltretutto, quando va a fare un giro, porta il piccolo con sé. Cosa che non mi piace, del resto. Bene, questa notte, la lucina in camera di Cyrille è rimasta accesa. Ha paura del buio. È l'età.

Marc vide crollare ogni speranza. Guardò Juliette, desolato.

– Cosa c'è? – fece Juliette. – Dovrebbe tranquillizzarti. Lex non corre nessun rischio. Nessuno!

Marc scosse la testa. Lanciò uno sguardo alla sala che si stava riempiendo e si avvicinò a Juliette.
– Dunque tu, verso le due del mattino, non hai sentito assolutamente niente? – bisbigliò.
– Se ti ho detto di no! – bisbigliò Juliette a sua volta. – Non hai nulla di cui preoccuparti.
Marc buttò giú mezzo bicchiere di birra e si prese la testa tra le mani.
– Sei gentile, – disse piano, – molto gentile, Juliette.
Juliette lo guardava senza capire.
– Però menti, – continuò Marc. – Menti su tutta la linea.
– Abbassa la voce, – gli intimò Juliette. – Allora non mi credi? Questo è davvero il colmo!
Marc le strinse piú forte la mano e vide che Mathias gli lanciava un'occhiata.
– Ascoltami, Juliette: tu stanotte hai visto Alexandra uscire e sai che ci sta mentendo. E quindi menti a tua volta, per proteggerla. Sei gentile, ma senza volerlo mi hai appena suggerito il contrario di quello che hai detto. Perché alle due del mattino, pensa un po', io ero fuori per strada. E davanti al tuo cancello, per di piú, con Mathias che cercava di calmare Lucien e di riportarlo a casa. E tu, che dormivi come un sasso sotto l'effetto della tua pastiglia, non ci hai nemmeno sentiti! Dormivi! E del resto, ora che mi ci fai pensare, ti dirò che in camera di Cyrille non c'era nessuna luce. Nessuna. Chiedilo a Mathias.
Juliette si voltò avvilita verso Mathias. Il cacciatore annuí lentamente.
– Quindi, adesso dimmi la verità, – riprese Marc. – È meglio anche per Lex, se vogliamo difenderla in modo intelligente. Perché col tuo sistema del cavolo non si arriva da nessuna parte. Sei troppo ingenua, prendi i poliziotti per dei bambini.
– Non stringermi la mano cosí, – disse Juliette. – Mi fai male! E poi i clienti ci vedranno.
– Allora, Juliette?
Ammutolita, a capo chino, Juliette aveva ripreso a lavare i bicchieri nell'acquaio.

– Basta che diciamo tutti la stessa cosa, – propose tutt'a un tratto. – Voi non siete usciti a prendere Lucien, io non ho sentito niente e Lex non si è mossa. Fine.

Di nuovo, Marc scosse la testa.

– Ma renditi conto! Lucien ci ha chiamati gridando! Qualche vicino potrebbe averlo sentito. Non funzionerà, anzi, peggiorerà la situazione. Dimmi la verità, ti assicuro che è la cosa migliore. Dopodiché vedremo come mentire.

Juliette non riusciva a risolversi e torceva lo strofinaccio per i bicchieri. Mathias le si avvicinò, le posò la grande mano sulla spalla e le disse qualcosa all'orecchio.

– E va bene, – disse Juliette. – Sono stata un'imbranata, può darsi. Ma non potevo mica immaginare che foste tutti là fuori alle due del mattino. Alexandra è uscita in macchina, è vero. Ha messo in moto piano piano e a fari spenti, di sicuro per non svegliare Cyrille.

– A che ora? – domandò Marc con un nodo in gola.

– Alle undici e un quarto. Quando sono scesa a prendere il libro. Perché questo è vero. E vederla andar via mi ha fatto arrabbiare, per via del piccolo. Che l'avesse portato con sé o che l'avesse lasciato solo, mi faceva rabbia. Mi sono detta che il giorno dopo avrei dovuto trovare il coraggio di parlarle, anche se non erano affari miei. In camera la luce era spenta, anche questo è vero. E non sono rimasta a leggere di sotto, ovviamente. Sono tornata a letto e ho preso la pastiglia, perché ero nervosa. Mi sono addormentata quasi subito. E quando stamattina ho sentito la notizia al giornale radio delle dieci, sono andata nel panico. Prima ho sentito che Lex ti diceva di non essersi mossa da casa. Allora ho pensato... ho pensato che la cosa migliore...

– Era sostenere la sua versione.

Juliette annuí tristemente.

– Avrei fatto meglio a stare zitta, – disse.

– Non prendertela, – disse Marc. – In ogni caso, la polizia lo scoprirà. Perché Alexandra non ha posteggiato la macchina allo stesso posto, al ritorno. Adesso che so, ricordo perfettamente che ieri prima di cena la macchina di Sophia era posteggiata a cinque metri dal tuo cancello. Ci sono passato davanti. È rossa, si nota. Stamattina, quando verso le dieci e mezzo sono uscito a prendere il giornale, non c'era piú. Al suo posto c'era un'altra macchina, grigia, quella dei vicini in fondo alla via, credo. Trovando il suo posto occupato, Alexandra al ritorno deve avere posteggiato da un'altra parte. Per la polizia sarà un gioco da ragazzi. La nostra è una piccola strada, le macchine si conoscono, è facile che il dettaglio sia stato notato anche da altri vicini.

– Non vuol dire niente, – protestò Juliette. – Potrebbe essere uscita stamattina.

– Lo verificheranno.

– Ma se avesse fatto quello che crede Leguennec, stamattina avrebbe trovato il modo di posteggiarla allo stesso posto!

– Juliette, usa la testa. Come poteva riprendere il suo posto se c'era un'altra auto? Non poteva mica spostarla a spallate!

– Hai ragione, sto parlando a vanvera. Si direbbe che non riesco piú a pensare. Comunque, Lex sarà anche uscita, ma solo per fare un giro, Marc, nient'altro!

– È quello che penso anch'io, – disse Marc. – Ma come facciamo a ficcarlo in testa a Leguennec? Certo che anche lei, ha proprio scelto la sera giusta per andarsene a spasso! Con tutti i guai che ha già passato, poteva starsene tranquilla, no?

– Abbassa la voce, – ripeté Juliette.

– Mi fa andare in bestia, – disse Marc. – Sembra che lo faccia apposta.

– Mettiti nei suoi panni, non poteva mica immaginare che Dompierre sarebbe stato ucciso.

– Al suo posto, io sarei stato bene attento. È messa male, Juliette, malissimo!

Marc pestò un pugno sul bancone e vuotò il bicchiere.

– Che cosa possiamo fare? – domandò Juliette.

– Andrò a Dourdan, ecco cosa si può fare. Cercherò quello che cercava Dompierre. Leguennec non può impedirmelo. Siméonidis è libero di aprire i suoi archivi a chi gli pare. La polizia potrà solo controllare che io non porti via niente. Hai l'indirizzo del padre a Dourdan?

– No, ma una volta sul posto potrai chiedere a chiunque. Sophia aveva una casa nella stessa strada. Aveva comprato una piccola proprietà per poter andare a trovare il padre senza dover stare sotto lo stesso tetto della matrigna. Non la sopportava granché. È un po' fuori città, in rue des Ifs. Aspetta, vado a controllare.

Mentre Juliette andava a prendere la borsa in cucina, Mathias si avvicinò al bancone.

– Te ne vai? – chiese a Marc. – Vuoi che ti accompagni? Sarebbe piú prudente. La faccenda comincia a scottare.

Marc gli sorrise.

– Grazie, Mathias. Ma è meglio che tu resti qui. Juliette ha bisogno di te e Lex pure. D'altronde devi badare al piccolo greco, e lo sai fare molto bene. Saperli con te mi tranquillizza. Non avere paura, non rischio niente. Se ho delle notizie, telefonerò qui, o da Juliette. Dillo tu al padrino, quando torna.

Juliette tornò con la rubrica degli indirizzi.

– Il nome esatto è «allée des Grands-Ifs». La casa di Sophia è al numero 12. E quella del vecchio è lí vicino.

– Registrato. Se Leguennec t'interroga, tu ti sei addormentata alle undici e non sai niente. Se la vedrà da solo.

– Mi pare chiaro, – disse Juliette.

– Trasmetti l'ordine a tuo fratello, non si sa mai. Faccio un salto a casa, prenderò il prossimo treno.

Un improvviso colpo di vento spalancò una finestra chiusa male. La tempesta annunciata stava arrivando, e sembrava piú consistente del previsto. Marc si sentí rinvigorito. Saltò giú dallo sgabello e sparí.

Giunto alla topaia, fece la borsa in fretta e furia. Non sapeva esattamente per quanto sarebbe stato via, né se avrebbe messo le mani su qualcosa. Ma bisognava pur tentare. E quell'imbecille di Alexandra, che non aveva trovato niente di meglio che andarsene in giro in auto… Che stupida. Marc ficcava delle cose alla rinfusa nella sacca, furibondo. Soprattutto, cercava di persuadersi che Alexandra era uscita per una semplice passeggiata. Che gli aveva mentito solo per proteggersi. Solo questo, nient'altro. E per convincersene doveva fare uno sforzo di concentrazione. Tanto che non sentí entrare Lucien.

– Fai la valigia? – domandò Lucien. – Ma cosí sgualcisci tutto! Guarda la camicia!

Marc lanciò un'occhiata a Lucien. Già, il mercoledí pomeriggio non aveva lezione.

– Cosa me ne frega della camicia, Alexandra è nei guai. Quell'imbecille stanotte è uscita. Io scappo a Dourdan. Vado a rovistare negli archivi. Una volta tanto non saranno in latino o in qualche lingua romanza, mi rinfrescherò le idee. Io nello spoglio sono veloce, spero di trovare qualcosa.

– Vengo con te, – disse Lucien. – Non mi va che tu ti faccia sbudellare. Restiamo uniti, soldato.

Marc smise di cacciare roba nella sacca e guardò Lucien. Prima Mathias, e adesso lui. Da parte di Mathias, lo capiva e ne era toccato. Ma non avrebbe mai pensato che Lucien potesse interessarsi ad altro che a se stesso e alla Grande Guerra. Interessarsi e addirittura farsi coinvolgere. Decisamente, negli ultimi tempi stava prendendo parecchi abbagli.

– Allora? – disse Lucien. – Ti stupisce?

– È che io pensavo...

– Immagino cosa pensavi, – lo interruppe Lucien. – Detto questo, adesso è meglio essere in due. Vandoosler e Mathias qui a casa, io e te laggiú. La guerra non si vince da soli, guarda Dompierre. Quindi ti accompagno. Di archivi ne so qualcosa anch'io, e in due faremo piú in fretta. Mi lasci il tempo di preparare la borsa e avvisare il collega che sto per beccarmi un'altra influenza?

– D'accordo, – disse Marc. – Ma sbrigati. Il treno parte alle 14,57 dalla Gare d'Austerlitz.

Capitolo ventinovesimo

Meno di due ore dopo, Marc e Lucien percorrevano l'allée des Grands-Ifs. Il vento soffiava forte a Dourdan, e Marc inspirava a pieni polmoni quella brezza da nord-ovest. Si fermarono davanti al numero 12, che era protetto da un muro di cinta interrotto soltanto da una porta d'ingresso in legno massiccio.

– Fammi scaletta, – disse Marc. – Ho voglia di vedere com'è la casa di Sophia.

– Che importanza ha? – disse Lucien.

– Mi va, tutto qui.

Lucien posò delicatamente la borsa, controllò che la via fosse deserta e intrecciò solidamente le dita.

– Togliti le scarpe, – disse a Marc. – Non voglio che mi insozzi le mani.

Marc sospirò, sfilò le scarpe appoggiandosi a Lucien e si arrampicò.

– Vedi qualcosa? – domandò Lucien.

– Qualcosa si vede sempre.

– Che cosa?

– È una grossa proprietà. Era davvero ricca, Sophia. Il giardino degrada dolcemente dietro la casa.

– E la casa com'è? Brutta?

– Per niente. Un po' greca, nonostante l'ardesia. Lunga e bianca, a un solo piano. Se la dev'essere fatta costruire. Strano, non sono neanche chiuse le persiane. Aspetta. No, è perché ci sono le inferriate alle finestre. Sembra greca, ti dico. C'è un piccolo garage e un pozzo. Il pozzo è l'unica cosa antica. Non dev'essere male, d'estate.

– Posso metterti giú?
– Sei stanco?
– No, ma potrebbe arrivare qualcuno.
– Hai ragione, fammi scendere.

Marc rimise le scarpe e risalirono la strada guardando i nomi sulle porte o sulle cassette delle lettere, quando c'erano. Prima di domandare a qualcuno preferivano provare a cavarsela da soli, perché la loro presenza rimanesse il piú possibile discreta.

– Lí, – disse Lucien dopo un centinaio di metri. – Quella catapecchia abbellita coi fiori.

Marc decifrò la targhetta di rame sbiadita: K. e J. Siméonidis.

– Ci siamo, – disse. – Ricordi quello che abbiamo stabilito?
– Mi prendi per un idiota? – fece Lucien.
– D'accordo, – disse Marc.

Un uomo anziano di bell'aspetto venne ad aprire. Li studiò in silenzio, in attesa di spiegazioni. Dopo la morte della figlia ne aveva viste passare di persone. Poliziotti, giornalisti, e Dompierre.

Lucien e Marc si avvicendarono nell'esposizione dello scopo della visita, mettendoci una grossa dose di gentilezza. Gentilezza su cui si erano accordati in treno, ma che il volto triste del vecchio Siméonidis rendeva piú spontanea. Parlarono di Sophia, con molta delicatezza. E finirono quasi per credere alla propria menzogna quando spiegarono che era stata lei, loro vicina di casa, a incaricarli di quella missione. Marc raccontò l'episodio dell'albero. Per tenere in piedi una menzogna non c'è niente di meglio di un supporto veritiero. Dopo quell'episodio, disse Marc, Sophia, malgrado tutto, continuava a essere preoccupata. Una sera, chiacchierando in strada prima di andare a dormire, si era fatta promettere che, se per caso le fosse successo qualcosa, loro avrebbero cercato di fare chiarezza. Non si fidava della polizia. Diceva che l'avrebbero dimenticata come tutte le persone che spariscono senza lasciare tracce. Loro invece sarebbero andati fino in fondo, ne era sicura. Ecco perché erano lí. Ritenevano giusto fare il loro dovere, per rispetto e amicizia verso Sophia.

Siméonidis ascoltò con attenzione quel discorso che a Marc, mentre lo sciorinava, suonava sempre piú greve e stupido. Li fece entrare. Nel soggiorno, un poliziotto in uniforme stava interrogando una donna che doveva essere la signora Siméonidis. Marc non osò guardarla in faccia, tanto piú che il loro arrivo aveva interrotto la conversazione. Con la coda dell'occhio, riuscí solo a intravedere una donna piuttosto in carne, sulla sessantina, capelli raccolti dietro la nuca, la quale si limitò a un vago cenno di benvenuto. Era occupata con le domande del poliziotto e aveva l'atteggiamento dinamico di chi desidera essere descritto come «una persona dinamica». Siméonidis attraversò la stanza con passo spedito, trascinandosi dietro Marc e Lucien e manifestando un'ostentata indifferenza nei confronti dello sbirro che ingombrava il suo soggiorno. Ma il poliziotto li fermò tutti e tre, alzandosi di scatto. Era un giovanotto dall'espressione testarda e ottusa, una caricatura tragicamente riuscita dell'idiota che esegue le consegne senza pensare. Bella fregatura. Lucien emise un sospiro esagerato.

– Spiacente, signor Siméonidis, – disse il poliziotto, – ma non posso autorizzarla a introdurre persone nel suo domicilio senza essere prima informato circa la loro identità e il motivo della loro visita. Sono gli ordini, lei li conosce.

Siméonidis ebbe un sorriso rapido e cattivo.

– Questo non è il mio domicilio, questa è casa mia, – disse con la sua voce sonora, – e queste non sono delle persone, sono degli amici. E sappia che un greco di Delfi, nato a cinquecento metri dall'Oracolo, non prende ordini da nessuno. Se lo metta bene in testa.

– La legge è uguale per tutti, signore, – rispose il poliziotto.

– La sua legge se la può ficcare nel culo, – disse Siméonidis con tono inespressivo.

Lucien gongolava. Un vecchio bastardo, uno con cui si sarebbero potute fare delle grasse risate, se solo le circostanze non l'avessero reso tanto triste.

Le difficoltà durarono ancora parecchio. Lo sbirro prese nota dei loro nomi, consultò il suo taccuino e li identificò facilmente come vicini di Sophia Siméonidis. Ma visto che nulla impediva di accedere a degli archivi quando il proprietario dava il suo benestare, dovette lasciarli procedere, avvertendoli tuttavia che, prima di andarsene, sarebbero stati perquisiti. Nessun documento doveva lasciare quella casa, almeno per ora. Lucien fece spallucce e seguí Siméonidis. Colto da un improvviso moto di rabbia, il vecchio greco tornò sui suoi passi e afferrò lo sbirro per il bavero. Marc pensò che gli avrebbe spaccato la faccia e che la cosa sarebbe stata interessante. Ma il vecchio esitò.

– Ma no... – disse dopo un silenzio. – Lasciamo stare.

Mollò lo sbirro come fosse una cosa sporca e uscí dalla stanza per raggiungere Marc e Lucien. Salirono al piano di sopra, percorsero un corridoio e, con una chiave che teneva appesa alla cintura, il vecchio aprí la porta di una stanza in penombra, piena di scaffali stipati di dossier.

– La stanza di Sophia, – disse a bassa voce. – È questo che vi interessa, immagino.

Marc e Lucien annuirono.

– Credete di trovare qualcosa? – domandò Siméonidis. – Lo credete davvero?

Li fissava con uno sguardo freddo, le labbra contratte e un'espressione dolente.

– E se non troviamo niente? – fece Lucien.

Siméonidis pestò un pugno sul tavolo.

– Qualcosa troverete, – ordinò. – Ho ottantun anni, non posso piú muovermi come vorrei e nemmeno la mia testa funziona piú come una volta. Per voi è diverso. Voglio quell'assassino. Noi greci non molliamo mai, cosí diceva la mia vecchia Andromaca. Leguennec non è piú libero di pensare. Ho bisogno di altra gente, di uomini liberi. Non mi interessa che Sophia vi abbia affidato una «missione». Vero o falso che sia. E io penso che sia falso.

– In effetti è abbastanza falso, – ammise Lucien.

– Bene, – disse Siméonidis. – Ci stiamo avvicinando. Perché queste ricerche?

– È il nostro lavoro, – disse Lucien.

– Investigatori? – domandò Siméonidis.
– Storici, – rispose Lucien.
– E Sophia cosa c'entra?
Lucien indicò Marc con il dito.
– Lui, – disse. – Lui non vuole che accusino Alexandra Haufman. Al suo posto è pronto a sbatterci chiunque, anche un innocente.
– Ottimo, – disse Siméonidis. – Se vi può essere utile, sappiate che Dompierre non si è fermato molto. Credo che abbia consultato un solo fascicolo, senza esitare. Come vedete, le cartelle sono classificate per anno.
– Lei sa quale ha preso in esame? – domandò Marc. – È rimasto con lui?
– No. Era chiaro che desiderava rimanere solo. Sono entrato una volta a portargli un caffè. Mi pare che stesse consultando la cartella del 1982, ma non ne sono sicuro. Vi lascio, non avete tempo da perdere.
– Ancora una domanda, – fece Marc. – Sua moglie come l'ha presa?
Siméonidis fece una smorfia ambigua.
– Jacqueline non ha pianto. Non è cattiva, ma crede che con la volontà si possa arrivare ovunque. È sempre desiderosa di «far fronte» alle cose. Per mia moglie, saper «far fronte» è un supremo marchio di qualità. È diventata una tale abitudine che provare a contrastarla sarebbe un'impresa inutile. E soprattutto, protegge suo figlio.
– Che mi dice di lui?
– Julien? Non è granché dotato. Un omicidio è molto al di sopra delle sue capacità. Tanto piú che Sophia l'aveva aiutato, quando non sapeva dove andare a sbattere. Gli trovava degli ingaggi come comparsa qua e là, ma lui non ha saputo trarne alcun vantaggio. Qualche lacrima per Sophia, Julien l'ha versata. Le voleva un gran bene, a suo tempo. Da ragazzo, attaccava le sue foto alle pareti della camera. E ascoltava i suoi dischi. Ora ha smesso.
Siméonidis dava segni di stanchezza.

– Vi lascio, – ripeté. – Un pisolino prima di cena, per me non è un disonore. E d'altronde, è una debolezza che a mia moglie piace. Mettetevi al lavoro, non avete molto tempo. Lo sbirro potrebbe riuscire a trovare un mezzo legale per impedirvi di consultare i miei archivi.

Siméonidis si allontanò e lo sentirono aprire una porta in fondo al corridoio.

– Cosa ne pensi? – domandò Marc.

– Bella voce, sua figlia l'ha ereditata da lui. Combattivo, autoritario, intelligente, gradevole e pericoloso.

– E sua moglie?

– Un'idiota, – disse Lucien.

– La liquidi in fretta.

– Gli idioti possono uccidere, non è mica incompatibile. Soprattutto quelli che, come lei, ostentano un coraggio ottuso. L'ho ascoltata mentre parlava con lo sbirro. Monolitica e soddisfatta della propria performance. Gli idioti soddisfatti possono uccidere.

Marc scosse il capo e prese a camminare per la stanza. Si fermò davanti alla cartella del 1982, la guardò senza toccarla e continuò il suo giro ispezionando i ripiani. Lucien armeggiava dentro la borsa.

– Prendi il 1982, – disse. – Il vecchio ha ragione: forse tra non molto la Legge ci abbasserà la sua saracinesca davanti al naso.

– Non è il 1982 che ha consultato Dompierre. O il vecchio si è sbagliato, o ha mentito. È l'annata 1978.

– Lo deduci dall'assenza di polvere? – domandò Lucien.

– Esatto, – disse Marc. – È l'unica che sia stata spostata di recente. La polizia qua dentro non ha ancora avuto il tempo di metterci il naso.

Marc prese il dossier del 1978 e ne rovesciò delicatamente il contenuto sul tavolo. Lucien lo passò in rassegna rapidamente.

– Riguarda un solo spettacolo, – disse. – *Elettra*, a Tolosa. Per noi non significa niente. Ma sicuramente Dompierre pensava di trovarci qualcosa.

– Forza, – disse Marc, un po' scoraggiato dalla quantità di

fotografie, interviste, vecchi articoli, alcuni dei quali commentati a penna, molto probabilmente dallo stesso Siméonidis. I ritagli di giornale erano scrupolosamente tenuti assieme con delle graffette.

– Individua le graffette che sono state spostate, – disse Lucien. – Il locale è umido, avranno senz'altro lasciato tracce di ruggine o un leggero segno. In questo modo riusciremo a sapere quali di tutte queste scartoffie interessavano a Dompierre.

– È quello che sto facendo, – disse Marc. – Le critiche sono elogiative. Sophia era una cantante apprezzata. Lei diceva di essere mediocre, ma valeva molto di piú. Ha ragione Mathias. Ma cosa fai? Vieni a darmi una mano.

Adesso Lucien stava sistemando degli oggetti nella borsa.

– Ecco, – disse Marc alzando la voce, – cinque fascicoli in cui la graffetta è stata tolta e rimessa di recente.

Marc ne prese tre e Lucien due. Lessero per parecchio tempo, rapidi e in silenzio. Gli articoli erano lunghi.

– Critiche elogiative, dicevi? – fece Lucien. – Questo qui in ogni caso non è stato tenero con Sophia.

– Nemmeno questo, – disse Marc. – Ci va giú pesante. Non deve averle fatto molto piacere. E neanche al vecchio Siméonidis. A margine ha scritto: «povero stronzo». E chi è questo povero stronzo?

Marc cercò la firma.

– Lucien, – disse, – il «povero stronzo» si chiama Daniel Dompierre. Ti ricorda qualcosa?

Lucien prese l'articolo dalle mani di Marc.

– Quindi il nostro, – disse, – il morto, sarebbe un suo parente? Un nipote, un cugino, un figlio? È per questo che sapeva di quello spettacolo?

– Qualcosa del genere, sicuramente. Ci stiamo avvicinando. E la stroncatura che hai trovato tu, di chi è?

– René de Frémonville. Hai sentito. Non so niente di musica, in ogni caso. Aspetta, c'è una cosa divertente.

Lucien si rimise a leggere con un'espressione diversa. Marc pendeva dalle sue labbra.

– Allora?
– Stai calmo, non ha niente a che fare con Sophia. È sul retro del ritaglio. L'inizio di un altro articolo, sempre di Frémonville, ma a proposito di uno spettacolo teatrale: un fiasco, un'opera superficiale e confusa sulla vita interiore di un tizio in una trincea nel 1917. Un monologo di quasi due ore, pallosissimo, a quanto pare. Sfortunatamente, manca la fine dell'articolo.
– Oh ti prego, non cominciare! Chi se ne frega, Lucien! Non siamo venuti fino a Dourdan per questo, cristo!
– Sta' zitto. A un certo punto Frémonville dice di aver conservato dei diari di guerra di suo padre, e che l'autore avrebbe fatto bene a consultare quel tipo di documenti prima di lanciarsi nel teatro d'immaginazione militare. Ti rendi conto? Dei diari di guerra! Scritti sul posto, dall'agosto 1914 all'ottobre 1918! Sette quaderni! No, ma ti rendi conto? Una serie continua! Oh, Dio! Fa' che suo padre fosse un contadino! Sarebbe una miniera d'oro, Marc, una rarità! Dio buono, fa' che il padre di Frémonville fosse un contadino! Accidenti, meno male che sono venuto!

Speranzoso e felice, Lucien si era alzato in piedi e andava su e giú per la stanzetta buia, leggendo e rileggendo il testo mutilato di quel vecchio articolo di giornale. Marc, esasperato, riprese a sfogliare i documenti consultati da Dompierre. Oltre alle critiche negative su Sophia, c'erano tre fascicoli di articoli piú aneddotici, riguardanti la notizia di un grave incidente che aveva disturbato per diversi giorni le rappresentazioni di *Elettra*.

– Senti qui, – disse Marc.
Ma non c'era piú verso. Lucien era da un'altra parte, irraggiungibile, assorbito dalla scoperta della sua miniera d'oro e ormai incapace di interessarsi ad altro. Eppure, all'inizio, si era mostrato molto volenteroso. Una bella fregatura, quei diari di guerra. Marc, seccato, lesse in silenzio e per conto proprio. La sera del 17 giugno 1978, un'ora e mezzo prima dello spettacolo, Sophia Siméonidis, nel suo camerino, aveva subito un'aggressione cui era seguito un tentativo di stupro. Stando a lei, a

un certo punto l'aggressore aveva sentito dei rumori e si era dato alla fuga. Sophia non era stata in grado di descriverlo. Indossava un giubbotto scuro, un passamontagna di lana blu e l'aveva costretta a terra a forza di pugni. Quindi si era tolto il passamontagna, ma lei era troppo stordita per poterlo identificare, e lui aveva spento la luce. Coperta di ecchimosi fortunatamente non gravi, Sophia Siméonidis, in stato di shock, era stata trasportata all'ospedale dove l'avevano tenuta in osservazione. Ma si era rifiutata di sporgere denuncia e dunque non era stata aperta alcuna inchiesta. I giornalisti, in mancanza di certezze, ipotizzavano che l'aggressore fosse una comparsa, perché a quell'ora il teatro era chiuso al pubblico. I cinque cantanti della compagnia erano stati subito scartati: due di loro erano artisti celebri, e tutti avevano comunque dichiarato di essere arrivati in teatro piú tardi, cosa che era stata confermata dai guardiani, uomini anziani ugualmente insospettabili. Si leggeva tra le righe che le preferenze sessuali dei cinque li scagionavano ancor piú della celebrità o dell'ora d'arrivo. Quanto alle numerose comparse, la descrizione sommaria della cantante non permetteva di orientare i sospetti su qualcuno in particolare. Tuttavia, precisava un giornalista, alla replica dell'indomani due di loro non si erano presentati. Peraltro il cronista ammetteva che tra le comparse era una cosa frequente. Pagati alla giornata, in nero, sempre precari, questi ragazzi erano pronti a mollare uno spettacolo su due piedi per un casting pubblicitario piú promettente. E non si poteva nemmeno escludere che fosse stato uno dei tecnici.

Insomma, il ventaglio era ampio. Accigliato, Marc tornò agli articoli di Daniel Dompierre e René de Frémonville. I due, da buoni critici musicali, non si soffermavano sulle circostanze dell'aggressione, limitandosi a segnalare che siccome Sophia Siméonidis era stata vittima di un incidente, per tre giorni si era dovuti ricorrere alla sua sostituta, Nathalie Domesco, la cui pessima imitazione aveva dato il colpo di grazia a *Elettra*, un'*Elettra* che nemmeno il ritorno di Sophia Siméonidis era riuscito a salvare: dimessa dall'ospedale, la cantante aveva nuovamente dimostrato la propria incapacità di reggere quel ruolo da grande soprano drammatico. Gli autori dell'articolo concludevano che lo shock subito dalla cantante non giustificava le manchevolezze della sua tessitura, e che con *Elettra* Sophia Siméonidis aveva commesso lo spiacevole errore di affrontare una partitura ben al di sopra delle sue potenzialità vocali.

A Marc tutto ciò dava sui nervi. Certo, la stessa Sophia aveva affermato di non essere mai stata «la» Siméonidis. Certo, forse non avrebbe dovuto lanciarsi in un'opera come *Elettra*. Non lo escludeva. E comunque, non ne capiva piú di Lucien. Ma la tracotanza distruttiva dei due critici lo mandava in bestia. No, Sophia non se lo meritava.

Marc prese altre cartelle, dedicate ad altri spettacoli. Le critiche in genere erano elogiative, a volte semplicemente lusinghiere o benevole, ma dalla penna di Dompierre e Frémonville partivano sempre dei rimproveri sferzanti, anche quando Sophia si atteneva strettamente al suo registro di soprano lirico. Non si poteva dire che quei due le volessero bene, e questo fin dai suoi esordi. Marc rimise le cartelle al loro posto e rifletté puntellandosi la testa con i pugni. Era quasi buio adesso, e Lucien aveva acceso due lampade da lettura.

Sophia aggredita... Sophia che non sporgeva denuncia per percosse e lesioni. Tornò a *Elettra* e diede una rapida scorsa agli altri articoli concernenti quello spettacolo: tutti dicevano pressappoco la stessa cosa: una brutta regia, una scenografia debole, Sophia Siméonidis aggredita, il suo atteso ritorno, con la differenza che questi critici, invece di demolirla come avevano fatto Dompierre e Frémonville, ne apprezzavano gli sforzi. Marc di quella cartella non sapeva cosa tenere. Sarebbe stato necessario leggere e rileggere tutto quanto nel dettaglio. Fare confronti, individuare le specificità dei ritagli analizzati da Christophe Dompierre. E poi ricopiare, quantomeno gli articoli letti dal morto. Un lavoraccio, ci avrebbero impiegato delle ore.

Siméonidis entrò in quell'istante.

– Dovete sbrigarvi, – disse. – La polizia sta cercando un pretesto per bloccare la consultazione dei miei archivi. Loro, al mo-

mento, non hanno il tempo di occuparsene, e probabilmente temono di essere preceduti dall'assassino. Svegliandomi dal sonnellino, ho sentito quel deficiente che telefonava al piano di sotto. Ha chiesto dei sigilli. Sembra che non manchi molto.
– Non stia in ansia per noi, – disse Lucien. – Un'altra mezz'ora e abbiamo finito.
– Perfetto, – disse Siméonidis. – Siete veloci.
– A proposito, – disse Marc, – il suo figliastro aveva fatto la comparsa anche in *Elettra*?
– A Tolosa? Come no, – disse Siméonidis. – Ha preso parte a tutti gli spettacoli in cui lavorava Sophia dal 1973 al 1978. È dopo che ha mollato tutto. Non state ad accanirvi su di lui, perdete solo tempo.
– Quell'aggressione durante l'*Elettra*, Sophia gliene aveva parlato?
– Sophia non sopportava che se ne parlasse, – disse Siméonidis dopo un silenzio.
Uscito il vecchio greco, Marc guardò Lucien che, spaparanzato su una poltrona sfondata, stirava le gambe cincischiando il suo ritaglio di giornale.
– Tra mezz'ora? – gridò Marc. – Non muovi un dito, fantastichi sui tuoi diari di guerra, ci sono un sacco di cose da copiare e tu? Decidi di andartene tra mezz'ora.
Lucien non si mosse e indicò la borsa.
– Lí dentro, – disse, – ci sono due chili e mezzo di computer portatile, nove chili di scanner, profumo, mutande, spago, un sacco a pelo, uno spazzolino da denti e una fetta di pane. Capisci perché volevo prendere un taxi, alla stazione? Preparami questi documenti, io ti copio tutto quello che vuoi e ce lo portiamo alla topaia. Forza.
– Come ti è venuto in mente?
– Dopo quello che è successo a Dompierre, era prevedibile che gli sbirri avrebbero cercato di proibire qualsiasi riproduzione del materiale d'archivio. Prevedere le mosse dell'avversario, amico mio, il segreto della guerra è tutto qui. L'ordine ufficiale arriverà presto, ma dopo di noi. Sbrigati, adesso.

– Scusami, – disse Marc, – m'innervosisco facilmente in questo periodo. E anche tu, del resto.
– No, io esplodo. È abbastanza diverso.
– Sono tuoi quegli aggeggi? – domandò Marc. – È roba costosa.
Lucien si strinse nelle spalle.
– Me li ha prestati l'università, tra quattro mesi devo restituirli. Di mio ci sono solo i cavi elettrici.
Rise e collegò le sue apparecchiature. Man mano che i documenti venivano copiati, Marc riprendeva a respirare. Forse non ne avrebbe ricavato nulla, ma l'idea di poterli consultare senza fretta, al riparo delle sue stanze medievali, lo rassicurava. Scansirono gran parte della cartella.
– Le foto, – disse Lucien agitando una mano.
– Tu dici?
– Certo. Dammi le foto.
– Ci sono solo quelle di Sophia.
– Niente foto di gruppo, la compagnia che saluta il pubblico, la cena dopo le prove generali?
– Solo Sophia, ti dico.
– Allora lascia perdere.
Lucien avvolse i macchinari nel vecchio sacco a pelo, impacchettò il tutto e ci attaccò una lunga corda. Poi aprí piano la finestra e calò con cautela il fragile involto.
– Non esistono stanze senza finestre, – disse. – E sotto una finestra, di qualunque tipo essa sia, c'è sempre la terraferma. Qui abbiamo il cortiletto con i bidoni dell'immondizia, e alla strada preferisco questo. Ecco fatto.
– Sta arrivando qualcuno, – disse Marc.
Lucien mollò la corda e richiuse la finestra senza rumore. Tornò a sedersi sulla vecchia poltrona e riprese la sua posa rilassata.
Lo sbirro entrò, con l'espressione appagata di uno che abbia appena abbattuto un fagiano in pieno volo.
– Vietato ricopiare e consultare qualunque tipo di materiale – disse il deficiente. – Sono le nuove disposizioni. Prendete la vostra roba e fuori di qui.

Marc e Lucien obbedirono e seguirono brontolando il poliziotto. Quando arrivarono in soggiorno, la signora Siméonidis aveva apparecchiato per cinque. Dunque li aveva calcolati per cena. Cinque, pensò Marc, quindi doveva esserci anche il figlio. Era fondamentale vedere il figlio. Ringraziarono. Prima di lasciarli sedere, il poliziotto li perquisí e vuotò le loro borse, che girò e rigirò in tutti i modi possibili.

– Bene, – disse, – potete mettere via.

Lasciò la sala e andò ad appostarsi nell'ingresso.

– Se fossi in lei, – gli disse Lucien, – mi piazzerei davanti alla porta dell'archivio finché non ce ne siamo andati. Potremmo tornarci. Sta correndo un rischio, gendarme.

Scocciato, il poliziotto salí al piano di sopra e si installò addirittura dentro la stanza. Lucien domandò a Siméonidis di indicargli l'accesso al cortiletto coi bidoni dell'immondizia e uscí a recuperare il pacco, che ficcò in fondo alla borsa. Aveva l'impressione che da qualche tempo l'immondizia fosse molto presente nella sua vita.

– Stia tranquillo, – disse a Siméonidis. – Tutti i suoi originali sono rimasti dov'erano, le dò la mia parola.

Il figlio arrivò un po' in ritardo e prese posto a tavola. Passo lento, quarantina portata male, Julien non aveva ereditato il desiderio materno di apparire efficiente e indispensabile. Sorrise gentilmente ai due invitati, dimesso e un po' abbacchiato, e Marc provò dispiacere per lui. Quel tizio, che tutti definivano improduttivo e velleitario, stretto tra una madre attivista e un patrigno patriarca, gli faceva pena. Davanti a un sorriso gentile, Marc si lasciava facilmente influenzare. E poi Julien aveva pianto per Sophia. Non era brutto, ma aveva la faccia gonfia. Marc avrebbe preferito provare avversione, ostilità, insomma qualcosa di piú convincente per farne un assassino. Ma dato che di assassini non ne aveva mai visti, si disse che un individuo malleabile, con una madre opprimente e un sorriso gentile poteva senz'altro fare al caso loro. Versare qualche lacrima non vuol dire niente.

Anche la madre poteva fare al caso loro. Sempre in movimento, indaffarata piú del necessario a servire in tavola, loquace piú di quanto non lo richiedesse la conversazione, Jacqueline Siméonidis era snervante. Marc osservò il suo chignon basso, appuntato con precisione sulla nuca, le sue mani forti, la voce e la vivacità artefatte, l'ottusa determinazione con cui distribuiva nei piatti le indivie ripiene, e pensò che quella donna sarebbe stata capace di tutto pur di accrescere il proprio potere, il proprio capitale e risolvere cosí il disastro finanziario del figlio indolente. Aveva sposato Siméonidis. Per amore? Perché era il padre di una cantante d'opera già famosa? Perché questo avrebbe aperto a Julien le porte dei teatri? Sí, avevano entrambi dei buoni motivi per uccidere, e forse anche una certa predisposizione. Il greco no, era fuor di dubbio. Marc lo guardava tagliare l'indivia con gesti abili. Il suo autoritarismo ne avrebbe fatto un tiranno perfetto se Jacqueline non avesse avuto i mezzi per difendersi. Ma l'evidente dolore del vecchio padre lo elevava al di sopra di ogni sospetto. Su questo erano tutti d'accordo.

Marc detestava le indivie ripiene, salvo quando erano ben cucinate, cosa piú unica che rara. Vedeva Lucien ingozzarsi mentre lui lottava contro quella materia amara, acquosa e ripugnante. Lucien aveva preso le redini della conversazione, che verteva sulla Grecia d'inizio secolo. Siméonidis gli rispondeva con frasi brevi e Jacqueline investiva tutta la sua energia nello sforzo di mostrarsi vivamente interessata a ogni cosa.

Marc e Lucien presero il treno delle 22,27. Il vecchio Siméonidis li accompagnò alla stazione in auto. La sua guida era veloce e sicura.

– Tenetemi informato, – disse con una stretta di mano. – Cosa c'è in quel borsone, giovanotto? – domandò a Lucien.

– Computer e tutti gli annessi e connessi, – disse Lucien con un sorriso.

– Bene, – fece il vecchio.

– A proposito, – disse Marc. – La cartella che Dompierre ha

consultato è quella del 1978, non del 1982. Meglio che lei lo sappia, forse ci troverà delle cose che a noi sono sfuggite.

Marc studiò la reazione del vecchio. Era offensivo: un padre non uccide la propria figlia, a parte Agamennone. Siméonidis non rispose.

– Tenetemi informato, – ripeté.

Durante il tragitto, Lucien e Marc non dissero una parola. Marc perché amava viaggiare in treno di notte, Lucien perché pensava ai diari di guerra di Frémonville padre e a come metterci sopra le mani.

Capitolo trentesimo

Al loro rientro, verso mezzanotte, Marc e Lucien trovarono Vandoosler che li aspettava nel refettorio. Stanco e incapace di riordinare le informazioni raccolte, Marc si augurò che il padrino non li trattenesse troppo a lungo. Perché era chiaro che Vandoosler aspettava un resoconto. Lucien, al contrario, sembrava in perfetta forma. Aveva posato con cautela i suoi dodici chili di borsa e si era versato da bere. Domandò dov'era l'elenco telefonico.

– In cantina, – disse Marc. – Stai attento, ci abbiamo appoggiato sopra il banco da lavoro.

Dal sottosuolo provenne un fracasso e Lucien tornò tutto contento con un volumone sottobraccio.

– Mi dispiace, – disse, – è finito tutto per terra.

Si sistemò a capotavola col suo bicchiere e si mise a consultare l'elenco.

– Non ce ne saranno mica tanti, di René de Frémonville, – disse. – Se abbiamo fortuna vive a Parigi. Per un critico musicale mi sembrerebbe logico.

– Cosa cercate? – domandò Vandoosler.

– È lui che cerca, non io, – disse Marc. – Si è messo in testa di ritrovare un critico il cui padre ha registrato le proprie esperienze di guerra su dei quadernetti. Non sta piú nella pelle. Ha pregato tutti gli dèi presenti e passati perché il padre fosse contadino. A quanto pare sarebbe una rarità. È rimasto in preghiera per tutto il viaggio.

– E non può farlo dopo? – domandò Vandoosler.

– Sai bene che per Lucien la Grande Guerra viene prima di

qualunque altra cosa, – disse Marc. – C'è da chiedersi se si sia accorto che è finita... In ogni caso, è in questo stato da oggi pomeriggio. Io non ne posso piú di quella fottuta guerra. A lui interessano solo gli eccessi. Lucien, mi senti? La tua non è piú Storia!

– Caro mio, «l'indagine dei parossismi costringe a confrontarsi con l'essenziale, solitamente nascosto», – disse Lucien senza alzare gli occhi e seguendo col dito una colonna dell'elenco.

Marc, che era intellettualmente onesto, rifletté seriamente su quella frase. E ciò lo fece vacillare. Si domandò in che misura la sua tendenza a lavorare sulla vita quotidiana del Medioevo piuttosto che sulle sue scosse parossistiche poteva allontanarlo dall'essenziale nascosto. Finora aveva sempre pensato che le piccole cose si manifestassero appieno soltanto attraverso le grandi e viceversa, nella Storia come nella vita. Stava cominciando a considerare le crisi religiose e le epidemie fulminanti da un nuovo punto di vista, quando il padrino lo interruppe.

– Anche le tue fantasticherie storiche possono aspettare, – disse il vecchio. – Avete scoperto qualcosa, sí o no?

Marc trasalí. Attraversò nove secoli in pochi secondi e si sedette di fronte a Vandoosler, con lo sguardo un po' sconvolto dal viaggio.

– E Alexandra? – domandò con un filo di voce. – Com'è andato l'interrogatorio?

– Come qualsiasi interrogatorio di una donna che la sera dell'omicidio non era in casa.

– Leguennec l'ha scoperto?

– Sí. L'auto rossa era stata spostata. Alexandra ha dovuto ritrattare la sua prima dichiarazione, si è fatta strapazzare ben bene e ha ammesso di essersi assentata tra le undici e un quarto e le tre del mattino. Per un giro in macchina. In tre ore e passa ne fai di strada...

– Non mi piace, – disse Marc. – E dov'è andata?

– Dalle parti di Arras, dice lei. Ha preso l'autostrada. E giura che in rue de la Prévoyance non ci è stata. Ma siccome ha già mentito una volta... Stanno lavorando sull'ora dell'omicidio.

Tra mezzanotte e mezzo e le due del mattino. E lei c'è dentro in pieno.

– Non mi piace, – ripeté Marc.

– Neanche a me, per niente. Basta una spintarella, e Leguennec chiuderà le indagini alla bell'e meglio e ne consegnerà gli esiti al giudice istruttore.

– E tu non spingerlo.

– Va da sé. Finché posso lo trattengo. Ma è sempre piú difficile. Allora, hai del materiale?

– È tutto nel computer di Lucien, – disse Marc accennando alla borsa. – Ha scansito un mare di documenti.

– Furbo, – disse Vandoosler. – Che documenti?

– Dompierre aveva consultato la cartella concernente una rappresentazione di *Elettra* del 1978. Ti sintetizzo il tutto. Ci sono due o tre cosette interessanti.

– Trovato, – lo interruppe Lucien richiudendo l'elenco con un colpo. – Numero disponibile. R. de Frémonville è nel sacco. È un primo passo verso la vittoria.

Marc riprese il suo racconto, che durò piú del previsto perché Vandoosler lo fermava di continuo. Lucien si era scolato un secondo bicchiere ed era andato a dormire.

– Dunque, – disse Marc, – la cosa piú urgente da scoprire è se tra Christophe e Daniel Dompierre esiste effettivamente un legame di parentela, e di che grado. È la prima verifica che dovrai fare domattina. Se è cosí, il critico potrebbe aver messo il dito su qualcosa di torbido concernente quello spettacolo, e averlo raccontato in famiglia. Ma che cosa? L'unico fatto insolito è l'aggressione a Sophia. Bisognerebbe risalire ai nomi delle due comparse che l'indomani non sono tornate, il che è praticamente impossibile. All'epoca Sophia rifiutò di sporgere denuncia, quindi non c'è stata nessuna inchiesta.

– Certo che è strano. Il rifiuto di sporgere denuncia è quasi sempre causato dallo stesso motivo: la vittima conosce l'aggressore, marito, amico, cugino, e vuole evitare lo scandalo.

– E perché mai Relivaux avrebbe dovuto aggredire la propria moglie nel suo camerino?

Vandoosler si strinse nelle spalle.
– Non sappiamo praticamente niente, – disse. – Per cui ogni ipotesi è lecita. Relivaux, Stelyos...
– Il teatro era chiuso al pubblico.
– Sophia però poteva far entrare chi voleva. E poi c'è quel Julien. Nello spettacolo in questione faceva la comparsa, giusto? Come si chiama di cognome?
– Moreaux. Julien Moreaux. Ha l'aria di un vecchio pecorone. Non me lo vedo nei panni del lupo, neanche con quindici anni di meno.
– Che ne sai tu dei pecoroni? Non sei stato proprio tu a dirmi che Julien seguiva Sophia nelle sue tournée da cinque anni?
– Sophia cercava di lanciarlo. Dopotutto era il figliastro di suo padre. Magari ci era pure affezionata.
– O lui a lei, piuttosto. Se dici che attaccava le sue foto alle pareti... Sophia aveva trentacinque anni, era bella, era famosa. Quanto basta a far impazzire un ragazzo di venticinque anni. Una passione repressa, frustrata. Finché un bel giorno, lui entra nel suo camerino... Perché no?
– E Sophia si sarebbe inventata la storia del passamontagna?
– Non è detto. Questo Julien potrebbe aver seguito le sue pulsioni a viso coperto. Ma è ancora piú probabile che Sophia, sapendo dell'idolatria del ragazzo, non abbia avuto dubbi sull'identità dell'aggressore, con o senza passamontagna. Un'inchiesta avrebbe comportato un tremendo scandalo. Le conveniva abbozzare e non parlarne piú. Quanto a Julien, dopo quell'episodio ha smesso di fare la comparsa.
– Sí, – disse Marc. – È possibile. Ma questo non spiega l'assassinio di Sophia.
– Potrebbe aver avuto una ricaduta a quindici anni di distanza. E la cosa è finita male. Quanto alla visita di Dompierre, deve averlo spaventato. Quindi ha giocato d'anticipo.
– Questo non spiega l'albero.
– Ancora con quest'albero?
In piedi davanti al camino, una mano appoggiata all'architrave, Marc guardava le braci che si spegnevano.

– C'è una cosa che non capisco, – disse. – Che Christophe Dompierre abbia riletto le critiche del suo presunto padre mi sta bene, ma perché quelle di Frémonville? L'unico punto in comune fra quei testi è che entrambi stroncavano l'esecuzione di Sophia.

– Dompierre e Frémonville erano sicuramente amici, forse intimi. Il che spiegherebbe la coincidenza dei loro punti di vista musicali.

– Mi piacerebbe sapere chi li ha aizzati contro Sophia.

Marc andò a una delle grandi finestre e scrutò la notte.

– Che cosa guardi?

– Cerco di vedere se c'è la macchina di Lex.

– Tranquillo, – disse Vandoosler, – stasera non andrà da nessuna parte.

– L'hai convinta a starsene buona?

– Non ci ho nemmeno provato. Le ho messo le ganasce alla ruota.

Vandoosler sorrise.

– Le ganasce? E tu hai delle cose del genere?

– Certo. Domattina presto andrò a levargliele. Non si accorgerà di nulla, tranne, ovviamente, se tenta di uscire.

– Hai proprio dei metodi da sbirro. Ma se ci avessi pensato ieri, Lex sarebbe fuori pericolo. Ti sei svegliato un po' tardi.

– Ci avevo pensato, – disse Vandoosler. – Ma poi ho lasciato perdere.

Marc si voltò e il padrino frenò la sua rabbia con un gesto.

– È inutile che ti scaldi. Ti ho già detto che spesso quella di dar lenza non è una cattiva tattica. Altrimenti blocchi l'ingranaggio, non scopri niente e coli a picco con la tua baleniera.

Vandoosler accennò con un sorriso alla moneta da cinque inchiodata alla trave. Marc, preoccupato, lo guardò allontanarsi e lo ascoltò salire i suoi quattro piani. Continuava a non capire cosa stesse tramando, e soprattutto non era sicuro che remassero nella stessa direzione. Prese la paletta e fece un bel mucchio di cenere per coprire le braci. Ma per quanto le si copra, quelle sotto continuano a bruciare. Se spegni la luce te ne accorgi. Marc la spense e, seduto su una sedia, rimase a fissare il bagliore dei tizzoni nell'oscurità. Si addormentò cosí. Alle quattro del mattino si ritirò in camera sua, indolenzito e morto di freddo. Non ebbe il coraggio di spogliarsi. Verso le sette, sentí Vandoosler scendere le scale. Ah, già. Le ganasce. Ancora insonnolito, accese il computer che Lucien gli aveva installato sulla scrivania.

Capitolo trentunesimo

Quando verso le undici Marc spense il computer, in casa non c'era piú nessuno. Vandoosler il Vecchio era andato a caccia d'informazioni, Mathias era scomparso e Lucien era sulle tracce dei sette diari di guerra. Per quattro ore, Marc aveva fatto scorrere i ritagli di giornale sullo schermo, letto e riletto ogni articolo, memorizzato terminologia e dettagli, osservato coincidenze e divergenze.
Il sole di giugno teneva duro, e per la prima volta Marc ebbe l'idea di portare una tazza di caffè in giardino e sistemarsi sull'erba, nella speranza che l'aria del mattino gli facesse passare il mal di testa. Il giardino era tornato allo stato selvatico. Marc spianò un metro quadrato d'erba, trovò un'asse di legno e ci si sedette sopra, rivolto verso il sole. Non sapeva piú come andare avanti. Ormai conosceva i documenti a memoria. Una memoria ben fatta e generosa che conservava tutto, quella stupida, comprese le inezie e i ricordi dei dispiaceri. Marc si mise a gambe incrociate sull'asse, come un fachiro. Quel viaggio a Dourdan non era servito a granché. Dompierre era morto con la sua storia, e conoscerla sembrava un'impresa impossibile. E poi chissà se sarebbe stata interessante.
Alexandra passò per la strada con la borsa della spesa e Marc le fece un cenno di saluto. Provò a immaginarla come un'assassina e gli si strinse il cuore. Cosa diavolo era andata a fare, in giro in auto per piú di tre ore?
Marc si sentí inutile, impotente, sterile. Aveva la sensazione di trascurare qualcosa. Da quando Lucien aveva detto quella frase, sull'essenziale che si svela nell'indagine dei parossismi,

non era tranquillo. Qualcosa lo disturbava. Tanto nel suo modo di condurre le ricerche sul Medioevo che nella maniera in cui rifletteva su quella vicenda. Stufo di quei pensieri molli e sfocati, Marc si alzò dall'asse e osservò il Fronte occidentale. Strano come la mania di Lucien li aveva contagiati. Ormai piú nessuno si sarebbe sognato di chiamare la casa di Sophia in un altro modo. Di sicuro Relivaux non era riapparso, il padrino gliel'avrebbe detto. Chissà se la polizia era riuscita a verificare i suoi impegni a Tolone?

Marc posò la tazza sull'asse e in silenzio uscí dal giardino. Una volta per strada, scrutò il Fronte occidentale. Gli pareva che la donna di servizio venisse soltanto il martedí e il venerdí. Che giorno era? Giovedí. Nella casa tutto sembrava immobile. Marc esaminò l'alto cancello. Era ben tenuto, non tutto arrugginito come il loro, e culminava con delle punte dall'aria molto efficace. Bastava arrampicarsi senza farsi notare dai passanti e sperare di essere sufficientemente agile per non infilzarsi scavalcando. Marc guardò a destra e a sinistra: la viuzza era deserta. Gli piaceva quella viuzza. Avvicinò il bidone dell'immondizia e, come Lucien la notte precedente, si issò sul coperchio. Si aggrappò alle sbarre e dopo qualche tentativo riuscí a raggiungere la sommità del cancello, che scavalcò senza intoppi.

Piacevolmente sorpreso dalla propria abilità, si lasciò ricadere dall'altra parte, pensando che in effetti sarebbe stato un buon raccoglitore-non-cacciatore, tutto forza e delicatezza. Raggiante, si rimise a posto gli anelli d'argento che nell'ascensione si erano un po' girati e con passo felpato si avviò verso il giovane faggio. Perché poi? Perché darsi tanto da fare per andare a trovare uno stupido albero muto? Per niente, semplicemente perché se l'era ripromesso, e poi ne aveva fin sopra i capelli di impantanarsi in una storia in cui il salvataggio di Alexandra diventava ogni giorno piú improbabile. Quella scema, con il suo orgoglio, faceva tutto quello che non doveva.

Marc appoggiò una mano sul tronco fresco. Poi l'altra. L'albero era ancora abbastanza giovane da poterlo cingere con le dita. E a lui venne voglia di strangolarlo, di tirargli il collo e costringerlo a confessare cos'era venuto a fare in quel giardino. Dopodiché lasciò ricadere le braccia, scoraggiato. Non si può strangolare un albero. Un albero non parla, è muto, peggio di un pesce, non fa neanche le bollicine. Fa soltanto foglie, rami e radici. E produce ossigeno, giusto, il che non è male. Ma a parte questo, nulla. Muto. Muto come Mathias quando cercava di far parlare le sue montagne di selci e di ossa: un muto che conversa con degli oggetti muti. Siamo a posto... Mathias giurava di riuscire a sentirli, che bastava conoscerne il linguaggio e saperli ascoltare. Marc, che apprezzava solo le chiacchiere scritte, da lui stesso e dagli altri, non riusciva a capire quel tipo di conversazione silenziosa. Eppure Mathias finiva sempre per scovare qualcosa, era innegabile.

Si sedette ai piedi dell'albero. Dalla seconda volta che l'avevano sradicato, l'erba tutt'intorno non era ancora ricresciuta bene. Era un tappeto soffice e rado che lui accarezzò col palmo della mano. Presto i fili sarebbero stati forti e alti e non si sarebbe piú visto niente. Albero e terra sarebbero stati dimenticati. Marc strappò con disappunto i ciuffi di erba nuova. C'era qualcosa che non andava. La terra era grassa, scura, quasi nera. E lui ricordava bene i giorni in cui avevano scavato e richiuso quell'inutile buca. Rivedeva Mathias immerso fino a mezza coscia dire che bastava cosí, di fermarsi, che gli strati erano al loro posto, intatti. Ne rivedeva i piedi nudi nei sandali, coperti di terra. Ma di una terra fangosa, marrone-giallastra, leggera. La stessa che c'era nel fornello della pipa bianca che aveva raccolto borbottando «XVIII secolo». E che quando avevano richiuso la buca, si era mescolata all'humus. Una terra chiara, friabile, non come quella che stava impastando ora. Nuovo humus? Di già? Marc raschiò piú in profondità. Ancora terra nera. Girò intorno all'albero ed esaminò il sedimento. Non c'era dubbio, qualcuno ci aveva messo le mani. Gli strati non erano piú come li avevano lasciati. Ma dopo di loro era passata la polizia. E forse aveva fatto uno scavo piú profondo, intaccando uno strato di terra nera sottostante. Doveva essere cosí. Non avevano saputo distinguere gli strati intatti e si erano spinti ben oltre, in una terra nera che poi, richiudendo la buca, avevano sparso in superficie. Tutto qui. Non c'era nient'altro da spiegare.

Marc rimase seduto per un momento ad arare il terreno con le dita. Raccolse un piccolo frammento di grès che gli parve piú del xvi che del xviii secolo. Ma lui di quelle cose non ne capiva granché, e se lo cacciò in tasca. Si rialzò, diede qualche colpetto al tronco dell'albero per comunicargli che se ne andava e tornò a scalare il cancello. Aveva i piedi sul bidone quando vide arrivare il padrino.

– Molto discreto, – disse Vandoosler.

– E allora? – disse Marc sfregandosi le mani sui pantaloni. – Sono solo andato a vedere l'albero.

– E cosa ti ha detto?

– Che gli sbirri di Leguennec hanno scavato molto piú in profondità di noi, fino al xvi secolo. Mathias non ha tutti i torti, a volte la terra parla. E tu?

– Scendi da quel bidone, non mi va di gridare. Christophe Dompierre era effettivamente il figlio del critico Daniel Dompierre. E fin qui ci siamo. Per quel che riguarda Leguennec, ha avviato lo spoglio degli archivi di Siméonidis, ma gira a vuoto quanto noi. La sua unica consolazione è che le diciotto imbarcazioni disperse in Bretagna sono tornate tutte in porto.

Attraversando il giardino, Marc raccolse la sua tazza e bevve il fondo di caffè freddo rimasto.

– È quasi mezzogiorno, – disse. – Mi dò una ripulita e vado a mangiare un boccone alla *Botte*.

– Ci trattiamo bene... – disse Vandoosler.

– Oggi è giovedí. Sarà un omaggio a Sophia.

– Sei sicuro che non sia per vedere Alexandra? O per lo spezzatino di vitello?

– Ti ho già risposto. Vuoi venire anche tu?

Alexandra era seduta al solito tavolo e si dannava nel tentativo di far mangiare il figlio, immusonito. Marc passò la mano tra i capelli del piccolo e lo lasciò giocare con i suoi anelli. A Cyrille gli anelli di san Marco piacevano. Marc gli aveva detto che li aveva ricevuti in regalo da un mago e che custodivano un segreto, ma lui non era mai riuscito a scoprirlo. Il mago era volato via durante la ricreazione, prima di averglielo svelato. Cyrille li aveva strofinati, girati e rigirati, ci aveva soffiato sopra ma non era successo nulla. Marc andò a stringere la mano a Mathias che sembrava bloccato dietro al bar.

– Cosa c'è? – domandò Marc. – Sembri pietrificato.

– Non sono pietrificato, solo confinato. Mi sono cambiato in fretta e furia, ho messo tutto, la camicia, il gilet, il farfallino, ma ho dimenticato le scarpe. Juliette dice che in sandali non posso servire ai tavoli. È strano, su questo non transige.

– La capisco, – disse Marc. – Vado a prendertele. Intanto preparami uno spezzatino.

Cinque minuti dopo Marc era di ritorno con le scarpe e la pipa di argilla bianca.

– Ti ricordi di questa pipa e di questa terra? – domandò a Mathias.

– Certo che me ne ricordo.

– Questa mattina sono andato a fare un saluto all'albero. E in superficie, la terra non è piú la stessa. Adesso è nera e argillosa.

– Come le tue unghie?

– Esattamente.

– Questo significa che gli sbirri hanno fatto uno scavo piú profondo del nostro.

– Già. È quello che ho pensato anch'io.

Marc si mise in tasca il fornello di pipa e sotto le dita sentí il frammento di grès. Aveva il vizio di travasare da una tasca all'altra un sacco di roba inutile di cui poi non riusciva piú a disfarsi. Le tasche gli giocavano lo stesso scherzo della memoria, era raro che lo lasciassero in pace.

Infilate le scarpe, Mathias sistemò Marc e Vandoosler al tavolo di Alexandra, la quale aveva assicurato che non le davano nessun fastidio. Poiché non parlava, Marc evitò di farle domande sull'interrogatorio del giorno prima. Alexandra chiese del viaggio a Dourdan, e come stava suo nonno. Marc lanciò un'occhiata al padrino che annuí impercettibilmente. Pentito di aver cercato l'assenso del vecchio, il nipote capí che il dubbio si era insinuato in lui molto piú di quanto credesse. Fece ad Alexandra un resoconto dettagliato sul contenuto della cartella 1978, senza piú sapere se lo faceva con sincerità o se le stava «dando lenza» per sorprendere le sue reazioni. Ma lei, piuttosto spenta, non reagiva nemmeno. Si limitò a dire che nel week-end sarebbe andata a trovare il nonno.

– Per il momento glielo sconsiglio, – disse Vandoosler.

Alexandra aggrottò la fronte e irrigidí le mascelle.

– Addirittura? Quindi hanno intenzione di incolparmi? – domandò sottovoce per non spaventare Cyrille.

– Diciamo che Leguennec è un po' maldisposto. Deve starsene buona. Casa, scuola, *Botte*, giardinetti e basta.

Alexandra s'imbronciò. Marc pensò che non le piaceva ricevere ordini, e per un istante gli ricordò suo nonno. Sarebbe stata capace di fare tutto il contrario per il semplice gusto di disobbedire.

Juliette venne a sparecchiare la tavola. Marc la baciò e in due parole le riassunse il viaggio a Dourdan. Cominciava a non poterne piú di quella cartella 1978, che aveva complicato le cose senza chiarirne mezza. Alexandra stava vestendo Cyrille per l'asilo quando Lucien entrò nella Botte e si sbatté la porta alle spalle, trafelato. Si sedette al posto di Alexandra, chiese a Mathias un gran bicchiere di vino e quando la ragazza si accomiatò non sembrò nemmeno accorgersene.

– Non preoccuparti, – disse Marc a Juliette. – È l'effetto della Grande Guerra. Poi gli passa. Basta farci l'abitudine.

– Imbecille, – disse Lucien in un soffio.

Dal suo tono, Marc intuí che si era sbagliato. Non si trattava della Grande Guerra. Lucien non aveva l'espressione felice che gli avrebbe procurato il ritrovamento dei diari di un soldato contadino. Era affannato e in un bagno di sudore. La cravatta di traverso e due macchie rosse sulla fronte. Ancora ansimante, lanciò un'occhiata ai clienti che stavano pranzando e con un gesto invitò Marc e Vandoosler a farsi piú vicini.

– Stamattina, – cominciò tra un respiro e l'altro, – ho telefonato a René de Frémonville, ma aveva cambiato numero. Allora sono andato a casa sua.

Lucien bevve un lungo sorso di vino rosso.

– Ci ho trovato sua moglie. R. de Frémonville è sua moglie: Rachel, una signora sulla settantina. Le ho chiesto di parlare al marito. Non vi dico la gaffe. Marc, tieniti forte. Frémonville è morto da un pezzo.

– E allora? – disse Marc.

– È stato assassinato, caro mio. Due pallottole in testa, una sera di settembre del 1979. E, aspetta, non era solo. Con lui c'era il suo vecchio amico Daniel Dompierre. Altre due pallottole. Impallinati, i due critici.

– Cazzo, – disse Marc.

– Puoi dirlo forte, perché i miei diari di guerra sono andati persi nel trasloco che è seguito. La moglie di Frémonville non se ne faceva niente. E non ha la minima idea di dove siano finiti.

– A proposito, era un contadino, il soldato? – domandò Marc.

Lucien lo guardò stupito.

– Adesso t'interessa?

– No. Ma a furia di sentirne parlare...

– Ebbene sí, – disse Lucien infervorandosi, – era un contadino! Ti rendi conto? Non è un miracolo? Se soltanto...

– Lascia perdere i diari, – ordinò Vandoosler. – Continua. Ci sarà stata un'inchiesta, no?

– Certo, – disse Lucien. – E per arrivarci, non ti dico. Rachel de Frémonville si defilava, non voleva parlarne. Ma io ho giocato di abilità e persuasione. Frémonville riforniva di cocaina il mercato del teatro parigino. E lo stesso faceva il suo amico Dompierre, presumo. La polizia ne ha trovato una vagonata sotto il parquet di casa Frémonville, dove i critici sono stati ammazzati. L'inchiesta ha portato a concludere che si era trattato di un regolamento di conti tra spacciatori di grosso calibro. Per quanto concerne Frémonville, il caso era trasparente, ma le prove contro Dompierre erano stiracchiate. A casa sua, gli sbirri hanno trovato solo qualche sacchetto di coca, incastrato dietro una lastra del camino.

Lucien vuotò il bicchiere e chiese a Mathias di portargliene un altro. Invece del vino, Mathias gli portò uno spezzatino.

– Mangia, – disse.

Lucien guardò la faccia risoluta di Mathias e attaccò la carne.

– Rachel mi ha detto che all'epoca Dompierre figlio, cioè Christophe, si era rifiutato di credere che suo padre c'entrasse con quella roba. Madre e figlio si sono scontrati con la polizia, ma non è servito. Un doppio omicidio archiviato alla voce «traffico di droga». L'assassino non è mai saltato fuori.

Lucien cominciava a calmarsi. Il suo respiro stava tornando regolare. Vandoosler aveva sfoderato la sua faccia da sbirro. Naso arrogante, occhi profondamente infossati, massacrava i pezzi di pane nel cestino portato da Mathias.

– Comunque sia, – disse Marc, che cercava di riordinare le idee in fretta e furia, – non ha niente a che vedere con il nostro caso. Quei due sono stati ammazzati più di un anno dopo quell'allestimento di *Elettra*. E per una storia di droga, oltretutto. Immagino che la polizia sapesse quello che faceva.

– Marc, non dire stronzate – si spazientí Lucien. – Christophe Dompierre non ci credeva. Accecato dall'amore filiale? Forse. Ma quindici anni dopo ammazzano Sophia e lui riappare in cerca di una nuova pista. Ricordi cosa ti ha detto? La sua «piccola certezza»?

– Se si sbagliava quindici anni fa, può essersi sbagliato anche l'altro giorno, – disse Marc.

– Però l'hanno ammazzato, – disse Vandoosler. – E non ammazzi uno che si sbaglia. Ammazzi uno che sa.

Lucien annuí e pulí il piatto con un gesto ampio. Negli ultimi tempi si sentiva la mente intorpidita, e questo lo preoccupava.

– Dompierre aveva scoperto qualcosa, – riprese Lucien a bassa voce. – Dunque aveva già ragione quindici anni fa.

– Scoperto cosa?

– Che una comparsa aveva aggredito Sophia. E se vuoi il mio

parere, suo padre sapeva chi era, e gliel'aveva detto. Magari l'aveva incrociata mentre usciva correndo dal camerino, con il passamontagna in mano. Ecco perché, il giorno dopo, la comparsa non è tornata. Aveva paura di essere riconosciuta. Christophe probabilmente sapeva solo questo: che suo padre conosceva l'aggressore di Sophia. E che se Frémonville trafficava coca, non era il caso di Daniel Dompierre. Tre sacchetti dietro la lastra di un camino, è un po' grossa, no? Il figlio l'ha detto alla polizia. Ma quell'aneddoto del mondo dello spettacolo, che risaliva a piú di un anno prima, non interessava a nessuno. La narcotici era a un passo dalla soluzione del caso e l'aggressione di Sophia Siméonidis non aveva alcuna importanza. Allora Dompierre figlio deve aver lasciato perdere. Ma quando hanno ucciso anche Sophia, è tornato alla carica. La faccenda non era risolta. Aveva sempre pensato che suo padre e Frémonville fossero stati ammazzati non per una partita di coca, ma perché il caso aveva voluto che si trovassero un'altra volta sulla strada dello stupratore. Il quale li aveva tolti di mezzo per farli tacere. A quanto pare per lui era dannatamente importante.

– La tua storia non sta in piedi, – disse Marc. – Perché non li ha eliminati subito?

– Perché sicuramente aveva un nome d'arte. Se ti chiami Roger Boudin[1], forse ti conviene cambiare nome, per esempio con Franck Delner, o con qualsiasi altro nome che alle orecchie di un regista possa suonare decente. Il tizio, dunque, taglia la corda con il suo pseudonimo e non ha problemi. Chi vuoi che indovini che Frank Delner e Roger Boudin sono la stessa persona?

– E allora? Dove cazzo vuoi arrivare?

– Sei nervoso, oggi. E allora, immagina che piú di un anno dopo, il tipo incrocia Dompierre, e stavolta con il suo vero nome... A questo punto non ha scelta: spara a lui e all'amico, che di sicuro è stato messo al corrente. Sa che Frémonville è uno spacciatore e la cosa cade a fagiolo. Nasconde tre sacchetti a ca-

---

[1] *Boudin* significa salsiccia.

sa di Dompierre, gli sbirri se la bevono e il caso passa alla narcotici.

– E mi spieghi perché il tuo Boudin-Delner avrebbe ucciso Sophia quattordici anni dopo, dal momento che lei non l'aveva identificato?

Lucien, di nuovo febbrile, tuffò la mano in un sacchetto di plastica che aveva posato sulla sedia.

– Aspetta, vecchio mio, non ti muovere.

Rovistò brevemente in un mucchio di carte e ne estrasse un rotolo legato con un elastico. Vandoosler lo guardava visibilmente ammirato. Lucien era stato aiutato dal caso, ma poi aveva saputo cavalcarlo a meraviglia.

– Dopo questa scoperta ero scombussolato, – disse Lucien. – E del resto lo era pure la signora Rachel. Scavare nei ricordi l'aveva turbata. Non sapeva dell'omicidio di Christophe Dompierre, e ovviamente io non le ho detto nulla. Verso le dieci ci siamo fatti un caffè, per tirarci su. E poi va bene tutto, ma io continuavo a pensare a quei diari di guerra. Mi sembra umano, no?

– Certo, certo, – disse Marc.

– Rachel de Frémonville si è data un gran daffare per ritrovarli. Ma inutile, erano proprio andati persi. A un tratto, mentre beveva il caffè, ha cacciato un gridolino. Sai, uno di quei gridolini magici, come nei vecchi film. Si era ricordata che suo marito, siccome a quei sette quaderni ci teneva molto, per sicurezza li aveva fatti fotografare dal fotografo che collaborava con lui. Perché quei quaderni erano di qualità scadente, e cominciavano a macchiarsi e andare a brandelli. Mi ha detto che, se avevamo fortuna, il fotografo poteva averne tenute delle copie, o dei negativi. Quel lavoro gli era costato parecchia fatica. I diari erano scritti a matita e fotografarli non era stato facile. La signora mi ha dato l'indirizzo del fotografo, che grazie a Dio vive a Parigi, e io mi ci sono fiondato. Era lí, che stampava. Ha solo cinquant'anni, ed esercita ancora. Tieniti forte, amico mio: ha conservato i negativi e me li svilupperà! Sul serio!

– Magnifico, – disse Marc, scorbutico. – Ma io ti stavo parlando dell'omicidio di Sophia, non dei tuoi quaderni.

Lucien si voltò verso Vandoosler.
- È proprio nervoso, eh? Non ha nessuna pazienza.
- Da piccolo, - disse Vandoosler, - quando gli cadeva la palla dal balcone erano pianti, pestava i piedi finché io non andavo a prendergliela. In quei momenti il resto del mondo non contava piú. Ho fatto su e giú non so quante volte. E per delle palline di spugna da quattro soldi, oltretutto.
Lucien rise. Sembrava rincuorato, ma i suoi capelli castani erano ancora appiccicati per il sudore. Anche Marc sorrise. Aveva completamente dimenticato quelle palle di spugna.
- Continuo, - disse Lucien, sempre sottovoce. - Hai capito che quel fotografo seguiva Frémonville quando andava a fare i suoi servizi? Assicurava la copertura fotografica degli spettacoli... Ho pensato che magari aveva conservato delle stampe. Sapeva della morte di Sophia ma non di quella di Christophe Dompierre. Gliel'ho raccontata in due parole e a lui la faccenda è sembrata seria quanto basta per andare a ripescare il dossier su *Elettra*. Eccolo qui, - disse Lucien, agitando il rotolo sotto gli occhi di Marc. - Delle foto. E non solo di Sophia. Foto di scena, foto di gruppo.
- Fa' vedere, - disse Marc.
- Un secondo, - disse Lucien.
Lentamente, svolse il rotolo e ne sfilò con cautela una stampa che distese sul tavolo.
- La compagnia al momento dei saluti la sera della prima, - disse fermando gli angoli della fotografia con dei bicchieri. - Ci sono tutti. Sophia al centro, tra il tenore e il baritono. Chiaramente sono tutti truccati e in costume. Non riconosci nessuno? E lei, commissario? Nessuno?
Marc e Vandoosler si chinarono a turno su quei volti coperti di cerone, piccoli ma perfettamente a fuoco. Una buona foto. Marc, che di fronte alle folgorazioni di Lucien aveva da un pezzo l'impressione di perdere colpi, sentí che tutto gli sfuggiva di mano. Con la mente annebbiata, vacillante, passò in rassegna le piccole facce bianche, ma non una che gli dicesse qualcosa. Ah, sí, quello era Julien Moreaux, giovanissimo e magro magro.

– Mi pare chiaro, – disse Lucien, – non c'è niente di strano. Vai avanti.

Marc scosse la testa, quasi umiliato. No, non vedeva niente. Contrariato quanto lui, Vandoosler arricciava il naso. Tuttavia puntò il dito su un volto.

– Questo, – disse. – Ma non riesco ad associarlo a nessun nome.

Lucien annuí.

– Esatto, quello. E il nome te lo dico io.

Lanciò una rapida occhiata al bancone, alla sala, poi protese il collo fin quasi a toccare le facce di Marc e Vandoosler.

– Georges Gosselin, il fratello di Juliette, – sussurrò.

Vandoosler strinse i pugni.

– San Marco, paga il conto, – disse velocemente. – Tutti a casa, subito. Di' a san Matteo di raggiungerci appena finisce il turno.

Capitolo trentaduesimo

Mathias si torturava la folta chioma di capelli biondi aggrovigliandoli all'impossibile. Gli altri l'avevano appena messo al corrente ed era sbalordito. Non si era nemmeno tolto la divisa. Lucien, ritenendo di aver fatto piú che abbastanza, e brillantemente, aveva deciso di passare ad altro e lasciare che i colleghi se la sbrogliassero da soli. In attesa dell'appuntamento con il fotografo, che gli aveva promesso le foto del primo quaderno per le sei, si era messo a dare la cera al grande tavolo di legno. Era lui che l'aveva portato, il grande tavolo del refettorio, e non gli andava che venisse insozzato da individui primitivi come Mathias o sbadati come Marc. Lo copriva dunque con l'encausto, sollevando a turno i gomiti degli altri tre per passarci sotto un grande strofinaccio. Nessuno protestava, nella consapevolezza che sarebbe stato perfettamente inutile. Ognuno rimuginava e riordinava mentalmente gli ultimi accadimenti e, tolto il fruscio dello strofinaccio, sul refettorio pesava il silenzio.

– Se ho capito bene, – disse infine Mathias, – quindici anni fa Georges Gosselin avrebbe aggredito e tentato di violentare Sophia nel suo camerino. Quindi si sarebbe dato alla fuga e Daniel Dompierre l'avrebbe visto. E Sophia avrebbe taciuto pensando che si trattasse di Julien, è cosí? Piú di un anno dopo, il critico incrocia e riconosce Gosselin, che a questo punto lo elimina, insieme al suo amico Frémonville. A me sembra piú grave uccidere due persone che essere accusato di percosse e violenza carnale. Questo duplice omicidio è un'idiozia fuori misura.

– Ai tuoi occhi, – disse Vandoosler. – Ma per un tizio debole, un simulatore, la prospettiva di finire in gabbia per violenza carnale può essere insostenibile. Reputazione rovinata, perdita della propria dignità, del lavoro, della pace. E se non fosse riuscito a sopportare l'idea di essere visto per quel che era, un bruto, uno stupratore? Allora ecco che va nel panico, perde il controllo e fa fuori i due disgraziati.

– Da quand'è che sta in rue Chasle? – domandò Marc. – Qualcuno lo sa?

– Saranno dieci anni, credo, – disse Mathias, – da quando il nonno coltivatore di bietole ha lasciato i suoi soldi ai nipoti. In ogni caso, Juliette ha *La Botte* da circa dieci anni. Immagino che l'abbiano comprata insieme alla casa.

– Cioè cinque anni dopo *Elettra* e l'aggressione, – disse Marc, – e quattro anni dopo l'omicidio dei due critici. E perché, dopo tutto quel tempo, avrebbe dovuto venire a vivere accanto a Sophia?

– Un'ossessione, immagino, – disse Vandoosler. – Tornare accanto alla donna che aveva cercato di picchiare e violentare. Ritrovare la causa delle proprie pulsioni, chiamale come vuoi. Tenerla d'occhio, spiarla. Dieci anni di appostamenti, di pensieri tumultuosi e segreti. E un bel giorno, ucciderla. Un folle dissimulato sotto un'apparenza discreta e bonacciona.

– Ha senso? – domandò Mathias.

– Eccome, – disse Vandoosler. – In passato di tipi cosí ne ho pizzicati almeno cinque. L'assassino lento, che rimugina la propria frustrazione, che rinvia l'impulso, apparentemente calmo.

– Permesso, – disse Lucien, alzando le grosse braccia di Mathias.

Indifferente alla conversazione, ora Lucien stava lucidando il tavolo con una spazzola e molta energia. Marc pensò che non l'avrebbe mai capito. Erano tutti cupi, con l'assassino a due passi, e lui non pensava che a far brillare il tavolo. E dire che, senza Lucien, le indagini si sarebbero arenate. Era praticamente opera sua e lui se ne sbatteva.

– Adesso comincio a capire, – disse Mathias.

– Che cosa? – domandò Marc.

– Niente. Quel caldo. Comincio a capire.
– Cosa dobbiamo fare? – domandò Marc al padrino. – Avvertire Leguennec? Se stiamo zitti e capita un altro incidente, stavolta un'accusa di complicità non ce la leva nessuno.
– E occultamento d'informazioni che avrebbero potuto aiutare la giustizia, – aggiunse Vandoosler con un sospiro. – Leguennec va messo al corrente, ma non subito. In tutta questa ricostruzione c'è ancora una cosina che mi disturba. Un dettaglio che mi manca. San Matteo, per favore, andresti a chiamarmi Juliette? Anche se è occupata in cucina, dille che venga qui. È urgente. Quanto a voi, – alzò la voce, – bocca cucita con chiunque, intesi? Compresa Alexandra. Se Gosselin viene a sapere anche solo una parola di questa storia, vi spenno vivi. Quindi zitti e muti fino a nuovo ordine.

Vandoosler s'interruppe e afferrò il braccio di Lucien che, sostituita la spazzola con un panno morbido, lustrava il legno a grandi bracciate, l'occhio incollato al piano del tavolo per controllare che fosse ben lucido.

– Mi hai sentito, san Luca? – disse Vandoosler. – Vale anche per te. Non una parola! Non l'avrai mica detto al fotografo, spero!
– Ma no, – disse Lucien. – Non sono mica idiota! Non è perché mi occupo del tavolo che non sento quello che dite...
– Sarà meglio per te, – disse Vandoosler. – A volte dài proprio l'impressione di essere mezzo genio e mezzo scemo. Non è piacevole, credimi.

Prima di andare a chiamare Juliette, Mathias si cambiò. Marc guardò il tavolo in silenzio. Effettivamente adesso risplendeva. Ci passò sopra un dito.

– Liscio, eh? – disse Lucien.
Marc annuí. Non aveva voglia di parlare del tavolo. Si domandava cosa avesse in serbo Vandoosler per Juliette, e come avrebbe reagito lei. Il padrino poteva facilmente spezzare delle vite, lo sapeva bene. Allergico agli schiaccianoci, Vandoosler aveva l'abitudine di spezzare i gusci con le mani. Anche quando le noci erano fresche, e piú difficili da rompere. Ma questo non c'entrava.

Mathias tornò con Juliette e sembrò quasi depositarla sulla panca. Juliette aveva l'aria inquieta. Era la prima volta che il vecchio commissario la convocava in maniera tanto formale. Vide i tre evangelisti riuniti attorno al tavolo, con gli occhi puntati su di lei, e il suo disagio non fece che aumentare. Si distese solo alla vista di Lucien che piegava con cura un panno per lucidare.

Vandoosler si accese una di quelle sigarette informi che chissà perché si ritrovava sempre nelle tasche, disfatte.

– Marc ti ha detto di Dourdan? – domandò a Juliette fissandola. – Dell'*Elettra* del '78 a Tolosa, di quando hanno aggredito Sophia?

– Sí, – disse Juliette. – Mi ha detto che la faccenda anziché chiarirsi si complicava.

– Ecco, appunto, adesso si sta chiarendo. San Luca, passami la foto.

Lucien brontolò, andò a rovistare nella sua borsa e allungò la foto al commissario. Vandoosler la mostrò a Juliette.

– Il quarto partendo da sinistra, in quinta fila, ti dice qualcosa?

Marc s'irrigidí. Lui non avrebbe mai agito in quel modo.

Juliette guardò la foto, gli occhi sfuggenti.

– No, – disse. – E come potrebbe? È uno spettacolo di Sophia, giusto? Io non ne ho mai visto uno.

– È il tuo fratellino, – disse Vandoosler. – Lo sai meglio di noi.

Come con le noci, pensò Marc. Con una mano sola. Vide che gli occhi di Juliette si riempivano di lacrime.

– E va bene, – disse lei con voce e mani tremanti. – È Georges. E con questo? Che c'è di male?

– Di male c'è che se chiamo Leguennec, nel giro di un'ora lo arresta. Allora, Juliette. Racconta. Lo sai che ti conviene. Potrebbe servire a combattere delle idee preconcette.

Juliette si asciugò gli occhi, fece un lungo respiro e rimase zitta. Cosí come aveva fatto qualche giorno prima, per la questione di Alexandra, Mathias le si avvicinò, le mise una mano sulla spalla e le disse qualcosa all'orecchio. E come qualche giorno prima, Juliette si decise a parlare. Marc giurò a se stesso che un giorno o l'altro avrebbe trovato il coraggio di domandare a Mathias la parola magica. Poteva servire in molte situazioni.

– Non c'è niente di male, – insistette Juliette. – Quando mi sono trasferita a Parigi, Georges mi ha seguita. Lo ha sempre fatto. Io ho cominciato a lavorare come donna delle pulizie e lui, niente. Si era messo in testa di fare teatro. Voi riderete, ma all'epoca era un bel ragazzo, e con la compagnia del liceo aveva avuto un certo successo.

– E con le ragazze? – fece Vandoosler.

– Meno, – disse Juliette. – Ha cercato un po' dappertutto e ha trovato qualche cosina come comparsa. Diceva che si comincia da lí. In ogni caso, per pagare una scuola di teatro non c'erano i soldi. Se fai la comparsa, entri abbastanza in fretta nel giro. Georges se la cavava mica male. È stato preso piú volte per degli spettacoli d'opera in cui Sophia aveva il ruolo principale.

– Conosceva Julien Moreaux, il figliastro di Siméonidis?

– Per forza. Anzi lo frequentava parecchio, sperando che gliene venisse qualcosa. Nel '78, Georges ha fatto la comparsa per l'ultima volta. Era nell'ambiente da quattro anni e non aveva nessuna prospettiva. Si è scoraggiato. Tramite un collega di non so piú che compagnia ha trovato lavoro come fattorino per una casa editrice. Col tempo l'hanno promosso ad agente commerciale. Tutto qui.

– No, non è tutto qui, – disse Vandoosler. – Come mai ha preso casa in rue Chasle? Non venirmi a dire che è una coincidenza, perché non ti credo.

– Se pensa che Georges sia coinvolto nell'aggressione di Sophia si sbaglia di grosso, – Juliette stava perdendo la calma. – Quella storia l'aveva disgustato, sconvolto, me lo ricordo benissimo. Georges è un ragazzo mite, timoroso. Al paese, dovevo sempre essere io a spingerlo verso le ragazze.

– Sconvolto? E perché sconvolto?

Juliette sospirò con aria triste, esitando a fare il passo.

– Dimmi il seguito, prima che Leguennec te lo strappi con la forza, – disse dolcemente Vandoosler. – Alla polizia possiamo dare dei brani scelti. Ma a me devi dire tutto, la selezione la facciamo dopo.

Juliette rivolse uno sguardo a Mathias.

– E va bene, – disse. – Georges aveva perso la testa per Sophia. A me non diceva niente, ma non ero tanto stupida da non accorgermene. Si vedeva lontano un miglio. Per non rischiare di perdere la stagione con Sophia, avrebbe rifiutato qualsiasi altro ingaggio meglio remunerato. Era pazzo di lei, completamente pazzo. Una sera sono riuscita a farlo parlare.

– E lei? – domandò Marc.

– Lei? Lei era felicemente sposata, l'idea che Georges fosse ai suoi piedi non la sfiorava nemmeno. E anche se l'avesse saputo, non credo che avrebbe potuto amare Georges, scontroso, goffo e imbranato com'era. Mio fratello non aveva un grande successo, no. In qualche modo riusciva a far sí che le donne non si accorgessero nemmeno che in realtà era abbastanza bello. Stava sempre a testa bassa. E comunque Sophia era innamorata di Pierre, e lo è stata fino all'ultimo, checché ne dicesse.

– Che cos'ha fatto? – domandò Vandoosler.

– Georges? Ma niente, – disse Juliette. – Cos'avrebbe potuto fare? Come si dice, soffriva in silenzio, nient'altro.

– Ma la casa?

Juliette s'incupí.

– Quando ha smesso di fare la comparsa, mi sono detta che finalmente avrebbe dimenticato quella cantante, che avrebbe incontrato altre donne. Ero sollevata. Ma mi sbagliavo. Comprava i suoi dischi, andava a vederla a teatro, perfino in provincia. Non posso certo dire che mi facesse piacere.

– Perché?

– Lo rendeva triste e non portava a niente. E poi, un giorno, il nonno si è ammalato. Alcuni mesi dopo è morto e noi abbiamo ereditato. Georges è venuto a trovarmi, a occhi bassi. Mi ha detto che da tre mesi c'era una casa con giardino in vendita, nel cuore di Parigi. Che facendo le sue commissioni ci passava spesso davanti in motorino. L'idea del giardino mi tentava. È difficile rinunciare all'erba, quando si è nati in campagna. Sono andata con lui a vedere la casa e ci siamo decisi. Io ero entusiasta, tanto piú che nelle vicinanze avevo individuato un locale dove poter aprire un ristorante. Ero entusiasta... finché un giorno ho scoperto il nome della nostra vicina.

Juliette chiese una sigaretta a Vandoosler. Non fumava quasi mai. Aveva il viso stanco, triste. Mathias le portò un bicchiere di sciroppo.

– Ovviamente ho chiesto spiegazioni a Georges, – riprese Juliette. – Abbiamo litigato. Io volevo vendere tutto. Ma non era possibile. I lavori erano già avviati, sia in casa che alla *Botte*, non c'era modo di fare marcia indietro. Georges mi ha giurato che non l'amava piú, insomma, quasi piú, che gli bastava incrociarla ogni tanto, magari diventarle amico. Ho ceduto. Del resto non avevo scelta. Mi ha fatto promettere di non parlarne con nessuno, e soprattutto di non dirlo a Sophia.

– Aveva paura?

– Si vergognava. Non voleva che Sophia scoprisse che l'aveva seguita fin qui, né che tutto il quartiere s'impicciasse e ridesse di lui. Mi sembra normale. Avevamo deciso di dire che la casa l'avevo trovata io, se ce l'avessero chiesto. Ma non ce l'ha mai chiesto nessuno. Quando Sophia ha riconosciuto Georges abbiamo finto di stupirci, abbiamo riso un sacco, detto che era una coincidenza incredibile.

– E lei ci ha creduto? – domandò Vandoosler.

– Cosí pare, – disse Juliette. – Non ha mai dato segno di sospettare qualcosa. La prima volta che l'ho vista, ho capito Georges. Era magnifica. T'incantavi a guardarla. All'inizio c'era di rado, per via delle tournée. Ma io cercavo di incontrarla spesso, di farla venire al ristorante.

– Perché? – domandò Marc.

– A dire il vero, speravo di aiutare Georges, di fargli pubblicità, poco per volta. Una specie di agente matrimoniale. Non sarà una bella cosa, magari, ma era mio fratello. Comunque è andata buca. Incontrandolo per strada, Sophia lo salutava gentilmente ma niente di piú. E lui ha finito per farsene una ragione. Quindi, tutto sommato, prendere quella casa non era stata una cattiva idea. E poi, in compenso, io e Sophia siamo diventate amiche.

Juliette finí di bere e li guardò uno dopo l'altro. Erano silenziosi, preoccupati. Mathias muoveva le dita dei piedi nei sandali.

– E dimmi, Juliette, – riprese Vandoosler. – Ti ricordi se giovedí 3 giugno tuo fratello era qui o in viaggio?

– Il 3 giugno? Il giorno in cui è stato ritrovato il corpo di Sophia? Perché me lo chiede?

– Cosí. Per saperlo.

Juliette si strinse nelle spalle e prese la borsa, da cui tirò fuori una piccola agenda.

– Mi segno tutti i suoi viaggi, – disse. – Per sapere quando rientra e preparargli da mangiare. È partito la mattina del 3 ed è tornato l'indomani a pranzo. Era a Caen.

– E nella notte tra il 2 e il 3? Era a casa?

– Sí, lo sa anche lei. Ecco, adesso le ho raccontato tutto. Non vorrà mica farne una tragedia? È solo la storia infelice di un amore giovanile durato un po' troppo a lungo. E non c'è altro da dire. Lui con quell'aggressione non c'entra. Dopotutto, non era mica l'unico uomo della compagnia!

– Però è l'unico che le stava ancora addosso a distanza di anni, – disse Vandoosler. – E non so cosa ne dirà Leguennec.

Juliette balzò in piedi.

– Lavorava con uno pseudonimo! – gridò. – Se voi non glielo dite, Leguennec non avrà modo di scoprire che quell'anno c'era anche Georges.

– La polizia un modo lo trova sempre, – disse Vandoosler. – Leguennec passerà alla lente la lista delle comparse.

– Non riuscirà a scoprirlo! – gridò Juliette. – E poi Georges non ha fatto niente!

– È mai piú salito su un palcoscenico, dopo quell'aggressione? – domandò Vandoosler.

Juliette si confuse.

– Non mi ricordo, – disse.
Vandoosler si alzò. Marc si guardava le ginocchia, tesissimo, e Mathias si era incollato a una finestra. Lucien era scomparso senza che nessuno se ne accorgesse. Partito alla volta dei suoi diari di guerra.
– E invece te lo ricordi, – affermò Vandoosler. – Non ci è mai piú salito, lo sai bene. È tornato a Parigi e probabilmente ti ha detto che era troppo sconvolto, non è cosí?
Juliette lo guardò spaventata. Se ne ricordava.
Scappò via di corsa sbattendo la porta.
– Sta per crollare, – commentò Vandoosler.
Marc aveva le mascelle rigide per la tensione. Georges era un assassino che aveva ucciso quattro persone, e Vandoosler era un bruto e un bastardo.
– Lo dirai a Leguennec? – domandò a denti stretti, sottovoce.
– Non posso fare altrimenti. A stasera.
Il padrino si ficcò in tasca la foto e uscí.
Marc sentiva che quella sera non avrebbe avuto il coraggio di guardarlo in faccia. L'arresto di Georges Gosselin salvava Alexandra. Ma lui moriva di vergogna. Cazzo, non si schiacciano le noci a mani nude.

Tre ore dopo, Leguennec e due dei suoi uomini si presentarono a casa di Juliette con un mandato d'arresto per Gosselin. Ma l'uomo era scappato, e Juliette non sapeva dove.

Capitolo trentatreesimo

Mathias dormí male. Alle sette del mattino s'infilò un maglione e un paio di pantaloni e sgattaiolò fuori di casa per andare a bussare da Juliette. La porta era spalancata. La trovò accasciata su una sedia con tre poliziotti che mettevano la casa sottosopra nella speranza di trovare Georges Gosselin nascosto in qualche angolo. Altri poliziotti stavano facendo lo stesso alla *Botte*. Le cantine, le cucine, tutto. Mathias era lí, in piedi, le braccia appese al corpo, a valutare con lo sguardo il macello inimmaginabile che erano riusciti a fare in un'ora. Verso le otto arrivò Leguennec e diede ordine di andare a perquisire la casa in Normandia.

– Vuoi che ti diamo una mano a mettere a posto? – domandò Mathias quando la polizia se ne fu andata.

Juliette scrollò il capo.

– No, – disse. – Non li voglio piú vedere. Hanno consegnato Georges a Leguennec.

Mathias si premeva le mani l'una contro l'altra.

– Oggi sei libero, *La Botte* rimane chiusa, – disse Juliette.

– Allora posso darti una mano?

– Tu? – disse lei. – Sí, tu puoi.

Mentre metteva in ordine, Mathias cercò di parlarle, di spiegarle come stavano le cose, di prepararla, di calmarla. E un po' sembrò riuscirci.

– Ecco, – disse Juliette, – guarda: Leguennec sta portandosi via Vandoosler. Cos'altro gli dirà, il vecchio?

– Non preoccuparti. Farà la sua selezione, come sempre.

Dalla sua finestra, Marc vide Vandoosler allontanarsi con Leguennec. Quella mattina aveva fatto in modo di non incontrarlo. Mathias era da Juliette, probabilmente le stava parlando e pesava le parole. Marc salí a trovare Lucien. Tutto intento a trascrivere le pagine del quaderno n. 1, settembre 1914 - febbraio 1915, Lucien gli fece segno di fare piano. Aveva deciso di prendere un altro giorno di malattia, ritenendo che un'influenza di due giorni non fosse credibile. Guardando Lucien che lavorava, con quella sovrana indifferenza verso il mondo circostante, Marc si disse che forse, tutto sommato, era la cosa migliore da fare. La guerra era finita. E allora, tanto valeva riprendere in mano il Medioevo, anche se non gli aveva chiesto niente nessuno. Lavorare per niente e per nessuno, ritrovare signori e contadini. Marc tornò di sotto e riaprí le sue cartelle senza convinzione. Prima o poi avrebbero riacciuffato Gosselin, ci sarebbe stato un processo e fine della storia. Alexandra non avrebbe avuto piú nulla da temere e avrebbe continuato a salutarlo con la mano incontrandolo per strada. Sí, meglio l'XI secolo che quella prospettiva.

Leguennec aspettò di essere nel suo ufficio a porte chiuse per esplodere.
– Allora? Sei contento di quello che hai combinato?
– Abbastanza, – disse Vandoosler. – Hai il colpevole, o sbaglio?
– Ce l'avrei, se tu non gli avessi permesso di scappare! Sei un corrotto, Vandoosler, uno schifoso corrotto!
– Diciamo che gli ho lasciato tre ore per riflettere. È il minimo che si possa dare a un uomo.
Leguennec sbatté le mani sulla scrivania.
– Ma perché, accidenti? Quel tizio non è niente per te! Perché l'hai fatto?
– Per vedere, – disse Vandoosler con nonchalance. – Non bisogna ostacolare gli eventi. È sempre stato un tuo difetto.

– Lo sai quanto ti può costare, questa bella trovata?
– Lo so. Ma tu contro di me non farai niente.
– Ne sei sicuro?
– Ne sono sicuro. Perché commetteresti un grosso errore, te lo dico io.
– Non sei nella posizione migliore per parlare di errori, ti pare?
– E tu? Senza Marc non avresti mai messo in relazione la morte di Sophia con quella di Christophe Dompierre. E senza Lucien, non avresti mai associato il caso all'omicidio dei due critici e non avresti nemmeno identificato la comparsa Georges Gosselin.
– Che, senza di te, a quest'ora sarebbe in questo ufficio!
– Esattamente. E se nell'attesa giocassimo a carte? – propose Vandoosler.

Un giovane vice-ispettore spalancò la porta di colpo.
– Non si bussa piú? – sbraitò Leguennec.
– Non ne ho avuto il tempo, – si scusò il ragazzo. – C'è qui un tizio che ha urgenza di vederla. È per il caso Siméonidis-Dompierre.
– Il caso è chiuso! Sbattilo fuori!
– Prima chiedi di chi si tratta, – suggerí Vandoosler.
– Di chi si tratta?
– È un tizio che alloggiava all'*Hôtel du Danube* negli stessi giorni di Christophe Dompierre. Quello che la mattina dopo era andato a prendere la macchina senza neanche vedere il corpo.
– Fallo entrare, – disse Vandoosler tra i denti.

A un cenno di Leguennec, il giovane ispettore diede una voce nel corridoio.
– La partita la faremo dopo, – disse Leguennec a Vandoosler.
L'uomo entrò e si sedette, senza aspettare l'invito di Leguennec. Era eccitatissimo.
– In che cosa posso aiutarla? – domandò Leguennec. – Faccia presto. Sono alle prese con un fuggiasco. Nome? Professione?
– Éric Masson, capo servizio alla SODECO Grenoble.
– Vabbè, vabbè, – disse Leguennec. – Perché è venuto qui?
– Ero all'*Hôtel du Danube*, – disse Masson. – Un albergo dal-

l'aria un po' malandata, ma io ci sto bene. È a due passi dalla SODECO Parigi.

– Vabbè, vabbè, – ripeté Leguennec.

Vandoosler gli fece segno di andarci piano. Leguennec si sedette, offrí una sigaretta a Masson e ne accese una per sé.

– L'ascolto, – disse, abbassando il tono.

– La notte in cui hanno ammazzato il signor Dompierre, io ero all'*Hôtel du Danube*. Il peggio è che la mattina dopo sono andato a prendere la macchina senza accorgermi di niente, e pensare che, da quanto mi hanno spiegato in seguito, il corpo era proprio lí accanto.

– Già, e quindi?

– Era un mercoledí mattina. Sono andato direttamente alla SODECO e ho posteggiato l'auto nel parcheggio sotterraneo.

– Vabbè, vabbè, – disse Leguennec.

– No, non va bene per niente! – sbottò Masson. – Se le dò questi dettagli, è perché sono di estrema importanza!

– Mi perdoni, – disse Leguennec, – sono esausto. E quindi?

– Il giorno dopo, giovedí, ho fatto lo stesso. Era un corso di formazione di tre giorni. Ho posteggiato la macchina nel parcheggio sotterraneo e la sera tardi sono tornato in albergo, dopo aver cenato con i corsisti. Tenga presente che la mia auto è nera. Una Renault 19, con il telaio molto basso.

Vandoosler fece un segno a Leguennec, prima che dicesse vabbè.

– Il corso si è concluso ieri sera. Stamattina, dunque, non mi restava che pagare il conto e ripartire senza fretta verso Grenoble. Ho tirato fuori la macchina e mi sono fermato per fare il pieno al distributore piú vicino. È un distributore con le pompe sulla strada.

– Calmati, Dio santo, – sussurrò Vandoosler a Leguennec.

– Quindi, – continuò Masson, – per la prima volta da mercoledí mattina, ho fatto il giro della mia macchina in pieno giorno per andare ad aprire il serbatoio che, come in tutte le auto, si trova sul lato destro. Ed è lí che l'ho vista.

– Che cosa? – domandò Leguennec facendosi attento.

– La scritta. Nella polvere del parafango anteriore destro, proprio sul bordo, c'era una scritta tracciata col dito. In un primo momento ho pensato che doveva essere stato un bambino. Ma di solito i bambini lo fanno sul parabrezza e scrivono «Lavami». Quindi mi sono abbassato e ho letto. Essendo nera, la mia macchina è sempre coperta di polvere, e la scritta spiccava distintamente, come su una lavagna. A quel punto ho capito. È stato lui, Dompierre, a scrivere sulla mia macchina prima di morire. Non è morto sul colpo, vero?

Chino in avanti, Leguennec tratteneva letteralmente il fiato.

– No, – disse, – è morto qualche minuto dopo.

– Per cui, steso per terra, ha avuto il tempo e la forza di allungare il braccio e scrivere. Scrivere sul parafango il nome dell'assassino. Per fortuna che da allora non ha piovuto.

Due minuti dopo, Leguennec chiamava il fotografo del commissariato e si precipitava per strada, dove Masson aveva posteggiato la sua Renault nera e sporca.

– Stavo per portarla al lavaggio automatico, – gridò Masson correndogli dietro. – La vita è incredibile, non trova?

– Ma come le è saltato in mente di lasciare un simile indizio in mezzo alla strada? Chiunque avrebbe potuto cancellarla inavvertitamente!

– E se le dicessi che non mi hanno fatto posteggiare nel cortile del suo commissariato? Sono gli ordini, hanno detto.

I tre uomini si erano inginocchiati davanti al parafango destro. Il fotografo chiese loro di indietreggiare per poter fare il suo lavoro.

– Una foto, – disse Vandoosler a Leguennec. – Voglio averne una foto appena possibile.

– Perché mai? – disse Leguennec.

– Non sei il solo a lavorare sul caso, lo sai bene.

– Fin troppo. Avrai la tua foto. Ripassa tra un'ora.

Verso le due, Vandoosler si faceva lasciare dal taxi davanti alla topaia. Sí, costava caro, ma neanche i minuti erano regalati. Entrò di volata nel refettorio vuoto, afferrò il manico di scopa che non era ancora stato foderato e diede sette sonori colpi al soffitto. Sette colpi volevano dire «Adunata di tutti gli evangelisti». Un colpo era per chiamare san Matteo, due per chiamare san Marco, tre per san Luca e quattro per lui. Sette per l'insieme. Era stato Vandoosler a inventare quel sistema, perché non se ne poteva piú di salire e scendere le scale inutilmente.

Appena rientrato da un tranquillo pranzo con Juliette, Mathias sentí i sette colpi e prima di scendere li ritrasmise a Marc. Marc fece lo stesso con Lucien, che si staccò dal suo quaderno borbottando: «Chiamata alle armi. Pronti per la missione».

Un minuto piú tardi erano tutti nel refettorio. Quel sistema della scopa era davvero efficace, non fosse che rovinava i soffitti e non permetteva di comunicare con l'esterno, come il telefono, per esempio.

– Ci siamo? – fece Marc. – Hanno catturato Gosselin? O ha fatto a tempo a spararsi un colpo in testa?

Prima di parlare, Vandoosler bevve un gran bicchiere d'acqua.

– Immaginatevi un tizio che è appena stato accoltellato e sa che sta per morire. Se ha ancora la forza e la possibilità di lasciare un messaggio, che cosa scrive?

– Il nome dell'assassino, – disse Lucien.

– Siete tutti d'accordo? – domandò Vandoosler.

– Mi sembra evidente, – disse Marc.

Mathias ne convenne.

– Bene, – disse Vandoosler. – È quello che penso anch'io. E nella mia carriera l'ho visto fare piú volte. La vittima, se può e se lo conosce, scrive sempre il nome del suo assassino. Sempre.

Vandoosler, corrucciato, tirò fuori dalla giacca la busta con la foto dell'automobile nera.

– Prima di morire, – riprese, – Christophe Dompierre ha scritto un nome sulla polvere della carrozzeria di un'auto. In questi tre giorni, quel nome se n'è andato a spasso per Parigi. Il proprietario del mezzo ha scoperto la scritta solo oggi.

– «Georges Gosselin», – disse Lucien.
– No, – disse Vandoosler. – Dompierre ha scritto «Sophia Siméonidis».
Vandoosler sbatté la foto sul tavolo e si lasciò cadere su una sedia.
– La morta vivente, – mormorò.
Ammutoliti, i tre uomini si avvicinarono alla foto. Nessuno osava toccarla, come per paura. La scritta che Dompierre aveva tracciato col dito era leggera e irregolare, tanto piú che per raggiungere il bordo della portiera l'uomo aveva dovuto sollevare il braccio. Ma non c'era ombra di dubbio. In tempi diversi, come chiamando a raccolta le ultime forze, aveva scritto «Sophia Siméonidis». La «a» di Sophia gli era venuta un po' male, e aveva trascurato l'ortografia. Anziché «Sophia» aveva scritto «Sofia». Marc si ricordò che Dompierre diceva «La signora Siméonidis». Il suo nome di battesimo non gli era familiare.
Sgomenti, in silenzio, gli evangelisti si sedettero ognuno a una certa distanza dalla foto dove, nero su bianco, campeggiava la terribile accusa. Sophia Siméonidis era viva. Sophia aveva assassinato Dompierre. Mathias ebbe un brivido. Quel venerdí, in pieno pomeriggio, per la prima volta nel refettorio erano palpabili il disagio e la paura. Dalle finestre entrava il sole, ma Marc si sentiva le dita gelate e le gambe formicolanti. Sophia era viva, aveva messo in scena la propria morte, bruciato un'altra al posto suo, lasciando la pietra di basalto come prova. La bella Sophia di notte vagava per le strade di Parigi, in rue Chasle, a due passi da loro. La morta vivente.

– E Gosselin, allora? – domandò Marc sottovoce.
– Non era lui, – disse Vandoosler sempre con lo stesso tono.
– E comunque, lo sapevo anche ieri.
– Lo sapevi?
– Ti ricordi i due capelli di Sophia che Leguennec aveva trovato venerdí 4 nel bagagliaio dell'auto di Lex?
– Certo che me li ricordo, – disse Marc.
– Quei capelli il giorno prima non c'erano. Il giovedí, quan-

do si è saputo dell'incendio di Maison-Alfort, ho aspettato che facesse notte e sono andato ad aspirare da cima a fondo il bagagliaio della sua macchina. Ho ancora un piccolo nécessaire di quando ero in servizio, piuttosto pratico. Comprende un aspiratore a batteria e dei sacchetti perfettamente puliti. Nel bagagliaio non c'era niente, non un capello, non un frammento d'unghia, non un lembo di vestito. Solo sabbia e polvere.
I tre uomini fissavano Vandoosler, stupefatti. Marc se lo ricordava. Era la notte in cui lui meditava sulla tettonica a placche seduto sul settimo gradino. Il padrino era sceso a pisciare in giardino con un sacchetto di plastica.
– È vero, – disse Marc. – Pensavo che andassi a pisciare.
– Ho fatto anche quello, – disse Vandoosler.
– Ah, ecco, – disse Marc.
– Ragion per cui, – continuò Vandoosler, – quando l'indomani mattina Leguennec ha fatto sequestrare la macchina e ci ha trovato due capelli, io ho riso sotto i baffi. Avevo la prova che con quell'omicidio Alexandra non c'entrava. E che quella notte, dopo di me, qualcuno era venuto a mettere quell'indizio per incastrare la ragazza. E non poteva essere Gosselin. Ricordi? Juliette afferma che è tornato da Caen l'indomani a pranzo. Ed è vero, ho fatto controllare.
– Ma perché non hai detto niente, accidenti?
– Perché avevo agito al di fuori della legge, e non potevo permettermi di perdere la fiducia di Leguennec. E poi perché preferivo lasciar credere all'assassino, chiunque fosse, che i suoi piani stavano funzionando. Allentare le briglie, dare lenza, vedere dove sarebbe riapparso, libero e sicuro di sé.
– Perché Leguennec non ha fatto sequestrare l'auto giovedí?
– Ha perso tempo. Ma ricordati: solo verso fine giornata ci siamo convinti che si trattava del corpo di Sophia. E i primi sospetti sono caduti su Relivaux. Non si può sequestrare tutto, bloccare tutto, sorvegliare ogni cosa fin dal primo giorno delle indagini. Leguennec però aveva intuito di non essere stato abbastanza veloce. Non è un imbecille. Ecco perché non ha incolpato Alexandra. Non si fidava di quei capelli.

– Ma Gosselin? – domandò Lucien. – Perché ha chiesto a Leguennec di arrestarlo se era sicuro della sua innocenza?

– Stesso principio. Lasciare che l'azione si svolga, che i fatti si succedano, precipitino. E vedere come se li giostra l'assassino. Bisogna che gli assassini abbiano le mani libere per poter commettere un errore. Avrai notato che, tramite Juliette, ho fatto in modo che Gosselin potesse scappare. Non mi andava che gli dessero noia per quella vecchia storia dell'aggressione.

– E l'aggressione, è stato lui?

– Sicuramente. Lo si leggeva negli occhi di Juliette. Ma gli omicidi no. A proposito, san Matteo, puoi andare a dire a Juliette che avverta il fratello.

– Crede che sappia dov'è?

– Ovvio che lo sa. Sarà andato sulla costa, di sicuro. Nizza, Tolone, Marsiglia, da quelle parti. Pronto a salpare per l'altra sponda del Mediterraneo al primo segnale, con dei documenti falsi. Dille anche di Sophia. Ma mi raccomando, tutti all'erta. È da qualche parte, ancora viva. Dove? Non ne ho la piú pallida idea.

Mathias staccò gli occhi dalla foto nera sul tavolo lucido e uscí senza un rumore.

Marc era sfinito e si sentiva debole. Sophia morta. Sophia viva.

– Una ritirata strategica, – mormorò Lucien.

– Allora, – disse lentamente Marc, – è stata Sophia ad ammazzare i due critici? Perché si accanivano contro di lei, perché le stavano distruggendo la carriera? Ma non è possibile una cosa del genere!

– Nel mondo della lirica è possibilissimo, – disse Lucien.

– Quindi li avrebbe uccisi, tutti e due... Dopo un po', qualcuno l'avrebbe capito... e lei, piuttosto che essere trascinata in tribunale, avrebbe preferito scomparire?

– Non è detto che sia qualcuno, – disse Vandoosler. – Potrebbe essere stato quell'albero. Era un'assassina ma al tempo stesso era superstiziosa, ansiosa, forse viveva nella paura che un giorno il suo crimine venisse scoperto. Quel faggio arrivato misteriosamente nel suo giardino potrebbe essere bastato a spaventarla. Forse ha intravisto una minaccia, le prime avvisaglie di un ricatto. Vi ha fatto scavare quella buca, ma l'albero non nascondeva niente e nessuno. Era lí soltanto per dirle qualcosa. E se avesse ricevuto una lettera? Non lo sapremo mai. Resta il fatto che ha scelto di sparire.

– Non aveva che da sparire per sempre! Non c'era bisogno che bruciasse qualcun altro al posto suo!

– E difatti è quel che aveva in programma. Far credere di essersela svignata con Stelyos. Ma, concentrata sul proprio piano di fuga, ha dimenticato l'arrivo di Alexandra. Quando se n'è ricordata era troppo tardi: sua nipote non avrebbe accettato l'idea che fosse sparita senza neanche aspettarla. E avrebbero aperto un'inchiesta. Per poter stare tranquilla doveva darci in pasto un cadavere.

– E Dompierre? Come ha fatto a sapere che Dompierre stava indagando su di lei?

– È probabile che in quel momento fosse nascosta nella sua casa di Dourdan. E da lí avrà visto Dompierre recarsi da suo padre. L'ha seguito e l'ha ammazzato. Ma lui ha scritto il suo nome.

Improvvisamente Marc si mise a urlare. Aveva paura, aveva caldo, tremava.

– No! – gridò. – No! Non Sophia! Non lei! Era cosí bella! È orribile! Orribile!

– «Lo storico deve essere pronto a tutto», – disse Lucien.

Ma Marc era scappato via gridando a Lucien di andare a farsi fottere, lui e la sua Storia, e correva in mezzo alla strada, con le mani sulle orecchie.

– È un ragazzo sensibile, – disse Vandoosler.

Lucien tornò in camera sua. Dimenticare. Lavorare.

Vandoosler rimase solo con la foto. Gli doleva il capo. Di sicuro Leguennec stava facendo rastrellare le zone di ritrovo dei barboni. Per cercare una donna scomparsa dal 2 giugno. Quando si erano lasciati, stava già mettendo a fuoco una pista: la Luisa, una vecchia habituée della Gare de Lyon nota per le sue invettive, sedentaria, che nessuna minaccia riusciva a schiodare dalla sua arcata sotto il ponte di Austerlitz, arredata con vecchi scatoloni, mancava all'appello da piú di una settimana. Probabile che la bella Sophia l'avesse portata via con sé per darle fuoco.

Sí, il capo gli doleva.

Capitolo trentaquattresimo

Marc corse per un pezzo, fino a non poterne piú, fino a sentirsi i polmoni in fiamme. Senza fiato, con la camicia zuppa, si sedette sul primo paracarro che trovò. I cani ci avevano pisciato sopra. Ma lui se ne sbatteva. La testa gli rimbombava, se la stringeva tra le mani, rifletteva. Disgustato, angosciato, cercava di ritrovare un po' di calma per pensare. Inutile pestare i piedi come per la palla di spugna. Basta con la tettonica a placche. Non riusciva a riflettere, su quel pisciatoio. Doveva camminare, camminare lentamente. Ma prima bisognava riprendere fiato. Guardò dov'era arrivato. Avenue d'Italie. Aveva corso cosí tanto? Cautamente si alzò, si asciugò la fronte e si avvicinò alla stazione del metró. «Maison Blanche». Casa bianca. Gli ricordava qualcosa. Ah già, la balena bianca. Moby Dick. La moneta da cinque franchi inchiodata alla trave. Era tipico del padrino, voler giocare quando tutto precipitava nell'orrore. Risalire avenue d'Italie. Camminare a passi misurati. Abituarsi all'idea. Perché non riusciva a sopportare che Sophia avesse fatto tutto questo? Forse perché una mattina l'aveva incontrata davanti al cancello? Eppure, l'accusa di Christophe Dompierre era lí, in tutta la sua evidenza. Christophe. Marc si bloccò. Riprese il cammino. Si fermò. Bevve un caffè. Si riavviò.

Tornò alla topaia verso le nove di sera, a stomaco vuoto, la testa pesante. Entrò nel refettorio per tagliarsi un pezzo di pane. Leguennec parlava con il padrino, ognuno con il suo mazzetto di carte in mano.

– Raymond d'Austerlitz, – diceva Leguennec, – un vecchio barbone, un amico della Luisa, afferma che almeno una setti-

mana fa, a ogni modo di mercoledí, è venuta a trovarla una bella signora. Mercoledí, Raymond ne è sicuro. La donna era ben vestita, e quando parlava si portava la mano alla gola. Scendo di picche.
– Ha proposto un affare alla Luisa? – domandò Vandoosler buttando giú tre carte, di cui una coperta.
– Esattamente. Raymond non sa che cosa, ma la Luisa aveva un appuntamento ed era «dannatamente pimpante». Alla faccia dell'affare... Andare a farsi cremare in un vecchio scassone a Maison-Alfort... Povera Luisa. Tocca a te.
– Non ho fiori. Passo. Cosa dice il medico legale?
– I conti tornano, per via dei denti. Pensava che avrebbero resistito meglio. Ma capisci che alla Luisa ne restavano in bocca solo tre. Per cui tutto si spiega. Forse è per questo che Sophia ha scelto lei. Prendo i tuoi cuori e arpiono il fante di quadri.

Marc si infilò il pane in una tasca e due mele nell'altra. Si domandò a quale strano gioco stessero giocando i poliziotti. Ma in fondo chi se ne fregava. Doveva camminare. Non aveva ancora finito di camminare. Né di abituarsi all'idea. Tornò per strada e risalí rue Chasle in senso inverso, passando davanti al Fronte occidentale. Presto sarebbe stato buio.

Camminò altre due ore buone. Lasciò un torsolo di mela sul bordo della fontana di Saint-Michel e l'altro sullo zoccolo del leone di Belfort. Fece molta fatica a raggiungere il leone e a issarsi sul suo piedistallo. C'è una specie di breve poesia che assicura che, la notte, il leone di Belfort passeggia tranquillo per Parigi. Queste, almeno, siamo sicuri che sono stronzate. Quando Marc saltò a terra, andava molto meglio. Tornò in rue Chasle con la testa che gli doleva ancora, ma riposata. Aveva accettato l'idea. Aveva capito. Tutto si era ricomposto. Sapeva dov'era Sophia. Ce n'era voluto del tempo.

Entrò con passo tranquillo nel refettorio buio. Le undici e mezzo, dormivano tutti. Accese la luce e riempí il bollitore. L'orribile foto non era piú sul tavolo. C'era solo un foglietto. Un messaggio di Mathias: «Juliette pensa di sapere dove si nasconde. L'accompagno a Dourdan. Ho paura che l'aiuti a scappare.

Se ci sono novità, chiamo da Alexandra. Saluti primitivi. Mathias.»

Marc mollò il bollitore.

– Che idiota! – mormorò. – Ma che idiota!

Quattro gradini alla volta, salí al terzo piano.

– Lucien, vestiti! – gridò scuotendo il coinquilino.

Lucien aprí gli occhi, pronto a protestare.

– Niente domande, niente commenti. Ho bisogno di te. Muoviti!

Altrettanto in fretta, Marc salí al quarto e scrollò Vandoosler.

– Sta per scappare! – disse Marc, ansimante. – Presto! Juliette e Mathias se ne sono andati! Quell'imbecille di Mathias non si rende conto del pericolo. Io parto con Lucien. Vai a tirar giú dal letto Leguennec e vieni a Dourdan con i suoi uomini, allée des Grands-Ifs numero 12.

Marc uscí come un fulmine. Quel giorno aveva corso cosí tanto che si sentiva le gambe dure. Lucien scendeva le scale stordito dal sonno, infilandosi le scarpe e con una cravatta in mano.

– Raggiungimi sotto casa di Relivaux, – gli gridò Marc al volo.

Si precipitò giú dalle scale, attraversò il giardino correndo e andò a sbraitare sotto casa di Relivaux.

Relivaux si affacciò alla finestra, diffidente. Era tornato da poco, e si diceva che la scoperta della scritta sull'auto nera l'avesse distrutto.

– Mi lanci le chiavi della sua macchina! – urlò Marc. – È questione di vita o di morte!

Relivaux agí senza pensare. Qualche secondo piú tardi, Marc acchiappava le chiavi al volo al di là del cancello.

Di Relivaux si poteva dire qualunque cosa, ma di sicuro era un lanciatore provetto.

– Grazie! – urlò Marc.

Mise in moto, inserí la marcia e aprí la portiera a Lucien. Lucien salí a bordo, si appoggiò sulle gambe una bottiglietta piatta, si annodò la cravatta e reclinò il sedile per mettersi comodo.

– Che cos'è quella bottiglia? – domandò Marc.

– Rhum da pasticceria. Non si sa mai.
– Dove l'hai trovato?
– È mio. Ci faccio le torte.
Marc si strinse nelle spalle. Tipico di Lucien.
Guidò rapido, a denti stretti. La Parigi di mezzanotte sfrecciava a tutta velocità. Era un venerdí sera, il traffico non era facile e Marc sudava per la tensione, sorpassava, bruciava i semafori. Fu solo quando uscirono da Parigi, sulla nazionale deserta, che si sentí in grado di parlare.
– Ma chi si crede di essere, Mathias? – gridò. – Pensa di cavarsela contro una donna che ha fatto fuori tutta quella gente? Non si rende conto? È ben peggio di un uro, quella!
Siccome Lucien non rispondeva, Marc gli lanciò una rapida occhiata. Quell'imbecille si era addormentato, e profondamente per giunta.
– Lucien! – gridò Marc. – Sveglia!
Niente da fare. Quando quello decideva di dormire, non c'era verso di recuperarlo. Come per il '14-18. Marc accelerò ulteriormente.
All'una del mattino frenò davanti al numero 12 di allée des Grands-Ifs. Il portone di legno di Sophia era chiuso. Marc tirò fuori dall'auto Lucien e lo tenne in piedi.
– Sveglia! – ripeté Marc.
– Non gridare, – fece Lucien. – Sono sveglio. Sono sempre sveglio quando so di essere indispensabile.
– Sbrigati, – disse Marc. – Fammi scaletta come l'altra volta.
– E tu togliti le scarpe, – disse Lucien.
– Stai scherzando o cosa? Potrebbe già essere troppo tardi... Al diavolo le scarpe, dài, incrocia le mani!
Marc appoggiò il piede sulle mani di Lucien e si issò sul muro. Dovette fare uno sforzo per riuscire a scavalcarlo.
– Adesso tocca a te, – disse tendendo il braccio. – Avvicina quel bidone, salici sopra e dammi la mano.
Lucien si ritrovò a cavalcioni sul muro accanto a Marc. Il cielo era coperto, l'oscurità completa.
Lucien saltò e Marc fece lo stesso.

Una volta a terra, Marc cercò di orientarsi nelle tenebre. Pensava al pozzo. Anzi, era da un po' che ci pensava. Il pozzo. L'acqua. Mathias. Il pozzo, luogo simbolo della criminalità rurale nel Medioevo. Dov'era quel dannato pozzo? Laggiú, quella sagoma chiara. Marc vi si diresse correndo, seguito da Lucien. Non sentiva niente, non un rumore, solo i propri passi e quelli dell'amico. Cominciava ad avere paura. Rimosse alla svelta le pesanti assi che coprivano la bocca del pozzo. Merda, non aveva preso la torcia. E comunque, era un pezzo che non aveva piú una torcia. Due anni, diciamo. Si sporse sopra il parapetto e chiamò Mathias.

Silenzio. Dio santo, perché era fissato con quel pozzo? Perché non con la casa, o col boschetto? No, il pozzo, ne era certo. Facile, pulito, medievale, non lascia tracce. Sollevò il pesante secchio di zinco e molto lentamente lo calò nell'apertura. Quando lo sentí toccare la superficie dell'acqua, molto in profondità, bloccò la catena e scavalcò il parapetto.

– Controlla che la catena rimanga bloccata, – disse a Lucien. – Non allontanarti da questo dannato pozzo. E soprattutto, attento a te. Non fare rumore, non spaventarla. Quattro, cinque o sei cadaveri, per lei che differenza vuoi che faccia. La tua bottiglietta di rhum: passamela, per favore.

Marc iniziò la discesa. Era terrorizzato. Il pozzo era stretto, buio, viscoso e gelato come tutti i pozzi, ma la catena resisteva. Gli pareva di essere sceso sei o sette metri quando toccò il secchio e l'acqua gli congelò le caviglie. Si immerse fino alle cosce, con l'impressione che il freddo gli lacerasse la pelle. Avvertí la massa di un corpo contro le proprie gambe ed ebbe voglia di urlare.

Lo chiamò, ma Mathias non rispondeva. Adesso gli occhi di Marc si erano abituati all'oscurità. Si immerse un altro po', fino alla cintola. Con una mano tastava il corpo del cacciatore-raccoglitore, che si era fatto buttare nel pozzo come un imbecille. La testa e le ginocchia sporgevano dall'acqua. Mathias era riuscito a bloccare le lunghe gambe contro la parete cilindrica. Era una fortuna che fosse finito in un pozzo tanto stretto. Ma da quanto tempo era a mollo, con quel freddo? Da quanto tempo scivolava, centimetro dopo centimetro, inghiottendo quell'acqua scura?

Marc non ce l'avrebbe fatta a riportare in superficie Mathias inerte. Il cacciatore doveva quantomeno ritrovare la forza di aggrapparsi a lui.

Marc si avvolse la catena attorno al braccio destro, strinse le gambe attorno al secchio, assicurò la presa e cominciò a tirare Mathias. Era cosí grande, cosí pesante. Marc si sentiva mancare. Mathias riaffiorò a poco a poco, e dopo un quarto d'ora di fatica, il suo busto poggiava sul secchio. Marc lo sostenne con la gamba, che premeva contro la parete del secchio, e con la mano sinistra riuscí ad afferrare il rhum che si era infilato in tasca. In condizioni normali Mathias avrebbe detestato quel liquore dolciastro. Marc glielo versò nella bocca come meglio poté. Colava da tutte le parti, ma Mathias dava segni di ripresa. Marc si era opposto con tutte le sue forze all'idea che Mathias potesse morire. No, non il cacciatore-raccoglitore. Lo schiaffeggiò maldestramente e versò altro rhum. Mathias era grondante. Ed emergeva dalle acque.

– Sono Marc, mi senti?

– Dove siamo? – domandò Mathias con voce sorda. – Ho freddo. Sto morendo.

– Siamo nel pozzo. Dove vuoi che siamo?

– Mi ha scaraventato, – balbettò Mathias. – Stordito e scaraventato giú, prima che potessi vederla.

– Lo so, – disse Marc. – Lucien ci tirerà su. È qui anche lui.

– Si farà sbudellare, – biascicò Mathias.

– Non preoccuparti. Lui in prima linea se la cava divinamente. Su, bevi.

– Che cos'è questa schifezza?

La voce di Mathias era quasi impercettibile.

– Rhum da pasticceria, è di Lucien. Ti riscalda?

– Prendine anche tu. L'acqua ti paralizza.

Marc ingollò qualche sorsata. La catena gli stritolava il braccio, gli irritava la pelle.

Mathias aveva richiuso gli occhi. Respirava, era il massimo che si potesse dire. Marc fischiò e nel piccolo cerchio d'ombra chiara, lassú, svettò la testa di Lucien.

– La catena! – disse Marc. – Tirala su, piano, l'importante è che non la lasci scendere! Niente scossoni, o mollo tutto!

La sua voce rimbombava, lui stesso ne era assordato. A meno che non gli si fossero intorpidite anche le orecchie.

Sentí dei rumori metallici. Lucien che disfaceva il nodo e al tempo stesso manteneva la tensione perché Marc non cadesse piú in basso. Era in gamba, Lucien, molto in gamba. E la catena cominciò a risalire, lentamente.

– Cosí, un anello dopo l'altro! – gridò Marc. – È pesante come un uro!

– È annegato? – gridò Lucien.

– No! Avvolgi, soldato!

– Bella merda! – gridò Lucien.

Marc agguantò Mathias per i pantaloni. Mathias se li legava alla vita con una cordicella, pratica da afferrare. Era la prima volta che Marc riconosceva una qualità a quel cordino rustico che Mathias usava come cintura. A tratti la testa del cacciatore-raccoglitore sbatteva contro le pareti, ma Marc vedeva la bocca del pozzo che si avvicinava. Lucien trascinò fuori Mathias e lo coricò per terra. Marc scavalcò il parapetto e si lasciò cadere sull'erba. Con una smorfia liberò il braccio dalla catena. Sanguinava.

– Avvolgilo nella mia giacca, – disse Lucien.

– Sentito niente?

– Nessuno. Sta arrivando tuo zio.

– Ce ne ha messo di tempo. Tira un paio di schiaffi a Mathias e frizionalo. Mi sa che è partito di nuovo.

Leguennec arrivò di corsa, per primo, e s'inginocchiò accanto a Mathias. Lui ce l'aveva, la torcia. Marc si alzò tenendosi il braccio, che gli sembrava un minerale, e andò incontro ai sei poliziotti.

– Sono sicuro che ha preso la via del bosco, – disse.

Juliette fu ritrovata dieci minuti dopo. Due uomini la tene-

vano per le braccia. Aveva l'aria sfinita, ed era coperta di lividi e graffi.
– Lei... – ansimò, – sono scappata...
Marc le si scagliò contro e l'afferrò per una spalla.
– Stai zitta, – urlò scuotendola, – zitta!
– Dobbiamo intervenire? – domandò Leguennec a Vandoosler.
– No, – mormorò Vandoosler. – Non c'è alcun rischio, lascialo fare. È una cosa sua, una sua scoperta. Io sospettavo qualcosa del genere, ma...
– Avresti dovuto dirmelo, Vandoosler.
– Non ne ero ancora sicuro. A quanto pare i medievisti hanno un loro modo di procedere. Quando Marc comincia a riordinare le idee, va dritto al punto... Raccatta un po' di tutto e poi di colpo fa centro.
Leguennec guardò Marc che, rigido, la faccia bianca nella notte, i capelli grondanti continuava a stringere il collo di Juliette, con una sola mano luccicante di anelli, una grande mano chiusa su di lei, dall'aria molto pericolosa.
– E se perde la testa?
– Non la perderà.
Tuttavia, Leguennec fece segno ai suoi uomini di disporsi in cerchio attorno a Marc e Juliette.
– Io torno da Mathias, – disse Leguennec. – Ha rischiato di lasciarci le penne.
Vandoosler si ricordò che quando Leguennec era pescatore faceva anche soccorso in mare. E l'acqua è sempre acqua.
Marc aveva mollato Juliette e la stava squadrando. Era brutta, era bella. Lui aveva mal di stomaco. Il rhum, forse? Adesso lei non accennava il minimo gesto. Marc tremava. I vestiti bagnati gli si incollavano al corpo, facendolo gelare. Lentamente, tra gli uomini compatti nell'ombra, cercò Leguennec con lo sguardo. Lo scorse un po' piú in là, vicino a Mathias.
– Ispettore, – suggerí, – dia l'ordine di cercare sotto l'albero. Credo che sia lí sotto.
– Sotto l'albero? – disse Leguennec. – Abbiamo già scavato, sotto l'albero.

– Appunto, – disse Marc. – Il posto in cui abbiamo già scavato, il posto dove non guarderemo piú... Sophia è lí.

Adesso, Marc batteva i denti. Trovò la bottiglietta di rhum e si scolò l'ultimo quarto. Si sentí girare la testa, desiderava che Mathias gli accendesse un fuoco, ma Mathias era per terra, aveva voglia di distendersi come lui, magari anche di urlare. Si asciugò la fronte con la manica bagnata del braccio sinistro, quello che funzionava ancora. L'altro penzolava, e gli colava del sangue sulla mano.

Alzò gli occhi. Lei lo stava ancora fissando. Di tutta la sua opera crollata miseramente non restava che quel corpo rigido e l'aspra resistenza di uno sguardo.

Marc si sedette sull'erba, stordito. Se Mathias avesse avuto un po' piú di forza avrebbe detto «Parla, Marc». Avrebbe detto cosí, sicuro. Marc batteva i denti e le parole gli uscirono mozze.

– Dompierre, – disse. – Si chiamava Christophe.

A testa bassa, gambe incrociate, strappava interi ciuffi d'erba attorno a sé. Come aveva fatto accanto al faggio. Strappava e gettava i fili tutt'intorno.

– Ha scritto Sofia con la *f*, senza *p* né *h*, – continuò a singhiozzi. – Ma uno che si chiama Christophe, Christophe, *o, p, h, e*, non sbaglia l'ortografia di Sophia, no, perché sono le stesse sillabe, le stesse vocali, le stesse consonanti, e anche se stai tirando le cuoia, se ti chiami Christophe sai ancora che Sophia non si scrive con la *f*, lo sai ancora, e su questo non poteva sbagliarsi, come non avrebbe mai scritto il suo nome con la *f*, no, non aveva scritto *Sofia*, non aveva scritto *Sofia*...

Marc rabbrividí. Sentí che il padrino gli sfilava la giacca, poi la camicia zuppa. Non aveva la forza di collaborare. Strappava l'erba con la mano sinistra. Adesso lo avvolgevano in una coperta ruvida, sulla pelle nuda, una coperta della camionetta della polizia. Anche Mathias ne aveva una addosso. Pizzicava. Ma era calda. Si rilassò un poco, si strinse nella coperta, e il tremito della mascella diminuí. Teneva gli occhi fissi sull'erba, per istinto, per non rischiare di vederla.

– Continua, – lo incitò la voce sorda di Mathias.

Adesso si stava riprendendo. Riusciva a parlare meglio, con piú calma, e a riflettere allo stesso tempo, a ricostruire le cose. Poteva parlare, ma non poteva piú pronunciare quel nome.

– Ho capito questo, – continuò Marc a bassa voce, con lo sguardo rivolto all'erba, – ho capito che Christophe non poteva aver scritto *Sofia Siméonidis*... Ma allora cosa, cristo santo, cosa? L'occhiello della *f* non era finito, sembrava una grande *S*, quindi aveva scritto *Sosia Siméonidis*, sosia, sostituta... sí, era cosí, Dompierre si riferiva alla sostituta di Sophia... Suo padre, in un articolo, aveva scritto una cosa curiosa... qualcosa come «Per tre giorni Sophia ha dovuto essere sostituita da Nathalie Domesco, la cui pessima imitazione ha dato il colpo di grazia a Elettra...» e imitazione... era una parola strana, una strana espressione, come se la sostituta non si limitasse a sostituire, ma imitasse, scimmiottasse Sophia, i capelli tinti di nero, tagliati corti, le labbra rosse e il foulard al collo, sí, è cosí che faceva... e «sosia» era il soprannome che Dompierre e Frémonville le avevano dato per derisione, di sicuro, perché lei voleva strafare... e Christophe lo sapeva, conosceva quel soprannome e ha capito, ma troppo tardi, e io ho capito, quasi troppo tardi...

Marc volse lo sguardo verso Mathias, seduto per terra tra Leguennec e un altro ispettore. E vide anche Lucien, in piedi alle spalle del cacciatore-raccoglitore, vicino vicino, come a volergli fare da schienale, Lucien, con la cravatta a brandelli, la camicia insozzata dal parapetto del pozzo, la faccia da bambino, le labbra socchiuse, le sopracciglia aggrottate. Un gruppo compatto di quattro uomini ammutoliti, che si stagliava nitidamente nella notte, sotto la torcia di Leguennec. Mathias sembrava inebetito, ma ascoltava. Doveva farlo parlare.

– Posso? – domandò Marc.

– Puoi, – disse Leguennec. – Comincia a muovere le dita nei sandali.

– Allora si può. Mathias, sei andato a trovarla a casa sua, stamattina?

– Sí, – disse Mathias.
– Le hai parlato?
– Sí. Quando siamo andati a recuperare Lucien ubriaco, per la strada, avevo sentito caldo. Ero nudo e non avevo freddo, sentivo un tepore alle reni. Piú tardi ci ho ripensato. Il motore di una macchina... Avevo sentito il calore della sua macchina, davanti a casa sua. L'ho capito quando hanno accusato Gosselin, e ho pensato che avesse preso l'auto di sua sorella, la notte dell'omicidio.
– Poi Gosselin è stato scagionato e tu ti sei trovato con le spalle al muro, perché prima o poi avresti dovuto dare un'altra spiegazione a quel «caldo». E ce n'era una sola... Ma quando, stasera, sono tornato a casa, sapevo tutto di lei, sapevo perché, sapevo tutto.

Marc sparpagliava tutt'intorno i fili d'erba strappati. Stava devastando quel piccolo angolo di terra.

– Christophe Dompierre aveva scritto *Sosia*... Georges aveva aggredito Sophia nel suo camerino e qualcuno ne aveva tratto vantaggio... Chi? La sostituta, è evidente, la «sosia» che avrebbe cantato al posto suo... Allora ho ricordato... le lezioni di musica... era lei, era lei la sosia, per anni... sotto il nome di Nathalie Domesco. Suo fratello era l'unico a saperlo, i genitori credevano che facesse la donna di servizio... un dissapore con la famiglia, una rottura forse... Mi sono ricordato... di Mathias, sí, Mathias che la notte dell'assassinio di Dompierre non aveva sentito freddo, Mathias davanti al suo cancello, davanti alla sua auto... Mi sono ricordato... la polizia che richiudeva la buca... li osservavamo dalla mia finestra, e la terra gli arrivava solo a mezza coscia... Dunque non avevano scavato piú in profondità di noi... qualcun altro aveva scavato, dopo di loro, e di piú, fino allo strato di terra nera e grassa... allora... allora sí, ne sapevo abbastanza per ricostruire la sua storia, come Achab con la sua balena assassina... e come lui, ne conoscevo la strada... sapevo da dove sarebbe passata...

Juliette guardò gli uomini disposti attorno a lei a semicerchio. Buttò indietro la testa e sputò su Marc. Marc chinò il capo. La coraggiosa Juliette dalle spalle lisce e bianche, dal corpo e dai sorrisi accoglienti. Tutto quel corpo chiaro nella notte, morbido, rotondo, pesante, che sputava. Juliette, che lui aveva baciato sulla fronte, la balena bianca, la balena assassina.

Juliette sputò ancora sui due poliziotti che l'accerchiavano, poi non si sentí piú che il suo respiro intenso, come un fischio. Una breve sghignazzata e, di nuovo, il respiro. Marc immaginava quello sguardo diretto, inchiodato su di lui. Pensò alla *Botte*. Erano stati bene, in quella botte... le birre al bancone, il fumo, il tintinnio dei bicchieri. Gli spezzatini. Sophia che aveva cantato soltanto per loro, la prima sera.

Strappare l'erba. Adesso ne stava facendo un mucchietto alla propria sinistra.

– Ha piantato il faggio, – continuò. – Sapeva che quell'albero avrebbe inquietato Sophia, che ne avrebbe parlato... E chi non si sarebbe inquietato? Ha imbucato la cartolina di «Stelyos» poi, quel mercoledí sera, ha intercettato Sophia diretta alla stazione e l'ha portata in quella sua Botte di merda con chissà che scusa... Non mi interessa, non voglio saperlo, non voglio sentirla! Potrebbe averle detto che aveva delle novità su Stelyos... l'ha portata con sé, l'ha uccisa in cantina, l'ha legata come un pezzo di carne da macello e durante la notte l'ha trasportata in Normandia, dove l'ha ficcata nel vecchio congelatore della dispensa, ne sono sicuro...

Mathias premette le mani l'una contro l'altra. Dio santo, quanto aveva desiderato quella donna, nella promiscuità della Botte, quando veniva sera, quando l'ultimo cliente se n'era andato, e ancora quella mattina, quando l'aveva sfiorata aiutandola a mettere ordine. Centinaia di volte aveva avuto voglia di fare l'amore con lei. In cantina, in cucina, per strada. Strapparsi quella divisa da cameriere troppo stretta. Adesso si domandava quale oscura prudenza l'avesse costantemente fatto arretrare. Si domandava perché Juliette non fosse mai sembrata sensibile a nessun uomo.

Un voce roca lo fece sussultare.

– Fatela stare zitta! – urlò Marc senza distogliere gli occhi da terra. Poi tornò a respirare. Non gli rimaneva piú molta erba a portata di mano. Cambiò posizione. Doveva fare un mucchio nuovo.

– Scomparsa Sophia, – continuò con voce un po' strana, – abbiamo cominciato a spaventarci, lei per prima, come un'amica leale. Era inevitabile che la polizia andasse a scavare sotto l'albero, e cosí hanno fatto, ma non hanno trovato nulla e hanno richiuso il buco... Tutti ormai cominciavano ad accettare l'idea che Sophia fosse partita con il suo Stelyos. A quel punto... a quel punto il posto era pronto... Adesso poteva sotterrare Sophia dove non l'avrebbe piú cercata nessuno, nemmeno la polizia, avendolo già fatto! *Sotto l'albero...* E comunque, piú nessuno sarebbe andato a cercare Sophia, dato che la si pensava da qualche parte su un'isola. Il suo cadavere, sigillato da un faggio intoccabile, sarebbe sparito per sempre... Solo che doveva poterla sotterrare in santa pace, senza vicini, senza disturbatori, senza di noi...

Marc si fermò di nuovo. Era cosí lungo da raccontare. Aveva l'impressione di fare fatica a mettere le cose in ordine, gli sembrava tutto senza senso. Ma il senso l'avrebbe cercato piú tardi.

– Allora ci ha portati tutti quanti in Normandia. Durante la notte ha caricato in macchina il suo pacco congelato ed è tornata in rue Chasle. Relivaux era fuori e noi, coglioni, stavamo dormendo a casa sua, beati, a cento chilometri di distanza! Lei ha fatto il suo sporco lavoro: ha seppellito Sophia sotto il faggio. È una donna forte. E all'alba se n'è tornata, in silenzio...

Bene. Il punto piú difficile era superato. Ora Sophia era sepolta sotto l'albero. Non c'era piú bisogno di strappare erba dappertutto. Ce l'avrebbe fatta. E poi, era l'erba di Sophia.

Si alzò e prese a camminare a passi misurati, stringendo la coperta con il braccio sinistro. Lucien pensò che ricordava un indio, cosí, con quei capelli lisci e neri appiccicati dall'acqua e quella coperta arrotolata. Camminava senza avvicinarsi a lei, e quando si girava evitava di guardarla.

– Dopo tutto questo vedersi sbarcare la nipote col piccolo deve averle dato un certo fastidio, non l'aveva previsto. Alexandra aveva un appuntamento, e non ammetteva la scomparsa della zia. Alexandra era testarda come un mulo, l'indagine è stata riaperta, le ricerche sono ricominciate. Andare a rimettere mano al cadavere sotto l'albero era decisamente troppo rischioso. Quindi aveva bisogno di procurarsi un corpo per bloccare le ricerche prima che la polizia andasse a ficcare il naso in tutto il vicinato. È stata lei ad abbordare la povera Luisa ad Austerlitz, lei che l'ha trascinata a Maison-Alfort, lei che l'ha bruciata!

Marc aveva ricominciato a gridare. Si sforzò di respirare lentamente, e riprese.

– Ovviamente era in possesso del piccolo bagaglio con cui Sophia era partita. Ha messo gli anelli d'oro alle dita della Luisa, posato la borsa accanto a lei e appiccato il fuoco... Un vero e proprio incendio! Dell'identità della Luisa non doveva rimanere traccia, e nemmeno degli indizi sul giorno in cui era morta... Un braciere... una fornace, l'inferno... Ma sapeva che il basalto avrebbe resistito. E quel basalto, di sicuro, avrebbe ricondotto a Sophia... il basalto avrebbe parlato...

Improvvisamente, Juliette si mise a urlare. Marc s'immobilizzò e si coprí le orecchie, la sinistra con la mano, la destra con la spalla. La sentiva solo a sprazzi... basalto, Sophia, fetente, crepare, Elettra, crepare, cantare, nessuno, Elettra...

– Fatela stare zitta! – gridò Marc. – Fatela stare zitta, portatela via, non posso piú sentirla!

Ci fu altro chiasso, altri insulti e i passi dei poliziotti che a un cenno di Leguennec si allontanarono con lei. Quando capí che Juliette non c'era piú, Marc lasciò ricadere le braccia. Adesso era libero di guardare dove voleva. Lei non c'era piú.

– Sí, cantava, – disse, – ma nell'ombra, era una ruota di scorta e non le andava giú, voleva avere la sua grande occasione! Gelosa di Sophia fino al midollo... Per cui ha forzato la mano alla fortuna, ha chiesto a quel povero idiota di suo fratello di malmenare Sophia per poterla sostituire su due piedi... un'idea semplice...

– E l'abuso sessuale? – domandò Leguennec.
– L'abuso sessuale? Anche quello su richiesta della sorella, perché l'aggressione fosse credibile... l'abuso sessuale era una messinscena...

Marc tacque, andò da Mathias, lo squadrò, scosse la testa e riprese a camminare, a passi lunghi, l'aria stralunata, le braccia penzoloni. Si domandò se anche Mathias trovava che la coperta della polizia pizzicasse. Sicuramente no. Mathias non era tipo da soffrire le stoffe che pizzicano. Si domandò come aveva fatto a parlare così, con quel mal di testa, quel male al cuore, come faceva a sapere tutte quelle cose, e dirle... Come? Non aveva potuto accettare l'idea che Sophia fosse un'assassina, no, era un verdetto sbagliato, ne era certo, un verdetto impossibile... bisognava rileggere le fonti, riprendere tutto dall'inizio... non poteva essere stata Sophia... c'era qualcun altro... un'altra storia... E lui se l'era ricostruita... pezzo per pezzo... l'itinerario della balena, i suoi istinti... i suoi desideri... alla fontana di Saint-Michel... le sue strade... i suoi luoghi di caccia... al leone di Denfert-Rochereau, che la notte scende dal suo piedestallo... passeggia, vive la sua vita di leone senza che nessuno se ne accorga, il leone di bronzo... come lei... la mattina torna ad allungarsi sul suo piedestallo, torna a fare la statua, completamente immobile, rassicurante, insospettabile... la mattina sul suo piedestallo, la mattina alla *Botte*, al bancone, fedele a se stessa... amabile... senza amare nessuno, mai un'emozione, mai, neanche per Mathias, niente... sí, ma la notte è un'altra storia, sí, ma la notte... lui ne conosceva la strada, poteva raccontarla... se l'era già raccontata tutta, e adesso la teneva in pugno, ci si aggrappava, come Achab sul dorso del suo dannato capodoglio che gli aveva sbranato una gamba...

– Posso vedere il braccio? – chiese Leguennec.
– Lascialo in pace, accidenti, – disse Vandoosler.
– Ha cantato tre sere, – disse Marc, – dopo che suo fratello aveva spedito Sophia all'ospedale... ma i critici l'hanno ignorata, peggio, due di loro l'hanno stroncata in modo definitivo, radicale, Dompierre e Frémonville... E Sophia ha cambiato so-

stituta... Per Nathalie Domesco era la fine... Ha dovuto lasciare il palcoscenico, lasciare il canto, ma la follia e l'orgoglio e non so quali altre abiezioni sono rimaste. Ha vissuto per schiacciare chi l'aveva rovinata... una musicista intelligente, bella, squilibrata, demoniaca... sul suo piedestallo... come una statua... impenetrabile...
– Mi faccia vedere quel braccio, – disse Leguennec.
Marc scosse la testa.
– Ha aspettato un anno, e quando nessuno piú pensava a *Elettra* ha fatto fuori i due critici che l'avevano distrutta, a freddo... Per Sophia ha aspettato altri quattordici anni. Era necessario che passasse molto tempo, che l'omicidio dei critici venisse dimenticato, che non fosse possibile stabilire nessuna relazione... ha aspettato, forse anche gustandosi l'attesa... non so... Però l'ha seguita, osservata, da quella casa a due passi dalla sua che aveva acquistato qualche anno dopo... è piú che possibile che abbia trovato il modo di convincere il proprietario a vendergliela, sí, è possibilissimo... non si affidava al caso, lei. Aveva smesso di tingersi i capelli e recuperato il suo colore naturale, piú chiaro, aveva cambiato taglio, gli anni erano trascorsi e Sophia non l'ha riconosciuta, cosí come non ha riconosciuto Georges... Non c'era nessun rischio, le cantanti conoscono a malapena le loro sostitute... Figuriamoci le comparse...

Senza piú chiederglielo, Leguennec aveva afferrato il braccio di Marc e glielo tamponava con del disinfettante o qualche altra cosa dall'odore cattivo. Marc lo lasciò fare, tanto era come se non ce l'avesse, quel braccio.

Vandoosler lo guardava. Avrebbe voluto interromperlo, interrogarlo, ma sapeva che in quel momento era l'ultima cosa da fare. Pare che non si debbano svegliare i sonnambuli, perché rischiano di farsi male. Vero o falso? Vandoosler non lo sapeva, ma nel caso di Marc era cosí. Non bisognava svegliarlo durante le sue ricerche. Altrimenti cadeva. Il padrino sapeva, questo sí, che da quando era uscito di casa qualche ora prima, Marc si era fiondato come una freccia verso il bersaglio, come quando, bambino, non sopportava qualcosa e scappava via di corsa. Da allora sapeva anche che Marc poteva essere molto veloce, e spremersi all'inverosimile fino a trovare quel che cercava. Quella sera era passato alla topaia e aveva preso delle mele, se ben ricordava. Senza una parola. Ma la sua intensità, il suo sguardo assente, la sua violenza muta, sí, tutto questo c'era... E se non fosse stato concentrato sulla partita a carte, si sarebbe certamente accorto che Marc era in dirittura d'arrivo, che stava per precipitarsi sul bersaglio... che aveva smontato la logica di Juliette ed era a un passo dalla soluzione... E adesso la raccontava... Leguennec sicuramente pensava che avesse un incredibile sangue freddo, ma Vandoosler sapeva che quel suo parlare a getto continuo, lanciato come una nave sospinta da raffiche di vento in poppa, le parole a tratti mozze, a tratti fluide, non aveva niente a che vedere con il sangue freddo. Era sicuro che in quel momento suo nipote aveva le cosce talmente dure e doloranti che per rimetterle in moto si sarebbe dovuto avvolgerle in un asciugamano caldo, come spesso gli era toccato fare quand'era piccolo. Ora forse tutti credevano che Marc camminasse normalmente, ma nonostante il buio lui vedeva bene che dai fianchi alle caviglie era di pietra. Se l'avesse interrotto sarebbe rimasto pietrificato, per questo bisognava lasciarlo finire, concludere, tornare in porto dopo quell'infernale viaggio del pensiero. Solo cosí le sue gambe avrebbero ritrovato la loro elasticità.

– Ha detto a Georges di tenere la bocca cucita, erano nella stessa barca, – diceva Marc. – Comunque sia, Georges obbedí. Forse è l'unica persona a cui quella donna abbia voluto un po' di bene. O almeno immagino, ma non ne sono certo. Georges le credeva... Può darsi che lei gli abbia raccontato che voleva riprovarci, con Sophia. È un omone fiducioso, privo d'immaginazione, non ha mai pensato che Juliette volesse ucciderla, né che avesse sparato ai due critici... Povero Georges... non è mai stato innamorato di Sophia. Menzogne... Nient'altro che disgustose menzogne... Come l'atmosfera calorosa e accogliente alla *Botte*. Faceva soltanto la posta a Sophia, per sapere ogni cosa, diventare una sua intima agli occhi di tutti e poi ucciderla.

Era cosí. Adesso sarebbe stato facile trovare le prove, i testimoni. Guardò Leguennec, gli fasciava il braccio con una benda. Non era bello da vedere. Aveva un male tremendo alle gambe, molto piú che al braccio. Si sforzava di muoverle come fossero un congegno meccanico. Ma ci era abituato, lo sapeva, era inevitabile.

– E quindici anni dopo *Elettra*, ha teso la sua trappola. Ucciso Sophia, ucciso Luisa, messo due capelli della sua rivale nel bagagliaio della macchina di Alexandra, ucciso Dompierre. Ha finto di coprire Alexandra per la notte dell'omicidio... Ma in realtà, aveva sentito Lucien che sbraitava come un pazzo sul suo bidone dei rifiuti alle due del mattino... Perché era appena tornata dall'*Hôtel du Danube*, dove aveva accoltellato quel poveraccio. Era sicura che la sua «copertura» di Alexandra non avrebbe retto, che io avrei senz'altro scoperto la sua menzogna... Avrebbe quindi potuto «confessare» che Alexandra era uscita senza dare l'impressione di denunciarla... Disgustoso, anzi peggio...

Marc ricordava quella conversazione al bancone. «Sei gentile, Juliette»... L'idea che lei lo stesse manipolando per incastrare Alexandra non l'aveva sfiorato neanche lontanamente. Sí, dire disgustoso era poco.

– Però poi abbiamo sospettato del fratello. Ci stavamo avvicinando troppo. E lei l'ha fatto scappare perché non parlasse, non la contraddicesse. E per sua incredibile fortuna, abbiamo trovato quel messaggio del morto sulla macchina. Era salva... Dompierre accusava Sophia, la morta vivente! Era tutto perfetto... Ma io non riuscivo ad accettarlo. Non Sophia, no, non Sophia... E poi in questo modo non si spiegava l'albero... No, non l'ho accettato...

– Triste guerra, – disse Lucien.

Quando tornarono alla topaia, verso le quattro del mattino, il faggio era stato sradicato e il cadavere di Sophia Siméonidis, già riesumato, era stato portato via. Stavolta non avevano ripiantato l'albero.

Benché fossero inebetiti dalla stanchezza, gli evangelisti non se la sentivano di andare a dormire. Marc e Mathias, ancora con le coperte sulle spalle nude, erano seduti sul muretto. Lucien si era appollaiato sul bidone dell'immondizia di fronte a loro. Ci aveva preso gusto. Vandoosler fumava e camminava lentamente avanti e indietro. L'aria era tiepida. Quantomeno in confronto al pozzo, pensava Marc. La catena gli avrebbe lasciato sul braccio una cicatrice a spirale, come un serpente arrotolato.

– Starà bene con gli anelli, – disse Lucien.

– È l'altro braccio.

Alexandra venne a salutarli. Dopo lo scavo sotto il faggio, non era piú riuscita a prendere sonno. E poi era passato Leguennec. A darle il basalto. Mathias le disse che poco prima, sulla camionetta della polizia, di colpo gli era tornato in mente il seguito, dopo *hache de pierre*, piú tardi gliel'avrebbe detto, ma non aveva alcuna importanza. Ovviamente.

Alexandra sorrise. Marc la guardava. Gli sarebbe piaciuto scoprire che lei lo amava. Cosí, tutt'a un tratto, giusto per vedere.

– Di' un po', – fece a Mathias, – cosa le dicevi all'orecchio quando volevi farla parlare?

– Niente... Dicevo: «Parla, Juliette».

Marc sospirò.

– Lo immaginavo che non c'era nessun trucco. Sarebbe stato troppo bello.

Alexandra li baciò e se ne andò. Non voleva lasciare il piccolo da solo. Vandoosler seguí con lo sguardo la sua figura sottile che si allontanava. Tre puntini. I gemelli, sua moglie. Merda. Chinò il capo, spense la sigaretta.

– Dovresti andare a dormire, – gli disse Marc.

Vandoosler si avviò verso la topaia.

– Il padrino che ti ubbidisce? – fece Lucien.

– Macché, – disse Marc. – Guarda, sta tornando.

Vandoosler lanciò in aria la moneta da cinque franchi bucata e la rifferrò con una mano.

– Questa la buttiamo, – disse. – Non possiamo mica tagliarla in dodici pezzi.

– Non siamo in dodici, – disse Marc. – Siamo in quattro.
– Tu la fai troppo semplice, – disse Vandoosler.

Il suo braccio guizzò e la moneta tintinnò da qualche parte, abbastanza lontano. Lucien si era alzato in piedi sul bidone, per seguirne la traiettoria.

– Addio, soldo del soldato!

Un po' piú in là sulla destra

Capitolo primo

– E che cavolo combini da queste parti?
Alla vecchia Marthe piaceva fare quattro chiacchiere. Quella sera non aveva avuto soddisfazione e si era accanita sulle parole crociate, al bancone, con il proprietario. Il proprietario era un buon diavolo, ma irritante quando faceva le parole crociate. Dava risposte assurde, non rispettava la definizione, non teneva conto delle caselle. Eppure avrebbe potuto rendersi utile, era un asso in geografia, stranamente, perché non aveva mai messo piede fuori da Parigi, come Marthe del resto. Scorre in Russia, due lettere, verticale; il proprietario aveva proposto «Ienissei».
Comunque, era meglio che non parlare per niente.
Louis Kehlweiler era entrato nel bar verso le undici. Erano due mesi che Marthe non lo vedeva e, in realtà, aveva sentito la sua mancanza. Kehlweiler aveva infilato una moneta nel flipper e Marthe osservava i percorsi della grossa biglia. Quel gioco demenziale, con uno spazio fatto apposta perché uno perdesse la biglia, con un piano inclinato da risalire a costo di incessanti sforzi, in cui, appena arrivato in cima, ridiscendevi a precipizio per perderti nello spazio fatto apposta, l'aveva sempre contrariata. Le sembrava che in fondo quella macchina impartisse senza tregua delle lezioni di morale, una morale austera, ingiusta e deprimente. E se, legittimamente seccato, le rifilavi un pugno, andava in tilt e venivi punito. E oltretutto bisognava pagare. Avevano tentato di spiegarle che era per divertirsi; niente da fare, le ricordava il catechismo.

– Eh? Che cavolo combini da queste parti?
– Sono passato a dare un'occhiata, – disse Louis. – Vincent ha notato qualcosa.
– Qualcosa che vale la pena?
Louis si interruppe, c'era un'emergenza, la biglia del flipper correva dritta verso il nulla. La riacciuffò con una levetta e quella ripartí a crepitare verso l'alto, senza convinzione.
– Gioco fiacco, – disse Marthe.
– Lo so, ma tu non la smetti di parlare.
– Per forza. Quando ti dài al catechismo, non senti quello che ti dicono. Non mi hai risposto. Vale la pena?
– Forse. È da vedere.
– Che tipo di roba è? Politica, interessi, non si sa?
– Non berciare a quel modo, Marthe. Un giorno avrai delle grane. Diciamo, uno dell'ultradestra dove non ci si aspetterebbe di trovarlo. Sono curioso.
– Autentico?
– Sí, Marthe. Autentico, denominazione nazionale controllata, imbottigliato dal produttore. Da verificare, certo.
– E dov'è? A che panchina?
– Alla 102.

Louis sorrise e lanciò una biglia. Marthe ci pensò su. Faceva confusione, stava perdendo colpi. Scambiava la panchina 102 con le panchine 107 e 98. A Louis era sembrato piú semplice assegnare dei numeri alle panchine di Parigi che gli servivano da osservatorio. Le panchine interessanti, ovviamente. È vero, era piú comodo che descriverne la loro esatta ubicazione topografica, tanto piú che in genere l'ubicazione delle panchine è poco chiara. Ma in vent'anni c'erano stati dei cambiamenti, panchine mandate in pensione e panchine nuove di cui bisognava occuparsi. Aveva dovuto numerare anche degli alberi, quando in certi punti chiave della capitale mancavano le panchine. C'erano anche le panchine transitorie, per le storie di poco conto. Erano cosí arrivati al numero 137, perché non veniva mai riutilizzato un vecchio numero, e a Marthe si mescolava tutto nella testa. Ma Louis aveva proibito di tenere dei promemoria.

– La 102 è quella con dietro il fiorista? – domandò Marthe aggrottando le sopracciglia.
– No, quella è la 107.
– Cavolo, – disse Marthe. – Almeno pagami da bere.
– Prendi quello che vuoi. Ho ancora tre giocate.

Non era piú tanto in gamba, Marthe. A settant'anni non poteva piú girare per la città come prima, fra un cliente e l'altro. E poi confondeva le panchine. Ma insomma, era Marthe. Non procurava piú molte informazioni ma aveva delle intuizioni fantastiche. La sua ultima dritta risaliva a dieci anni prima. Aveva provocato un salutare casino, e questo era l'essenziale.

– Bevi troppo, vecchia mia, – disse Louis lanciando la biglia del flipper.
– Tieni d'occhio la pallina, Ludwig.

Marthe lo chiamava Ludwig, e altri lo chiamavano Louis. Ognuno sceglieva il nome che voleva, ci aveva fatto l'abitudine. Erano cinquant'anni, ormai, che la gente passava da un nome all'altro. C'era persino chi lo chiamava Louis-Ludwig. A lui sembrava una cretinata, nessuno si chiama Luigi-Luigi.

– Hai portato Bufo? – domandò Marthe tornando con un bicchiere.
– Lo sai che i bar gli mettono paura.
– Sta bene? Funziona sempre, fra voi due?
– È il grande amore, Marthe.

Un momento di silenzio.

– Non si vede piú la tua ragazza, – riprese Marthe.
– Ha tagliato la corda. Sposta il braccio, non vedo il gioco.
– Quando?
– Spostati, santiddio! Oggi pomeriggio. Ha impacchettato le sue cose mentre non c'ero e ha lasciato una lettera sul letto. Guarda, mi hai fatto perdere la biglia.
– È il tuo gioco che è fiacco. Hai mangiato a mezzogiorno, almeno? Com'era la lettera?
– Penosa. Sí, ho mangiato.
– Non è facile scrivere una lettera carina quando si taglia la corda.

– Perché no? Basta parlare, invece di scrivere.
Louis le sorrise e con il palmo della mano diede un colpo al flipper, di lato. Proprio una lettera penosa. Be', Sonia se n'era andata, era un suo diritto, non ci sarebbero tornati su all'infinito. Lei se n'era andata, lui era triste, tutto qui. Il mondo era a ferro e fuoco, e non era il caso di agitarsi per una donna che se n'era andata. Per quanto, certo, che tristezza.
– Non roderti il fegato, – disse Marthe.
– Mi pento di certe cose. E poi c'era quell'esperimento, ti ricordi? È andato male.
– Cosa speravi? Che sarebbe rimasta solo per la tua bella faccia? Non dico che sei brutto, non farmi dire quello che non ho detto.
– Non faccio niente.
– Ma non basta, Ludwig. Gli occhi verdi e tutto il resto. Ce li avevo anch'io. E la tua gamba rigida, francamente, è un bell'handicap. A certe ragazze non piacciono gli uomini che zoppicano. Le mortifica, mettitelo bene in testa.
– Fatto.
– Non roderti il fegato.
Louis rise e sfiorò con una carezza la vecchia mano di Marthe.
– Non mi rodo il fegato.
– Se lo dici tu... Vuoi che passi alla panchina 102?
– Fa' come vuoi, Marthe. Non sono mie, le panchine di Parigi.
– Non potresti dare degli ordini ogni tanto, eh?
– No.
– Be', sbagli. A dare degli ordini, un uomo ci ricava un certo stile. Ma ovviamente, siccome non sei capace di ubbidire, non vedo come potresti comandare.
– Ovviamente.
– Te l'ho mai detta, per caso? Quella massima?
– Cento volte, Marthe.
– Le buone massime sono inossidabili.
Naturalmente avrebbe potuto evitare che Sonia se ne andas-

se. Ma aveva voluto tentare lo stupido esperimento dell'uomo nudo e crudo, ed ecco il risultato: lei aveva tagliato la corda nel giro di cinque mesi. Be', basta cosí, ci aveva pensato abbastanza, era piuttosto triste, il mondo era a ferro e fuoco, c'era del lavoro da sbrigare, nelle piccole faccende di questo mondo come in quelle grandi, non era il caso di starsene a pensare a Sonia per un secolo, e alla sua penosa lettera, c'era altro da fare. Ma lassú, in quel cavolo di ministero dove aveva girato per tanto tempo come un cane sciolto, richiesto, odiato, indispensabile e ben pagato, lo buttavano fuori. C'erano facce nuove, facce nuove di vecchi cretini, non tutti cretini, peraltro, questo era il guaio, a cui non interessava piú farsi aiutare da un tizio che la sapeva un po' troppo lunga. Gli davano il benservito, diffidavano, non a torto. Ma era una reazione assurda.

Prendiamo una mosca, per esempio.

– Prendi una mosca, per esempio, – disse Louis.

Louis aveva finito la partita, punteggio medio. Che nervi quei nuovi flipper dove bisognava tener d'occhio contemporaneamente il display e la biglia. Ma a volte irrompevano tre o quattro biglie insieme ed era interessante, comunque la pensasse Marthe. Si appoggiò al bancone aspettando che Marthe si scolasse la sua birra.

Quando Sonia aveva manifestato i primi sintomi di insofferenza, gli era venuta la tentazione di raccontare, di dire quello che aveva fatto, nei ministeri, per le strade, nelle aule di tribunale, nei bar, nelle campagne, nei posti di polizia. Venticinque anni di sminamento, cosí lo chiamava lui, di caccia agli uomini di pietra dai pensieri mefitici. Venticinque anni a vigilare, e a imbattersi in troppi uomini dalla mente spietata, che si aggiravano solitari, agivano in gruppo, ululavano in orda, stesso pietrame nella testa e stessi massacri nelle mani, cavolo. A Sonia sarebbe piaciuto, nei panni dello sminatore. Sarebbe rimasta, forse, nonostante il suo ginocchio, messo fuori uso nell'incendio di un albergo di Antibes preso di mira dal racket. Un uomo ci ricava un certo stile. Ma aveva resistito, non aveva raccontato proprio niente. Aveva offerto come unica attrattiva la sua carcassa e la sua parola, cosí, per vedere. Quanto al ginocchio, Sonia credeva che fosse caduto per le scale del metró. Un uomo ci ricava una bella figuraccia, da una cosa del genere. Marthe lo aveva avvertito, sarebbe rimasto deluso, le donne non erano meglio dell'altra gente, non bisognava aspettarsi dei miracoli. Forse Bufo non aveva facilitato le cose.

– Ci facciamo un bicchiere, Ludwig?
– Hai bevuto abbastanza, ti accompagno a casa.

Non che Marthe corresse qualche pericolo, dato che non aveva un soldo, e aveva fatto e visto di tutto; ma di notte, quando pioveva e lei era un po' brilla, tendeva ad andare a sbattere il muso.

– E allora, la mosca? – domandò Marthe uscendo dal bar e tenendosi in testa, con la mano, un sacchetto di plastica. – Mi parlavi di una mosca.
– Hai paura della pioggia, adesso?
– È la tintura. Se cola, che aria avrei?
– L'aria di una vecchia battona.
– Che è quello che sono.
– Che è quello che sei.

Marthe rise. La sua risata era nota nel quartiere da mezzo secolo. Un tizio si voltò e le fece un salutino con la mano.

– Quello, – disse Marthe, – non puoi immaginarti com'era trent'anni fa. Non ti dico chi è, non è mia abitudine.
– So chi è, – ribatté Louis sorridendo.
– Di' un po', Louis, spero che tu non ficchi il naso nella mia agenda. Sai che ci tengo al segreto professionale.
– E io spero che tu lo dica tanto per parlare.
– Sí, per parlare.
– Ciò non toglie che quell'agenda, Marthe, potrebbe interessare a gente con meno scrupoli di me. Dovresti distruggerla, te l'ho detto cento volte.
– Troppi ricordi. Tutta quella bella gente che bussava alla mia porta, pensa che...
– Distruggila, ti dico. È pericoloso.

– Figurati! La bella gente è invecchiata... A chi vuoi che interessi, la vecchia bella gente?

– A un sacco di persone. E se ci fossero solo i nomi, passi ancora, ma ci sono gli appunti, vero Marthe?

– Senti un po', Ludwig, tu non ne prendi di appunti?

– Abbassa la voce, Marthe, non siamo in aperta campagna.

Marthe aveva sempre parlato troppo forte.

– Eh? Agende? Indagini? Ricordi di sminamento? Li hai buttati via, quando ti hanno liquidato, lassú? A proposito, ti hanno liquidato sul serio?

– Cosí pare. Ma ho ancora degli agganci. Non sarà facile farmi mollare gli ormeggi. To', prendi una mosca, per esempio.

– Come vuoi, ma io sono arrivata a destinazione. Posso chiederti una cosa? Quel cavolo di fiume in Russia, che torna sempre, di due lettere, ti viene in mente?

– L'Ob, Marthe, te l'ho detto cento volte.

Kehlweiler lasciò Marthe davanti a casa, la sentí salire le scale ed entrò nel bar del viale. Era circa l'una del mattino, non c'era piú molta gente. Dei tiratardi, come lui. Li conosceva tutti, aveva una memoria affamata di volti e di nomi, perpetuamente insoddisfatta e pervicace. Il che, peraltro, preoccupava molto il ministero.

Una birra, poi non si sarebbe piú roso il fegato per Sonia. Avrebbe potuto raccontarle anche della grande armata, un centinaio di uomini e di donne su cui fare affidamento, un occhio in ogni dipartimento, piú una ventina a Parigi; uno non può sminare da solo. Sonia sarebbe rimasta, forse. Ma cavolo.

Allora, prendiamo una mosca. La mosca è entrata in casa e fa venire i nervi a tutti quanti. Tonnellate di battiti d'ala al secondo. È in gamba, una mosca, ma fa venire i nervi. Vola di qui e di là, cammina sul soffitto senza trucchi, si caccia dove non dovrebbe, e soprattutto trova la minima goccia di miele dimenticata. La rompiballe pubblica numero uno. Proprio come lui. Lui trovava del miele là dove tutti pensavano di aver pulito per bene, di non aver lasciato tracce. Miele o merda, certo, per una mosca è lo stesso. La reazione piú stupida è sbattere fuori la mosca. Cavolata. Perché, una volta fuori, cosa fa la mosca? Louis Kehlweiler pagò la birra, salutò tutti e uscí dal bar. Non aveva nessuna voglia di tornare a casa. Sarebbe andato a sedersi sulla panchina 102. Quando aveva incominciato, aveva quattro panchine, e ora erano centotrentasette, piú sessantaquattro alberi. Da quelle panchine e da quegli alberi aveva captato un sacco di cose. Avrebbe potuto raccontare anche questo, ma aveva resistito. Adesso pioveva a catinelle.

Perché, una volta fuori, cosa fa la mosca? Fa la cretina per due o tre minuti, ovvio, poi si accoppia. E depone le uova. Dopo, uno si ritrova con migliaia di piccole mosche che crescono, fanno le cretine, e si accoppiano. Quindi, niente di piú insensato che liberarsi di una mosca sbattendola fuori. Si incrementa esponenzialmente la potenza della mosca. Bisogna lasciarla dentro, lasciarla fare le sue cose da mosca, e portare pazienza finché, con l'età, comincia a essere stanca. Mentre una mosca fuori è la minaccia, il vero pericolo. E quegli imbecilli che l'avevano sbattuto fuori. Come se, una volta fuori, si sarebbe fermato. Ma no, sarebbe stato peggio. E loro, ovviamente, non potevano permettersi di prenderlo a colpi di strofinaccio come capita di fare con una mosca.

Kehlweiler giunse in vista della panchina 102 sotto una pioggia battente. Era un buon territorio, di fronte al domicilio di un nipote di deputato molto riservato. Kehlweiler sapeva di avere l'aria di uno senza arte né parte, gli veniva abbastanza naturale, e nessuno diffidava di un tizio alto accasciato su una panchina. Nemmeno quando quel tizio alto cominciava un piccolo pedinamento a passo lento.

Si fermò e fece una smorfia. Un cane gli aveva insozzato il territorio. Lí, sulla griglia di protezione dell'albero, ai piedi della panchina. A Louis Kehlweiler non piaceva granché che gli impuzzolentissero i suoi posti. Fu quasi per tornare indietro. Ma il mondo era a ferro e fuoco, non avrebbe battuto in ritirata di fronte al ridicolo escremento di un cane sconsiderato.

A mezzogiorno aveva pranzato su quella panchina, e il territorio era immacolato. E stasera, una donna che se n'era andata, una lettera penosa sul letto, un punteggio medio al flipper, un territorio insozzato, una vaga disperazione.

Troppa birra, stasera; poteva darsi benissimo, non diceva di no. E non un'anima per le strade, sotto quella valanga d'acqua, che almeno avrebbe ripulito i marciapiedi, le griglie degli alberi e la postazione 102; forse anche la sua testa. Se Vincent lo aveva informato bene, da qualche settimana il nipote del deputato riceveva a casa un oscuro personaggio che gli interessava. Voleva vedere. Ma stasera, niente luce alle finestre, niente movimento.

Si riparò dalla pioggia con la giacca e annotò qualche riga su un'agenda. Marthe avrebbe dovuto sbarazzarsi della sua. Per fare la cosa giusta, sarebbe stato costretto a strappargliela a viva forza. Marthe, chi l'avrebbe detto, era stata la piú bella *entraîneuse* di tutto il v arrondissement, da quel che gli avevano raccontato. Kehlweiler diede un'occhiata alla griglia dell'albero. Voleva andarsene. Non che si tirasse indietro, ma per stasera bastava cosí, voleva dormire. Ovviamente, avrebbe potuto essere lí l'indomani all'alba. Gli avevano molto decantato le bellezze dell'alba, ma a Kehlweiler piaceva dormire. E quando voleva dormire, non sentiva ragioni. Capitava anche che il mondo fosse a ferro e fuoco e lui volesse dormire. Era cosí, non ne andava fiero ma nemmeno se ne vergognava, per quanto certe volte sí, e non poteva farci niente, il che gli aveva procurato un bel po' di rogne e persino degli insuccessi. Lui lo pagava, il suo contributo al sonno. Il futuro è di chi si alza presto, dicono. Ed è una cretinata, perché il futuro lo sorveglia anche chi va a letto tardi. Domani avrebbe potuto essere lí verso le undici.

Capitolo secondo

Uccidere a quel modo, ben pochi avrebbero saputo farlo. Ma attenzione. Era adesso che bisognava agire in modo preciso, abile, addirittura perfetto. Ottenere la perfetta discrezione è il segreto delle cose. Da non credere, quanto può essere scema la gente. Georges, un bell'esempio, dico Georges ma ce ne sono altri. Povero sfigato. È solo un esempio.
Attenzione, non sorridere piú del solito, allenarsi bene, precisione. Il metodo aveva già dato risultati esemplari, bisognava applicarlo rigorosamente. Lasciar cascare la mandibola, lasciar cascare mollemente le guance, gli occhi. Ottenere la perfezione sotto l'imperturbabilità dell'ordinaria amministrazione, sotto una normalità un po' affaticata. Mica facile, quando si è contenti. E stasera, era piú che contentezza, era quasi esultanza, totalmente giustificata. Peccato non potersela godere, non capita tanto spesso l'occasione. Ma non se ne parlava nemmeno, niente stupidaggini. Quando un povero sfigato è innamorato, uno lo vede subito, e quando un assassino è soddisfatto, glielo si legge su tutto il corpo. L'indomani la polizia gli piomba addosso, ed è finita. Per uccidere, bisogna essere tutt'altro che un povero sfigato, è questo il segreto. Allenarsi bene, precisione, rigore, e nessuno avrebbe visto niente. Il diritto di godersela e di esultare sarebbe venuto dopo, fra un anno, con discrezione.
Coltivare l'imperturbabilità e dissimulare il piacere. Uccidere cosí, colpire sugli scogli, invisibile e veloce, quanti avrebbero saputo farlo? La vecchia non se lo aspettava proprio. La perfezione nella semplicità. Dicono che gli assassini hanno bisogno di far sapere che sono stati loro. Che non possono fare a meno di denunciarsi,

altrimenti non c'è gusto. Peggio ancora se viene arrestato un altro al posto loro, un vecchio espediente per farli uscire allo scoperto. Non riescono a sopportare che gli rubino il loro omicidio, cosí si dice. Figurati. Roba da poveri sfigati. No, niente stupidaggini. Potevano arrestarne venti al posto suo, non avrebbe fatto una piega. È questo il segreto. Ma non avrebbero arrestato nessuno, non avrebbero nemmeno pensato a un omicidio.

Quel bisogno di sorridere, di godersela, totalmente legittimo. Ma appunto, no, essere abile. Lasciar cascare bene la mandibola, rimanersene quieti. Sta tutto qui.

Pensare al mare, per esempio. Una prima onda, una seconda onda, avanza, si ritrae, e cosí via. Molto distensivo, il mare, molto regolare. Molto meglio che contare le pecore per rilassarsi, che va bene soprattutto per i poveri sfigati privi di comprendonio. Passa la prima pecora. Salta lo steccato e se ne va di corsa verso la parte sinistra della testa. E dove va, quella povera sfigata? Si nasconde sulla sinistra del cervello, sopra l'orecchio. La faccenda si complica già con la seconda pecora, che ovviamente ha meno posto della prima per scomparire. Ben presto si ottiene un cumulo di pecore a sinistra dello steccato, le nuove arrivate non riescono piú a saltare, alla fine il cumulo di pecore crolla fra i belati, è uno scempio, tanto vale sgozzarle subito. Il mare è molto meglio. Avanza, si ritrae, incessantemente, e senza scopo. Che scemo, quel mare. In fondo, è irritante anche il mare, per via di quell'immensa inutilità. Attratto e respinto dalla luna, incapace di imporsi. Sarebbe stato meglio pensare all'omicidio, certo. A ricostruirlo mentalmente c'era da ridere, e ridere fa benissimo per tutto. Niente stupidaggini, supremo oblio, non pensare all'omicidio.

Facciamo due conti. Si sarebbero messi a cercare la vecchia già domani. Il tempo di ritrovare il corpo fra quegli scogli dove a novembre non passa mai nessuno, e ci guadagnava ancora un giorno, forse due. Non sarebbe piú stato possibile stabilire l'ora della morte. Aggiungiamo il vento, la pioggia e la marea, senza contare i gabbiani, sarebbe stato perfetto. Ancora quel sorriso. Appunto da evitare, ed evitare anche che le mani si chiudessero e si aprissero, come capitava sempre dopo un omicidio. L'omicidio usciva attraverso le dita, per cinque o sei settimane. Lasciar cascare anche le mani, oltre alla mandibola, controllare tutti i particolari, rigore. Tutti quei poveri sfigati che si facevano beccare per eccesso di nervosismo, di tic, di contentezza, di esibizionismo, o per eccesso di indifferenza, inetti, incapaci persino di comportarsi. Niente stupidaggini. Saputa la notizia, mostrare interesse, persino commuoversi. Lasciar ciondolare bene le braccia, camminando, attivarsi con pacatezza. Facciamo due conti. Avrebbero cominciato a cercare domani, i gendarmi, e certamente dei volontari. Unirsi ai volontari? No, niente stupidaggini. Gli assassini si mescolano troppo spesso ai volontari. Tutti sanno che persino il piú scemo dei gendarmi diffida e fa la lista dei volontari.

Ottenere la perfezione. Fare il proprio lavoro come al solito, sorridere normalmente, lasciar ciondolare le mani, e informarsi, niente di piú. Allentare quella tensione delle dita, non era proprio il momento di avere degli spasmi incontrollabili, certo che no, e non era il suo stile, assolutamente no. Sorvegliare labbra e mani, ecco il segreto. Mettere le mani in tasca o tenere le braccia conserte, con disinvoltura. Ma non piú del solito.

Stare attenti a ciò che succedeva intorno, osservare gli altri, ma normalmente, non come quegli assassini sempre pronti a immaginarsi che il minimo particolare riguardi loro. Ma fare attenzione ai particolari. Aveva preso tutte le precauzioni, ma bisogna sempre fare i conti con gli scemi di questo mondo. Sempre. Immaginare che uno scemo abbia potuto notare qualcosa. Prevedere, è questo il segreto. Se a uno fosse venuta l'idea di ficcare il naso nei fatti suoi, ci avrebbe lasciato le penne. Meno scemi ci sono a questo mondo e meglio è. Ci avrebbe lasciato le penne, come gli altri. Pensarci fin da adesso.

Capitolo terzo

Louis si sedette sulla panchina 102 alle undici. C'era Vincent, che sfogliava un giornale.
– Non hai nient'altro da fare in questo momento? – gli domandò Louis.
– Due o tre articoli in ballo... Se succede qualcosa là dentro, – disse senza alzare il viso verso lo stabile di fronte, – mi lasci fare il reportage?
– Ovvio. Ma tu mi tieni al corrente.
– Ovvio.
Kehlweiler estrasse da un sacchetto di plastica un libro e dei fogli di carta. Non era un autunno tiepido, e non riusciva a trovare una posizione comoda per lavorare su quella panchina ancora umida per le piogge della notte.
– Cosa traduci? – domandò Vincent.
– Un libro sul Terzo Reich.
– Da cosa a cosa?
– Dal tedesco in francese.
– Pagato bene?
– Non male. Ti spiace se appoggio Bufo sulla panchina?
– Per niente, – disse Vincent.
– Ma non disturbarlo, dorme.
– Non sono cosí matto da mettermi a fare conversazione con un rospo.
– Uno dice cosí, poi a volte lo fa.
– Tu ci parli molto?
– Continuamente. Bufo sa tutto, è una vera cassaforte, un forziere vivente. Di', non hai visto nessuno avvicinarsi alla panchina, oggi?

– Parli con me o con il rospo?
– Il rospo non si è alzato presto, oggi. Quindi parlo con te.
– Bene. Non ho visto avvicinarsi nessuno. Insomma, non dalle sette e mezzo in poi. Tranne la vecchia Marthe, ci siamo detti due parole e se n'è andata.

Ora Vincent aveva tirato fuori un paio di forbicine e ritagliava degli articoli dalla sua pila di quotidiani.

– Fai come me, adesso? Ritagli tutto?
– L'allievo deve imitare il maestro finché al maestro non vengono i nervi e lo sbatte fuori, segno che l'allievo è pronto per diventare a sua volta maestro, no? Ecco, per esempio, ti faccio venire i nervi?
– Niente affatto. Non ti occupi abbastanza della provincia, – disse Kehlweiler sfogliando la pila di giornali che Vincent aveva ammucchiato. – Tutto troppo parigino.
– Non ho tempo. Non ho, come te, gente che mi manda roba bella e pronta dai quattro angoli della Francia, non sono un vecchio boss. Un giorno avrò anch'io il mio esercito occulto. Che tipi sono, quelli della grande armata?
– Tipi come te, donne come te, giornalisti, militanti, curiosi, disoccupati, ficcanaso, giudici, proprietari di bar, filosofi, poliziotti, giornalai, venditori di caldarroste…
– Ho capito, – disse Vincent.

Kehlweiler gettava rapide occhiate alla griglia dell'albero, a Vincent, all'intorno.

– Hai perso qualcosa? – domandò Vincent.
– In un certo senso. E quello che ho perso con una mano ho l'impressione di recuperarlo con l'altra. Sei sicuro che qui non si sia seduto nessuno, stamattina? Non ti sei appisolato sulle tue letture?
– Dopo le sette del mattino non mi riaddormento piú.
– Grandioso.
– La stampa regionale – riprese Vincent, testardamente – sono reati comuni, roba che non va da nessuna parte, questioni domestiche, e non mi interessa.
– E prendi una cantonata. Un delitto premeditato, una dif-

famazione privata, una piccola denuncia vanno da qualche parte, su un grande letamaio dove fermentano le porcherie su vasta scala e il consenso collettivo. È meglio occuparsi di tutto senza selezionare. Io sono un generalista.

Vincent borbottò qualcosa mentre Kehlweiler si alzava per andare a studiarsi la griglia dell'albero. Vincent conosceva a fondo le teorie di Kehlweiler, tra cui la storia della mano sinistra e della mano destra. Mano sinistra, annunciava Louis alzando il braccio e distendendo le dita: imperfetta, goffa, esitante, e quindi salutare produttrice dell'incasinamento e del dubbio. Mano destra: sicura, salda, detentrice del saper fare, guida del genio umano. Con lei, controllo, metodo e logica. Attenzione, Vincent, è adesso che devi seguirmi bene: se pencoli un po' troppo verso la mano destra, due passi in piú, ecco spuntare il rigore e la certezza, li vedi? Avanti ancora un po', altri tre passi, ed è il disastroso tracollo nella perfezione, nell'impeccabile, poi nell'infallibile e nell'implacabile. A quel punto sei soltanto un mezzo uomo che cammina tutto piegato verso destra, inconsapevole dell'alto valore dell'incasinamento, un inflessibile imbecille impermeabile alle virtú del dubbio; può capitare in modo piú subdolo di quanto non immagini, non crederti al sicuro, bisogna stare all'erta, hai due mani, vorrà pur dire qualcosa. Vincent sorrise e mosse le mani. Aveva imparato a cercare gli uomini piegati da una parte, ma voleva occuparsi solo di faccende politiche, mentre Louis si era sempre occupato di tutto. Intanto Louis continuava a stare appoggiato all'albero, fissando la griglia.

– Cosa cavolo combini? – domandò Vincent.
– Questa cosetta biancastra sulla griglia dell'albero, la vedi?
– Piú o meno.
– Vorrei che me la prendessi. Con questo ginocchio non posso accovacciarmi.

Vincent si alzò sospirando. Non aveva mai messo in discussione i suggerimenti di Kehlweiler, il *maître à penser* dell'incasinamento, non avrebbe certo cominciato adesso.

– Prendi un fazzoletto, penso che puzzi.

Vincent scrollò la testa e consegnò a Kehlweiler la delicata cosetta in un pezzo di giornale perché non aveva un fazzoletto. Si risedette sulla panchina, riprese le forbici e ignorò Kehlweiler; anche la cortesia ha i suoi limiti. Ma con la coda dell'occhio lo osservava rigirare la cosetta sotto tutte le angolature, nella carta di giornale.

– Vincent?
– Sí?
– Non è piovuto, stamattina?
– Non dopo le due di notte.

Vincent aveva esordito con le previsioni del tempo per un giornale di quartiere, e continuava a tenerle d'occhio ogni giorno. Sapeva molte cose sui motivi per cui l'acqua cade oppure se ne resta abbarbicata lassú.

– E stamattina, nessuno, sei sicuro? Nemmeno qualcuno che sia venuto a far pisciare il cane contro l'albero?
– Mi fai ripetere dieci volte le stesse cose. L'unico essere vivente che si sia avvicinato è stata Marthe. Non hai notato niente a proposito di Marthe? – aggiunse Vincent chinando la testa sul giornale, e pulendosi le unghie con le forbici. – A quanto pare, l'hai vista ieri.
– Sí, sono stato al bar a fare una partita di catechismo.
– L'hai accompagnata a casa?
– Sí, – disse Kehlweiler, che si era seduto di nuovo e fissava sempre la cosetta nella carta di giornale.
– E non hai notato niente? – domandò Vincent, un po' aggressivo.
– Diciamo che non era al suo meglio.
– Tutto qui?
– Sí.
– Tutto qui? – gridò bruscamente Vincent. – Tieni delle lezioni sull'importanza planetaria dei piccoli omicidi domestici, stai dietro al tuo rospo, passi un quarto d'ora a girare e rigirare un rifiuto appiccicato sulla griglia di un albero, ma quanto a Marthe, a Marthe che conosci da vent'anni, non hai notato niente? Bravo, Louis, bravo, complimenti!

Kehlweiler lo guardò fisso. Troppo tardi, si disse Vincent, e pazienza, che diamine. Gli occhi di Kehlweiler, verdi con delle ciglia scure che li facevano sembrare pesantemente truccati, potevano passare da una vaghezza sognante a una dura e incisiva intensità. Contemporaneamente, le labbra si stringevano in una linea sottile, tutta l'abituale dolcezza si eclissava come un nugolo di passerotti. Allora la faccia di Kehlweiler somigliava a quei profili maestosi incisi su fredde medaglie, tutt'altro che piacevoli. Vincent scosse il capo come quando uno caccia una vespa.

– Racconta, – disse soltanto Kehlweiler.

– Marthe vive per strada, ormai da una settimana. Hanno recuperato le soffitte per trasformarle in monolocali di lusso. Il nuovo proprietario li ha sbattuti fuori, tutti.

– Perché non mi ha detto niente? Devono averli avvertiti prima, no? Aspetta, ti farai male con quelle forbici.

– Hanno puntato i piedi per tenersi gli alloggi, e li hanno buttati fuori.

– Ma perché non mi ha detto niente? – ripeté Louis alzando la voce.

– Perché è orgogliosa, perché si vergogna, perché ha paura di te.

– Povero scemo! E tu? Non potevi parlarmene? Ma cavolo, piantala con quelle forbici! Sono pulite le unghie, no?

– L'ho saputo solo l'altro ieri. E tu eri introvabile.

Kehlweiler fissò la cosetta nella carta di giornale. Vincent lo guardava in tralice. Era un bell'uomo, tranne quando era contrariato a quel modo, con il naso ricurvo e il mento teso. Essere contrariati non donava a nessuno, ma per Louis era peggio: con quella barba di tre giorni, gli occhi fissi e troppo truccati, ti faceva venire un po' di strizza. Vincent aspettava.

– Sai cos'è questa roba? – domandò alla fine Kehlweiler passandogli il cartoccio di giornale.

Il volto di Louis recuperava la sua mobilità, l'emozione tornava sotto le sopracciglia e la vita sulle labbra. Vincent esaminò la cosetta. Non ci stava con la testa, aveva fatto una piazzata a Louis, non capitava tanto spesso.

– Non ho nessuna idea di cosa sia questa merda, – disse.
– Fuochino. Continua.
– È informe, rosicchiata... me ne frego, Louis. Onestamente, me ne frego.
– D'accordo, e poi?
– Se faccio uno sforzo, forse mi ricorda quello che mi rimaneva nel piatto quando mia nonna mi faceva gli zampetti di maiale impanati. Li odiavo, lei credeva che fosse il mio piatto preferito. Sono strane le nonne, a volte.
– Non so, – disse Kehlweiler, – le mie non le ho mai conosciute.

Cacciò nel sacchetto il libro e i fogli, si infilò in una tasca il cartoccio di giornale e il rospo nell'altra.
– Lo zampetto, lo conservi? – domandò Vincent.
– Perché no? Dove posso trovare Marthe?
– Questi ultimi giorni si era sistemata sotto la tettoia dietro all'albero 16, – mormorò Vincent.
– Scappo. Cerca di fotografare quel tizio.

Vincent annuí e guardò Kehlweiler allontanarsi, con la sua andatura lenta, diritta, un po' inclinata da quando si era giocato il ginocchio nell'incendio. Su un foglio scrisse: «Non ha conosciuto le nonne. Controllare se è lo stesso per i nonni». Annotava tutto. Aveva preso da Kehlweiler l'abitudine di voler sapere tutto, tranne i reati comuni. Era difficile sapere qualcosa di quell'uomo, non raccontava molto. Uno poteva sapere che veniva dal Cher, d'accordo, ma non serviva a granché.

Vincent non sentí nemmeno la vecchia Marthe accasciarsi sulla panchina.
– Allora, abboccano? – domandò lei.
– Santiddio, Marthe, mi hai spaventato. Non parlare cosí forte.
– Abbocca? Quello dell'ultradestra?
– Non ancora. Io ho pazienza. Sono quasi sicuro di aver riconosciuto quel tizio, ma le facce invecchiano.
– Bisogna prendere appunti, ragazzo, molti appunti.
– Lo so. Sai che Louis non ha mai conosciuto le sue nonne?

Marthe fece un ampio gesto di diniego.

– Che importanza ha? – borbottò. – Louis può permettersi i nonni che vuole, perciò... Di nonni, a sentire lui, ne avrebbe dieci milioni. A volte è un certo Talleyrand, lo nomina spesso, oppure... come si chiama quel tale?... insomma, dieci milioni. Persino il Reno, dice che è suo nonno. Esagera un po', comunque.

Vincent sorrise.

– Ma i suoi veri nonni, non se ne sa niente.

– Be', non parlargliene, non bisogna rompere le palle alla gente. Tu sei solo un ficcanaso, caro mio.

– Io penso che tu sai delle cose.

– Piantala! – disse Marthe bruscamente. – È Talleyrand, suo nonno, chiaro? Non ti basta?

– Marthe, non dirmi che ci credi! Talleyrand, non sai nemmeno chi sia. È morto centocinquant'anni fa.

– Be', me ne frego, capito? Se Talleyrand è andato a letto con il Reno per fabbricare Louis, è perché avevano di sicuro un buon motivo tutti e due, sono affari loro. E di tutto il resto, me ne frego! Dài, mi viene il nervoso, che cos'hai contro di lui in fin dei conti?

– Cristo, Marthe, eccolo, – sussurrò Vincent stringendole il braccio. – Il tizio, là, lo schifoso dell'ultradestra. Prendi un'aria da vecchia battona, io farò l'ubriaco, lo freghiamo.

– Niente paura, so come si fa.

Vincent si accasciò mollemente sulla spalla di Marthe e si tirò addosso un lembo del suo scialle. L'uomo usciva dallo stabile di fronte, bisognava sbrigarsi. Al riparo dello scialle, Vincent regolò l'apparecchio e scattò attraverso le maglie allentate della lana umida. Poi il tizio fu fuori vista.

– Ce l'hai fatta? – disse Marthe. – L'hai preso?

– Credo di sí... A presto, Marthe, lo seguo.

Vincent partí barcollando. Marthe sorrise. Era bravo a fare l'ubriaco barcollante. Va detto che a vent'anni, quando Louis l'aveva raccattato in un bar e tirato fuori da quella situazione, non era ben messo, aveva esperienza. Era un buon diavolo, Vincent, e un asso nelle parole crociate, per di piú. Ma sarebbe stato bello che la piantasse anche di ficcare il naso nella vita di Ludwig. Certe volte l'affetto prende un andazzo un po' inquisitorio. Marthe rabbrividí. Aveva freddo. Non voleva ammetterlo, ma aveva freddo. Quella mattina, i negozianti l'avevano sloggiata dalla tettoia. Dove andare, Dio santo, dove andare? Alzati, vecchia mia, devi camminare, non devi congelarti le chiappe sulla 102, devi camminare. Marthe parlava da sola, le capitava spesso.

Capitolo quarto

Louis Kehlweiler entrò nel commissariato principale del v arrondissement, in grande stile. Valeva la pena tentare. Si diede un'occhiata nella porta a vetri. I capelli folti e scuri un po' troppo lunghi sul collo, la barba di tre giorni, il sacchetto di plastica, la giacca stropicciata dalla panchina, tutto deponeva a suo sfavore e avrebbe potuto farcela. Per cominciare a mangiare il panino aveva aspettato di essere dentro. Da quando il suo amico, il commissario Adamsberg, se n'era andato, portando con sé il suo vice, Danglard, lí dentro c'erano un bel po' di cretini, e altri che cercavano di adeguarsi. Lui aveva un conto in sospeso con il nuovo commissario, e forse sarebbe riuscito a regolarlo. Tentare non costava niente. Quel commissario Paquelin, che aveva sostituito Adamsberg, Louis lo avrebbe sminato volentieri, o almeno sbattuto chissà dove, comunque fuori dall'ex ufficio di Adamsberg, dove prima uno passava dei bei momenti, momenti tranquilli, e intelligenti.

Paquelin, del resto, era tutt'altro che stupido, spesso è proprio questo il guaio. Dio, diceva Marthe, aveva riservato un'equa porzione di intelligenza ai bastardi: a dimostrazione che su Dio c'era da farsi seriamente qualche domanda.

Erano due anni che Louis teneva sotto tiro il commissario Paquelin. A Paquelin, una piccola autorità in fatto di carognate, non andava che la Giustizia s'immischiasse nel suo lavoro e non lo nascondeva. Riteneva che la polizia potesse fare a meno dei magistrati, e Louis riteneva che la polizia dovesse urgentemente fare a meno di Paquelin. Ma adesso che Louis non era piú al ministero il combattimento si complicava.

Kehlweiler, braccia conserte e panino in tasca, si piazzò di fronte al primo poliziotto che trovò dietro a una macchina per scrivere.

Il poliziotto alzò il naso, fece una rapida ricognizione dell'uomo che aveva davanti e pervenne a un giudizio preoccupato e sfavorevole.

– Per che cos'è?
– Per il commissario Paquelin.
– Per che cosa?
– Una cosetta che dovrebbe interessargli.
– Quale cosetta?
– Non le direbbe niente. È troppo complicato per lei.

Kehlweiler non ce l'aveva in modo particolare con quel poliziotto. Ma voleva vedere il commissario, senza farsi annunciare, cosí su due piedi, per cominciare il duello nel modo che aveva scelto lui. Perciò bisognava farsi sballottare dal piantone a un assistente, da un assistente a un ispettore, finché, con provvedimento coercitivo, non l'avessero mandato a farsi fare il mazzo nell'ufficio del commissario.

Tirò fuori il panino e incominciò a masticare, sempre in piedi. Spargeva briciole un po' ovunque. Al poliziotto venne il nervoso, ovviamente.

– Allora, dov'è questa cosetta? Di che si tratta?
– Zampetto impanato. Non può interessarle, troppo complicato.
– Cognome? Nome?
– Granville, Louis Granville.
– Documenti?
– Non li ho. Non sono venuto per questo, sono venuto per collaborare con la polizia del mio Paese.
– Si tolga dai piedi. Faremo a meno della sua collaborazione.

Si avvicinò un ispettore, afferrò Louis per la spalla. Louis si voltò lentamente. Cominciava a funzionare.

– È lei che fa tutta questa cagnara?
– Niente affatto. Sono qui per una deposizione a Paquelin.
– Il commissario Paquelin.

– Stiamo parlando della stessa persona.

L'ispettore fece un cenno al poliziotto e trascinò Louis verso un ufficio a vetri.

– Il commissario non può essere disturbato. Quindi la sua zuppa la racconta a me.

– Non è zuppa, è zampetto impanato.

– Cognome? Nome?

– Gravilliers, Louis.

– Aveva detto Granville.

– Non stiamo a cercare il pelo nell'uovo, ispettore. Non ho molto tempo, anzi ho fretta.

– Ma va'?

– Lei sa di Blériot, quel tale che si era ficcato in testa di attraversare la Manica in aereo per fare piú presto? Era mio nonno.

L'ispettore si coprí la faccia con le mani. Gli stava venendo il nervoso.

– Perciò, vede qual è il problema, – continuò Louis. – Ce l'ho nel sangue, io. Bisogna darci dentro, come dice Paquelin.

– Lei conosce il commissario?

– Bene, anzi benissimo. Ma lui no. Non ha memoria per le facce, è un bel guaio nel vostro mestiere. Mi dica, era già qui, lei, quando c'è stato l'incidente, in cella?

L'ispettore si passò le dita sugli occhi. Aveva l'aria di non aver dormito molto e Kehlweiler comprendeva quella sofferenza meglio di chiunque altro. Aspettando che l'ispettore si decidesse a inoltrarlo verso gli alti gradi della gerarchia, tirò fuori Bufo con la mano sinistra. Non poteva lasciar soffocare Bufo in tasca, commissariato o non commissariato. Gli anfibi hanno le loro esigenze.

– Cos'è quella roba? – domandò l'ispettore ritraendosi.

– Ma niente, – rispose Louis un po' seccato. – È il mio rospo. Non dà fastidio a nessuno, che io sappia.

È vero, la gente è schifiltosa con i rospi, fa un sacco di storie. Eppure un rospo rompe le scatole cento volte meno di un cane. L'ispettore si passò di nuovo le dita sugli occhi.

– Be', forza, fuori di qui, – disse.

– Impossibile. Non sarei entrato se avessi voluto uscire. Sono uno che tiene duro. Sa di quel tizio che non voleva mai uscire, nemmeno sotto la minaccia delle baionette? Insomma, poco importa, l'essenziale è che quel tizio era mio nonno. Non dico che sia una bella cosa, ma insomma è cosí. Non si sbarazzerà di me tanto facilmente.

– Non me ne frega niente! – gridò l'ispettore.

– Bene, – disse Kehlweiler.

Si sedette e masticò lentamente. Doveva far durare il panino. Era un po' una vigliaccata accanirsi su quel tizio insonnolito, ma si divertiva un sacco lo stesso. Peccato che il tizio non avesse voluto divertirsi anche lui. Tutti possono giocare al gioco dei nonni, non è proibito. E in materia di nonni Louis era molto generoso.

Nella stanza tornò il silenzio. L'ispettore compose un numero. Quello dell'ispettore capo, senza dubbio. Adesso si diceva «capitano».

– Un tizio che non vuole levare le tende… Sí, forse. Vieni a prenderlo e sistemalo tu, mi faresti un favore… Non so… Sí, certo…

– Grazie, – disse Kehlweiler. – Ma io voglio vedere Paquelin.

– Di che nazionalità è lei?

– Prego?

– Francese o cosa?

Kehlweiler allargò le braccia in un gesto evasivo.

– Può darsi, tenente Ferrière, può darsi benissimo.

Adesso si diceva «tenente».

L'ispettore si sporse in avanti.

– Lei sa come mi chiamo?

L'ispettore capo aprí adagio la porta, con pacatezza aggressiva. Era piccolo, e Kehlweiler ne approfittò subito per alzarsi in piedi. Louis era quasi un metro e novanta e spesso questo serviva.

– Sbarazzati di lui, – disse Ferrière, – ma prima informati. Questo tizio sa come mi chiamo, fa il furbo.

– Cos'è venuto a fare qui? A mangiare?

Negli occhi dell'ispettore capo c'era qualcosa che non doveva andare molto d'accordo con le mazzate del suo principale. Kehlweiler valutò di poter puntare su quello.

– No, ho un caso di zampetto di maiale per Paquelin. A lei piace Paquelin? Io lo trovo un po' austero, pende un po' troppo verso il rigore.

Il tizio manifestò una breve esitazione.

– Mi segua, – disse.

– Piano, – ribatté Kehlweiler, – ho una gamba rigida.

Louis raccolse il suo sacchetto, salirono al primo piano e l'ispettore capo chiuse la porta.

– Lei ha conosciuto Adamsberg? – domandò Louis posando Bufo su una sedia. – Jean-Baptiste Adamsberg? L'indolente? L'intuitivo disordinato?

L'ispettore annuí.

– Lei è Lanquetot? Il capitano Yves Lanquetot? Mi sbaglio?

– Da dove sbuca, lei? – domandò Lanquetot sulla difensiva.

– Dal Reno.

– E quello è un rospo? Rospo comune?

– Fa piacere incontrare una persona che se ne intende. Ne ha uno anche lei?

– Non esattamente... Insomma, in campagna, proprio vicino alla porta di casa, abita lí.

– E gli parla?

L'ispettore esitò.

– Un po', – rispose.

– Non c'è niente di male. Bufo e io ci parliamo molto. È buono. Un po' scemo, ma non si può pretendere che rifaccia il mondo, no?

Lanquetot sospirò. Era un po' disorientato. Buttare fuori quel tale e il suo rospo significava assumersi un rischio, aveva l'aria di saperla lunga. Tenerlo lí non sarebbe servito a niente, era Paquelin che voleva vedere. Fino ad allora, avrebbe raccontato cavolate su cavolate spargendo briciole per tutto il commissariato. Ma anche mandarlo da Paquelin, con la sua storia dello zampetto di maiale, significava rischiare grosso, una piazzata sicura. A meno che quel tale non tentasse di rompere le palle a Paquelin, nel qual caso valeva la pena, si sarebbe sentito meglio. Lanquetot alzò gli occhi.

– Non finisce il suo panino?

– Aspetto di essere da Paquelin, è un'arma strategica. Ovviamente, non si può usarla a qualunque ora, bisogna avere fame.

– Il suo nome, qual è esattamente? Quello vero, voglio dire...

Kehlweiler soppesò l'ispettore. Se quel tizio non era cambiato, se era rimasto fedele alla descrizione che gliene aveva fatto Adamsberg, si poteva rischiare. Ma a volte, sotto un nuovo padrone, uno può finire per abituarsi, prendere una certa piega e cambiare. Kehlweiler scommise sul volto di Lanquetot.

– Kehlweiler, – rispose. – Louis Kehlweiler, ecco i miei documenti.

Lanquetot annuí. Era al corrente.

– Cosa vuole da Paquelin?

– Spero che vada in pensione anticipata. Voglio regalargli un caso che lui rifiuterà. Se lo accetta, pazienza. Se lo rifiuta, sulla qual cosa conto, me la sbrigherò da solo. E se questo caso mi porta da qualche parte, lo metterò in difficoltà per negligenza.

Lanquetot continuava a esitare.

– Non voglio che lei ci vada di mezzo, – disse Louis. – Le chiedo solo di portarmi da lui e di fare la parte del cretino. Se potesse assistere al nostro colloquio, sarebbe una testimonianza, in caso di necessità.

– Questo è facile. Basta che vuoi andartene, e Paquelin ti ordina di rimanere. Il caso qual è?

– Si tratta di un'inezia insolita, incasinata e molto interessante. Penso che Paquelin mi sbatterà fuori prima di averne afferrato tutta l'importanza. Paquelin non capisce niente di incasinamenti.

Lanquetot prese il ricevitore.

– Commissario? Sí, lo so, un sacco di lavoro. Ma c'è qui in corridoio un tizio un po' particolare che insiste per vederla... No, sarebbe piú prudente riceverlo... ha della merce di scambio... piuttosto equivoca... sí, la cella... ne ha parlato... Può darsi che voglia piantare una grana, può darsi che faccia semplicemente il bullo, ma preferirei che lo sistemasse lei stesso. Non dovrebbe volerci molto, non ha nemmeno i documenti. D'accordo, lo porto su.

Lanquetot raccolse i documenti di Kehlweiler e se li ficcò in tasca.

– Andiamo. La malmenerò un po' spingendola nell'ufficio, per essere piú credibili.

– Faccia pure.

Piú che introdurlo, Lanquetot lo catapultò nell'ufficio del commissario. Louis fece una smorfia, il realismo nuoceva alla sua gamba.

– Ecco il tizio, commissario. Niente documenti. Cambia nome ogni cinque minuti. Granville. Gravilliers, a scelta. Glielo lascio.

– Dove va, Lanquetot? – domandò il commissario.

Aveva una voce rauca, occhi vivacissimi, il volto magro e proprio niente male, con quella bocca odiosa che Kehlweiler ricordava bene. Louis aveva di nuovo tirato fuori il panino e le briciole cadevano a terra.

– Vado a prendere un caffè, commissario, se lei permette. Sono sfinito.

– Lei resta qui, Lanquetot.

– Bene, commissario.

Il commissario Paquelin esaminò Kehlweiler senza invitarlo a sedere. Louis posò Bufo sulla sedia vuota. Il commissario osservò la scena senza dire una parola. Era furbo, Paquelin, non lo si faceva esplodere con un rospo su una sedia.

– Allora, caro mio? Abbiamo deciso di fare un po' di casino?

– Può darsi.

– Cognome, nome, nazionalità, professione?

– Granville, Louis, francese, piú.
– Cosa, piú?
– Professione: non ce l'ho piú.
– Quale sarebbe il piano?
– Nessun piano. Sono qui perché questo è il commissariato principale, tutto qui.
– E allora?
– Giudichi lei. Si tratta di una cosetta che mi lascia interdetto. Mi è sembrato piú saggio informarla. Non vada a pensare chissà che.
– Io penso quello che mi pare e piace. Perché non sporgere denuncia a uno dei miei uomini?
– Non avrebbero preso in considerazione la cosa.
– Quale cosa?

Louis posò il panino sulla scrivania del commissario e si frugò lentamente in tasca. Ne estrasse un cartoccio di giornale e glielo aprí pian piano sotto il naso.

– Attenzione, – disse, – puzza.

Paquelin si chinò con reticenza sull'oggetto.

– Cos'è questa porcheria?
– È appunto quello che mi sono domandato quando l'ho trovata.
– Ha l'abitudine di raccogliere tutti i rifiuti di questo mondo per depositarli nei commissariati?
– Faccio il mio dovere, Paquelin. Di cittadino.
– Mi chiamano signor commissario, e lei lo sa. Le sue provocazioni sono ridicole e fanno pena. Allora, questa porcheria?
– La vede anche lei. È un osso.

Paquelin si chinò sul pacchetto. Il piccolo rifiuto era rosicchiato, corroso, crivellato da decine di punture di spillo, e di un colore un po' rossastro. Di ossa ne aveva viste, ma quello, no, quel tizio voleva fargli uno scherzo.

– Non è un osso. A che gioco sta giocando?
– È una cosa seria, commissario. Credo che sia un osso, e un osso umano per di piú. Ammetto di non vederci piú tanto bene e che non è molto grosso, ma mi sono detto: è un osso. Per-

ciò sono venuto a informarmi, a sapere se è roba per voi, se era stata segnalata una persona scomparsa nel quartiere. Viene da place de la Contrescarpe. Perché, vede, può esserci stato un reato, dato che ho qui l'osso.

– Caro mio, ne ho viste di ossa nella mia carriera, – disse Paquelin con una voce che saliva di tono. – Carbonizzate, tritate, fritte. E questo non è osso umano, glielo dico io.

Paquelin prese la cosetta nella sua grossa mano e si avvicinò a Kehlweiler.

– Basta soppesarlo... è cavo, è vuoto, inconsistente. L'osso pesa piú di cosí. Può rimpacchettarlo.

– Lo so, l'ho soppesato. Ma sarebbe prudente verificare. Una piccola analisi... un verbale...

Paquelin si dondolò sulla sedia, si passò una mano fra i capelli biondi; sarebbe stato proprio un bell'uomo, davvero, senza quella bocca odiosa, disgustata.

– Capisco... – disse. – Sta cercando di incastrarmi, Granville, o chiunque lei sia. Forzarmi la mano su un'inchiesta bidone, mettermi in ridicolo, tirarne fuori un bell'articolo sul giornale, fare il culo a uno sbirro... Non è ben congegnata, caro mio. La stupida provocazione, il rospo, il piccolo mistero, lo scherzo grossolano, il grottesco, il vaudeville. Trovi un altro espediente. Non è né il primo né l'ultimo che tenta di farmi fesso. E io sono ancora in sella. Visto?

– Insisto, commissario. Desidero sapere se nel quartiere è scomparso qualcuno. Recentemente, ieri, la settimana scorsa, il mese scorso. Direi piuttosto ieri o l'altro ieri.

– Mi spiace per lei, tutto tranquillo.

– Forse una scomparsa non ancora segnalata? A volte la gente esita. Dovrei ripassare la settimana prossima.

– E poi che altro? Vuole le nostre liste?

– Perché no? – ribatté Kehlweiler con un'alzata di spalle.

Richiuse il cartoccio e se lo ficcò in tasca.

– Allora, è proprio no? Non le interessa? Ad ogni modo, Paquelin, questa mi sembra davvero negligenza.

– Basta! – esclamò Paquelin alzandosi.

Kehlweiler sorrise. Finalmente il commissario perdeva le staffe.
– Lanquetot, sbattilo dentro! – mormorò Paquelin. – E fagli sputare la sua identità.
– Ah no, – disse Kehlweiler, – dentro no. Stasera ho un impegno per cena.
– Dentro, – ripeté Paquelin con un gesto secco a Lanquetot.
Lanquetot si era alzato.
– Permette? – domandò Kehlweiler. – Telefono a mia moglie per avvertirla. Sí, Paquelin, ne ho il diritto.
Senza aspettare, Kehlweiler aveva afferrato il ricevitore e composto il numero.
– Interno 229, per favore, sí, personale e urgente. Da parte di Ludwig.
Mezzo seduto sulla scrivania di Paquelin, Louis guardava il commissario che, in piedi anche lui, aveva appoggiato entrambi i pugni sul tavolo. Belle mani, peccato per quella bocca, davvero.
– Mia moglie è molto presa, – precisò Louis. – Ci vorrà un po'. Ah, no, eccola... Jean-Jacques? Sono Ludwig. Di' un po', ho una piccola divergenza di idee con il commissario Paquelin del v, sí, proprio lui. Vuole sbattermi in galera perché mi informavo su un'eventuale persona scomparsa nel quartiere... Proprio cosí, ti spiegherò. Sistemami questa faccenda, mi faresti una cortesia. D'accordo, te lo passo...
Louis porse cortesemente il ricevitore al commissario.
– Per lei, commissario, una comunicazione del ministero dell'Interno. Jean-Jacques Sorel.
Mentre Paquelin prendeva il ricevitore, Louis si scrollò di dosso le briciole e rimise in tasca Bufo. Il commissario ascoltò, disse qualche parola, e riagganciò lentamente.
– Come si chiama, lei? – domandò di nuovo.
– Commissario, tocca a lei, mi pare, sapere con chi ha a che fare. Io so benissimo chi è lei. Allora, ci ha pensato bene? Non vuole occuparsi della cosetta? Collaborare? Darmi le sue liste?
– Un bello scherzo, vero? – disse il commissario. – E con

l'aiuto degli imboscati del ministero... Ed è tutto qui, quello che si è inventato per cercare di farmi fuori? Mi prende davvero per scemo?
– No.
– Lanquetot, lo porti via prima che gli faccia mangiare il suo rospo.
– Nessuno tocchi il mio rospo. È delicato, come bestia.
– Sai cosa ci faccio con il tuo rospo? Sai cosa ci faccio con gente come te?
– Ma certo che lo so. Non vorrai che lo dica davanti ai tuoi subalterni?
– Fuori di qui.

Lanquetot ridiscese le scale dietro a Kehlweiler.
– Non posso restituirle i suoi documenti adesso. Può darsi che lui la tenga d'occhio.
– Diciamo ventiquattro ore, alla fermata Monge del metró.

Lanquetot salí di nuovo da Paquelin dopo essersi accertato che Kehlweiler fosse in strada. Il capo aveva un po' di sudore sul labbro. Ci avrebbe messo due giorni a calmarsi.
– Ha sentito, Lanquetot? Non una parola a nessuno, qui dentro. E chi mi dice che al telefono fosse proprio Jean-Jacques Sorel, dopotutto? Si può verificare, chiami il ministero...
– Certo, commissario, ma se era Sorel, sarà un casino. Non ha un bel carattere.

Paquelin si risedette pesantemente.
– Lei era nel quartiere prima di me, Lanquetot, con quello sciamannato di Adamsberg. Ha già sentito parlare di questo tizio? «Ludwig» o Louis Granville? Le dice qualcosa?
– Niente di niente.
– Vada, Lanquetot. E si ricordi: non una parola.

Lanquetot tornò nel proprio ufficio in un bagno di sudore. Per prima cosa, verificare tutte le denunce di scomparsa nel V arrondissement.

Capitolo quinto

Lanquetot arrivò puntuale. Louis Kehlweiler era già lí, con i gomiti appoggiati alla ringhiera dell'ingresso del metró. Teneva in mano il rospo, sembrava impegnato in una fitta conversazione e Lanquetot non osò interromperlo. Ma Louis lo aveva visto, si voltò e gli sorrise.
– Ecco i suoi documenti, Kehlweiler.
– Grazie, Lanquetot, è stato perfetto. Le mie scuse ai suoi subalterni.
– Ho controllato tutte le denunce di scomparsa nel v arrondissement. Ho persino spulciato il vi e il xiii, insomma, tutte le zone limitrofe. Niente. Nessuno ha segnalato niente. Vedrò negli altri arrondissement.
– Che periodo ha controllato?
– Tutto il mese scorso.
– Dovrebbe bastare. A meno di un caso eccezionale, credo piuttosto che sia successo ieri o negli ultimi tre, quattro giorni. E non lontano dalla Contrescarpe. Oppure decisamente altrove.
– Come fa a essere cosí sicuro?
– Ma la cosetta, Lanquetot, la cosetta... L'ho lealmente portata al suo capo. E se fosse meno prevenuto, avrebbe dubitato, avrebbe riflettuto e avrebbe fatto il suo lavoro. Ho giocato pulito, non ho niente da rimproverarmi e lei è testimone. Non fa il suo lavoro? Meglio cosí, me ne occupo io, con la sua benedizione e un calcio in culo, è proprio quello che volevo.
– La cosetta... è osso?
– Osso umano, vecchio mio. Ho fatto controllare poco fa al Museo di storia naturale.

Lanquetot si rosicchiò un'unghia.
- Non capisco... Non è tanto chiaro. Che osso?
- L'ultima falange dell'alluce. Destro o sinistro, impossibile saperlo, ma probabilmente di una donna. Bisogna cercare una donna.

Lanquetot girellò un po' in tondo, con le mani dietro la schiena. Aveva bisogno di riflettere.
- Ma quell'alluce – riprese – potrebbe venire... da un incidente?
- Improbabile.
- Non è normale, un osso di alluce sulla griglia di un albero.
- Lo penso anch'io.
- Come mai è finito lí? E se fosse di maiale?
- No, Lanquetot, no. È umano, non torniamoci su. Se è scettico, facciamo fare un'analisi. Ma è d'accordo persino Bufo, è umano.
- Merda, – disse Lanquetot.
- C'è arrivato, ispettore.
- Arrivato dove?
- Alla verità. Come mai l'osso è finito lí?
- E come faccio a saperlo?
- Aspetti, le mostro una cosa. Sarebbe cosí gentile da tenermi Bufo?
- Con piacere.
- Bene, tenda la mano.

Louis estrasse dal sacchetto una bottiglia d'acqua e inumidí la mano di Lanquetot.
- È per Bufo, non si può tenerlo con la mano asciutta. Dopo un minuto non ne può già piú, ha troppo caldo, gli fa male. Ecco. Prenda Bufo fra il pollice e l'indice, stringa un po', perché non la conosce. Non troppo forte, eh? Ci tengo a lui. È l'unico che mi lasci chiacchierare senza interrompermi e che non mi chieda mai conto di niente. Bene, adesso guardi.
- Dica, – lo interruppe Lanquetot, – era davvero Sorel quel tale che ha chiamato al ministero?
- Ma no, vecchio mio... Sorel è troppo isolato, non può piú

permettersi di proteggermi apertamente. È un mio amico che fa finta, lo avevo preavvertito.
– È una porcata, – mormorò Lanquetot.
– Abbastanza, sí.
Louis scartocciò ancora una volta il giornale e prese delicatamente l'osso.
– Vede, Lanquetot, è mangiato, addentato.
– Sí.
– E tutti questi buchini, li vede?
– Sí, certo.
– Allora, adesso capisce da dove viene?
L'ispettore scosse il capo.
– Dalla pancia di un cane, Lanquetot, dalla pancia di un cane! È osso digerito, capisce? È l'acido che fa quei buchi, su questo non c'è alcun dubbio.
Louis ripose l'osso e si riprese il rospo.
– Vieni, Bufo, facciamo due passi, io e l'ispettore. L'ispettore è un nuovo amico. Hai visto? Non ti ha fatto male, eh?
Louis si rivolse a Lanquetot.
– Gli parlo cosí perché è un po' scemo, gliel'ho già detto. Bisogna essere semplici con Bufo, usare solo i concetti base: i buoni, i cattivi, il mangiare, la riproduzione, il sonno. Oltre quello non va. A volte tento dei discorsi un po' piú ardui, persino filosofici, per risvegliargli la mente.
– Finché c'è vita, c'è speranza.
– Era molto piú scemo quando l'ho preso. Piú giovane, anche. Facciamo due passi, Lanquetot.

Capitolo sesto

Louis perlustrò il parcheggio, l'ingresso dei palazzi, i bar. Adesso faceva buio. Allora, il metró. Lei non doveva essersi allontanata molto, non le piaceva uscire dal suo perimetro. Quando la vide sulla banchina, alla fermata Gare d'Austerlitz, sentí qualcosa placarsi nelle viscere. La guardò da lontano. Marthe faceva finta di aspettare l'ultima corsa. E per quanto sarebbe riuscita a far finta?

Trascinando la gamba rigida, aveva camminato troppo, percorse tutta la banchina e si lasciò cadere sul sedile, accanto a lei.

– Allora, vecchia mia, non sei ancora tornata a casa?
– To', Ludwig, capiti a proposito, non avresti una sigaretta?
– Che diavolo combini qui?
– Facevo un giretto, vedi. Stavo per andarmene.

Louis le accese la sigaretta.

– Buona giornata? – domandò Marthe.
– Ho rotto le palle a quattro poliziotti in un colpo solo, tre non c'entravano niente. Conto di fregarli, con la loro benedizione.

Marthe sospirò.

– Benissimo, – disse Louis, – mi sono comportato male, sono stato spocchioso, li ho guardati dall'alto in basso, e li ho umiliati un po'. Ma era divertente, vedi, era cosí divertente.
– Gli hai fatto il numero dei nonni?
– Certo.
– In un'altra vita dovrai provvedere a rettificare certe cose. Dovrai riuscire a divertirti senza che ne faccia le spese il primo che capita.

– In un'altra vita, mia vecchia Marthe, dovrò intraprendere grossi lavori. Ripristino delle fondamenta, consolidamento delle strutture portanti, intonacatura esterna. Tu ci credi alle altre vite?
– Per niente.
– Volevo rifilare la colpa a Paquelin, bisognava pur montare in testa agli altri per arrivare al suo ufficio.
Be', si disse Louis, d'accordo, non ci avrebbero ricamato sopra per tutta la notte, e lui si era proprio divertito con poco. Non c'è molto margine con gente come Paquelin.
– Ci sei riuscito, almeno?
– Non mi lamento.
– Paquelin è quel bel ragazzo, biondo, magrolino, una vera carogna?
– Proprio lui. Prende a ceffoni le puttane, torce le palle agli indagati.
– Be', immagino che non sei andato per il sottile. Cosa vuoi da lui?
– Che levi le tende da dov'è, non voglio altro.
– Non hai piú i mezzi di prima, Ludwig, non dimenticarlo. Insomma, sono affari tuoi. Vincent ha immortalato il tizio della 102 e lo ha seguito.
– Lo so.
– Non ti si può informare di niente, allora. A me piace portare delle informazioni.
– Ti ascolto. Informami.
– Be', non c'è altro. Ti ho detto tutto.
– E sul tuo alloggio, mi hai detto tutto?
– Che t'importa?
Marthe si girò verso Kehlweiler. Quel tizio era una carta moschicida. Le informazioni venivano a incollarglisi addosso senza che muovesse un dito. Era un tipo cosí, tutti andavano a raccontargli le loro storie. Alla lunga, era infernale.
– Prendi una mosca, per esempio, – disse Marthe.
– Sí?
– No, lascia perdere.

Marthe riappoggiò il mento sulle mani. Lei, la mosca, crede di attraversare la stanza senza dare nell'occhio, tranquilla. Va a sbattere dritta in Ludwig, gli si incolla addosso. Ludwig le estorce piano piano le sue informazioni, tante grazie, e poi la lascia andare. Era a tal punto una carta moschicida che l'aveva scelto come professione, che non sapeva piú fare nient'altro. Riparare una lampada, per esempio, non valeva nemmeno la pena chiederglielo, era un disastro. No, sapeva solo sapere. La sua grande armata gli raccontava tutto quello che succedeva, dalle bazzecole piú insignificanti alle cose piú grosse, e una volta finiti in quel mulinello, difficile uscirne. Cosí, se l'era proprio cercata.

Ludwig diceva che non bisogna mai giudicare una bazzecola dall'aspetto che ha. Che non si sa mai, che può nasconderne un'altra. E la sua vocazione era trovarle, se valeva la pena. E il perché di questa frenesia, mistero. Anche se Marthe un'idea ce l'aveva. Finché non fosse crepato, Ludwig sarebbe stato alle calcagna degli sterminatori, che lo sterminatore ne facesse fuori uno o mille. Sí, ma del suo alloggio, che gli importava? La gente ha il proprio orgoglio. Si era detta che avrebbe trovato una soluzione, e adesso non soltanto non c'era in vista nessuna soluzione, ma Ludwig sapeva. Chi era andato a raccontarglielo? Chi? Ma qualunque tizio della sua armata di disgraziati.

Marthe scrollò le spalle. Guardò Louis che aspettava, paziente. Da lontano, non sembrava proprio niente di speciale. Ma da vicino, diciamo a ottanta centimetri, cambiava da cosí a cosí. Non c'era da spremersi le meningi per sapere perché tutti andavano a raccontargli tutto. Diciamo che a un metro e mezzo, a due metri, to', Louis aveva una faccia da studioso inflessibile, inabbordabile, come quei tali nei manuali di storia. A un metro, uno non era piú tanto sicuro. Piú ci si avvicinava, e peggio era. L'indice che ti appoggiava piano sul braccio per rivolgerti una domanda bastava a tirarti fuori le parole. Con Sonia non aveva funzionato, che tonta. Avrebbe dovuto rimanere con lui tutta la vita, no, non tutta, perché di tanto in tanto bisogna assolutamente mangiare, per esempio, insomma, sapeva lei cosa intendeva. Forse Sonia non aveva guardato da vicino, per Marthe non c'era altra spiegazione. Ludwig si trovava brutto, vent'anni che lei gli dava torto, ma lui si trovava brutto lo stesso, e tanto meglio se certe donne si sbagliavano, diceva. Era un'enormità sentire una cosa del genere, lei che aveva conosciuto centinaia di uomini e ne aveva amati solo quattro, eccome se sapeva giudicare.

– Rimugini? – domandò Louis.
– Vuoi del pollo freddo? Ne ho ancora un po' nella borsa.
– Ho cenato con l'ispettore Lanquetot.
– Il pollo andrà sprecato.
– Pazienza.
– Non si è mai visto che uno abbia buttato via del pollo freddo.

Marthe aveva il dono sconcertante di enunciare brevi massime a proposito di quisquilie. A Louis piaceva. Aveva una bella collezione di frasi di Marthe, e se ne era servito spesso.

– Bene, vai a dormire? Ti accompagno?
– Che t'importa?
– Marthe, non ripetiamo sempre le stesse cose. Sei testarda come un mulo e io come un asino solitario. Perché non mi hai detto niente?
– Sono capace di cavarmela da sola. Ho la mia agenda. Mi troveranno qualcosa, vedrai. La vecchia Marthe ha delle risorse, non sei mica il buon Dio.
– La tua agenda, la tua vecchia bella gente... – sospirò Louis.
– Perché, credi che la tua vecchia bella gente alzerà un dito per una vecchia battona ridotta a passare l'inverno sotto una tettoia?
– Esatto, per una vecchia battona. Perché no?
– Hai provato? È saltato fuori qualcosa? Niente. Mi sbaglio?
– E allora? – borbottò Marthe.
– Vieni, vecchia mia. Non staremo mica tutta la vita su questa banchina del metró.
– Dove si va?

– Nel mio bunker. E siccome non sono il buon Dio, non ha niente a che vedere con il paradiso.

Louis trascinò Marthe verso le scale. Fuori si gelava. Affrettarono il passo.

– Andrai a prendere la tua roba domani, – disse Louis aprendo la porta, secondo piano, dalle parti delle Arènes de Lutèce, l'anfiteatro romano. – Non portare qui tutti i tuoi stracci, non c'è molto spazio.

Louis accese il riscaldamento, aprí un divano letto, spinse da parte qualche scatola di cartone. Marthe guardava la stanzetta, piena zeppa di fascicoli, libri, cumuli di carte e giornali ammucchiati sul pavimento.

– Non ficcare il naso dappertutto, per piacere, – disse Louis. – Questa è la mia piccola dépendance del ministero. Venticinque anni di sedimentazione, tonnellate di casi pazzeschi, di ogni genere; meno ne sai, meglio è.

– Va bene, – disse Marthe sedendosi sul letto. – Ci proverò.

– Starai bene? Può andare? Penseremo a trovarti qualcos'altro, vedrai. Troveremo i soldi.

– Tu sei buono, Ludwig, – disse Marthe. – Quando mia madre lo diceva a qualcuno, aggiungeva sempre: «Sarà la tua rovina». E lo sai perché, eh?

Louis sorrise.

– Ecco un altro mazzo di chiavi. Ricordati di chiudere le due serrature quando esci.

– Non sono stupida, – disse Marthe, indicando le librerie con un cenno del mento. – Ce n'è della gente in quei fascicoli, eh? Non farti problemi, ci starò attenta.

– Un'altra cosa, Marthe. Tutte le mattine viene un tale, dalle dieci a mezzogiorno. Dovrai essere in piedi. Ma puoi restare qui mentre lavora, gli spiegherai.

– D'accordo. Cosa viene a fare?

– Catalogare i giornali, leggere, selezionare tutte le notizie un po' equivoche, ritagliare. E mi scrive un piccolo resoconto.

– Ti fidi? Potrebbe mettere tutto sottosopra.

Louis prese due birre e ne porse una a Marthe.

– L'essenziale è sotto chiave. E l'ho scelto bene, quel tale, credo. È uno di Vandoosler. Ti ricordi di Vandoosler, il commissario del XIII? Ti ha mai beccata?

– Parecchie volte. Ha lavorato tanto tempo alla buoncostume. Simpatico. Sono stata un sacco di volte da lui, andavamo d'accordo. Non rompeva le palle alle puttane, bisogna riconoscerglielo.

– Bisogna riconoscergli molte altre cose.

– Di', non è stato liquidato? Era il tipo.

– Sí. Ha lasciato scappare un assassino.

– Magari aveva le sue ragioni.

– Sí.

Louis camminava per la stanza con la sua birra.

– Perché ne parliamo?

– Per via di Vandoosler. È stato lui a mandarmi un tizio per catalogare i giornali. È suo nipote, o il suo figlioccio. Non mi avrebbe mandato il primo venuto, capisci.

– Come ti sembra?

– Non so, l'ho incrociato tre volte in tre settimane. È uno storico del Medioevo, disoccupato. Ha l'aria di uno che continua a farsi domande che vanno contemporaneamente in dodici direzioni diverse. Quanto a dubbi, sembra a posto, non rischia di pencolare verso l'inflessibile perfezione.

– Allora deve andarti bene. Com'è di persona?

– Abbastanza particolare, molto snello, tutto in nero. Vandoosler ha in casa tre tizi, mi ha mandato lui. Fai conoscenza e te la sbrighi tu. Ti lascio, Marthe, ho una cosa da seguire che mi incuriosisce.

– La panchina 102?

– Sí, ma non per quello che credi. Il nipote del deputato lo lascio a Vincent, ormai è grande. È un'altra cosa, un pezzetto di osso umano che ho trovato vicino alla panchina.

– A che pensi?

– A un omicidio.

Anche se Marthe non vedeva bene il nesso, si fidava di Ludwig. Intanto, però, la sua incessante attività la preoccupava. Da quando era stato sbattuto fuori dal ministero, Ludwig non era riuscito a fermarsi. Lei si domandava se non cominciasse a cercare qualunque cosa dovunque, da una panchina all'altra, da una città all'altra. Avrebbe potuto smettere, dopotutto. Ma evidentemente non era all'ordine del giorno. Prima, non aveva mai fatto errori, ma era nel giro, sempre con qualche incarico. Da quando lavorava da solo, incaricato di un bel niente, la faccenda la preoccupava, aveva paura che desse di matto. Gli aveva fatto delle domande, e Ludwig le aveva risposto seccamente che non era matto, ma che non se ne parlava di mollare. E poi aveva fatto la faccia da tedesco, come diceva lei, quindi basta, pietà.

Osservò Louis che si era appoggiato a una libreria. Aveva l'aria tranquilla, come al solito, come lo aveva sempre conosciuto. Lei se ne intendeva di uomini, era il suo vanto, e quello era uno dei suoi preferiti, a parte i quattro che aveva amato, ma che non erano né dolci né divertenti come Ludwig. Non voleva che desse di matto, era uno dei suoi preferiti.

– C'è di che pensare a un omicidio o ti stai inventando una bella storia?

Louis fece una smorfia.

– Un omicidio non è una bella storia, Marthe, non lo faccio per non restare con le mani in mano. Nel caso della 102 probabilmente mi sbaglio, e all'altro capo di quell'osso non c'è niente, anzi lo spero. Ma mi rode, non ho la certezza, quindi sto con gli occhi aperti. Farò un giretto da quelle parti. Dormi bene.

– Non sarebbe meglio che dormissi anche tu? Cosa vai a vedere?

– I cani che pisciano.

Marthe sospirò. Niente da fare, Ludwig era ingovernabile, un treno con i freni rotti. Lento, ma con i freni rotti.

Capitolo settimo

Quando lo zio gli aveva proposto quel lavoretto da duemila franchi Marc Vandoosler aveva accettato subito. Aggiungendo il part time alla biblioteca comunale, che sarebbe cominciato a gennaio, la situazione migliorava un po'. Nella topaia dove abitava avrebbero potuto installare altri tre radiatori.
Beninteso, all'inizio aveva diffidato. Bisognava sempre diffidare dei conoscenti dello zio che, quando era poliziotto, aveva gestito le cose a modo suo. Cioè in modo molto particolare. C'era davvero di tutto fra i conoscenti di Vandoosler il Vecchio. In quel caso, si era trattato di andare a catalogare dei ritagli di giornale per un suo amico, senza toccare il contenuto degli scaffali. Il padrino gli aveva detto che era un lavoro di fiducia, che Louis Kehlweiler aveva accumulato chili di informazioni e continuava ad accumularli anche adesso che era stato buttato fuori dal ministero dell'Interno. Da solo? aveva domandato Marc. Ce la fa? No, appunto, non ce la fa, bisognava dargli una mano.
Marc aveva detto d'accordo, non avrebbe messo sottosopra i fascicoli, non gliene fregava niente. Fosse stato un archivio medioevale, ovviamente, sarebbe stata tutt'altra cosa. Ma reati, liste, nomi, reti di informatori, processi, no, non gli interessavano. Perfetto, aveva detto lo zio, puoi cominciare domani. Alle dieci, nel suo bunker, ti spiegherà lui, forse ti racconterà la storia dell'incasinamento e della certezza, è la fissazione della sua vita, te lo dirà meglio di me. Scendo a telefonargli.
Perché continuavano a non avere il telefono. Ormai erano otto mesi che avevano traslocato in quella topaia, quattro uomini

semiaffogati nel tracollo economico, con l'improbabile obiettivo di unire gli sforzi per tentare di cavarsela. Per adesso, l'unione di quegli sforzi irregolari e confusi concedeva delle tregue aleatorie, senza alcuna possibile previsione piú in là di tre mesi. Per il telefono, quindi, si scendeva al bar.

E da tre settimane Marc faceva coscienziosamente il suo lavoro, sabati compresi, perché i giornali escono anche il sabato. Dato che leggeva in fretta, smaltiva rapidamente la pila quotidiana, che era corposa perché Kehlweiler riceveva tutte le edizioni regionali. Tutto ciò che doveva fare era individuare i sommovimenti della vita criminale, politica, familiare, degli affari, dei sordidi interessi, e dividerli in mucchi. In quei sommovimenti, privilegiare il freddo rispetto al caldo, il duro al molle, l'implacabile al concitato. Kehlweiler aveva ridotto al minimo le istruzioni per la selezione, non valeva la pena raccontare a Marc Vandoosler la storia della mano destra e della mano sinistra. Marc ce l'aveva nell'animo, intessuto di efficienza e incasinamento. Perciò Kehlweiler gli lasciava carta bianca nel ritaglio dei giornali. Marc creava i rimandi necessari, catalogava, con schedatura per soggetto, ritagliava, riponeva in raccoglitori, e una volta la settimana redigeva una sintesi. Kehlweiler gli andava abbastanza a genio, ma ancora non era sicuro. L'aveva visto solo tre volte, un tizio alto che trascinava una gamba rigida, con una bella faccia, a guardarla un po' da vicino. In certi momenti ti impressionava, un po' troppo, era spiacevole, eppure Kehlweiler faceva tutto con calma, e con lentezza. Ciò non toglie che non fosse del tutto a suo agio con lui. Istintivamente, in sua presenza si controllava, e a Marc non piaceva controllarsi, si scocciava. Se per esempio aveva voglia di agitarsi, non si tratteneva. Invece Kehlweiler non dava mai l'impressione di essere uno che si agita. Il che irritava Marc, a cui piaceva incontrare gente ansiosa come lui, o peggio di lui, se possibile.

Un giorno, pensò Marc aprendo le due serrature della porta del bunker, avrebbe tentato di smettere di agitarsi. Ma a trentasei anni non sapeva da che parte cominciare.

Sulla soglia sobbalzò. C'era un letto dietro alla sua scrivania, e una vecchia ipertinta che depose il libro per guardarlo.

– Entri, – disse Marthe, – faccia come se non ci fossi. Sono Marthe. È lei che viene a lavorare per Ludwig? Le ha lasciato un biglietto.

Marc lesse le poche righe in cui Kehlweiler gli riassumeva la situazione. D'accordo, ma se credeva che fosse facile lavorare con qualcuno che sbriga le sue faccenduole un metro dietro di te, col cavolo.

Marc fece un piccolo inchino e sedette al tavolo. Tanto valeva prendere le distanze da subito, perché quella vecchia gli sembrava un tipo chiacchierone e ficcanaso. Ma evidentemente Kehlweiler si fidava.

Avvertiva che lei lo esaminava da dietro e la cosa lo innervosiva. Aveva preso «Le Monde» e stentava a concentrarsi.

Marthe esaminava il tizio di spalle. Tutto vestito di nero, pantaloni aderenti e giacca di tela, stivali, capelli anch'essi neri, piuttosto piccolo, un po' troppo magro, il tipo nervoso, agile, ma non molto robusto. Il viso non male, un po' scavato, un po' indiano, ma non male, fine, con una certa classe. Be', poteva andare. Non lo avrebbe disturbato, era il genere agitato che ha bisogno di star solo per riuscire a lavorare. Se ne intendeva, lei, di uomini.

Marthe si alzò e s'infilò il cappotto. Aveva delle cose da andare a recuperare.

Marc si fermò nel bel mezzo di una riga e si voltò.

– Ludwig? Si chiama cosí?

– Be', sí, – disse Marthe.

– Non si chiama Ludwig.

– Be', sí. Si chiama Louis. Louis, Ludwig, è lo stesso nome, no? Cosí, lei sarebbe il nipote di Vandoosler? Da commissario, era gentile con le puttane.

– Non mi stupisce, – disse Marc in tono secco.

Vandoosler il Vecchio non era mai stato capace di controllarsi, nella sua vita aveva accumulato seduzioni sfrenate e abbandoni incuranti, piaceri, dissipazioni ma anche disastri che

Marc, alquanto prudente con le donne, criticava rabbiosamente. Un costante motivo di battibecchi.

– Mai che abbia picchiato una puttana, – continuò Marthe. – Quando capitavo con suo zio, si parlava del piú e del meno. Sta bene? Lei gli somiglia un po', to', quando la guardo. Su, la lascio lavorare.

Marc si alzò temperando la matita.

– Ma Kehlweiler? Perché lo chiama Ludwig?

Cosa poteva fregargliene, in fondo?

– Che male c'è? – ribatté Marthe. – Non va bene, Ludwig, come nome?

– Sí, non è male.

– A me sembra meglio di Louis. Louis… Louis… è un po' insipido, in francese.

Marthe si abbottonò il cappotto.

– Sí, – ripeté Marc. – Di dov'è Kehlweiler? Di Parigi?

Cosa poteva fregargliene, santiddio? Doveva solo lasciar andare via la vecchia, e stop. Marthe sembrava piú abbottonata, come il suo cappotto.

– Di Parigi? – ricominciò Marc.

– Del Cher. E allora? Uno avrà il diritto di chiamarsi come vuole, fino a nuovo ordine, no?

Marc annuí, qualcosa gli sfuggiva.

– Del resto, – continuò Marthe, – Vandoosler, cos'è?

– Belga.

– Be', e allora?

Marthe uscí facendogli un cenno con la mano. Un cenno che voleva dire anche «chiudi un po' il becco», o almeno cosí gli sembrava.

Scendendo le scale, Marthe borbottava. Troppo curioso, troppo chiacchierone, quel tizio, come lei. Insomma, se Ludwig si fidava, affari suoi.

Marc si risedette, un po' preoccupato. Che Kehlweiler avesse lavorato al ministero dell'Interno, va bene. Ma che continuasse a occuparsi un po' di tutto e ad accollarsi quell'archiviazione demenziale gli sembrava insensato, senza capo né coda. I paroloni non spiegano tutto. Sotto i paroloni ci sono spesso conticini personali in sospeso, talvolta legittimi talvolta sordidi. Alzò lo sguardo sugli scaffali zeppi di raccoglitori. No. Era sempre stato di parola, un tipo franco, franco al punto da sfinire tutti con le sue chiacchiere da tipo franco, non si sarebbe messo a frugare. Non aveva cosí tante qualità da potersi permettere di sacrificarne una.

Capitolo ottavo

Louis Kehlweiler aveva riflettuto per una parte della notte. La sera prima aveva contato quelli che venivano a far pisciare il cane sulla piazzetta vicino alla panchina 102. Almeno dieci, un andirivieni infernale di cani pisciatori e di padroni docili. Dalle dieci e mezzo a mezzanotte aveva guardato i visi, annotato certi particolari per ricordarseli, ma non vedeva come riuscire a pedinarli tutti quanti. Potevano volerci giorni e giorni. Senza contare la legione che probabilmente passava prima delle dieci e mezzo. Un lavoro spossante, ma di lasciar perdere non se ne parlava. Una donna era stata fatta fuori, forse, e lui era sempre stato capace di individuare il luridume, non riusciva a lasciar perdere.

Inutile sorvegliare chi portava a spasso il cane di mattina, la griglia dell'albero era pulita quando si era allontanato dalla panchina, giovedí, alle due del pomeriggio. Il cane era venuto dopo. E c'era almeno una cosa su cui si poteva contare: la regolarità di chi porta fuori il cane. Sempre alle stesse ore, e uno o due percorsi possibili, andata e ritorno. Quanto alle abitudini del cane, era una faccenda piú problematica. I cani di città ormai non sapevano piú marcare il territorio, facevano quel che gli pareva ovunque, ma sul percorso del padrone, per forza.

Quindi c'erano ottime possibilità che il cane ripassasse da quella griglia d'albero. Ai cani piacciono le griglie degli alberi, piú delle gomme d'auto. Ma anche se fosse riuscito a circoscrivere venticinque persone che portavano fuori il cane, come fare per scoprire i loro nomi e indirizzi senza perderci un mese intero? Considerando poi che adesso non era piú molto bravo nei pedinamenti. Con quella gamba rigida, camminava meno veloce, e si faceva individuare piú facilmente. La sua alta statura non lo agevolava per niente.

Avrebbe avuto bisogno di gente che lo aiutasse, ma non aveva piú i soldi per procurarsela. Finite le indennità di missione del ministero. Si ritrovava solo, tanto valeva mollare. C'era stato un frammento d'osso sulla griglia dell'albero, bastava dimenticarlo.

Per gran parte della notte aveva tentato di convincersi a dimenticare. Doveva pensarci la polizia. Ma la polizia se ne fregava. Come se i cani ingoiassero tutti i giorni alluci che poi andavano a evacuare qua e là. Kehlweiler scrollò le spalle. La polizia non si sarebbe mobilitata senza cadavere o denuncia di scomparsa. E una piccola falange smarrita non è un cadavere. È una piccola falange smarrita. Ma non se ne parlava di mollarla. Guardò l'orologio. Aveva appena il tempo di beccare Vandoosler al bunker.

Kehlweiler chiamò Marc Vandoosler, per strada, proprio nel momento in cui se ne andava dall'ufficio. Marc si irrigidí. Cosa veniva a dirgli Kehlweiler, di sabato? Di solito passava il martedí a prendere il resoconto della settimana. Forse la vecchia Marthe aveva parlato? Riferito delle sue domande? In gran fretta, Marc, che non voleva perdere il lavoro, elaborò mentalmente un castello di bugie difensive. Gli riusciva benissimo, improvvisare sul momento. Difendersi con rapidità è ciò che uno deve saper fare se è una schiappa ad aggredire. Quando Kehlweiler fu abbastanza vicino da vederne il viso, Marc si rese conto che non c'era nessun attacco da respingere e si rilassò. Piú avanti, il 1° gennaio dell'anno prossimo, per esempio, avrebbe cercato di smettere di agitarsi a quel modo. O dell'anno dopo ancora, tanto non c'era piú nessuna fretta.

Marc ascoltò e rispose. Sí, aveva tempo, sí, d'accordo, poteva accompagnarlo per una mezz'ora, di che si trattava?

Kehlweiler lo trascinò verso una panchina nelle vicinanze. Marc avrebbe preferito sistemarsi in un bar, al caldo, ma quel tizio alto aveva l'aria di nutrire una insopportabile predilezione per le panchine.

– Guarda, – disse Kehlweiler estraendo dalla tasca una palla di carta di giornale. – Apri adagio e dimmi che ne pensi.

Louis si domandò perché gli facesse quella domanda dal momento che sapeva benissimo cosa pensare di quell'osso. Probabilmente per far partire Marc esattamente da dove era partito anche lui. Quel rampollo di Vandoosler il Vecchio lo incuriosiva. I resoconti che gli aveva consegnato erano davvero ben fatti. E se l'era proprio cavata nel caso Siméonidis, due reati immondi, sei mesi prima. Ma Vandoosler lo aveva avvertito: suo nipote si interessava solo del Medioevo e degli amori disperati. San Marco, cosí lo chiamava. A quanto pare, era bravissimo nel suo campo. Ma questa dote può dare dei risultati anche in altri campi, perché no? Louis aveva appreso tre giorni prima che Delacroix era il presunto figlio di Talleyrand, e quel legame gli aveva fatto piacere. Genio per genio, pittura o politica, dei binari incompatibili potevano innestarsi l'uno nell'altro.

– Allora? – domandò Louis.

– Dov'è stato trovato?

– Parigi, sulla griglia dell'albero della panchina 102, alla Contrescarpe. Che ne pensi?

– A prima vista, direi che è un osso uscito dalla cacca di un cane.

Kehlweiler si raddrizzò e osservò Marc. Sí, quel tizio gli interessava.

– No? – disse Marc. – Ho preso una cantonata?

– Non hai preso una cantonata. Come fai a saperlo? Hai un cane?

– No, ho un cacciatore-raccoglitore dell'epoca paleolitica. È un preistorico, totalmente fissato, non bisogna rompergli le palle sull'argomento. Ma pur essendo un preistorico, totalmente fissato, è un amico. Mi sono interessato dei suoi materiali di scavo perché in realtà è un tipo sensibile, non voglio dargli un dispiacere.

– È quello che tuo zio chiama san Luca?

– No, quello è Lucien, è uno storico della Grande Guerra, totalmente fissato. Siamo in tre alla topaia: Mathias, Lucien e io. E Vandoosler il Vecchio che si ostina a chiamarci san Matteo, san Luca e san Marco, cosí sembriamo dei pazzi. Al vecchio non servirebbe un grosso incoraggiamento per farsi chiamare Dio. Insomma, sono le scemate di mio zio. Quelle di Mathias, il preistorico, sono ancora diverse. Nei materiali del suo scavo c'erano delle ossa cosí, crivellate di buchini. Mathias dice che vengono dalla merda delle iene preistoriche e che non bisogna assolutamente mescolarle con le cibarie dei cacciatori-raccoglitori. Ha sciorinato tutto sul tavolo della cucina, finché Lucien si è innervosito perché si mescolava con le sue, di cibarie, e a Lucien mangiare piace. Insomma, lasciamo perdere la topaia, ma dato che non ci sono iene preistoriche sulle griglie degli alberi, a Parigi, penso che venga da un cane.

Kehlweiler annuí. Sorrideva.

– Solo che, – continuò Marc, – e allora? I cani mangiano ossi, è nella loro natura, e gli escono fuori in questo stato, porosi, bucherellati. A meno che... – aggiunse dopo un silenzio.

– A meno che, – ripeté Kehlweiler. – Perché quello è osso umano, l'ultima falange di un alluce.

– Sicuro?

– Certo. Me lo sono fatto confermare al Museo di storia naturale da uno che sa. Un alluce di donna, piuttosto anziana.

– Certo... – disse Marc dopo un nuovo silenzio. – Non è comune.

– La polizia non ha fatto una piega. Il commissario del quartiere non ammette che sia un osso, non ha mai visto una cosa cosí. Riconosco che il reperto è in uno stato insolito e che io l'ho indotto a sbagliarsi. Sospetta che gli stia tendendo una trappola, il che è esatto, ma non quella che crede lui. Nessuno è scomparso, nel quartiere, perciò non apriranno un'inchiesta per un osso imballato in una cacca di cane.

– E tu, tu che ne pensi?

Marc dava del tu a chiunque gli desse del tu. Kehlweiler distese le lunghe gambe e intrecciò le mani dietro la nuca.

– Penso che questa falange appartenga a qualcuno e non sono sicuro che la persona che sta all'altra estremità sia viva. Scarto l'incidente, troppo inverosimile. Possono darsi le eventualità piú stravaganti, però... Mi sembra piú probabile che il cane abbia dato un morsetto a un cadavere. Ai cani piacciono le carogne, come alle iene. Lasciamo perdere il caso di un cadavere legale, in una casa o in un ospedale. Sarebbe stupido immaginare che in una camera mortuaria sia passato un cane.

– E se una vecchia è morta da sola, in casa, con il suo cane?

– E come avrebbe fatto il cane a uscire? No, impossibile, il corpo è fuori. Un corpo dimenticato da qualche parte, oppure assassinato da qualche parte, cantina, cantiere, terreno abbandonato. Allora si può immaginare che sia passato un cane. Il cane inghiotte, digerisce, evacua, e la pioggia torrenziale dell'altra notte lava.

– Un cadavere abbandonato non significa omicidio.

– Ma l'osso viene da Parigi, ed è questo a darmi da pensare. I cani di Parigi non vanno a frugare lontano dal loro habitat, e un cadavere non rimane nascosto a lungo in città. Avrebbero già dovuto scoprirlo. Stamattina ho rivisto l'ispettore Lanquetot: sempre niente, nemmeno l'ombra di un corpo nella capitale. E nessuna denuncia di scomparsa. E dalle indagini di routine a seguito di decessi solitari non è emerso niente di particolare. Ho trovato l'osso giovedí sera. Sono tre giorni. No, Marc, non è normale.

Marc si domandava perché Kehlweiler gli raccontasse tutto ciò. Non aveva niente in contrario, peraltro. Era piacevole sentirlo parlare, aveva una voce calma, bassa, molto rilassante per i nervi. Detto questo, con quella cacca di cane lui non c'entrava nulla. Cominciava a fare davvero freddo su quella panchina, ma Marc non osava dire: «Ho freddo, me ne vado». Si strinse addosso la giacca.

– Hai freddo? – domandò Louis.

– Un po'.

– Anch'io. È novembre, non possiamo farci niente.

Sí invece, pensò Marc, si può andare al bar. Ma ovviamente era problematico parlare di quell'argomento al bar.

– Bisogna aspettare ancora, – riprese Kehlweiler. – C'è gente che aspetta otto giorni prima di denunciare una scomparsa.
– Sí, – disse Marc, – ma cosa te ne può importare?
– M'importa che non mi sembra normale, te l'ho detto. Da qualche parte c'è un lurido omicidio, ecco cosa credo. Questo osso, questa donna, questo omicidio, questo luridume, li ho in testa e ormai è troppo tardi, devo sapere, devo trovare.
– È una mania, – disse Marc.
– No, è arte. Un'arte incontenibile ed è la mia arte. Tu non l'hai mai provato?

Sí, Marc l'aveva provato, ma per il Medioevo, non per una falange sulla griglia di un albero.

– È la mia arte, – ripeté Kehlweiler. – Se entro otto giorni a Parigi non salta fuori niente, il problema si complica un bel po'.
– Certo. Un cane può viaggiare.
– Esatto.

Kehlweiler raddrizzò la schiena, poi si alzò. Marc lo guardò dal basso.

– Il cane, – disse Kehlweiler, – può aver fatto chilometri e chilometri in auto durante la notte! Può aver mangiato un piede in provincia e averlo risputato a Parigi! Tutto ciò che possiamo supporre, grazie a quel cane, è che c'è il corpo di una donna in qualche posto, ma quel corpo può essere ovunque! Non è poi cosí piccola, la Francia, per limitarci alla Francia. Un corpo in qualche posto e nessun posto dove cercare...
– È da pazzi tutto quello che uno può dire su una cacca di cane, – mormorò Marc.
– Non hai scoperto niente nella stampa regionale? Omicidi, incidenti?
– Omicidi, no. Incidenti, come al solito. Ma nessuna storia di piedi, sono sicuro.
– Continua a spulciare e tieni gli occhi aperti, piede o non piede.
– Bene, – disse Marc alzandosi.

Gli era chiaro cosa doveva fare: aveva le dita gelate, voleva andarsene.

– Aspetta, – disse Kehlweiler. – Mi serve aiuto, ho bisogno di un uomo che corra. La gamba mi rallenta e non posso seguire questo osso da solo. Accetteresti? Darmi semplicemente una mano per qualche giorno. Ma non posso pagarti.

– Per fare che?

– Seguire quelli che portano fuori il cane vicino alla panchina 102. Annotare i nomi, gli indirizzi, gli spostamenti. Vorrei non perdere troppo tempo, non si sa mai.

A Marc l'idea non piaceva affatto. Era già stato di vedetta una volta, per suo zio, bastava e avanzava. Non faceva per lui.

– Mio zio dice che hai degli uomini a Parigi.

– Sono uomini fissi. Proprietari di bar, giornalai, poliziotti, tizi che non si spostano. Guardano e mi informano quando è necessario, ma non sono mobili, capisci? Ho bisogno di un uomo che corra.

– Io non corro. So solo arrampicarmi sugli alberi. Corro dietro al Medioevo, ma non sto attaccato al culo della gente.

Kehlweiler stava per innervosirsi, ovvio. Quel tizio era ancora piú matto di suo zio. Tutti gli artisti sono matti. Artisti che si sbattevano nel campo della pittura, del Medioevo, della scultura, della criminologia. Tutti matti, lui ne sapeva qualcosa.

Ma Kehlweiler non si innervosí. Si risedette sulla panchina, lentamente.

– D'accordo, – disse soltanto. – Lascia perdere, non ha importanza.

Si rimise in tasca il cartoccio.

Bene. A Marc non restava che fare quello che voleva fare, andare a riscaldarsi al bar, mangiare qualcosa e tornare alla topaia. Salutò e si allontanò a grandi passi verso il viale.

Capitolo nono

Marc Vandoosler aveva mangiato un panino per strada ed era rientrato nella sua stanza nel primo pomeriggio. La topaia era deserta. Lucien teneva una conferenza in un posto su non si sa che aspetto della Grande Guerra, Mathias catalogava i reperti del suo scavo autunnale nel sotterraneo di un museo, e Vandoosler il Vecchio doveva essere andato a prendere una boccata d'aria. Lo zio doveva sempre stare fuori, e il freddo non lo disturbava affatto.

Peccato, Marc gli avrebbe volentieri fatto qualche domanda su Louis Kehlweiler, sulle sue incomprensibili cacce all'uomo e sui suoi nomi propri intercambiabili. Tanto per sapere. Se ne fregava, ma era tanto per sapere. Quella faccenda poteva aspettare, sia chiaro.

In quel momento Marc lavorava su dei materiali d'archivio della Borgogna, di Saint-Amand-en-Puisaye per l'esattezza. Gli avevano chiesto un capitolo per un libro sull'economia in Borgogna nel XIII secolo. Marc avrebbe continuato con quel cavolo di Medioevo finché fosse riuscito a viverne, lo aveva giurato a se stesso. Non proprio giurato, se lo era detto. Comunque, solo quello gli metteva le ali ai piedi, diciamo qualche piuma, quello e le donne di cui era stato innamorato. Tutte perdute, al momento, persino sua moglie, che se n'era andata. Forse era troppo nervoso, il che probabilmente le scoraggiava. Se avesse avuto un'aria calma come Kehlweiler, forse avrebbe funzionato meglio. Per quanto sospettasse che Kehlweiler non fosse calmo come sembrava. Lento, certo. Eppure, no. Di tanto in tanto si voltava a guardarti con una strana rapidità. Comunque calmo, ma non sempre. A volte il viso gli si irrigidiva, duramente, o gli occhi si perdevano nel vuoto, e perciò non era tutto cosí semplice. Del resto, chi aveva mai detto che fosse semplice? Nessuno. Quel tizio che cercava degli assassini improbabili a partire da una qualunque cacca di cane non doveva essere piú normale degli altri. Ma dava l'impressione di essere calmo, addirittura forte, e Marc avrebbe voluto riuscirci anche lui. Doveva funzionare meglio con le donne. Basta cosí, con le donne. Era solo come un cane da mesi, non valeva la pena girare il coltello nella piaga, che cavolo.

Allora, quei conti del signore di Saint-Amand. Era arrivato agli introiti dei granai, colonne di cifre conservate dal 1245 al 1256, con delle lacune. Mica male, un intero piccolo frammento della Borgogna nello stravolgimento del XIII secolo. Cioè, quanto a Kehlweiler, c'era anche la sua faccia. La faccia conta. Da vicino quel volto ti colpiva, a poco a poco. A una donna sarebbe riuscito piú facile dire se fossero gli occhi, le labbra, il naso, una cosa combinata con l'altra, ma il risultato era che da vicino valeva la pena. Se fosse stato una donna, l'avrebbe pensata cosí. Sí, ma era un uomo, quindi era una cretinata, e a lui piacevano solo le donne, un'altra cretinata perché non sembrava che le donne volessero decidersi ad amare solo lui a questo mondo.

E che cavolo. Marc si alzò, scese nella grande cucina, alquanto glaciale in novembre, e si fece un tè. Con il suo tè sarebbe riuscito a concentrarsi sui granai del signore di Puisaye.

Del resto, non c'erano prove che le donne fossero immancabilmente attratte da Kehlweiler. Perché, visto da lontano, non ci si rendeva conto che era bello, anzi proprio per niente, piuttosto arcigno. E a Marc sembrava che Kehlweiler avesse l'aria di uno abbastanza solo, in fondo. Sarebbe stato triste. Ma per lui, Marc, consolante. Non sarebbe stato l'unico a non trovare, a non riuscirci, a sbattere continuamente il muso su quelle storie d'amore. Niente di peggio dell'amore che non funziona per impedirti di pensare come si deve ai granai medioevali. Compromette il lavoro, ovvio. Ciò non toglie che l'amore esiste comunque, inutile urlare il contrario. In quel momento lui non amava nessuno e nessuno amava lui, cosí se ne stava in pace, se non altro; doveva approfittarne.

Marc risalí al secondo piano con il vassoio. Riprese la matita e una lente perché quegli archivi erano piuttosto difficili da decifrare. Erano copie, ovviamente, il che non facilitava le cose. Nel 1245, to', se ne sarebbero fregati di una cacca di cane, anche con un osso dentro. Be', insomma, non era poi cosí sicuro. Non era roba da poco, la giustizia, nel 1245. E in realtà, sí, se ne sarebbero occupati, se avessero saputo che era un osso umano, se avessero supposto che c'era stato un omicidio. Certo che se ne sarebbero occupati. Avrebbero sottoposto il caso al tribunale di diritto consuetudinario di Ugo, signore di Saint-Amand-en-Puisaye. E cosa avrebbe fatto Ugo?

Benissimo, non importa, non c'entrava. I granai del feudatario non contenevano nessuna cacca di cane, non mescoliamo tutto. Fuori pioveva. Forse Kehlweiler era ancora sulla sua panchina, da quando lo aveva piantato lí poco prima. No, doveva aver cambiato panchina, essersi appostato all'osservatorio 102 della griglia d'albero. Decisamente, avrebbe dovuto fare qualche domanda allo zio su quel tizio.

Marc trascrisse dieci righe e bevve un sorso di tè. La stanza non era molto calda, il tè faceva bene. Presto avrebbe potuto installare un secondo radiatore, quando avesse cominciato a lavorare per la biblioteca. Perché, oltretutto, non c'era niente da guadagnare nella proposta di Kehlweiler. Non un centesimo, lo aveva detto. E lui aveva bisogno di soldi, e non di fare l'uomo che corre dietro a chissà cosa. È vero che Kehlweiler avrebbe avuto qualche problema a pedinare da solo chi portava fuori il cane, per di piú con quella gamba rigida, ma erano affari suoi. Lui doveva pedinare il signore di Saint-Amand-en-Puisaye e lo avrebbe fatto. In tre settimane era arrivato a buon punto, aveva identificato un quarto dei fittavoli. Era sempre stato rapido nel lavoro. Tranne quando si fermava, certo. Del resto, Kehlweiler aveva capito. Accidenti a Kehlweiler, accidenti alle donne e accidenti a quel tè che sapeva di polvere.

È vero, forse c'era un assassino da qualche parte, un assassino che nessuno avrebbe mai cercato. Ma come tanti altri, e allora? Se un tizio aveva ucciso una donna in un accesso di rabbia, cosa c'entrava lui?

Santo Dio, chi teneva i conti di Saint-Amand ci si era messo d'impegno, ma aveva una scrittura da gallina. Al posto di Ugo, avrebbe cambiato contabile. Le sue *o* e le sue *a* erano indistinguibili. Marc prese la lente. Questo caso di Kehlweiler non era come il caso di Sophia Siméonidis. Di quello si era occupato perché c'era stato costretto, perché era la sua vicina di casa, perché gli piaceva, e perché l'assassinio era stato schifosamente premeditato. Una porcata, non voleva piú ripensarci. Certo, se dietro all'osso di Kehlweiler c'era un reato, poteva essere un omicidio altrettanto ignobile e premeditato. Kehlweiler ci pensava e voleva sapere.

Sí, forse, be', era il lavoro di Kehlweiler, non il suo. Se gli avesse chiesto di venire ad aiutarlo a trascrivere i conti del feudo di Saint-Amand, cosa avrebbe risposto? Avrebbe risposto ciccia, ovvio.

Fregato, stop, impossibile concentrarsi. E tutto per via di quel tizio, della sua storia di cani, di griglie, di omicidi, di panchine. Se suo zio fosse stato lí, gli avrebbe detto chiaramente cosa pensava di Louis Kehlweiler. Uno è assunto per un lavoretto di catalogazione, e la faccenda degenera, viene costretto a fare tutt'altro. Per quanto, a essere onesti, Kehlweiler non lo costringeva a fare niente. Gli aveva proposto qualcosa e non si era seccato quando Marc aveva rifiutato. In realtà, nessuno gli impediva di mandare avanti il suo studio sui granai di Saint-Amand, nessuno.

Nessuno tranne il cane. Nessuno tranne l'osso. Nessuno tranne l'idea di una donna all'altro capo dell'osso. Nessuno tranne l'idea di un omicidio. Nessuno tranne il viso di Kehlweiler. Un che di persuasivo negli occhi, di onesto, di chiaro, di doloroso anche.

Be', tutti ne avevano, di sofferenza, e la sua valeva quanto quella di Kehlweiler. A ognuno le proprie sofferenze, le proprie ricerche, i propri archivi.

Certo, quando si era buttato nel caso Siméonidis, non gli aveva nuociuto. Si possono intrecciare le proprie ricerche e i propri archivi con quelli degli altri senza smarrirsi. Sí, forse, certo, ma non era il suo lavoro. Punto, fine.

Per la rabbia, Marc alzandosi rovesciò la sedia. Gettò la lente sul mucchio di carte e afferrò la giacca. Mezz'ora dopo entrava nel bunker, e la vecchia Marthe era lí, come sperava.

– Marthe, lei sa dov'è la panchina 102?

– Ha il diritto di saperlo? Perché non sono mie, le panchine.

– Santo Dio! – esclamò Marc. – Sono pur sempre il nipote di Vandoosler, e Kehlweiler mi lascia lavorare da lui. Allora? Non basta?

– Va bene, non si agiti, – disse Marthe, – scherzavo.

Marthe gli spiegò per filo e per segno dov'era la panchina 102. Un quarto d'ora dopo Marc arrivava in vista della griglia dell'albero. Era ormai buio, erano le sei e mezzo. Dall'altro capo di place de la Controscarpe vide Kehlweiler seduto sulla panchina. Fumava una sigaretta, chino, con i gomiti sulle ginocchia. Marc rimase qualche minuto a osservarlo. I suoi gesti erano lenti, radi. Marc esitava di nuovo, incapace di decidere se fosse sconfitto o vincitore, e se bisognasse ragionare in quei termini. Indietreggiò. Osservò Kehlweiler schiacciare il mozzicone, poi passarsi le mani fra i capelli, lentamente, come se si stringesse forte la testa. Se la tenne fra le mani per vari secondi, poi le mani ricaddero sulle cosce, e rimase cosí, con lo sguardo fisso a terra. Quella sequenza di gesti silenziosi convinse Marc. Raggiunse la panchina e si sedette proprio all'estremità, con gli stivali allungati davanti a sé. Nessuno disse una parola per un paio di minuti. Kehlweiler non aveva alzato la testa, ma Marc era convinto che lo avesse riconosciuto.

– Ti ricordi che non c'è da guadagnarci un centesimo? – disse Kehlweiler alla fine.

– Mi ricordo.

– Forse hai altro da fare?

– Questo è certo.

– Anch'io.

Ci fu un nuovo silenzio. Quando uno parlava, si formava del vapore. C'era proprio da congelarsi, per la miseria.
– Ti ricordi che forse è un caso, un concorso di circostanze?
– Mi ricordo di tutto.
– Guarda la lista. Ho già dodici persone. Nove uomini, tre donne. Lascia perdere i cani troppo piccoli e troppo grandi. Secondo me, veniva da un cane medio.

Marc diede una scorsa alla lista. Descrizioni rapide, età, aspetto. La rilesse piú volte.
– Sono stanco e ho fame, – disse Kehlweiler. – Potresti sostituirmi per qualche ora?

Marc annuí e rese la lista a Kehlweiler.
– Tienila, ti servirà stasera. Ho ancora due birre, ne vuoi?
Bevvero la birra in silenzio.
– Vedi quel tale che sta arrivando, laggiú, un po' piú in là sulla destra? No, non guardarlo direttamente, guarda da sotto.
– Sí, e allora?
– Quello è un tizio malefico, un ex torturatore e probabilmente ben di piú. Uno di estrema destra. Sai dove va, da quasi una settimana? Non guardare, santiddio, metti il naso nella birra.

Marc obbedí. Teneva gli occhi fissi sul collo della bottiglietta. Gli sembrava difficile guardare da sotto, e oltretutto di notte. In realtà, non vedeva niente. Sentiva la voce di Kehlweiler bisbigliare sopra la sua testa.
– Sale al secondo piano dello stabile di fronte. Là dentro c'è il nipote di un deputato, che sta facendo carriera. E a me piacerebbe sapere con chi sta facendo carriera, e se il deputato è al corrente.
– Credevo che fosse una storia di cacca di cane, – sussurrò Marc nella bottiglia.

Quando uno sussurra in una bottiglia, fa un rumore spaventoso. Quasi come il vento sul mare.
– È un'altra storia. Il deputato lo lascio a Vincent. È un giornalista, se la caverà benissimo. Vincent è sull'altra panchina, laggiú, il tizio con l'aria di chi sta dormendo.

– Lo vedo.
– Puoi alzare la testa, quello dell'ultradestra è salito. Ma continua a comportarti con naturalezza. Quelli guardano dalle finestre.
– Ecco un cane, – disse Marc, – un cane medio.
– Benissimo, annota, viene verso di noi, 18,47, panchina 102. Donna, sulla quarantina, bruna, capelli lisci, media lunghezza, alta, un po' magra, non molto carina, ben vestita, abbastanza ricca, cappotto blu, quasi nuovo, pantaloni. Viene da rue Descartes. Smetti di scrivere. Arriva il cane.

Marc bevve un sorso di birra mentre il cane si dava da fare intorno all'albero. Ancora un po' e, nel buio, gli avrebbe pisciato sui piedi. Non hanno più il senso delle cose, i cani di Parigi. La donna aspettava, con lo sguardo vacuo, paziente.

– Annota, – riprese Kehlweiler. – Ritorno, stessa direzione. Cane medio, spaniel rosso, vecchio, stanco, zoppicante.

Kehlweiler finí la birra in una sola sorsata.

– Ecco, – disse, – fai cosí. Ripasserò a trovarti piú tardi. Va bene? Non avrai troppo freddo? Puoi andare al bar, di tanto in tanto. Dal bancone si vede cosa succede. Ma non precipitarti sulla panchina come un disperato, fallo lentamente, come se avessi appena covato la tua birra o aspettato una donna che non arriva mai.

– Ho una certa esperienza.

– Nel giro di due giorni avrai la lista di chi frequenta la piazza. Dopo di che, ci spartiremo i pedinamenti per sapere chi sono e da dove vengono.

– D'accordo. Cos'è quella roba che hai in mano?

– È il mio rospo. Lo inumidisco un po'.

Marc strinse i denti. Ecco, quel tizio era proprio matto. E lui si era cacciato in questa storia.

– Non ti piacciono i rospi, vero? Non fa del male a nessuno, ci parliamo, tutto qui. Bufo, si chiama Bufo, ascoltami attentamente: il tale con cui sto parlando si chiama Marc. È un rampollo di Vandoosler. E i rampolli di Vandoosler sono nostri rampolli. Sorveglierà i cani per noi mentre andiamo a mangiare. Capito?

Kehlweiler alzò gli occhi verso Marc.
– Bisogna spiegargli tutto. È molto scemo.
Sorrise e si rimise in tasca Bufo.
– Non fare quella faccia. È utilissimo, un rospo. Uno è obbligato a semplificare al massimo il mondo per farsi capire, e a volte è un vero sollievo.

Il sorriso di Kehlweiler si accentuò. Aveva un tipo speciale di sorriso, contagioso. Marc sorrise. Non si sarebbe fatto smontare da un rospo. Di cosa ha l'aria, uno, a questo mondo, se ha fifa di un rospo? Di un cretino. Marc aveva molta paura di toccare i rospi, d'accordo, ma aveva anche molta paura di sembrare un cretino.

– Posso sapere una cosa, in cambio? – domandò.
– Forza.
– Perché Marthe ti chiama Ludwig?
Kehlweiler tirò di nuovo fuori il rospo.
– Bufo, – disse, – il rampollo di Vandoosler sarà ancora piú rompiballe del previsto. Tu che dici?
– Non sei obbligato a rispondere, – disse Marc in tono fiacco.
– Sei come tuo zio, fai finta, ma vuoi sapere tutto. Eppure mi era parso di capire che ti bastava il Medioevo.
– Non completamente, non sempre.
– Infatti mi stupiva. Ludwig è il mio nome. Louis, Ludwig, l'uno o l'altro, è cosí, puoi scegliere. È stato sempre cosí.

Marc guardò Kehlweiler. Accarezzava la testa di Bufo. È brutto, un rospo. E grosso, per di piú.

– Cosa ti stai domandando, Marc? Quanti anni ho? Fai dei calcoli?
– Certo.
– Lascia perdere, ho cinquant'anni.
Kehlweiler si rimise in piedi.
– Ci sei? – domandò. – Stai facendo il conto?
– Ci sono.
– Nato nel marzo 1945, appena prima che finisse la guerra.
Marc si rigirò fra le dita la bottiglietta, a occhi bassi.
– Tua madre cos'è? Francese? – domandò in tono indifferente.

Intanto pensava: piantala, lascialo in pace, che te ne importa?
– Sí, ho sempre vissuto qui.

Marc annuí. Girava e rigirava la bottiglietta fra i palmi delle mani, guardando fisso il marciapiede.

– Sei alsaziano? Tuo padre è alsaziano?

– Marc, – sospirò Kehlweiler, – non cercare di sembrare piú scemo di quel che sei. Mi chiamano «il Tedesco». Va bene? E ricomponiti, ecco un cane in arrivo.

Kehlweiler se ne andò e Marc prese la lista e la matita. «Cane medio, non so di che razza, non me ne intendo, i cani mi innervosiscono, nero, con delle macchie bianche, bastardo. Uomo, sulla sessantina, stempiato, grosse orecchie, abbrutito dal lavoro, con un'aria da imbecille, no, non da imbecille, viene da rue Blainville, senza cravatta, strascica i piedi, cappotto scuro, sciarpa nera, il cane fa le sue cose, tre metri dalla griglia dell'albero, tutto considerato è una femmina, se ne va nell'altra direzione, no, entra nel bar, aspetto che esca, vado a vedere cosa beve, e berrò anch'io».

Marc si sistemò al bancone. L'uomo con il cane medio beveva un Ricard. Discorreva del piú e del meno, niente di che, ma insomma, Marc prendeva appunti. Visto che non era chiaro cosa stesse facendo, tanto valeva farlo bene. Kehlweiler sarebbe stato contento, avrebbe avuto tutte le sue noterelle. Il Tedesco... nato nel 1945, madre francese, padre tedesco. Aveva voluto sapere, be', adesso sapeva. Non tutto, ma non avrebbe torturato Louis per domandare il resto, domandare se suo padre era stato nazista, se suo padre era stato ucciso, o se era tornato al di là del Reno, domandare se alla Liberazione a sua madre avevano rasato i capelli, non avrebbe piú fatto domande. I capelli sono ricresciuti, il bambino è diventato grande, non avrebbe domandato perché la madre avesse sposato il soldato della Wehrmacht. Non avrebbe piú fatto domande. Il bambino è diventato grande, porta il nome del soldato. E da allora, corre. Marc si passava la matita sulla mano, faceva il solletico. Perché aveva sentito il bisogno di rompergli le palle con quella storia? Tutti quanti dovevano rompergli le palle con quella storia, e lui aveva fatto come tutti quanti, né piú né meno. Soprattutto, non una parola con Lucien. Lucien scavava solo nella Grande Guerra, ma non si sa mai.

Adesso sapeva, e non sapeva piú che farsene, di ciò che sapeva. Be', cinquant'anni, era passato, fine. Per Kehlweiler, certo, non sarebbe mai finito niente. Poteva spiegare certe cose, il suo lavoro, la sua caccia all'uomo, il suo muoversi continuamente, forse la sua arte.

Marc si appostò di nuovo sulla panchina. Stranamente, lo zio non gli aveva raccontato nulla di quella faccenda. Suo zio era un chiacchierone per le quisquilie e discreto per le cose serie. Non aveva detto che lo chiamavano il Tedesco, aveva detto che non veniva da nessuna parte.

Marc riprese la scheda descrittiva del cane e cancellò con cura la parola «bastardo». Cosí era meglio. Quando non si sta attenti, si scrivono un sacco di porcherie.

Kehlweiler ripassò in piazza verso le undici e mezzo. Marc era andato a bere quattro birre e aveva registrato quattro cani medi. Vide Kehlweiler scrollare il giornalista che sonnecchiava sull'altra panchina. Vincent, l'addetto al torturatore dell'ultradestra. Certo, era piú chic sorvegliare un torturatore che una cacca di cane. Quindi Kehlweiler incominciava da Vincent, e lui, che si congelava sulla 102, poteva crepare. Li guardò discutere a lungo. Si sentí ferito nel suo amor proprio. Solo un tantino, giusto un rancore, che si trasformò in sorda irritazione, come è normale. Kehlweiler veniva a controllare le sue panchine, a controllare il lavoro, come un feudatario che fa il giro delle sue terre e dei suoi servi della gleba. Chi credeva di essere, quel tizio? Ugo di Saint-Amand-en-Puisaye? Il suo oscuro e tragico sbarco nel mondo lo aveva reso megalomane, ecco come stavano le cose, e Marc, che si inalberava alla prima sensazione di servaggio, qualunque fosse e da qualsiasi parte venisse, non aveva intenzione di pagare la sua decima nella grande coorte di Kehlweiler. E poi, che diamine? La truppa di volontari asserviti non faceva per lui. Che il figlio della Seconda guerra mondiale se la sfangasse da solo.

Poi Kehlweiler mollò Vincent, che se ne andò, insonnolito, e si diresse verso la panchina 102. Marc, che non dimenticava di essersi fatto cinque birre e che doveva tenerne conto, sentí la sua leggera rabbia tramutarsi in modesto malumore notturno, poi svanire nell'indifferenza. Kehlweiler sedette accanto a lui, gli rivolse quel bizzarro sorriso irregolare e comunicativo.

– Hai bevuto un bel po', stasera, – disse. – È il problema dei mesi invernali, quando si sta con il culo su una panchina.

Cosa gliene importava? Kehlweiler giocherellava con Bufo, e ovviamente, valutò Marc, era lontano mille miglia dal sospettare che lui volesse di nuovo tagliare la corda e lasciar perdere le sue penose indagini da panchina, arte o non arte.

– Puoi tenermi Bufo? Cerco le sigarette.

– No. Questo rospo mi fa schifo.

– Non prendertela, – disse Kehlweiler rivolgendosi a Bufo. – Dice cosí per dire. Non bisogna rimanerci male. Resta tranquillo sulla panchina, cerco le sigarette. Allora? Hai avuto altri cani?

– Quattro in totale. È tutto scritto qui. Quattro cani, quattro birre.

– E adesso vuoi tagliare la corda?

Kehlweiler si accese una sigaretta e passò a Marc il pacchetto.

– Ti senti incastrato? Hai l'impressione di obbedire e non ti piace obbedire? Nemmeno a me. Ma io non ti ho dato ordini, o sí?

– No.

– Sei venuto da solo, Vandoosler il Giovane, e puoi andartene da solo. Fammi vedere la lista.

Marc lo guardò dare una scorsa ai suoi appunti, con un'aria di nuovo molto seria. Era di profilo, naso aquilino, labbra strette, ciocche di capelli neri che gli spiovevano sulla fronte. Facilissimo prendersela con Kehlweiler di profilo. Molto meno facile di fronte.

– Non vale la pena venire domani, – disse Kehlweiler. – La domenica la gente non rispetta le abitudini, fa uscire il cane quando le pare o, peggio, rischieremmo di veder arrivare gente

che va a spasso e non è del quartiere. Riprendiamo lunedí pomeriggio, se vuoi, e cominciamo i pedinamenti martedí. Vieni a catalogare, lunedí mattina?
– Come al solito.
– Occhio soprattutto agli incidenti e agli omicidi di ogni genere, oltre al resto.
Si separarono con un cenno. Marc rientrò a casa a passi lenti, un po' affaticato dalle birre e dal confuso alternarsi delle proprie decisioni e controdecisioni.

Andò avanti cosí fino al sabato successivo. Da panchina a birra, da cane a pedinamento, da ritaglio di articoli a decifrazione dei conti di Saint-Amand, Marc non si pose piú troppe domande sulla ragionevolezza di quello che faceva. Era imbarcato nella faccenda della griglia d'albero e non vedeva piú come tirarsene fuori. La storia gli interessava, cane o non cane, anche lui voleva sapere. Cercava di sopportare il profilo enigmatico di Kehlweiler, e quando ne aveva abbastanza, faceva in modo di guardarlo di fronte.
Da martedí a giovedí chiese aiuto a Mathias, che poteva mettere le sue doti di cacciatore-raccoglitore preistorico al servizio di ottimi pedinamenti contemporanei. Lucien, invece, era troppo rumoroso per quel genere di lavoro. Doveva sempre dire la sua su qualunque cosa, a voce alta e forte, e soprattutto Marc temeva di metterlo di fronte a un franco-tedesco nato nel tragico casino della Seconda guerra mondiale. Lucien si sarebbe subito scatenato come un pazzo nell'indagine storica, avrebbe spulciato nel passato paterno di Kehlweiler fino a risalire ai miasmi della Grande Guerra, e ben presto sarebbe stato un inferno.
Giovedí sera Marc aveva domandato a Mathias che ne pensasse di Kehlweiler, perché diffidava ancora e la raccomandazione di suo zio non lo rassicurava. Lo zio aveva un'idea tutta sua dei tipi loschi di questo mondo, e si potevano trovare dei tipi loschi fra i suoi migliori amici. Lo zio aveva aiutato un assassino a farla franca, lo sapeva, e perciò lo avevano cacciato dalla polizia. Ma Mathias aveva annuito tre volte, e Marc, che

rispettava molto i giudizi silenziosi di Mathias, ne era stato riconfortato. Capitava raramente che san Matteo si sbagliasse su qualcuno, diceva Vandoosler il Vecchio.

Capitolo decimo

Sabato mattina Marc era al lavoro nel bunker di Kehlweiler. Aveva ritagliato e catalogato come al solito, senza notare niente di particolare nella cronaca del giorno, a parte i soliti incidenti, e nessun piede. Aveva archiviato, era comunque pagato per quello, ma onestamente era ora che quella caccia all'uomo della 102 portasse a un risultato, fosse anche zero. Si era abituato alla presenza della vecchia Marthe alle sue spalle. A volte lei usciva, a volte restava lí, leggendo senza far rumore o incaponendosi sulle parole crociate. Verso le undici si facevano un caffè e Marthe ne approfittava sempre per rompere il silenzio e parlare del piú e del meno. Anche lei, a quanto pare, era stata un'informatrice di Ludwig. Ma diceva che adesso confondeva le panchine, la 102 e la 107 per esempio, che non era piú efficiente come un tempo e questo la rendeva malinconica, certe volte.
– Ecco Ludwig, – disse Marthe.
– Come fai a saperlo?
– Riconosco il passo in cortile, trascina il piede. Undici e dieci, non è la sua ora. È la faccenda del cane, si tormenta. Non se ne vede la fine, tutti ne hanno abbastanza.
– Abbiamo preparato dei rapporti completi. Ventitre persone che portano fuori il cane, tutta gente tranquilla e niente da cavarci. Ha sempre lavorato cosí, su niente? Su qualunque caccia?
– Sempre, – disse Marthe, – seguendo una traccia. Ma attento, è un visionario. È cosí che è diventato celebre, lassú. Trovare la merda è la sua vocazione, di Ludwig, il suo destino, la sua dote.

– C'è qualcosa che può impedirgli di rompere le palle a tutti?
– Ah, ma certo. Il sonno, le donne, le guerre. È molto, se ci pensi. Quando vuole dormire o farsi un piatto di pasta, non gli cavi piú niente, se ne frega di tutto. Idem per le donne. Quando in amore non funziona, gira a vuoto, se ne frega di tutto. E mi stupisce che adesso lavori tanto perché in quel senso non gli va troppo bene in questo momento.
– Ah, – disse Marc con soddisfazione. – E le guerre?
– Le guerre, è un'altra cosa ancora. È il massimo. Quando gli prende di pensarci, non riesce piú a dormire, a mangiare, ad amare, a lavorare. Gli fanno malissimo, le guerre.

Marthe scrollò la testa mescolando il suo caffè. Ora a Marc piaceva proprio. Lei lo sgridava continuamente, come se fosse stato il suo bambino, mentre aveva comunque trentasei anni, o come se lo avesse allevato lei. Diceva: «Una vecchia battona come me non si fa infinocchiare, me ne intendo di uomini, io». Lo ripeteva in continuazione. Marc le aveva fatto conoscere Mathias e lei aveva detto che era un tipo a posto, un po' selvatico ma a posto, e che lei se ne intendeva di uomini.

– Ti sei sbagliata, – disse Marc risedendosi al tavolo. – Non era Louis.
– Taci, non te ne intendi di niente. È giú che discorre con il pittore, tutto qui.
– So perché lo chiami Ludwig. Gliel'ho chiesto.
– E allora? Sai che scoperta.

Marthe soffiò il fumo con disapprovazione.

– Ma non preoccuparti, li ritroverà, puoi contarci, – aggiunse borbottando e stropicciando il giornale.

Marc non insistette, e non era un argomento con cui punzecchiare Marthe. Aveva soltanto voluto dirle che lui sapeva, tutto qui.

Kehlweiler entrò e fece cenno a Marc di smettere di catalogare. Prese uno sgabello e sedette di fronte a lui.

– Lanquetot, l'ispettore della zona, mi ha dato le ultime informazioni stamattina, sul quartiere e sugli altri diciannove arrondissement: a Parigi, niente. Niente, Marc. E niente in periferia, ha verificato anche lí. Non un corpo smarrito, non un cadavere dimenticato, non una denuncia di scomparsa, non una fuga. Sono dieci giorni che il cane ci ha scodellato questa roba sulla griglia dell'albero. Perciò...

Louis si interruppe, tastò la caffettiera ancora tiepida e si versò una tazza.

– Perciò il cane l'ha portata da fuori, da piú lontano. Senza dubbio. C'è un corpo in qualche posto che corrisponde all'estremità del nostro osso, e voglio sapere dove, in qualunque stato sia quel corpo, vivo o morto, incidente o omicidio.

Sí, forse, pensò Marc, ma con tutto il Paese sul gobbo e, perché no, il pianeta, già che c'erano, i conti del signore di Puisaye rischiavano di non fare molti progressi. Kehlweiler si sarebbe incaponito fino in fondo. Adesso Marc capiva meglio perché si accollasse quelle specie di missioni, ma lui doveva tirarsene fuori.

– Marc, – riprese Kehlweiler, – tra i nostri ventitre cani ce ne deve essere almeno uno che si è mosso ed è uscito da Parigi. Guarda le tue schede. Chi si è mosso in settimana, giovedí, o mercoledí. Abbiamo individuato un tizio o una donna in trasferta?

Marc frugò nel raccoglitore. Gente tranquilla, solo gente tranquilla. C'erano gli appunti di Kehlweiler, i suoi, e quelli di Mathias. Non aveva ancora riordinato tutto.

– Guarda con calma, mettici il tempo che ci vuole.

– Non vuoi guardare tu personalmente?

– Ho sonno. Mi sono alzato all'alba, alle dieci, per vedere Lanquetot. Non sono buono a niente quando ho sonno.

– Bevi il tuo caffè, – disse Marthe.

– C'è questo qui, – disse Marc, – un tizio di cui si è occupato il cacciatore-raccoglitore.

– Il cacciatore-raccoglitore?

– Mathias, – precisò Marc, – mi avevi autorizzato.

– Ho capito, – disse Louis. – Di che è andato a caccia il tuo raccoglitore?

– Generalmente di uri; qui si tratta di un uomo.

Marc consultò ancora una volta la scheda.

– È un uomo che una volta la settimana insegna all'École des Arts et Métiers, il venerdí. Arriva a Parigi giovedí sera e riparte sabato mattina, all'alba. Quando Mathias parla dell'alba, si tratta davvero dell'alba.

– Riparte per dove? – domandò Kehlweiler.

– Bretagna profonda, Port-Nicolas, vicino a Quimper. Abita lí.

Kehlweiler fece una lieve smorfia, tese la mano e afferrò la scheda redatta da Mathias. Lesse e rilesse, concentratissimo.

– Fa la faccia da tedesco, – bisbigliò Marthe all'orecchio di Marc. – La cosa diventa seria.

– Marthe, – disse Louis senza alzare gli occhi, – non imparerai mai a bisbigliare come si deve.

Si alzò e tirò giú dallo scaffale un pesante schedario di legno, con l'etichetta O-P.

– Hai una scheda su Port-Nicolas? – domandò Marc.

– Sí. Dimmi, Marc, come ha fatto a sapere tutto questo, il tuo cacciatore-raccoglitore? È uno specialista?

Marc scrollò le spalle.

– Mathias è un caso a sé. Non dice praticamente niente. E poi dice «parla», e allora la gente parla. L'ho visto in azione, non sto scherzando. E non c'è trucco, mi sono informato.

– Figurati, – disse Marthe.

– Comunque, funziona. Non in senso inverso, purtroppo. Se dice «chiudi il becco» a Lucien, non funziona. Suppongo che abbia chiacchierato con il tizio mentre il cane faceva le sue cose da cane.

– Nessun altro spostamento?

– Sí. Un tizio che passa due giorni la settimana a Rouen, doppia famiglia, a quanto pare.

– Perciò?

– Perciò, – disse Marc, – se uno spulcia «Ouest-France» o «Le Courrier de l'Eure» degli ultimi quindici giorni, cosa trova?

Ludwig sorrise e si versò un altro caffè. Doveva solo lasciar parlare Marc.

– Dunque, cosa trova? – ripeté Marc.

Riprese i suoi raccoglitori e diede una veloce scorsa alle notizie del Finistère-Sud e della Haute-Normandie.

– Nell'Eure, un camionista che si è impastato contro un muro in piena notte, fanno undici giorni mercoledí, molto alcol nel sangue, e nel Finistère, una vecchia signora che si è spaccata la testa su una spiaggia di ciottoli, giovedí o venerdí mattina. Niente storie di dita dei piedi, come immaginerai.

– Passami i ritagli.

Marc glieli passò, e incrociò le gambe sul tavolo, soddisfatto. Fece un cenno incoraggiante a Marthe. Basta con i cani, avrebbero cambiato argomento. Alla lunga è deprimente parlare sempre di cacca di cane, c'è ben altro nella vita.

Louis riordinò i ritagli, poi lavò le tazze da caffè nel piccolo lavabo. Poi cercò uno strofinaccio pulito per asciugarle e le rimise sullo scaffale, fra due raccoglitori. Marthe ripose la scatola del caffè, riprese il suo libro e si sistemò sul letto. Louis le sedette accanto.

– Ecco fatto, – disse.

– Se ti fa comodo, posso guardarti Bufo.

– No, preferisco portarlo. Gentile da parte tua.

Marc ripiegò bruscamente le gambe e posò a terra gli stivali. Cos'aveva detto Louis? Portare il rospo? Non si voltò, si era sbagliato, non aveva sentito niente.

– Ha già provato l'aria di mare? – domandò Marthe. – Ce n'è che non la sopportano.

– Bufo si trova bene dappertutto, non preoccuparti per lui. Perché pensi che sia nel Finistère?

– Nell'Eure, un camionista bevuto, non può esserci sotto granché. Mentre la vecchia tra gli scogli, uno si fa delle domande, e poi è una donna. Cosa ti è successo al naso?

– L'ho sbattuto alzandomi stamattina, non ho visto la porta, era l'alba.

– Sei fortunato ad avere un naso, protegge gli occhi.

Santo Dio! Ma avrebbero continuato a quel modo per molto? Marc si contraeva, in silenzio, appoggiandosi le mani sulle

cosce, chinando la schiena, la reazione di un uomo che vorrebbe farsi dimenticare. Kehlweiler stava per andarsene in Bretagna, cos'era quella cavolata? E a Marthe sembrava normale. Ma allora non aveva fatto altro per tutta la vita? Andare a vedere? Per una scemenza qualunque? Per una cacca?
    Marc guardò l'orologio. Quasi mezzogiorno, era il suo orario, poteva tagliare la corda alla chetichella prima che Kehlweiler lo arruolasse come uomo che corre nella sua caccia al nulla. Con un tipo cosí, ossessionato dall'inutilità da quando la Seconda guerra l'aveva messo al mondo e la Giustizia l'aveva reso disoccupato, uno rischiava di battere tutta la Francia inseguendo il vuoto. Quanto alle illusioni perdute, Marc riteneva che la sua porzione bastava ampiamente e non aveva nessuna intenzione di accollarsi quella di Kehlweiler.
    Louis si esaminava il naso in uno specchietto da borsetta che gli porgeva Marthe. Benissimo. Marc richiuse con discrezione i raccoglitori, si abbottonò la giacca, salutò tutti. Kehlweiler rispose con un sorriso e lui se ne andò. Una volta per strada, pensò che fosse meglio non andare a lavorare alla topaia ma da qualche altra parte. Preferiva avere il tempo di preparare degli argomenti per rifiutare prima che Kehlweiler passasse a reclutarlo per andare a correre ai confini della terra bretone. Marc l'aveva appena sperimentato per tutta la settimana, la cosa piú furba era tagliare la corda e riflettere sul modo migliore per resistere a quel tizio. Cosí passò di volata in camera sua a prendere di che lavorare in un bar fino a sera. Riempí una vecchia cartella di conti di Saint-Amand e ridiscese le scale in tutta fretta, mentre suo zio le saliva tranquillamente.
    – Ciao, – disse Vandoosler il Vecchio. – Si direbbe che hai gli sbirri attaccati al culo.
    Era cosí evidente? Piú avanti, si sarebbe allenato a non agitarsi o, nel caso non ci fosse riuscito, ipotesi da non scartare, ad agitarsi senza darlo a vedere.
    – Vado a lavorare da qualche parte. Se viene il tuo Kehlweiler, non sai dove sono.
    – Motivo?

– Quel tizio è matto. Non ho niente in contrario, e lui ha le sue ragioni, ma preferisco che dia fuori di testa senza di me. A ognuno la sua strada, a ognuno la sua arte. Non ho la vocazione di correre dietro al nulla fino ai confini della terraferma.

– Mi stupisci, – si limitò a dire Vandoosler, che salí fino al sottotetto, dove alloggiava.

Marc trovò un buon bar, piuttosto lontano dalla topaia, e si immerse nello stravolgimento del XIII secolo.

Kehlweiler, in piedi, picchiettava sul cartoncino che aveva estratto dallo schedario.

– Brutta combinazione, – disse a Marthe. – Conosco troppe persone, viaggio troppo e mi imbatto in troppa gente. Troppo piccolo, questo Paese, davvero troppo piccolo.

– C'è qualcuno che conosci in quel posto in Bretagna? Dimmi un po'.

– Indovina.

– Quante lettere?

– Sette.

– Uomo o donna?

– Donna.

– Ah. Che hai amato, cosí cosí o per niente?

– Che ho amato.

– Allora ci arriviamo in fretta. La seconda? No, è in Canada. La terza? Pauline?

– Appunto. Divertente, no?

– Divertente... Dipende da quello che conti di fare.

Louis si passò il cartoncino sulla guancia.

– Niente spedizioni punitive, eh, Ludwig? La gente è libera, fa quello che vuole. Mi piaceva, la piccola Pauline, a parte il fatto che correva dietro ai soldi, è stato questo a fregarti. E io me ne intendo di donne. Come sai che è lí? Credevo che non si fosse piú fatta sentire.

– Una volta sola, – disse Louis tirando fuori uno schedario, – per segnalarmi un caso venefico nel suo paesotto, saranno quattro anni fa. Mi aveva mandato un ritaglio di giornale sul tizio e aveva aggiunto le sue osservazioni. Ma non una parola personale, niente, nemmeno «bacioni» o «stammi bene». Ho risposto nello stesso tono accusando ricevuta e ho aggiunto il tizio allo schedario.

– Pauline dava sempre buone informazioni. Chi è il tizio?

– René Blanchet, – disse Louis estraendo un foglio, – non lo conosco.

Lesse per qualche istante in silenzio.

– Riassumi, – disse Marthe.

– Un vecchio bastardo, puoi starne certa. Pauline conosceva le mie preferenze.

– E da quattro anni che hai il suo indirizzo, non hai mai pensato di andare a fare un giro?

– Sí, Marthe, venti volte. Fare un giro, esaminare quel Blanchet, e con l'occasione cercare di riprendermi Pauline. Me la immaginavo sola in una grande casa sulla costa battuta dalla pioggia.

– Non avertene a male ma mi stupirebbe, io me ne intendo di donne. Perché non hai tentato, in fin dei conti?

– In fin dei conti, hai visto la mia faccia, hai visto la mia gamba? Anch'io me ne intendo, Marthe. E poi non ha importanza, stai tranquilla. Pauline, l'avrei incrociata un giorno o l'altro. Quando passi la vita sulle strade di un Paese troppo piccolo, fai gli incontri che ti meriti, e quelli che vai a cercarti e che desideri, stai tranquilla.

– Ciò non toglie... – borbottò Marthe. – Niente spedizioni punitive, eh, Ludwig?

– Non ripetere sempre le stesse cose. Vuoi una birra?

Capitolo undicesimo

Louis partí l'indomani, verso le undici, con tutta calma. Il tizio che portava fuori il cane abitava davvero nella Bretagna profonda, a circa venti chilometri da Quimper. Ci sarebbero volute sette ore di viaggio, e una pausa per bere una birra, a Louis non piaceva correre e non poteva restare sette ore di fila senza birra. Suo padre era come lui, per la birra.
Rileggeva mentalmente la scheda di Mathias. Il cane: «Medio, nocciola a pelo raso, grossi denti, forse un pitbull, comunque un brutto muso». Il che non rendeva simpatico il padrone. L'uomo: «Sulla quarantina, castano chiaro, occhi scuri, mandibola inferiore rientrante, ma a parte questo una bella figura, però con un po' di pancetta, nome...» Come si chiamava? Sevran. Lionel Sevran. Quindi l'uomo del cane era ripartito ieri mattina per la Bretagna, con il cane, e ci sarebbe rimasto fino a giovedí prossimo. Non gli restava che seguirlo. Louis guidava a velocità moderata, trattenendo un po' l'auto. Aveva sí pensato di portarsi qualcuno, perché quella scappata aleatoria fosse meno triste e la sua gamba meno rigida, ma chi? I tizi che gli mandavano le notizie dai quattro dipartimenti della Bretagna erano stanziali, inchiodati al loro porto, alla loro attività commerciale, ai loro giornali, non li si poteva muovere. Sonia? Be', Sonia se n'era andata, non era il caso di perderci la giornata. La prossima volta avrebbe cercato di amare meglio di cosí. Louis fece una smorfia. Non amava con facilità. Di tutte le donne che aveva avuto, perché quando uno è solo in auto ha il diritto di dire «avuto», quante ne aveva amate, onestamente? Onestamente? Tre, tre e mezza. No, era poco portato. Oppure era per-

ché non prendeva piú l'iniziativa. Tentava di amare moderatamente, senza esagerare, di rifuggire gli amori densi. Perché era uno di quei tipi che si distruggono per due anni dietro a un amore compatto e fallito, che si bloccano nei rimpianti prima di decidersi a passare ad altro. Dato che non si precipitava nemmeno sull'amore moderato, optava per lunghi periodi di solitudine, che Marthe chiamava le sue fasi glaciali. Lei era contraria. Quando sarai bello freddo, diceva, sai che guadagno.

Louis sorrise. Con la mano destra prese una sigaretta e la accese. Cercare qualcun altro da amare. Cercare qualcuno, cercare qualcuno, sempre la stessa storia... Be', andava cosí, il mondo era a ferro e fuoco, ci avrebbe pensato in seguito, entrava nella fase glaciale.

Parcheggiò in un'area di sosta e chiuse gli occhi. Dieci minuti di riposo. In ogni caso, era riconoscente a tutte quelle donne che erano passate nella sua vita, amate o meno, di essere passate. Alla fine, amava tutte le donne, perché da solo in auto uno ha il diritto di generalizzare, tutte e soprattutto quelle tre e mezza. Alla fine, provava per loro una gratitudine indistinta, ammirava la loro capacità di amare gli uomini, una cosa che gli sembrava maledettamente difficile, e peggio ancora quando uno è brutto come lui. Con i suoi lineamenti duri e poco allettanti, su cui la mattina indugiava il meno possibile, avrebbe dovuto rimanere solo per tutta la vita. E invece no. Su questo non ci pioveva, solo le donne possono riuscire a trovare bello uno brutto. Onestamente, sí, provava della gratitudine. Gli sembrava che nemmeno Marc funzionasse davvero con le donne. Un agitato, il rampollo di Vandoosler. Avrebbe potuto portarselo qui, ci aveva pensato, avrebbero cercato delle donne insieme, all'estremità del Finistère. Ma si era perfettamente accorto di come Marc si fosse irrigidito alla scrivania quando lui aveva parlato del viaggio. Per Marc quella faccenda dell'osso non aveva né capo né coda, sul che si sbagliava perché avevano in mano la coda e cercavano appunto il capo. Ma Marc non se ne rendeva ancora conto, oppure aveva paura di dar di matto, oppure a Marc Vandoosler l'idea di fare non si sa cosa piaceva solo se era lui il primo ad averla. Ecco perché aveva evitato di chiedergielo. E poi Vandoosler stava benissimo a Parigi, perché per il momento quel caso non richiedeva un uomo che corre. Aveva ritenuto piú opportuno lasciarlo in pace, Marc era al tempo stesso sgualcibile e resistente, come il lino. Se si cominciava con i tessuti, lui invece cos'era? Avrebbe dovuto domandarlo a Marthe.

Louis si addormentò, con la testa sul volante, in un'area di sosta.

Entrò a Port-Nicolas alle sette di sera. Percorse a bassa velocità le strade del porto, per farsi un'idea. Domandare a destra e a manca, il paese non era molto grosso, né molto bello, e parcheggiò vicino alla casa di Lionel Sevran. Ne faceva di chilometri, il cane, per andare a pisciare. Forse voleva pisciare solo a Parigi, un cane snob, forse.

Suonò, attese davanti alla porta chiusa. Un amico gli aveva detto che la grande differenza fra l'uomo e l'animale su cui bisognava riflettere era che l'animale apriva le porte ma non se le richiudeva mai alle spalle, mai, mentre l'uomo sí. Un abisso comportamentale. Louis, aspettando, sorrideva.

Ad aprire fu una donna. D'istinto, Louis la esaminò minuziosamente, valutò, giudicò, rifletté se sí o no o forse, cosí, come idea. Lo faceva con tutte le donne, senza nemmeno rendersene conto. Gli sembrava odioso, ma l'analista si metteva in moto automaticamente. A sua discolpa, Louis poteva dichiarare che esaminava sempre il volto prima del corpo.

Il volto era bello, ma impenetrabile, le labbra un po' grandi, il corpo piacevole, senza eccessi. Lei rispondeva con indifferenza alle domande di Louis, non manifestava nessun disagio a farlo entrare, e nessuno sforzo nell'ospitalità. L'abitudine alle visite, forse. Se desiderava aspettare suo marito, sí, d'accordo, doveva solo accomodarsi lí, nella grande cucina, ma poteva volerci un po'.

Componeva un puzzle su un grande vassoio e si rimise al lavoro dopo aver fatto sedere Louis e avergli messo davanti un bicchiere e degli aperitivi.

Louis si serví da bere e la guardò comporre il puzzle. Vedeva il

puzzle a rovescio, sembrava raffigurasse la Torre di Londra, di notte. Lei cominciava il cielo. Le dava una quarantina d'anni.
– Non è ancora tornato? – domandò.
– Sí, ma è in cantina con una nuova. Può durare mezz'oretta o di piú, non si può disturbarlo.
– Ah.
– Non è la giornata giusta, – disse sospirando, con gli occhi incollati al gioco. – Il fascino della novità, sempre la stessa storia. Poi si stanca e deve cercare qualcos'altro.
– Bene, bene, – disse Louis.
– Ma quella può tenerlo occupato per un'ora. Era tanto che ne cercava una di quel tipo e a quanto pare ha vinto alla lotteria. Non sia geloso, per carità.
– Niente affatto.
– Bene, lei ha un bel carattere.
Louis si riempí di nuovo il bicchiere. Era lei, piuttosto, ad avere un bel carattere. Alquanto riservata, ma si poteva capire perché. Gli venne l'idea di aiutarla, di tenerle compagnia aspettando che suo marito finisse. Francamente, era una situazione incredibile. Nell'attesa, aveva individuato un tassello del puzzle che gli sembrava quello giusto per proseguire il cielo verso sinistra. Si arrischiò e lo additò. Lei annuí e sorrise, era quello giusto.
– Può aiutarmi, se le va. I cieli sono un bel guaio, nei puzzle, ma è necessario.
Louis spostò la sedia e si mise al lavoro gomito a gomito. Non aveva niente contro i puzzle, di tanto in tanto, senza esagerare.
– Bisognerebbe separare quelli blu notte da quelli azzurro medio, – disse. – Ma perché in cantina?
– Gliel'ho imposto io. La cantina o niente. Non voglio disordine in casa, a tutto c'è un limite. Ho dettato le mie condizioni perché, se fosse per lui, le metterebbe chissà dove. Dopotutto, è anche casa mia.
– Certo. Capita spesso?
– Abbastanza. Dipende dai periodi.

– Dove le prende?
– Tenga, questo pezzo andrebbe dalla sua parte. Dove le prende? Ah... Le interessa, certo... Le prende dove le trova, ha i suoi giri. Cerca un po' ovunque, e quando le trova, mi creda, non hanno un bell'aspetto. Non le vorrebbe nessuno, ma lui ha occhio. È questo il trucco, e non ho il diritto di dirle di piú. E dopo la cantina, delle vere e proprie principesse. Io, accanto a loro, si direbbe che non esista.
– Non è molto divertente, – disse Louis.
– Tutto sta ad abituarsi. Questo pezzo non va qui, per caso?
– Sí. E si incastra con quello. Non è gelosa?
– All'inizio sí. Ma lei sa senz'altro com'è, è peggio di una mania, una vera e propria ossessione. Quando mi sono resa conto che non sarebbe riuscito a farne a meno, ho deciso di adeguarmi. Ho persino cercato di capire, ma onestamente non vedo cosa ci trovi, tutte uguali, grosse cosí, pesano una tonnellata... Se a lui piacciono... Dice che io non capisco niente di bellezza... Può darsi.

Scrollò le spalle. Louis voleva lasciar cadere l'argomento, quella donna lo metteva a disagio. Lei sembrava aver perso ogni calore a furia di vivere oltre il limite della rivolta e dell'avvilimento. Continuarono a comporre il cielo di Londra.

– Procede, – disse lui.
– To', eccolo.
– Quel pezzo lí?
– No, Lionel. Per questa sera è finita.

Lionel Sevran entrò, con un'espressione soddisfatta, pulendosi le mani con uno strofinaccio. Fecero le presentazioni. Mathias aveva detto bene, il tizio aveva un bella figura, e persino, in quel momento, un viso da adolescente estasiato per la novità.

Sua moglie si alzò, spostò il vassoio con il puzzle. Louis ebbe l'impressione che non fosse piú cosí distaccata. C'era una certa tensione, comunque. Lei osservava il marito che si versava da bere. Non sembrava sorpreso di trovare Louis in cucina, come sua moglie, un'ora prima.

– Ti ho già detto di lasciare lo strofinaccio di sotto, – disse lei. – Non mi va, in cucina.
– Scusami, cara. Cercherò di ricordarmene.
– Non la porti su?
– Non ancora, non è pronta. Ma ti piacerà, ne sono certo, morbidissima, con delle belle curve, un buon tocco, robusta, docile. L'ho messa sotto chiave per la notte, è piú prudente.
– È umido, giú, in questo momento, – disse la moglie a mezza voce.
– Le ho messo sopra una bella coperta, non preoccuparti.
Rise, si sfregò le mani, se le passò piú volte fra i capelli, come uno che si sveglia, e si voltò verso Louis. Sí, aveva un'aria simpatica, un volto chiaro, aperto, franco, sedeva rilassato, una bella mano intorno al bicchiere, tutto il contrario di sua moglie, non lo si sarebbe creduto capace di quella storia in cantina. Eppure, il mento piuttosto sfuggente, e nelle labbra, forse, qualcosa di sottile, di parco, di determinato, e nulla di sensuale, comunque. Quel tizio gli piaceva, labbra a parte, ma la faccenda in cantina non gli piaceva affatto. E non gli piaceva nemmeno la triste abdicazione di sua moglie.
– Allora? – domandò Louis Sevran. – Ha qualcosa per me?
– Qualcosa? No, è per il suo cane.
Sevran corrugò le sopracciglia.
– Ah sí? Non è qui per affari?
– Affari? Assolutamente no.
Sevran e sua moglie ebbero entrambi un'espressione sorpresa. L'avevano preso per un uomo d'affari, per un agente finanziario. Per questo lo avevano fatto entrare senza problemi.
– Il mio cane? – riprese Sevran.
– Lei ha un cane, vero? Medio, pelo raso, nocciola... L'ho visto entrare qui poco fa. Allora mi sono permesso di passare.
– Esatto... Che succede? Ha fatto qualche altra cavolata? Lina, il cane ha fatto una cavolata? Dov'è, a proposito?
– Chiuso di là.
E cosí, la chiamava Lina. Molto bruna, con la pelle olivastra, gli occhi neri, forse veniva dal sud.

– Se ha fatto una cavolata, – riprese Lionel Sevran, – pagherò. Lo tengo d'occhio, quel cagnaccio, ma è bravissimo a scappare. Un attimo di disattenzione, una porta socchiusa, e via. Un giorno lo ritroverò sotto un'auto.
– Non sarebbe un male, – disse Lina.
– Ti prego, Lina, non essere crudele. Vede, – riprese Sevran rivolgendosi a Louis, – il cane non può vedere mia moglie e viceversa, non c'è niente da fare. A parte questo, non è cattivo, tranne se uno gli rompe le palle, certo.
Quando la gente ha un cane, pensò Louis, capita che dica delle cavolate. E se il cane morde un tizio, la colpa è del tizio, sempre. Mentre con un rospo non c'è niente da dire, è questo il vantaggio.
– Deve vedere cosa porta a casa, – disse Lina. – Mangia di tutto.
– E cosí, scappa? – riprese Louis.
– Sí, ma a lei cosa ha fatto?
– Non mi ha fatto niente, ne cerco uno dello stesso tipo. L'ho visto e sono venuto a informarmi perché non è tanto comune. È un pitbull, vero?
– Sí, – disse Sevran, come uno che confessa una brutta abitudine.
– È per una vecchia amica. Vuole un pitbull per difesa, si è fissata. Ma io non mi fido dei pitbull, non mi va che se la mangi nel suo letto. Com'è?
Lionel parlò a lungo del cane, cosa di cui a Louis non fregava proprio niente. Ciò che gli interessava era di aver saputo che quel cane tagliava la corda continuamente e raccattava qualunque cosa. Sevran stava sviscerando la vecchia storia dell'innato e dell'acquisito, e giungeva alla conclusione: una solida educazione poteva fare di un pitbull un agnello. Tranne quando uno gli rompeva le palle, certo, ma questo vale per tutti i cani, non solo per i pitbull.
– Ciò non toglie che l'altro giorno ha attaccato Pierre, – disse Lina. – E Pierre sostiene di non avergli rotto le palle.
– Per forza. Pierre gli ha per forza rotto le palle.

– L'ha morso forte? Dove?
– Al polpaccio, ma non era profondo.
– Morde molto?
– Ma no. Mostra i denti, soprattutto. È raro che attacchi. Tranne se uno gli rompe le palle, certo. A parte Pierre, era un anno che non mordeva nessuno. In compenso, è vero che quando scappa fa danni. Rovescia le pattumiere, mangia le gomme delle biciclette, fa a pezzi i materassi... È vero che per questo è un campione. Ma non ha niente a che vedere con la razza.
– È proprio come dicevo, – riprese Lina. – Ci è già costato caro in risarcimenti. E quando non distrugge niente, scappa alla spiaggia, si rotola in tutto quello che trova, di preferenza alghe marce, uccelli marci, pesci marci, una puzza quando torna a casa.
– Senti, cara, lo fanno tutti i cani, e non sei tu a lavarlo. Aspetti, vado a prenderlo.
– Si allontana molto? – domandò Louis.
– Non molto. Lionel lo ritrova sempre qui intorno, sulla spiaggia o all'altro capo del villaggio o alla discarica...
Si chinò verso Louis per mormorare:
– A me fa paura, al punto che ho chiesto a Lionel di portarlo con sé quando va a Parigi. Per la sua amica trovi qualcosa che non sia un pitbull, è il mio consiglio. Non è un buon cane, è una creatura infernale.
Lionel Sevran entrò con il cane, tenendolo saldamente per il collare. Louis vide Lina irrigidirsi sulla sedia e tirare su i piedi. Tra le storie della cantina e le storie del cane quella donna non faceva una vita molto tranquilla.
– Va', Ringo, va'. Il signore vuole vederti.
Gli parlava stupidamente come lui al suo rospo. Louis si rallegrò di aver lasciato Bufo in auto, quel cane se lo sarebbe mangiato in un boccone. Dava l'impressione di avere troppi denti, che le zanne gli gonfiassero le labbra, pronte a uscire dalla bocca deformata.
Sevran spinse il pitbull verso Louis, che non era molto a suo agio. Il cane dalla grossa bocca ringhiava piano. Discussero an-

cora di varie cose, dell'età del cane, del sesso del cane, della riproduzione del cane, dell'appetito del cane, tutti argomenti assolutamente pallosi. Louis s'informò per un albergo, declinò l'invito a cena e se ne andò ringraziando.

Uscendo, era di malumore e insoddisfatto. Presi separatamente, il marito e la moglie erano accettabili, ma insieme qualcosa strideva. Quanto al cane incline alle fughe e goloso di porcherie, per il momento quadrava. Ma quella sera Louis ne aveva abbastanza del cane. Cercò l'unico albergo della cittadina, un grosso hotel nuovo che doveva bastare ad assorbire la clientela estiva. Da quello che aveva visto, Port-Nicolas non aveva una spiaggia, ma un litorale di melma e di scogli impraticabili.

Cenò rapidamente in albergo, prese una stanza e si chiuse dentro. Sul comodino c'erano alcuni dépliant e un opuscolo, gli indirizzi utili in città. L'opuscolo era sottile e Louis si costrinse a leggerlo: prodotti ittici, municipio, antichità, attrezzature da immersione, centro di talassoterapia, eventi culturali, foto della chiesa, foto dei nuovi lampioni. Louis sbadigliò. Aveva passato l'infanzia in un paese del Cher e quelle sciocchezze non lo annoiavano, ma l'opuscolo sí. Si soffermò sulla foto dello staff del centro di talassoterapia. Si alzò, esaminò l'istantanea sotto la lampada. La donna al centro, la moglie del proprietario, che cavolo.

Si sdraiò sul letto, con le mani intrecciate sotto la nuca. Sorrise. Be', se era quello che aveva sposato, se era per quello che se n'era andata, non valeva la pena. Non che lui fosse chissà cosa. Ma quell'uomo con la fronte bassa, i capelli neri a spazzola irti sulla testa, quell'uomo dalla faccia tetra incastrata in un blocco squadrato, onestamente non valeva la pena. Sí, ma cos'era peggio? Ritrovarla nel letto di un tizio fantastico o in quello di una scimmia piena di soldi? Bel dilemma.

Louis prese il ricevitore e chiamò il bunker.

– Marthe, ti ho svegliata, vecchia mia?

– Figurati... Sto facendo le parole crociate.

– Anch'io. Pauline ha sposato il pezzo grosso del paese, il direttore del centro di talassoterapia. T'immagini come deve rompersi le palle? Ti mando la foto della coppia, ti divertirai.

– Un centro di che?
– Talassoterapia. Una fabbrica per fare un sacco di grana impacchettando la gente nelle alghe, nel sugo di pesce, nella brodaglia allo iodio e altre cavolate. Lo stesso che un bagno di mare, ma cento volte piú caro.
– Ah, mica stupido. E il cane?
– L'ho trovato. Un cane odioso, pieno di denti, ma un padrone simpatico, a parte un imprecisato maneggio sessuale in cantina, voglio proprio vedere. Sua moglie è un po' inquietante. Accomodante ma congelata, o piuttosto devitalizzata. Si direbbe che reprima qualcosa, che si reprima continuamente.
– Dato che sei a portata di mano: scorre in Russia, due lettere?
– L'Ob, Marthe, l'Ob, Cristo, – sospirò Louis. – Fattelo tatuare sulla mano e non parliamone piú.
– Grazie, Louis, un bacio. Hai cenato? Sí? Allora un bacio, e non esitare a chiedermi delle dritte. Sai che di uomini me ne intendo e anche...
– Lo farò, Marthe. Scrivi OB e dormi tranquilla tenendo d'occhio l'archivio.

Louis riagganciò e decise lí per lí di andare a vedere la cantina di Lionel Sevran. Aveva un ingresso dall'esterno, lo aveva notato uscendo, e le serrature non erano un problema per Louis, tranne quelle a tre punti, molto pallose, che richiedono tempo, attrezzi pesanti e tranquillità.

Arrivò alla porta un quarto d'ora dopo. Erano le undici passate e intorno era tutto buio e addormentato. La cantina era protetta da una serratura e da un chiavistello e gli richiese un certo tempo. Lavorava senza far rumore, per via del cane. Se sotto la coperta c'era una donna, dormiva della grossa. Ma Louis cominciava a dubitare che si trattasse di una donna. Oppure non capiva piú niente delle donne, né di quella in cantina né della consorte al pianterreno, e allora tanto valeva rinunciare immediatamente al mestiere di uomo. Sí, ma cos'altro poteva essere? I Sevran ne avevano parlato senza reticenze. Eppure la faccenda aveva un aspetto grottesco, e a Louis il grottesco non bastava.

La porta cedette, Louis scese qualche gradino e se la richiuse piano alle spalle. In mezzo a un casino inimmaginabile c'era un grande banco da lavoro, e sopra, una coperta ammonticchiata, che formava un grosso cumulo d'ombra. Tastò, sollevò, guardò e scrollò la testa. Un quiproquò. Detestava i quiproquò, intermezzi inutili e dannosi, e si domandò fino a che punto Lina Sevran non l'avesse fuorviato deliberatamente.

La coperta proteggeva soltanto una vetusta macchina per scrivere, di inizio secolo, per quel poco che ne capiva lui. E in effetti, come aveva detto Lina, era grossa, pesava una tonnellata, e aveva bisogno di una drastica ripulita. Louis esaminò alla luce della torcia l'ossessione di Lionel Sevran. Sui ripiani, per terra, su dei banchi da lavoro, ovunque, decine di vecchie macchine per scrivere, ma anche pezzi di fonografo, trombe di grammofono, vecchi telefoni, asciugacapelli, ventilatori, mucchi di pezzi di ricambio, viti, bracci meccanici, pistoni, frammenti di bachelite, e roba simile. Louis tornò verso la macchina denudata sul tavolo. Quindi era lei, quella «nuova» raccattata da Sevran. E lui, l'avevano preso per uno che si interessava di macchine, era evidente, e dato che lo avevano ricevuto con tanta disinvoltura, la coppia doveva essere abituata alle visite di collezionisti. Sevran doveva essere conosciuto sul mercato perché venissero a trovarlo fino in capo alla Bretagna.

Louis si passò le dita nella cortissima barba di quattro giorni. A volte si radeva, a volte no, per ombreggiare la mandibola un po' troppo sporgente. Resisteva alla tentazione di rifugiarsi dietro a una vera barba, e optava per una soluzione di compromesso che addolciva quel mento aggressivo che non gli piaceva. Basta così, il mondo era a ferro e fuoco, non avrebbe passato la notte sul suo problema di mandibola, a tutto c'è un limite. Che Lina Sevran lo avesse preso per un collezionista, dato che doveva vederne sfilare decine e decine, poteva darsi benissimo. Ma gli pareva proprio che avesse giocato sull'ambiguità delle parole, che forse si fosse divertita vedendolo a disagio. Una certa perversità non era da escludere. Si può ingannare la noia con i puzzle, oppure con la perversità, se uno ci è portato.

Quanto al marito, per ora niente da dire. Louis tornava alla sua prima impressione favorevole, cane escluso. Era un'eccezione alla regola ben nota ma cosí spesso vera: tale padrone, tale cane. In questo caso, il padrone e il cane non si somigliavano affatto, ed era molto curioso, perché sembravano stimarsi vicendevolmente. Avrebbe dovuto ricordarsi di questa eccezione, perché è sempre rassicurante per l'umanità constatare qualche strappo alle regole.

Rimise la coperta sulla macchina, per proteggerla gentilmente dall'umidità e non per cancellare le tracce della sua effrazione, dato che aveva comunque dovuto far saltare le viti che fissavano il chiavistello. Uscí di nuovo nella notte e accostò la porta. Domani Sevran avrebbe scoperto l'intrusione e avrebbe reagito. Domani lui sarebbe andato a trovare il sindaco per saperne di piú sulla vecchia morta sulla spiaggia. Domani sarebbe anche andato al centro di brodaglia marina a trovare la piccola Pauline. Poteva dire a se stesso che aveva sposato l'uomo con la fronte bassa per i soldi, ma non poteva esserne certo. Non sarebbe stata la prima volta che gli preferivano dei tipi che lui non avrebbe toccato con un dito. Ma in ogni caso, visto che Pauline era la terza donna che aveva amato, la cosa gli torceva un po' le viscere. Cosa aveva detto Marthe? Niente spedizioni punitive. No, certo, non era un bastardo fino a quel punto. Ma non sarebbe stato facile. Perché, in fin dei conti, aveva sofferto quando lei se n'era andata. Aveva ingurgitato quantità inimmaginabili di birra, era ingrassato e si era ingolfato in ricordi che non finivano piú. Poi gli ci erano voluti mesi di sforzi per recuperare quel tanto di cervello che gli serviva e per rimettere in sesto il corpo, che era troppo lungo, ma accettabile e solido. Non sarebbe stato facile.

Capitolo dodicesimo

Kehlweiler si alzò troppo tardi per fare colazione in albergo. Si rasò quasi completamente e uscí sotto la pioggerella sottile che cadeva sul paese. Paese non era la parola esatta. Avrebbe detto piuttosto «località». Port-Nicolas doveva essere stato un porto medioevale raccolto su se stesso, di cui rimanevano le vie strette che sarebbero interessate a uno come Marc Vandoosler, ma a lui no. Pensando a Marc, trovò la chiesa e poi il *calvario*, che era senza dubbio una bella composizione, formicolante di mostri scolpiti e altre schifezze atte a ispirare il terrore negli animi religiosi. A una ventina di metri, da una vasca di granito semidistrutta scendeva un rivolo d'acqua.

Sotto la pioggia che si intensificava Louis si chinò di lato, una gamba piegata e l'altra rigida, per bagnare la mano nel ruscello. In quell'acqua migliaia di persone dovevano essere venute a immergere le loro disgrazie, a chiedere attenzioni, a chiedere amori, a chiedere figli, a ordire vendette. Un'acqua bella spessa, dopo secoli e secoli. A Louis erano sempre piaciute le fonti miracolose. Pensò per un istante di immergervi il ginocchio. Per quanto niente attestasse che quella era una fonte miracolosa. Ma in Bretagna, e vicino a un *calvario*, era evidente, non bisogna prendere la gente per scema, l'ultimo dei cretini sa riconoscere una fonte miracolosa quando ne vede una. Il posto era bello e a Louis piacque. Dominava il paese, e da lí aveva una vista parziale della parte moderna. Port-Nicolas si era sfilacciato. Soltanto ville disseminate, a varie centinaia di metri l'una dall'altra, con una zona industriale in lontananza.

Di questa località devastata restava ormai solo una piazza centrale, con una grande croce di pietra, l'albergo, il caffè, il municipio, e una ventina di catapecchie. Tutto il resto si estendeva intorno a casaccio, un garage, delle ville, un ipermercato, il centro di talassoterapia, orrendo, e roba simile, sparpagliata come una manciata di tessere del domino e collegata da strade e rotonde.

Louis preferiva la fonte miracolosa in cui teneva immersa la mano, e i demoni di granito consunto del *calvario*. Rimase seduto lí, sotto la pioggia, su una pietra che sporgeva dall'erba rasa. Delle figurine si muovevano in basso, davanti alle ville, un'altra davanti al municipio. Forse il sindaco, Michel Chevalier, etichetta incerta, catalogato sotto la «V», vari. Quei vari lo avevano sempre lasciato perplesso. Spesso erano dei tizi un po' inetti, che si erano come infeltriti al lavaggio dell'esistenza, che si erano rifugiati in un centro impreciso, tizi di cui non era prevedibile dove sarebbero andati a parare. Louis stentava ad afferrare quegli uomini fluttuanti. Forse il sindaco si domandava ogni giorno se i suoi capelli fossero biondi o bruni, se fosse un uomo o una donna, forse era uno che esitava di fronte alle domande piú semplici. Ma dopotutto lui stesso esitava quando gli domandavano da dove venisse. Chi lo sa, non ha importanza, figlio del Reno. Gli uomini passavano molto tempo a tentare di appropriarsi del Reno, lo avevano persino tagliato in due. Tagliare l'acqua, solo gli uomini potevano immaginarsi una simile cavolata. Ma il Reno non sta da nessuna parte e non è di nessuno, e lui era figlio del Reno, glielo aveva detto suo padre, nazionalità indefinita, il mondo era a ferro e fuoco, non ci avrebbe passato su la giornata. Detto questo, il vantaggio di non appartenere a nessuno era di poter essere chiunque. Se gli andava, e gli andava spesso, poteva essere turco, cinese, berbero, perché no, se ne aveva voglia, indonesiano, del Mali, della Terra del fuoco, se qualcuno non era d'accordo era pregato di dirlo, siciliano, irlandese, oppure, naturalmente, francese, o tedesco. E la cosa piú comoda in tutto ciò era permettersi una galleria di nonni vasta quanto prestigiosa o stracciona.

Louis ritrasse la mano dall'acqua della fonte e la guardò. Asciugandola sui pantaloni umidi, pensò per la milionesima volta che da cinquant'anni viveva in Francia e da cinquant'anni lo chiamavano il Tedesco. La gente non dimenticava, e lui nemmeno. Rimettendosi in piedi, pensò che avrebbe dovuto telefonare al vecchio. Era da un mese che non aveva notizie di suo padre. Laggiú, al di là del Reno, a Lörrach, il vecchio si sarebbe divertito sapendo a cosa correva dietro. Dalla fonte, Louis gettò un'occhiata circolare alla distesa di Port-Nicolas. Sapeva perché stava esitando: cominciare da Pauline o, piú cautamente, dal sindaco?

Capitolo tredicesimo

Arrivando nel bunker alle dieci del mattino, Marc Vandoosler aveva preparato tutte le risposte possibili a tutte le eventuali sollecitazioni di Louis Kehlweiler. Perciò entrò tranquillo, baciò Marthe e si stupí di non trovare un biglietto sulla scrivania. Louis doveva certo aver lasciato un messaggio per chiedergli di galoppare con lui all'altro capo del Paese. Oppure era Marthe a dover fare da intermediaria. Ma Marthe non diceva nulla. Be', sarebbero rimasti tutti zitti, andava benissimo anche cosí.

Marc non aveva mai saputo mantenere un proponimento, buono o cattivo che fosse, per piú di una decina di minuti. L'impazienza gli faceva sempre abbassare la guardia e il suo broncio piú compatto poteva essere smantellato in pochi istanti dal bisogno di agitarsi e far procedere le questioni in sospeso. Non c'era niente che Marc sopportasse meno delle questioni in sospeso. Si dimenò sulla sedia prima di chiedere a Marthe se avesse un messaggio per lui.

– Nessun messaggio, – disse Marthe.

– Non importa, – rispose Marc, nuovamente deciso a restare in silenzio.

– Ma sai una cosa? – riprese. – Louis vuole arruolarmi come uomo che corre. Be', no, Marthe, non sono uno fatto per queste cose. Non credere che non sappia correre, non c'entra niente. Posso correre molto veloce, se necessario, cioè abbastanza veloce, e soprattutto sono bravissimo a scalare. Non le montagne, no, mi viene la depressione e mi annoio, ma i muri, gli alberi, le palizzate. Non lo diresti, a vedermi, eh? Be', Marthe, io sono agilissimo, non forte, ma agilissimo. Su questa terra non c'è bisogno solo di uomini forti, eh? Sai che mia moglie mi ha lasciato per un tizio grande e grosso? Molto grande e grosso, sí, ma che non riuscirebbe a stare in piedi su uno sgabello, e in piú, quel tizio...

– Eri sposato, tu?

– Perché no? Ma adesso è passata, quindi non parlarmene, per piacere.

– Sei tu a parlarne.

– Sí, hai ragione. Dicevo, Marthe, che non sono uno fatto per l'esercito, fosse anche con Kehlweiler che arruola con abilità, con delicatezza. Col cavolo che sono capace di obbedire, le consegne mi fanno uscire dai gangheri, mi triturano i nervi. E l'inchiesta giudiziaria mi rompe le palle, non sono capace di sospettare. Comprendere, studiare, dedurre, sí, ma sospettare le persone vive, niente da fare. In compenso, so sospettare le persone morte, è il mio mestiere. Sospetto il contabile del signore di Puisaye di manipolare i conti dei granai, di fare la cresta sulla lana delle pecore. Ma è morto, vedi la grossa differenza? Nella vita io sospetto poco, credo a quello che mi dicono, ho fiducia. E poi, che cavolo, non so perché parlo, parlo, parlo continuamente. Passo la vita a raccontare i cocci delle mie azioni, il che stanca me e usura gli altri. Per dirti che come soldato, come uomo sospettoso, sono uno zero, tutto qui. Zero come uomo forte, uomo diffidente, uomo potente o qualsiasi tipo di superuomo, come sembra che sia il tuo Ludwig. Kehlweiler o non Kehlweiler, non andrò in Bretagna a fare il cane che corre dietro a un altro cane. Mi distoglie dal mio lavoro.

– Sei isterico, stamattina, – disse Marthe scrollando le spalle.

– Ah, lo vedi anche tu che c'è qualcosa che non va.

– Chiacchieri troppo per un uomo, nuoce alla tua immagine. Ascolta il mio consiglio perché io di uomini me ne intendo.

– Be', me ne frego della mia immagine.

– Te ne freghi perché non sai sbrogliartela.

– Forse. E cosa cambia?

– Un giorno ti spiegherò come non ridurti in polpette a furia di chiacchierare. Esageri. To', la prossima volta che vorrai sceglierti una donna, prima fammela vedere, perché di donne io me ne intendo. Ti dirò se va bene per te, cosí, se esageri o parti in quarta, sarà per qualcosa.

Curiosamente, a Marc quell'idea non dispiacque.

– Come dovrebbe essere?

– Non ci sono regole, non farti illusioni. Ne parleremo quando me ne porterai una. A parte questo, non capisco perché sei cosí nervoso, stamattina. È un quarto d'ora che racconti la tua vita, Dio sa perché.

– Te l'ho detto. Non ho intenzione di partire con Louis.

– Non trovi che il lavoro vale la pena?

– Ma sí, Marthe, santo Dio! E poi questo lavoro l'ho già fatto una volta.

– Ludwig mi ha detto che te l'eri cavata bene.

– Non ero da solo. E poi non è questo il problema. Sono circondato da ex sbirri corrotti o da falsi giudici e non voglio che mi trascinino mettendomi un anello al naso, l'ho fatto per tutta la settimana, basta.

– Decisamente, quando pensi solo a te, non capisci niente degli altri.

– Lo so. È un problema.

– Fammi un po' vedere il naso?

Senza pensarci, Marc protese il volto verso Marthe.

– Non c'è posto, qui, per un anello, è troppo sottile. Credimi, io di uomini me ne intendo. E poi, averti sempre tra i piedi non dev'essere il massimo.

– Ah, vedi.

– E nessuno ti chiede di accompagnare Ludwig.

– Fa lo stesso. Mi adesca con una cacca di cane, piuttosto efficace, astuto, e poi mi trascina fino in Bretagna perché sa che non posso piantare una faccenda incominciata. È come una bottiglia di birra, se la apri, sei fregato, devi finirla.

– Non è birra, è un delitto.

– So io cosa voglio dire.

– Ludwig è partito ieri. E senza di te, Vandoosler il Giovane. Ti ha lasciato ai tuoi studi, molto rispettosamente.

Marthe lo guardava sorridendo e Marc ammutolí. Aveva caldo, aveva parlato troppo. Il 1° gennaio avrebbe fatto dei proponimenti. Domandò tranquillamente se non fosse l'ora del caffè, per caso?

Si fecero il loro caffettino abituale in silenzio. Poi Marthe chiese aiuto per le parole crociate. Eccezionalmente, visto che si sentiva in un leggero stato di debolezza, Marc accettò di derogare al lavoro. Si sistemarono entrambi sul letto ripiegato a divano, Marc si mise un cuscino dietro la schiena e ne ficcò un altro dietro la schiena di Marthe, si alzò per cercare una gomma, non si possono fare le parole crociate senza una gomma, ripeté la manovra dei cuscini, si tolse gli stivali e rifletté sulla definizione del 6 orizzontale, dieci lettere: «forma d'arte».

– Non c'è che l'imbarazzo della scelta, – disse.

– Non commentare, pensa.

Capitolo quattordicesimo

Prima di affrontare il municipio, Louis fece colazione al *Café de la Halle* che si trovava di fronte, dall'altra parte della piazza. Aspettava che la giacca gli si asciugasse un po'. A Louis quel caffè immutato da quarant'anni era piaciuto alla prima occhiata. Conteneva un flipper d'annata e un biliardo con un avviso di cartone unto: ATTENZIONE, IL PANNO È NUOVO. Toccare una palla per colpirne un'altra, un sistema la cui sottigliezza gli era sempre piaciuta. Calcolare le sponde, gli angoli, i rimbalzi, mirare a sinistra per andare a destra. Molto astuto. La sala da gioco era ampia e buia. Dovevano accendere le luci solo se qualcuno arrivava a giocare, e quel lunedí mattina, verso le undici e mezzo, era troppo presto. I piccoli giocatori del calcetto avevano i piedi consunti dall'uso. I piedi, appunto, si ripartiva. Doveva occuparsi dell'alluce, e non abbandonarsi subito a una partita di catechismo su quel flipper che gli tendeva le braccia.

– Oggi il sindaco riceve? – domandò Louis alla vecchia signora in grigio e nero che stava al bancone.

La vecchia signora rifletté, appoggiò adagio le mani sottili sul bancone.

– Se è in municipio, non ci sono problemi. Ma, perbacco, se non c'è...

– Sí, – disse Louis.

– Se no, viene per l'aperitivo verso la mezza. Se sta su un cantiere, non viene. Altrimenti, viene.

Louis ringraziò, pagò, prese la giacca ancora bagnata e attraversò la piazza. Una volta entrato nel piccolo municipio, gli

domandarono se avesse un appuntamento, perché il signor sindaco era occupato nel suo ufficio.
– Può informarlo che sono di passaggio e che desidererei vederlo? Kehlweiler, Louis Kehlweiler.
Louis non si era mai fatto fare dei biglietti da visita, lo irritavano. Il giovanotto telefonò, poi gli fece cenno che poteva salire, primo piano, la porta in fondo. Comunque, c'era un solo piano.
Louis non ricordava niente di particolare su quel senatore-sindaco, tranne il nome e l'etichetta «vari». Il tizio che lo ricevette era piuttosto tozzo, un po' molle, con uno di quei volti su cui bisogna concentrarsi bene per ricordarseli, ma molto elastico. Camminava rimbalzando leggermente, si rivoltava tutte le dita di una mano con l'altra mano senza far crocchiare nulla, con un'elasticità fastidiosa. Poiché Louis osservava quel movimento, il sindaco infilò la mano in tasca e lo invitò a sedersi.
– Louis Kehlweiler? A cosa devo l'onore?
Michel Chevalier sorrideva, ma non cosí tanto. Louis era abituato. La visita improvvisa di un emissario ufficiale del ministero dell'Interno non metteva mai a proprio agio le autorità locali, chiunque fossero. A quanto pare, Chevalier non era al corrente della sua espulsione, oppure l'espulsione non bastava a rassicurarlo.
– Nulla che la possa preoccupare.
– Vorrei vedere. Non si potrebbe tener nascosto uno spillo a Port-Nicolas. Il paese è troppo piccolo.
Il sindaco sospirò. In quel municipio doveva girare a vuoto. Nulla da nascondere e non un granché da combinare.
– Allora? – riprese il sindaco.
– Port-Nicolas è indubbiamente un paese piccolo ma si propaga. Sono venuto a portarle una cosa che potrebbe appartenergli, una cosa che ho trovato a Parigi.
Chevalier aveva dei grossi occhi azzurri che non riusciva a socchiudere, ma era quello che avrebbe voluto fare.
– Gliela mostro, – disse Louis.

Si infilò la mano in tasca e incontrò la pelle verrucosa di Bufo che stava pisolando lí dentro. Cavolo, stamattina l'aveva portato a spasso al *calvario* e, tornando, si era dimenticato di lasciarlo in camera. Non era certo il momento di tirare fuori Bufo visto che il viso floscio del sindaco sembrava un po' preoccupato. Trovò il cartoccio di giornale sotto la pancia di Bufo, che non aveva alcun rispetto per i corpi del reato e ci si era sistemato sopra.

– È questa cosetta, – disse Louis, deponendo finalmente il fragile pezzetto d'osso sulla scrivania di legno di Chevalier. – Mi preoccupa al punto da avermi fatto venire fin da lei. E spero di essermi preoccupato per niente.

Il sindaco si chinò, guardò il reperto e scosse lentamente il capo. Ecco un tipo paziente, plastico, si disse Louis, che cammina al rallentatore, che nulla riesce a scuotere, e che non ha una faccia da cretino, nonostante gli occhi.

– È un osso umano, – riprese Louis, – l'ultima falange di un alluce, che ho avuto la sfortuna di reperire in place de la Contrescarpe, sulla griglia di un albero, e che, mi perdoni, signor sindaco, era contenuta in un escremento di cane.

– Lei fruga negli escrementi di cane? – domandò pacatamente Chevalier, senza alcuna ironia.

– Su Parigi si era abbattuta una pioggia torrenziale. Le sostanze organiche sono state lavate via, e l'osso è rimasto sulla griglia.

– Capisco. E il nesso con il mio Comune?

– La cosa mi è sembrata insolita e spiacevole, quindi vi ho prestato attenzione. Impossibile escludere un incidente o, spingendo la casualità all'estremo, il deprecabile passaggio di un cane a una veglia funebre. Ma impossibile anche escludere che sia il frammento disperso di un omicidio.

Chevalier non si muoveva. Ascoltava e non controbatteva.

– E il mio Comune? – ripeté.

– Ci sto arrivando. Ho atteso a Parigi. Ma non è accaduto niente. Lei sa che un cadavere non resta nascosto a lungo nella capitale. Niente nemmeno in periferia, e nessuna segnalazione di persone scomparse da ormai dodici giorni. Allora ho rilevato gli spostamenti dei cani itineranti, quelli che mangiano in un posto ed evacuano altrove, e ne ho individuati due. Ho scelto la pista del pitbull di Lionel Sevran.

– Continui, – disse il sindaco.

Rimaneva molle, ma la sua concentrazione aumentava progressivamente. Louis si appoggiò col gomito sul tavolo, il mento sul pugno, l'altra mano sempre in tasca, perché quel cavolo di rospo non voleva riaddormentarsi e si muoveva.

– A Port-Nicolas c'è stato un incidente sulla spiaggia.

– Eccoci.

– Sí. Sono venuto ad assicurarmi che si tratti di un incidente.

– Sí, – intervenne Chevalier, – un incidente. La vecchia signora è scivolata sugli scogli e si è rotta la testa. Era sui giornali. La gendarmeria di Fouesnant ha effettuato tutti gli accertamenti necessari. Non c'è alcun dubbio, è stato un incidente. La vecchia Marie si recava sempre in quel posto, che piovesse o ci fosse vento. Era il suo angolino delle patelle, ne raccoglieva dei sacchi pieni. Nessuno si sarebbe permesso di prendere le sue patelle, era il suo universo. C'è andata, come al solito, ma quel giovedí pioveva, le alghe erano scivolose, e lei è caduta, da sola, nel buio... Io la conoscevo bene e nessuno poteva volerle fare del male.

Il volto del sindaco si incupí. Si alzò e si appoggiò alla parete dietro alla scrivania. Mollemente, rivoltandosi di nuovo le dita. Per lui il colloquio si avviava alla fine.

– È stata ritrovata solo domenica, – aggiunse.

– Molto tardi.

– Venerdí nessuno si è preoccupato della sua assenza, è il suo giorno libero. Sabato a mezzogiorno nessuno l'ha vista al caffè, sono andati a controllare a casa sua e dai suoi datori di lavoro. Niente. Solo allora, verso le sedici, hanno incominciato a cercare, un po' da dilettanti, non erano spaventati sul serio. Nessuno ha pensato alla spiaggia Vauban. C'era stato un tempo tale, per tre giorni, che non immaginavano fosse andata a patelle. Alla fine, verso le venti, sono stati chiamati i gendarmi di Fouesnant.

L'hanno ritrovata l'indomani, battendo tutti i dintorni. La spiaggia Vauban non è qui vicino, è sulla punta. Tutto qui. Come le dicevo, è stato fatto il necessario. È un incidente. Allora?
– Allora, l'arte comincia dove finisce il necessario. Il suo piede? È stato notato qualcosa?
Chevalier si risedette con un'apparente docilità, gettando una rapida occhiata a Kehlweiler. Non sarebbe stato semplice farlo uscire dall'ufficio, e lui non era uomo da buttar fuori la gente senza precauzioni.
– Appunto, – disse Chevalier. – Avrebbe risparmiato molta fatica e molti chilometri se mi avesse telefonato, semplicemente. Le avrei detto che Marie Lacasta era caduta e che ai suoi piedi non era successo niente.
Louis chinò il capo e rifletté.
– Davvero niente?
– Niente.
– Sarebbe indiscreto chiederle il rapporto d'inchiesta?
– Sarebbe indiscreto chiederle se lei è in missione ufficiale?
– Non sono piú al ministero dell'Interno, – disse Louis sorridendo, – e lo sapeva, no?
– Lo sospettavo soltanto. Quindi lei è qui da battitore libero?
– Sí, non è affatto obbligato a rispondermi.
– Avrebbe potuto dirmelo subito.
– Lei non me l'ha domandato subito.
– È vero. Vada a dare un'occhiata al rapporto, se questo può tranquillizzarla. Chieda alla mia segretaria e lo consulti, la prego, senza lasciare il suo ufficio.
Ancora una volta Louis rimpacchettò il suo pezzo d'osso, di cui nessuno sembrava preoccuparsi minimamente, come se fosse insignificante che un alluce di donna se ne stesse sulla griglia di un albero, a Parigi. Lesse con attenzione il rapporto della gendarmeria, stilato domenica sera. Quanto ai piedi, nulla, in effetti. Salutò la segretaria e tornò nell'ufficio del sindaco. Ma lui era andato a prendere l'aperitivo al caffè di fronte, spiegò il giovanotto all'ingresso.
Il sindaco disputava saltellando una partita a biliardo, cir-

condato da una dozzina dei suoi cittadini. Prima di avvicinarsi Louis attese che avesse giocato, e sbagliato il tiro.

– Non mi ha detto che Marie lavorava dai Sevran, – gli mormorò da dietro le spalle.

– Che importanza può avere? – mormorò a sua volta il sindaco, con l'occhio fisso sul gioco dell'avversario.

– Ma santiddio, il pitbull! È dei Sevran.

Il sindaco disse due parole al suo vicino, gli passò la stecca e si portò Louis in un angolo della sala da gioco.

– Signor Kehlweiler, – disse, – non so cosa lei voglia esattamente da me, ma non può distorcere la realtà. Al Senato, il collega Deschamps mi aveva detto un gran bene di lei. E la ritrovo qui a preoccuparsi di un fatto di cronaca, tragico indubbiamente, ma non di una tale portata da suscitare l'interesse di un uomo come lei. Lei fa seicento chilometri per collegare due elementi che non sono collegati. Mi hanno detto che è difficile farla desistere, il che non è necessariamente una dote, ma di fronte all'evidenza, lei che fa?

Un po' di critica e un po' di adulazione, registrò Louis. Nessuna autorità locale si era mai augurata di vederlo nel proprio territorio.

– Al Senato, – continuò mollemente Chevalier, – si dice anche che è meglio avere delle cimici nel letto che il Tedesco nei propri cassetti. Mi perdoni se la cosa la urta, ma è quello che si dice di lei.

– Lo so.

– E aggiungono che in tal caso bisogna procedere come per le cimici, cioè dar fuoco ai mobili.

Chevalier rise sottovoce e lanciò un'occhiata soddisfatta a chi lo sostituiva al biliardo.

– Quanto a me, – riprese, – non ho niente da bruciare, e nemmeno niente da mostrarle perché lei non fa piú parte della baracca. Non so se sia la mancanza di impegni a indurla a ostinarsi tanto. Sí, il pitbull appartiene ai Sevran, come apparteneva loro anche Marie, per cosí dire. Era stata la balia di Lina Sevran, non l'ha mai lasciata. Ma Marie è caduta sulla spiaggia, e i suoi piedi non sono stati toccati. Devo ripeterlo? Sevran è un uomo cordiale e si dà molto da fare per il Comune. Non direi altrettanto del suo cane, detto fra noi. Ma lei non ha nessun motivo e nessun diritto di vessarlo. Tanto piú che il suo cane, si sappia regolare, passa la vita a scappare, a vagabondare per la campagna e a ingurgitare interi bidoni della spazzatura. Potrà passare dieci anni della sua vita prima di sapere dove quel cane ha raccattato quella cosa, se è stato davvero lui, peraltro.

– La finiamo? – domandò Louis indicando il biliardo. – Sembra che il suo avversario abbia abbandonato il campo.

– D'accordo, – disse Chevalier.

Entrambi ingessarono la stecca, con un'aria professionale, e Louis cominciò la partita, circondato dalla dozzina di spettatori che commentavano o mantenevano un silenzio da intenditori. Certi se ne andavano, altri arrivavano, in quel caffè c'era un gran viavai. A metà del gioco Louis ordinò una birra, e questo parve far piacere al sindaco che chiese un bianchino e finí per vincere la partita. Chevalier stava in quel porto da dodici anni, il che fa quattromila partite a biliardo, nella vita una cosa del genere conta. Già che c'era, il sindaco invitò Louis a pranzo. Louis scoprí, dietro la sala da gioco, un ampio locale con una quindicina di tavoli. Le pareti erano nude, di pietra annerita dal fuoco del camino. Quel vecchio caffè con la sua successione di sale a Louis piaceva sempre di piú. Avrebbe volentieri sistemato un letto in un angolo, accanto al camino; ma a che pro, se Marie Lacasta era morta fra gli scogli con entrambi i piedi intatti. Quel pensiero lo intristí. Non avrebbe trovato ciò che corrispondeva all'osso che aveva raccolto con tanta cura, eppure, santiddio, non aveva l'impressione che si trattasse di un aneddoto irrilevante.

Sedendosi a tavola, Louis ricordò il consiglio di Marthe. Quando hai davanti un tizio che è incerto se respingerti o accettarti, siediti di fronte. Di profilo sei insopportabile, ficcatelo in testa, ma di fronte hai tutte le chance per conquistare, se solo ti sforzi di non fare la faccia da tedesco. Per una donna, idem, ma piú da vicino. Louis sedette di fronte al sindaco. Discussero di biliardo, poi del caffè, poi dell'amministrazione comunale, poi di affari e politica. Chevalier non era del posto, era un paracadutato. Era stata dura venire sbattuto nella piú profonda Bretagna, ma si era affezionato al luogo. Louis si lasciò sfuggire qualche informazione confidenziale che poteva fargli piacere. Tutta l'operazione del pranzo sembrò un successo e la mollezza sospettosa del sindaco si era trasformata in mollezza cordiale e benevola, inframmezzata da bisbigli. Louis era un maestro nell'arte di creare una complicità del tutto artificiale. Marthe trovava la cosa piuttosto sporca, ma utile, certo, sempre utile. Verso la fine del pranzo venne a salutarli un ometto grasso. Fronte bassa, faccia tozza, Louis riconobbe immediatamente il direttore del centro di talassoterapia, il marito della piccola Pauline, cioè il bastardo che si era preso Pauline. Parlò con Chevalier di cifre e tubature dell'acqua e si accordarono per vedersi in settimana.

Quell'incontro aveva messo Louis di malumore. Dopo essersi congedato dal sindaco su un'intesa cordiale e finta, andò a gironzolare al porto, poi per le vie deserte, punteggiate di case con le persiane chiuse, arieggiando Bufo che non aveva sofferto troppo in fondo alla tasca bagnata. Bufo era un tipo accomodante. Anche il sindaco, forse. Il sindaco era ben contento che Louis se ne andasse da Port-Nicolas, e Louis rimuginava sulla propria disillusione e sul suo congedo discreto. Chiamò un taxi dall'albergo e si fece portare alla gendarmeria di Fouesnant.

Capitolo quindicesimo

Marc Vandoosler scese alla stazione di Quimper verso sera. Troppo facile. Kehlweiler lo faceva galoppare per giorni dietro a un cane incline a nutrirsi di schifezze, poi se la batteva a chiudere la storia per conto suo. No, troppo facile. Non c'era solo Kehlweiler a voler concludere i lavori sporchi. Lui, Marc, non aveva mai lasciato in sospeso un'indagine, poiché odiava qualunque forma di sospensione. Indagini strettamente medioevali, certo, ma comunque indagini. Aveva sempre portato fino in fondo lo spoglio degli archivi, anche quelli piú ardui. Il faticoso studio sul commercio dei villaggi nell'XI secolo gli era costato sudore e sangue, ma santo Dio, era chiuso. Qui si trattava evidentemente di tutt'altro, di un lurido omicidio, aveva suggerito Louis, ma Louis non aveva l'esclusiva della corsa al luridume. E ora il figlio della Seconda guerra mondiale – be', avrebbe dovuto smettere urgentemente di chiamarlo cosí perché un giorno gli sarebbe sfuggito di bocca per sbaglio –, il figlio della Seconda guerra mondiale tagliava la corda da solo all'inseguimento del cane, e del cane individuato da Mathias, per di piú. E Mathias era stato d'accordo con lui, bisognava seguire il cane. Probabilmente era stato questo, piú di ogni altra cosa, a far definitivamente decidere Marc. Aveva riempito al volo uno zaino, che Lucien, lo storico del '14-18, si era affrettato a svuotare rimproverandogli di non saperlo affardellare. Accidenti a lui.

– Accidenti! – aveva gridato Marc. – Mi farai perdere il treno!

– Ma no. I treni aspettano sempre i valorosi combattenti, è raffigurato per l'eternità alla Gare de l'Est. Le donne piangono ma, ahimè, i treni partono.

– Io non vado alla Gare de l'Est!
– Non importa. In realtà, stai dimenticando la cosa essenziale.

Mentre gli piegava le camicie in piccoli quadrati, Lucien aveva indicato con lo sguardo la pila di conti del signore di Puisaye.

E in effetti Marc si era sentito rassicurato dal poter dormire, in treno, con la testa appoggiata ai registri di Ugo. Il Medioevo era la salvezza. Non ti puoi rompere le palle in nessun posto quando ti accompagnano dieci secoli. La genialità del Medioevo, aveva spiegato a Lucien, è che non se ne sarebbe mai vista la fine, che si poteva scavarci dentro ancora per migliaia di anni, cosa molto piú confortante che lavorare, come lui, sulla Grande Guerra, di cui finiva per conoscere ogni singolo giorno. Errore colossale, aveva risposto Lucien, la Grande Guerra è un abisso, un buco nero dell'umanità, una scossa tellurica che custodisce la chiave delle catastrofi. La storia non è fatta per rassicurare l'uomo, ma per metterlo in allerta. Marc si era addormentato fra Lorient e Quimper.

Un taxi lo aveva portato fino a Port-Nicolas, e Marc aveva ben presto disertato il porto in disarmo, quell'habitat sparpagliato di cui sopravviveva solo un cuore minuscolo, per andare a girovagare sul litorale. Scendeva la notte, con una mezz'ora di ritardo rispetto alla capitale, e lui si spaccava la faccia sui blocchi di roccia sdrucciolevoli. Il mare saliva, Marc ne seguiva il limitare, calmo, perfetto, mentre la pioggia gli colava dai capelli sulla nuca. In fondo, se non fosse stato un medievista, avrebbe fatto il marinaio. Ma le navi di oggi non lo invogliavano a salire a bordo. I sottomarini, peggio ancora. Aveva visitato l'*Espadon*, immerso nelle acque di Saint-Nazaire, grosso errore che gli aveva procurato sudori di angoscia nel compartimento siluri. Be', allora, poteva essere un marinaio vecchio stile. Per quanto, le grosse baleniere o cannoniere non lo ispirassero. Allora un marinaio ancora piú antico, per esempio verso la fine del XV secolo, che partiva per una terra, cannava la rotta, arrivava in un'altra. In realtà, anche come marinaio si ritrovava catapultato nel Medioevo, non si sfugge al proprio destino. Quella conclusione lo intristí. Non gli piaceva sentirsi rinchiuso, messo con le spalle al muro, predestinato, fosse pure dal Medioevo. Dieci secoli possono essere angusti quanto dieci metri quadri di una cella. Doveva essere questa l'altra ragione che lo aveva portato là dove finisce la terra, alla *Finis Terrae*, alla fine della fine, nel Finistère.

Capitolo sedicesimo

Louis disturbò il sindaco a casa sua, la sera tardi.
Sulla soglia, Chevalier lo squadrò con i suoi grossi occhi azzurri, muovendo silenziosamente le labbra sottili e affaticate. Aveva l'aria di dire a se stesso che cavolo, stancamente.
– Chevalier, ho di nuovo bisogno di vederla.
Sbattere fuori Kehlweiler? Inutile, sarebbe tornato l'indomani, lo sapeva. Lo fece entrare, disse – chissà perché – che sua moglie era già a letto, e Louis si accomodò nella poltrona che gli veniva indicata in silenzio. La poltrona era morbida come il suo proprietario, e come il cane che se ne stava sdraiato a terra. In quel caso, almeno, la regola era rispettata. Era un grosso bulldog maschio, stanco di correre dietro alle bulldog femmine, e che riteneva di aver fatto abbastanza, quanto al mestiere di cane bastava cosí, non contassero su di lui per ululare con la scusa che entrava in casa uno sconosciuto.
– Ha un animale che sa come prendere la vita, – disse Louis.
– Se le interessa, – disse Chevalier sprofondando nel divano, – non ha mai morso nessuno, e nemmeno mangiato piedi.
– Mai morso?
– Un paio di volte, quando era giovane, e perché gli avevano rotto le palle, – ammise Chevalier.
– Certo, – disse Louis.
– Sigaretta?
– Sí, grazie.
I due restarono un momento in silenzio. Nessuna animosità fra loro, notò Louis, una sorta di intesa convenuta, di rassegnazione, di reciproca accettazione. Il sindaco non era una perso-

na spiacevole da frequentare, molto rilassante, avrebbe detto Vandoosler il Giovane. Chevalier aspettava che l'altro parlasse, non era tipo da prendere l'iniziativa.

– Ho fatto una scappata alla gendarmeria di Fouesnant, – disse Louis. – Marie Lacasta è morta spaccandosi la fronte sugli scogli.

– Sí, ce lo siamo già detto.

– Comunque le manca l'ultima falange dell'alluce del piede sinistro.

Chevalier non sobbalzò, scosse la cenere della sigaretta e disse cavolo, stavolta lo disse davvero.

– Impossibile... – mormorò, – nel rapporto non c'è. Cos'è questa storia?

– Spiacente, Chevalier, nel rapporto c'è. Non in quello che mi ha fatto vedere lei, ma nell'altro, quello successivo, stilato lunedí dal medico legale, e di cui le è stata inviata copia martedí con la scritta PERSONALE. Non sono autorizzato, lo so, ma perché non me ne ha parlato?

– Ma perché non l'ho avuto, quel rapporto! Un attimo, mi faccia pensare... Può essere arrivato mercoledí, o giovedí. Mercoledí ho assistito alle esequie di Marie Lacasta, poi sono scappato a Parigi. Una riunione dietro l'altra al Senato fino a sabato. Sono tornato domenica, e stamattina, in municipio...

– Non ha aperto la posta della settimana? Quando sono venuto da lei era quasi mezzogiorno.

Il sindaco allargò le braccia, poi si rivoltò le dita.

– Dio mio, ero lí solo dalle undici! Non ho avuto tempo di guardare la posta, non aspettavo nulla di urgente. In compenso, l'insenatura di Penfoul era inondata e volevo occuparmene prima di ritrovarmi sul gobbo tutti gli abitanti. Una trappola, quell'insenatura, non avrei dovuto lasciar costruire, e per pietà non ficchi il naso in quella faccenda!

– Non si preoccupi, sto dietro a ben altro che un'insenatura inondata. Ma mi era parso di capire che in municipio riceve dalle nove?

– La gente la ricevo al caffè, all'ora dell'aperitivo, e lo sanno tutti. Crede che abbia letto il rapporto e non le abbia detto niente? Be', no, Kehlweiler! Alle dieci dormivo, che le piaccia o meno. Non mi va di alzarmi presto, – aggiunse aggrottando le sopracciglia.

Louis si chinò e gli posò un indice sul braccio.

– Dormivo anch'io.

Il sindaco tirò fuori due bicchieri e versò del cognac. La sonnolenza mattutina gli aveva fatto rivalutare Louis.

– Peggio ancora, – aggiunse Louis, – faccio dei pisolini. Al ministero chiudevo la porta, mi sdraiavo per terra, con la testa su un grosso trattato di diritto penale. Una mezz'ora. Mi capitava di dimenticare il libro per terra, nessuno ha mai saputo perché consultassi la legge sul tappeto.

– E allora? – domandò il sindaco. – Questo secondo rapporto?

– I gendarmi hanno proceduto ai primi accertamenti domenica, come lei sa. Il corpo era stato sballottato da cinque maree successive, era in cattivo stato, e coperto di melma e alghe. Lo sfondamento del cranio era ben visibile, la ferita al piede, no. Eppure Marie Lacasta era a piedi nudi. A quanto pare, indossava sempre degli stivali bassi di gomma, quelli di suo marito, che erano troppo grandi per lei.

– Esatto. Li infilava sui piedi nudi per andare a pesca.

– A quanto pare, le onde glieli hanno tolti.

– Sí, a piedi nudi, era nel primo rapporto... È stato ritrovato uno stivale a una decina di metri, sugli scogli.

– E l'altro?

– L'altro non c'era piú. A quest'ora deve essere in viaggio verso New York.

– Nel suo primo esame, effettuato durante la notte, il medico di Fouesnant si è occupato della testa, fratture evidenti, e il piede, sporco di melma, non ha attirato la sua attenzione. Il sangue aveva smesso di sgorgare e la ferita era stata lavata dall'oceano. Il medico ha fatto rapidamente la diagnosi, peraltro esatta, di morte per sfondamento della scatola cranica, osso frontale fratturato, urto contro uno scoglio. È questo rapporto preliminare che le hanno dato. Il medico legale è arrivato solo l'indomani, domenica sera si stava occupando di un incidente stradale a Quimper. È stato il medico legale a notare la falange mancante. Le sue conclusioni quanto al colpo in testa sono le stesse del collega. Per il piede ha scritto questo...

Louis frugò in una tasca dei pantaloni e ne estrasse un foglio spiegazzato.

– Riassumo... assenza della falange II del dito I del piede sinistro. Il dito non è stato tagliato, ma strappato. Il medico legale esclude quindi qualunque intervento umano. Visto il contesto, suggerisce che sia passata una gavina. Perciò, morte accidentale, poi aggressione di un animale. L'ora della morte non può essere determinata con precisione, al piú tardi venerdí mattina. Marie è stata vista giovedí verso le quattro, quindi è morta fra le quattro e mezzo di giovedí e mezzogiorno di venerdí. Marie andava a prendere le patelle all'alba?

– A volte. Era libera dal venerdí al lunedí. Ma, insomma, la conclusione del medico legale è morte accidentale, nonostante quell'atroce particolare del piede. Perciò, questo dove la porta? L'ipotesi della gavina è un po' discutibile, ma perché no? Ce ne sono a migliaia, scatenate, vocianti, una vera calamità.

– Chevalier, non ho trovato l'osso nella pancia di una gavina, non lo dimentichi.

– Sí, dimenticavo.

Louis si appoggiò allo schienale della poltrona, con la gamba dritta e rigida distesa davanti a sé. Il cognac era di ottima qualità, l'atteggiamento del sindaco si stava modificando sensibilmente, lui aspettava che le riflessioni si organizzassero nella testa dell'autorità locale. Ma gli sarebbe piaciuto sapere se Chevalier fosse stato o meno a conoscenza del rapporto, se stasera fosse rimasto sorpreso o se avesse mentito stamattina, sperando che Louis si sarebbe accontentato. Con un tipo del genere, impossibile saperlo. La flemma dei suoi lineamenti, la rilassatezza del suo corpo impreciso non lasciavano percepire cosa pensasse davvero. Si sarebbe detto che i suoi pensieri annegassero prima di raggiungere la superficie e la luce. Tutto, in lui, rimaneva sommerso, a galleggiare sotto il pelo dell'acqua. Era un tizio sommamente pescioloso. Il che fece capire a Louis che quegli occhi chiari e tondi, che credeva di aver già visto da qualche parte, li aveva visti in pescheria, sul banco, semplicemente. Louis gettò un'occhiata al vecchio cane per vedere se avesse degli occhi da pesce, ma il bulldog dormiva sbavando sulle piastrelle.

– Un momento, – disse improvvisamente Chevalier. – D'accordo, i fatti le danno ragione, il pitbull di Sevran può aver ingoiato l'alluce di Marie, il che è ripugnante e non mi stupisce, trattandosi di quel cane, ho avvertito spesso Sevran. Ma, ripeto, e allora? Marie è caduta e si è ammazzata, e il cane, vagabondando secondo la sua odiosa abitudine, e attratto come pochi dalle schifezze, per quanto tutti i cani lo siano, è la loro natura, che farci?, è passato sulla spiaggia e si è mangiato un dito. Ripeto, e allora? Non trascinerà un cane in tribunale per aver mutilato un cadavere?

– No.

– Perfetto, il caso è chiuso. Lei ha trovato la donna che cercava e non c'è piú niente da dire.

Il sindaco riempí di nuovo i due bicchieri.

– Un cosetta, comunque, – disse Louis. – Ho trovato l'osso venerdí mattina, dopo la pioggia della notte, ma era già sulla griglia dell'albero verso l'una del mattino, giovedí notte. Il cane di Sevran è passato di lí fra le due del pomeriggio, ora in cui la griglia era ancora pulita, e l'una del mattino, ora in cui ho notato quella cacca.

– Si può proprio dire che lei ha del tempo da perdere. Tutta una vita al ministero dell'Interno non fa certo bene a un uomo. Questa è pignoleria, è ossessione.

– Poco importa, il cane è passato di lí prima dell'una del mattino, giovedí notte.

– Ma per tutti i santi, certo! Sevran va a Parigi ogni giovedí sera! Ha lezione il venerdí all'École des Arts et Métiers! Parte verso le sei del pomeriggio per arrivare verso mezzanotte, senza fare soste. Si porta sempre dietro il cane,

Lina non vuole rimanere sola con lui, e detto fra noi, la approvo.

Chevalier abusava dell'espressione «detto fra noi», il che non concordava con il suo modo di essere. Non era uomo da confidare ciò che galleggiava sott'acqua.

– Quindi, – continuò il sindaco finendo in un solo sorso il suo cognac, – quando Sevran arriva, porta subito a spasso il cane, è normale. Ciò detto, andrò di nuovo a dire due parole a Sevran sul suo cane. Rosicchiare i cadaveri non è tollerabile. O lo tiene legato o prendo dei provvedimenti.

– Non è contro il cane che bisognerà prendere provvedimenti.

– Dica Kehlweiler, non intenderà ritenere responsabile l'ingegnere di quella barbarie?

– L'ingegnere?

– Sevran. È cosí che lo chiamano qui.

– Non Sevran in particolare, ma qualcuno certamente sí.

– Qualcuno? Uno che avrebbe tagliato il piede di Marie per darlo da mangiare al cane? Non crede di forzare un po' troppo questa storia? L'ha detto il medico legale, non c'è stata dissezione. Se lo immagina un essere umano che attacca un cadavere con i denti? Lei non ci sta piú con la testa, Kehlweiler.

– Signor sindaco, versi un cognac a tutti e due e vada a prendere un orario delle maree, sia gentile.

Chevalier ebbe un lieve sobbalzo. Era raro che gli dessero un ordine, e per di piú in tono leggero. Un rapido pensiero sul comportamento da tenere, ma no, l'avevano detto, inutile buttare fuori il Tedesco quando uno era cosí sfortunato da averlo su una poltrona di casa. Sospirò e si diresse verso il suo studio.

– Versi da bere, faccia come fosse a casa sua, – borbottò.

Louis sorrise e riempí i bicchieri. Chevalier tornò a passi saltellanti e gli porse l'orario delle maree.

– Grazie, ma l'ho già letto. È per lei.

– Le conosco a memoria, le maree.

– Ah sí? E allora, non le salta agli occhi niente?

– No, niente, si sbrighi, ho sonno.

– Ma insomma, Chevalier, s'immagina un cane, o persino

una gavina, che sfila lo stivale a un cadavere per andargli a mangiare l'alluce? Perché il pitbull non ha rosicchiato la mano, l'orecchio, invece?

– Lei ha letto i rapporti, santissimo iddio! Marie era senza stivali, a piedi nudi! Il cane ha morso il piede per caso! Ovvio che non ha tolto lo stivale, mi prende veramente per cretino...

– Non la prendo per cretino. Ecco perché le pongo la domanda: se il cane ha attaccato Marie quando era a piedi nudi, e se non è stato il cane a togliere lo stivale, chi è stato?

– Ma il mare, santiddio, il mare! È nel rapporto, ripeto! Detto fra noi, lei dimentica tutto, Kehlweiler!

– Non il mare, ma la marea, restiamo precisi.

– La marea, è lo stesso.

– A che ora c'è stata alta marea quella sera?

– Verso l'una di notte.

Questa volta Chevalier sobbalzò. Non un vero sobbalzo ma un trasalimento per appoggiare il bicchiere sul tavolino basso.

– Ecco, – disse Louis allargando le braccia. – Marie non ha perso gli stivali per via della marea, giovedí sera, perché la marea era bassa ed è risalita verso di lei solo sette ore dopo. Ma il pitbull ha sputato il suo osso a Parigi verso l'una del mattino.

– Non capisco piú. Il cane avrebbe tirato lo stivale? Non ha senso...

– Per scrupolo ho chiesto di vedere lo stivale, che a Fouesnant avevano ancora. Abbiamo avuto fortuna, è il sinistro.

– Con che diritto gliel'hanno mostrato? – disse Chevalier, indignato. – Da quando i gendarmi spacchettano il loro materiale davanti a dei civili in pensione?

– Conosco un amico del capitano di Fouesnant.

– Congratulazioni.

– Ho semplicemente esaminato lo stivale, e al microscopio, per di piú. Non mostra tracce di denti, nemmeno una lieve mordicchiatura. Il cane non l'ha toccato. Marie era già scalza quando è arrivato il pitbull, prima delle sei.

– Si può trovare una spiegazione... Vediamo... Lei si leva

lo stivale per togliere un sassolino, per esempio, e... perdendo l'equilibrio, cade e si rompe la testa.

– Non credo. Marie era una vecchia. Si sarebbe seduta su uno scoglio per levarsi lo stivale. Non si fa dell'equilibrismo su un piede solo alla sua età... Era agile, in gamba?

– Piú no che sí... Molto prudente, fragile.

– Quindi non è la marea, non è Marie, non è il pitbull.

– E allora cosa?

– Chi, vuole dire?

– Chi?

– Chevalier, qualcuno ha ucciso Marie ed è di questo che bisognerà occuparsi.

– Lei come la vede? – disse sottovoce il sindaco dopo un momento di silenzio.

– Sono andato a esaminare il luogo. Verso le cinque o le sei di sera la luce cala, ma non è ancora buio pesto. Se uno deve ammazzare Marie, la spiaggia, per quanto deserta in questa stagione, non è il posto piú adatto, troppo allo scoperto. Immagini che uno la uccida nella pineta dietro la spiaggia, o nella casamatta Vauban, che sta sopra, a picco, con un colpo di pietra sulla fronte, per poi portarla giú dal sentiero ripido che arriva fino agli scogli. L'assassino si carica in spalla la vecchia Marie, non è pesante.

– Una piuma... Continui.

– In spalla, fino alla spiaggia, dove la depone con la faccia contro gli scogli. Nella discesa non può darsi benissimo che uno stivale, troppo largo, cada a terra?

– Sí.

– L'assassino, poggiando il corpo, si accorge che ha perso lo stivale. Deve assolutamente ritrovarlo per far sí che si pensi a un incidente. Non poteva immaginare che il mare glieli avrebbe tolti di nuovo. Risale il sentiero, fino alla casamatta o fino alla pineta, e cerca nell'oscurità che si sta infittendo. È pieno di rovi e di ginestre, e piú indietro di pini. Ammettiamo, nel migliore dei casi, che lui, o lei, ci metta quattro minuti per risalire il sentiero, quattro minuti per ritrovare lo stivale, che è nero, e tre minuti per ridiscendere. Restano undici minuti durante i quali il cane di Sevran, gironzolando sulla spiaggia, ha abbondantemente il tempo di mangiarsi un alluce. Lei sa che denti ha, un'arma tremenda, potentissima. Con il buio che scende, nella fretta, l'assassino infila alla morta lo stivale senza accorgersi dell'amputazione. Versi un altro cognac.

Chevalier obbedí, senza una parola.

– Se avessero trovato subito Marie, e quindi con gli stivali, avrebbero immediatamente notato l'amputazione togliendoglieli durante le indagini, e l'omicidio sarebbe risultato evidente. Una morta non pensa a rimettersi uno stivale dopo che le hanno mangiato il piede...

– Continui...

– Ma la marea, una bella fortuna per l'assassino, toglie gli stivali a Marie, ne lascia uno sui ciottoli, porta via l'altro verso l'America. Perciò la ritrovano a piedi nudi, amputata, ma ci sono le gavine, pronte a fornire una spiegazione, piú o meno. Solo che, ecco...

– Solo che il cane di Sevran era passato di lí e ha... ha espulso l'osso a Parigi la sera stessa, prima dell'alta marea.

– Non avrei potuto dir meglio.

– Allora, niente da fare, l'hanno ammazzata... Hanno ammazzato Marie... Eppure Sevran ha portato il cane con sé, verso le sei, come al solito...

– Il cane ha avuto il tempo di trovare Marie prima delle sei. Bisognerà domandare a Sevran se il cane era scappato prima della partenza.

– Sí... ovvio.

– C'è poco da scegliere, Chevalier. Bisognerà avvertire Quimper domani stesso. È un omicidio, e premeditato, che abbiano seguito Marie fino alla spiaggia o che l'abbiano trascinata laggiú per far pensare a un incidente.

– Allora, Sevran? L'ingegnere? Impossibile. È un tipo gentilissimo, pieno di talento, molto cordiale, Marie era con loro da anni.

– Non ho detto Sevran. Il suo cane è libero. Sevran e il pitbull sono due cose distinte. Tutti conoscevano il posto dove Marie andava a pesca, l'ha detto lei.

Chevalier annuí, si sfregò i grossi occhi.

– Andiamo a dormire, – disse Louis. – Stasera non si può fare niente. Bisognerà avvertire i suoi cittadini. Se uno di loro ha qualcosa da dire, che lo faccia con discrezione. Un assassino, potrebbe colpire ancora.

– Un assassino... ci mancava solo questa. Senza contare che ho sul gobbo un'effrazione.

– Ah davvero? – disse Louis.

– Sí, la cantina dell'ingegnere, appunto, dove tiene le macchine. La porta è stata sfondata questa notte. Forse lei sa che è un esperto, vengono a consultarlo da lontano e le sue macchine valgono molto.

– Furto con scasso?

– No, stranamente. Solo una visita, a quanto pare. Ma è comunque spiacevole.

– Molto.

Louis non avvertiva l'urgenza di dilungarsi sull'argomento e si congedò dal sindaco. Camminando per le vie buie, sentí gli effetti del cognac. Non poteva appoggiarsi saldamente sulla gamba sinistra per far ubbidire la destra. Si fermò sotto un albero, scosso dal vento da ovest che si levava di colpo. A volte quel ginocchio bloccato lo deprimeva. Aveva sempre pensato che Pauline se ne fosse andata perché la sua gamba era fottuta. Si era decisa sei mesi dopo l'incidente. In pochi secondi Louis rivide quel furioso incendio di Antibes dove il meccanismo del suo ginocchio era andato in mille pezzi. Aveva bloccato i tizi, dopo una caccia di quasi due anni, ma insieme aveva bloccato anche il suo ginocchio. Marthe, per fargli coraggio, gli diceva che zoppicare era elegante come portare il monocolo, e che poteva essere soddisfatto di somigliare a Talleyrand, visto che era suo nonno. Quel particolare, che Talleyrand era zoppo, era l'unica cosa che Marthe conosceva di quell'uomo. Ma lui sapeva bene che zoppicare non aveva nulla di seducente. Gli venne vagamente voglia di commuoversi sul suo ginocchio. Da questo uno capisce che un cognac è buono e che ne ha bevuto troppo. Il mondo era a ferro e fuoco, aveva ritrovato la donna che combaciava con il tragico frammento sulla griglia dell'albero, aveva avuto ragione, l'avevano ammazzata, avevano ammazzato una vecchia, una donnina da niente, con una pietra, selvaggiamente, c'era un assassino, a Port-Nicolas, il cane aveva tradito l'assassino alla panchina 102, per questa volta avrebbe perdonato il cane, basta cosí con il suo ginocchio, se ne andava a dormire, non avrebbe passato la notte a piangerci sopra. Talleyrand non lo aveva fatto, per quanto forse sí, a modo suo.

Se gli avessero detto che aveva bevuto troppo cognac, non si sarebbe messo a discutere, era la verità. Domani avrebbe avuto proprio un bel colorito per accogliere la polizia di Quimper all'apertura dell'inchiesta. Bisognava sapere se Chevalier fosse o meno al corrente del secondo rapporto, ma entrare con effrazione nel municipio per andare a esaminare la busta non era concepibile. Forzare il municipio non doveva essere facile come aprire una scatola di sardine, o la cantina di Sevran. Si rimise in cammino, trascinando la gamba, e attraversò la piazza buia, dove il vento da ovest soffiava a tutta forza. Il municipio era un piccolo edificio ben chiuso. Eppure... Louis alzò la testa. Lassú, al primo piano, una finestrella era rimasta aperta, il suo riquadro bianco spiccava contro il cielo notturno. Una finestrella che doveva essere quella dei bagni, certo non di un ufficio. Che sbadataggine. E che tentazione per un tipo come lui. Tentazione inutile. C'era sí la grondaia per aggrapparsi e i punti di appoggio fra i blocchi di granito erano incavati e abbastanza larghi, ma con quel ginocchio non era nemmeno il caso di pensarci. E la finestra era troppo stretta per un corpo come il suo, anche se non avesse avuto quella gamba da Diavolo zoppo. Pazienza per il municipio, pazienza per Chevalier, avrebbe pescato le informazioni in un altro modo. Louis si infilò in albergo con l'immagine di Marie davanti agli occhi. La foto che aveva visto nel rapporto, una vecchietta che non avrebbe fatto male a un rospo. Una piuma, aveva detto il sindaco. A chi l'aveva massacrata a colpi di pietra, uomo o donna che fosse, avrebbe fatto sudare il suo luridume e la sua sicumera. Lo giurò. Pensò a suo padre, a Lörrach, laggiú, lontano, sull'altra sponda del Reno. Lo giurò al vecchio, gli avrebbe fatto sudare la sua sicumera.

Stentò a infilare con la necessaria precisione la chiave nella serratura. È il problema con il cognac. Ci si commuove sul proprio ginocchio, su Marie, sul Reno e si canna l'inserimento della chiave. Eppure aveva acceso la fioca lampadina del corridoio.

– Posso aiutarti? – disse una voce alle sue spalle.

Louis si voltò lentamente. Appoggiato alla parete, Marc sorrideva, braccia conserte, gambe accavallate. Louis lo squadrò per un istante, pensò che il rampollo di Vandoosler era proprio un rompiballe e gli porse la chiave.

– Capiti a proposito, – gli disse soltanto. – E non per la chiave.

Marc aprí la porta senza una parola, accese e guardò Louis sdraiarsi sul letto.

– Cinque cognac belli abbondanti, – disse con una smorfia. – Di quello buono, ottimo, il sindaco sa come trattare gli ospiti, non siamo finiti chissà dove. Siediti. Sai che Marthe mi chiama anche il Diavolo zoppo?

– È un onore?

– Per lei, sí. Per me è una rottura. Tu invece non zoppichi, sei piccolo e magro, proprio quello che ci vuole.

– Dipende per che cosa.

– Per la finestra dei bagni, sarà perfetto.

– Fantastico. Di che si tratta?

– Cos'hai detto che sapevi fare? A parte il tuo maledetto Medioevo, ovviamente?

– Cosa so fare? A parte quello?

Marc rifletté un po'. La domanda non gli sembrava facile.

– Arrampicarmi, – disse.

Louis si raddrizzò sul letto con un solo movimento.

– Allora, forza. Guarda.

Trascinò Marc verso la finestra della camera.

– Vedi la casa di fronte? È il municipio. Sul lato sinistro la finestra dei bagni è rimasta aperta. C'è una grondaia, dei buoni punti d'appoggio, tutto quello che serve. Non è facile, ma sarà uno scherzo per un uomo come te, se non hai mentito. Però dovrei darti delle altre scarpe. Non potrai arrampicarti con gli stivali di cuoio.

– Mi sono sempre arrampicato con gli stivali, – disse Marc in tono piccato. – E non mi metterò delle altre scarpe.

– E perché?

– Queste mi confortano, mi stabilizzano, se vuoi proprio saperlo.

– D'accordo, – disse Louis. – A ognuno le sue stampelle e, dopotutto, sei tu ad arrampicarti.

– Una volta dentro, che faccio? Piscio e me ne vado?

– Siediti, ti spiego.

Venti minuti dopo Marc scivolava accanto al municipio e lo affrontava dal lato sinistro. Mentre si arrampicava sorrideva, infilando la punta degli stivali nei giunti delle pietre. Uno dopo l'altro, saliva svelto, aggrappandosi con una mano alla grondaia ruvida. Marc aveva mani grandi e solidissime, e quella sera l'agilità del suo corpo troppo magro ma che poteva spingere in alto senza sforzo gli dava soddisfazione.

Louis lo osservava dalla finestra della sua stanza. Vestito di nero, Marc si distingueva a malapena nell'ombra del municipio. Lo vide issarsi a forza di braccia all'altezza della finestra, infilarsi dentro e scomparire. Si fregò le mani e attese tranquillo. In caso di grane impreviste, Marc sarebbe riuscito a sfangarla. Come avrebbe detto Marthe, di uomini se ne intendeva, e Vandoosler il Giovane, con la sua fragilità, la sua eccessiva franchezza, la sua emotività oscillante, la sua scienza da vecchio storico rompiballe, la sua curiosità da bambino, la sua tenacia da «canna pensante», il tutto mescolato, era un tipo che valeva la pena. Louis aveva provato un vero sollievo vedendo sbarcare di colpo il medievista nel corridoio dell'albergo, e non si era stupito. In un certo senso lo aspettava, avevano dato il via a quella faccenda insieme e Marc lo sapeva quanto lui. Per ragioni molto diverse dalle sue, Marc Vandoosler finiva sempre ciò che aveva cominciato.

Venti minuti dopo lo vide uscire dalla finestra, scendere senza fretta lungo la facciata, atterrare e attraversare a passi lunghi la piazza. Louis andò a socchiudere la porta e due minuti dopo Marc entrava senza far rumore e beveva un sorso d'acqua al lavabo del piccolo bagno.

– Cavolo, – disse uscendo, – hai messo il rospo in bagno.

– È stato lui a scegliere. Ha l'aria di trovarsi bene sotto il lavabo.

Marc si strofinò i pantaloni sporchi per l'arrampicata e si sistemò la cintura argentata. Austerità e lustrini, gli aveva detto Vandoosler il Vecchio per descriverglielo, ed era vero.

– Non ti dà noia essere sempre strizzato nel vestito?

– No, – ripose Marc.

– Bene, meglio cosí. Racconta.

– Avevi ragione, il bagno dà sull'ufficio del sindaco. Ho frugato nella posta in arrivo. La grande busta della gendarmeria di Fouesnant era lí, con la dicitura PERSONALE. Ma era aperta, Louis. Ho guardato. È come hai detto tu, è il secondo rapporto, con le precisazioni sul dito mancante.

– Ah! – disse Louis. – Quindi ha mentito. Puoi credermi o no, è un uomo che mente senza darlo a vedere. È come la superficie schiumosa di uno stagno, non riesci a vedere i pesci sotto. Vaghi movimenti, ombre sinuose, nient'altro.

– Uno stagno pulito, o uno stagno sporco?

– Su questo...

– Perché ha mentito? Te lo immagini, il notabile, a massacrare la vecchia?

– Uno può immaginare qualunque cosa, qui non conosciamo nessuno. La sua bugia può avere una spiegazione semplice. Metti che non abbia colto il nesso tra il dito mancante e un omicidio, dato che non poteva prevedere che il dito se n'era andato fino alla Contrescarpe e che avrei trovato la cacca prima dell'alta marea. Capito?

– Capito. Non andare cosí in fretta, mi innervosisco.

– Vuoi che parli molto adagio?

– No, mi innervosisce anche quello.

– Cos'è che non ti innervosisce?
– Non ne ho idea.
– Allora arrangiati. Tutto ciò che il sindaco sa stamattina è che una delle sue cittadine si è ammazzata sugli scogli e che delle gavine le hanno probabilmente strappato un dito. Nota che non comunica il particolare alla stampa, e perché? La Bretagna vive di turismo e Port-Nicolas è una borgata povera, te ne sarai accorto. Non gli conviene affatto fare pubblicità alle sporche gavine del suo Comune. Aggiungi che...
– Ho sete. Ho sete d'acqua.
– Sei proprio un rompiballe. Va' a bere, non hai bisogno del mio permesso.
– E se il tuo rospo mi salta addosso? Prima l'ho visto muoversi.
– Tu violi un municipio senza fare una piega e hai paura di Bufo?
– Esatto.
Louis si alzò e andò a riempire un bicchiere al lavabo.
– Aggiungi, – disse porgendo il bicchiere a Marc, – che un tizio gli arriva in ufficio e gli tira fuori il dito mancante della vecchia Marie. Non è il dito a contrariarlo, anche se lo incuriosisce, è il tizio. A nessun amministratore locale, e senatore oltretutto, per quanto onesto sia, piace vedermi nei paraggi. Quelli hanno amici, amici di amici, convenzioni, intese, preferiscono non dover incontrare il Tedesco. È ciò che mi ha detto, con delle bolle, dal fondo del suo stagno.
Louis fece una smorfia.
– Ti ha chiamato cosí? – domandò Marc. – Ti conosce?
– Di soprannome, sí. Voglio una birra, e tu?
– D'accordo, – disse Marc, il quale aveva notato che a intervalli regolari Louis diceva perentoriamente «Voglio una birra».
– Insomma, Chevalier può aver mentito per evitare che io piantassi le tende nel porto, – disse Louis stappando due bottiglie.
– Grazie. Può anche aver aperto la busta senza leggerla. Uno

apre, sbircia un po' all'interno, ci penserà dopo, passa a quella successiva. Io lo faccio. I fogli non erano spiegazzati.
– Può darsi.
– Che cavolo facciamo adesso?
– Domani sarà qui la polizia, aprirà l'inchiesta.
– Allora, è tutto a posto, si riparte. Vedremo il seguito sul giornale.
Louis non rispose.
– Cosa? – disse Marc. – Non resteremo mica qui a guardarli lavorare? Mica sorveglieremo tutte le inchieste in tutto il Paese? Hai raggiunto il tuo scopo, perfetto, si apre l'inchiesta. Cosa ti trattiene?
– Una donna che conosco qui.
– Ah, cavolo, – disse Marc allargando le braccia.
– L'hai detto. La saluto e ripartiamo.
– La saluti... E dopo non si sa piú dove ti fermi, non contare su di me per aspettarti, e aspettarti da solo oltretutto, come un cretino che non ha nessuno da salutare. No, grazie.
Marc bevve qualche lunga sorsata a canna.
– Ti interessa molto, questa donna? – riprese. – Cosa ti ha fatto?
– Non ti riguarda.
– Tutte le storie di donne mi riguardano, tanto vale che tu lo sappia. Io osservo gli altri, mi faccio una cultura.
– Non c'è nessuna cultura. Se n'è andata dopo che mi sono fottuto la gamba, e la ritrovo qui, accanto a un consorte tracagnotto che sguazza nella talassoterapia. Voglio proprio vedere. Voglio salutarla.
– E che altro? Salutarla, parlarle, ripigliartela? Ficcare il consorte nella piscina dei fanghi? Lo sai che non funziona per niente? Uno arriva come un duca dai recessi della memoria e si fa buttare come un villano nelle segrete della quotidianità.
Louis alzò le spalle.
– Ho detto che volevo salutarla.
– «Ciao»? oppure: «Ciao, come ti è saltato in mente di sposare questo tizio?» Non sarà divertente, Louis, – disse

Marc alzandosi. – Con le donne perse, forza, tagliamo la corda, è il mio sistema, e forza, piangiamo, e forza, suicidiamoci, e forza, cerchiamo di amarne un'altra, e forza, tagliamo la corda, si ricomincia tutto da capo, e tu vai pure a fare casino, io prendo il treno domani sera.

Louis sorrise.

– Cosa c'è? – disse Marc. – Ti fa ridere? Forse non l'amavi poi cosí tanto, in fondo. Guarda, sei tranquillo come un papa.

– È perché tu sei nervoso per due. Piú ti innervosisci, piú io mi calmo, mi fai un gran bene, san Marco.

– Non esagerare. Ti servi già della mia gamba destra senza chiedere, come fosse la tua, basta e avanza. Non se ne trovano tutti i giorni, di tizi servizievoli che ti prestino una gamba, cosí, gratis. Quindi, che tu pensi anche di sfruttare la mia ansia innata per concederti una gratificazione, è una vera porcheria. A meno che, – aggiunse dopo una pausa e qualche sorsata, – tu non la conceda anche a me; in quel caso, se ne può parlare.

– Pauline Darnas, – disse Louis girando intorno a Marc, – cosí si chiama, era molto sportiva, faceva i quattrocento metri.

– Non me ne frega niente.

– Adesso ha trentasette anni, non ha piú l'età, quindi si occupa dello sport nella rubrica del giornale regionale. Sta in redazione due o tre volte la settimana, sa parecchie cose sulla gente di qui.

– Pretesto stupido.

– Può darsi. Bisogna avere un pretesto stupido per nascondere un cattivo pensiero. E poi devo esaminare un tizio.

Marc alzò le spalle e arrischiò un'occhiata nel collo della bottiglia vuota. Incredibile quello che uno può vedere quando ficca un occhio in una bottiglia vuota.

Capitolo diciassettesimo

Louis riuscí ad alzarsi verso le nove. Voleva sbrigarsi ad andare a salutarla, cosí la faccenda era chiusa, e prima era meglio era, visto che non poteva trattenersi. Marc aveva ragione, avrebbe dovuto evitare, non rivedere il suo viso, non guardare il marito, ma niente da fare, non aveva mai avuto il buon senso di evitare, voleva rompere le scatole. Purché non facesse una scenata, una di quelle tranquille scenate che mandano la gente fuori di sé, tutto sarebbe andato piú o meno bene. Purché non si comportasse come un caustico bastardo. Tutto dipendeva dalla faccia che avrebbe fatto lei. Comunque sarebbe stato triste e penoso, Pauline aveva sempre voluto i soldi, con gli anni doveva essere peggiorata e sarebbe stato un brutto spettacolo. Ma era appunto quello che voleva vedere. Vedere un brutto spettacolo, Pauline mummificata nelle banconote e nel sugo di pesce, che va a letto con l'omuncolo chiudendo gli occhi, Pauline senza splendore, senza mistero, impegolata nei percorsi obbligati delle sue cattive inclinazioni. E dopo averlo visto, non ci avrebbe pensato mai piú, avrebbe comunque liberato una casella. Marc si sbagliava, non aveva intenzione di andare a letto con lei, ma di verificare fino a che punto non volesse piú andare a letto con lei.

Ma attenzione, si disse uscendo dall'albergo, niente tranquille scenate, niente ironia vendicativa, troppo facile, troppo volgare, stare attenti, comportarsi bene. Si stupí di non vedere auto della polizia davanti al municipio. Evidentemente il sindaco dormiva ancora e li avrebbe chiamati con comodo in mattinata, un altro po' di vantaggio per l'assassino. Il volto della vecchia massacrata sugli scogli, del sindaco addormentato, di Pauline nel letto di quel tizio, il volto di una città di scemi. Attenzione, niente scenate.

Si presentò alla reception del centro di talassoterapia, estendendo al massimo il suo metro e novanta, consapevole di torreggiare, di tenersi molto dritto, e chiese di vedere Pauline Darnas, dato che quello era il suo nuovo nome. Di mattina non riceveva nessuno? Bene, d'accordo, potevano cortesemente dirle che Louis Kehlweiler desiderava vederla?

La segretaria fece partire il messaggio e Louis si sistemò su una poltrona gialla, orrenda. Era contento di sé, aveva fatto le cose per bene, educatamente, come si usa. Avrebbe salutato e se ne sarebbe andato con la nuova immagine, in brutto, della donna che aveva amato. A Port-Nicolas stava per arrivare la polizia, non ci avrebbe passato la notte, in quella hall lussuosa dove non c'era niente di bello da vedere. Tanti saluti, aveva altro da fare.

Dopo dieci minuti la segretaria tornò da lui. La signora Darnas non poteva riceverlo e lo pregava di scusarla, di ripassare. Louis sentí le buone maniere polverizzarsi. Si alzò troppo bruscamente, rischiò di perdere l'equilibrio su quella cavolo di gamba e si diresse verso la porta che con il suo cartello PRIVATO lo contrariava già da un po'. La segretaria corse in ufficio per avvertire, e Louis entrò negli appartamenti proibiti. Si fermò sulla soglia di una grande stanza dove i Darnas finivano di fare colazione.

Alzarono entrambi la testa, poi Pauline la riabbassò subito. Non si può sperare che, a trentasette anni, una donna sia diventata brutta, e Pauline non lo era. Adesso portava i capelli bruni tagliati corti e fu l'unica differenza che Louis ebbe il tempo di registrare. Lui si era alzato e Louis lo trovò brutto quanto aveva sperato che fosse quando lo aveva intravisto ieri a pranzo. Era piccolo, grasso, meno che nella foto, aveva la carnagione pallidissima, quasi verde, la fronte bassa, le guance e il mento informi, il naso privo di carattere, le sopracciglia enormi su degli occhi scuri piuttosto vivaci. Erano tutto quello che di viva-

ce c'era da vedere, e comunque erano socchiusi. Anche Darnas si attardò a squadrare l'uomo che era appena entrato.
– Immagino, – disse, – che lei abbia degli ottimi motivi per ignorare la consegna della mia segretaria?
– Ho dei motivi. Ma dubito che siano ottimi.
– Benone, – disse l'ometto invitandolo a sedere. – Signor...?
– Louis Kehlweiler, un vecchio amico di Pauline.
– Benone, – ripeté l'altro sedendosi a sua volta. – Vuole un caffè?
– Volentieri.
– Benone.
Darnas si appoggiò comodamente allo schienale dell'ampia poltrona e guardò Louis con l'aria di divertirsi molto.
– Poiché abbiamo dei gusti in comune, – disse, – saltiamo i preliminari e veniamo direttamente allo scopo della sua intrusione, che ne dice?
A dire il vero, Louis non se lo aspettava. Aveva l'abitudine di condurre lui la conversazione e Darnas prendeva un netto vantaggio. La cosa non gli dispiacque.
– Semplicissimo, – disse Louis alzando gli occhi verso Pauline che, sempre rigida, adesso sosteneva il suo sguardo. – Come amico di sua moglie, ex amante, lo preciso in tutta umiltà, e amante congedato dopo otto anni, lo segnalo senza acrimonia, e sapendo che viveva qui, ho voluto vedere come stava, che faccia aveva suo marito, e perché e per chi mi aveva lasciato a ruminare il mio dolore per due anni, insomma, tutte domande banali che chiunque si farebbe.
Pauline si alzò e uscí dalla stanza senza una parola. Darnas mosse impercettibilmente le grosse sopracciglia.
– Ovviamente, – disse, versando a Louis una seconda tazza di caffè, – la seguo benissimo, e capisco che il rifiuto di Pauline l'abbia urtata, a ragione. Esaminerete la questione fra voi, con calma. Vi sentirete piú a vostro agio senza di me. Vorrà scusarla, la sua visita deve averla sorpresa, la conosce, ha un temperamento vivace. Secondo me, non ci tiene poi tanto a mostrarmi ai suoi ex amici.

Darnas aveva una voce molto dolce, delicata, e sembrava fosse naturalmente calmo quanto Louis, senza affettazione, senza sforzo. Di tanto in tanto scuoteva le grosse mani come se si fosse scottato, o bagnato, e volesse far cadere a terra le gocce, o come se volesse rimettere a posto tutte le dita, insomma, era strano, e Louis trovava quel gesto insolito e interessante. Louis guardava sempre quello che la gente faceva delle proprie mani.

– Ma perché decidersi cosí, all'improvviso, in pieno mese di novembre? C'è dell'altro?

– Stavo per dirglielo. È il secondo motivo della mia visita, il migliore, dato che il primo è di natura evidentemente meno nobile, piú rancorosa, come avrà notato.

– Certo. Ma voglio sperare che lei non farà del male a Pauline, e quanto al male che potrà fare a me, lo vedremo a suo tempo, e se sarà il caso.

– D'accordo. Ecco il secondo motivo: lei è uno degli uomini piú ricchi del posto, il suo centro di fanghiglia marina attrae uomini, donne e pettegolezzi a palate, sta qui da quasi quindici anni, e oltretutto Pauline lavora al giornale regionale. Perciò, forse lei ha qualcosa per me. Ho seguito da Parigi una cosetta che mi ha portato fino alla morte di Marie Lacasta sugli scogli della spiaggia Vauban, dodici giorni fa. Incidente, hanno detto.

– E lei?

– Io ho detto omicidio.

– Benone, – disse Darnas scuotendo le mani. – Racconti.

– Lei se ne fregava, di Marie Lacasta?

– Ma assolutamente no. Cosa le viene in mente? Anzi, ero molto affezionato a quella donna, abile e gentile. Veniva nell'orto tutte le settimane. Lei non aveva un orto, capisce, e le mancava. Perciò le avevo dato un pezzetto di terra nel parco. Lí faceva quello che voleva, le patate, i piselli, che so? Per me non era un sacrificio, non ho tempo per l'orto e i clienti della talassoterapia non hanno certo voglia di sarchiare le patate uscendo dalla piscina, certo che no, non sono i tipi. Ci vedevamo spesso, portava delle verdure a Pauline, per il minestrone.

– Pauline? Fa il minestrone?

Darnas scosse il capo.
- Cucino io.
- E la corsa? I suoi quattrocento metri?
- Non mischiamo le cose, - disse Darnas con la sua voce delicata. - Lei si occuperà di Pauline quando vi vedrete da soli, mi parli di questo omicidio. Ha ragione, qui conosco tutti, ovviamente. Mi dica cosa bolle in pentola.

Louis non ci teneva, alla discrezione. Poiché l'assassino si era preso la briga di mascherare il suo atto come fosse stato un incidente, tanto valeva mandare tutto a gambe all'aria il piú in fretta possibile, divulgare e fare un gran rumore. Costringere l'assassino a prendere una direzione diversa dal suo nascondiglio naturale, unica speranza di far scaturire qualcosa, è semplice buonsenso, solido come una vecchia panchina. Louis espose in tutti i particolari a Darnas, che gli sembrava sempre bruttissimo, grazie a Dio, ma la cui compagnia gli piaceva molto, perché negarlo, gli eventi che lo avevano condotto a Port-Nicolas: la falange, il cane, Parigi, gli stivali, l'alta marea, il colloquio con il sindaco, l'apertura dell'inchiesta. Mentre raccontava, Darnas scosse due o tre volte le dita grasse, senza interromperlo mai, nemmeno per dire «benone».

- Be', - disse, - immagino che ci manderanno un ispettore da Quimper... Vediamo, se è quello alto e bruno, è una frana, ma se è quello piccolo e mingherlino, c'è qualche possibilità. Il mingherlino, da quello che ho avuto occasione di vedere (c'è stato un incidente al centro, quattro anni fa, una donna morta sotto la doccia, un disastro, ma un semplice incidente, non si dia pensiero), dicevo, il mingherlino, Guerrec, è piuttosto sveglio. In compenso sospettosissimo, non dà fiducia a nessuno, e questo lo rallenta, bisogna saper scegliere su chi appoggiarsi, altrimenti uno si impantana. E poi, sopra di lui ha un giudice istruttore ossessionato dall'insuccesso. Cosí il giudice ha il fermo facile, fa sbattere dentro il primo sospettato che capita tanto ha paura di lasciarsi sfuggire il colpevole. Anche troppa fretta nuoce. Insomma, vedrà lei... Per quanto, immagino che non resterà per l'inchiesta? La sua partita è terminata?

– Solo il tempo di vedere come prende le cose in mano Quimper. È un po' opera mia, voglio sapere a chi affido il compito di proseguirla.

– Come per Pauline?

– Avevamo detto di non mischiare.

– Non mischiamo. Che posso dirle su questo omicidio? Tanto per cominciare, Kehlweiler, lei mi piace.

Louis guardò Darnas, piuttosto sbalordito.

– Sí, Kehlweiler, lei mi piace. E nell'attesa di constatare il male che mi farà riguardo a Pauline, che amo, chiunque l'ha conosciuta bene lo capisce facilmente, e nell'attesa che la rivalità millenaria ci metta l'uno contro l'altro, a guardarci in cagnesco, e ho il triste presentimento che non la spunterò io, perché lei l'avrà notato, sono brutto, il che non è il suo caso; nell'attesa quindi di quegli istanti che sconvolgono la vita, non sopporto di sapere che qualcuno ha massacrato la vecchia Marie. No, Kehlweiler, non lo sopporto. E non conti troppo sul sindaco per darle informazioni sui suoi cittadini, né a lei né alla polizia. Cova ogni scheda elettorale e passa la vita a tentare di risparmiarsi grane, non lo critico, ma è, come dire, senza nerbo.

– In superficie o fino in fondo?

Darnas torse le labbra.

– Benone, se n'è accorto. Non si sa cosa ci sia in fondo al sindaco. È qui da due mandati, spedito dall'Île-de-France, e dopo tutto questo tempo, impossibile cogliere in lui qualcosa di un po' costante. Forse è il segreto per farsi eleggere. La cosa migliore per potersi rigirare in tutti i sensi senza darlo troppo a vedere è essere rotondi, no? Be', Chevalier è rotondo, scivoloso, lustro come un grongo, un capolavoro, in un certo senso. Le darà poche risposte sincere, anche se sembrano tali.

– E lei?

– Io sono capace di mentire come chiunque, ovvio. Solo i tonti non ci riescono. Ma, a parte l'orto, non vedo alcun legame fra Marie e me.

– Dall'orto poteva entrare facilmente in casa.

– E in effetti lo faceva. Gliel'ho detto, per la verdura.

– E in una casa si possono venire a sapere tante cose. Era curiosa?

– Ah! Molto curiosa... Come tante persone sole. Aveva Lina Sevran, e i figli di Lina che lei ha allevato, ma i figli sono grandi, tutti e due a Quimper, al liceo. Perciò se ne stava molto da sola, soprattutto dopo la scomparsa di suo marito, Diego, circa cinque anni fa, sí, piú o meno. Due vecchietti che si erano sposati tardi e si amavano molto, davvero commovente, avrebbe dovuto vederli. Sí, Kehlweiler, era molto curiosa, Marie. Ed è certamente per questo che ha accettato il lavoretto sporco che le ha affidato il sindaco.

– Posso tirare fuori di tasca il mio rospo? Non contavo di rimanere cosí a lungo e ho paura che abbia caldo.

– Benone, faccia pure, – rispose Darnas, turbato dalla vista di Bufo sul suo pavimento di marmo tanto quanto si fosse trattato di un pacchetto di sigarette.

– La ascolto, – disse Louis prendendo la caraffa di acqua fresca e cospargendo Bufo di goccioline.

– Andiamo a parlarne nel parco, che ne dice? C'è molto personale, qui, e come lei ha sperimentato stamattina, tutti vanno e vengono. Il suo animale starà altrettanto bene fuori. Lei mi piace Kehlweiler, fino a nuovo ordine, e le racconto la storia della spazzatura di Marie, che resti tra noi. La sa solo Pauline. Altri possono essere venuti a saperla, certo, Marie era meno discreta di quanto credesse. Le interesserà.

Louis si alzò, si risedette per raccogliere Bufo, e si alzò di nuovo.

– Non riesce a chinarsi? – domandò Darnas. – La gamba? L'ho vista zoppicare, entrando.

– Proprio cosí. Mi sono bruciato il ginocchio in una sporca indagine. Dopo, Pauline se n'è andata.

– E secondo lei se ne sarebbe andata per questo?

– Credo di sí. Ma adesso non ne sono piú sicuro.

– Perché, vedendomi, lei si sta dicendo che Pauline non bada molto ai difetti fisici? Benone, penso che lei abbia ragione. Ma non mischiamo, avevamo detto di non mischiare.

Louis si inumidí la mano, prese Bufo, e i due uomini uscirono nel parco.

– Lei è ricco sul serio, – disse Louis osservando l'estensione della pineta.

– Sul serio. Allora, ecco qui. Un po' piú di cinque anni fa si è stabilito nel Comune un tale. Ha comperato una grande villa, bianca, brutta, brutta come questo centro di talassoterapia, è tutto dire. Nessuno sa di cosa viva, lavora a casa. Niente di speciale, a prima vista, abbastanza conviviale, giocatore di carte, sguaiato, non può non incontrarlo al *Café de la Halle*, ci va tutti i giorni a fare delle partite, un notabile solido e monotono. Si chiama Blanchet, René Blanchet. Secondo me, va per i settanta. Perciò, nessun interesse particolare, mi tengo alla larga, tranne il fatto che si è messo in testa di essere il prossimo sindaco.

– Ah.

– Ha del tempo davanti, cinque anni, può succedere qualunque cosa. Piace alla gente. È una specie di fondamentalista del posto, Port-Nicolas per Port-Nicolas e per nessun altro, il che è abbastanza curioso, visto che lui stesso non è qui da tanto. Ma la cosa può piacere, come immagina.

– A lei non sta simpatico?

– Mi ha fatto un piccolo torto. Durante le sue partite a carte René Blanchet mormora che il centro di talassoterapia attira stranieri a Port-Nicolas, olandesi, tedeschi e, peggio, spagnoli, latinoamericani, e peggio ancora, arabi benestanti. Ha capito il tipo?

– Benissimo.

– Lei è tedesco?

– In parte, sí.

– Be', Blanchet se ne accorgerà, non ci metterà molto. È imbattibile nell'individuare gli stranieri.

– Io non sono straniero, sono figlio di un tedesco, – precisò Kehlweiler sorridendo.

– Per René Blanchet lei lo è, vedrà. Potrei cacciarlo da qui, sono in grado di farlo. Ma non sono i miei metodi, Kehlwei-

ler, che ci creda o no. Aspetto di vedere cosa combina e sto all'erta, perché con lui il Comune avrebbe poco da divertirsi. Cento volte meglio il grongo paffuto. Ed è cosí, sorvegliandolo da lontano con la coda dell'occhio, che ho scoperto che la vecchia Marie lo sorvegliava anche lei. Cioè, sorvegliava la sua spazzatura, di sera tardi.
– Mandata dal sindaco?
– Benone. Qui mettiamo fuori la spazzatura una volta la settimana, il martedí sera. Da sette o otto mesi Marie si impadroniva dei sacchi di René Blanchet, li esaminava a casa sua, abitano abbastanza vicino, e li rimetteva a posto ben chiusi, chi s'è visto s'è visto. E l'indomani andava in municipio.

Louis si fermò e si appoggiò al tronco di un abete. Accarezzava Bufo con un dito, sovrappensiero.

– Il sindaco teme che René Blanchet cerchi di cacciarlo dalla poltrona prima del previsto? Blanchet ha forse in mano qualcosa contro di lui?
– Potrebbe sempre darsi, ma si può anche immaginare il contrario. Il sindaco cerca di sapere chi sia questo Blanchet, cosa fa, da dove viene, e forse spera di ricavare dalla spazzatura quanto basta per rovinargli la candidatura a tempo debito.
– Sí... E se Marie fosse stata sorpresa a frugare da René Blanchet? L'avrebbe ammazzata?
– E se Marie ne avesse saputo troppo sul sindaco, grazie alla spazzatura di Blanchet, lui l'avrebbe ammazzata?

I due uomini rimasero in silenzio.

– Brutta storia, – disse Louis alla fine.
– La spazzatura non è mai gloriosa.
– E i Sevran? Le dicono qualcosa?

Darnas allargò le braccia e scosse le mani.

– A parte quella schifezza del loro pitbull non potrei che dirne bene. Lei è notevole, bella senza essere carina, se ne sarà senz'altro accorto, e piuttosto silenziosa, tranne quando ci sono i suoi figli, allora cambia da cosí a cosí, molto allegra. Credo che qui si rompa le palle, semplicemente. Sevran è un tipo cordiale, intelligente, divertente, onesto, ma ha un grosso problema con quelle sue cavolo di macchine. Ha la passione delle leve, dei pistoni, degli ingranaggi, e batte il Paese alla ricerca delle sue maledette macchine, ma noti che gli danno da vivere. È quello che si direbbe un autentico collezionista, tanto piú che ha una vera attività commerciale, le vende, le compra, le rivende, e questo manda avanti la baracca, mi creda. È uno dei grandi esperti del Paese, molto stimato in Europa, vengono a trovarlo da tutte le parti. Lina se ne frega delle macchine, e lui le ama troppo. Perciò, per forza, Lina si rompe le palle. Per una donna è piú facile combattere contro un'altra donna che contro delle macchine per scrivere. Dico cosí per dire, perché per quanto mi riguarda preferirei che Pauline si interessasse di macchine, per esempio, piuttosto che di lei.

– Non mischiamo.

Darnas alzò la testa e osservò il viso di Louis.

– Mi esamina? Qualcosa che non va?

– Mi faccio un'idea, valuto il rischio.

Darnas socchiuse i suoi occhietti e squadrò Louis senza muoversi. Alla fine scosse la testa e frugò con il piede tra gli aghi di pino che ricoprivano il suolo.

– Allora? – domandò Louis.

– Il pericolo non è da sottovalutare. Devo rifletterci su.

– Anch'io.

– Allora a presto, Kehlweiler, – disse Darnas tendendogli la mano. – Stia certo che la seguirò passo passo, per l'inchiesta come per Pauline. Se posso aiutarla nel primo caso e metterle i bastoni fra le ruote nel secondo, lo farò con grande piacere. Può contare su di me.

– Grazie. Non ha nessuna idea di cosa avrebbe potuto trovare Marie nella spazzatura?

– Purtroppo no. L'ho vista in azione, tutto qui. Il sindaco deve essere l'unico a sapere, o Lina Sevran, forse, Marie l'ha allevata come fosse sua figlia. Ma prima di ottenere delle informazioni dall'uno o dall'altra dovrà passare parecchie ore al *Café de la Halle*.

– Lina Sevran va al caffè?

- Tutti vanno al caffè. Lina lo frequenta spesso, per vedere suo marito al biliardo, per vedere gli amici. È l'unico posto dove si fanno quattro chiacchiere, d'inverno.
- Grazie, - ripeté Louis.

Si allontanò verso l'uscita del parco trascinando la gamba destra e sentendosi addosso lo sguardo di Darnas, che doveva valutare se lo zoppo avesse o meno una possibilità. In ogni caso, era la domanda che Louis poneva a se stesso. Non avrebbe dovuto rivedere Pauline, ovvio. Lei non era cambiata, se non di luogo e di nome, e adesso un lieve dispiacere gli ottundeva la testa. E oltretutto lei era fuggita. Naturale, visto che si era comportato da villano. La cosa piú seccante, in tutto ciò, era che anche a lui piaceva Darnas. Se fosse stato Darnas a uccidere Marie, sarebbe stata una soluzione, ovviamente. Darnas si era prodigato a fornirgli delle piste, interessanti peraltro. Cominciò a scendere una pioggerellina, cosa che fece piacere a Bufo. Louis non affrettò il passo, non lo faceva quasi mai, e respirò l'odore dei pini che usciva con l'umidità. L'odore dei pini era buonissimo, non avrebbe pensato a quella donna per tutta la giornata. Voleva una birra.

Capitolo diciottesimo

Il centro di talassoterapia era abbastanza lontano dal *Café de la Halle* e Louis camminava lentamente lungo una stradina deserta, sotto una pioggia fredda che cominciava a bagnare l'erba sui bordi. Gli faceva male il ginocchio. Scorse un paracarro di pietra e sedette per qualche istante con Bufo. Per una volta, cercava di non riflettere. Si passò una mano sulla fronte per detergere l'acqua e vide Pauline di fronte a sé. Il volto non era conciliante. Volle rimettersi in piedi.

– Resta seduto, Ludwig, – disse Pauline. – Visto che sei tu a fare lo scemo, sei tu che resti seduto.

– Bene. Ma non ho voglia di parlare.

– No? Allora che cavolo sei venuto a fare a casa mia, stamattina? Entrare cosí, parlare come hai parlato? Chi credi di essere, Cristo?

Louis guardava l'erba inzupparsi. Tanto valeva lasciarla sfogare, quando era arrabbiata, era il sistema migliore per far placare le acque. E comunque, aveva perfettamente ragione. Pauline parlò per cinque minuti buoni, facendogli una scenata con la stessa energia che sapeva mettere nei quattrocento metri. Ma alla fine dei quattrocento metri bisogna pur fermarsi.

– Hai finito? – domandò Louis alzando il viso. – Bene, sono d'accordo, hai ragione su tutto, inutile che continui. Volevo venire a trovarti, non era grave e non era indispensabile mettermi alla porta. Venire a trovarti, nient'altro. Adesso è fatta, bene, non vale la pena di gridare per ore, non ho piú intenzione di disturbarti, parola di Tedesco. E Darnas non è poi cosí male. Niente affatto male, e anche un po' di piú.

Louis si rimise in piedi. Il suo ginocchio odiava la pioggia.
– Ti fa male? – domandò seccamente Pauline.
– È la pioggia.
– Non sei riuscito a farti sistemare quella gamba?
– No, non è il caso dispiacersi, è rimasta come dopo che te ne sei andata.
– Povero scemo!

E se ne andò. Onestamente, si disse Louis, non si capiva perché si fosse presa la briga di raggiungerlo. Insomma, sí, gli aveva fatto una scenata, aveva ragione. Lui voleva una birra.

Da lontano arrivava Marc in bicicletta.
– L'ho affittata per la giornata, – disse frenando vicino a Louis. – Hai finito con la donna?
– Completamente finito, – disse Louis. – I nostri rapporti sono tesi e inesistenti. Il marito è molto interessante, ti racconterò.
– Dove vai?
– A bere una birra. Al caffè, a vedere a che punto è la polizia.
– Sali, – disse Marc indicandogli il portapacchi.

Louis rifletté mezzo secondo. Prima poteva andare in bicicletta, non si era mai fatto portare. Ma Marc, che stava già girando la bici per rimetterla nella giusta direzione, non aveva nessuna intenzione di offenderlo con quell'invito. Voleva aiutarlo, punto e basta. Marc non era come lui, non era mai offensivo.

Cinque minuti dopo Marc frenò davanti al *Café de la Halle*. Lungo la strada, gridando nel vento e nella pioggia aveva avuto il tempo di raccontare a Louis che, dopo aver abbandonato provvisoriamente il signore di Puisaye, era andato ad affittare una bici per fare un giro del paese e che di fronte al campeggio, di fronte all'ipermercato, aveva scoperto un aggeggio allucinante. Una specie di macchina alta quattro metri, un immenso e magnifico ammasso di ferraglia e di rame, curato nei minimi particolari, pieno di leve, ingranaggi, dischi, pistoni, e che non serviva strettamente a niente. E siccome se ne stava a bocca aperta davanti a quel marchingegno fuori del comune, un tale del posto che passava di lí gli aveva mostrato come funzionasse. Aveva dato un colpo di manovella in basso, e l'enorme macchina si era messa in moto, non un pistone che non si muovesse; il movimento si era propagato in ogni direzione lungo i quattro metri di meccanismi, era ridisceso lungo i fianchi, e tutto ciò perché? Non lo indovinerai mai, aveva urlato Marc con la testa rivolta al portapacchi, tutto ciò perché alla fine una leva scendesse su un rotolo di carta e stampasse. *Può darsi benissimo. Ricordo di Port-Nicolas.* E quel tale ha detto che potevo prendere il foglio, che era per me, gratis, che ce n'erano centouno tipi diversi. Dopodiché, Marc aveva azionato un sacco di volte la manovella, fatto tremare l'immensa macchina per produrre il nulla, e raccolto un sacco di brevi massime e ricordi di Port-Nicolas. C'erano stati, a casaccio, *Fuochino. Ricordo di Port-Nicolas*, poi *Quando è troppo, è troppo. Ricordo di Port-Nicolas*, poi *Perché no? Ricordo di Port-Nicolas*, poi *Idea brillante*, poi *Perché tanto odio?* e *No, fa freddo* e altri che non ricordava. Una macchina unica. All'ultimo colpo di manovella Marc aveva afferrato il principio, bisognava formulare mentalmente una domanda e azionare l'oracolo. Aveva esitato fra: «Finirò in tempo la ricerca sui conti del signore di Puisaye?», che gli era parsa meschina, e: «Una donna mi amerà?», ma preferiva non sapere la risposta se fosse stata negativa, e aveva optato per una domanda semplice e per niente impegnativa come: «Dio esiste?»

– E sai cosa mi ha risposto? – aggiunse Marc, fermo davanti al *Café de la Halle* e sempre a cavalcioni della bicicletta. – *Riformuli la domanda. Ricordo di Port-Nicolas.* E sai cosa? Quel bell'apparecchio per produrre il nulla è stato Sevran a costruirlo. C'è la firma, *L. Sevran - 1991*. Mi sarebbe piaciuto fare una roba del genere, un'enorme e magnifica cretinata che fornisce risposte fumose a domande idiote o non formulate. Basta con i sogni, guarda, c'è la polizia.

– Bene, la aspetteremo. O piuttosto, no, pazienza per la

birra, andiamo da Sevran. Visto che ne parli e che i poliziotti sono in ritardo, andiamo a parlargli prima di loro. Forza, parti.

Capitolo diciannovesimo

I Sevran stavano per mettersi a tavola. Quando Lina vide arrivare i due uomini bagnati fradici e a quanto pare decisi a rimanere, non ebbe altra scelta che aggiungere due piatti. Louis presentò Marc, che improvvisamente pensava ormai a un'unica cosa, evitare il pitbull se fosse entrato nella stanza. Di fronte ai cani normali riusciva a controllarsi, ma un pitbull, e per di piú che mangiava i piedi ai morti, lo metteva fuori combattimento.

– Allora? – disse Sevran sedendosi a tavola. – È sempre quel cane che la preoccupa? Vuole un indirizzo? Si è deciso, per la sua amica?

– Mi sono deciso. E desideravo parlargliene, prima.

– Prima di che? – domandò Sevran scodellando in ogni piatto due mestoli di cozze.

Marc odiava le cozze.

– Prima che la polizia venga a trovarla. Non li ha visti stamattina, davanti al municipio?

– Ecco, – disse Lina, – te l'avevo detto che quel cane aveva fatto una cavolata.

– Non ho visto nessuno, – rispose Sevran. – Ho lavorato sulla mia ultima macchina, un bel pezzo, una Lambert 1896, in ottimo stato. La polizia per Ringo? Non è un po' troppo? Cosa le ha fatto, in fin dei conti?

– Ha permesso di ricostruire una cosa essenziale. È grazie a lui che sappiamo che Marie non è caduta sugli scogli. È stata assassinata. Per questo c'è qui la polizia. Mi dispiace tanto per tutti e due.

Lina ebbe un mancamento. Guardò Kehlweiler aggrappandosi al tavolo, come una donna che non vuole cadere a terra davanti a tutti.

– Assassinata? – disse. – Assassinata? Ed è il cane che...

– No, non l'ha uccisa il cane, – si affrettò a risponderle Louis. – Ma... come dire... è passato sulla spiaggia, subito dopo il delitto e, mi dispiace, si è mangiato un dito del piede.

Lina non gettò un grido ma Sevran si alzò bruscamente e andò a tenere la moglie per le spalle, dietro la sedia.

– Calmati, Lina, calmati. Si spieghi, signor... mi scusi, ho dimenticato il suo nome.

– Kehlweiler.

– Si spieghi, signor Kehlweiler, ma sia breve. La morte di Marie è stata un colpo doloroso per noi. Aveva allevato mia moglie e i miei figli; perciò, capisce, Lina non sopporta di sentirne parlare. Di che si tratta? In che senso il cane...

– Sarò breve. Marie è stata ritrovata sulla spiaggia, era a piedi nudi, lo sa, dicono che il mare avesse portato via le scarpe. E, particolare che non è apparso sui giornali, le mancava un dito del piede sinistro. Le gavine, hanno pensato. Ma Marie ha perso quel dito prima che la raggiungesse la marea. Qualcuno l'ha uccisa, giovedí sera, l'ha portata giú alla spiaggia, e lo stivale troppo largo è caduto. L'assassino ha finito il lavoro sugli scogli, è risalito a cercare lo stivale mancante. Il cane ha avuto il tempo di strappare l'alluce del piede nudo. L'assassino non ha visto niente, era ormai buio, ha rimesso a posto la scarpa e sono passate tre notti prima che Marie venisse ritrovata.

– Ma come può dire tutto questo? Ci sono dei testimoni?

Teneva sempre Lina per le spalle. Nessuno pensava piú a mangiare.

– Niente testimoni. C'è il suo cane.

– Il mio cane! Ma perché lui? Non è l'unico ad andarsene in giro, che diamine!

– È l'unico ad aver evacuato nei suoi escrementi l'osso del piede di Marie, giovedí sera, prima dell'una del mattino, in place de la Contrescarpe, a Parigi.

– Non capisco niente, – esclamò Sevran, – niente!
– Sono stato io a trovare quell'osso, a seguire la pista fino a qui. Mi dispiace, ma è il suo cane. Nella fattispecie, è stato di aiuto. Senza di lui nessuno avrebbe mai sospettato un omicidio.

Improvvisamente Lina lanciò un urlo, sfuggí dalle mani di suo marito e corse fuori dalla stanza. Di là ci fu un gran trambusto, e Sevran si precipitò.

– Presto, – gridò, – presto, lei adorava Marie!

Raggiunsero Lina quindici secondi dopo. Era semplicemente nel cortile, di fronte al pitbull che ringhiava. Lina impugnava una carabina, indietreggiò, la appoggiò alla spalla, prese la mira.

– Lina! No! – urlò Sevran correndo verso di lei.

Ma Lina non si voltò nemmeno. A denti stretti, sparò due colpi e il cane sobbalzò e ricadde a terra, insanguinato. Gettò l'arma sul cadavere del cane, senza una parola, con la mascella che le tremava, non rivolse un solo sguardo ai tre uomini che le stavano attorno e rientrò in casa.

Louis l'aveva seguita, lasciando Marc accanto a Sevran. Lei si era riseduta a tavola, davanti al piatto pieno. Le tremavano le mani e il viso era cosí contratto che non sembrava affatto bella. In quel momento, i suoi lineamenti avevano una tale rigidità che tutto il trasalimento del suo corpo non avrebbe potuto commuovere nessuno. Louis le versò del vino, spinse il bicchiere verso di lei, le porse una sigaretta accesa e lei prese l'uno e l'altra. Lo guardò, respirò, e sul suo volto riapparve una certa dolcezza.

– Ha pagato, – disse, inspirando fra una parola e l'altra, – quel bastardo di cane infernale. Sapevo che un giorno o l'altro ci avrebbe fatto del male, a me o ai ragazzi.

Marc tornava nella stanza.

– Cosa fa? – domandò Louis.
– Sotterra il cane.
– Ben fatto, – disse Lina. – Ben fatto, un po' di pulizia. Ho vendicato Marie.

– No.
– Lo so, non sono stupida. Ma non avrei passato un minuto di piú con quello schifo.

Li guardò uno dopo l'altro.

– Allora? Siete scandalizzati? Volete compiangere quello schifo di cane? Ho fatto un favore a tutti, abbattendolo.

– Ha sangue freddo, lei, – disse Louis. – Non l'ha mancato.

– Meglio cosí. Ma abbattere un cane che ti fa paura non è sangue freddo. E quella bestia mi ha sempre fatto paura. Quando Martin era piú piccolo, Martin è mio figlio, il cane gli è saltato alla faccia. Ha ancora la cicatrice sotto il mento. Eh? Era carino, il cane, eh? Ho supplicato Lionel di sbarazzarsene. Ma no, non ne ha voluto sapere, ha promesso di educare il cane, ha detto che sarebbe stato attento, e che Martin gli aveva rotto le palle. Mai colpa del cane, sempre colpa degli altri.

– Perché suo marito teneva Ringo?

– Perché? Perché lo aveva trovato che era piccolo, mezzo morto in un fosso. Lo aveva raccolto, curato e il cane era guarito. Lionel è capace di intenerirsi su una vecchia macchina per scrivere arrugginita quando si rimette a funzionare, perciò vi lascio immaginare quando il cane gli è saltato in braccio. Ha sempre avuto dei cani. Non me la sono sentita di portarglielo via. Ma questa volta, la mia Marie, no, non posso piú sopportarlo.

– Cosa dirà Lionel? – domandò Marc.

– Sarà triste. Gliene comprerò un altro, un cane buono.

In quel momento Sevran rientrò nella stanza. Appoggiò al muro una pala sporca di terra e si risedette a tavola, non al suo posto. Si sfregò il volto, i capelli, si riempí di terra dappertutto, si alzò di nuovo, andò a lavarsi le mani al lavandino. Poi posò la mano sulla spalla di sua moglie, come poco prima.

– Vi ringrazio comunque di essere venuti prima della polizia, – disse. – Meglio davanti a voi che davanti a loro.

Louis e Marc si alzarono per andarsene e Lina rivolse loro un debole sorriso. Sevran li raggiunse sulla soglia.

– Per favore, – disse, – sarebbe possibile...

– Non parlarne alla polizia?

– Certo... Che effetto farà sapere che mia moglie ha sparato? Solo a un cane, ma sapete, i poliziotti...
– Cosa racconterà se vogliono vedere il pitbull?
– Che è scappato, che non so dove sia. Diremo che non è mai tornato. Povero cane. Non giudicate affrettatamente Lina. Marie l'ha allevata, sono state insieme per trentotto anni e lei stava per venire ad abitare da noi. Dopo la scomparsa di Diego, suo marito, Marie girava a vuoto, a casa sua, e Lina aveva deciso di prenderla con noi. Era tutto pronto... La morte di Marie è stata un colpo terribile per lei. Perciò... un omicidio, per di piú... e il cane, oltretutto... è crollata. Bisogna capirla, Kehlweiler, ha sempre avuto paura di quel cane, per i suoi figli specialmente.
– Aveva morso Martin?
– Sí, sí... tre anni fa, era ancora un cane giovane, e Martin se l'era un po' cercata. Allora? Cosa direte ai poliziotti?
– Niente. I poliziotti se la brigano da soli, è il loro mestiere, tocca a loro.
– Grazie. Se posso essere di aiuto, per Marie...
– Riflettete, tutti e due, quando avrete regolato fra voi la questione del cane. A che ora è partito, giovedí sera?
– L'ora? Parto sempre verso le sei, piú o meno.
– Con il cane.
– Sempre. È esatto, quella sera non era a casa, aveva tagliato la corda per l'ennesima volta. Una volta di troppo, vero? Ero furibondo, perché non mi piace arrivare a Parigi troppo tardi, voglio avere il tempo di dormire prima della lezione del giorno dopo. Ho preso l'auto e ho fatto un giro per il paese. L'ho ritrovato molto prima della spiaggia Vauban, veniva di corsa verso il paese. L'ho preso, l'ho sgridato, e via in auto. Non potevo immaginare... quello che aveva appena fatto... no?
– Gliel'ho detto, Sevran, nella fattispecie il suo pitbull è stato di aiuto. Senza di lui nessuno avrebbe saputo che avevano ucciso Marie.
– È vero, bisogna cercare di guardare le cose da questo punto di vista... È stato utile. Ma a proposito, non avete nemmeno pranzato.

– Nessun problema, – disse precipitosamente Marc. – Ci arrangeremo.

– Vado da Lina. Sarà già pentita, starà già pensando di comperarmi un nuovo cucciolo, la conosco.

Marc lo salutò, dicendosi che non era il giorno di fargli delle domande sulla sua fantastica macchina per produrre il nulla, che sarebbe ripassato, e riprese la bici. La spinse lentamente camminandole accanto.

– Hai notato il suo viso quando ha sparato al cane? – domandò Marc.

– Sí, non vedevo altro.

– È strano come una persona bella possa diventare orribile. E poi, poco fa, era di nuovo normale.

– Che ne pensi, di lei? Ti piacerebbe andarci a letto se te lo proponesse?

– Sei strano. Non me lo sono mai chiesto.

– Non te lo sei mai chiesto? Ma che cavolo combini nella vita? Bisogna sempre chiederselo, Marc, per la miseria.

– Ah, bene. Non lo sapevo. E tu te lo sei chiesto? La risposta sarebbe sí o no?

– Be', dipende. Con lei, dipende dai momenti.

– A che ti serve chiedertelo se non sai dare una risposta?

Louis sorrise. Camminarono per un po' in silenzio.

– Voglio una birra, – disse Louis bruscamente.

Capitolo ventesimo

Marc e Louis pranzarono al bancone del *Café de la Halle*. La sala puzzava di abiti bagnati, di fumo e di vino; a Marc quell'odore piaceva, gli veniva subito voglia di mettersi in un angolo a lavorare, ma aveva lasciato il signore di Puisaye sul comodino, in albergo.
Era un po' tardi per pranzare, la sala sarebbe stata riaperta solo se il sindaco si fosse deciso a venire, ma non era ancora uscito dal suo ufficio. Adesso tutti sapevano che la polizia era su con lui. Tutti sapevano che Marie Lacasta era stata assassinata. La segretaria del sindaco aveva sparso la voce. E tutti sapevano che era stato quel tizio alto, lí, quello che zoppicava, a portare il caso da Parigi; come, non riuscivano esattamente a spiegarselo. Si attardavano al caffè, aspettavano il sindaco, passavano e ripassavano vicino al bancone per dare un'occhiata ai due uomini venuti da Parigi. E nell'attesa bevevano e giocavano. Per l'occasione la padrona del caffè, la minuscola signora dai fini capelli grigi, vestita di nero, aveva tolto il telo che d'inverno proteggeva il secondo biliardo, quello americano. Attenzione, aveva detto, il panno è nuovo.
– Quel tavolino, il terzo dietro di noi, verso la finestra, lo vedi? – disse Louis. – No, non voltarti, guarda nello specchio del bar. L'ometto grasso con le sopracciglia basse, lo vedi? Be', è il marito di Pauline. Come ti sembra?
– È la stessa domanda di prima? Per andarci a letto?
– No, cretino. Che te ne pare?
– Da evitare, se possibile.

– Qui sta il trucco. Il tizio è di una perspicacia non comune, anche se dalla faccia non lo si direbbe.
– E la ragazza che è con lui? È quella che volevi salutare?
– Sua moglie, sí.
– Capisco. Per me, ci sto ad andarci a letto.
– Nessuno ha chiesto il tuo parere.
– Hai detto che bisogna sempre chiederselo, e io seguo le istruzioni.
– Ti dirò io quando seguirle. E poi che cavolo, Vandoosler, non mi scocciare con questa storia, abbiamo altro da fare.
– Chi altri conosci qui? – domandò Marc passando in rassegna la sala fumosa lungo tutto lo specchio del bar.
– Nessuno. Stando ai registri del municipio, Port-Nicolas ha trecentoquindici elettori. È piccolo, ma per un omicidio è parecchia gente.
– La donna è morta giovedí dopo le quattro e prima delle sei. È una fascia oraria stretta e la polizia non dovrebbe avere troppe difficoltà per gli alibi.
– È una fascia oraria stretta ma è una vasta landa. Nessuno se ne va a spasso dalle parti della punta Vauban in novembre, sotto la pioggia. Tra la punta e il centro del borgo ci sono solo strade silenziose e case vuote. È un paese deserto e bagnato. Quel giovedí c'era un tempo schifoso. Per di piú, verso le cinque o le sei metà della gente del posto va e viene tra qui e Quimper, dove lavorano, e tornare in auto da Quimper non è mai stato un alibi per nessuno. Gli altri pescano, niente è piú fluttuante di un pescatore, o piú mobile di una barca. Se si riescono a escludere quaranta persone, sarà già un bel risultato. Ne resteranno duecentosettantacinque. Togli quelli troppo vecchi, ne resteranno duecentotrenta.
– Meglio partire da Marie, allora.
– Non c'erano solo i Sevran nella vita di Marie. C'era suo marito, Diego, scomparso, non ho ancora capito se sia morto o se ne sia andato. C'era il suo orticello nel parco di Darnas, il che aggiunge Darnas e tutto il personale del centro di fanghiglia, quattordici persone, in bassa stagione. C'erano le sue ispe-

zioni della spazzatura di René Blanchet, le sue visite regolari al municipio, e tutto quello che ancora non sappiamo. Marie era legata a molta gente, è il problema con le persone di indole curiosa. La padrona, qui, la donnina in nero che chiamano Antoinette, dice che Marie veniva a riposarsi al caffè due volte al giorno, tranne quando non veniva.

– Cosa beveva? Hai chiesto? Bisogna sempre chiederlo.

– Grog d'inverno, sidro d'estate, bianchini in tutte le stagioni. Marie divideva le sue passeggiate fra la punta Vauban, dove nessuno si arrischiava a fregarle le sue maledette patelle, e il porto, dove c'era sempre un po' di movimento. Chi esce, chi rientra, le discussioni sul grano che crescerà o no, chi ripara le attrezzature sul molo, chi fa la cernita dei frutti di mare nelle gabbie... Hai visto il porto?

– Pescano sul serio?

– Se avessi aperto gli occhi, avresti visto due grandi barche per la pesca a strascico, ormeggiate in rada. Si spingono in alto mare fino all'Irlanda. La maggior parte dei tizi qui nella sala sono del porto. Quello che entra, lo vedi? Ma santiddio, smettila di girarti ogni volta che ti indico qualcuno!

– Io sono così, istintivo, devo sempre muovermi.

– Be', impara anche a vedere senza batter ciglio. Allora, quello è il tizio che tiene in ordine la chiesa, non fa nient'altro, l'ho visto l'altro giorno vicino al vecchio *calvario*, una specie di finto parroco. Che ne pensi?

Marc si chinò un poco per dare un'occhiata allo specchio del bar.

– Nemmeno con lui voglio andare a letto.

– La piantiamo? Ecco Darnas.

Darnas si appoggiò al bancone vicino a Louis e tese la mano a Marc.

– Vandoosler, – disse Marc.

– Benone, – disse Darnas con una vocina sottile. – Notizie dalla polizia?

Marc non avrebbe mai immaginato che un collo così grosso potesse produrre un timbro così leggero.

– Discutono ancora con il sindaco, – rispose Louis. – Sarà una via crucis, per gli alibi. Lei ne ha uno?

– Ho ripensato a quel giovedí pomeriggio. All'inizio è facile, alle due ero al garage a ritirare una Bmw.

– Tanto di cappello.

– Il piacere è tutto mio. L'ho provata su strada per un bel po' ma c'era un tempo orribile. Ho parcheggiato, poi ho lavorato, da solo nel mio ufficio. Pauline mi ha chiamato per la cena.

– Zero, – disse Louis.

– Sí.

– E Pauline?

– Un disastro. Al mattino era al giornale, tornata da Quimper verso le tre, uscita a correre.

– Sotto l'acqua?

– Pauline corre sempre.

– Sarà una via crucis, – ripeté Louis. – Tutta questa gente dietro di noi, chi è?

Darnas diede un rapido sguardo alla sala e tornò a rivolgersi a Louis.

– Nell'angolo a sinistra, Antoine, il fratello Guillaume e il padre Loïc, tutti e tre pescatori, e Bernard, il tipo del garage, molto efficiente. Al tavolo dopo, il ragazzo, Gaël, contemplativo senza speranza, e di fronte a lui il tizio gracile sulla quarantina è Jean, si occupa della chiesa, fa le pulizie, dà l'olio alla serratura, palpeggia le pietre, un po' fuori dal mondo, tutto devozione per il parroco. Poi Pauline Darnas, mia moglie, lei ha avuto il piacere di conoscerla, non vi presento, lasciamo perdere, non mischiamo. Tavolo dietro, Lefloch, il pescatore piú tosto del paese, a muso duro contro tutte le tempeste, proprietario del peschereccio *Belle de nuit*, e di fronte a lui sua moglie e il futuro amante di sua moglie. Lefloch non lo sa ancora. Con loro, il proprietario del peschereccio *L'Atalante*. Tavolo nell'angolo a destra, la signora che gestisce l'ipermercato, sua figlia Nathalie, che fa il filo a Guillaume, quello al tavolo nell'angolo a sinistra, e Pierre-Yves, che fa il filo a Nathalie, che se ne frega. In piedi nell'angolo... Attenzione, Kehlweiler, eccolo, il fondamentalista di Port-Nicolas, l'aspirante sindaco...

– René Blanchet, – sussurrò Louis a Marc, – quello della spazzatura, e non voltarti.

Louis fissò lo specchio al di sopra del bicchiere e Marc fece lo stesso per vedere entrare un tizio massiccio, dai capelli grigi, che fece un gran rumore togliendosi l'impermeabile di tela cerata e battendo per terra gli stivali. Fuori il tempo non migliorava, il vento da ovest portava acquazzoni uno dietro l'altro. Louis seguiva i gesti di René Blanchet, che strinse alcune mani, baciò alcune donne, fece un cenno con il capo a Pauline e si appoggiò al bancone. Louis spostò Marc per vederlo meglio. Entravano anche i Sevran e si sedevano, e Marc decise di andare al loro tavolo, dato che Louis lo spintonava, facendolo innervosire. Adesso lo spazio fra Louis e René Blanchet era libero. Louis osservò attentamente il volto arrossato, notò gli occhi pallidi, il naso rotondo, importante, le labbra screpolate, piuttosto raspose, che stringevano un mozzicone di sigaro spento, l'orecchio piccolo, con il lobo come tagliato di sbieco, la nuca che prolungava il cranio, senza incavo, il tutto incorniciato da pieghe del volto piuttosto grossolane. La vecchia Antoinette gli aveva portato un bicchiere. Loïc, il pescatore del tavolo nell'angolo a sinistra lo aveva raggiunto.

– Sembra che abbiano ammazzato Marie, – disse Loïc, – sei al corrente? Non sarebbe caduta da sola.

– Me l'hanno detto, – rispose Blanchet. – Poveraccia.

– C'è qui la polizia, hai visto? È Guerrec a occuparsene.

– Guerrec? Schiafferà in galera tutto il paese, non ci vorrà molto.

– Cosí ho i pesci tutti per me, to'... Il sindaco, sono tre ore che chiacchiera lassú.

– Mentre fa il suo lavoro, perlomeno non dorme.

– Tu ci credi? Pensi che l'abbiano spinta? Sembra che sia vero.

– Io credo a quello che vedo, Loïc, e penso quello che penso.

Darnas fece un cenno a Kehlweiler, con un sospiro. Kehlweiler era teso. Stringeva il bicchiere e gettava continuamente delle occhiate verso destra. Dal tavolo dove si era seduto con i Sevran, accanto a Lina, Marc sorvegliava la scena. Louis era immobile, il corpo rigido, tranne quei rapidissimi movimenti della testa.

– Sembra che sia vero, – ripeté Loïc.

– Dipende da chi lo dice, – disse Blanchet. – A quanto pare è lei, giusto?

Blanchet si era rivolto a Louis.

– Sono venuto qui apposta, – rispose Louis in tono cortese.

– E per dire cosa, esattamente?

– Quello che le hanno appena detto, che Marie Lacasta è stata assassinata.

– A che titolo lancia una simile accusa?

– Come semplice cittadino… Un cane si è premurato di venire a deporre la verità ai miei piedi. L'ho raccolta e la spartisco con gli altri.

– La gente di questo paese è onesta, – continuò Blanchet a voce alta. – Lei mette sottosopra Port-Nicolas. Ci accusa di aver massacrato una vecchia e il sindaco non smentisce. Io sí. Gli abitanti di Port-Nicolas non sono degli assassini, ma nonostante questo e grazie a lei, saranno oggetto di sospetti intollerabili.

Voci confuse, un mormorio di sostegno seguí le parole di Blanchet. Darnas fece una smorfia. Chi non si era ancora schierato con Blanchet forse l'avrebbe fatto adesso, Blanchet aveva colto al volo l'opportunità e la sfruttava senza esitare.

– Vuole il mio parere? – continuò Blanchet. – Il caso di Marie è una manovra, in combutta con il sindaco, e io scoprirò cosa c'è dietro. Lei mi vedrà schierato a difendere questa gente, signor… spiacente, non ricordo il suo nome, mi sembra complicato da pronunciare.

– Attento, – disse sottovoce Sevran a Marc. – Blanchet cerca lo scontro. Forse dovremo intervenire. Kehlweiler non è del posto, non avrà molta gente dalla sua parte. Sono persone corrette, tranne quando smettono di esserlo.

– Non si preoccupi, – bisbigliò Marc, – Louis è armato.
– Armato?
– Della sua lingua.
– Anche Blanchet sa parlare, – mormorò Sevran scrollando la testa. – Anzi, è l'altoparlante del paese. È un tipo nefasto, con un mucchio di frasi fatte sempre pronte, e possiede l'arte del persuadere. È molto piú furbo di quanto non sembri.

Anche Louis si era voltato leggermente verso Blanchet e Marc notò, con soddisfazione, che lo sovrastava facilmente. Aveva stirato il corpo in altezza, stava molto eretto e, accanto a lui, Blanchet aveva l'aria di una pignatta. Un vantaggio senza alcun merito, ma pur sempre un vantaggio. Louis guardava fisso l'uomo, e il suo profilo, in quel momento austero e vagamente sprezzante, non aveva nulla di cordiale.

Nella sala il mormorio cresceva. Alcuni si alzavano, altri lasciavano la sala da gioco per venire ad allungare il collo verso il bancone.

– Non tutti possono portare un cognome semplice, signor Blanchet, – disse Louis con voce lenta, in cui però Marc avvertí tutta una gamma di cortesie pericolose. – Ma sono sicuro che con un leggero sforzo, da quell'uomo intelligente che lei sembra essere, riuscirà a pronunciarlo. Sono solo tre sillabe.

– Kehlweiler, – articolò Blanchet protendendo le labbra.
– Complimenti, lei è portato per le lingue straniere.
– Il fatto è che in Francia ci hanno istruito a lungo, e abbiamo buona memoria, anche dopo cinquant'anni.
– E vedo che lei ha colto l'occasione per farsi una cultura.

Blanchet strinse le labbra, esitò, e bevve un sorso di bianco.
– Si fermerà a lungo da noi? – riprese. – Non ha fatto abbastanza a questa gente che non le ha chiesto niente?
– Dato che me lo propone, può darsi che mi fermi un po'. Mi sembra infatti di non aver fatto abbastanza per Marie Lacasta, che non aveva chiesto niente e che è stata massacrata a colpi di pietra. E per essere onesti, lei mi diverte molto, e in

questo caffè mi trovo bene. Sarà un bello svago conoscerla meglio. Signora Antoinette, mi darebbe una birra?

Louis era rimasto tranquillo, in apparenza, ma Blanchet non tentava di mantenere la calma, anzi.

– Adesso si scatena, – mormorò Sevran. – È il suo sistema.

Antoinette appoggiò una birra sul bancone e Blanchet posò le dita sulla giacca di Kehlweiler facendo un cenno al robusto proprietario dell'*Atalante*. Ma il proprietario-pescatore esitava.

– Signor Blanchet, – disse Louis staccando le dita che gli trattenevano la spalla, – si dia un contegno, non mi secchi. Ci conosciamo poco ma verrò a trovarla, stia certo. È la grande casa bianca dopo il municipio? Un po' piú in là sulla destra?

– Gli ospiti me li scelgo io, signor Kehlweiler. Per lei la mia porta non è aperta.

– Cos'è una porta? Un simbolo, al massimo… Insomma, come preferisce, a casa sua o altrove, ma per favore, mi lasci bere in pace questa birra, sta diventando tiepida.

Marc sorrideva, e alla fine, tranne qualche viso indifferente, il pubblico aveva smesso di schierarsi e si divertiva.

– È vero, – intervenne improvvisamente Antoinette, assai suscettibile in tema di qualità del servizio al *Café de la Halle*. – Non far intiepidire la birra del signore e chiudi un po' il becco, René. Insomma, che cavolo, se Marie è stata ammazzata, se è proprio vero, be', che il signore faccia quello che deve fare, non vedo perché rinfacciarglielo. Se nel posto c'è una bestiaccia, tanto vale saperlo, non è un posto migliore di altri. Ci hai rotto.

Marc guardò Sevran, stupefatto.

– Parla sempre cosí, – disse Sevran sorridendo. – Non si direbbe, eh?

– Antoinette, – commentò Louis, – lei è una donna di buon senso.

– Ho fatto la pescivendola a Concarneau, e conosco il mondo. I pesci, certe volte, ce n'è di marci, e può capitare in qualunque porto, a Port-Nicolas come da un'altra parte, tutto qui.

– Antoinette, – intervenne Blanchet, – tu non...
– Basta René, vai a fare il tuo comizio per strada, io ho i miei clienti da servire.
– E accetti chiunque, come cliente?
– Accetto gli uomini che hanno sete, è un delitto? Non sia mai detto che Antoinette non serve un uomo che ha sete, da qualunque parte venga, hai sentito bene, da qualunque parte venga!
– Ho sete, – disse Louis. – Antoinette, mi dia un'altra birra alla spina.

Blanchet alzò le spalle e Marc vide che cambiava tattica. Diede una pacca sul braccio ad Antoinette e sospirando, con l'aria di un bonaccione conciliante che ha perso ai dadi e non ne fa un dramma, irascibile ma brav'uomo, andò a posare il culo e il bianchino al tavolo dei pescatori. Antoinette aprí una finestra per arieggiare la sala fumosa. Marc ammirava quella donnina magra come un chiodo, tutta rughe, con il suo vestito nero.

– Ecco l'addormentato, – disse Blanchet a Guillaume.

Entrava il sindaco, erano le tre. Salutò distrattamente, e con passo da ballerino stanco, senza dire una parola, si portò Louis nel retro della sala, come uno che raccatta le proprie cose soprappensiero. Louis fece cenno a Marc di seguirlo.

– Un momento, Chevalier, devo dire urgentemente due parole a Vandoosler.

Marc trovò Louis stranamente teso. Osservò quella contrazione tentando di capire, non riscontrandovi né rabbia né esasperazione né nervosismo. Era come una rigidità che gli metteva a nudo il volto, togliendo le ombre e le mezze tinte, mostrando solo le linee sporgenti. Niente piú fascino, tenerezza, sfumatura, imprecisione. Marc si domandò se non fosse la faccia che hai quando ti fanno male sul serio.

– Marc, devo farmi portare una cosa da Parigi.
– Io?
– Tu no, ho bisogno che tu corra qui.
– Una cosa dal bunker? Perché non Marthe?

– Marthe no, andrà a sbattere il muso in treno, perderà la cosa o chissà che.
– Vincent?
– Vincent sorveglia la panchina 102 e non la mollerà. Non ho nessuno che possa muoversi. Come si chiama il tuo collega, non quello rumoroso, l'altro?
– Mathias.
– Libero?
– Per il momento sí.
– Affidabile, estremamente affidabile?
– Il cacciatore-raccoglitore è fidato come un uro, e molto piú saggio. Ma tutto dipende se la faccenda gli interessa.
– Deve portarmi un fascio di fogli tenuto insieme con un fermaglio, in una cartelletta gialla etichettata M, e non perderlo per niente al mondo.
– Si può sempre proporglielo.
– Marc, meno uno capisce di quel fascicolo e meglio sta, diglielo.
– Bene. Le istruzioni per trovarlo?
Louis si appartò con Marc in un angolo della sala. Marc registrava annuendo.
– Vai, – disse Louis. – Se Mathias può e non appena può; e ringrazialo. E avverti Marthe della sua visita. Vai, muoviti.
Marc non tentò di capire. Troppo ermetismo, inutile impuntarsi, era meglio aspettare che si dissipasse spontaneamente. Cercò una cabina telefonica isolata e chiamò il bar di rue Chasle, a Parigi, che serviva da punto di comunicazione. Attese cinque minuti e fu suo zio a rispondere.
– È Mathias che voglio, – disse Marc. – Che cavolo ci fai al telefono?
– Mi informo. Racconta.
Marc sospirò e gli riferí brevemente la faccenda.
– Un fascicolo M, dici? Nel bunker? Che nesso c'è?
– Un nesso con l'assassino, cosa vuoi che sia? Credo che Louis abbia messo il dito su qualcosa, gli si è denudata la faccia.

– Vado a cercarti san Matteo, – disse Vandoosler il Vecchio, – ma se ci riesci, non vi invischiate troppo in questa storia.
– Lo sono già.
– Lascia che Kehlweiler insegua le sue lepri, lascialo correre da solo.
– Impossibile, – rispose Marc, – gli servo da gamba destra. E c'è un'unica lepre, a quanto pare.

Vandoosler borbottò e mollò il telefono. Dieci minuti dopo Marc aveva Mathias in linea. Siccome il cacciatore-raccoglitore capiva al volo e parlava poco, tre minuti dopo Marc aveva finito.

Capitolo ventunesimo

E cosí, un povero sfigato ci ha ficcato il naso. Per colpa di quel cretino di un cane. E adesso c'è qui la polizia. Non ha importanza, me ne frego, era tutto previsto nel caso scoppiasse una grana. Niente stupidaggini. Quel rognosetto, Guerrec, andrà dove gli diranno di andare. Ha l'aria di uno che fa di testa sua. È come tutti quanti, ha solo l'aria. Con una spintarella, andrà dove si vuole che vada, come una formica. Il rognoso non farà eccezione. Raccontano molte idiozie sull'intelligenza della formica. Ma è solo una schiava abbrutita, nient'altro. Basta metterle un dito davanti perché cambi strada. E cosí via finché la luce non è piú la stessa. Il risultato è infallibile. Non sa piú dov'è casa sua, è spersa, muore. L'ho fatto un sacco di volte. Guerrec, idem. Bisognerà solo mettergli un dito davanti. Non è una cosa che possa fare chiunque. Un banale assassino, che crolla all'arrivo del primo sbirro, che non ha mai pensato alla storia della formica e del sole, si farebbe beccare nel giro di due giorni.

Niente stupidaggini. E l'uomo che è venuto apposta da Parigi con la sua cacca di cane, ce n'è anche per lui, se non molla. Non mollerà. Vuole stare dappertutto, vedere tutto, sapere tutto, potere tutto. Chi crede di essere, quel povero sfigato? Meno sfigato degli altri, attenzione. Non importa, conosco il tipo. L'umanista gallonato, non c'è gente piú limitata di quella. Se vuole appiccare il fuoco ovunque per derattizzare, si beccherà un colpo di estintore. Sarà rapido e preciso. Si schianterà contro un muro senza aver avuto il tempo di vederlo arrivare. Il gioco lo conduco io. Una volta sistemato l'imbecille, farò il culo al poeta. Sarà grandioso. In fondo, se non avessi fatto qualcos'altro, avrei fatto il killer. Lo sono già, lo so benissimo, ma avrei fatto il killer di professione. Ce l'ho nel sangue. E uccidere rilassa interiormente. Stare attenti, non far trapelare niente. Di tanto in tanto fare la faccia seria, interessarsi. Badare a lasciar cascare tutto mollemente, gli occhi, le guance, le mani.

Capitolo ventiduesimo

Mentre Marc esitava tra andare a prendere il signore di Puisaye sul comodino e dare un giro di manovella alla grande macchina di Port-Nicolas – giusto per ottenere una risposta alla domanda: «Come tirare fuori la Terra dal sistema solare quando il Sole esploderà, tra cinque miliardi di anni?» –, il sindaco aveva chiuso la porta del retro del *Café de la Halle* e riferiva a Louis il suo incontro con l'ispettore di Quimper, Guerrec. Guerrec lo aveva sfinito di domande su Marie Lacasta, aveva preso il registro degli abitanti del Comune e voleva vedere Kehlweiler per la testimonianza e per recuperare l'osso.

– Sono alla gendarmeria di Fouesnant. Poi comincerà con gli interrogatori.

– E perché lo racconta a me? – domandò Louis.

– Me l'ha chiesto Guerrec. Vuole interrogarla prima di stasera. Io riferisco.

– Ha un piano, un'idea?

– Per Guerrec l'unica cosa da tener presente, nella vita di Marie, è la scomparsa di suo marito Diego, cinque anni fa.

– È morto?

– Non si sa, nessuno l'ha piú visto, né vivo né morto. Il suo fucile era abbandonato al porto e mancava una barca. Quel che è certo è che Marie ne parlava il meno possibile e continuava ad aspettarlo. Non aveva toccato un solo oggetto nel suo ufficio.

– Si erano sposati tardi?

– Avevano tutti e due sessant'anni.

– L'aveva conosciuta qui?

Il sindaco ebbe un lieve sobbalzo di impazienza. È irritante ripetere fino alla noia storie banali che tutti sanno a memoria. Ma Guerrec lo aveva invitato a non aggredire Kehlweiler, avrebbe potuto averne bisogno, conosceva l'uomo per sentito dire, diffidava di lui.

– Aveva incontrato Marie a casa di Lina, ovviamente, quando stava ancora a Parigi. All'epoca del primo marito di Lina, Marie lavorava da loro, si occupava dei due figli, è semplice.

– Come si chiamava questo primo marito?

– Un professore di fisica, non le dirà niente, Marcel Thomas.

– E anche Diego conosceva Lina?

– Ma no, per la miseria, Diego lavorava con Sevran, ecco perché.

– E il nesso con Lina?

Il sindaco si sedette e si domandò come potesse quel tizio aver fatto tutto ciò che si raccontava di lui, quando non capiva un tubo della storia di Diego e Marie.

– Sevran – scandí – era un vecchio amico della coppia, soprattutto di Marcel Thomas. Collezionavano macchine tutti e due, e l'ingegnere non andava mai a Parigi senza passare a trovarli, lui e la sua collezione. Diego lavorava per Sevran. Perciò lo accompagnava da Lina. Perciò Diego ha conosciuto Marie a casa loro.

– Che faceva Diego per Sevran?

– Girava per tutta la Francia alla ricerca di macchine. Sevran aveva conosciuto Diego quando vivacchiava vendendo anticaglie e lo aveva assunto. In breve, Diego ha sposato Marie due mesi dopo che Sevran ha sposato Lina. Sono venuti a stare tutti qui.

Louis si sedette a sua volta, paziente. Si domandava come si potesse raccontare cosí male una storia. Chevalier aveva proprio una mente ingarbugliata.

– Lina aveva divorziato per sposare Sevran?

– Ma no, per la miseria, no, è stato dopo l'incidente. Suo marito è caduto dal balcone, un malore. Lei era vedova.

– Ah. Mi racconti.

– Vedova, appunto. Sua marito è caduto dal terrazzo. La storia la so soltanto da Marie perché Lina non sopporta di sentirne parlare. Lei e Marie erano sole con i bambini. Lina leggeva in camera sua. Thomas fumava un'ultima sigaretta sul terrazzo. Lina si rimprovera ancora di averlo lasciato solo dato che aveva bevuto molto. Che stupidaggine, come avrebbe potuto prevederlo?

– Dov'è successo, a Parigi? Lei lo sa?

Chevalier sospirò di nuovo.

– Nel quindicesimo arrondissement, rue de l'AbbéGroult. Non mi domandi il numero, per la miseria, non lo so.

– Non si agiti, Chevalier. Cerco solo di rendermi conto, non di romperle le palle. Quindi, Lina si ritrova sola con i due bambini, e Marie. Poi?

– Un anno dopo si rivolge all'amico Sevran, e lo sposa.

– Certo.

– Aveva i bambini da mantenere, niente lavoro, niente piú soldi. Suo marito le aveva lasciato solo delle macchine, belle peraltro, di cui non sapeva che farsene. Si è risposata. Però immagino che amasse l'ingegnere, ne sono quasi sicuro. Lui l'ha davvero cavata d'impiccio. Be', poco importa, tutti si sono sposati e Sevran ha sistemato la truppa qui. Ed ecco che Guerrec si interessa di quel Diego, di cui in fin dei conti non si sa niente, né sapeva niente Sevran, che lo aveva trovato mentre vendeva tre carabattole in un mercatino di provincia. Ho detto a Guerrec tutto il bene che pensavo di Diego, un uomo fidato, troppo sentimentale, ma perbene, e coraggioso, si alzava sempre alle sei. È mancato a tutti quando è scomparso. Quanto a Marie... ancora quindici giorni fa lei lo aspettava.

– Che tristezza.

– Certo. E, detto fra noi, una vera rottura per il Comune, davvero.

– Da dove comincerà Guerrec?

– Da lei, poi i Sevran, poi tutti... Lui e il suo vice si danneranno l'anima per gli alibi, e non ne caveranno granché. Tutti se ne vanno di qua e di là, in questo paese.

– Le hanno chiesto il suo?
– Perché?
– Gliel'hanno chiesto?
– No, certo che no.
– Allora lo faranno presto.
– Bene, mi vuole ficcare nella merda? È il suo passatempo nella vita?
– E lei non crede di aver ficcato Marie nella merda? René Blanchet? L'ispezione della sua spazzatura? È il suo passatempo?

Il sindaco fece una piccola smorfia, rivoltò le dita all'indietro senza farle crocchiare, ma non si mosse. Incredibile, quel tizio; proprio come uno stagno, una pozzanghera. Louis era sempre stato incuriosito dall'elemento liquido. Lo versi in una tazza, ed è piatto. Inclini la tazza, e il liquido si inclina ma la superficie resta piatta, sempre piatta. Anche capovolta e rigirata in tutti i sensi, l'acqua resta piatta. Il sindaco era cosí. Per averlo in pugno, lo si sarebbe dovuto portare a una temperatura inferiore allo zero. Ma Louis era certo che, anche se lo avesse refrigerato, il sindaco avrebbe trovato il modo di gelare in superficie e impedire qualsiasi visibilità.

– Fa freddo d'inverno, qui? – domandò.
– Di rado, – rispose meccanicamente Chevalier. – Le gelate sono un'eccezione.
– Pazienza.
– Come ha saputo la storia di Marie e della spazzatura di Blanchet? L'ha letta nella palla di cristallo o in una cacca di cane?
– È stato lei, vero, a ordinarle quelle piccole ispezioni?
– Sono stato io. Non l'ho costretta e la ricompensavo.
– Cosa cercava?
– È Blanchet che cerca di incastrarmi, non confonda le cose. È deciso a fregarmi il municipio. Sono ben insediato, ma dall'idea che mi sono fatto di quell'uomo, non esiterà a usare i mezzi piú sporchi. Volevo sapere cosa mi prepara.
– Ha saputo qualcosa dalla spazzatura?

– Che mangia pollo due volte la settimana e parecchi ravioli in scatola. Che viene Dio sa da dove. Niente famiglia, niente partito, niente simpatie politiche note, niente. Un passato inconsistente, inafferrabile.

Chevalier fece una smorfia.

– Le sue carte, le brucia. È quando me ne sono accorto che ho avuto l'idea di far cercare Marie, nella speranza che gliene sfuggisse qualcuna. Perché un tizio brucia le proprie carte, eh? Un tizio che non vuole una domestica, a nessun costo, eh? Ma Blanchet è meticoloso, spolpa i polli fino all'osso, raschia il fondo delle scatole di ravioli, fuma i sigari fino a bruciarsi le dita, e delle sue carte, non gliene sfugge una. La sua spazzatura è quintessenza di spazzatura, rifiuti senza corpo né anima, e ceneri, nient'altro che ceneri. Se lei lo trova normale, io no.

– Di dov'è? Almeno questo si sa?

– Del Nord-Pas-de-Calais.

– È sicuro?

– Cosí dice lui.

Louis aggrottò le sopracciglia.

– Allora, Marie? – riprese.

– Lo so benissimo, – disse il sindaco. – Se lui l'ha vista frugare nella sua spazzatura... Se l'ha ammazzata... Sarebbe colpa mia. Lo so, non ho aspettato lei per pensarci. Ma non riesco a figurarmi un assassino a Port-Nicolas, nemmeno lui.

– L'hanno ammazzata, Chevalier, santiddio, si faccia ribollire un po' il sangue e si scuota! E su di lei, Marie aveva trovato niente? Con cosa contava di attaccarla Blanchet?

– Se l'avessi saputo, Kehlweiler, non l'avrei fatta cercare.

– Con cosa, secondo lei?

– Che ne so? Può inventarsi di tutto! Dieci false fatture, quindici storni di fondi, diciotto amanti, una quintupla vita, quaranta figli... Non c'è che l'imbarazzo della scelta... A proposito, Kehlweiler, quando se ne va? Non appena avrà visto Guerrec?

– A rigor di logica, sí.

Impossibile capire se Chevalier fosse sollevato o meno.

– Ma in realtà, no, – aggiunse Louis.
– Non si fida? Non è male, Guerrec. Cosa la trattiene?
– Tre cosette. E poi voglio una birra.

Chevalier alzò le spalle. Accompagnò Louis al bar. La sala non si era vuotata, era un giorno diverso, aspettavano la polizia. La distribuzione dei posti era cambiata, a seconda degli spostamenti e delle conversazioni. Marc era tornato e si era sistemato fra Lina e Pauline. Esitava. Nei panni di Pauline, avrebbe sposato Sevran invece di Darnas – ma ognuno fa come crede –, per quanto Sevran avesse le natiche troppo basse e le spalle strette, una forma da ragazza in un certo senso, conformazione rara di cui, secondo Marc, bisognava tener conto. Ma a essere generosi, lo si notava appena, e Sevran manifestava qualche segno di agitazione che nella mente di Marc meritava un premio, per solidarietà. L'ingegnere andava e veniva tra il bancone e i tavoli, portando da bere, togliendo i bicchieri vuoti, facendo il lavoro di Antoinette, interrompendo continuamente la cronistoria della ditta Remington, mentre il suo piccolo volto chiaro e invecchiato si dibatteva fra bei sorrisi aperti e fuggevoli smorfie quando gettava un'occhiata ansiosa a Lina. Paradossalmente Darnas, con il suo aspetto da tartaruga marina nello zucchero caramellato rimasto attaccato qua e là alla casseruola, aveva un'aria molto piú virile dell'ingegnere. Sorrideva pacificamente ascoltando Sevran, si era posato sulle cosce le sue zampacce, di tanto in tanto le muoveva per sgocciolarle – zucchero caramellato, pensò Marc –, e i movimenti del bar e di quanti vi si rifugiavano entravano tutti senza accalcarsi nel suo sguardo minuscolo. Lina, una donna alta e bella dalle labbra tirate e a volte radiose, che decisamente inquietava un po' Marc, scambiava mozziconi di parole con Pauline Darnas, al di sopra delle sue spalle. Ogni volta Marc curvava la schiena per lasciarle passare. Bevve un sorso per fare qualcosa. Era da mezz'ora che non riusciva a piazzare una parola con Pauline, e si sentiva imbottigliato. Marthe avrebbe decretato che era una scemenza andarsi a ficcare tra due donne, non si può parlare con una senza dare le spalle all'altra, è una posizione ingrata, bisogna mettersi di fronte. Louis gli fece un cenno.

– Allora? Che si fa? – domandò Louis a bassa voce.

– Ho riflettuto, preferisco andare a letto con Pauline, ma non le piaccio.

– Quanto rompi, Marc. Allora? San Matteo?

– Arriva stasera, ventidue e ventuno, a Quimper.

Louis fece un rapido sorriso.

– Perfetto. Torna a fare conversazione e ascolta tutto quello che succede quando sarò con Guerrec.

– Non faccio nessuna conversazione. Sono imbottigliato.

– Mettiti di fronte, è quello che direbbe Marthe. Sevran, – aggiunse Louis a voce alta, – un biliardo?

Sevran sorrise e accettò subito. I due uomini si allontanarono in fondo alla sala.

– Biliardo francese, americano? – domandò Sevran.

– Americano. Non sono abbastanza concentrato per tre palle. Ho in testa quarantamila palle, una partita mi farà bene.

– Anche a me, – disse Sevran. – A dir la verità, incominciavo a rompermi. Non volevo che Lina restasse sola dopo quello che era successo a mezzogiorno, e in fin dei conti la cosa migliore era portarla qui. Eppure ho quella cavolo di macchina che mi aspetta, avrei preferito lavorarci per dimenticare il mio cane. Ma non era il momento. Lina sta già meglio, il suo amico la distrae. Cosa fa nella vita?

– È uno storico. Si occupa solo del Medioevo.

– Sul serio?

– Sul serio.

– Gli storici del Medioevo non me li immaginavo cosí.

– Nemmeno lui, temo. È preso fra due fuochi.

– Ah sí? E in mezzo che fa?

– Va in panico, sprizza scintille o scherza.

– Ah sí? È stancante, non le pare? A lei l'onore, Kehlweiler, tiri.

Louis prese la mira, tirò e mandò in buca la palla 6. Con un orecchio ascoltava cosa succedeva al bar.

– Alla fine, – diceva Guillaume, – perché stiamo qui a romperci? Non si sa chi ha ammazzato Marie? C'è solo da chiederlo alla macchina, vero, ingegnere?

– E sai cosa ti risponderà? – ribatté un tale all'altro capo della sala.

– Sente? – disse Sevran ridendo. – È la mia macchina, un'enorme macchina demenziale che ho costruito vicino al campeggio, l'ha vista? Dispensa dei brevi messaggi. Non avrei mai pensato che la adottassero. Speravo in un piccolo scandalo locale, ma dopo qualche mese di diffidenza si sono messi a idolatrarla. Il fatto è che la mia macchina ha una risposta per tutto... Vengono da lontano per consultarla, peggio di una dea, in realtà. Se per girare la manovella dovessero pagare, ci saremmo arricchiti, a Port-Nicolas, davvero!

– Sí, – rispose Louis sorvegliando i colpi di Sevran, che giocava benissimo anche lui. – Me ne ha parlato Marc. Le ha già fatto non so quante domande.

– A lei. Comunque la macchina ha rischiato di fare dei danni. Una sera, – disse abbassando la voce, – un tizio le ha domandato se la moglie lo tradisse, e quella grossa cretina di ferraglia si è divertita a rispondergli di sí. Il tizio l'ha presa come vangelo, ha rischiato di far fuori il rivale.

– E la macchina aveva detto la verità?

– Neanche per sogno! – rispose Sevran ridendo. – La consorte ha sofferto le pene dell'inferno per far rimangiare alla macchina quella calunnia! Un vero dramma... E non è stato l'unico. Alcuni sono diventati dei veri maniaci. Al primo dilemma, forza, un colpo di manovella... Mi è sfuggita di mano, quella macchina, davvero.

– Lei cosa voleva fare, esattamente?

– Costruire, meccanizzare l'inutile. Volevo erigere un monumento alla gloria della meccanica! E per celebrare la bellezza della meccanica, volevo che la macchina non servisse a niente, dato che il suo unico scopo è girare, funzionare, e che contemplandola uno potesse dire: «Funziona!» Gloria al funzionamento, e gloria al derisorio e all'inutile! Gloria alla leva che spinge, alla ruota che gira, al pistone che pistona, al rullo che rulla! E perché? Per spingere, per girare, per pistonare, per rullare!

– E in fin dei conti la macchina inutile si è messa a servire, vero?

Louis, distratto dal discorso dell'ingegnere, si rilassava e mandava in buca una palla dopo l'altra. Sevran, appoggiato alla stecca, si divertiva e dimenticava il cane morto.

– Proprio cosí! Una fabbrica di domande insoddisfatte! Le assicuro che vengono da duecento chilometri intorno per consultarla! Non per vederla, Kehlweiler, per consultarla!

Louis vinse la prima partita e Sevran chiese la rivincita e un bianchino. Dal bar i clienti si stavano riunendo a poco a poco intorno al tavolo da biliardo per seguire lo svolgimento del gioco. Andavano e venivano, commentavano, e anche domandavano all'ingegnere cosa avrebbe risposto la macchina. Fuori pioveva sempre. Verso le cinque a Louis rimaneva solo la palla 7 da mandare in buca.

– Tiene duro, la 7, – disse una voce.

– L'ultima, sempre cosí, – disse un altro. – È un bastardo, il biliardo americano. All'inizio ci sono palle dappertutto, uno deve davvero giocare con i piedi per non mandarne una in buca. E poi la faccenda si fa seria, e uno si accorge di essere piú scemo di quanto pensava. Mentre con il biliardo francese lo sai subito, di essere scemo.

– È piú duro ma è piú onesto, il biliardo francese, – disse un'altra voce.

Louis sorrideva. Mancò la 7 per la terza volta.

– Cosa ti ho detto, che non vuole andarci, la 7? – ripeté la voce.

Sevran prese la mira e mandò in buca la 7 con un tiro di due sponde.

– Ben giocata, – disse Kehlweiler. – Sono quasi le cinque. Ha tempo per la bella?

Lina si era seduta vicino al biliardo, sulla panca degli spettatori. Sevran le gettò una rapida occhiata.

– Vado da Lina, passo la mano a chi vuole.

Sevran sedette vicino a Lina, le cinse le spalle con un braccio, sotto l'occhio attento di Marc che guardava sempre come facevano gli altri con le donne. Forse lui non avrebbe messo il braccio qui, ma lí. Era piú tenero. Darnas, invece, non abbracciava Pauline. Pauline se ne stava tutta sola, a quanto pare. Louis cominciò la partita con il proprietario della *Belle de nuit*, Lefloch. Era piú facile, quel tizio grande e grosso si difendeva bene, ma era piú bravo contro il vento da ovest che contro un tappeto verde. Antoinette gli ricordò di stare attento al panno e non posare i bicchieri sulla sponda, che cavolo.

– Ecco la polizia, – disse improvvisamente Marc.
– Continui, – disse Louis al pescatore senza alzare la testa.
– È lei che vogliono? – domandò Lefloch.
– A quanto pare, – disse Louis, chino sul tappeto, con un occhio semichiuso.
– Cosí, doveva proprio portarla qui. C'è del vero in quello che ha detto René un momento fa. Chi semina vento raccoglie tempesta, caro mio.
– Se è vero, l'annata sarà buona.
– Forse, ma Port-Nicolas non sono cavoli suoi.
– Ma lei ci va, nel mare d'Irlanda, Lefloch.
– Non è la stessa cosa, è per i pesci grossi, non c'è altro da fare.
– Be', per me è lo stesso, è per i pesci grossi. Facciamo lo stesso mestiere, non posso fare altro, seguo il pesce.
– Dice sul serio?
– Se te lo dice lui, – intervenne Sevran.
– Allora va bene, – ammise Lefloch, grattandosi una guancia con la stecca da biliardo. – Allora, se è lo stesso, d'accordo, è tutt'altra cosa, non dico piú niente. Tocca a lei giocare.

Il tenente Guerrec era entrato nella sala da gioco e guardava lo svolgimento della partita senza dare segni di impazienza. Lefloch aveva una guancia blu, dove si era grattato, e Louis, dopo un'ora e mezzo che giocava, aveva i capelli che gli ricadevano in ciocche scure sulla fronte, la camicia mezza fuori dai pantaloni, le maniche rimboccate fino al gomito. Seduti, in piedi, con il bianchino in mano, la sigaretta in bocca, una dozzina di uomini e di donne si erano immobilizzati intorno al biliardo, lasciando perdere la partita per squadrare i poliziotti di Quimper. Guerrec era molto piccolo, con una testa ossuta e dei lineamenti ostici, lo sguardo velato, capelli vagamente biondi, corti, radi. Louis posò la stecca di traverso sul panno e gli strinse la mano.

– Louis Kehlweiler, piacere di conoscerla. Permette che finisca? È che ne ho già persa una.

– Faccia, – disse Guerrec senza sorridere.

– Mi perdoni, ma avevo un nonno che giocava forte. Ce l'ho nel sangue.

Bene, pensò Louis, il tizio è furbo, non ti sbatte in faccia la sua autorità. Aspetta, ci gira intorno, non si lascia irritare dalle inezie.

Louis batté Lefloch dieci minuti dopo, promise la rivincita, infilò il golf, la giacca, e seguí il poliziotto. Questa volta Guerrec lo portò al municipio. Louis si rese conto che gli dispiaceva lasciare le sale fumose di vapore, di sudore e di tabacco del *Café de la Halle*. Quel posto gli era entrato nell'anima, e nell'immensa schiera dei caffè che strutturavano la sua memoria e la sua vita interiore il *Café de la Halle* si era inspiegabilmente piazzato ai primi posti del suo affetto.

Capitolo ventitreesimo

Fu mentre discuteva con il poliziotto, un uomo prudente, non sgradevole, ma non molto divertente, che Louis trovò il biglietto nella tasca sinistra. Guerrec gli stava spiegando che Diego, Diego Lacasta Rivas, era uno spagnolo, e che prima dell'età di cinquant'anni, quando aveva cominciato a lavorare per Sevran, di lui non si sapeva niente. Sarebbe stato necessario attivare la Spagna, prospettiva che non gli sorrideva affatto. Ma per scomparire senza lasciare tracce, Diego doveva aver avuto ragioni serie, probabilmente note a Marie che continuava ad aspettarlo. Chissà se non era tornato, chissà se non aveva ucciso Marie. Mentre ascoltava, Louis si era infilato una mano in tasca e aveva trovato il biglietto. Una pallina spiegazzata che non avrebbe dovuto esserci, visto che aveva consegnato a Guerrec il cartoccio di giornale con l'osso. La aprí senza interrompere l'ispettore.

– Kehlweiler, – disse Guerrec, – mi ascolta o no?

– Legga qui, tenente, ma non ci metta su le dita, ho già lasciato le mie impronte dappertutto.

Kehlweiler porse a Guerrec una strisciolina di carta bianca stropicciata, dai bordi strappati. Le brevi righe erano battute a macchina.

C'era una coppietta
alla casamatta,
ma tutti si cuciono la bocca.
Che cosa sta ad aspettare,
invece di sprecare
il tempo con la 7?

– Da dove viene questa poesia? – domandò Guerrec.
– Dalla mia tasca.
– Ancora?
– Questa volta non so che dirle. Devono avermi infilato il biglietto nella giacca poco fa, al caffè. Non c'era quando sono entrato al bar, alle tre.
– Dov'era, la sua giacca?
– Vicino al biliardo, ad asciugare su una sedia.
– Il biglietto era appallottolato?
– Sí.
– Cos'è questa storia della 7?
– Una palla da biliardo, la numero 7. L'ho giocata tre volte a fine partita senza mandarla in buca.
– È scritto male.
– Ma è chiaro.
– Una coppietta... – mormorò Guerrec. – Se quella sera c'era una coppia illegittima nella casamatta, Marie può averli sorpresi e uno dei due può averla uccisa. Regge, è già successo, non piú di quattro anni fa, a Lorient. Solo... perché un biglietto anonimo? E perché l'autore non dice i nomi? Perché si rivolge a lei? Perché al caffè? Perché questa palla 7, che c'entra?
– C'entra come un cane in chiesa, – disse Louis sottovoce.
– Tutte domande inutili... – continuò Guerrec come parlando a se stesso, alzando le spalle. – Qui si entra nei subdoli recessi degli autori di lettere anonime, nelle loro motivazioni contorte, nei loro metodi obliqui, illogici... L'avidità, la viltà, la violenza, la debolezza... Stessa cosa, non piú di sei anni fa, a Pont-l'Abbé. Ma l'accusa può essere vera.
– La casamatta Vauban può essere un buon posto per una coppia. È un riparo e non è poi cosí lontana. Il rischio che qualcuno ti veda è minimo.
– Anche sapendo che Marie Lacasta veniva a pescare su quella spiaggia?
– Lei non sarebbe certo entrata nella casamatta, con la reputazione che aveva. In queste vecchie costruzioni di pietra ci si va solo per pisciare o per incontrarsi con qualcuno, lo sanno tut-

ti, e da non piú di quattromila anni, in tutto il mondo. Ma quel giovedí, eccezionalmente, Marie può aver dato un'occhiata. E il meccanismo si mette in moto.

– E l'autore del biglietto? C'era anche lui?

– Vorrebbe dire un sacco di gente nel medesimo posto per una sera di omicidio, non credo a questo genere di coincidenze. Ma poteva sapere che ci andava una coppietta. Viene a conoscenza dell'omicidio, mette insieme le due cose, ce lo suggerisce. Non parla perché ha paura. L'ha letto: «tutti si cuciono la bocca». O l'autore esagera o di quella coppietta fa parte un personaggio minaccioso, oppure solo influente, che non va disturbato, e tutti si cuciono la bocca.

– Perché rivolgersi a lei?

– La mia giacca era a portata di mano ed è un buon tramite per arrivare a lei.

– Una coppietta... – mormorò di nuovo Guerrec. – Una coppietta... sai che informazione... È la cosa piú comune sulla terra. Sorvegliare la casamatta non servirebbe a niente, non ci torneranno. Interrogare la gente non servirebbe a niente, se non a suscitare un tremendo vespaio e non ricavarne nulla. Quello che ci vorrebbe è l'autore del biglietto. Le impronte, bisogna vedere le impronte...

– Non ha corso il rischio di lasciarne. È per questo che lui, o lei, ha appallottolato la carta.

– Sí?

– Non poteva tenere i guanti al caffè senza farsi notare. Per infilarmi il messaggio nella giacca il sistema piú semplice era appallottolarlo tenendolo in un fazzoletto, e lasciarlo cadere nella tasca. Il biglietto è piccolo, è facile tenerlo chiuso in mano, con il braccio lungo il corpo.

– L'ha vista sbagliare la 7, è uscito dopo... Quand'è stata, la 7?

– Proprio alla fine della mia partita con Sevran, prima delle cinque.

– Poi torna, con il biglietto pronto, il braccio lungo il corpo. Chi ha visto entrare e uscire in questo lasso di tempo?

— Impossibile farle un resoconto degli andirivieni. Guardavo il mio gioco con Lefloch e non conosco ancora abbastanza gente, qui. C'erano parecchie persone al bar, e intorno al tavolo da biliardo. Vi aspettavano. Entravano, uscivano, gironzolavano.

— Restano i caratteri della macchina.

— Quanto a questo, ha un esperto sul posto, tanto vale approfittarne.

Capitolo ventiquattresimo

Sevran si era concentrato qualche minuto sul biglietto che il tenente gli aveva aperto davanti usando due pinzette. Turbato, attento, si sarebbe detto che cercasse di identificare in una foto un volto appena intravisto.

– La conosco, – disse finalmente a bassa voce, – sí, la conosco. È una battuta lenta, morbida, dolce. Se non mi sbaglio, ho addirittura la macchina a casa mia. Venga.

I due uomini entrarono dietro di lui nella stanza delle macchine, un ampio locale dove, su tavoli e scaffali, stavano allineate almeno due centinaia di macchine nere dalle forme piú strane. Sevran passò senza esitazioni fra i tavoli e sedette davanti a una macchina nera e oro, monotasto.

– Se li metta, – disse Guerrec porgendogli un paio di guanti, – e batta adagio.

Sevran annuí, indossò i guanti, prese un foglio e lo infilò nel rullo.

– Questa, – disse, – la Geniatus 1920. Il testo da battere, qual è?

– *C'era una coppietta*, a capo, *alla casamatta*, a capo, *ma tutti si cuciono la bocca*, – recitò Guerrec.

Sevran batté le prime parole, estrasse il foglio e lo esaminò.

– No, – disse con una smorfia, – è quasi cosí, ma non è cosí.

Si alzò bruscamente, scontento della sua mediocre prestazione, girò intorno ad altri tavoli di legno e sedette davanti a una piccola macchina oblunga di cui non era facile immaginare la funzione.

Sevran batté di nuovo l'inizio del messaggio, non su una tastiera ma facendo girare una ruota fino alla lettera voluta. Procedeva senza nemmeno guardare il disco metallico, conoscendo a memoria la collocazione di ogni lettera. Estrasse il foglio e sorrise.

– Ci siamo. Viene da questa, la Virotyp 1914. Mi mostri l'originale, ispettore.

L'ingegnere accostò i due fogli.

– È la Virotyp, senza alcun dubbio. Vede?

– Sí, – disse Guerrec. – Batta tutto il testo, per verificare in laboratorio.

Mentre Sevran azionava di nuovo il disco della Virotyp, Guerrec esaminava il grande locale. Il tavolo della Virotyp era quello piú vicino alla porta, e al riparo dalle finestre. Sevran venne a consegnargli il secondo campione.

– Questa volta, – gli disse Guerrec, – potrebbe imprimere le sue impronte? Senza offesa.

– Devo intendere – disse Sevran – che è casa mia, che è la mia macchina, e che sono in prima linea.

Si tolse i guanti e prese il foglio con entrambe le mani premendovi le dita, poi lo riconsegnò all'ispettore.

– Kehlweiler, lei resti qui, chiamo il mio vice per rilevare le impronte.

Sevran restò con Louis, il volto preoccupato e al tempo stesso incuriosito.

– Si può entrare facilmente qui? – domandò Louis.

– Durante la giornata, sí, dal muro del giardino, per esempio. Di notte, o quando non siamo a casa, inseriamo l'allarme. Va detto che oggi pomeriggio, dopo aver sotterrato Ringo, ho portato Lina a distrarsi al caffè e non ho pensato a inserirlo, avevo tutt'altro per la testa. In realtà, ce ne dimentichiamo spesso.

– Non ha paura per le sue macchine?

Sevran alzò le spalle.

– Sono invendibili se uno non è del giro. Bisogna trovare gli acquirenti, conoscere i collezionisti, i contatti, gli indirizzi…

– Che valore hanno?

– Dipende dai modelli, da quanto sono rari, dallo stato di funzionamento. Quella, per esempio, cinquecento franchi, ma da quell'altra posso ricavarne venticinquemila. Chi potrebbe saperlo? Chi sarebbe in grado di scegliere quella giusta? Ci sono delle macchine che non sembrano un granché e sono molto ricercate. Quella, in fondo, con la leva a rovescio, la vede? È il primo modello della Remington, 1874, e fino a oggi è unica, con quella leva scomoda. La Remington le ha ritirate tutte poco dopo che erano uscite per rimontare gratuitamente la leva a tutti i clienti. Ma quel modello era stato portato in Francia dall'America, e la Remington non gli è corsa dietro per cambiare la leva. Quindi la macchina è pressoché unica. Chi può sapere cose del genere? Un collezionista, sí; per quanto, dovrebbe essere un tipo ferrato. E non siamo in molti nell'ambiente, nessuno oserebbe fregarmele, si verrebbe subito a sapere, una mossa da bruciarsi sul mercato, come dire un suicidio. Quindi, vede, non rischio granché. E ho fissato ogni macchina al suo basamento con delle zanche di metallo. Ci vogliono degli attrezzi e del tempo per smontare tutto. A parte la cantina, che è stata forzata l'altro ieri sera, non ho mai avuto problemi, e comunque non mi hanno rubato niente.

Il vice entrò e Guerrec gli indicò la Virotyp, la porta, le finestre.

Poi ringraziò velocemente l'ingegnere prima di andarsene.

– Non penso che troveremo altre impronte oltre a quelle di Sevran, – disse Guerrec tornando al municipio con Kehlweiler. – Certo, può essere venuto chiunque a battere il messaggio, ma Sevran è comunque in una posizione delicata. Eppure, non ce lo vedo a interessarsi di coppie clandestine. E non vedo nemmeno che interesse avrebbe a battere il biglietto con una delle sue macchine.

– Lasci perdere. Non può averlo battuto Sevran. Non ha lasciato il caffè mentre giocavo contro Lefloch, era ancora lí quando sono venuto con lei in municipio.

– Sicuro?

– Sicuro.

– Chi altri è rimasto?

– Sua moglie, mi pare, ma non l'ho sorvegliata quando stava al bar. Lefloch, Antoinette, Blanchet...

– Questa faccenda della palla 7 mi disturba. È gratuita, inutile, non ha senso, eppure deve averne uno.

– La persona che mi ha passato il biglietto non vuole essere individuata. Parlando di quella palla, ci costringe a pensare che fosse fra le trenta persone presenti nel bar durante la mia partita con Sevran. Bene. E se non fosse stata lí?

– Come avrebbe fatto a sapere della 7?

– Da fuori, dalla finestra. Aspetta, ascolta, annota il primo particolare un po' significativo e lo mette in evidenza per dimostrare che si trovava nella sala. Nessuno guardava fuori dalla finestra, era appannata, pioveva a catinelle.

– Sí, può darsi. Perciò lui, o lei, poteva essere dentro, fino alla palla 7, oppure fuori. Cosí però non faremo molti progressi. Ce l'ha messa tutta per non farsi identificare.

– O ha una fifa blu dell'assassino o l'assassino è lui.

– Lui chi?

– Lui, l'assassino. Non sarebbe la prima volta che un omicida mette in mezzo un capro espiatorio. Bisogna stare in campana, Guerrec, può darsi che ci porti dritti a prendere una cantonata. C'è un bastardo da queste parti, di prim'ordine, è cosí che la vedo io.

Guerrec torse la sua faccia magra.

– Lei tortura le cose, Kehlweiler. Si vede che non è abituato alle lettere anonime. È normale, abominevolmente normale. Non piú di sei anni fa, a Pont-l'Abbé. Non sono gli assassini a scrivere questo genere di biglietti, sono dei cacasotto, degli inetti, dei poveri sfigati.

– Un assassino che premedita il colpo e massacra una vecchia non è un povero sfigato?

– Sí, ma è uno sfigato che agisce. Gli autori di lettere anonime sono degli sfigati passivi, degli impotenti, degli inibiti, degli incapaci di farsi sentire. Tra questi due mondi c'è un abisso. Non può essere la stessa persona, non corrisponde.

– Se la pensa cosí. Mi tenga al corrente, delle impronte, degli alibi, della Spagna. Se è possibile, e se accetta una mano.
– Ho la tendenza a lavorare da solo, Kehlweiler.
– Allora, forse ci incroceremo.
– Lei ha dato il via a questa inchiesta, è vero, ma non ha il diritto di intromettersi. Spiacente di doverglielo ricordare, ma lei è soltanto un uomo fra gli altri e come tutti gli altri.
– D'accordo, me ne farò una ragione.

Louis tornò in albergo alle sette, ma non trovò Marc. Si sdraiò sul letto con il telefono. Compose il numero del commissariato del quindicesimo arrondissement, zona Abbé-Groult. A quell'ora Nathan doveva essere ancora in ufficio.
– Nathan? Sono Ludwig. Piacere di risentirti.
– Come stai, Tedesco? La pensione?
– Faccio un giro in Bretagna.
– Hai qualcosa da fare laggiú?
– C'è del pesce, per forza. C'è anche del pesce vecchio. Marcel Thomas, rue de l'Abbé-Groult, caduto dal primo piano dodici anni fa, puoi dirmi qualcosa?
– Resta in linea, vado a cercare il fascicolo.

Nathan tornò dopo dieci minuti.
– Be', – disse, – il tizio è caduto. Archiviato come incidente.

Louis sentí Nathan sfogliare le pagine.
– Niente di particolare. È stato il 12 ottobre, di sera. I Thomas avevano avuto a cena due amici, Lionel Sevran e Diego Lacasta Rivas, rientrati nel loro albergo dopo le ventidue. Restavano in loco i coniugi, i due bambini piccoli e Marie Breton, la governante. Nessuno è entrato nell'appartamento dopo le ventidue, confermato dai vicini. La caduta si è verificata a mezzanotte. Interrogatori... I colleghi... I vicini... Avanti. Avanti. La consorte è stata interrogata per due giorni. Era a letto, leggeva, non è emerso niente né contro di lei né contro Marie Breton, anche lei in camera sua. Una non poteva spostarsi senza che l'altra sentisse. Nessuna delle due si è mossa dalla propria stanza prima dell'incidente, prima del grido del marito. O le due donne si spalleggiavano o dicevano la verità. Interrogati an-

che Lionel Sevran, che dormiva in albergo, e Diego Lacasta, idem, un tizio prolisso, visto il numero di pagine. Aspetta, do un'occhiata... Lacasta era molto su di giri, difendeva le due donne con tutta l'anima. Poi, confronto e ricostruzione, una settimana dopo. Aspetta... L'ispettore annota che ognuno conferma la propria deposizione, la donna in lacrime, la governante pure, Sevran scosso, e Lacasta piú o meno muto.

– Non avevi detto prolisso?

– La settimana prima, sí. Forse quel tale ne aveva fin sopra i capelli. In breve, suicidio escluso, omicidio improbabile o non individuabile. La ringhiera del balcone era bassa, il tizio aveva bevuto molto. Conclusione: morte accidentale, autorizzazione all'inumazione e archiviazione del caso.

– L'ispettore che ha condotto l'inchiesta?

– Sellier. Non è piú qui, è stato promosso capitano.

– Nel dodicesimo, sí, lo conosco. Ti ringrazio, Nathan.

– Hai una coda della storia?

– Due matrimoni, un uomo scomparso e una donna morta. Che ne pensi?

– Che non è molto normale. Buona pesca, Ludwig, ma sta in campana. Non hai piú nessuno, dietro. Muoviti con cautela e segui alla lettera i consigli di placida temperanza del tuo rospo. Non posso dirti niente di meglio.

– Gli do un bacio da parte tua e mando un bacio alle tue figlie.

Louis sorrise, riagganciando. Nathan aveva fabbricato sette magnifiche figlie, una prodezza da fiaba che lo aveva sempre estasiato.

Sellier, invece, non era piú in ufficio. Louis lo trovò a casa.

– Allora è un omicidio, quel pezzo d'osso, – disse Sellier dopo aver ascoltato con attenzione il riassunto di Louis. – E i protagonisti del caso Marcel Thomas sono sul posto?

Sellier parlava strascicando la voce, come uno che si concede il tempo di ricordare il passato metodicamente.

– È Guerrec a condurre l'inchiesta, qui. Lo conosce?

– Un po'. Piuttosto rompiballe, poco chiacchierone, per nulla ridanciano, ma niente gioco sporco, per quanto ne so. E anche niente miracoli. Di miracoli non ne faccio neanch'io.

– Durante gli interrogatori per il caso di Marcel Thomas, nulla di particolare?

– Sto cercando di ricordare, ma non mi sembra. Se era un omicidio, ho preso una cantonata. Ma non c'erano appigli, davvero.

– Una delle due donne poteva spostarsi fino alla terrazza senza farsi sentire?

– Si figuri se non l'ho verificato. Era un vecchio parquet a spina di pesce, lo rivedo benissimo, quel maledetto parquet. Non un listello che non scricchiolasse. Se una delle due ha ucciso, lo ha fatto con la complicità dell'altra, non ci sono alternative.

– E non hanno ricevuto nessuno in casa, dopo che Sevran e Lacasta se n'erano andati?

– Nessuno, è stato accertato in modo inconfutabile.

– Come mai si ricorda cosí bene di quella storia?

– Oh... per via dei dubbi. Nella vita i dubbi ti restano incollati addosso. Ci sono un sacco di casi che ho chiuso, di assassini che ho beccato, e che si sono cancellati dalla mia testa per fare spazio. Ma i casi che lasciano dei dubbi restano ficcati in un angolino.

– Da dove venivano i dubbi?

– Da Diego Lacasta. Ha avuto un voltafaccia. Un tizio caloroso e chiacchierone, che si dava da fare come un bello spagnolo passionale per scagionare le due donne, soprattutto la governante. Non mi stupisce che l'abbia sposata, che l'amava l'avrebbe visto anche un cieco. E quando, una settimana dopo, è tornato con il suo capo per la ricostruzione, taceva come un bello spagnolo cupo e fiero. Non difendeva piú nessuno, lasciava andare le cose per conto loro, in un silenzio ombroso. Ho pensato che fosse colpa della sua natura iberica, all'epoca ero piú giovane e piú categorico. Fatto sta che per causa sua mi ricordo di quella ricostruzione piena di lacrime, del parquet che scricchiolava, del suo volto enigmatico. Era la mia unica luce in quel caso e la luce era diventata oscurità. Tutto qui. Non ci vuole granché per dubitare, ma io parlo per me.

Dopo aver riagganciato, Louis rimase sul letto a braccia conserte per cinque minuti. Alzarsi, andare a mangiare un boccone.

Uscendo dalla camera, raccolse un messaggio infilato sotto la porta che, entrando, non aveva notato.

> Se mi cerchi, sono alla macchina, domande in sospeso. Attento al tuo schifo di rospo, fa lo scemo in bagno. Marc.

Louis chiese all'albergatore del pane e due banane e partí a piedi verso la macchina. Camminava lentamente. Guerrec non gli piaceva. Troppo secco, come tipo. René Blanchet non gli piaceva. Il sindaco, piú inoffensivo, non gli piaceva. Il biglietto anonimo non gli piaceva. Darnas, invece, gli piaceva, mentre era proprio lui che avrebbe voluto spazzare via. Che sfortuna. Con Sevran ci si poteva intendere, a patto di non parlare di cani, ma il cane era morto. Lato donne, il viso della vecchia Marie gli piaceva, anzi lo perseguitava, ma l'avevano ammazzata. Anche Lina Sevran cominciava a ossessionarlo. Aveva ucciso il cane, e quel gesto non aveva nulla di banale, qualunque cosa dicesse suo marito, che aveva fatto molti sforzi per proteggerla. Sembrava che volesse proteggerla continuamente, con la mano appoggiata sulla sua spalla, proteggerla, calmarla, o trattenerla. Quanto a Pauline, gli piaceva ancora, anche qui nessuna fortuna. Perché Pauline non dava l'idea di volersi avvicinare, irrigidita nella sfida o in chissà cos'altro. Be', aveva detto che l'avrebbe lasciata in pace, tanto valeva fare uno sforzo per mantenere la promessa. È bello promettere, uno lo fa facilmente, ma poi bisogna mantenere, una bella seccatura. In quel momento Mathias doveva essere in treno, con la cartelletta gialla. Pensare a quel fascicolo gli richiedeva uno sforzo. Era un pensiero gravoso, lancinante, che gli dava un vago mal di testa.

In lontananza scorse la massa nera e bizzarra dell'imponente macchinario di cui gli aveva parlato Marc. Avvicinandosi, udí vibrazioni sorde, tintinnii, cigolii. Kehlweiler scrollò la testa. Marc stava diventando un adepto della macchina per produrre il nulla. Quale altra domanda idiota le aveva rivolto? E quale macchina avrebbe mai potuto venire a capo degli inconciliabili contrasti di Vandoosler il Giovane, della sua versatile emotività sempre in conflitto con la sua concentrazione nello studio? Louis non era ancora in grado di dire ciò che prevaleva in quel ragazzo, se le sue immersioni profonde e tranquille o i suoi attacchi di panico da bagnante sul punto di annegare. Lo poteva descrivere come uno snello cetaceo, che solcava gli abissi, certo dei suoi percorsi, o come un cagnolino ansimante che si dibatte sulla superficie delle onde?

Marc era in piedi, leggeva alla luce dell'accendino il messaggio che la macchina gli aveva appena consegnato, e intanto canticchiava. Non aveva l'aria di dibattersi. Non era la prima volta che Kehlweiler lo sentiva cantare. Si fermò a qualche metro di distanza per osservare e ascoltare. Non fosse stato per l'omicidio di quella vecchia che lo mandava su tutte le furie e per i pensieri dolorosi legati al fascicolo giallo in viaggio verso di lui, si sarebbe goduto la scena. La notte era fredda, aveva smesso di piovere, la macchina, stupefacente, aveva smesso di cigolare e, solo nella notte, Vandoosler il Giovane cantava.

    Adieu la vie, adieu l'amour, adieu toutes les femmes.
    C'est pas fini, c'est pour toujours, de cette guerre infâme.
    C'est à Craonne, sur le plateau, qu'on doit laisser not' peau,
    car nous sommes tous condamnés, c'est nous les sacrifiés![1].

– Cosa ti ha risposto la macchina? – domandò Louis interrompendolo.

– Al diavolo la macchina, – disse Marc appallottolando il messaggio. – Non fa che spargere merda sulla vita, sul Medioevo e sul sistema solare. Vedrai. Falle una domanda, ma ad alta voce, altrimenti non funziona.

– Ad alta voce? È il regolamento?

---

[1] *La chanson de Craonne*, 1917: «Addio alla vita, addio all'amore, addio a tutte le donne. | Non è finita, durerà sempre, questa guerra infame. | È a Craonne, sull'altopiano, che lasceremo la pelle, | perché noi siamo tutti condannati, siamo noi i sacrificati!» [*N.dT*].

– Me lo sto inventando io, per sapere cosa pensi. Piuttosto furbo, no?

– Cosa vuoi sapere?

– Essenzialmente, che ne pensi dell'omicidio, cosa speri da Pauline Darnas, cosa ti aspetti dal fascicolo M per il quale stai schiavizzando Mathias. Secondariamente, che ne pensi dell'esplosione del sole e di me.

Kehlweiler si avvicinò alla macchina.

– Glielo chiediamo. Si gira qui?

– Esatto. Cinque giri energici. Ti prendo la risposta dall'altra parte.

La macchina fece cigolare tutti i suoi ingranaggi e Louis osservò il fenomeno con interesse.

– Sei rimasto a bocca aperta, eh? To', ecco il messaggio. Leggilo tu, io non spio la corrispondenza altrui.

– È buio, non ho l'accendino. Non ho il mio rospo, non ho niente. Leggimelo tu.

– *Non perdiamo la calma. Ricordo di Port-Nicolas*. Che ti dicevo? Vedi com'è irritante? Non perdere la calma, e poi che altro?

– Aspettare. Non ho una riposta per nessuna delle domande che mi hai fatto. Non capisco la storia di Marie Lacasta, ho paura di capire quella di Pauline, e quanto al fascicolo M, aspettiamo il tuo cacciatore-raccoglitore. C'è una novità nella mia tasca, uno squallido biglietto che qualcuno ha infilato quando eravamo al caffè. *C'era una coppietta alla casamatta, ma tutti si cuciono la bocca*, eccetera. Non sei stato tu, per caso?

– Infilarti qualcosa in tasca? Rischiare di toccare il tuo schifoso rospo? Perdere l'occasione di parlare? Assurdo. Dimmi i particolari.

I due si diressero verso l'albergo camminando lentamente. Louis spiegava a Marc la storia del messaggio appallottolato, e intanto guardava l'orologio.

Capitolo venticinquesimo

Non appena Mathias arrivò in albergo, Kehlweiler gli tolse dalle mani il fascicolo e si chiuse in camera.
– È già da una mezz'ora che non riesco piú a tirargli fuori una frase compiuta, – disse Marc a Mathias. – L'hai guardato, quel fascicolo?
– No.
Marc non aveva bisogno di aggiungere: «Sei proprio sicuro di non averlo guardato?» perché quando Mathias diceva sí, o no, era davvero sí o no, non valeva la pena di approfondire.
– Hai un animo grande, san Matteo. Io credo proprio che gli avrei dato un'occhiata.
– Non ho potuto verificare che animo ho, il fascicolo era sigillato con la cucitrice. Vado a vedere il mare.
Marc prese la bici e accompagnò Mathias verso la spiaggia. Mathias non fece commenti. Sapeva che a Marc piaceva spingere una bici, anche a piedi, se ne aveva l'occasione. Gli fungeva da cavallo, da destriero del gentiluomo, da ronzino del contadino, o da giumenta dell'indiano, a seconda. Marc aveva notato che, nonostante il freddo, Mathias continuava risolutamente a camminare a piedi nudi nei suoi sandali monastici, vestito in spregio a qualunque raffinatezza, con i pantaloni stretti in vita da una corda grezza, il golf indossato sulla pelle; ma a sua volta non fece commenti. Sarebbe stato impossibile cambiare il cacciatore-raccoglitore. Non appena poteva, Mathias si toglieva tutti i vestiti. Quando gli domandavano perché, diceva che gli abiti lo soffocavano.
Spingendo la bici a passi rapidi per seguire Mathias che ave-

va delle gambe smisurate, Marc descrisse la situazione locale, mentre Mathias ascoltava in silenzio. Marc avrebbe potuto riassumere tutto in cinque minuti, ma gli piacevano le digressioni, le sfumature, i particolari, le impressioni fuggevoli, le trine di parole, tutte elaborazioni del discorso che Mathias chiamava semplicemente chiacchiere. Adesso Marc era arrivato a tratteggiare le caselle piú cupe della scacchiera, ovvero, diceva, l'umore melanconico di Lina Sevran, le due fucilate alla testa del cane, lo stato di fluttuazione del sindaco, la massa piombata di René Blanchet, le manine di Marie nella spazzatura di quel vecchio stronzo, la scomparsa di Diego, lo spagnolo, la denuncia in versi di una coppia clandestina nella casamatta, il volto denudato di Kehlweiler da quando aveva chiesto quel fascicolo M, i suoi vecchi cocci di amore frustrato, l'intelligenza strepitosa di Darnas nel corpo di un bruto dalle dita delicate, quando Mathias lo interruppe bruscamente.

– Chiudi il becco, – disse afferrando il telaio della bici per fermare Marc.

Mathias si era immobilizzato nel buio. Marc non protestò. Non sentiva nulla nel vento, non vedeva nulla, non avvertiva nulla, ma conosceva abbastanza Mathias per sapere che si era messo all'erta. Mathias aveva un modo tutto suo di servirsi dei cinque sensi come di altrettanti sensori, tester, decoder e Dio sa cos'altro. Marc avrebbe venduto volentieri Mathias, al posto di varie invenzioni, come detector di onde sonore, trappola per polline, lettore a infrarossi e altri marchingegni complessi che Mathias era perfettamente in grado di sostituire senza dover sborsare un soldo. Riteneva che il cacciatore-raccoglitore, con l'orecchio incollato alla sabbia del deserto, fosse capace di sentir passare il Parigi-Strasburgo, anche se non si sapeva esattamente a cosa potesse servire.

Mathias mollò il telaio della bici.

– Corri, – disse a Marc.

Marc vide Mathias scattare davanti a lui nella notte senza capire perché bisognava correre. Le capacità animali di Mathias – primitive, diceva Lucien – lo sconcertavano e interrompevano i suoi discorsi. Posò a terra la bici e corse dietro a quel cavolo di preistorico che filava silenziosamente e piú veloce di lui, senza preoccuparsi dell'orlo vicinissimo della falesia. Lo raggiunse duecento metri dopo.

– Giú, – disse Mathias, indicandogli la spiaggia. – Occupati di lui, io perlustro i dintorni, c'è qualcuno.

Mathias ripartí a tutta velocità e Marc guardò la riva. In basso c'era una forma scura, uno che doveva essersi spaccato la testa, un volo di sei o sette metri. Aggrappandosi alle rocce per scendere, intravedeva la possibilità che qualcuno avesse buttato il tizio giú dal sentiero. Toccò terra e corse verso il corpo. Lo tastò adagio, con il viso contratto, trovò il polso, controllò il battito. Batteva, piano, ma il tizio non si muoveva, non gemeva nemmeno. Marc, invece, aveva il sangue alle tempie. Se lo avevano buttato giú, era successo un minuto prima. Con una rapida manovra che Mathias aveva sentito. La corsa di Mathias doveva aver impedito all'assassino di andare a finire il lavoro e adesso Mathias gli stava alle calcagna. Marc non avrebbe scommesso un soldo sulla pelle di quel tale. Che si nascondesse o se la desse a gambe, aveva poche possibilità di sfuggire all'inseguimento del cacciatore-raccoglitore e Marc non si preoccupava affatto per Mathias, un senso di sicurezza illogico visto che Mathias era vulnerabile come chiunque altro e non aveva trentamila anni di esperienza, contrariamente a quello che uno avrebbe sperato. Marc non aveva osato spostare la testa del tizio a terra, non si sa mai, le vertebre cervicali. Ne sapeva quanto bastava per sapere che non doveva fare niente. Ma era riuscito a scostare i capelli e a trovare l'accendino. Lo fece scattare piú volte prima di riconoscere quello che Darnas aveva definito un sognatore senza speranza, il ragazzo di diciassette anni che poco prima era al caffè, seduto al tavolino con il surrogato di parroco dalla pelle bianca. Non era certo di come si chiamasse, Gaël, forse. Toccando i capelli, Marc aveva toccato del sangue e, con lo stomaco contratto, teneva la mano lontano da sé. Avrebbe voluto andare a lavarsela in mare ma non osava abbandonare il ragazzo.

Mathias lo chiamò sottovoce dall'alto del sentiero. Marc scalò i sette metri di strapiombo roccioso, si issò sul bordo e subito si pulí la mano nell'erba umida.

– Dev'essere Gaël, – sussurrò. – È vivo, per adesso. Rimani qui, corro a cercare aiuto.

Solo in quel momento Marc vide che Mathias, in silenzio, tratteneva qualcuno nell'ombra.

– Sai chi è? – si limitò a chiedere Mathias.

Non c'era bisogno di usare l'accendino. Mathias aveva immobilizzato Lina Sevran.

– La moglie dell'ingegnere, – disse Marc con voce sorda. – Dove l'hai trovata?

– Poco lontano, nascosta fra gli alberi. L'ho sentita respirare. Non preoccuparti, non le sto facendo male.

Lina Sevran non si muoveva, non piangeva, non diceva niente. Tremava, come a mezzogiorno, dopo aver abbattuto il cane.

– Sbrigati, – disse Mathias.

Marc corse alla bici, la rimise dritta con una pedata e si precipitò verso il paese.

Irruppe nella camera di Kehlweiler senza bussare. Louis non dormiva e alzò il viso raccogliendo rapidamente i fogli sparpagliati sul tavolo, vecchi fogli tirati fuori dal fascicolo giallo, pieni di annotazioni e di schizzi. Marc, ansimante, trovò che avesse piú o meno la stessa faccia di poco prima, cioè, secondo lui, la faccia di un goto del basso Danubio pronto a battersi con gli unni. Per un istante, si vide passare davanti agli occhi un mosaico di Costantinopoli che raffigurava una bella testa di barbaro con i capelli scuri scompigliati sulla fronte bianca.

– Da dove sbuchi? – domandò Louis alzandosi. – Hai fatto a pugni?

Marc si diede un'occhiata. I suoi vestiti erano sporchi e bagnati per via dell'arrampicata e sulla mano aveva ancora del sangue.

– Muoviti, chiama aiuto. Il giovane Gaël è steso ai piedi della falesia, sanguina dappertutto. Subito dopo la croce di legno, Mathias è laggiú.

Cinque minuti dopo Marc rifaceva la stessa strada trascinando Louis a passi rapidi.
– È stato Mathias a sentire qualcosa, – disse.
– Cammina piú adagio, parla piú adagio. E tu, non hai sentito niente?
– Io non sono un cacciatore-raccoglitore, – rispose Marc alzando la voce. – Sono un tipo normale, civilizzato, istruito. I miei occhi non vedono nel buio, le mie orecchie non percepiscono i battiti di ciglia, le mie narici non annusano i micromiasmi del sudore. Invece Mathias sente ancora gli uri che sfilavano davanti alla grotta di Lascaux, per cui immagina tu il risultato. Nel Sahara, ti annuncia il Parigi-Strasburgo, figurati com'è comodo.
– Ma calmati, per la miseria. Quindi Mathias sente, e poi?
– Poi? Corre, troviamo Gaël, credo che sia Gaël, buttato giú duecento metri piú in là, e mentre io veglio il povero ragazzo, Mathias riparte in tromba per tornare con la preda.
Louis si fermò sul sentiero.
– È vero, – disse Marc, – non ho avuto il tempo di dirti tutto. Mathias è tornato con Lina Sevran che si nascondeva lí vicino.
– Dio santo! E che cosa ne avete fatto?
– La trattiene Mathias, non preoccuparti.
– Può sfuggirgli?
Marc alzò le spalle.
– Alla topaia, è Mathias a trasportare le cataste di legna, ma senza far male alla legna perché Mathias ama la legna. Io porto i sacchetti della spazzatura. Guarda, ci sono delle luci lampeggianti là in fondo, i soccorsi sono sul posto.
Louis sentí Marc tirare un profondo respiro.
Mathias era sempre in piedi sulla falesia, tenendo Lina Sevran con una sola mano. Giú, degli uomini si davano da fare intorno al corpo di Gaël.
– Allora, come va? – domandò Marc.
– Non so, – rispose Mathias. – Hanno calato barella e attrezzature.

– E Guerrec? – disse Marc. – Bisogna informare Guerrec.
– Lo so, – disse Louis guardando Lina. – Ma non sta dietro l'angolo. Abbiamo il tempo di dirci due parole, prima. Portala da quella parte, Mathias.

Mathias spinse adagio Lina lontano dall'orlo della falesia.
– Guerrec sta per arrivare, – le disse Louis.
– Io non l'ho spinto, – mormorò Lina.
– Perché, spinto? Avrebbe potuto cadere da solo.

Lina chinò la testa e Louis gliela risollevò.
– È caduto da solo, – disse Lina.
– Ma no. Lei sa che è stato spinto e lo ha quasi detto. Gaël è di qui, conosce ogni pietra della falesia. Perché si nascondeva qui vicino?
– Facevo una passeggiata. Ho sentito un grido, ho avuto paura.
– Mathias non ha sentito gridare.
– Era lontano.
– Non c'è stato nessun grido, – disse Mathias.
– Sí. Gaël ha gridato. Ho avuto paura, mi sono messa al riparo.
– Se avesse paura, non andrebbe a spasso da sola di notte. E quando senti gridare uno che cade, vai a vedere, vai ad aiutare, no? Comunque, non ti nascondi. A meno che non l'hai spinto tu.
– Io non l'ho spinto, – ripeté Lina.
– Allora ha visto qualcuno che lo spingeva.
– No.
– Lina, – riprese Louis ancora piú dolcemente, – Guerrec sta per arrivare. È un poliziotto. Uno cade giú da una falesia tredici giorni dopo la morte di Marie. La ritrovano sul posto, nascosta fra gli alberi. Se non le viene in mente qualcosa di meglio da dire, Guerrec farà il suo lavoro di poliziotto.

Marc guardava il gruppo. Lina tremava ancora, e Louis non aveva piú la faccia da goto merovingio.

– E lei, – riprese Lina, – lei fa il suo lavoro da cosa? So chi è lei, me l'ha detto la moglie del sindaco. Non vedo la differenza con Guerrec.

– Io invece la vedo. È meglio parlare con me.
– No.

Louis fece un cenno a Mathias e prese Lina in disparte. Lei tremava pur avendo l'aria di non averci niente a che fare, e le due cose non combaciavano.

Un'ora dopo il posto era deserto. Erano passati i gendarmi di Fouesnant, era passato Guerrec. Se n'era andato con Lina Sevran, a casa sua. Gaël era stato portato, privo di conoscenza, all'ospedale di Quimper.

– Voglio una birra, – disse Louis.

I tre uomini si erano riuniti nella camera di Kehlweiler. Marc si rifiutò di andare a prendere le birre perché Louis le aveva messe in bagno con Bufo. Louis portò tre bottiglie. Marc guardava nel collo.

– Lina Sevran – disse sottovoce, con l'occhio incollato alla bottiglia – va a letto con Gaël. Sono la coppietta della casamatta. Marie li sorprende, lei la ammazza. Perché?

– Paura del divorzio, – disse Mathias.

– Sí, le servono i soldi dell'ingegnere. Poi, uccide l'amante fragile perché chiuda il becco.

– Esci da quella bottiglia, – disse Louis. – Se va a letto con Gaël, perché non aspettare che l'ingegnere sia a Parigi? Perché trovarsi in una casamatta gelata alle cinque quando si può avere un comodo letto alle otto?

– Possono esserci delle ragioni. Lei era lí quando Gaël è caduto. E lei ha fatto fuori il cane.

– Ci sto pensando, – disse Louis.

– Cosa ti ha detto?

– Non le ho piú parlato della falesia, né del cane. Le ho parlato del suo primo marito. È morto cadendo dal balcone, ricordi?

– Un incidente, no?

– Una caduta, come quella di Gaël. Se è un omicidio, è semplice e perfetto.

– Lei cosa ne dice?

Louis alzò le spalle.

– Dice che lei non lo ha spinto, come per Gaël. E trema piú forte che mai. Mi sembra che quella storia le faccia orrore. L'ho torchiata su Diego Lacasta che, in quel caso, era passato nel giro di una settimana da una vibrante difesa stile torero a un mutismo da uomo ferito. Lei conferma, aggiunge persino che Diego sembra aver sempre sospettato di lei. Prima dell'incidente, era loquace e fiducioso, e durante le indagini si è dato un sacco da fare. Poi, brusco cambiamento, sguardi sfuggenti, silenzio e diffidenza. Lei dice che senza l'assoluta fiducia di Marie, di Sevran e dei bambini, non se la sarebbe cavata.

– Sa dove sia Diego?

– No, ma certamente è contenta di essersene sbarazzata. Incombeva su di lei come un vecchio fantasma taciturno.

Marc soffiò nella bottiglia.

– E il vecchio fantasma è scomparso anche lui.

– Sí, – disse Louis.

Louis andò avanti e indietro per la piccola stanza e si fermò davanti alla finestra. Erano passate le due del mattino. Mathias si stava addormentando su uno dei due letti.

– Bisognerebbe sapere chi è la coppietta, – disse finalmente Louis.

– Pensi che ci sia davvero una coppietta?

– Sí. Una volta che l'avremo in mano, vedremo se c'è qualcosa di concreto o se si tratta solo di fumo negli occhi. E se l'autore del biglietto in versi è un semplice delatore o un assassino che ci sventola davanti uno straccio rosso. Ci deve essere qualcuno, qui, in grado di fornirci il nome dell'amante di Gaël.

– Darnas?

– No. Darnas indovina, non sa. Ci vuole qualcuno che tenga d'occhio tutti gli intrighi per il proprio tornaconto.

– Il sindaco?

– Chevalier non è un granché, ma non è un topo di fogna. Se fosse capace di informarsi, non si sarebbe ridotto a far frugare nella spazzatura dei suoi avversari. No. Penso a quella feccia di Blanchet.

– Non avrà certo voglia di ragguagliare te.
– E perché no?
Louis si voltò. Rimase immobile per qualche secondo, poi afferrò la giacca, se la infilò lentamente.
– Mi accompagni?
– Dove vai? – disse Marc fiaccamente.
– Da Blanchet, dove vuoi che vada?
Marc staccò bruscamente l'occhio dalla bottiglia. Aveva un segno rosso sulla palpebra.
– A quest'ora? Dai i numeri?
– Non siamo qui per vegliare sul sonno di quel tizio. Due omicidi bastano e avanzano. Sta diventando uno sterminio, in questo paese.
Louis andò in bagno, rinunciò a prendere Bufo, raccolse i fogli dal tavolo e se li cacciò nella tasca interna.
– Muoviti, – disse. – Non hai scelta, perché se mi faccio stendere da Blanchet mentre tu pisoli in albergo, ti torturerai il cervello con rimorsi spettrali per i secoli dei secoli, e questo ti impedirà di star dietro al tuo Medioevo.
– Blanchet! Sospetti di lui? Lo affronti cosí, di petto, perché credi che sia un pisciasotto?
– E a te pare normale, pisciarsi sotto? E perché parli della sua piscia? Ne sai qualcosa della sua piscia?
– Quanto rompi! – gridò Marc alzandosi in piedi.
Louis si piantò davanti a lui e lo esaminò con calma. Gli sistemò il colletto della giacca, gli raddrizzò le spalle, gli sollevò il mento.
– Cosí va meglio, – mormorò. – Fai la faccia truce, forza. Su, fai la faccia truce, non staremo qui a passarci la notte!
Marc era pentito. Avrebbe dovuto rimanere al calduccio nel XIII secolo, nella topaia, nella sua stanza, a Parigi. Il goto merovingio era fuori di testa. Comunque, tentò di fare la faccia truce. Se fosse stato un uomo, non ci sarebbe voluto niente, e guarda caso era un uomo, che fortuna.
Kehlweiler scosse la testa.
– Pensa a qualcosa di brutto, – insistette. – Non ti parlo di mangiare o di rospi, qualcosa su vasta scala.

– Il massacro degli albigesi per mano di Simone di Monfort?
– Se vuoi, – sospirò Louis. – Ecco, non è male, sei quasi credibile. Durante tutta la nostra visita, pensa a questo Simone. Porta anche lui, – aggiunse additando Mathias addormentato, – non sarà di troppo.

Capitolo ventiseiesimo

Louis bussò piú volte alla porta di Blanchet. Marc era teso, qualche piccolo muscolo gli si muoveva da solo nella schiena. Tutti i particolari del massacro degli albigesi gli sfilavano nella memoria, stringeva la bottiglia di birra, con un dito infilato nel collo. Mathias non aveva fatto domande, stava nell'ombra, gigantesco, con i suoi sandali, immobile e rilassato. Si sentí un rumore dietro alla porta, che si socchiuse, bloccata dalla catena.

– Ci faccia entrare, Blanchet, – disse Louis. – Gaël è stato buttato giú dalla falesia, ne parliamo un po'.

– Cosa me ne frega? – ribatté Blanchet.

– Se vuole il suo posto di sindaco, le conviene interessarsene.

Blanchet sbloccò la porta, ostile, diffidente, incuriosito.

– Se è morto, non vedo che urgenza ci sia.

– Appunto, non è morto. Potrà parlare, se riesce a cavarsela. Vede il problema?

– No. Io non c'entro niente.

– Andiamo da un'altra parte. Non resteremo in piedi in questo ingresso tutta la notte. È brutto, questo ingresso.

Blanchet scrollò la testa. La scena del bonaccione, come poco prima, iracondo ma buon diavolo, in fondo. Marc pensò che la corporatura di Mathias e lo sguardo gotico di Louis avevano qualcosa a che vedere con la sua rassegnazione. Blanchet li spinse in un piccolo studio, indicò delle sedie e si sistemò dietro a un grande tavolo dai piedi dorati.

Louis gli sedette di fronte, a braccia conserte, le lunghe gambe distese.

– E allora? – disse Blanchet. – Hanno spinto giú Gaël? Se lei non fosse venuto qui a spargere merda, non saremmo a questo punto. Ce l'ha lei sulla coscienza, signor Kehlweiler. È venuto a cercare un capro espiatorio?

– Sembra che ci fosse una coppietta nella casamatta. Cerco il nome dell'amante di Gaël. Su, presto, Blanchet, il nome.

– Dovrei saperlo?

– Sí. Perché lei raccatta tutto quello che riesce a trovare, non si sa mai, potrebbe servire, per far cambiare idea agli elettori. Mi deluderebbe molto se non lo sapesse.

– Lei prende una cantonata, Kehlweiler. Voglio essere sindaco, non lo nego, e lo sarò. Ma in modo pulito. Non ho bisogno di questi mezzucci.

– Sí invece, Blanchet. Tu bisbigli, insinui a destra, diffami a sinistra, screditi, fai supposizioni, metti gli uni contro gli altri. Dosi, calcoli, mescoli, alchimizzi, e quando la mistura è pronta, ti fai eleggere. Da Port-Nicolas miri a qualcosa di piú grosso. Mi sembri troppo vecchio per il mestiere, dovresti smettere. Allora, il nome della donna di Gaël? Sbrigati, ci sono già due morti, vorrei salvare il terzo, se non ti spiace.

– Soprattutto se sei tu, vero?

– Potrei essere io.

– E perché dovrei aiutarvi?

– Perché altrimenti faccio come te, domani insinuo anch'io. Anch'io so raccontare delle belle storie. Un futuro sindaco che non aiuta la giustizia farà un effetto schifoso.

– Non ti piaccio molto, vero Kehlweiler?

– Non molto, no.

– Allora perché non mi appioppi questi omicidi?

– Perché non sei stato tu, spiacente.

Blanchet sorrise. Quasi rise.

– Sei davvero un tipo contorto, Kehlweiler. L'amante di Gaël, è questo che vuoi sapere?

Blanchet si mise a ridere sottovoce.

– Se c'è solo gente come te per mandare avanti la giustizia, non vedremo dei gran polveroni.

Marc si irrigidiva, Louis perdeva terreno. E poi quella lotta da uomo a uomo gli sembrava squallida e gli rompeva le palle. Un vero balletto. Nel giro di un minuto erano passati dal lei gelido al tu aggressivo. Non capiva perché diavolo fosse necessaria tutta quella cagnara nel cuore della notte per una semplice piccola informazione. Gettò un'occhiata a Mathias, ma Mathias, che era rimasto in piedi contro la parete, non aveva l'aria di prenderla sul ridere. Aspettava, con le braccia lungo il corpo, sguardo attento sotto i capelli biondi, da cacciatore-raccoglitore pronto a saltare addosso all'orso che sconfina nella sua caverna. Marc si sentí solo e ripensò agli albigesi.

Blanchet si sporse sulla scrivania.

– Non hai nemmeno notato, superuomo, che Gaël è una checca fatta e finita? Mi fai ridere… Cerchi un assassino e non sai distinguere una gallina da un gallo!

– Bene. Allora, il nome dell'uomo?

– Perché, quello lo chiami un uomo? – ghignò Blanchet.

– Sí.

– Fantastico, Kehlweiler, fantastico! Uomo comprensivo, rispettoso, prodigo dei propri sentimenti e parco dei propri giudizi! Sei soddisfatto di te? Sei lusingato? È con questo armamentario, con il tuo grande cuore e la tua gamba da vittima che ti pavoneggi nei ministeri?

– Sbrigati, Blanchet, mi sto stancando. Il nome dell'uomo?

– Persino per questo hai bisogno di me?

– Sí.

– Cosí è meglio. Te la do, la tua informazione, Kehlweiler. Potrai rifilarla a Guerrec e non vi porterà da nessuna parte. È Jean, quel pivello con la faccia gessosa che accudisce la chiesa con rito pagano, il devoto servitore del parroco, non l'avevi notato?

– Perciò, Jean e Gaël, è cosí? Alla casamatta? Di giovedí?

– E di lunedí, se ti interessa. Il resto del tempo, devozioni e sensi di colpa, buoni propositi la domenica, e assoluzione il lunedí senza confessarsi. Ti senti sollevato? Allora va a compiere le tue gesta e chiudi il becco. Io sono stufo di averti davanti agli occhi e vado a dormire.

Era contento, Blanchet, alla fine. Si era proprio divertito, aveva preso per il culo Kehlweiler. Si alzò e girò intorno alla scrivania con passo soddisfatto.

– Momento, – disse Kehlweiler senza muoversi. – Non ho finito.

– Io sí. Se ti ho dato il nome di Jean, è perché Gaël è stato buttato giú e non perché tu mi impressioni. Non so niente di quegli omicidi e se resti qui, chiamo la polizia.

– Momento, – ripeté Louis. – Non chiamerai la polizia per una piccola informazione supplementare. Voglio semplicemente sapere di dove sei. Non è una cosa straordinaria. Do ut des, io sono del Cher. E tu, Blanchet, del Pas-de-Calais?

– Del Pas-de-Calais, sí! – gridò Blanchet. – Hai intenzione di rompermi ancora per molto?

– Non saresti per caso di Vierzon? Mi sembri di quelle parti. Insomma, di Vierzon.

Ci siamo, pensò Marc. Dove, non avrebbe saputo dirlo, ma ci stavano arrivando. Blanchet si era bloccato nel suo giro intorno al tavolo.

– Sí, Blanchet, sí, fa uno sforzo... Vierzon... Sai, nel Centre... Non fingerti piú idiota di quel che sei, lo so che è lontano, ma fai uno sforzo... Vierzon, sul Cher... No? Niente da fare? Non ti raccapezzi? Vuoi un aiuto?

Kehlweiler era bianco come un lenzuolo, ma sorrideva. Blanchet si risedette rapidamente in poltrona, dietro alla scrivania.

– Niente scherzi, Blanchet. Ho qui due tizi che non mi sono portato per bellezza, sbaglieresti a sottovalutarli. Quello a destra ha un cervello pronto e mani da bruto, non ha bisogno di attrezzi per sfondarti la testa. Quello a sinistra ha la lama facile, è figlio di indiani. Chiaro?

Louis si alzò, girò a sua volta intorno alla scrivania, aprí il cassetto contro la pancia di Blanchet, frugò rapidamente sotto le carte, tirò fuori una pistola, vuotò il caricatore. Alzò la testa e guardò Marc e Mathias che adesso erano tutti e due in piedi contro il muro, uno a sinistra e l'altro a destra, bloccando la porta. Marc aveva quasi la faccia truce.

Sorrise, scrollò la testa e tornò a Blanchet.
– Sei di Vierzon o devo pisciarti addosso per farti parlare? Ah... questa storia di piscia ti smuove la memoria. Ti trema una palpebra, ti sta tornando in mente. Niente come i valori fondamentali.

Louis si era messo dietro a Blanchet, afferrando con due mani lo schienale della poltrona. Blanchet non si muoveva, aveva una palpebra che sbatteva da sola e la gola chiusa.

– Del resto, ti chiamavano «il Piscione». E non tirarmi fuori le tue carte di identità, non me ne frega un cazzo. Ti chiami René Gillot, segni particolari: nessuno, occhi castani, naso rotondo, faccia da scemo, ma l'occhio del disegnatore nota i denti davanti distanziati, un tondo sulla guancia destra dove non cresce la barba, dei lobi delle orecchie triangolari, cosette, ognuno ha le sue, basta ricordarsene. René detto il Piscione, tirapiedi del capo della milizia di Champon, presso Vierzon. È lí, in un angolo di foresta, che avevi la tua officina, cinquantatre anni fa. Hai diciassette anni, le palle mosce e cominci presto. È lí che con la tua bicicliettina vai alla Kommandantur a vomitare regolarmente le tue denunce. È lí che nel 1942 un soldato tedesco che sta di guardia alla porta, un piantone, un crucco anonimo in grigioverde, ti vede andare e venire. Bisogna diffidare dei piantoni, René, si rompono tutto il santo giorno e perciò guardano, ascoltano. Soprattutto un piantone che aspetta la prima buona occasione per filare, mica facile, credimi, quando uno ha l'elmetto in testa. Lo so, ti scoccio con le mie storie, è roba vecchia, piú vecchia di me, non l'ho nemmeno vista di persona, non è piú di moda. Ma è per farti piacere. Perché so bene che hai delle vecchie storie che ti rodono, ti chiedi ancora per quale miracolo alcuni dei tuoi denunciati hanno tagliato la corda appena in tempo. Hai sospettato due tuoi compagni e, ti metto subito un peso sulla coscienza, li hai fatti fuori per niente.

Louis gli prese la testa e la girò verso di sé.
– E il soldato tedesco, René? Non ci hai mai pensato? Il giorno della consegna del pollame, tutte le settimane, al mercato, non era forse quello giusto per riferire fra gli starnazzi le

informazioni raccattate alla Kommandantur? Non sapeva il francese, ma aveva imparato a dire: «È per domani all'alba, bisogna andarsene prima». Afferri, adesso? Ah... rivedi la sua faccia, ora, la faccia del soldato, gli sei passato davanti per mesi... L'immagine è un po' sfocata? Be', guardami, René, te la metterà a fuoco, a quanto pare gli somiglio molto. Ecco, ci sei, e sforzandoti, ti ricorderai del suo nome, Ulrich Kehlweiler. Sarà contento di sapere che ti ho trovato, te lo assicuro.

Louis mollò bruscamente la poltrona e il mento di Blanchet, che stava stritolando fra le dita. Marc non gli staccava gli occhi di dosso, sentiva contrarsi le viscere, cosa bisognava fare se Louis strangolava il vecchio? Ma Louis tornò dall'altra parte della scrivania e si sedette sopra di traverso.

– Ricordi il casino quando il soldato Ulrich è scomparso? Hanno passato al setaccio tutte le case. Sai dov'era? Ti farà ridere. Nel cassone del letto della figlia del maestro di scuola. Ingegnoso, non trovi? E poi, crea dei legami. Di giorno nel cassone, con la paura, di notte nel letto con l'amore. Per questo sono qui. E poi Ulrich e la ragazza si rifugiano nella Resistenza. Ma non vorrei annoiarti con le mie storie di famiglia, arrivo a quello che mi interessa davvero, la notte del 23 marzo 1944, nella tua baracca della guardia forestale dove hai appena rinchiuso, con l'aiuto dei tuoi diciassette miliziani, dodici membri della Resistenza e sette ebrei che si nascondevano con loro. Poco importa quanti siano, tu te ne freghi, sei soddisfatto di te. Li leghi, gli pisci sopra, i tuoi compagni lo stesso, tu gli offri le donne. Mia madre, che è lí anche lei, l'avrai capito, passa sotto quel biondo grande e grosso che si chiamava Pierrot. Torturati tutti per ore, ti diverti un mondo, tanto che siete tutti ubriachi fradici e le due donne riescono a filarsela, eh, sí, povero scemo, se no non sarei qui a raccontartelo. Te ne accorgi un po' tardi e decidi di passare subito alle cose serie. Porti gli altri nel fienile, li leghi e dai fuoco.

Louis ha battuto il pugno sul tavolo. Marc lo trova livido, gotico e pericoloso. Ma Louis si riprende, Louis respira. Blanchet, invece, non respira quasi piú.

– Per la ragazza va a finire bene, scappa, ritrova il soldato Ulrich, e si amano per tutta la vita, sei contento per loro, spero? Quanto all'altra donna, è anziana, i tuoi miliziani la prendono e la abbattono nei boschi, cosí, semplicemente. Prove? È questo che ti stai dicendo? Speri che la storia si cancelli passandoci su la manica, tirando fuori una carta d'identità? Domanda a Vandoosler se la storia si cancella, povero bastardo. Avevo vent'anni quando mia madre me l'ha rifilata, la storia, con i disegni di accompagnamento. Graziosi ritratti a matita, è sempre stata portata per il disegno, non potevi immaginarlo. Ti avrei riconosciuto fra mille, mio povero René. Con i suoi schizzi e le sue descrizioni ho preso solo sette dei tuoi amichetti, nei miei giri, ma non uno che sapesse il nuovo nome del pisciatore capo. E poi, vedi, ti ritrovo qui, non ti innervosire, la casualità non esiste. È da venticinque anni che batto per tutto il Paese attaccato al culo di assassini in libertà, a questo ritmo non è piú casualità, è prospezione, ti avrei ritrovato, un giorno o l'altro. Passami nome, indirizzo e stato civile degli altri nove che mi mancano ancora, se non sono già morti. Ma sí, ce li hai da qualche parte, non deludermi, e soprattutto, non farmi arrabbiare. Cosí, sarà una faccenda chiusa, finalmente, e datti una mossa, non ho solo questo da fare nella vita. E allora? Hai paura? Credi che li sbudelli uno dopo l'altro, i tuoi ex miliziani? Non gli piscio nemmeno sopra. Ma se necessario, li disinnesco, li smino, li neutralizzo, come farò con te. Aspetto la lista. E poi, René, già che ci siamo, non sono passatista, non credere, ci occuperemo anche dell'attualità. Non sei rimasto inerte dall'epoca delle tue pisciate mortali di ragazzino. Oggi vuoi essere sindaco, e da qui miri a qualcos'altro. Non lo fai da solo, quindi voglio semplicemente la lista dei tuoi scagnozzi di oggi. La lista completa, hai sentito bene? I subadulti, gli adulti e i vecchi stronzi, di ogni età, sesso e funzione. Quando io smino, lo faccio meticolosamente, estirpo tutto. E aggiungi i fondi neri, mi serviranno. Esiti? Hai afferrato bene che il vecchio Ulrich Kehlweiler è ancora vivo e che ti riconoscerà in tribunale? Perciò, tu blocchi la macchina, mi passi le tue liste, le tue scartoffie, le tue reti di contatti, tutti i tuoi mucchietti di merda oppure ti faccio sbattere dentro per crimini contro l'umanità. Idem se uno solo dei bastardi della tua truppa attuale muove un dito. Idem se tocchi il mio vecchio, neanche a parlarne. Idem se cerchi di tagliare la corda, completamente inutile.

Louis tacque. Blanchet teneva la testa bassa, lo sguardo incollato alle ginocchia. Louis si rivolse a Marc e a Mathias.

– Qui non abbiamo piú niente da fare, andiamo, – disse. – Blanchet, non dimenticare cosa ti ho chiesto. Il tuo pensionamento, il tuo esercito di stronzi a cuccia, le tue liste, la tua cassa. Aggiungi il fascicolo che hai cucinato contro Chevalier. Vengo a prendere il pacco fra due giorni.

Una volta in strada, i tre camminarono in silenzio verso la piazza. Louis si passava continuamente la mano fra i capelli, che si erano incollati in ciocche scure al sudore della fronte. Nessuno ebbe l'idea di tornare in albergo, lo oltrepassarono, diretti verso il porto, dove sedettero sulle nasse di legno. Il rumore del vento da ovest, delle onde e dei cordami sostituiva la conversazione. Aspettavano che i capelli di Louis si asciugassero, senza dubbio. Suonarono le tre e mezzo alla chiesa, poi al municipio, un po' in ritardo. Quel doppio gong sembrò tirare fuori Louis dal sudore e da un'immensa stanchezza.

– Marc, c'è qualcosa che ti preoccupa, – disse improvvisamente. – Racconta.

– Non è la sera giusta. Ci sono dei momenti, nella vita, in cui è meglio evitare il ridicolo.

– Fa' come vuoi. Comunque, è da un'ora che hai il dito ficcato nel collo di questa bottiglia e non riesci piú a tirarlo fuori. È una sciocchezza, ma bisognerebbe intervenire.

Con una pietra, Mathias e Louis ruppero delicatamente la bottiglietta di birra che pendeva dalla mano di Marc. Louis gettò i frammenti in mare, perché qualcuno non si facesse male.

Capitolo ventisettesimo

Jean, cosí fiacco, cosí pallido che i gendarmi, mercoledí mattina, non si precipitarono certo per metterlo in stato di fermo, uscí dalla finestra e prese un vantaggio di duecento metri. Corse istintivamente verso il suo rifugio e si barricò in chiesa.

Cosí, alle nove, sei gendarmi circondavano l'edificio. I clienti mattutini del *Café de la Halle*, allertati, gironzolavano e commentavano, aspettando di assistere alle manovre per tirarlo fuori dalla chiesa. Quelle manovre erano oggetto di discussione fra Guerrec e il parroco, che rifiutava di lasciargli frantumare in mille pezzi una vetrata del xvi secolo, sfondare la porta in legno scolpito del xiv secolo, o manomettere in qualunque modo la casa di Dio, punto e basta. No, non aveva le chiavi, Jean era il depositario dell'unico mazzo di chiavi. Il parroco mentiva a muso duro. E che non contassero su di lui per collaborare a far paura a quell'uomo disperato che aveva scelto la protezione del Signore. Pioveva di nuovo, tutti erano bagnati. Guerrec rimaneva impassibile, torcendo il suo piccolo volto, esaminando mentalmente ogni angolo del vicolo cieco socioreligioso in cui era intrappolato. Si sentiva Jean singhiozzare istericamente nell'abside.

– Tenente, – disse un gendarme, – vado a prendere gli attrezzi, smontiamo la serratura e schiodiamo quella pecorella.

– No, – disse il parroco. – La serratura è del xvii secolo e l'uomo non si tocca.

– Dica, vuole che stiamo qui all'infinito, sotto l'acqua, per una checca assassina? La rimetteremo a posto, la sua serratura. Procediamo, tenente?

Guerrec guardò il gendarme, si apprestò a rifilargli un ceffone e si trattenne. Ne aveva abbastanza, Guerrec. Aveva passato la notte in fondo al letto del giovane Gaël, con i genitori, aspettando una parola, uno sguardo, che non arrivavano.

– Cerchi di entrare, – disse al parroco, – e gli parli. Mando via tutti i gendarmi, io resto nei paraggi.

Il parroco si allontanò sotto la pioggia e Guerrec andò a piazzarsi, da solo, sotto un albero.

Louis, che non aveva dormito piú di Guerrec, sorvegliava la scena dal *calvario*, seduto vicino alla fonte miracolosa, con una mano nell'acqua. Da quando aveva riconosciuto il Pisciatore al bar del *Café de la Halle* – lo sapeva che quel caffè sarebbe stato buono con lui –, i suoi pensieri si erano invischiati di sudiciume e di dolore. Aveva seguito il caso del cane in uno stato di sofferenza e confusione. Adesso la ferita era aperta, ma il marcio era stato eliminato, lavava la mano che aveva toccato quel bastardo, aveva chiamato suo padre, a Lörrach, aveva chiamato Marthe, a Parigi. Restava da sminare lo sterminatore locale; il ragazzo era sempre tra la vita e la morte a Quimper e, nonostante fosse piantonato da un poliziotto, Louis sapeva che se non si fossero sbrigati, una mano abile avrebbe potuto staccare i tubi, è già successo, lo si è già visto, piantonamento o non piantonamento, non piú di dieci anni fa a Quimper, avrebbe detto Guerrec. I suoi pensieri tornavano al marito buttato giú dal balcone, al mutismo di Diego, alla sua scomparsa, al volto elusivo di Lina Sevran, alle due fucilate al cane, all'attenzione protettiva dell'ingegnere.

Bagnato com'era, non sarebbe cambiato niente se avesse messo direttamente la gamba nella fontana.

Louis aveva deposto Bufo sul bordo.

– Mangia, Bufo, mangia, è tutto quello che ti chiedo.

Louis riannodava i propri pensieri, un filo dopo l'altro, tenendo d'occhio il rospo.

– Mentre mangi, ascoltami, può interessarti. Uno, Lina butta il marito dal balcone. Due, Diego Lacasta realizza che Lina ha ucciso e chiude il becco per non dare un dispiacere a

Marie, che ama. Mi segui? E come fa, Diego, a realizzarlo? Fra le indagini a Parigi e il ritorno in Bretagna, cosa vede, cosa realizza, dove, come? In fondo c'è un'unica cosa interessante fra Parigi e Quimper, il treno, il viaggio in treno. Quindi, tre, Diego vede una cosa in treno, non chiedermi cosa, e quattro, Diego continua a tenere il becco chiuso per sette anni, stessa causa, stesso effetto. Cinque, Lina Sevran si sbarazza di Diego.

Louis aveva messo la gamba a bagno nell'acqua corrente, era gelata. Uno potrebbe sperare, perlomeno, che le acque miracolose siano tiepide, be', non è cosí. Bufo, a saltelli goffi e prudenti, si era allontanato di un metro.

– Mi fai venire il nervoso, sei troppo scemo.

Sei, Marie deve traslocare dai Sevran. Svuota la sua casetta e l'ufficio intatto di Diego. Si imbatte in una carta, qualcosa, dove Diego ha raccontato la storia, è dura tenere tutto per sé. Sette, Lina Sevran, che teme quel trasloco e lo tiene d'occhio, massacra subito la vecchia Marie. A quel punto, il cane, la spiaggia, il dito, l'escremento, eccetera.

Louis tirò fuori la gamba dall'acqua gelida della fonte. Quattro minuti nel miracolo dovrebbero bastare.

Otto, arriva la polizia. Lina sventola uno straccio rosso per mettere tutti fuori strada, il biglietto anonimo, mossa banale, efficace. Denuncia la coppia della casamatta e butta giú il giovane Gaël, finiranno per beccare Jean, che non sarà capace di difendersi, di sicuro. Nove, il marito sospetta e la protegge. Dieci, lei è fuori di testa, pericolosa, staccherà i tubi al giovane Gaël.

Louis afferrò Bufo e si alzò faticosamente. Il freddo dell'acqua gli aveva come preso a martellate il ginocchio. Fece qualche passo trascinando la gamba, adagio, per rimettere in moto i muscoli. Altri dieci minuti nell'acqua miracolosa e uno resta secco.

Un solo ostacolo. Come ha fatto a battere quel biglietto sulla Virotyp? Guerrec ha condotto degli interrogatori incrociati su quel particolare, Lina non ha lasciato il bar prima che lui uscisse con i poliziotti, e con la pallina di carta in tasca. Quindi? Mica ha potuto liofilizzare la macchina?

Louis gettò un'occhiata in basso, verso la chiesa. A quanto pare, il parroco era riuscito a entrare. Ridiscese lentamente il pendio fin dove si erano raccolti gli spettatori e afferrò Sevran per la spalla. Sapere cosa fosse successo nella mente di Diego, sapere se fosse accaduta una cosa qualsiasi sul treno del ritorno, dodici anni fa, sul Parigi-Quimper.

Sevran aggrottò le sopracciglia, quella domanda non gli piaceva. Ed era passato troppo tempo, non si ricordava piú.

– Non capisco cosa c'entri. Non vede che è una storia di sesso? – disse indicando la chiesa. – Non lo sente piangere come un pazzo, quell'imbecille di Jean?

– Sento, ma ad ogni modo: era un viaggio speciale, – insistette Louis, – cerchi di ricordare. Il suo amico Marcel Thomas era appena morto, lei era rimasto a Parigi vari giorni per le indagini. Rifletta, è importante. Diego ha visto qualcuno in treno? Un amico? Un amante di Lina?

Sevran rifletté per parecchi minuti, a testa bassa.

– Sí, – disse, – abbiamo incontrato qualcuno. L'ho visto solo all'arrivo. Diego e io eravamo seduti lontano, nella carrozza. Ma era un tizio che andava e veniva spesso, niente di piú normale. Conosceva a malapena Lina, si incontravano quando lei e suo marito venivano in vacanza, tutto qui, può credermi.

– Era al corrente del dramma?

– Immagino di sí, era sul giornale.

– E se quel tizio fosse sembrato piú felice di quanto non richiedessero le circostanze? Se Diego lo avesse visto, dal suo posto? Dov'era seduto?

– Indietro. L'uomo stava non lontano da lui. Io verso il davanti, in uno scompartimento a quattro posti. L'ho visto solo scendendo, non so cosa possano essersi detti.

– È vero che Diego era cambiato?

– Dall'indomani, – ammise Sevran. – Ho pensato che fosse il contraccolpo. Siccome non gli è passata, ho pensato che qualcosa non andasse in Spagna. Aveva una famiglia grande e complicata. E comunque non ha senso tutto questo.

– Chi era l'uomo del treno?

L'ingegnere si asciugò il viso sotto la pioggia. Era contrariato, seccato.

– Non ha senso, – ripeté, – sono acrobazie, nient'altro. Mai Lina...

– L'uomo del treno?

– Darnas, – sputò Sevran.

Louis rimase impietrito sotto la pioggia mentre l'ingegnere se ne andava, scontento.

Laggiú, davanti al portale, il parroco accompagnava Jean a passi lenti e Guerrec si avvicinava. Jean si teneva il volto fra le mani e urlava che non lo toccassero.

Louis ripassò all'albergo per cambiarsi i vestiti bagnati. La grossa faccia di Darnas gli stava piantata davanti agli occhi. Darnas dodici anni fa, meno grasso, ricchissimo, e il marito di Lina, fedele ma anziano, però senza un soldo: si fa cambio. Poi qualcosa va storto. Darnas se lo prende Pauline, ed è Sevran a sposare Lina. E il ruolo di Pauline in tutto ciò? Louis strinse un po' Bufo nella tasca.

– Si mette male, vecchio mio, – gli disse, – ci penseremo in treno.

Raccolse un biglietto che Marc gli aveva lasciato sotto la porta. Marc aveva una vera e propria predilezione per i messaggi.

Figlio del Reno,

    ho portato il cacciatore-raccoglitore a vedere la Macchina per produrre il nulla. Non lasciare il rospo in bagno a fare lo scemo, eccetera. Marc.

Louis li raggiunse alla macchina. Sotto lo sguardo impassibile di Mathias, Marc correva dalla manovella alla leva e gli consegnava i messaggi. Marc lo vide e gli venne incontro. Mathias rimase vicino al basamento della macchina, con lo sguardo fisso a terra.

– Faccio un salto a Rennes, – disse Louis, – devo consultare dei libri. Torno stasera. Quando avrete finito con gli oraco-

li, tenete d'occhio tutto il giorno casa Sevran e casa Darnas, è possibile?
– Darnas? – domandò Marc.
– Non ho tempo di spiegarti. La faccenda si incasina. Comunque, Darnas e Pauline hanno lasciato il caffè dopo la palla 7 e sono ripassati prima che me ne andassi. Si incasina, ti dico. Pensa a Gaël, sorveglia tutti. Che cavolo fa Mathias? Spia una talpa?

Marc si girò e guardò Mathias che, accovacciato, esaminava l'erba, immobile.
– Oh... gli succede continuamente, non preoccuparti, per lui è normale. Te l'ho detto, è un fissato, gli archeologi sono cosí. Un filo d'erba per traverso, e via, la faccenda non gli torna, crede che sotto ci sia una selce.

Louis arrivò a Rennes alle tre. Doveva sbrigarsi, era preoccupato. Sperava che Marc fosse riuscito a lasciar perdere gli oracoli della macchina e che Mathias si fosse schiodato dai suoi sospetti archeologici. Voleva che sorvegliassero.

Capitolo ventottesimo

Louis passò il viaggio di ritorno a inumidire Bufo nel gabinetto del treno – la carrozza era secca, surriscaldata e poco adatta agli anfibi –, a cambiare posto e a osservare, alzando gli occhi, ciò che si rifletteva nel portabagagli di vetro che correva lungo il soffitto del vagone, e a riprendere dei pensieri a cui la visita alla biblioteca di Rennes aveva impresso un'altra direzione. Senza l'ombra di una prova non poteva andare in buca direttamente. Avrebbe dovuto farlo di sponda, una partita di biliardo a tre palle davvero delicata. Come aveva detto quel tizio al *Café de la Halle*? «Il biliardo francese è piú onesto, lo sai subito di essere scemo», qualcosa del genere. Ovvio. Tutto sta nel non sbagliare il tiro. Si addormentò profondamente un'ora prima di Quimper. Vide Marc solo all'ultimo minuto, tutto in nero nell'oscurità sulla piazza della stazione. Quel tizio aveva il dono di comparirti davanti in qualunque momento e rifilarti la sua agitazione, se non stavi all'erta.

– Che cavolo ci fai, qui? – domandò Louis. – Non stai di guardia?

– Mathias è appostato davanti alla casa dei Sevran e i Darnas cenano dal sindaco. Sono venuto a prenderti: gentile, no?

– Bene, dimmi cosa succede, ma ti prego, riassumi.

– Lina Sevran si accinge a tagliare la corda alla chetichella.

– Sei sicuro?

– Mi sono arrampicato sul tetto della casa di fronte e ho guardato. Una piccola valigia, uno zaino, prende solo lo stretto necessario. Quando Sevran è uscito, è corsa a prenotare un taxi per domani alle sei. Posso dilatare o continuo a riassumere?

– Cerca un taxi, – disse Louis. – Dobbiamo darci una mossa. Dov'è Guerrec?

– Ha fermato Jean e il parroco tiene il muso. Oggi pomeriggio Guerrec era da Gaël, nessuna novità. Mathias ha lavorato bene sul suo sito archeologico...

– Presto, cerca un taxi.

– Ti parlavo del sito di Mathias, cavolo.

– Ma per la miseria! – disse Louis agitandosi a sua volta. – Non riesci a selezionare le cose urgenti? Cosa vuoi che me ne freghi del sito archeologico di Mathias? Cosa vuoi che me ne freghi se siete tutti e due fuori di testa?

– La tua fortuna è che sono un bravo ragazzo che ti presta la sua gamba e la sua pazienza, ma ciò non toglie che il sito di Mathias è una tomba. E se vuoi che riassuma, che condensi, è la tomba di Diego, scavata poco in profondità, il corpo coperto da uno strato di ciottoli e il tutto sigillato da due dei piedi della colossale macchina per produrre il nulla. È cosí.

Louis trascinò Marc lontano dall'uscita della stazione.

– Spiegati, Marc. Avete scavato?

– Mathias non ha bisogno di scavare per sapere quello che c'è sotto. Gli basta un rettangolo di ortiche che non crescono come le altre. Il rettangolo tombale è ficcato sotto la macchina per produrre il nulla, ti dico. Nulla col cavolo. Mi stupiva che un tizio come Sevran si fosse sbattuto per niente, non è il tipo. Per l'ingegnere, tutto deve servire. Io li fiuto i tizi che hanno il gusto dell'inutile, i propri simili uno li individua sempre. Lui ha il senso esasperato dell'utile. Perciò, la sua macchina serve diabolicamente a qualcosa. A bloccare la tomba di Diego, due piedi di ferro sopra e nessuno la tocca piú. Mi sono informato dal sindaco nella pausa pranzo. È in quel punto che dovevano costruire l'ipermercato. T'immagini i danni scavando le fondamenta? Ma Sevran ha proposto una grande macchina, è stato lui a convincere il sindaco, è stato lui a decidere il punto esatto nel sottobosco. Per amore dell'arte, l'ipermercato è stato spostato centoventi metri indietro. E Sevran ha montato la sua macchina sulla tomba.

Soddisfatto, Marc attraversò a razzo la piazza per fermare un taxi. Louis lo guardò correre mordendosi il labbro. Per la miseria, quanto alla macchina non era stato perspicace. Marc aveva totalmente ragione. Sevran non era per niente un uomo dell'inutile. Un pistone deve pistonare, una leva sollevare, e una macchina servire.

Capitolo ventinovesimo

Fecero fermare il taxi a cinquanta metri dalla casa dei Sevran.
– Vado a prendere Mathias, – disse Marc.
– Dov'è?
– Lí, nascosto, la massa nera sotto la massa nera nella massa nera.
Socchiudendo gli occhi, Louis scorse il grande corpo accoccolato del cacciatore-raccoglitore che spiava la casa sotto una pioggerella sottile. Con quel tizio all'erta davanti all'ingresso, non si capisce come uno avrebbe potuto tagliare la corda.
Louis si avvicinò alla porta e suonò.
– È come temevo, non risponderanno, Mathias, sfonda una portafinestra.
Marc attraversò la portafinestra infranta e aiutò Louis a entrare. Sentirono Sevran precipitarsi giú dalle scale e lo bloccarono a metà strada. Aveva l'aria terrorizzata e teneva in mano una pistola.
– Calma, Sevran, siamo solo noi. Lina dov'è?
– No, per favore, lei non capisce, lei…
Louis scostò adagio l'ingegnere e salí nella camera di Lina, seguito da Marc e da Mathias.
Lina Sevran se ne stava seduta, rigida, a un tavolino rotondo. Aveva smesso di scrivere. La bocca troppo grande, gli occhi troppo spalancati, i capelli troppo lunghi, tutto era inquietante, per Marc, in quella sua postura immobile, stravolta, la mano stretta intorno alla penna. Louis si avvicinò, prese il foglio e lesse bisbigliando:

– «Mi accuso degli omicidi di Marie, di Diego e di mio marito. Mi accuso e scompaio. Scrivo questo nella speranza che i miei figli...»

Louis depose il foglio con un gesto stanco. L'ingegnere intrecciava e scioglieva le mani in una sorta di preghiera tormentata.

– Per favore, – disse Sevran, mezzo gridando, – la lasci andare! Cosa cambia, eh? I figli! La lasci andare, per favore... Le dica, per favore... Volevo che se ne andasse, ma lei non mi ascolta piú, dice che è finita, che non ha piú la forza e... l'ho trovata qui poco fa, a scrivere questo, con la pistola... Per favore, Kehlweiler, faccia qualcosa! Le dica di andarsene!

– E Jean? – domandò Louis.

– Non avranno prove! Diremo che è stato Diego, eh? Diremo che è ancora vivo, che è tornato a uccidere tutti, eh? E Lina se ne andrà!

Louis fece una smorfia. Dopo un cenno all'ingegnere, che si era accasciato su una sedia, scese insieme a Marc e Mathias nella stanza delle macchine, dove bisbigliarono per qualche istante nell'ombra.

– D'accordo? – disse Louis.

– È rischiare grosso, – mormorò Marc.

– Bisogna tentare, per lei, altrimenti è fregata. Forza, Mathias, vai.

Mathias uscí dalla portafinestra rotta e Louis risalí al primo piano.

– D'accordo, – disse all'ingegnere. – Ma prima passiamo dalla grande macchina. C'è una cosa da sistemare. Lina, – aggiunse abbassando la voce, – prenda la sua valigia.

Poiché Lina continuava a rimanere immobile, la sollevò adagio afferrandola per le braccia e la spinse verso la porta.

– Marc, prendi la valigia e lo zaino, anche il cappotto, piove.

– Dov'è l'altro, quello alto? – domandò Sevran con voce preoccupata. – Se l'è filata? È andato ad avvertire?

– È andato a coprire.

I tre uomini e Lina camminarono sotto la pioggia. Quando

scorsero in lontananza la sagoma gigantesca della macchina per produrre il nulla, Louis chiese a Marc di restare appostato nelle retrovie. Marc si fermò e li guardò proseguire in silenzio. Louis continuava a tenere Lina per la spalla. Lei si lasciava spingere, senza reagire, come una pazza impaurita.

– Ecco, – disse Louis fermandosi ai piedi della grande ferraglia. – Che ne facciamo, di questo, Sevran? – disse indicando il terreno. – È qui che sta Diego, no?

– Come l'ha saputo?

– C'è qui qualcuno che sa distinguere l'inutile autentico dall'inutile truccato, e un altro che sa leggere sotto la terra. Insieme, sono stati in grado di capire che questo monumento all'inutilità serviva a seppellire Diego sotto tutta la sua massa. È cosí, no?

– Sí, – bisbigliò Sevran nella notte. – Quando Lina ha capito che Diego aveva deciso di accusarla dell'omicidio di Thomas, l'ha portato fuori. Diego ha accettato di discutere, ma aveva preso il fucile. Il vecchio era debole, lei ha avuto facilmente il sopravvento e l'ha fatto fuori. Li avevo seguiti, ho visto Lina sparargli. Ero costernato, ho saputo tutto quella sera, l'assassinio di Thomas, poi quel delitto... E nel giro di pochi secondi mi sono deciso ad aiutare Lina, sempre. L'ho riportata a casa, ho preso una pala, sono ripartito di corsa, ho trascinato il corpo nel bosco, l'ho sepolto, ci ho messo delle pietre sopra, ero in un bagno di sudore, avevo paura, ho riempito per bene la fossa, ho pigiato la terra, ho sparpagliato degli aghi di pino... Poi sono andato a depositare il fucile al porto e ho slegato una barca. Non era granché ma bisognava improvvisare in fretta. Poi tutto si è calmato, anche Lina.

Sevran le accarezzava i capelli e Lina, sempre trattenuta dal braccio di Louis, non voltava la testa.

– Poi ho saputo che avrebbero disboscato l'area e costruito proprio qui. Avrebbero scavato, trovato. Ci voleva una grande idea per evitare quella catastrofe. Allora ho ideato il progetto della macchina. Doveva essere una cosa abbastanza pesante perché non la spostassero per cent'anni, una cosa che si reggesse su delle fondazioni dirette...

– Lasci perdere la tecnica, ingegnere.

– Sí... sí... una cosa, soprattutto, che potesse sedurre il sindaco tanto da fargli spostare il progetto immobiliare. Ho sputato sangue per questa macchina del cavolo, e nessuno potrà dire che non è unica al mondo, no, nessuno...

– Nessuno, – lo rassicurò Louis. – Ha assolto alla sua funzione, fino a questo momento. Ma sarebbe meglio disseppellire Diego e portarlo altrove, sarebbe piú...

Un urlo lacerò la notte, poi un altro piú debole, strozzato. Louis alzò bruscamente la testa, si guardò intorno.

– Marc, santiddio! – gridò. – Resti qui, Sevran.

Trascinando la gamba, Louis corse verso il bosco e si addentrò. Trovò Marc dove lo aveva lasciato, con lo zaino e la valigia.

– Alla faccia della fonte miracolosa, – gli disse Louis sfregandosi la gamba. – Vieni, torniamo indietro, deve aver fatto presto.

Cento metri piú avanti udirono un tonfo sordo.

– Questo – disse Marc – è il cacciatore-raccoglitore che si butta a corpo morto sulla preda. Non correre, non si lascerebbe sfuggire un bisonte.

Ai piedi della macchina, Mathias tratteneva a terra l'ingegnere, con entrambe le braccia ripiegate sulla schiena.

– Secondo me, – disse Marc, – non dovremmo lasciare Sevran troppo a lungo lí sotto, tirerà le cuoia.

Louis afferrò di nuovo Lina per le spalle. Lo faceva istintivamente, aveva sempre l'impressione che stesse per cadere.

– L'abbiamo preso, – le disse. – Non avrebbe fatto in tempo, Mathias lo sorvegliava. Allora, Mathias?

– Come previsto, – disse Mathias, che si era sistemato comodamente sulla schiena di Sevran come fosse un tappeto arrotolato. – Appena ti sei allontanato, ha stretto la pistola nella mano di sua moglie e gliel'ha incollata alla testa. Aveva poco tempo per suicidarla, ho dovuto sbrigarmi.

Louis staccò le cinghie dello zaino.

– Bene, puoi mollare l'animale. Rimetti in piedi questo tizio e legalo al pilastro della macchina. E, per favore, vai a chiamarci Guerrec.

Louis squadrò l'ingegnere nell'oscurità. Marc non si prese nemmeno la briga di guardare Louis, era sicuro che gli era venuta la faccia da goto del basso Danubio, quella del mosaico.

– Allora, Sevran? – disse Louis sottovoce. – Vuoi che domandiamo le risposte alla tua macchina di morte? Perché hai assassinato Thomas? Per avere Lina e, con lei, la collezione di macchine del fisico? Forza, Marc, dài un colpo di manovella.

Senza sapere perché, Marc eseguí e tutta la massa d'acciaio si mise di nuovo a vibrare. All'altro capo, corse a recuperare il bigliettino. L'aveva fatto cosí tante volte che sapeva esattamente dove mettere il dito nell'oscurità per recuperare il messaggio ricordo.

– Come hai fatto, ce lo dirai tu. Un pretesto che ha indotto il tuo amico a sporgersi dalla ringhiera, per vederti in cortile, da dove lo chiamavi. Come l'ha capito, Diego? Forza, Marc, gira. L'ha capito sul treno, guardandoti nello specchio del portabagagli. Si vede tutto là dentro, tutta la faccia e persino le mani di chi sta nello scompartimento a quattro posti, se si è seduti verso il fondo. È un particolare che uno dimentica. Ti credi tranquillo in treno, solo, mentre tutta la carrozza può vederti nel vetro del portabagagli. Lo so, passo il tempo a guardare gli altri per aria. E tu, che aria avevi sul treno del ritorno? Gira, Marc, fai sputare la verità a questa tomba di ferraglia. Dell'amico distrutto che avevano visto durante le indagini? Niente affatto. Sorridevi, te la godevi, e Diego lo ha visto. E perché ha taciuto, il torero? Perché ha creduto che Lina avesse ucciso suo marito e tu fossi complice. Accusare Lina, che Marie aveva allevato dall'infanzia, avrebbe significato annientare Marie. Diego amava Marie, ha voluto che non sapesse mai nulla. Ma con voi due, e ancor peggio dopo il vostro matrimonio, era cambiato. E una sera Diego ha saputo che Lina non c'entrava niente, che non sapeva niente. Come? Gira, Marc, che cavolo! Non lo so, ci dirai tu cosa ha scoperto. Una conversazione di Lina, una lettera forse, un segno che gli ha fatto capire. Perciò Diego sa che tu sei l'unico assassino, e non ha piú nessuna ragione di tacere. Viene da te. Tu ti allontani con lui, vuoi discutere, siete amici da cosí tanto tempo, Diego, prudente, si porta comunque il fucile. Ma non può tenerti testa, Diego, lo spagnolo sentimentale, tenere testa a te, macchina d'acciaio con tutte le tue leve, i tuoi pistoni, i tuoi ingranaggi, di cui nulla può bloccare il funzionamento, oliati con l'orgoglio, ingrassati con l'ambizione, tutti all'opera per assicurare il tuo potere. Lo fai fuori, lo seppellisci qui. E perché uccidi Marie, la vecchia Marie che aspettava il suo spagnolo raccogliendo patelle? Perché Marie trasloca, Lina vuole prenderla in casa. Ti preoccupa, quel maledetto trasloco. E se Diego avesse lasciato delle tracce? Da tempo hai già perquisito tutto, in casa loro, ma non si sa mai, un piccolo nascondiglio, un segreto fra coniugi? Prendi l'auto per andare a Parigi come tutti i giovedí sera, la nascondi, ti fermi da Marie, guardi. Lei non è a raccogliere patelle, la povera vecchia, piange a calde lacrime nell'ufficio di Diego, che ha messo negli scatoloni, gira e rigira nella stanza ormai vuota, accarezza i mobili pieni di ricordi, poi trova. Cosa? Dove? Ce lo dirai tu, forse dei fogli arrotolati nel vecchio ombrello, rimasto accanto alla porta. Dico ombrello perché non lo si mette negli scatoloni e nella stanza ce n'era uno, ho domandato. Io la vedo cosí, un nascondiglio semplice, ce lo dirai tu. Legge, sa. Tu prendi Marie, la tramortisci, la porti via, la massacri nella casamatta, nel bosco, dove vuoi, e la porti giú alla spiaggia. Non ti ci sono voluti neanche dieci minuti. Ritrovare lo stivale e infilarglielo ti fa perdere altri dieci minuti. Scappi a Parigi, e lí è il dramma. Il dramma animale che la meccanica del tuo essere non ha previsto: il cane defeca sulla griglia dell'albero. Bello, no? Non ti pare? La natura primaria, intestinale, che interviene a bloccare la lucente perfezione delle tue turbine... D'ora innanzi lo saprai, non fidarti della natura e non prenderti un cane. Arriva la polizia. È l'inchiesta, è l'imprevisto, riaccendi il motore e pari il colpo, affidando la tua salvezza alla santa meccanica. Accusi Gaël e Jean, mi infili il biglietto in tasca. Bella pensata, ingegnere, mi hai rallentato, e poi avevo la mente offuscata da qualcos'altro. Mi sono informato sulla tua Virotyp 1914. È una strana macchina, la cui parte superiore è smontabile, adattabile a un piccolissimo carrello e quindi portatile, vero? Cosí portatile che può stare in una tasca e che con un po' di abilità, e tu ne hai, si può battere un biglietto tenendo la mano nel cappotto. Ma come? Come fare per vedere le lettere sul disco? Battere alla cieca? Proprio cosí, tu sei capace. Esiste una versione lettere e braille della Virotyp, progettata per i ciechi della Grande guerra. Ed è quella che hai tu, un pezzo piuttosto raro. Sono andato a leggermi tutto a Rennes, sul libro di Ernst Martin, il testo di riferimento dei collezionisti, quello che tieni sulla credenza, in cucina. Lo avevo notato, capisci, è un libro tedesco. La tua Virotyp è l'idea geniale. Agli occhi di tutti sei rimasto sempre al caffè. Non hai potuto battere il biglietto, sei insospettabile, perfettamente protetto dai segreti della tua meravigliosa macchina. L'ho certificato io stesso a Guerrec. In realtà, hai terminato il messaggio sul posto, in tasca, dopo aver giocato la 7. Dopo la partita ti eri rimesso il cappotto. Poi è facile, prendere il messaggio con un fazzoletto, appallottolarlo, infilarmelo nella giacca. Quando sei tornato a casa, hai rimontato il pezzo sul grande basamento della Virotyp. Mi permetterai di andare a rivedere la tua macchina, mi interessa, confesso che non la conoscevo. E tu ci contavi, chi può conoscerla? Chi può immaginare che una vetusta macchina per scrivere entri nella tasca di un cappotto? Ma siccome questo fatto non quadrava, sono andato a consultare i libri, certe volte sono un uomo di ricerca, ingegnere, non bisogna prendere tutti per scemi, questo è l'errore. Poi hai spinto giú Gaël, te ne freghi, tu, della vita di Gaël, è solo una leva nella tua immonda costruzione.

Louis interruppe la frase e stirò le braccia. Guardò Marc e Mathias.

– Mi fa venire i nervi, come direbbe Marthe. Bisogna chiudere questa storia. Lina ti ha seguito, quando sei uscito di notte per vederti con Gaël. E se Lina ti ha seguito, è perché ti sospetta. E se ti sospetta, il suo destino è segnato. Lasci montare i dubbi contro di lei. L'arresto di Jean non ti sembra del tutto sicuro. Guerrec ti è parso poco determinato, stamattina, alla chiesa, quando il bigotto singhiozzava per la perdita del suo amico Gaël. Perciò a pagarla sarà Lina, prima che crolli. Devi aver fatto di tutto perché non parlasse, suppongo che tu sia andato sul semplice, hai minacciato di toccare i figli. Lina tacerà per forza, Lina crepa di paura. Da quando sono arrivato e dopo la storia del cane, ha paura. Salve, Guerrec, finisco con questo tizio e te lo passo. Gaël?

– Si riprende, – rispose Guerrec.

Sembrava contento, Guerrec, si era affezionato al ragazzo.

– Ascolta la fine, – riprese Louis, – ti ridirò l'inizio fra poco. Lina ha paura per via del dito nella pancia del cane. Perché i giovedí sera il cane sa che vai via e ti segue dappertutto. Qualunque cane lo fa, persino il tuo pitbull, ma io sto da troppo tempo con il mio rospo per ricordarmene subito. Lina, invece, lo sa. L'idea si consolida. Se il cane ha mangiato il dito di Marie giovedí sera, è perché tu, Sevran, eri nei dintorni, il cane non ti avrebbe mollato le sere in cui tiri fuori l'auto. L'idea si consolida e la strozza, pensa al suo primo marito, a Diego, la storia esce dall'ombra, lei si fa prendere dal panico, si crede pazza, ti crede pazzo, non riesce piú a comportarsi normalmente. Ha cosí paura, è cosí muta che dà adito a tutti i sospetti. Ti spia, ti segue. Da quel momento, è condannata, e come tanti scemi, noi seguiamo la tua pista, un giorno di troppo. Tornando stasera, con il segreto della Virotyp, ti avevo in pugno, ma senza prove. Senza nessun'altra prova se non l'ignoranza crassa di Lina per le macchine, che non serviva a niente. O la mia prova tramite il cane. Lui mi aveva evacuato la sua verità, me ne offriva un'altra, post mortem: il cane detestava Lina, non l'avrebbe mai seguita alla spiaggia. Con prove cosí fragili, e con l'ostinato silenzio di Lina che proteggeva i suoi ragazzi, lei era fregata. Bisognava creare la prova. Stasera, quando ti ho visto estorcerle una confessione per poi suicidarla, mi hai suggerito il modo. Mi ero affrettato a rientrare da Quimper, te lo assicuro, quando ho saputo che oggi lei aveva progettato di fuggire. Lina in fuga era un rischio troppo grosso per te, stavi per farla sparire. Eppure, si può immaginare che tu l'abbia amata abbastanza da portarla via a Thomas, a meno che non volessi solo le sue macchine, può darsi benissimo. Ti ho trascinato qui, perché tu la suicidassi nell'unico momento di tregua che ti concedevo correndo da Marc, non potevi piú scegliere tu il luogo o il momento. Adesso sai che Mathias era appostato piú avanti. Non avrei corso quel rischio senza essermi assicurato che il cacciatore ti sarebbe piombato addosso. Sei un bastardo, Sevran, spero che tu l'abbia capito bene, perché non ho il coraggio di ricominciare.

Louis tornò da Lina e le prese il volto fra le mani per vedere se il terrore svaniva.

– Prendiamo i bagagli, – le disse, – andiamo.

Questa volta Lina disse qualcosa. Cioè fece sí con la testa.

Capitolo trentesimo

Louis rimase a letto fino alle dieci.
Per andare da Blanchet si portò Marc e Mathias.
Il ruolo dell'indiano che Louis gli aveva attribuito a casa del miliziano era per Marc una buona alternativa a quello di apache, a patto di non abusarne. Per una volta che si sentiva piú o meno a suo agio con se stesso, sarebbe stato inopportuno storcere il naso. Anche Mathias sorrideva, l'annientamento del miliziano gli era piaciuto, per quanto l'espressione «mani da bruto» che Louis aveva usato riferendosi a lui lo avesse un po' scandalizzato. Non c'era scavatore piú delicato di lui quando si trattava di portare alla luce le vestigia fugaci e i microbulini dei cacciatori magdaleniani. Quella mattina Mathias si era dimenticato di pettinarsi, e si passava le dita nella fitta matassa di capelli biondi. Per quanto, era dispostissimo ad ammetterlo, non avrebbe avuto niente in contrario ad abbattere sul cranio di Blanchet i suoi pugni da scavatore pieno di cautele.
Nessuno ebbe bisogno di fare assolutamente niente.
– Vengo a prendere quello che ho chiesto, – disse Louis.
Blanchet aveva preparato tutto, gli porse senza una parola due vecchie sacche legate con lo spago e una piccola scatola di cartone, e la porta si richiuse.
– Si va al caffè o si parte? – domandò Marc che portava la scatola.
– Dammi fino a stasera per le rifiniture, – disse Louis. – E poi devo vedere Pauline. La saluto e si parte.
– Bene, – sospirò Marc, – allora porto Ugo al *Café de la Halle*; mi troverai lí.

Louis partí alla ricerca di Guerrec. Marc depose i conti del feudo su un tavolo che gli sgomberò la vecchia Antoinette, e incominciò una partita di calcetto con Mathias. Louis aveva detto che ora potevano parlare, raccontare tutto quello che volevano a tutti quelli che fossero stati al caffè, e niente era piú efficace per rilassare Marc. Mathias non si opponeva mai alle chiacchiere elaborate di Marc, Mathias era un uomo perfetto. Intanto, mentre Marc discorreva, giocando, circondato dai pescatori, dagli impiegati del municipio, dalla vecchia Antoinette che sorvegliava gli andirivieni dei bianchini, il cacciatore vinceva tutte le partite, ma Marc non riponeva il proprio orgoglio nella pallina del calcetto.

Louis tornò al caffè verso l'una. Sevran, dopo una crisi di furore durante la notte, cosí allarmante che era stato necessario chiamare il medico, la mattina si era sottoposto agli interrogatori di Guerrec e gli aveva gettato le informazioni come si getta il cibo a un cane, con astio, tremore e disprezzo. A Guerrec non dava fastidio essere trattato continuamente da povero sfigato, finché piovevano le informazioni. Per far cadere dal balcone l'amico Thomas, Sevran aveva usato un sistema semplice. Quando Diego si era addormentato in albergo, era tornato nel cortile. Thomas lo attendeva sul terrazzo, si erano messi d'accordo. A Lina non era mai importato niente delle macchine per scrivere, tranne un unico modello, la Hurter, per l'infantile ragione che si diceva fosse introvabile. Nessuno aveva mai posseduto la Hurter. Invece Sevran era appena riuscito a impossessarsene, e contava di regalarla a Lina per il suo prossimo compleanno, immenso regalo, segreto fra i due uomini. Quindi aveva portato in cortile la pesante macchina, avvolta in una coperta e fissata a una lunga cinghia che aveva lanciato a Thomas. Legatela al polso, caso mai dovesse cadere. Thomas l'aveva legata, aveva issato la macchina, e quando era stata all'altezza di circa due metri, Sevran era saltato, l'aveva afferrata e aveva tirato. Thomas era precipitato e Sevran lo aveva finito sbattendogli la testa sul lastricato del cortile. Aveva tagliato la cinghia legata al polso ed era già per strada quando Lina era corsa sul balcone. La macchina aveva preso dei colpi, precisò, ma era una grossa Olympia da ufficio degli anni Trenta. La Hurter, povero sfigato, non l'aveva mai trovata. E se l'avesse trovata, non l'avrebbe detto.

Louis trascinò il sindaco nel retro della sala – era l'ora dell'aperitivo – e si mise con le spalle al camino. Il sindaco ascoltava il suo resoconto, lo stagno si agitava un po', c'era del movimento negli ondeggiamenti delle carpe che lo abitavano.

Chevalier balzellò da un piede all'altro, rivoltandosi le dita all'indietro.

– Fa' come credi meglio, Chevalier, – disse Louis che aveva finito per dare del tu a tutti. – Se vuoi farmi piacere, di tanto in tanto trova il tempo per pensare, a letto la mattina, o la sera con il tuo cognac, come vuoi, mi è indifferente, pensa al Piscione, per esempio, e cerca di trarre le tue conclusioni, farai piacere a me, ma riguarda anche te. Io, per farti piacere, ti do tutto il fascicolo che Blanchet aveva messo insieme sul tuo conto.

Chevalier lo guardò con aria preoccupata.

– Sí, l'ho letto, ovviamente, – disse Louis. – L'ho letto e te lo lascio. È ben congegnato, Blanchet sapeva come fare, te l'ho detto. I tuoi imbrogli sono banali, direi, non hanno grosse conseguenze, non mi interessano, ma ti avrebbero fatto perdere, è piú che probabile. Ti restituisco il tutto, puoi leggerlo, bruciarlo, e fare pulizia. Te lo restituisco intatto, non manca un foglio, hai la mia parola. Che c'è, Chevalier? Non credi alla mia parola?

Chevalier smise di ondeggiare e guardò Louis.

– Sí, – disse.

Louis depose nella mano tesa del sindaco un grosso fascicolo chiuso con un laccio. Il braccio si abbassò un poco.

– È pesante, eh? – disse Chevalier sorridendo.

Lo sfogliò, e le carpe si scontrarono sul fondo dello stagno. Erano scocciate, le carpe, e si vedeva. A fior d'acqua tornava un po' di leggibilità.

– Grazie, Kehlweiler. Forse penserò a lei, ma la sera. Non conti su di me per alzarmi presto la mattina.

– Mi sta bene, – disse Louis. – Non prima di mezzogiorno, se mai dovessimo parlarci.

Louis tornò al bar e chiese il telefono ad Antoinette. Antoinette gli diede un gettone, funzionava ancora cosí, e portò una birra senza che avesse ordinato niente. È da questi particolari che sai che un caffè ti è entrato nell'anima.

– Lanquetot? Sono il Tedesco. Omicidio, omicidio e omicidio, caso chiuso, tenteremo di mettere sotto tiro Paquelin. Il tempo di contattare due o tre conoscenti al ministero e passo a trovarti dopodomani con un panino. No, non prima delle undici.

Mentre riagganciava, Louis si era voltato. Jean, bianco come un lenzuolo, con il corpo piú indefinito che mai nei suoi abiti da finto parroco, gli occhi rossi, esitava sulla soglia del caffè. Louis ebbe paura, andò fino alla porta e lo afferrò per il braccio.

– Gaël? È Gaël? – disse scrollandolo.

Jean lo guardò senza parlare e Louis lo trascinò fino al bancone.

– Ma di' qualcosa, cavolo!

– Gaël sta bene, ha mangiato, – disse Jean con un sorriso incerto. – È la Madonna che mi ha parlato stamattina, mi è venuto da piangere, ha detto che mi scusa.

Louis tirò un grosso respiro. Non si era reso conto di quanto gli importasse che l'ultima vittima di Sevran sopravvivesse al massacro. Che il ragazzo vivesse, era tutto ciò che adesso chiedeva a Port-Nicolas.

– La Madonna... – riprese Jean.

– Sí, – disse Louis. – La Madonna è contenta, dice che hai il diritto di rivedere Gaël, meglio cosí, è proprio simpatica, una brava donna, in fondo. Bevi qualcosa.

– No, – disse Jean in tono preoccupato, – non ha detto cosí. Ha detto...

– No, Jean, no, avrai capito male, ti ha detto di fare co-

me ti ho spiegato io. Ti fidi di me, almeno, Jean? Sei uscito di galera, non sarà per andare ad anemizzarti per tutta la vita nell'abside, eh? Andrai anche fuori, eh? Ti fidi di me?
 Il sorriso di Jean divenne piú pronunciato.
 – Sei sicuro? – disse.
 – Sicurissimo, ci scommetto la gamba. Bevi qualcosa.
 Jean annuí. Fu in quel momento che Louis si rese conto, dal silenzio che era calato nel caffè, a parte i rumori del calcetto, che se non fosse andato a prendere Jean sulla soglia, forse il muro degli sguardi non gli avrebbe permesso di entrare.
 – Antoinette, – disse. – Jean vuole bere qualcosa.
 Antoinette versò un bianchino e lo mise in mano a Jean.
 Louis passò da Lina, i ragazzi erano arrivati stamattina, le cose si sarebbero sistemate. Si ritrovò sulla strada deserta che portava al centro di talassoterapia. Doveva salutare. Non aveva osato chiedere a Marc di portarlo fin là sulla bici, ma ciò non toglie che il bagno ghiacciato nella fonte, ieri, non aveva giovato per nulla alla sua gamba. Andava solo a salutare. Forse a chiedere se fosse per via di quella gamba che lei se n'era andata. Forse a chiedere qualcos'altro, e pazienza per Darnas. Pazienza per Darnas, se lei accettava. Se non accettava, certo, bisognava considerare le cose diversamente. Louis si fermò sulla strada bagnata. Oppure, forse, a lasciare solo un messaggio, una lettera penosa, «il mio rospo fa lo scemo in bagno, devo andare da lui», ce ne sono che lo fanno, e tagliare la corda. Perché se Pauline se n'era andata per via del ginocchio, o peggio se non lo amava piú, o se preferiva Darnas, tanto valeva non saperlo. Oppure sí. Oppure no. Oppure salutarla e basta. Louis gettò uno sguardo a quell'orrore del centro di talassoterapia che si scorgeva in lontananza, nel grande parco, tornò sui suoi passi e andò fino alla macchina. C'erano dei poliziotti, si accingevano a lavorare sulla tomba di Diego. Ne fece spostare uno che impediva l'accesso alla manovella, azionò il meccanismo, andò a recuperare il messaggio. *Perché esitare? Ricordo di Port-Nicolas*. Imbecille, disse Louis tra i denti.
 Tornò lentamente verso il caffè, sedette al bancone e chie-

se un foglio di carta ad Antoinette. Scrisse una mezza pagina, lo piegò e lo chiuse con un pezzo di scotch.

– Antoinette, – disse, – vorrei che lo consegnassi a Pauline Darnas, quando la vedi, ti va?

Antoinette infilò il biglietto nella cassa. Marc mollò il calcetto.

– Non vai a salutare e partiamo?

– Non voglio sentirmi dire ciao, benone e buon viaggio. Chiudo il dubbio in valigia e partiamo.

– Strano, – disse Marc, – è un po' il mio sistema. Vuoi che ti rispieghi il mio sistema?

– No. Attento, il tuo signore medioevale si sta sciogliendo.

Marc si voltò e corse verso il tavolo, dove un bicchiere rovesciato dilagava lentamente sui fogli.

– Lo fa apposta, – gridò Marc tamponando la carta ondulata con l'orlo della giacca. – La Storia si bagna, la Storia si stropiccia, la Storia si cancella, allora si fa prendere dal panico, si mette a gridare come una bambina, e tu ti precipiti in suo aiuto, senza nemmeno sapere perché! È sempre cosí che mi sono fatto fregare.

Mathias scrollò la testa. Louis guardò Marc soccorrere febbrilmente la Storia ondulata. Scollava e lisciava coscienziosamente le pagine di conti di Ugo di Puisaye. Antoinette e Jean lo aiutavano con un strofinaccio o soffiandoci sopra. Mathias stendeva sullo schienale delle sedie i fogli salvati. Louis lo avrebbe raccontato al vecchio, a Lörrach. Gli avrebbe fatto piacere. Poi il vecchio lo avrebbe raccontato al Reno, di sicuro.

– Voglio una birra, – disse.

Io sono il Tenebroso

Capitolo primo

L'assassino fa una seconda vittima a Parigi. A pagina 6.

Louis Kehlweiler gettò il giornale sul tavolo. Per oggi poteva bastare, non aveva nessuna intenzione di correre a pagina 6. Magari piú in là, quando le acque si fossero calmate, avrebbe ritagliato e archiviato l'articolo.

Passò in cucina e si aprí una birra. Era la penultima della riserva. Louis si annotò una grande «B» a penna sul dorso della mano: la calura del mese di luglio costringeva ad aumentarne notevolmente il consumo. Quella sera avrebbe letto le ultime notizie sul rimpasto ministeriale, lo sciopero dei ferrovieri e le proteste degli agricoltori. E avrebbe tranquillamente saltato pagina 6.

Camicia aperta e bottiglia in mano, Louis si rimise al lavoro. Stava traducendo una voluminosa biografia di Bismarck. Lo pagavano bene, e contava di vivere a spese del cancelliere dell'Impero ancora per parecchi mesi. Andò avanti di una pagina, poi, le mani a mezz'aria sopra la tastiera, s'interruppe. La sua mente aveva abbandonato Bismarck per concentrarsi su una bella scatola da scarpe, con tanto di coperchio, che avrebbe dato una svolta all'organizzazione dell'armadio.

Contrariato, Louis spinse indietro la sedia, fece qualche passo nella stanza, si passò la mano tra i capelli. La pioggia crepitava sul tetto, la traduzione procedeva bene; non c'era motivo di preoccuparsi. Pensieroso, accarezzò con un dito la schiena del rospo che dormiva sulla scrivania, sistemato nel portamatite. Si chinò sullo schermo e rilesse a mezza voce la frase che stava traducendo: «È poco probabile che Bismarck avesse concepito fin dall'inizio di quel mese di maggio...» Poi lo sguardo andò a posarsi sul giornale piegato sul tavolo.

L'assassino fa una seconda vittima a Parigi. A pagina 6. Niente da fare. Quella storia non lo riguardava. Tornò al suo schermo dove lo attendeva il cancelliere dell'Impero. La pagina 6 non era affar suo. Non era piú il suo lavoro, ecco tutto. Ora come ora il suo lavoro era tradurre roba tedesca in francese e dire quanto piú chiaramente possibile perché Bismarck non avesse potuto concepire una certa cosa agli inizi di quel mese di maggio. Un lavoretto tranquillo, fruttuoso e istruttivo.

Louis batté una ventina di righe. Era arrivato a «Poiché in effetti nulla prova ch'egli si fosse adombrato» quando s'interruppe di nuovo. La sua mente era tornata a ronzare intorno a quella benedetta scatola e cercava con ostinazione di risolvere la questione delle scarpe.

Louis si alzò, prese l'ultima birra dal frigo e bevve a canna, a piccoli sorsi, in piedi. No, non ci cascava. Che la sua mente si accanisse sul fronte delle astuzie domestiche era un segnale da non sottovalutare. Per la verità lo conosceva bene: era un segnale di disfatta. Progetti falliti, idee in ritirata, considerevole miseria mentale. Non era tanto quel suo pensare alle scarpe a preoccuparlo: può capitare a tutti di pensarci cosí, di sfuggita, senza farne un dramma. No, il problema era che riusciva a trarne piacere.

Louis trangugiò due sorsate. E poi le camicie: aveva pensato di sistemare anche quelle, non piú di una settimana prima.

Insomma, era proprio la fine. Solo chi non sa piú che diavolo fare della propria vita si preoccupa di riorganizzare da cima a fondo l'armadio, non potendo mettersi a rassettare il mondo. Louis posò la bottiglia e andò a esaminare quel dannato giornale. Perché in fin dei conti era a causa di quegli omicidi se si trovava sull'orlo della catastrofe domestica, di un radicale riordinamento della casa. Non era Bismarck, no. Anzi, Bismarck gli dava da vivere senza creargli troppi problemi. Non era quello il punto.

Il punto erano quei maledetti omicidi. Due donne assassinate in due settimane, di cui tutto il Paese parlava e alle quali lui non faceva altro che pensare, come se occuparsi di quei cadaveri fosse una sua esclusiva, quando invece non lo riguardavano affatto.

Dopo il caso del cane e dell'albero a grata aveva deciso di chiudere con i crimini di questo mondo. Gli sembrava ridicolo cominciare una carriera di specialista del crimine al soldo di nessuno, solo perché aveva preso delle brutte abitudini in venticinque anni di inchieste al ministero degli Interni. Finché era in carica, il suo lavoro gli era parso lecito; ma ora che si ritrovava abbandonato a se stesso, quel mestiere d'inquirente rischiava di prendere una brutta piega di cercarogne e cacciatore di scalpi. Frugare nel crimine in solitaria quando nessuno te l'ha chiesto, buttarsi sui giornali, accumulare articoli... cosa poteva essere se non una morbosa distrazione, una ragione di vita alquanto discutibile?

E cosí Kehlweiler, sempre pronto a sospettare di se stesso prima che di chiunque altro, aveva girato le spalle a quella sorta di volontariato del crimine, che d'un tratto gli pareva oscillare tra perversione e grottesco e verso cui sembrava tendere il lato piú torbido della sua personalità. Ma ecco che, stoicamente relegato alla sola compagnia di Bismarck, sorprendeva la propria mente a scatenarsi nel dedalo del superfluo domestico. Si comincia con le scatole da scarpe e non si sa mai dove si va a finire.

Louis lasciò cadere la bottiglia vuota nella pattumiera e lanciò un'occhiata alla scrivania dove, minaccioso, riposava il giornale piegato. Sopra si era piazzato Bufo, provvisoriamente riemerso dal sonno. Louis lo sollevò con dolcezza. Certo che quel rospo era un bell'impostore. Fingeva di andare in letargo, e per di piú in piena estate, poi, non appena smettevi di guardarlo, riprendeva a muoversi. La verità è che lo shock della condizione domestica aveva fatto perdere a Bufo ogni nozione in materia di letargo; anche se lui non l'avrebbe mai ammesso, orgoglioso com'era.

– Sei uno stupido conformista, – gli disse Louis riponendolo nel portamatite. – Chi credi d'impressionare con questo letargo da quattro soldi? Fai quel che sai fare, basta e avanza.

Con gesto lento, Louis fece scivolare il giornale verso di sé.

Esitò un istante, poi lo aprí a pagina 6. *L'assassino fa una seconda vittima a Parigi.*

Capitolo secondo

Clément era nel panico. Adesso sí che avrebbe avuto bisogno di essere intelligente! E invece era un imbecille, da piú di vent'anni glielo ripetevano tutti: «Clément, sei un imbecille, su, fai uno sforzo».

Quel vecchio professore si era dato un gran daffare per aiutarlo tanto tempo prima. «Clément, sforzati di pensare a piú di una cosa alla volta, per esempio a due cose alla volta, mi segui? Per esempio l'uccello e il ramo. Pensa all'uccello che si posa sul ramo. Punto *a*, l'uccello, punto *b*, il verme, punto *c*, il nido, punto *d*, l'albero, punto *e*, riordini le idee, fai dei collegamenti, lavori con l'immaginazione. Hai capito il trucco, Clément?»

Clément sospirò. Ci aveva messo parecchi giorni per capire cosa c'entrasse il verme con tutta quella storia.

Smettila di pensare all'uccello, pensa a oggi. Punto *a*, Parigi, punto *b*, la donna assassinata. Clément si asciugò il naso con il dorso della mano. Il braccio gli tremava. Punto *c*, trovare Marthe dentro Parigi. La stava cercando da ore, aveva chiesto di lei dovunque, a tutte le prostitute che aveva incrociato. Almeno venti, o quaranta, insomma parecchie. Era impossibile che nessuno si ricordasse di Marthe Gardel. Punto *c*, trovare Marthe. Clément riprese il cammino, sudando nel caldo di quell'inizio di luglio, stringendo sotto il braccio la fisarmonica blu. Poteva anche aver lasciato Parigi, la sua Marthe; dopotutto lui se n'era andato da quindici anni. O forse era morta.

Clément inchiodò nel bel mezzo di boulevard Montparnasse. Se lei era partita, se era morta, allora lui era fritto. Fritto, era fritto. Marthe era l'unica che poteva aiutarlo, soltanto lei avrebbe potuto nasconderlo. L'unica donna che non lo aveva mai trattato come uno scemo, la sola che gli passava la mano nei capelli. Ma a che serve Parigi, se non riesci a ritrovarci nessuno?

Clément si caricò la fisarmonica in spalla. Aveva le mani troppo umide per tenerla sotto il braccio, temeva che potesse scivolargli. Senza la fisarmonica e senza Marthe, e con la donna assassinata, lui era fritto. Lasciò vagare lo sguardo lungo l'incrocio. In una piccola traversa avvistò due prostitute, e questo gli restituí coraggio.

Appostata in rue Delambre, la ragazza si vide venire incontro un tipo brutto e malvestito, i polsi che sporgevano da una camicia troppo corta, zainetto in spalla, una trentina d'anni e un'aria da demente. La ragazza si irrigidí: certi tipi vanno evitati.

– Non con me, – disse scuotendo la testa quando Clément le si fermò davanti. – Vai da Gisèle.

Gli indicò con il pollice una collega accampata tre edifici piú in là. Gisèle aveva trent'anni di mestiere, non aveva mai paura di nulla.

Clément sgranò gli occhi. Sentirsi respinto prima ancora di avere il tempo di chiedere non lo mortificava affatto. C'era abituato.

– Cerco un'amica, – disse a fatica, – si chiama Marthe, Marthe Gardel. Nell'elenco telefonico non c'è.

– Un'amica? – chiese la donna con diffidenza. – Non ti ricordi dove lavora?

– Non lavora piú. Ma prima era la piú bella di Mutualité. Marthe Gardel. La conoscevano tutti.

– Io non sono tutti, e non sono nemmeno la guida del telefono. Cosa vuoi da lei?

Clément indietreggiò. Non gli piaceva quando la gente alzava troppo la voce.

– Cosa voglio da lei? – ripeté.

Meglio non parlare troppo, non bisognava farsi scoprire. Marthe era l'unica che potesse capire.

La ragazza scosse la testa. Quel tipo era proprio un demente, e da demente parlava. Meglio stargli alla larga. Eppure faceva un po' pena. Lo guardò posare la fisarmonica a terra con una delicatezza estrema.

– Questa Marthe, se ho ben capito, era del mestiere...
Clément annuí.

– Va bene. Aspettami qui.

La ragazza si diresse ciabattando verso Gisèle.

– C'è qui un tale che cerca un'amica, una pensionata di Maubert-Mutualité. Marthe Gardel. Non è che per caso ce l'hai nei tuoi archivi? Quelli dei telefoni non ce l'hanno piú.

Gisèle sollevò il mento. Lei era al corrente di molte cose, cose che quelli dei telefoni ignoravano, e questo la faceva sentire importante.

– Cara la mia Line, – disse Gisèle, – una che non ha conosciuto Marthe, diciamo pure che non conosce il mondo. È quello là? L'artista? Digli di venire qui, lo sai che non mi piace allontanarmi dal mio portone.

Da lontano Line gli fece un cenno. Clément sentí il cuore battere. Sollevò lo strumento e corse verso la grossa Gisèle. Correva male.

– Un manico di scopa, – diagnosticò a bassa voce Gisèle, aspirando il fumo dalla sua sigaretta. – Ha tutta l'aria di essere alla frutta.

Clément ripeté la manovra della fisarmonica ai piedi di Gisèle e alzò gli occhi.

– Cerchi la vecchia Marthe? Che vuoi da lei? Non è mica semplice da avvicinare, la vecchia Marthe, sappilo. Dichiarata Bene Culturale, autorizzazione richiesta. E tu mi sembri un tipo un po' particolare, abbi pazienza. Non vorrei che finisse nei guai. Che vuoi da lei?

– La *vecchia* Marthe? – ripeté Clément.

– Sí, e allora? Ha passato i settanta, non lo sapevi? La conosci o cosa?

– Sí, – disse Clément indietreggiando di mezzo passo.

– E a me chi me lo garantisce?

– La conosco, è stata lei a insegnarmi tutto.
– È il suo mestiere.
– No, mi ha insegnato la lettura.
Line scoppiò a ridere. Gisèle si girò verso di lei, severa.
– Non ridere, stupida. Che ne sai tu della vita?
– Ti ha insegnato a leggere? – chiese a Clément, intenerita.
– Quando ero piccolo.
– È nel suo stile, in effetti. Che vuoi da lei?... Ti chiami?

Clément fece uno sforzo. C'era l'omicidio, la donna assassinata. Bisognava mentire, inventare. «Punto *e*, lavora con l'immaginazione». Era la cosa piú difficile.

– Voglio restituirle dei soldi.
– Questo, – disse Gisèle, – si può fare. La vecchia Marthe è sempre a corto. Quanto?
– Quattromila, – sparò a caso Clément.

Questa conversazione lo stancava. Era un po' troppo veloce per lui, e aveva una paura terribile di dire cose che non doveva dire.

Gisèle rifletté. Quel tipo era strano, senza dubbio, ma Marthe sapeva difendersi. E quattromila sono sempre quattromila.

– D'accordo, ti credo, – disse. – Le bancarelle, sul fiume, hai presente?
– Il fiume? Il fiume Senna?
– La Senna, certo, e che altro? Salame! Non ci sono poi tanti fiumi al mondo. Dunque, il fiume, Rive gauche, all'altezza di rue de Nevers, non puoi sbagliare. Ha una piccola bancarella di libri, gliel'ha trovata un amico. È che alla vecchia Marthe non le piace mica starsene con le mani in mano. Allora ti ricorderai? Sicuro? Perché non hai un'aria granché sveglia, abbi pazienza.

Clément la fissò senza rispondere. Non osava chiederle di ripetere. Eppure il cuore gli batteva all'impazzata, bisognava rintracciare Marthe, era tutto nelle sue mani.

– Ho capito, – sospirò Gisèle. – Adesso te lo scrivo.
– Fatica sprecata, – disse Line facendo spallucce.

– Zitta tu, – ripeté Gisèle. – Che ne sai!

Frugò nella borsa, tirò fuori una busta vuota e un mozzicone di matita. Scrisse in modo chiaro, in stampatello, perché aveva l'impressione che il ragazzo non fosse proprio una cima.

– Con questo la ritroverai. Portale i saluti di Gisèle di rue Delambre. E non fare sciocchezze. Mi fido di te, capito?

Clément fece di sí. Intascò rapidamente la busta e sollevò la fisarmonica.

– Anzi, – disse Gisèle, – suonami qualcosa, cosí vediamo se me la conti giusta. Dopo sarò piú tranquilla, abbi pazienza.

Clément imbracciò lo strumento e dispiegò il mantice con cura, cacciando un po' fuori la lingua. Poi suonò, gli occhi rivolti a terra.

Ma guarda, si disse Gisèle ascoltandolo, è proprio vero che non bisogna mai fidarsi dei dementi. Questo qui è un autentico musicista. Un autentico demente-musicista.

Capitolo terzo

Clément ringraziò a lungo e ripartí verso Montparnasse. Erano quasi le sette di sera e Gisèle gli aveva detto di far presto se voleva rintracciare la vecchia Marthe prima che chiudesse bottega. Dovette farsi indicare la strada piú volte, mostrando il suo pezzo di carta. Poi, finalmente, rue de Nevers, il fiume e le cassette di legno verde stracolme di libri. Scrutò le bancarelle ma non vide nulla di familiare. Bisognava continuare a riflettere. Gisèle aveva detto settant'anni. Marthe era diventata una donna anziana, non doveva cercare la signora bruna dei suoi ricordi.
Vide di spalle una donna di una certa età, capelli tinti e vestiti sgargianti, che piegava una seggiolina di tela. La donna si voltò e Clément si portò una mano alla bocca. Era la sua Marthe. Versione invecchiata, d'accordo, ma era la sua Marthe, quella che gli passava la mano nei capelli senza trattarlo come uno scemo. Si asciugò il naso e attraversò con il verde gridando il suo nome.
La vecchia Marthe squadrò l'uomo che la stava chiamando. Quel tipo aveva l'aria di conoscerla. Un uomo sudato, piccolo e magro, con una fisarmonica blu tra le braccia, quasi fosse un vaso di fiori. Aveva un grande naso, gli occhi vuoti, la pelle bianca, i capelli chiari.
Clément le si era piantato davanti sorridente: riconosceva ogni cosa, era salvo.
– Sí? – chiese Marthe.
Clément non aveva immaginato che Marthe potesse non riconoscerlo, e di nuovo gli prese il panico: e se Marthe si era di-

menticata di lui? E se si era dimenticata di tutto? E se non c'era piú con la testa?

Con la mente svuotata, l'idea di presentarsi non lo sfiorò nemmeno. Mise giú la fisarmonica e cercò affannosamente il portafoglio. Ne estrasse con cautela la carta d'identità e la allungò a Marthe con un gesto inquieto. Voleva un gran bene alla sua carta d'identità.

Marthe fece spallucce e guardò il documento sgualcito. Clément Didier Jean Vauquer, ventinove anni. Niente, non le diceva proprio niente. Guardò l'uomo dagli occhi vitrei e scosse la testa, un po' dispiaciuta. Poi di nuovo la carta, poi l'uomo, che respirava rumorosamente. Sentí che doveva fare uno sforzo: il ragazzo aspettava disperatamente qualcosa. Ma quel viso magro, ostile e spaventato lei proprio non l'aveva mai visto. Eppure, quegli occhi sul punto di piangere e quell'attesa ansiosa le ricordavano qualcosa. Occhi vuoti, orecchie piccole. Un vecchio cliente? Impossibile, troppo giovane.

L'uomo si asciugò il naso con il dorso della mano, con il gesto rapido dei bambini senza fazzoletto.

– Clément...? – mormorò Marthe. – Il piccolo Clément...?

Il piccolo Clément, accidenti! Marthe chiuse alla svelta i battenti di legno della bancarella, girò la chiave nella toppa, afferrò la sedia pieghevole, il giornale, due sacchetti di plastica e tirò rapidamente il giovanotto per il braccio.

– Vieni, – disse.

Come aveva potuto dimenticare il suo cognome? C'è da dire che non l'aveva mai usato. Lei lo chiamava Clément e basta. Lo trascinò cinquecento metri piú in là, nel parcheggio dell'Istituto, dove depositò il suo armamentario tra due automobili.

– Qui si sta piú tranquilli, – chiarí.

Sollevato, Clément non oppose resistenza.

– Lo vedi, – riprese Marthe, – quando ti dicevo che con gli anni mi avresti superata di una spanna non volevi credermi. E chi è che aveva ragione? Certo che ne è passata di acqua sotto i ponti... quanto avevi? Dieci anni. Poi, un bel giorno, il mio ometto è sparito. Svanito nel nulla. Avresti dovuto farti vivo. Non è per rimproverarti, ma avresti dovuto.

Clément strinse forte la vecchia Marthe, e lei gli diede una pacca sulla schiena. Puzzava di sudore, ovviamente, ma era il suo piccolo Clément; e poi Marthe non era schizzinosa. Era felice di averlo ritrovato, quel bimbetto smarrito al quale per cinque anni aveva cercato di insegnare a leggere e a parlare come si deve. Quando l'aveva conosciuto – sul marciapiede, dove quel disgraziato di suo padre lo dimenticava sempre – non diceva una parola e non faceva che mugugnare: «Che me ne frega, tanto finirò all'inferno».

Marthe lo guardò preoccupata. Aveva un'aria completamente distrutta.

– Tu non stai bene, – sentenziò.

Clément si era seduto su una macchina con le braccia penzoloni. Fissava il giornale che Marthe aveva posato sopra i sacchetti di plastica.

– Hai letto il giornale? – articolò.
– Sono alle parole incrociate.
– Hai visto, la donna assassinata?
– Come no. L'hanno visto tutti. Un mostro del genere...
– Mi stanno ricercando, Marthe. Devi aiutarmi.
– Chi è che sta cercando il mio ometto?

Clément fece un ampio gesto circolare.

– La donna assassinata, – ripeté. – Mi stanno ricercando. Mi hanno messo nel giornale.

Marthe aprí la sedia di scatto e si sedette. Sentiva pulsare le tempie. Quelle che le tornavano in mente ora non erano piú le immagini del ragazzino diligente, ma tutte le idiozie accumulate da Clément tra i nove e i dodici anni. I furti, le risse non appena gli davano dell'imbecille, le macchine graffiate, i gessetti nei serbatoi di benzina, le vetrine rotte, i cassonetti incendiati. Magro come un chiodo, passava il tempo a borbottare «tanto finirò all'inferno, è papà che lo dice, quindi, comunque, a me che me ne frega». Quante volte Marthe era andata a ripescarlo dagli sbirri? Fortuna che grazie al suo lavoro conosceva a fondo i commissariati e quelli che ci stavano dentro...

Intorno ai tredici anni Clément si era quasi calmato.

– Non ci posso credere, – disse Marthe a bassa voce dopo qualche minuto. – Non ci posso credere che sei tu quello che cercano.

– Sono io. Mi prenderanno, Marthe.

A Marthe venne un nodo in gola. Sentiva ancora quella galoppata su per le scale e la voce del piccolo che tempestando la porta di pugni gridava: «Mi prenderanno, Marthe, mi prenderanno!» Marthe andava ad aprire e il piccolo le si gettava addosso singhiozzando. Lei lo faceva accucciare nel letto, sotto il piumone rosso, e gli accarezzava i capelli finché non si addormentava. Non era una volpe, il piccolo Clément. E lei lo sapeva. Ma si sarebbe fatta fare a pezzi piuttosto che ammetterlo. Erano già fin troppi a schifarlo. E poi non era mica colpa sua, poverino; si sarebbe calmato e avrebbe imparato a comportarsi. Chi vivrà vedrà, pensava Marthe.

E infatti si è visto, avrebbe detto Simon, la vecchia canaglia che all'epoca mandava avanti la drogheria sotto casa. Sempre il primo a mettere in croce la gente. Lui Clément lo chiamava «la mela marcia». Ripensare a quel vecchio porco la rimise in forze. La vecchia Marthe sapeva il fatto suo.

Si alzò, piegò la sedia e raccolse i suoi sacchetti.

– Vieni, – disse. – Andiamo via da qui.

Capitolo quarto

Ora Marthe abitava in una stanza a pianterreno, in un vicolo cieco dalle parti di place de la Bastille.
– Me l'ha trovata un amico, – disse con orgoglio a Clément aprendo la porta. – Se non ci fosse il mio solito casino avrebbe un certo stile. Anche la bancarella è merito suo. Ludwig, si chiama. L'avresti mai detto che un giorno mi sarei messa a vendere libri? Come vedi, i marciapiedi del Signore sono infiniti.
Clément stentava a seguirla.
– Ludwig?
– È l'amico di cui ti sto parlando. Un uomo come dico io. E sai bene che in fatto di uomini me ne intendo... metti giú quella fisarmonica, Clément, che mi stanco solo a guardarti!
Clément sventolò il giornale, avrebbe voluto parlare.
– No, – disse Marthe. – Prima posa quella fisarmonica e siediti, non vedi che non ti reggi piú in piedi? La storia della fisarmonica può aspettare. Adesso ceniamo, ci facciamo un bel bicchierino e poi mi racconti tutto quanto con calma. Una cosa alla volta. E intanto che preparo datti una sistemata. Ma la vuoi mettere giú quella fisarmonica, sí o no?
Marthe trascinò Clément in un angolo della stanza e tirò una tenda.
– Guarda qua, – disse. – Un bagno vero. Non te lo aspettavi, eh? Adesso ti fai un bel bagno caldo, perché è quello che ci vuole quando qualcosa non va. Se hai dei vestiti puliti cambiati. E passami la roba sporca, che stasera te la lavo. Con questo caldo asciugherà in un batter d'occhio.
Marthe riempí la vasca, spinse Clément verso il bagno e tirò la tenda.

Se non altro non avrebbe piú puzzato di sudore. Marthe sospirò. Era preoccupata. Senza fare rumore prese il giornale e rilesse lentamente tutto l'articolo a pagina 6. La giovane donna, il cui corpo era stato ritrovato il mattino precedente nella sua abitazione di rue de la Tour-des-Dames, era stata stordita, strangolata e crivellata da diciotto colpi di lama, forse delle forbici. Un massacro. «Confidiamo nelle testimonianze dei vicini, che hanno tutti segnalato la presenza di un uomo appostato davanti al palazzo della vittima nei giorni precedenti l'omicidio». Un rumore d'acqua fece trasalire Marthe: Clément stava vuotando la vasca. Con discrezione mise via il giornale.

– Mettiti comodo, ragazzo mio. È quasi pronto.

Clément si era cambiato e pettinato. Non era mai stato bello, forse per quel suo naso a patata, quella pelle smorta e quel vuoto negli occhi, soprattutto. Marthe diceva che era perché li aveva talmente neri che non si riusciva a distinguere la pupilla dall'iride ma non era poi cosí male, a ben guardare, e poi, chi se ne frega. Girando la pastasciutta Marthe ripeteva tra sé le ultime righe dell'articolo: «... l'indagine si orienta verso un giovane di razza bianca, di età compresa tra i venticinque e i trent'anni, di bassa statura, magro o molto minuto, capelli mossi e chiari, imberbe, vestito modestamente, pantaloni grigi o beige, scarpe da ginnastica». Entro due giorni, o anche prima, la polizia avrebbe provveduto a diffondere un identikit.

Pantaloni grigi, corresse Marthe dando un'occhiata a Clément.

Riempí i piatti di pasta e formaggio e ci ruppe sopra un uovo alla coque. Clément guardò il piatto senza aprire bocca.

– Mangia, – disse Marthe. – La pasta diventa subito fredda, chissà poi perché. Il cavolfiore no, invece. Domandalo a chi ti pare, sono cose che nessuno ti saprà spiegare.

Clément non era mai riuscito a parlare mentre mangiava, era incapace di fare due cose alla volta. Per questo Marthe aveva deciso di aspettare la fine della cena.

– Non pensarci e mangia, – ripeté. – I sacchi vuoti non stanno in piedi.

Clément annuí e obbedí.

– E mentre mangiamo ti racconterò qualcuna delle mie storie, come quando eri piccolo. Eh, Clément? Quella del cliente che si infilava due pantaloni uno sopra l'altro? Sono sicura che quella non te la ricordi proprio.

Per Marthe non era difficile distrarre Clément. Aveva la capacità di sfornare storielle per ore e ore, a volte se le raccontava anche da sola. Quindi raccontò la storia dell'uomo con due paia di pantaloni, quella dell'incendio di place d'Aligre, quella del deputato che aveva due famiglie e che lei era la sola a conoscere veramente, quella del gattino rosso caduto dal sesto piano e atterrato su tutt'e quattro le zampe.

– Non sono granché le mie storie stasera, – concluse Marthe con una smorfia. – Ho la testa da un'altra parte. Vado a prendere il caffè e poi dobbiamo proprio parlare. Ma con calma, abbiamo tutto il tempo.

Clément si chiedeva ansiosamente da dove cominciare. Non aveva piú la minima idea di dove fosse il «punto *a*». Forse quella stessa mattina, al caffè.

– Marthe, stamattina stavo prendendo un caffè al caffè.

Clément si mise una mano sulla bocca. Ecco cos'era, essere imbecilli. Come facevano gli altri per non dire «un caffè al caffè»?

– Continua, – disse Marthe. – Non avere paura, non cerchiamo mica il pelo nell'uovo.

– Stavo bevendo un caffè al caffè, – ripeté Clément. – Uno di quei signori ha letto il giornale ad alta voce. Ho sentito il nome «rue de la Tour-des-Dames», ho ascoltato di persona e in seguito descrivevano l'assassino. Onde per cui ero io, Marthe. Nient'altro che io. E quindi dopo ero fritto. Non capisco come l'hanno scoperto. Ho avuto tanta paura, onde per cui sono tornato all'hotel dal quale ho recuperato le mie cose, e poi dopo, la sola cosa che ho pensato è a te, di modo che non mi prendessero.

– E quella ragazza cosa ti aveva fatto, Clément?

– Quale ragazza?

– Quella che è morta, Clément. La conoscevi?
– No. La stavo giusto giusto spiando da cinque giorni. Ma non mi aveva fatto niente, te lo assicuro.
– E perché la spiavi?
Clément si schiacciò il naso e corrugò la fronte. Era molto difficile riordinare i punti.
– Per sapere se aveva un innamorato. Per questo. E la pianta in vaso sono stato io a comprarla, e sono stato io anche a portarla. Le hanno trovate insieme, tutta la terra caduta per terra, sta scritto nel giornale.

Marthe si alzò e cercò una sigaretta. Da bambino Clément non era dei piú furbi, ma non era né pazzo né crudele. Eppure quel giovanotto seduto al suo tavolo, nella sua camera, d'un tratto le fece paura. Per un attimo pensò di chiamare la polizia. Il suo piccolo Clément, roba da non credere. E lei cos'aveva sperato? Che avesse ucciso per puro caso? Senza rendersene conto? Peggio: aveva sperato che non fosse vero.

– Ma cosa ti è preso, Clément? – mormorò.
– Dici per la pianta in vaso?
– No, Clément! Perché l'hai uccisa? – urlò Marthe.
Il suo grido si spense in un singhiozzo. Preso dal panico, Clément fece il giro del tavolo e si inginocchiò accanto a lei.
– Marthe, – balbettò, – dài Marthe, lo sai bene che sono buono come il pane! Sei tu, sei tu che lo dicevi sempre! Non era la verità in persona? Marthe?
– Io lo credevo! – gridò Marthe. – Io ti ho tirato su come si deve! E adesso, hai visto cos'hai fatto, adesso? Ti pare bello?
– Ma Marthe, lei non mi aveva fatto niente...
– Zitto! Non ti voglio piú sentire!

Clément si strinse la testa tra le mani. Dov'è che aveva sbagliato? Cosa si era scordato di dire? Aveva sbagliato il «punto *a*», come al solito; non era partito dal punto giusto e aveva dato un terribile dispiacere a Marthe.

– Non ho detto l'inizio, Marthe! – disse scrollandola. – Io non l'ho uccisa, la donna!
– E se non sei stato tu chi è stato? Il Padreterno?

– Devi aiutarmi, – continuò Clément in un bisbiglio aggrappandosi alle spalle di Marthe. – Perché quelli mi prenderanno!
– Bugiardo.
– Io non so dire le bugie, lo dicevi sempre anche tu! Dicevi: ci vuole troppa fantasia per dire le bugie.

Sí, Marthe se lo ricordava. Clément non sapeva inventare nulla. Né una barzelletta, né un piccolo scherzo, figurati una bugia. Marthe ripensò a quel vecchio porco di Simon, che non la finiva mai di sputare per terra e coprire il piccolo di insulti. «Una mela marcia... un assassino in fasce...» Le lacrime le pizzicarono gli occhi. Si staccò dalle spalle le mani di Clément, si soffiò rumorosamente il naso nel tovagliolo di carta e fece un bel respiro. Avevano ragione loro, lei e Clément; non poteva che essere cosí. Loro, o il vecchio Simon. Delle due, una.

– Bene, – disse tirando su col naso. – Ricomincia.
– Punto *a*, – riprese Clément ansimante, – io sorvegliavo la ragazza. Era per il lavoro che mi avevano richiesto. E il resto è solo una... una...
– Coincidenza?
– Coincidenza. Mi stanno ricercando perché dal canto mio mi hanno visto nella sua strada. Io facevo il mio lavoro. Prima avevo sorvegliato un'altra ragazza. Sempre per il lavoro.
– Un'*altra* ragazza? – chiese Marthe con voce spaventata. – Ti ricordi dove?
– 'spetta, – disse Clément schiacciandosi il naso. – Mi sto sforzando.

Marthe si alzò di scatto e andò a rovistare tra i giornali ammucchiati sotto il lavandino. Ne pescò uno e lo sfogliò rapidamente.

– Non era in square d'Aquitaine, per caso?
– Esatto, – sorrise Clément, sollevato. – La prima ragazza abitava lí. Una strada piccola piccola, proprio sul bordo di Parigi.

Marthe si lasciò cadere sulla sedia.
– Povero il mio bambino, – mormorò. – Povero il mio bambino, ma non lo sai?

Clément, sempre in ginocchio, guardava Marthe a bocca aperta.

– Non è una coincidenza, – disse Marthe a voce bassa. – Dieci giorni fa, in square d'Aquitaine, hanno ammazzato una donna.

– C'era una pianta in vaso? – chiese Clément, di nuovo bisbigliando.

Marthe alzò le spalle.

– Una bella felce, – continuò Clément in un sussurro, – sono stato io a sceglierla, di persona. Era quel che mi avevano richiesto di fare.

– Di chi stai parlando?

– Di quello che mi aveva chiamato a Nevers per fare il fisarmonicista a Parigi, nel suo ristorante. Però poi infine il ristorante non era pronto. Mi ha chiesto di sorvegliare due cameriere cui pensava di assumere, però prima bisognava scoprire se erano serie.

– Povero il mio Clément...

– Credi che mi hanno visto anche in rue d'Aquitaine?

– Ovvio che ti hanno visto. Anzi, è proprio per questo che ti hanno mandato lí: per essere visto. Dannazione, non ti è venuto in mente che era strano come lavoro?

Clément fissò Marthe a occhi sgranati.

– Sono un imbecille, Marthe. Almeno tu, questo dovresti saperlo.

– Ma no che non sei un imbecille, Clément. E il primo omicidio, non l'hai sentito al giornale radio?

– Stavo in albergo, non avevo la radio.

– E il giornale?

Clément abbassò un po' la testa.

– È che la lettura, me ne sono dimenticato dei pezzi.

– Non sai piú leggere? – gridò Marthe.

– Non molto bene. Sul giornale è troppo piccolo.

– Ecco, – sospirò Marthe agitandosi. – Vedi cosa vuol dire quando non si finisce l'istruzione?

– Sono intrappolato in una macchina, una macchina tremenda.

– In una macchinazione tremenda, Clément. Hai ragione. E credimi, è troppo potente per noi.
– Siamo fritti?
– Non siamo fritti. Perché vedi, ometto mio, la vecchia Marthe conosce parecchia gente. Gente che se ne intende. È a questo che porta l'istruzione, capisci?

Clément annuí.

– Prima di tutto una cosa, – continuò Marthe alzandosi in piedi. – Non hai detto a nessuno che venivi qui, vero?
– No.
– Sei sicuro? Rifletti. Non hai parlato di me?
– Be' sí, alle ragazze. Per trovarti ho chiesto a quaranta ragazze da strada. L'elenco del telefono non riesco a leggerlo, è troppo piccolo.
– E queste ragazze potrebbero riconoscerti, stando alla descrizione del giornale? Ci hai parlato a lungo?
– No, mi respingevano subito di persona. Tranne una, che è madame Gisèle e la sua amica, delle quali sono state molto gentili. Ha detto di darti i saluti da parte di Gisèle, di rue...
– Delambre.
– Sí. Loro, loro mi riconoscerebbero. Ma forse non sanno leggere...
– Certo che sanno leggere. Tutti sanno leggere, ragazzo mio. Tu sei un altro paio di maniche.
– Non sono un altro paio di maniche, sono un imbecille.
– Uno che dice di essere imbecille non può essere un imbecille, – asserí Marthe con voce perentoria trattenendo Clément per la spalla. – Stammi a sentire, ragazzo. Adesso tu vai a dormire, ti sistemo un letto dietro il paravento. Io faccio un salto da Gisèle, a dirle di chiudere il becco, lei e la sua amica. Sai come si chiama, l'amica? Non sarà per caso la giovane Line che ora sta a rue Delambre?
– Esatto. Sei sensazionale.
– Pura e semplice istruzione, ti dico.

Improvvisamente Clément si prese il viso tra le mani.

– Diranno che sono venuto da te, – mormorò, – e mi verranno a prendere qui. Devo andarmene, mi prenderanno.

- E invece tu non ti muovi. Gisèle e Line non parleranno, perché glielo chiederò io. Regole del mestiere, cosa credi. Ma devo sbrigarmi, andarci subito. E tu non devi uscire di qui, per nessuna ragione. E non aprire a nessuno. Io tornerò tardi. Dormi.

Capitolo quinto

Quando Marthe bussò sulla spalla di Gisèle erano le undici passate. In piedi nel suo androne la donna sonnecchiava. Era capace di riposarsi in piedi, come i cavalli, diceva lei. Ne andava fiera come un'atleta, ma Marthe aveva sempre trovato la cosa un po' triste. Le due donne si abbracciarono: quattro anni che non si vedevano.

– Gisèle, – disse Marthe, – non ho molto tempo. Si tratta dell'uomo che mi ha cercata questo pomeriggio.

– Ci avrei scommesso. Ho fatto un guaio?

– Hai fatto quel che dovevi fare. Ma se te ne parlano, non una parola. Può anche darsi che te lo ritrovi sul giornale. Comunque sia, non una parola.

– Agli sbirri?

– Per esempio. Quel bambino è mio e me ne occupo io. Capito, Gisèle?

– Non c'è niente da capire, non parlo e basta. Cos'ha combinato?

– Niente. È il mio bambino, ti dico.

– Di' un po', non sarà mica il ragazzino di una vita fa? Il marmocchio a cui insegnavi a leggere?

– Sei una mente, Gisèle!

– È che da quando l'ho visto, qui dentro la ruota gira, – disse Gisèle con un sorriso puntandosi un dito alla tempia e facendolo mulinare. – A proposito, abbi pazienza, ma mi sa che il tuo cocco qualche rotella l'ha persa.

Marthe si strinse nelle spalle imbarazzata.

– Non ha mai saputo mettersi in luce.

– È il minimo che si possa dire. Comunque, se quello è il tuo Clément, c'è poco da discutere. I gusti sono gusti.

Marthe sorrise.

– Ti ricordi il suo nome?

– Te l'ho detto, Marthe, – disse Gisèle tornando a puntarsi il dito alla tempia, – qui dentro la ruota gira. Capirai, con tutte 'ste ore in piedi a far niente è piú che normale, ti pare? Ne sai qualcosa, tu.

Marthe annuí, pensierosa.

– Prova a fare due conti, – riprese Gisèle. – Trentacinque anni a riflettere sui marciapiedi te li sei fatti tutti. Sono cose che lasciano il segno.

– Considera che però negli ultimi tempi lavoravo soprattutto col telefono dalla mia camera, – disse Marthe.

– Che c'entra, anche quando si sta in una camera a far niente si pensa. Mentre invece se hai sempre le mani occupate, tipo alla posta, c'è poco da voler riflettere.

– È vero che per riflettere bisogna avere le mani libere.

– È ben quello che dico...

– Comunque Clément ti conviene dimenticarlo. Non una parola, capito?

– Me l'hai già detto, Marthe, abbi pazienza.

– Non offenderti. È solo per essere sicura.

– Ne ha combinata qualcuna, il tuo Clément?

– Non ha combinato un bel niente. Sono gli altri che ce l'hanno con lui.

– Gli altri chi?

– Gli stronzi.

– Capisco.

– Devo scappare, Gisèle. Mi raccomando, acqua in bocca. Passaparola a Line, soprattutto. Un bacio ai bambini. E cerca di dormire un po'.

Le due donne si abbracciarono ancora e Marthe si allontanò a passetti veloci. Da Gisèle non c'era nulla da temere. Non avrebbe fiatato, neppure se avesse visto l'identikit di Clément in prima pagina sul giornale. Non senza prima chiedere consiglio a lei, comunque. In compenso, convincere Ludwig ad aiutarla non le sembrava scontato; ai suoi occhi, il fatto che Clément avesse imparato a leggere da lei non necessariamente avrebbe costituito una prova d'innocenza. Come diavolo si chiamava quel benedetto libro di lettura? Era il colmo non ricordarselo. Marthe rivedeva ancora la copertina, con sopra una fattoria, un cane e un bambino.

Il cane di René.
Ecco come s'intitolava.

Capitolo sesto

Prima di tutto Marthe origliò alla porta di Ludwig, per vedere se era sveglio. Era uno di quelli che vanno a letto alle tre del mattino o stanno in giro tutta la notte, ma non si può mai dire. Marthe non riusciva a decidersi. Non l'aveva nemmeno avvisato, e non lo vedeva da quasi tre mesi. Dicevano che Ludwig avesse smesso d'interessarsi ai fatti di cronaca e Marthe, che per delle ragioni piuttosto intricate si considerava un fatto di cronaca vivente, temeva che la sua amicizia con il Tedesco potesse finire con la fine delle sue incursioni nel mondo del crimine. Ludwig era uno dei rari uomini capaci d'impressionare la vecchia Marthe.

– Ludwig! – lo chiamò picchiando alla porta. – Devo disturbarti per forza, si tratta di un caso urgente.

Con l'orecchio incollato al battente sentí il Tedesco spingere indietro la sedia e venire verso la porta a passo tranquillo: era raro che andasse di fretta.

– Ludwig, – ripeté Marthe, – sono io, la vecchia Marthe.

– Non avevo dubbi, – disse Louis aprendo la porta. – Chi altro vuoi che sbraiti nel corridoio alle due del mattino? Sveglierai tutto il palazzo.

– Ho bisbigliato, – disse Marthe entrando.

Louis alzò le spalle.

– Tu non sai bisbigliare. Siediti, ho appena fatto il tè. La birra l'ho finita.

– Hai letto il giornale, il secondo delitto? Che ne dici?

– Che vuoi che ne dica? Brutta storia, cos'altro si può dire? Siediti.

– Allora è vero quello che ho sentito? Che sei uscito dal giro? Louis incrociò le braccia e la guardò.
– Tutta qui la tua urgenza? – domandò.
– Chiedevo solo, che male c'è?
– Ebbene sí, Marthe, è vero, – disse sedendosi di fronte a lei, braccia incrociate e gambe distese. – Prima mi pagavano. Continuare a rimestare nel fango adesso sarebbe una cosa a dir poco sospetta.
– Non capisco, – disse Marthe corrugando la fronte. – La cosa è sempre stata a dir poco sospetta, mi stupisce che tu te ne accorga solo ora. E poi comunque, dal momento che è un lavoro che ti riesce bene tanto vale che tu lo faccia.

Louis scosse la testa.
– Per ora, – disse, – m'interesso esclusivamente a Bismarck e alle scatole da scarpe. Il che, mi dirai, non ci porta da nessuna parte.
– Cos'è quella «B» che hai sulla mano?
– È la lista della spesa. Birra, Bismarck... e belle scatole da scarpe. Perché sei venuta da me?
– Be', te l'ho detto, Ludwig. Per via del delitto. Insomma... per i due delitti.

Ludwig versò il tè e sorrise.
– Senti senti... La mia vecchia ha paura?
– Non è questo, – disse Marthe stringendosi nelle spalle. – Si tratta dell'assassino...
– L'assassino che cosa? – domandò Louis senza spazientirsi.
– Niente. È solo che sta a casa mia. Dorme. Che tu sia o non sia uscito dal giro, mi sembrava importante dirtelo.

Marthe si versò un po' di latte nella tazza e s'impegnò a girare il suo tè, corpo teso, aria incurante.
Louis, stupefatto, respirò a fondo e si appoggiò allo schienale. Era incerto, diffidava delle manovre di Marthe.
– Marthe, – scandí, – cosa cazzo ci fa l'assassino in camera tua?
– Te l'ho appena detto: dorme.

Marthe alzò la tazza e incrociò lo sguardo di Louis. Scrutò

in profondità il verde di quegli occhi che conosceva bene e ci trovò scetticismo, inquietudine e un'ardente curiosità.

– Sotto il mio piumone, – si affrettò ad aggiungere, – sulla brandina. Ludwig, non crederai mica che io venga qui a inventare storie, non mi diverto a farti perdere tempo. E non è nemmeno un trucco per ricacciarti nel giro, non ti credere. Se vuoi ritirarti sono affari tuoi, con tutto che per me saresti sprecato. Quello che posso dire è che lui ora sta a casa mia e io non so cosa fare. Ho pensato che tu fossi l'unico in grado di tirarmi fuori dai guai, con tutto che non ho la piú pallida idea di come si possa fare. Ma tanto non mi credi.

Louis chinò la testa e rimase qualche secondo in silenzio.

– Perché dici che è l'assassino? – domandò piano.

– Perché è il tipo che stanno cercando sul giornale. Quello che hanno visto aspettare davanti a casa delle due donne.

– Se è cosí perché non chiami la polizia?

– Sarai mica matto? Per farlo arrestare? Quel ragazzo è il mio Clément, e Clément per me è come un figlio.

– Ah, – disse Louis lasciandosi ricadere all'indietro. – Lo vedi che mi mancano degli elementi? Avevo intuito che si trattava di una cosa del genere... Stasera è difficile starti dietro, credimi. Fai dei discorsi senza capo né coda. Ora, sii buona, vedi di farmi capire qualcosa, in questa faccenda di assassini e piumoni.

– Dev'essere perché ho parlato con Clément. Mi ha scombinato il cervello. Nella sua testa c'è il finimondo, i pensieri non stanno uno dietro l'altro, vanno e vengono in tutte le direzioni.

Marthe frugò nella sua enorme borsa in similpelle rossa, tirò fuori borbottando un cigarillo e lo accese meticolosamente, socchiudendo gli occhi.

– Ricapitoliamo, – disse soffiando fuori il fumo con forza. – Piú di vent'anni fa lavoravo a Maubert-Mutualité. Te l'ho già raccontato, avevo place Maubert tutta per me, diciamo pure che ero all'apice della mia carriera.

– Questo lo so già, Marthe.

– Fatto sta che ero all'apice. L'intera piazza, piú l'inizio di rue Monge; e non una che osasse soffiarmene un'unghia. I clienti, potevo permettermi di rifiutarli come mi girava. Una vera regina, insomma. Quando faceva troppo freddo lavoravo a domicilio, ma nei giorni di bel tempo tornavo sul marciapiede, perché è lí che ti fai la vera clientela, mica per telefono. Peccato che non hai visto dove abitavo all'epoca...

– Va bene, Marthe, ma vieni al sodo.

– Non mettermi fretta, ci arrivo. Non ho mica perso il filo, anzi. Il mio filo è un marciapiede. Perché sul mio marciapiede c'era pure un ragazzino, un ragazzino microscopico, alto cosí, – disse Marthe levando il mignolo sotto il naso di Louis. – Dalle quattro e mezza in poi stava lí, tutto solo. Quel disgraziato di suo padre viveva in un buco nei paraggi, e il piccolo? Be', il piccolo aspettava che qualcuno si ricordasse di lui, certe volte anche per delle ore, che qualcuno gli aprisse la porta, che il padre tornasse dall'ippodromo dove lavorava. Bel tipo di lavoro, se vuoi sapere come la penso.

Louis sorrise. A volte Marthe diventava inspiegabilmente moralista, neanche avesse fatto la perpetua per tutta la vita.

– Intanto Clément rimaneva lí fino a sera, fino a notte, finché lo venivano a prendere. Aveva otto anni, ma quel disgraziato di suo padre non voleva lasciargli le chiavi, per via dei soldi che nascondeva in casa. Non mi fido del ragazzo, diceva; e pure che suo figlio era un idiota e un farabutto: ti sembra il modo di parlare? Per conto mio, carognate come queste non si possono neanche chiamare parole.

Marthe tirò una violenta boccata dal cigarillo e scosse la testa.

– Un sacco di merda, ecco cos'era il padre, – disse a voce alta.

– Abbassa un po' il volume, – disse Louis. – Ma continua.

Ancora una volta, Marthe agitò il mignolo sotto gli occhi di Louis.

– Ti dico che era alto cosí, quel bambino. Un ometto, per forza ti spezza il cuore... All'inizio chiacchieravamo un po', tanto per fare. Era selvatico, un vero e proprio animaletto. Non so se un'altra sarebbe riuscita a cavargli una parola di bocca. E poi, una mano lava l'altra, siamo diventati amici. Gli portavo la merenda, perché quel bambino non so proprio quando mangiasse, se non a scuola. Insomma, che tu mi creda o no, arriva l'autunno e il piccolo sempre la stessa storia, ad aspettare al buio, al freddo, sotto la pioggia. Una sera l'ho portato a casa mia. È cosí che è cominciata.

– Cominciata cosa?

– Ma l'istruzione! Non sapeva mica leggere, Clément; scriveva a malapena il suo nome. Comunque sia non era buono a nulla, giusto a dire sí e no con la testa e a combinare un'idiozia dietro l'altra. In questo era un campione. Per il resto, non capiva un fico secco; e all'inizio non faceva che piangere, raggomitolato sulle mie ginocchia. Solo a pensarci mi vengono i lucciconi.

Marthe scosse la testa e aspirò un po' piú spavalda dal suo cigarillo. Le tremavano le labbra.

– Facciamoci un bicchierino, – disse prontamente Louis alzandosi.

Tirò fuori due bicchieri, aprí una bottiglia di vino, vuotò il posacenere, accese un'altra lampada e chiese a Marthe di versare da bere. Muoversi le fece bene.

– Stringi, vecchia mia. Sono quasi le tre del mattino.

– D'accordo, Ludwig. Mi sono occupata del piccolo per circa cinque anni. Finivo di lavorare alle quattro e mezza e badavo a lui fino alla sera. Lettura, scrittura, le poesie da imparare a memoria, il bagno, la cena... l'istruzione, insomma. Ricordo che all'inizio gli insegnavo solo ad alzare la testa per guardare la gente. E poi a dire delle frasi che aveva voglia di dire. C'è voluta una santa pazienza, te lo assicuro. Un anno e mezzo dopo leggeva e scriveva. Non benissimo, ma ci riusciva. Spesso si fermava a dormire e suo padre non se ne accorgeva nemmeno. La domenica stava da me tutto il giorno. E una cosa è certa, Ludwig: io e Clément ci amavamo di un amore materno.

– E dopo, Marthe?

– Dopo aveva tredici anni, e una sera non è venuto. Non l'ho mai piú visto. Ho saputo che quel disgraziato di suo padre aveva lasciato Parigi su due piedi. Ecco com'è andata a finire. E di punto in bianco, – aggiunse Marthe dopo una pausa, – oggi pomeriggio me lo trovo davanti, che lo stanno cercando per quegli omicidi. Al che io l'ho lavato, l'ho infilato sotto il piumone e ora dorme. Capito la storia, adesso?

Louis si alzò e prese a camminare per la stanza, una mano tra i capelli. Erano anni che la conosceva, ma la vecchia Marthe non gli aveva mai parlato di quel ragazzo.

– Non me ne avevi mai parlato.

– E perché avrei dovuto? Non sapevo dove fosse finito.

– Be', adesso lo sai. E vorrei proprio sapere cosa conti di fare, con un assassino nel tuo letto.

Marthe sbatté il bicchiere sul tavolo.

– Quello che conto di fare, è che tutti dovranno stargli alla larga e nessuno gli farà del male, capito? Su questo non ci piove.

Louis rovistò sulla scrivania e ritrovò il giornale di quella mattina. Lo aprí a pagina 6 e con un gesto secco lo posò sul tavolo, sotto gli occhi di Marthe.

– Dimentichi qualcosa.

Lo sguardo di Marthe si posò sul titolo, poi esaminò i volti delle donne uccise. «L'assassino fa una seconda vittima a Parigi».

– Forza, – disse Louis, – rileggi. Due donne strangolate con una calza, finite a mani nude, il busto decorato con una decina di colpi di forbice, o di cacciavite, di scalpello, di...

– Vedo che non capisci, – disse Marthe stringendosi nelle spalle. – Non è stato Clément a fare queste porcherie. Come fai a pensare una cosa simile? Ricordati che gli ho dato cinque anni di istruzione, a quel bambino. Non è poco. E tu credi che se fosse stato lui sarebbe tornato dalla sua Marthe?

– Marthe, io mi chiedo se hai idea di quel che può frullare in testa a un assassino.

– E tu?

– Piú di te.

- E Clément, pure lui lo conoscevi piú di me?
- Perché, cosa dice Clément?
- Che quelle due donne le conosceva, che le ha sorvegliate, che gli ha portato delle piante in vaso. Proprio come il tipo descritto sul giornale, su questo niente da dire.
- Ma quelle due donne lui non le ha toccate, naturalmente...
- È cosí, Ludwig.
- E perché le sorvegliava?
- Non lo sa.
- No?
- No, dice che gli avevano chiesto di farlo.
- Chi?
- Non lo sa.
- Ma cos'è, un deficiente?

Marthe rimase qualche secondo in silenzio, le labbra serrate.
- Proprio cosí, Ludwig, - disse agitandosi, - è questo il fatto. Non è molto... insomma... non è molto sveglio.

Marthe mandò giú un sorso di vino e sospirò. Louis guardò le tazze di tè che nessuno dei due aveva toccato. Si alzò lentamente e le mise nel lavandino.
- Ma se non ha fatto nulla, - disse sciacquando le tazze, - perché si nasconde sotto le tue coperte?
- Perché Clément crede di essere idiota, crede che appena uscirà allo scoperto gli sbirri gli salteranno addosso e lui non sarà capace di venirne fuori.
- E tu credi a tutto quello che dice?
- Sí.
- E non c'è speranza che ci ripensi?

Marthe aspirò dal sigaro senza rispondere.
- E quanto è alto, questo tuo figlioccio?
- Nella media. Un metro e settantacinque, piú o meno.
- È grosso?
- Figurati, cosí! - disse Marthe mostrando il mignolo.
- Aspettami domani verso mezzogiorno, e attenta a non farlo scappare.

Marthe sorrise.

- No, vecchia mia, - disse Louis scrollando la testa, - non farti illusioni. Non mi fido quanto te di quel tipo, me ne guardo bene. Tutta questa faccenda mi sembra confusa, drammatica e anche un po' grottesca. E oltretutto, non ho la minima idea di quel che si potrebbe fare. Te l'ho detto. In questo momento, per me, esistono solo le scatole da scarpe.
- Non sono mica incompatibili.
- Sei sicura di voler tornare a casa?
- Ci mancherebbe.
- E se domani ti ritrovo strangolata e sforacchiata, te ne assumi la responsabilità?
- Non ho paura di niente. Le vecchie non gli interessano.
- Lo vedi, - mormorò Louis, - che non sei poi cosí sicura di lui.

Capitolo settimo

Louis Kehlweiler non ebbe la forza di alzarsi alle dieci come previsto. Prima di andare da Marthe voleva passare da Marc Vandoosler, quindi sarebbe arrivato in ritardo. S'immaginava Marthe che lo aspettava nervosa sullo sgabello in cucina, covando con lo sguardo una specie di stupida bestia assassina. Quel tipo era ricercato in tutto il Paese e Marthe non trovava niente di meglio che teterselo in casa come una bambola di porcellana. Louis brontolò tra sé e si versò un'altra tazza di caffè. Cercare di sottrarlo all'ala protettrice della vecchia Marthe sarebbe stata dura: lo aspettava una vera e propria sfida, avrebbe dovuto portare mille prove dei delitti di Clément per costringere Marthe ad aprire gli occhi. E anche cosí, non era mica detto che lei accettasse di mollarlo.

Certo, avvertire la polizia avrebbe sistemato tutto. Tempo dieci minuti sarebbero arrivati da Marthe, avrebbero portato via il ragazzo e fine della storia.

Ma sarebbe stato un tradimento infame e a Marthe sarebbe venuto un colpo. No, allertare anche solo mezzo sbirro era chiaramente fuori discussione. Tanto piú che avrebbero messo dentro pure Marthe. Louis sospirò esasperato. Si trovava in un vicolo cieco: proteggeva un assassino e metteva in pericolo delle vite; per non parlare di Marthe, che poteva restarci in qualsiasi momento, con un tipo cosí.

Louis si passò piú volte la mano tra i capelli, un po' teso. Il confronto su questo Clément non sarebbe stato facile: da una parte Marthe, che in lui vedeva unicamente il ragazzino indifeso che aveva tanto amato, dall'altra lui, che ci vedeva un uomo dall'infanzia disastrata, sulla strada senza ritorno degli assassini di donne. Marthe non provava che tenerezza, e lui nient'altro che orrore. Tuttavia bisognava assolutamente trovare un modo indolore di strapparle quella mostruosa creatura.

Louis finí di vestirsi pensando a quanti erano morti nel tentativo di portare via un cucciolo a mamma orsa, anche quando il cucciolo era brutto come il peccato. Frugò in un cassetto della cucina, prese un coltello a serramanico e se lo mise in tasca. Solo Marthe poteva non avere paura di uno che uccide a colpi di forbice.

Verso mezzogiorno bussò alla porta di Marc Vandoosler, in rue Chasle. Nonostante le migliorie apportate da Marc e dai suoi coinquilini, nel quartiere quella casa era comunemente chiamata «la topaia». Sembrava che non ci fosse nessuno, nemmeno Vandoosler il Vecchio, il padrino, che viveva nel sottotetto e faceva capolino dal lucernario non appena sentiva dei passi. Louis ci era venuto soltanto due volte e alzò gli occhi per esaminarne la facciata. Imposte chiuse al terzo piano, ovvero, se ben ricordava, quello occupato da Lucien Devernois, lo storico dell'età contemporanea sempre lí a raschiare il fondo delle trincee della Prima guerra mondiale. Deserto pure il secondo piano, dove alloggiava il medievista Marc Vandoosler; e neanche un'ombra al primo piano, regno di Mathias Delamarre, studioso della preistoria. Louis scosse il capo, seguendo con lo sguardo i muri scalcinati di questa grande casa, dove i tre studiosi del tempo si erano accuratamente disposti in ordine cronologico. In mancanza di una qualche struttura sociale e di qualsiasi prospettiva professionale, Marc Vandoosler aveva decretato che preservare l'ordine del tempo fosse una necessità vitale. I tre vivevano quindi uno sopra l'altro, incastonati tra un pianterreno in comune, destinato a casino primordiale, e il sottotetto dove alloggiava Vandoosler il Vecchio, un ex poliziotto dalla carriera piuttosto confusa che si occupava essenzialmente del proprio tempo, e del modo migliore di occuparlo. E tutto sommato, rifletteva Louis, quella specie di agglomerato di personalità inconciliabili, concepito in gran fretta due anni prima per far fronte alla rovina economica, resisteva meglio di quanto avesse lasciato sperare.

Louis spinse il vecchio cancello che nessuno chiudeva mai e attraversò il giardinetto incolto che circondava la casa. Spiando dal vetro ispezionò la grande stanza a pianterreno, che Marc chiamava refettorio. Vuoto assoluto e porta chiusa a chiave.

– Salve, Tedesco. Cerchi gli evangelisti?

Kehlweiler si voltò e salutò Vandoosler il Vecchio, che arrivava sorridente tirandosi dietro un carrellino pieno di cibo. Vandoosler aveva preso l'abitudine di chiamare i suoi coinquilini san Marco, san Matteo e san Luca, oppure «gli evangelisti», per far prima, e tutti avevano dovuto adattarsi, visto che comunque il Vecchio non sembrava intenzionato a demordere.

– Salve, Vandoosler.

– È un pezzo che non ti fai vedere, – disse Vandoosler il Vecchio cercando le chiavi. – Vuoi fermarti a pranzo? A mezzogiorno faccio il pollo e stasera gratin.

– No, devo scappare. Cercavo Marc.

– Hai qualcosa per le mani? Dicono che sei uscito dal giro.

Decisamente, pensò Louis irritato, non c'era verso di interessarsi alle scatole da scarpe senza che tutta Parigi ne fosse al corrente e ognuno dicesse la sua. Notò un'ombra di disapprovazione nella voce del vecchio poliziotto.

– Senti, Vandoosler, non fare lo sbirro, per piacere. Sai meglio di me che non si può passare la vita a sguazzare nel crimine.

– Tu non ci sguazzavi mica, tu investigavi.

– È la stessa cosa.

– Può darsi, – disse il Vecchio spingendo la porta. – E quindi ora che fai?

– Metto in ordine le scarpe, – disse Louis seccamente.

– Ah sí? È meno esteso, come ambito.

– Sicuramente meno esteso. E con ciò? Tu non ti occupi forse di gratin?

– Ma tu lo sai perché faccio il gratin? – disse Vandoosler il

Vecchio guardandolo fisso. – Liquidi l'argomento in quattro e quattr'otto senza sapere, senza attenzione, senza neanche domandarti: «Perché mai Armand Vandoosler fa il gratin?»

– Me ne frego del tuo gratin, – disse Louis al limite della sopportazione. – Sto cercando Marc.

– Faccio il gratin, – continuò Armand Vandoosler aprendo la porta del refettorio, – perché nel gratin sono il migliore. È il mio talento, che dico, il mio genio a costringermi a gratinare. E tu, Tedesco, missione o non missione, avresti dovuto continuare con le indagini.

– Nessuno è obbligato a fare ciò che sa fare.

– Non sto parlando di quel che sai fare, ma di quello in cui sei il migliore.

– È al secondo, giusto? – chiese Louis dirigendosi verso le scale. – La faccenda della scala cronologica è sempre la stessa? Magma al pianterreno, Preistoria al primo piano, Medioevo al secondo e Grande Guerra al terzo?

– Esatto. E io nel sottotetto.

– E tu cosa rappresenti, lassú?

– La decadenza, – disse Vandoosler con un sorriso.

– Già, – mormorò Louis, – me l'ero dimenticato.

Louis entrò nella camera di Marc e aprí l'armadio.

– Perché mi stai addosso? – chiese a Vandoosler che seguiva ogni sua mossa.

– Sarei contento di sapere perché vieni a frugare tra le cose di mio nipote.

– Dov'è tuo nipote? Non lo vedo da parecchie settimane.

– Sta lavorando.

– Ah sí? – fece Louis voltandosi. – E cosa fa?

– Te lo spiegherà lui.

Louis scelse due magliette, un paio di pantaloni neri, un maglione, una giacca e una felpa. Stese tutto sul letto, studiò l'effetto d'insieme, aggiunse una cintura con la fibbia d'argento e annuí.

– Può andare, – mormorò. – È un esempio perfetto della ricercatezza adolescenziale di Marc. Hai una valigia?

– Di sotto, nel magma, – disse Vandoosler il Vecchio indicando il pavimento.

Louis scelse una vecchia valigia nello sgabuzzino, ci mise i vestiti piegati a dovere e salutò il Vecchio. Per strada incrociò Marc Vandoosler.

– Meglio cosí, – disse Louis. – Sto portandomi via la tua roba.

Appoggiò la valigia sul ginocchio e l'aprí.

– Guarda, – disse. – Se vuoi puoi fare l'inventario. Te li restituisco appena possibile.

– Che cavolo ci fai con i miei vestiti? – disse Marc piuttosto scocciato. – E dove stai andando? Vieni a bere una cosa?

– Non ho tempo. Ho un appuntamento alquanto sgradito. Vuoi accompagnarmi, per vedere dove vanno i tuoi stracci?

– È interessante? Dicono che sei uscito dal giro.

Louis sospirò.

– Sí, – disse. – Sí, sono uscito dal giro.

– E di cosa ti stai occupando?

– Scatole da scarpe.

– Davvero? – chiese Marc, sinceramente sorpreso. – E hai intenzione di inscatolare anche i miei vestiti?

– Con i tuoi vestiti ci devo vestire un bruto che ha massacrato due donne, – disse con durezza Louis.

– Due donne? Di chi stai parlando, del killer delle forbici?

– Esatto, il killer delle forbici, – disse Louis richiudendo la vecchia valigia. – E allora? Ti disturba se gli presto i tuoi stracci?

– Sei un bel rompicoglioni, Louis! Non ti vedo da una vita, mi freghi la giacca piú bella che ho per camuffare un assassino e poi mi tratti a pesci in faccia!

– Chiudi la ciabatta, Marc! Vuoi proprio che ti senta tutto il quartiere?

– Me ne frego. Non ci sto capendo niente. Torno a casa, ho della roba urgente da stirare. Tieniti pure i miei stracci, se ti diverte.

Louis lo afferrò per la spalla.

– Non mi diverte affatto, Marc. Ma non c'è altra soluzione, e questa storia mi sta mandando fuori di testa. Non c'è altra soluzione, ti dico. Dobbiamo nascondere quel tipo; e proteggerlo, vestirlo, pettinarlo, lavarlo.

– Come un bambolotto?
– L'hai detto, Marc.

Era quasi l'una. Il caldo cominciava a farsi sentire.

– Non ti seguo, – disse Marc abbassando la voce.
– Lo so. Sembra proprio che quel tipo faccia perdere la bussola a tutti quelli che incontra.
– Chi? Lui?
– Lui, il bambolotto.
– E perché ti occupi di questo bambolotto? – continuò Marc con calma. – Credevo che fossi uscito dal giro...

Louis posò la valigia sul marciapiede, s'infilò lentamente le mani in tasca e guardò a terra.

– Quel tizio, – scandí lentamente, – il killer delle forbici, *è il bambolotto della vecchia Marthe*. Se non ci credi seguimi. Vieni con me, vecchio mio. È andato a piazzarsi sotto il suo piumone.

– Quello grande rosso?
– Di cosa stai parlando?
– Del piumone.
– Cazzo ci frega del piumone, Marc. Quel che conta è che adesso vive da lei. Sembra che tu lo faccia apposta a non capire! – aggiunse Louis alzando di nuovo la voce.
– Quello che non capisco, – disse Marc seccamente, – è come cavolo è possibile che quel tipo sia il bambolotto di Marthe.
– Che ora fai?

Louis non portava mai l'orologio, si affidava al senso del tempo.

– L'una meno dieci.
– Faremo tardi. Non importa, andiamo al bar, cosí ti spiego com'è che Marthe ha un bambolotto. Anch'io l'ho saputo soltanto stanotte. E ti assicuro che c'è poco da ridere.

Capitolo ottavo

Louis e Marc camminarono in silenzio fino a place de la Bastille. A tratti Marc lo aiutava con la valigia: Louis zoppicava un po', per un ginocchio rovinato in un incendio, e quel caldo e quella valigia peggioravano le cose. Marc avrebbe preso volentieri il metró, ma sembrava che per Louis in città non esistesse nulla di simile. A lui piaceva spostarsi a piedi, al limite in bus, e siccome quando lo si contrariava era piuttosto rompiballe Marc lasciava correre.

Verso le due, Louis si fermò davanti alla porta di Marthe, in un vicolo cieco non lontano dalla piazza. Teso in volto, puntò su Marc gli occhi verdissimi. Per dirla con Marthe, stava facendo il suo muso da tedesco, un'espressione rigida e inquietante che Marc chiamava faccia da unno del basso Danubio.

– Che aspetti? – chiese Marc.

– Penso che sia una cazzata, – disse Louis a bassa voce appoggiandosi alla porta. – Avremmo dovuto avvertire la polizia.

– Non possiamo, – sussurrò Marc.

– Perché no?

– Per il bambolotto, – disse Marc, sempre sussurrando. – Prima, al bar, me l'hai spiegato molto bene tu stesso. Per la polizia lui è l'assassino, per Marthe, invece, è il suo bambino.

– E per noi, è un bel casino.

– Esatto. Suona, adesso; non staremo mica piantati davanti alla porta per delle ore!

Marthe aprí con circospezione e squadrò Louis con la stessa espressione cocciuta del giorno precedente. Per la prima volta in vita sua, si fidava di Louis soltanto a metà.

– Non è il caso di fare quel muso da tedesco, – disse con un'alzata di spalle. – Vedi bene che non mi ha mangiata. Entra.

Li precedette in una piccola stanza e andò a sedersi sul letto, accanto a un ragazzo magro che teneva la testa china, al quale carezzò la mano.

– È l'uomo di cui ti ho parlato, – gli disse piano. – È venuto con un amico.

Il ragazzo gli lanciò uno sguardo torbido e Louis rimase sconvolto. In quel viso tutto, o quasi, era spiacevole: la forma allungata, i contorni indefiniti, la fronte alta, la pelle bianca un po' chiazzata, le labbra sottili. Perfino le orecchie – dal bordo malfatto – erano sgradevoli a vedersi. Gli occhi, è vero, miglioravano un po' l'insieme: grandi, neri, anche se totalmente inespressivi. E i capelli: chiari, folti e ricci. Louis guardava affascinato Marthe accarezzare senza ritegno la testa di quel tipo decisamente repellente.

– È l'uomo di cui ti ho parlato, – ripeté Marthe meccanicamente continuando a lisciargli la testa.

Clément fece una specie di saluto silenzioso. Che ripeté rivolto a Marc.

E Louis vide che aveva una faccia da imbecille.

– Siamo a posto, – mormorò, posando la valigia su una sedia.

Marthe gli venne incontro, superando con prudenza i tre metri che li separavano e lanciando delle occhiate verso il letto, come se la distanza mettesse in pericolo il suo pupillo.

– Cos'hai da guardarlo cosí? – chiese con voce bassa e rabbiosa. – Non è mica una bestia.

– Nemmeno un angelo, – disse Louis tra i denti.

– Non ti ho mai detto che era un bel ragazzo. E comunque, non è un buon motivo per guardarlo in quel modo.

– Lo guardo per quello che è, – rispose Louis impaziente, con voce quasi impercettibile. – E vedo il tipo descritto sul giornale, quello che spiava le due donne sotto le finestre. Perché è chiaro, Marthe, hai ragione tu, è lui, non c'è dubbio. Quella faccia da pidocchio, i calzoni militari. Tutto quadra.

– Non parlarne cosí, – lo minacciò Marthe. – Cosa ti prende?
– Mi prende che ha veramente tutto contro.
– Tranne me. E se non hai intenzione di collaborare, gli basterò io. Puoi andartene.

Marc guardava Louis e Marthe scontrarsi e la brutalità di Kehlweiler lo sconcertava. Di solito il Tedesco era un tipo placido e di larghe vedute, non incline ai giudizi avventati. Nemico della perfezione, rispettoso dei difetti, maestro del dubbio e della confusione, non insultava mai, se poteva farne a meno. L'aria sprezzante con cui respingeva quel poveraccio sprofondato nel piumone lo disorientava. Ma il fatto è che a Louis non piacevano i macellai; e amava le donne. Evidentemente l'innocenza di quell'uomo non lo convinceva. Le mani strette sulle ginocchia, Clément non distoglieva lo sguardo da Marthe e pareva sforzarsi di capire ciò che si diceva intorno a lui. Marc pensò che piú che altro sembrava un demente, e questo lo rattristò. Marthe si era scelta un bambolotto ben strano.

Andò a bere un sorso d'acqua del rubinetto, si asciugò la bocca sulla manica e picchiettò sulla spalla di Louis.

– Non l'abbiamo neanche ascoltato, – disse piano, accennando con il mento a Clément.

Louis inspirò: constatava con sorpresa che mentre Marc era perfettamente tranquillo, lui era quasi fuori di sé. Tutto il contrario di ciò che accadeva di solito.

– Te lo dicevo io, – disse calmandosi, – questo qui fa girare la testa a tutti quanti. Trovami una birra, Marthe, che proviamo a parlare.

Poi lanciò un'occhiata circospetta al ragazzo con la faccia da scemo che, le mani sempre incollate alle ginocchia, non si era mosso dal letto e lo fissava con i suoi begli occhi vuoti nel viso bianco.

Marthe, ostile, allungò una sedia a Louis. Marc prese un grosso cuscino e si sedette a gambe incrociate per terra. Con uno sguardo d'invidia, Louis si piazzò sulla sedia e distese le lunghe gambe. Prima di cominciare fece un bel respiro.

– Ti chiami Clément? Clément come?

Il giovanotto raddrizzò la schiena.

– Vauquer, – rispose, con l'espressione diligente di chi ce la mette tutta per non deludere.

Poi lanciò un'occhiata a Marthe che gli fece un cenno d'assenso.

– Perché sei venuto da Marthe?

Il ragazzo corrugò la fronte e masticò alcuni istanti a vuoto, come se macinasse dei pensieri. Poi tornò a Louis.

– Punto *a*, perché per quanto mi concerne non conoscevo nessuno, punto *b*, perché mi ero cacciato di persona in una macchina tremenda. La macchina, punto *c*, era nei giornali. Onde per cui avevo potuto sentirla da me stesso il mattino.

Louis guardò Marthe, frastornato.

– Parla sempre cosí? – le sussurrò.

– È perché tu lo metti in soggezione, – disse lei irritata. – Cerca di fare delle frasi complicate e non ci riesce. Devi essere piú semplice.

– Non abiti a Parigi? – riprese Louis.

– A Nevers. Ma conosco Parigi dalla mia infanzia personale. Con Marthe.

– Ma non è per Marthe che sei venuto, vero?

Clément Vauquer scosse la testa.

– No, sono venuto al seguito della telefonata.

– Cosa fai a Nevers?

– Suono musica per fisarmonica, di giorno nelle piazze e la sera nei caffè.

– Sei musicista?

– No, suono soltanto la fisarmonica.

– Non ci credi? – interruppe Marthe.

– Per piacere, Marthe, lascia fare. Già non è facile, credimi. Invece di startene in piedi pronta a scattare siediti, ci innervosisci tutti quanti.

Louis aveva ritrovato la sua voce lenta e rassicurante. Si concentrava su quel giovanotto magro e Marc lo osservava all'opera, sorseggiando una birra. Era rimasto sorpreso dal timbro della voce di Clément, bello e musicale. Era piacevole da ascoltare, in quella tempesta di parole.

– E poi? – riprese Louis.
– Che cosa?
– Questa telefonata?
– L'ho ricevuta in un caffè dove vado a lavorare, e soprattutto il mercoledí. Il padrone ha detto che il telefono chiedeva di Clément Vauquer, onde per cui la persona che si trattava ero io.
– Sí, – disse Louis.
– Il telefono chiedeva se volevo un lavoro di fisarmonica a Parigi, in un ristorante nuovo molto ben pagato ogni sera. Mi aveva sentito suonare e aveva questo lavoro dal canto mio.
– E allora?
– Il padrone mi ha detto che dovevo dire di sí. Ho detto di sí.
– Come si chiama quel caffè? Quel caffè di Nevers?
– Il caffè si chiama *L'occhio di lince*.
– Dunque hai detto di sí. E poi?
– Mi hanno dato le spiegazioni: il giorno che arrivo, l'hotel dove vado a stare, la busta che mi daranno, il nome del ristorante dove lavorerò. Ho seguito tutte le spiegazioni il che dimostra: punto *a*, che sono arrivato il giovedí, e punto *b*, che sono andato subito all'hotel, e punto *c*, che mi hanno dato la busta con i soldi d'anticipo.
– Che albergo era?

Clément Vauquer masticò a vuoto alcuni istanti.

– Un hotel con delle palle. Hotel delle tre palle, o delle quattro, o delle sei. Parecchie, comunque. Stazione Saint-Ambroise. Saprei ritrovarlo. C'è il mio nome personale sul registro, Clément Vauquer, telefono in camera e servizi. Ha chiamato per dire che si rimandava.
– Spiegati.
– Si rimandava. Dovevo cominciare il sabato ma il ristorante non era ancora pronto, per via del ritardo di tre settimane

di lavori. Il tizio ha detto che nell'attesa avrei fatto altro. È cosí che per quanto mi concerne ho finito per occuparmi delle donne.
– Racconta tutto meglio che puoi, – disse Louis chinandosi in avanti. – L'hai avuta tu l'idea delle donne?
– Quale idea delle donne?
– Parla chiaro, cazzo! – ringhiò Marthe in direzione di Louis. – Vedi bene che fa fatica, poverino. È una brutta storia, prova a metterti nei suoi panni.
– L'idea di cercare delle donne? – continuò Louis.
– Di cercare delle donne per far cosa? – chiese Clément.
Poi restò a bocca aperta, le mani sempre sulle ginocchia, perplesso.
– Cosa volevi fare, con quelle donne?
– Regalare una pianta in vaso e sorvegliare la loro...
Il giovanotto aggrottò la fronte e mosse le labbra senza emettere suono.
– ... la loro moralità, – continuò. – È la frase del telefono. Dovevo sorvegliare la loro moralità, perché il ristorante fosse tranquillo con questa morale, quando le donne ci andavano a lavorare. Erano le cameriere.
– Vuoi dire, – disse calmo Louis, – che quello ti ha chiesto di sorvegliare le sue future cameriere e di fargli rapporto?
Clément sorrise.
– Esatto. Per quanto mi concerne avevo i due nomi e gli indirizzi. Dovevo cominciare dalla prima e continuare dalla seconda. Poi ci sarebbe stata la terza.
– Cerca di ricordarti esattamente quello che ha detto il tizio.
Seguí un lunghissimo silenzio. Clément Vauquer dimenava le mascelle e si schiacciava il naso con l'indice. Marc aveva l'impressione che facesse leva sul naso per cercare di tirarsi fuori le idee dalla testa. E stranamente, il sistema parve funzionare.
– Lo ripeto con la sua voce, – disse Clément con la fronte increspata e l'indice sul naso. – La sua voce è piú bassa di me. Lo dico piú o meno come mi ricordo di persona: «La prima ragazza si chiama taldeitali e ha l'aria di una ragazza seria ma non

possiamo metterle la mano sul fuoco. Abita in square d'Aquitaine al numero taldeitali e tu vacci a rendertene conto. Non c'è necessario di essere discreto, e non è faticoso. Appostati nella strada, vedi un po' se porta a casa gente, degli uomini, o se va a fumare nei caffè o cosa o a bere, o se va a dormire tardi o cosa, guardando la luce alla finestra se si alza presto o tardi o cosa. Lo fai cinque giorni, venerdí, sabato, domenica lunedí martedí. Poi vai a comperare una pianta in un vaso di plastica e gliela porti da parte del ristorante, per vedere un po' com'è la casa. Ti chiamerò mercoledí per sapere e poi ricomincerai daccapo con la seconda ragazza che ti racconterò».

Clément tirò un gran sospiro e lanciò un'occhiata a Marthe.

– Lui parla molto meglio di cosí, – precisò, – ma è proprio questo che voleva dire. Era il lavoro che dovevo fare nell'attesa del ristorante. Ma lui parla molto meglio. Quindi, punto *a*, sono andato in square d'Aquitaine e ho fatto il mio lavoro. E d'altronde, punto *b*, da quel che ho potuto considerare di persona la ragazza era molto seria e il mercoledí ho scelto una bella felce in un vaso di plastica e ho suonato il campanello. Hanno un buonissimo odore, le felci. Lei era stupita ma si è tenuta la pianta senza farmi entrare, era molto seria, non ho visto bene la casa, ero arrabbiato. Poi, punto *b*...

L'uomo si bloccò. Per la prima volta, l'inquietudine irruppe nel suo sguardo. Si girò verso Marthe.

– L'ho mica già fatto, il punto *b*? – bisbigliò.

– Sei al *c*, – disse Marthe.

– Punto *c*, – continuò Clément, che si era subito voltato verso Louis, – a partire dal lunedí successivo mi sono occupato della seconda ragazza. Era meno seria, aveva l'appartamento in rue de la Tour-des-Dames e non dava l'impressione di diventare cameriera ben presto. Non aveva uomini in casa ma ne aveva di fuori, andavano via in macchina blu e lei rientrava molto tardi. Mica seria. E punto *d*, le ho comunque portato il vaso, ma la felce l'ho scelta un po' meno grossa, per via del tizio della macchina blu che non mi piaceva. Anche lei si è tenuta la pianta, ma era stupita uguale e non ho potuto entrare uguale. E dopo avevo finito il lavoro. Al telefono, il tizio del ristorante mi ha fatto tante congratulazioni e mi ha detto di muovermi il meno possibile, che presto mi avrebbe detto dove andare per la terza, e soprattutto di non muovermi. Soprattutto.

– E tu sei rimasto in camera?

– No. Mi sono mosso il giorno dopo l'indomani. Sono andato a bere un caffè al caffè.

S'interruppe, aprí la bocca, guardò Marthe.

– Non è niente, – disse Marthe. – Continua.

– Lí, – riprese Clément esitante, – c'erano delle persone e il giornale, e loro lo leggevano. Dicevano il nome della strada e il nome della donna morta.

Improvvisamente nervoso, Clément si alzò e si mise a camminare per la stanza, tra il lavandino e il letto.

– Ecco, – disse senza fiato, – la storia è finita.

– Ma al caffè cos'hai pensato?

– E poi piantiamola! – disse bruscamente Clément. – Non ce la faccio piú a raccontare, ne ho abbastanza, ho finito le parole! Per quanto mi concerne ho già spiegato tutto a Marthe, può dirvi tutto lei. Non voglio piú parlarne, sono stanco con quelle donne. A furia di parlarne di persona mi viene voglia di una.

Marthe si avvicinò a Clément e gli strinse le spalle.

– E ha pure ragione, – disse a Louis, – con le tue domande gli stai consumando il cervello. Anzi, – disse rivolgendosi a Clément, – adesso il mio ometto si fa una bella doccia, una doccia di almeno cinque minuti. Ti dirò io quando basta. Sciacquati anche i capelli.

Clément fece di sí con la testa.

– Già che ci siamo, – disse Louis afferrando la valigia, – digli di infilarsi questi. In cambio può darmi i suoi stracci, cosí li facciamo sparire una volta per tutte.

Marthe allungò gli indumenti neri a Clément e lo spinse nel piccolo bagno. Poi guardò Louis con diffidenza.

– Darti i suoi stracci? Perché tu li tenga e poi, per quanto ti concerne, vada a rifilarli agli sbirri?

– Parli come lui, – osservò Louis.
– Cos'ho detto?
– Per quanto ti concerne.
– E allora? Che male c'è?
– Dimostra semplicemente che sei in suo completo potere, vecchia mia. Se vuoi il mio parere, sei cotta.
– E allora? È il mio bambino o no?
– Certo, Marthe, è il tuo bambino, per quanto ti concerne.
– Non prendermi per i fondelli.
– Non ti sto prendendo per i fondelli. Cerco di farti capire che saresti pronta a uccidere tutti i tuoi amici per un «bambino» che non vedi da ben sedici anni.
Marthe si lasciò cadere sul letto.
– Quello che mi uccide, – disse abbassando la voce, – è che sono l'unica che lo aiuta, Ludwig. Sono l'unica a credergli. Eppure sta dicendo la verità, perché solo un ragazzo come Clément avrebbe potuto accettare un lavoro come quello senza farsi domande, senza sospettare di nulla, senza cercare di capire, senza leggere i giornali. È addirittura andato a portare quei vasi di felce, coperti d'impronte... A me è questo che mi uccide... Quelle impronte, ti rendi conto? È fottuto, Ludwig, fottuto! Clément è di gran lunga troppo tonto e quell'altro di gran lunga troppo furbo!
– Credi davvero che sia tonto?
– Cosa pensi? Che faccia finta?
– E perché no?
– No, Ludwig, no... Era già cosí da bambino. Lo sa Dio se non mi sono fatta in quattro, ma niente... Rovinato dalla famiglia, ecco cos'è; e in questi casi c'è poco da fare.
– E quel modo di parlare, dov'è andato a pescarlo?
Marthe sospirò.
– Dice che è per parlare in modo rispettabile... Devono essere delle espressioni che ha sentito in giro e che ripete un po' come viene... Ma a lui gli suonano serie, capisci? E allora... che ne pensi?
– Non granché bene, Marthe.

Marthe chinò la testa.

– Ci avrei scommesso. Non fa una buona impressione.

– Non è solo questo. È nervoso, magari anche violento. E quando si parla di donne perde la tramontana. L'argomento lo turba.

– Turba anche me, – intervenne Marc.

Louis si voltò verso Marc che, sempre seduto per terra, lo guardava sorridendo.

– Credevamo che ti avessero mangiato la lingua, – disse Marthe. – Non è da te rimanere in silenzio.

– Lo stavo ascoltando, – disse Marc accennando alla porta del bagno. – Ha una bella voce.

– Dunque, le donne? Cosa stavi dicendo? – chiese Louis prendendo un'altra birra.

– Dicevo che turba anche me quando se ne parla, – disse Marc scandendo bene le parole. – Se in lui c'è qualcosa di normale è proprio questo. Non è leale sfruttare questo elemento per condannare uno che ha già tutto per risultare spiacevole. E poi il suo amore per Marthe, capisco anche questo.

Marc strizzò l'occhio alla vecchia Marthe. Accasciato sulla sedia, le gambe distese, Louis rifletteva.

– Forse ti stai lasciando fregare anche tu, – disse, l'occhio inchiodato al muro. – Solo per colpa della sua voce. Lui è un musicista, e tu per seguire una bella musica saresti pronto persino ad andare in guerra, come l'ultimo dei cretini.

Marc si strinse nelle spalle.

– Penso solo che quel ragazzo sia una perla rara, – disse. – Abbastanza ottuso da eseguire punto per punto e senza farsi domande ciò che gli viene chiesto e abbastanza cieco da non vedere la fossa che gli stanno scavando sotto i piedi: una vera e propria manna, per un manipolatore. E questo è da tenere in considerazione.

Clément uscí dal bagno in quell'istante, i capelli grondanti, i vestiti neri di Marc addosso e la cintura con la fibbia d'argento in mano.

– Devo mettermi anche questa di persona? – domandò.

– Sí, – disse Louis. – Mettitela, per quanto ti concerne.

Clément si affannò a infilare la cintura nei passanti dei calzoni; l'operazione fu piuttosto laboriosa.

– Prima non mi hai risposto. A cos'hai pensato, al caffè, quando hai sentito la storia dell'omicidio?

Clément grugní e tornò al suo posto sul letto, piedi nudi e calze in mano. Si schiacciò il naso e si accinse a infilarsi il primo calzino.

– Punto *a*, che conoscevo la donna che era morta onde per cui le avevo regalato la felce. Punto *b*, che dato che dovevo sorvegliarla le avevo portato scalogna. E nel giornale parlavano di me. E rimuginando di persona su quella coincidenza mi è venuto in mente che ero nel buco di una trappola, dalla quale ho cercato Marthe.

Con il calzino in mano, Clément si protese verso Louis.

– È una macchina, – disse.

– Una macchinazione, – precisò Marthe.

– Al cui riguardo le uscite non esistono, – continuò con fermezza Clément, – onde per cui sono stato scelto apposta e importato da Nevers per telefono.

– E perché, tra tanti, avrebbero scelto te?

– Perché, tra tanti, l'imbecille sono io.

Ci fu un silenzio. Clément si infilava il secondo calzino. Aveva un modo meticoloso d'indossare i vestiti.

– E tu come lo sai? – chiese Louis.

– Ma perché me l'hanno sempre detto, già, – rispose Clément alzando le spalle. – Perché per quanto mi concerne io non capisco tutto quel che succede, né sui giornali, onde faccio fatica a leggerli. Solo Marthe non me lo diceva mai, ma Marthe è molto buona dal canto suo.

– Esatto, – disse Marc.

Clément guardò Marc e gli sorrise. Aveva un sorriso infossato che non scopriva i denti.

– Sai come sono morte quelle donne? – insisté Louis.

– Non voglio parlarne, mi dà fastidio.

Marc stava senz'altro per dire «anche a me», ma Louis lo frenò con un'occhiata.

– Lascia stare, Marc, ci fermiamo qui, – concluse alzandosi. Marthe gli lanciò uno sguardo ansioso.

– No, – disse Louis in tono amareggiato. – Non so che dire, Marthe. Ma qualsiasi cosa abbia fatto il tuo pupillo, per il momento abbiamo le mani legate. Tagliagli i capelli, e fagli una tinta. Che non dia troppo nell'occhio, per favore. Un bel castano scuro. Niente rosso, soprattutto. E che si faccia crescere la barba, tingeremo anche quella nei prossimi giorni, se non finisce in gabbia prima.

Marthe fece per parlare ma Louis le mise una mano sulla bocca.

– No, vecchia mia, lasciami finire e fai esattamente quello che ti dico: oggi non lasciarlo uscire per nessuna ragione, nemmeno se strepita che vuole andare a bere un caffè al caffè.

– Gli leggerò delle storie.

– Ecco, brava, – disse Louis in tono irritato. – E se devi uscire chiudi la porta a chiave. Il suo fagotto, tutta la sua roba la dài a me. Bisogna farla sparire.

– E chi mi dice che non la tieni tu?

– Nessuno. Ce l'hai un'arma?

– Non la voglio.

Marthe raccolse tutta la roba di Clément e la cacciò nel suo zainetto.

– E la fisarmonica? – domandò. – Non gli porterai via anche quella!

– L'aveva con sé quando sorvegliava le donne?

Marthe interrogò Clément con lo sguardo, ma il ragazzo non stava piú ascoltando. Lisciava il piumone rosso con il palmo della mano.

– Ometto mio, – gli disse Marthe, – te l'eri portata la fisarmonica, per spiare le donne?

– Ma no, Marthe, pesa troppo. E non serve mica per la sorveglianza.

– Hai visto, – disse Marthe tornando da Louis. – E poi sul giornale non ne parlano.

– Molto bene. Ma che non gli salti in mente di suonarla; nemmeno una nota, mi raccomando. Nessuno deve sapere che c'è

un estraneo in casa tua. Quando farà buio verremo a prenderlo per portarlo da un'altra parte.
– Da un'altra parte?
– Sí, vecchia mia. In un posto dove non ci sono donne da uccidere e dove potremo sorvegliarlo giorno e notte.
– In galera? – gridò Marthe.
– Smettila di strillare in continuazione! – s'innervosí Louis. Era la terza volta che succedeva, quel mattino. – Fidati di me, una buona volta! Si tratta solo di sapere se il tuo bambolotto è un mostro o semplicemente un fesso! È l'unico modo per tirarlo fuori da questo guaio! Intanto, e finché non ne saprò qualcosa, alla polizia non lo consegno, hai capito?
– Ho capito. E allora dove lo porti?
– Alla topaia. Da Marc.
– Come hai detto, scusa? – chiese Marc.
– Non abbiamo scelta, Marc, non ho un'idea migliore. Dobbiamo al piú presto mettere in salvo l'imbecille, al riparo dalla polizia e da se stesso. A casa tua di donne non ce ne sono, il che è già un enorme vantaggio.
– Be', – disse Marc, – non avevo mai considerato la situazione da questo punto di vista.
– E per giunta ci sarà sempre qualcuno a vigilarlo: Lucien, Mathias, tu o il padrino.
– E chi ti dice che saremo d'accordo?
– Vandoosler il Vecchio lo sarà. Adora le situazioni del cazzo.
– Vero, – riconobbe Marc.
Louis, preoccupato, fece ancora mille raccomandazioni a Marthe, lanciò un ultimo sguardo a Clément Vauquer – che continuava ad accarezzare il piumone, a occhi spenti –, si mise lo zainetto in spalla e trascinò Marc in strada.
– Sono quasi le quattro, – disse Marc. – Andiamo a mangiare.

Capitolo nono

– Scegli un tavolo tranquillo, – disse Louis entrando in un bar di place de la Bastille. – Non mi sembra il caso di mettere in piazza i nostri loschi affari. Ordina tu, io vado a telefonare.
Louis raggiunse Marc alcuni minuti piú tardi.
– Ho un appuntamento con il commissario del ix arrondissement, – disse sedendosi. – È la zona del secondo omicidio, rue de la Tour-des-Dames.
– E cosa gli dirai?
– Niente, lo ascolterò. Vorrei sapere cosa ne pensano, alla polizia, di questi due omicidi; quali sono le loro ipotesi, a che punto sono con le indagini. Magari hanno già preparato l'identikit. Mi piacerebbe vederlo.
– E credi che il commissario ti racconterà tutte queste cose?
– Credo di sí. Quand'ero al ministero degli Interni abbiamo lavorato insieme.
– E con che scusa ti presenti?
Louis esitò.
– Dirò che questi omicidi mi ricordano qualcosa ma non so cosa. Una cretinata del genere. Non ha importanza.
Marc arricciò il naso.
– Fidati, basterà. Il commissario mi stima, otto anni fa ho tirato fuori suo figlio da una situazione delicata.
– Tipo?
– Bazzicava una micro-gang di naziskin, spacciavano un crack devastante, autentico veleno per topi. L'ho ripescato giusto prima della retata.
– E in virtú di cosa?

— In virtú del fatto che era figlio di uno sbirro e che quel gesto mi sarebbe tornato utile.
— Complimenti.
Louis fece spallucce.
— Non era pericoloso. Non aveva il profilo del criminale.
— Si dice sempre cosí.
— Forse un po' me ne intendo, non credi? – disse Louis in tono piú brusco alzando lo sguardo verso Marc.
— Va bene, va bene, – tagliò corto Marc, – mangiamo.
— Non l'ho mai piú rivisto nel giro, e tu non rompermi con questi modi da suora. Adesso quel che conta è il pauroso ginepraio in cui è andata a cacciarsi Marthe. Ci servono le informazioni della polizia. Per capire come muoverci è fondamentale capire come si muovono loro. Immagino che la polizia, cosí come i giornalisti, stia cercando un serial killer.
— Perché, tu no?
— No, io no.
— Eppure non sembra affatto un regolamento di conti. Prende le donne che gli capitano a tiro.
Louis fece un gesto con la mano, ingollando a precipizio delle patate fritte. Era raro vederlo trangugiare a quel modo, ma stavolta andava proprio di fretta.
— Certo, – disse. – La penso anch'io come te e come tutti: è un folle, un maniaco, un invasato, uno psicopatico, chiamalo come vuoi. Ma non è un serial killer.
— Vuoi dire che non ucciderà piú?
— Al contrario, ucciderà ancora.
— Insomma, vediamo di capirci.
— È questione di conteggio, poi ti spiego, – disse Louis, buttando giú la sua birra in fretta e furia. – Devo scappare. Per favore, portati a casa i vestiti del bambolotto di Marthe, non posso certo portarmeli al commissariato. E aspettami lí, verrò a comunicarti i nuovi sviluppi.
— Vieni dopo le otto, prima sono al lavoro.
— Ah già, – disse Louis rimettendosi a sedere. – A quanto pare hai trovato lavoro. Nel Medioevo?

- Ma quale Medioevo! Mezzo servizio!
- Mezzo servizio? Cosa vorresti dire?
- Per quanto mi concerne parlo la tua stessa lingua, Louis. Il mezzo servizio. Da tre settimane sono una donna di servizio a metà tempo. Aspirazione, spolveratura, inceratura, lucidatura, lavaggio, risciacquo. E mi porto pure da stirare a casa. Cosí adesso sei tu che fai la faccia da suora. Vai pure a riflettere dal tuo commissario, io dal canto mio ho dei vetri che mi aspettano.

Capitolo decimo

Il commissario Loisel ricevette Louis nel suo ufficio senza farlo attendere. Sembrava sinceramente contento di rivederlo. Loisel era sui cinquanta, piú o meno l'età di Louis; minuto e biondo, fumava delle sigarette sottili come cannucce. Alla polizia e al ministero, Louis Kehlweiler era conosciuto soprattutto come «il Tedesco», e anche Loisel lo chiamava cosí. Non c'era niente da fare, per cui Louis lasciava correre. Mezzo tedesco e mezzo francese, era figlio della guerra e non sapeva bene dove mettere radici: il suo nome ideale sarebbe stato Reno, ma era un sogno ambizioso del quale non parlava con nessuno. Lo chiamavano tutti Ludwig, oppure Louis. Solo Marc Vandoosler, colto da chissà quale intuizione geniale, ogni tanto diceva «il figlio del Reno».

– Salve, Tedesco, – disse Loisel. – È un piacere vederti, dopo tutti questi anni.

– E tuo figlio? – chiese Louis sedendosi.

Loisel alzò due mani rassicuranti e Louis rispose con un cenno del capo.

– E tu? – riprese il commissario.

– Mi hanno fatto fuori dal ministero, quattro anni fa.

– Era prevedibile. E poi, piú nulla? Niente missioni?

– Vivo di traduzioni.

– Ma il caso Sevran era tuo, o sbaglio? E pure la rete dei neonazisti di Dreux e il sequestro del vecchio nella mansarda...

– Vedo che sei piuttosto ben informato. Ho dovuto trattare qualche caso da esterno. Tenersi in disparte è piú difficile di quanto si possa immaginare, quando hai degli schedari a disposizione. Ti ossessionano. Ti urlano nelle orecchie la loro memoria. Anziché passarti accanto, i fatti vengono a risuonare nei tuoi armadi. E fanno un tale baccano da impedirti di dormire, ecco tutto.

– E stavolta?

– Traducevo pacificamente una vita di Bismarck quando un tale è venuto ad assassinare due donne a Parigi.

– Il killer delle forbici?

– Lui.

– Ha risuonato nel tuo armadio? – chiese Loisel, improvvisamente interessato.

– Diciamo che non mi ha lasciato indifferente. Mi ricorda qualcosa, ma non saprei dirti cosa.

Che stronzata, pensò Louis.

– Non raccontarmi storie, – disse Loisel. – Ti ricorda qualcosa ma non vuoi dirmi cosa.

– Ti assicuro che non è cosí. È un'eco senza nome e senza volto, per questo sono venuto da te. Ho bisogno di elementi piú precisi. Sempre che non ti scocci parlarne, intendiamoci.

– No, – disse Loisel con voce esitante.

– Appena mi chiarisco le idee verrò a confidarti quello che mi assilla.

– Ok. So che sei un tipo a posto, Tedesco. Non ci vedo niente di male a scambiare due chiacchiere con te. Mi stupirebbe che andassi a venderci ai giornali.

– In pratica sanno già tutto.

– Piú o meno, sí. Sei stato a trovare il collega del XIX? per il primo omicidio?

– No, sono venuto direttamente da te.

– Perché?

– Perché il commissario del XIX non mi piace. È un fesso.

– Ah... Trovi?

– Ebbene sí.

Il commissario si accese una delle sue sigarette-cannuccia.

– Trovo anch'io, – disse con voce ferma.

Louis capí che avevano appena suggellato un patto di ferro,

perché nulla unisce quanto il trovarsi d'accordo sulla stupidità di un terzo.

Loisel ciabattò fino alla scaffalatura di metallo. Strascicava i piedi da sempre, fatto strano per un uomo piuttosto incline a coltivare espressioni virili. Prese un dossier piuttosto voluminoso e lo lasciò cadere teatralmente sul tavolo.

– Ecco qua, – sospirò. – Il piú sporco caso di omicidi in serie che si sia visto nella capitale in questi ultimi anni. Inutile dire che il ministro ci sta martellando. Quindi, se puoi aiutarmi, e se io posso aiutare te, *do ut des*, in modo leale. Se becchi quel tipo...

– Mi sembra ovvio, – assicurò Louis, pensando che con ogni probabilità in quel preciso istante il tipo in questione se ne stava a riposare raggomitolato sotto il piumone di Marthe, mentre lei gli leggeva una storia per distrarlo dai suoi pensieri imbambolati.

– Cosa vuoi sapere? – chiese Loisel sfogliando il dossier.

– Gli omicidi: ci sono altri dettagli oltre a quelli riportati dalla stampa?

– Direi di no. Ma se vuoi saperne di piú, tieni: guarda le foto. Come si suol dire, un'immagine è piú efficace di tante parole. Queste sono le istantanee del primo, quello del 21 giugno, in square d'Aquitaine. Il commissario, flessibile come un palo della luce, non voleva saperne di passarmi le informazioni. Ma ti pare? Per ammorbidirlo abbiamo dovuto ricorrere al ministero.

Loisel puntò il dito su una delle foto.

– Questa è la donna di square d'Aquitaine. Non era granché bella, ma non puoi rendertene conto perché l'ha strangolata. È entrato nell'appartamento non si sa come, probabilmente verso le sette di sera. Le ha ficcato uno straccio in bocca e a quanto sembra l'ha stordita sbattendola violentemente contro il muro.

– Avevano detto «strangolata».

– Prima però stordita. Non è cosí facile strangolare al primo colpo, se mi è concesso. In seguito l'ha trascinata verso questo tappeto, al centro della stanza. Si vedono le strisce lasciate dal-

le scarpe sulla moquette. E qui l'ha strangolata, dopodiché le ha assestato una dozzina di colpi a lama corta sul busto, un po' dappertutto, probabilmente con delle forbici. Un vero incubo.
– Tracce di violenza sessuale?
Loisel alzò le mani e le lasciò ricadere sul tavolo, come interdetto.
– Nessuna!
– Ti dispiace?
– In un caso simile ci si aspetterebbe di trovarne. E invece guarda: vestiti intatti e corpo in posizione decente. Nessuna traccia di contatto.
– E questa donna... ripetimi il suo nome...
– Nadia Jolivet.
– Su Nadia Jolivet avete delle informazioni?
– Se n'è occupato il mio collega, ma non ha trovato niente di eccezionale. Leggi: trent'anni, segretaria, stava per sposarsi con un tale. Ordinaria amministrazione. Quando si è verificato il secondo omicidio, dieci giorni piú tardi, il collega ha smesso d'interessarsi alla vita privata di Nadia Jolivet. Io avrei fatto lo stesso, non appena si è saputo di quel porco che le spiava. Quanto alla mia vittima...
Loisel s'interruppe per sfogliare il dossier, dal quale estrasse un nuovo fascio di foto che sparpagliò sotto gli occhi di Louis.
– Eccola. Si chiama Simone Lecourt. Stessa cosa, vedi, esattamente la stessa. Anche lei, una volta stordita, è stata trascinata al centro della stanza con uno straccio in bocca. Ed è lí che l'assassino l'ha massacrata.
Loisel scosse il capo spegnendo la sigaretta.
– Disgustoso, – concluse.
– E lo straccio?
– Non ne hanno cavato nulla.
– Nessuna relazione tra le due donne?
– No. Abbiamo dato soltanto uno sguardo veloce perché siamo a un passo dall'assassino, ma è evidente che quelle due donne non si erano mai incontrate. Non hanno niente in comune, salvo essere entrambe nubili, sulla trentina e con un impiego.

A parte questo, mediamente belle e diversissime fisicamente. Una bruna, l'altra piú chiara, una magrolina, l'altra ben piazzata... Se dovevano ricordargli la madre, l'assassino ha le idee piuttosto confuse.

Loisel ridacchiò e si accese un'altra sigaretta.

– Comunque lo troveremo, – riprese in tono risoluto, – è solo questione di giorni. Hai letto i giornali... Tutti i testimoni hanno descritto un uomo appostato in strada qualche giorno prima dei delitti. Ha l'aria di essere un perfetto idiota, lo prenderemo in un amen. Abbiamo, tieniti forte, sette testimoni attendibili... Sette! Niente meno. Quel tipo piantato davanti ai portoni dei palazzi era talmente visibile che l'avrebbe potuto notare la Francia intera. Abbiamo anche la testimonianza di una collega d'ufficio di Nadia, la prima vittima, che ha visto lo stesso uomo seguirla all'uscita dal lavoro per due giorni di fila. E poi il fidanzato di Simone l'ha notato mentre la riaccompagnava a casa, la sera tardi. Capisci, sarà un gioco da ragazzi.

– Avete le sue impronte?

– Dieci dita stampate sui vasi da fiori. Che imbecille... ma ti rendi conto? Una felce in vaso a casa di tutt'e due le vittime e le stesse impronte sopra... Presumibilmente era il trucco che usava per entrare nelle case. Davanti a un tizio che le recapita una pianta, la ragazza abbassa subito la guardia. Anche se una felce... avrebbe potuto trovare di meglio. Un idiota, ti dico, un pericoloso demente.

– Però hanno un buon odore, le felci. Ha lasciato altre impronte?

– No, solo quelle sui vasi.

– E come te lo spieghi? Porta il vaso a mani nude e non lascia altre tracce in giro? E se per ucciderla si mette dei guanti, com'è possibile che dopo non prenda la precauzione di portare via il vaso?

– Sí, lo so. Ci abbiamo pensato.

– Non ne dubito.

– Ha potuto stordirla, strangolarla e crivellarla di colpi senza lasciare impronte. Per terra infatti c'è un tappeto, niente parquet o plastica. Ma come ti ho detto, potrebbe anche essere un perfetto idiota, che molto semplicemente non si è preoccupato di nulla. Capita.

– Perché no... – disse Louis, la cui mente era già tornata all'ometto dagli occhi vuoti che Marthe proteggeva come una bambola di porcellana. Forse a quest'ora avevano finito di leggere la storia e Marthe gli stava tagliando i capelli nel minuscolo bagno, per poi fargli una tinta di sua invenzione.

– Che faccia ha? – chiese Louis tutt'a un tratto.

Loisel ciabattò un'altra volta verso lo scaffale e ne estrasse un altro dossier.

– Fresco di giornata, – disse aprendolo. – È appena uscito dal computer. Sette testimoni attendibili, ti dico. Tieni, guardalo; e dimmi se il porco non ha una faccia da imbecille.

Loisel fece scivolare l'identikit sulla scrivania e Louis rimase sconvolto. Gli assomigliava terribilmente.

Capitolo undicesimo

Partito Louis, Clément Vauquer si era addormentato di botto, senza neanche mangiare. Da allora dormiva acciambellato sul piumone rosso e Marthe circolava nella stanzetta a passi felpati; nei limiti del possibile, ovviamente, perché Marthe non era proprio tagliata per il silenzio. A tratti si avvicinava al letto e studiava il suo Clément: dormiva con la bocca aperta e aveva sbavato sul cuscino. Niente di grave, avrebbe cambiato le lenzuola. Non c'era da stupirsi se Louis l'aveva trovato antipatico, lo capiva anche lei che non era un bello spettacolo. Quantomeno per gli altri; anzi, di sicuro. Il fatto è che Marthe non aveva potuto finire la sua istruzione, e questo aveva mandato tutto a rotoli. Perché lui era diverso da ciò che sembrava. Quell'aria viscida era solo imbarazzo, e quella bocca un po' cattiva era solo per difesa. Gli occhi erano sempre stati cosí, di un castano talmente scuro che non se ne vedeva il centro. È bello, il castano scuro, può dare occhi favolosi. Se glielo avessero lasciato per un po', lei sapeva che poteva cambiarlo, il suo Clément. Molto cibo, un po' di sole e la sua pelle sarebbe migliorata, il viso si sarebbe arrotondato. Lei gli avrebbe letto delle storie per insegnargli di nuovo a parlare, altro che quella specie di ostrogoto che era andato a pescare chissà dove. Gli avrebbe insegnato a non dire «di persona» o «io stesso» a ogni piè sospinto, come se lui non esistesse e con ogni frase dovesse riaffermare il contrario. Sí, Marthe sapeva bene come rimettere in sesto il suo ometto. Era impegolato in una bruttissima storia, ma se fosse riuscito a venirne fuori ci avrebbe pensato lei a rimetterlo a nuovo. Fortuna che era tornato. Per sedici anni non se n'era occupato nessuno, ma lei ne avrebbe fatto un gioiellino. Un lavoretto da lasciare Ludwig senza fiato.

Le tornò in mente un libro che aveva da piccola e che si chiamava *La Brutta che diventò bella*. C'era una bambina brutta, che alla fine però, con tutti che si impicciavano di continuo, le gocce di pioggia, gli scoiattoli, gli uccelli e tutte le carabattole della foresta – adesso non ricordava piú perché –, alla fine era diventata *graziosina* e quindi regina del villaggio. E l'altro libro che le piaceva era *Il papero temerario*, la storia di un papero un po' sciocco con delle mutande a quadrettoni che faceva un'idiozia dietro l'altra, ma alla fine se la cavava sempre per miracolo. Marthe sospirò. Stai dando i numeri, vecchia mia. Non hai piú l'età per certe cose. Né per il papero temerario né per il brutto anatroccolo. La verità era che a Ludwig il suo piccolo non era piaciuto e che Clément era messo male, gli fossero anche venute in aiuto tutte le carabattole della foresta, cosa che del resto non aveva motivo di accadere.

Marthe fece il giro della stanza borbottando. No, non era certo con un paio di scoiattoli che avrebbe cambiato la situazione. Tuttavia, nell'attesa non c'era niente di male a rimpolparlo, il ragazzo, e a tagliargli i capelli come aveva detto Ludwig. Il Tedesco era scocciato, certo, ma non l'avrebbe consegnato agli sbirri. Perlomeno non subito. E lei avrebbe avuto un po' di tempo per dare una sistemata al suo marmocchio.

Con molta delicatezza, Marthe scosse Clément per le spalle.

– Ragazzo mio, svegliati, – disse, – devo metterti la testa a posto.

In bagno lo sistemò su uno sgabello e gli annodò un asciugamano attorno al collo. Lui la lasciò fare docilmente, senza fiatare.

– Devo tagliarteli corti, – annunciò Marthe.
– Si vedranno le orecchie, – disse Clément.
– Ti lascio un ciuffo per coprirle.
– Perché sono malfatte, le mie orecchie?
– Non lo so, ragazzo mio. Ma non ti preoccupare. Guarda quelle di Ludwig, non sono meglio delle tue. Ha delle orecchie enormi ma non per questo è meno bello.

– Ludwig è l'uomo che mi ha fatto tutte quelle domande?
– Sí, è lui.
– Personalmente mi ha stancato, – si lamentò Clément.
– Stancare la gente è il suo mestiere. Non si può sempre scegliere. Lui sta al mondo per cercare dei bastardi, bastardi di ogni razza; e per fare questo stanca tutti quanti. È come scuotere un albero per far cadere le noci. Se non scuoti, niente noci.

Clément annuí. Gli tornavano in mente le lezioni che Marthe gli faceva da bambino.

– E stai un po' fermo, che ti faccio un danno. Sono le forbici da cucina, non so se vanno bene per i capelli.

Clément alzò la testa di scatto.

– Non mi farai male con le forbici, vero, Marthe?
– Ma no, ometto mio. Stai tranquillo.
– Cosa stavi dicendo con le orecchie?
– Che se ti metti veramente a guardare le orecchie della gente, se le guardi con attenzione e non guardi nient'altro, nel metró, per esempio, be', ti accorgerai che sono cosí brutte da dare il voltastomaco. Ma adesso basta parlare di orecchie, che solo a pensarci mi gira la testa.
– Anche a me. Soprattutto con le donne.
– A me, invece, soprattutto con gli uomini. Vedi, ragazzo mio, la natura fa le cose in ordine.

Poco ma sicuro, si disse Marthe tagliandogli i riccioli, se gliene lasciavano il tempo avrebbe ripreso la sua istruzione.

– Dopo te li faccio di un castano scuro scuro, come i tuoi occhi. E poi ti metterò un po' di fondotinta, un'abbronzatura invisibile, per l'incarnato. Fidati. Vedrai come sarai bello, gli sbirri non ti riconosceranno nemmeno a piangere. E poi per cena mangeremo costolette di maiale. Vedrai, sarà divertente.

Capitolo dodicesimo

Marc Vandoosler aveva finito le pulizie da madame Mallet piuttosto tardi, e quando entrò nel refettorio gli altri avevano già cominciato a mangiare. Era di turno il padrino, per cui c'era il gratin. Il padrino era il migliore in fatto di gratin.

– Mangia, che si fredda, – disse Vandoosler il Vecchio. – A proposito, a mezzogiorno il Tedesco è venuto a fregarti dei vestiti. Preferisco che tu lo sappia.

– Lo so, – rispose Marc, – l'ho incontrato.

– E cosa ci fa con quei vestiti?

Marc si servì di gratin.

– Ci nasconde un ricercato.

– Tipica trovata da Kehlweiler, – bofonchiò il padrino. – E che ha fatto, per essere ricercato?

Marc guardò uno dopo l'altro Mathias, Lucien e il padrino che si rimpinzavano di gratin, all'oscuro di tutto.

– Niente di che, – disse in tono spento. – È solo il pazzo furioso che ha assassinato le due donne a Parigi, il killer delle forbici.

Le tre teste si sollevarono a un tempo. Lucien emise un ruggito, Mathias non disse nulla.

– E inoltre sappiate, – continuò Marc con la stessa voce neutra, – che stasera dorme qui. Sarà nostro ospite.

– Che razza di scherzo è questo? – chiese Vandoosler il Vecchio in tono divertito.

– Ti sintetizzo il tutto in un minuto.

Marc si alzò e andò a controllare che le tre finestre dello stanzone fossero chiuse.

– Unità di crisi, – mormorò Lucien.
– Chiudi il becco, – disse Mathias.
– Il killer delle forbici, – riprese Marc tornando a sedersi, – il tizio di cui tutti i giornali parlano, è andato a rifugiarsi dalla vecchia Marthe, che l'ha covato quand'era piccolo e triste. E adesso Marthe si avvinghia al suo bambolotto come una belva e grida la sua innocenza. Ha chiesto a Louis di occuparsene. Ora, se Louis lo dà in pasto agli sbirri, dà agli sbirri pure Marthe. È la vecchia storia del bambino e dell'acqua sporca, fate un po' voi. E stasera Louis ci porta qui quell'uomo perché ha paura che faccia la festa a Marthe, mentre qua dentro di donne non ce ne sono, mai vista una, e non mi rallegro con nessuno. Qui ci sono solo quattro uomini virili e solitari sui quali Louis crede di poter contare. Siamo incaricati di sorvegliarlo ventiquattr'ore su ventiquattro. Ho detto tutto.

– Mobilitazione generale, – disse Lucien servendosi un altro po' di gratin. – In primo luogo, pensiamo a rifocillare le truppe.

– Forse ti sembrerà divertente, – disse Marc seccamente guardandolo, – ma se avessi visto la faccia di Marthe invecchiata di dieci anni, la faccia da scemo di quel tale e, soprattutto, la faccia delle due donne che ci sono andate di mezzo, non rideresti piú.

– Lo so. Mi prendi per fesso o cosa?
– Scusami. Ho lavato tutti i vetri di madame Mallet, sono a pezzi. Adesso che vi ho riassunto la situazione mi prendo una pausa pranzo; ulteriori dettagli al caffè.

Era raro che Marc prendesse il caffè, lo rendeva nervoso; era opinione comune che non ne avesse bisogno, perché anche al naturale aveva tutta l'aria di uno che ne beve dieci al giorno. Il caffè non migliorava nemmeno l'arroganza verbale di Lucien Devernois; ma siccome Lucien provava un singolare piacere a fare cagnara, non si sarebbe privato di eccitanti per niente al mondo. Quanto a Mathias Delamarre, di una placidità che a volte sconfinava in un mutismo impressionante, la sua carcassa era insensibile a questo genere di dettagli. E cosí il padrino riempí tre tazze, mentre Marc cercava di aprire l'asse da stiro. Mathias gli diede una mano. Marc scaldò il ferro, tirò a sé una grande cesta stracolma di panni e stese con scrupolo una camicetta sull'asse.

– È un misto cotone-viscosa, – disse, – devo tenere il ferro basso.

Poi annuí, come per convincersi di questo principio a lui piuttosto nuovo, e illustrò i dettagli della faccenda del bambolotto di Marthe. Essendosi proclamato ostile al ferro a vapore, ogni tanto s'interrompeva per inumidire la biancheria. Secondo Mathias se la cavava benissimo. Da quando Marc, tre settimane prima, aveva cominciato a portarsi da stirare a casa, non di rado i quattro uomini si trattenevano nello stanzone fino a tardi, riuniti intorno all'asse fumante con Marc che officiava sui panni. Marc aveva fatto due conti: con quattro ore di pulizie al giorno e due ore di stiratura a domicilio, avrebbe tirato su settemiladuecento franchi al mese. Con la mattinata libera per lavorare sul suo Medioevo. E per ora Marc era perfettamente in grado di analizzare contratti agrari del XIII secolo al mattino e di correre a passare l'aspirapolvere nel pomeriggio.

Era successo una sera. Vedendo Lucien lustrare il grande tavolo in legno del refettorio con uno strofinaccio morbido, e sentendolo perorare la sua passione per la lucidatura, Marc Vandoosler, del tutto digiuno in fatto di economia domestica, aveva deciso, dopo dodici anni di disoccupazione in storia medievale, di diventare un professionista. Era andato da Marthe per un rapido corso di formazione e in meno di quindici giorni aveva trovato quattro impieghi da cumulare. Pessimista per vocazione, Lucien aveva seguito con somma inquietudine la riconversione professionale dell'amico. Che il Medioevo rischiasse di perdere un ricercatore non lo preoccupava affatto, perché in qualità di storico interessato esclusivamente all'età contemporanea e al cataclisma del 1914, Lucien del Medioevo se ne fregava altamente. No, piú che altro aveva temuto che Marc non si adattasse al suo nuovo lavoro e precipitasse nell'abisso che separa un'idea dalla sua messa in pratica. Invece Marc teneva duro, e ormai era chiaro che provava un autentico interesse a confrontare i pregi dei vari prodotti per la casa, ad esempio i «lavaincera» rispetto ai «lava» e basta, visto che i primi hanno, secondo Marc, un effetto piuttosto incrostante.

Marc aveva esaurito i dettagli sul caso Marthe e assassino e, ognuno a suo modo, erano tutti in tensione all'idea di dover nascondere e sorvegliare quel tipo.

– Dove lo mettiamo? – chiese Mathias, pragmatico.

– Là, – disse Marc, indicando lo stanzino accanto allo stanzone. – Dove altro vorresti metterlo?

– Potremmo sistemarlo fuori, nel capanno degli attrezzi, – suggerí Lucien. – Basta mettere il catenaccio. Non fa mica freddo...

– E cosí, – disse Marc, – tutto il quartiere ci vedrebbe andare e venire per portargli da mangiare e la polizia verrebbe a trovarci nel giro di due giorni. E al bagno, ci hai pensato? Ci vai tu a svuotare il secchio?

– No, – disse Lucien. – È solo che non mi va di avere uno squilibrato tra i piedi. Tapparsi in casa con degli assassini non è la nostra specialità.

– Vedo che non hai afferrato la situazione, – disse Marc alzando la voce. – Il problema è Marthe. Non vorrai farla finire in galera, no?

– Il ferro! – gridò Mathias.

Marc lanciò un urlo e sollevò il ferro.

– Imbecille che non sei altro. Per poco non bruciavo la gonna di madame Toussaint. Ti ho già spiegato che Marthe crede ciecamente alla storia di Clément, lei crede nella sua innocenza e noi non abbiamo altra scelta se non credere ciò che crede Marthe finché non riusciremo a farle credere ciò che crediamo noi.

– Quantomeno cosí è piú chiaro, – sospirò Lucien.

– In poche parole, – disse Marc staccando il ferro, – lo metteremo nello stanzino. Ci sono delle persiane che si chiudono dall'esterno. Per il turno di guardia di stanotte propongo Mathias.

– Perché Mathias? – chiese il padrino.

– Perché io sono a pezzi, perché Lucien è contrario all'operazione e quindi non è affidabile, mentre Mathias è un uomo sicuro, coraggioso e robusto. Tra i presenti è l'unico ad avere tutti questi requisiti. Meglio che sia lui a fare da cavia. Domani gli daremo il cambio.

– Non hai chiesto il mio parere, – disse Mathias. – Comunque va bene. Dormirò davanti al camino. Se lui...

Marc lo bloccò con una mano.

– Eccoli, – disse. – Stanno aprendo il cancello. Lucien, le forbici appese al muro! Levale di lí e falle sparire. Non è il caso di tentare il diavolo.

– Sono le mie forbici per tagliare l'erba cipollina, – disse Lucien, – e stanno bene dove sono.

– Levale! – gridò Marc.

– Spero che tu ti renda conto, – disse Lucien prendendo le forbici in tutta calma, – che sei un cacasotto compulsivo e che come soldato di trincea saresti stato pietoso. Del resto te l'ho già fatto notare piú volte.

Con i nervi a fior di pelle, Vandoosler il Giovane marciò verso Lucien e lo afferrò per la camicia.

– Mettiti bene in testa una volta per tutte, – disse a denti stretti, – che all'epoca delle tue fottute trincee, io mi sarei imboscato nelle retrovie a comporre poesie con quattro donne nel letto. Quanto alle tue forbici per l'erba cipollina, non ho nessuna voglia di vederle piantate nella pancia di una donna, stanotte. E questo è tutto.

– Bene, – disse Lucien allargando le braccia, – se la metti cosí...

Aprí la credenza e lasciò cadere le forbici dietro un mucchio di stracci.

– Le truppe sono nervose, stasera, – mormorò. – Dev'essere il caldo.

Vandoosler il Vecchio aprí la porta a Kehlweiler e al protetto di Marthe.

– Entra, – disse a Louis. – Stasera c'è burrasca, non farci caso. L'arrivo del giovanotto agita le acque.

Vauquer stava a testa bassa e nessuno si prese la briga di salutare o di presentarsi. Pilotandolo con una mano sulla schiena, Louis lo fece sedere a tavola. Vandoosler andò a riscaldare un po' di caffè.

Marc fu l'unico ad avvicinarsi a Clément. Con aria interessata gli toccò piú volte i capelli corti e scuri.

– Va bene, – disse, – Marthe ti ha proprio sistemato bene. Fa' vedere dietro.

L'uomo piegò la testa in avanti, poi la alzò di nuovo.

– Perfetto, – concluse Marc. – Ti ha messo pure un po' di fondotinta... Benissimo. Gran bel lavoro.

– Meno male, – disse Louis. – Avessi visto l'identikit che hanno fatto...

– È venuto bene?

– Molto. Finché non ha una barba di dieci giorni, il ragazzo non esce di qui. Sarebbe consigliabile trovargli un paio di occhiali.

– Li ho io, – disse Vandoosler il Vecchio. – Degli occhiali da sole abbastanza grandi. La stagione è quella giusta, nascondono bene e gli proteggeranno gli occhi.

Aspettarono in silenzio che il padrino facesse i suoi bravi quattro piani di scale. Clément Vauquer rimestava rumorosamente il suo caffè, senza aprire bocca. Marc ebbe l'impressione che avesse voglia di piangere, che ritrovarsi circondato da estranei senza Marthe lo spaventasse.

Il padrino tornò con gli occhiali e Marc li provò delicatamente sul viso di Clément.

– Apri gli occhi, – gli disse. – Non ti cadono?

– Cadermi cosa? – chiese Clément con voce incerta.

– Gli occhiali.

Clément fece segno di no. Aveva l'aria esausta.

– Finisci il caffè, che ti mostro la tua camera, – riprese Marc.

Trascinò Clément nello stanzino e si chiuse la porta alle spalle.

– Ecco qua. Per ora, questa è casa tua. Non cercare di aprire

le persiane, sono chiuse dall'esterno; non è il caso che ti vedano. E non cercare di tagliare la corda. Vuoi qualcosa da leggere?
– No.
– Vuoi la radio?
– No.
– Dormi, allora.
– Ci provo.
– Sta' a sentire... – disse Marc abbassando la voce.
E siccome Clément non lo ascoltava, lo afferrò per le spalle.
– Sta' a sentire, – ripeté.
Stavolta fermò il suo sguardo.
– Marthe verrà a trovarti domani. Te lo prometto. Per cui ora puoi dormire.
– Di persona?
Marc non sapeva se la domanda si riferisse a Marthe o al sonno.
– Sí, di persona, – disse per non sbagliare.
Clément sembrò sollevato e si raggomitolò nel letto. Marc, imbarazzato, tornò nello stanzone. Tutto sommato non sapeva cosa pensare di quel tipo. Salí in camera a prendergli una maglietta e dei calzoncini per dormire. Quando riaprí la porta, Clément dormiva già, completamente vestito. Marc posò gli abiti sulla sedia e chiuse la porta senza rumore.

– Fatto, – disse sedendosi al grande tavolo. – Dorme di persona.

– A quanto pare sono stato io con le mie domande a sfiancarlo, – commentò Louis. – Marthe mi accusa di consumargli il cervello come una saponetta. Aspetterò domani per ricominciare.

– Cos'altro speri di scoprire? – disse Marc. – L'abbiamo rivoltato come un calzino.

– Se Marthe ha visto giusto, non è cosí.

Marc si alzò, tornò a scaldare il ferro e tirò fuori dal cesto un vestito a fiori.

– Spiegati, – disse lisciando scrupolosamente il tessuto sull'asse.

– Se Marthe ha visto giusto, se Clément Vauquer serve da

uomo di paglia, allora è stato scelto con cura. Per le sue qualità di imbecille, senza dubbio, ma non solo per questo. Perché di imbecilli, a Parigi, se ne trovano a palate; e andare a cercarne uno fino a Nevers, pagargli addirittura una camera d'albergo, vuol dire darsi parecchio da fare. Queste complicazioni hanno senso soltanto se tra tutti gli imbecilli del Paese l'assassino voleva precisamente Clément, e nessun altro. Il che significa che «Lui» sfrutta di proposito le sue doti di idiota, ma al tempo stesso è alle prese con un conflitto personale. Conosce Clément Vauquer e lo odia. Tutto ciò ammettendo che Marthe abbia visto giusto.

– A proposito di Marthe, bisogna che venga a trovarlo domani.

– Non è prudente, – disse Louis.

– Gliel'ho promesso, dovremo arrangiarci. Altrimenti, in un modo o nell'altro, il ragazzo taglierà la corda. Non reggerà.

– Non reggerà! – esclamò Louis. – Ha quasi trent'anni, non è mica un bambino!

– Ti dico che non reggerà.

– E davanti alle ragazze che ha massacrato? Davanti a loro, ha retto eccome!

– Abbiamo appena detto, – ribadí Marc piegando l'abitino a fiori, – che prendevamo per buona l'idea di Marthe, la certezza di Marthe. Almeno per un giorno, almeno per dare un senso all'interrogatorio. E tu non resisti neanche due minuti.

– Hai ragione, – disse Louis. – Almeno per un giorno dobbiamo tener duro. Verrò a trovarlo domani verso le due.

– Non prima?

– No, in mattinata voglio fare ancora un salto al commissariato. Vorrei rivedere le foto. Chi sta di guardia, stasera?

– Io, – disse Mathias.

– Ottima scelta, – approvò Louis. A domani.

– Ti accompagno, – disse Marc.

– Di' un po', – chiese Louis esitando, – vedo che stiri dei vestiti da donna. Ne avete una in casa o cosa?

– Ti stupirebbe? – domandò Lucien con sufficienza.

– No, – si affrettò a rispondere Louis. – Ma... è per via di quello lí, di Vauquer.
– Lo credevo presunto innocente, – disse Lucien. – Quindi non c'è da preoccuparsi.

Capitolo tredicesimo

Una volta fuori, i due uomini risalirono la via in silenzio.
– Allora? – chiese Louis. – Sí o no?
– No, – rispose Marc in tono ruvido. – Non ci sono donne in casa, nemmeno l'ombra, un vero deserto. Ma questo non ti autorizza a sputare sulla sabbia.
– E i vestiti?
– Sono i panni di madame Toussaint. Mi porto a casa da stirare, te l'ho detto.
– Già, è vero, il tuo lavoro.
– Proprio cosí, il mio lavoro. Non ti sta bene?
– Ma cos'avete tutti in questo momento? – chiese Louis fermandosi. – Non fate altro che abbaiare!
– Se ti riferisci a casa nostra è normale. Abbaiamo in continuazione, a Lucien piace tantissimo. E poi la cosa riscuote Mathias dal suo torpore, cosí ognuno di noi ha il suo tornaconto, si distrae dalle preoccupazioni, dai problemi di soldi e dalle storie di vestiti senza donne dentro.
Louis scosse la testa.
– Secondo te, – riprese Marc, – c'è qualche probabilità che il bambolotto di Marthe non c'entri per niente?
– Altroché. Aspettami qui, faccio un salto alla fontanella a bagnare Bufo.
Marc s'irrigidí.
– Ti sei portato dietro il rospo? – disse con voce stridula.
– Sí, sono passato a prenderlo prima. Si rompeva le palle, nel portamatite. E se ci pensi un attimo è comprensibile. Devo fargli prendere aria, povera bestia. Non ti chiedo mica di tenerlo in mano!

Ostile e disgustato, Marc osservò Louis inumidire il grosso rospo grigiastro, fargli qualche raccomandazione e ricacciarselo nell'ampia tasca destra della giacca.

– È schifoso, – fu il suo unico commento.

– Ti andrebbe una birra?

I due uomini si sedettero a un tavolino all'aperto di un bar quasi deserto. Marc si premurò di sedersi alla sinistra di Louis, per via della tasca da rospi. Erano le undici e mezza e non faceva per niente freddo.

– Per conto mio, – disse Louis, – il bambolotto di Marthe è un autentico imbecille.

– È quel che credo anch'io, – disse Marc alzando il braccio per chiamare il cameriere.

– Se cosí è, non sarebbe mai stato capace di inventarsi la storia del ristorante. Nemmeno per salvarsi la pelle.

– Quel tipo esiste. È ovvio.

– Quale tipo?

– Be', – disse Marc con il braccio alzato, – quello che manipola il bambolotto. «Lui». L'assassino. Esiste.

– Il tuo braccio non funziona, – osservò Louis.

– Lo so, – disse Marc, lasciandoselo ricadere sulla coscia. – Mai una volta che riesca a chiamare il cameriere.

– Carenza di carisma naturale, – insinuò Louis alzando il braccio a sua volta.

Detto fatto, ordinò due birre al cameriere e si girò verso Marc.

– Me ne sbatto, – disse Marc. – Non credere d'impressionarmi. Il tipo esiste, dicevamo.

– È probabile. Ma non possiamo esserne sicuri. Se esiste, di lui sappiamo due o tre cose: conosce Clément Vauquer, lo odia e non è un serial killer.

– Continuo a non capire.

Louis fece una smorfia e buttò giú un sorso di birra.

– Il fatto è che quel tipo conta, capisci? *Conta*. La prima donna, la seconda, la terza... Ti ricordi quel che ha detto Vauquer? Il tizio del telefono parlava cosí... «la prima ragazza»... «la seconda ragazza»... Le conta. E se conti è perché sai dove vuoi arrivare, perché miri a un totale. Sennò che senso avrebbe contare? C'è un limite, una meta. Uno che si lancia in un massacro universale non si mette a contare. Nessuno conta all'infinito, a cosa servirebbe? Io credo che l'assassino si sia prefissato un numero preciso di donne da ammazzare e che la sua lista abbia una fine. Non è un serial killer. È il killer di *una* serie. Cogli la differenza? Il killer di *una* serie.

– Sí, – disse Marc senza convinzione. – Ti stai perdendo in quisquilie.

– I numeri non sono mai quisquilie. E poi considera che un serial killer non sarebbe andato a cercarsi un capro espiatorio. Quello che l'ha fatto contava di usare Vauquer per un numero limitato di vittime. Vauquer è l'uomo di paglia di un'operazione ben congegnata, non di una strage senza fine. E se davvero dietro di lui c'è un uomo, quell'uomo è estremamente pericoloso e padroneggia alla perfezione il suo sistema. Si è scelto il capro espiatorio cosí come ha scelto le donne. Non a caso, certamente non a caso. Per avere valore, la sua serie deve avere un senso. Ai suoi occhi, ovviamente.

– Valore in che senso?

– Valore simbolico, rappresentativo. Uccidere sette donne per uccidere tutte le donne del mondo, per esempio. Capisci allora che queste sette donne non possono essere scelte a casaccio. Devono formare un tutto, produrre senso, creare un universo.

Louis tamburellò sul bicchiere di birra.

– Credo proprio che funzioni cosí, – riprese, – e se ci pensi bene, vedrai che è un meccanismo addirittura semplice, banale. Comunque sia, mi raccomando: Clément Vauquer deve assolutamente essere tenuto sotto chiave, soprattutto se è innocente. Almeno, nel caso di un terzo omicidio si saprà che quello scemo non ne è responsabile. Sarà un punto a suo favore.

– Temi davvero un terzo omicidio?

– Certo, vecchio mio. «Lui» ha appena cominciato. Il problema è che non sappiamo quanto la sua serie sia lunga; e nemmeno quale significato abbia.

Louis rincasò a piedi chiacchierando con il rospo.

Capitolo quattordicesimo

L'indomani mattina alle undici Kehlweiler era già al commissariato. Lungo il tragitto aveva comprato i giornali e pregato il cielo che gli evangelisti, come li chiamava Vandoosler il Vecchio, avessero fatto buona guardia: l'identikit del presunto assassino furoreggiava in prima pagina, e la sua somiglianza con l'originale era schiacciante.

Preoccupato, Louis entrò al commissariato con passo pesante. Questa volta lo fecero attendere. Probabilmente Loisel non era tanto contento di vederlo ritornare cosí in fretta al dossier. In materia di indagini, Louis Kehlweiler aveva la reputazione poco rassicurante di un animale scavatore determinato a esplorare in lungo e in largo ogni possibile tunnel. Dati gli sgradevoli inconvenienti che uno scavo troppo profondo avrebbe potuto comportare, non faceva molto piacere trovarlo a lavorare su un dossier senza che nessuno gliel'avesse chiesto. Forse Loisel si era già pentito della franchezza un po' troppo spontanea del giorno prima. Dopotutto, Kehlweiler non era piú al ministero. Kehlweiler non era piú nulla.

Louis stava pensando a un eventuale modo di condurre il gioco quando Loisel aprí la porta e gli fece segno di entrare.

– Salve, Tedesco. Qualcosa ti tormenta?

– Un dettaglio che vorrei rivedere e un'idea che ti vorrei comunicare. Dopodiché andrò a sentire quelli del XIX.

– Non scomodarti, – disse Loisel sorridendo, – da oggi i due casi sono esclusivamente miei. Sono io che coordino le indagini.

– Ottima notizia. È sempre un piacere poter dare una mano a un amico.

– Cosa vuoi dire?
– L'idea che quel dossier finisse nelle grinfie del tuo collega mi metteva in ansia, – disse Louis in tono evasivo. – Tant'è che ieri sera mi sono permesso di fare un paio di telefonate al ministero, per parlare di te. Sono contento di sapere che è servito.
Loisel si alzò e strinse la mano di Louis tra le sue.
– Non c'è di che, vecchio mio. Ma acqua in bocca, bruceresti i miei contatti.
Loisel fece un cenno d'intesa e tornò a sedersi, rasserenato. Louis non si vergognava minimamente. Mentire agli sbirri era un fatto di routine, della sua come della loro. E poi lo faceva per Marthe.
– Cosa volevi rivedere, Tedesco? – domandò Loisel, tornato a essere l'uomo affabile e cooperativo del giorno prima.
– Le foto delle vittime *in situ*, i primi piani della metà superiore del corpo, se non ti spiace.
Loisel ciabattò fino allo scaffale, producendo un fruscio leggero, come se pattinasse sul linoleum. Tornò in scivolata da Louis e posò sul tavolo le foto richieste. Visibilmente teso, Louis le esaminò con attenzione.
– Lí, – disse a Loisel, indicando su una delle foto un punto a destra della testa. – Lí, sul tappeto, non vedi niente?
– Sí, lo so, c'è un po' di sangue. È la mia vittima, quella.
– È un tappeto a pelo lungo, vero?
– Sí, una specie di pelle di capra.
– E non hai l'impressione che, vicino alla testa, una mano abbia tirato i peli in tutte le direzioni?
Loisel aggrottò le sopracciglia chiare e si avvicinò alla finestra con la foto.
– Vuoi dire che il tappeto sembra piú aggrovigliato?
– Sí, esatto. Ingarbugliato, sgualcito.
– È possibile, vecchio mio, ma un tappeto di pelo di capra si ingarbuglia come niente. Non capisco dove vuoi arrivare.
– Guarda l'altra foto, – disse Louis raggiungendolo alla finestra, – quella del primo omicidio. Guarda nello stesso punto, accanto alla testa, vicino all'orecchio sinistro.

– Ma quella è moquette, cosa vuoi che si veda?
– Delle tracce di raschiatura, di sfregamento, come se una mano avesse graffiato il pavimento nello stesso punto.
Loisel scosse la testa.
– No, vecchio mio. Onestamente non vedo nulla.
– Bene. Forse ho le allucinazioni.
Louis s'infilò la giacca, raccolse i giornali e si diresse alla porta.
– Dimmi un po', prima che me ne vada: cosa vi aspettate esattamente? Un terzo omicidio?
Loisel annuí.
– Se non incastriamo il tipo in tempo, di sicuro.
– Perché di sicuro?
– Perché non ha nessun motivo di fermarsi, ecco perché. Quando i maniaci sessuali si scatenano, caro mio, chi li ferma piú? Dove? Quando? Non abbiamo tracce. L'unica possibilità di salvare la prossima donna è questa, – disse mostrando l'identikit del giornale. – Su due milioni di parigini, ce ne sarà pure uno che sappia dirci dov'è. Con questa faccia da scemo non passa certo inosservato. Dovesse anche tingersi i capelli di rosso, sarebbe ancora riconoscibile. Ma dubito che gli venga in mente.
– Be', certo, – disse Louis, felice di aver sconsigliato il rosso a Marthe. – E se appena esce il giornale si imbosca?
– In tutti i boschi c'è sempre qualcuno. E non vedo chi potrebbe essere cosí insensato da difendere una carogna simile.
– Be', certo, – ripeté Louis.
– A parte sua madre, ovviamente... – sospirò Loisel. – Le madri fanno sempre di testa loro.
– Be', certo.
– Anche se la mamma di questo qui dev'essere stata un bell'elemento, per ridurlo cosí. Ma insomma, non mi sembra il caso di compatirlo, ti pare? Ci mancherebbe. Nove su dieci sarà in quest'ufficio entro stasera. Per cui capisci che la terza vittima non mi preoccupa piú di tanto. Ti saluto, Tedesco, e grazie ancora per...
Loisel divaricò le dita a mo' di cornetta telefonica.

– Di niente, – disse Louis sobriamente.

Per strada, tirò un sospiro di sollievo. Per un istante immaginò Loisel che lo faceva pedinare e lui che, senza sospettare di nulla, lo conduceva dritto dritto e zoppicando alla topaia di rue Chasle. Si immaginò l'incontro Loisel-Vauquer sotto il tetto di un ex poliziotto fuori corso e di tre improbabili evangelisti e pensò che non era proprio il massimo per la sua carriera. Carriera che, ricordò tutt'a un tratto, aveva recentemente abbandonato. Si accertò di non avere uomini di Loisel alle calcagna. In tutta la vita gli era successo una sola volta di farsi sorprendere da un pedinamento.

Camminando lentamente verso la fermata dell'autobus – non era il momento di perdere ore ad attraversare Parigi a piedi, e poi aveva male al ginocchio – Louis ripensò alle foto. C'erano eccome delle tracce, accanto alla testa di quelle donne! Il punto era: tracce di che? Nel caso della prima vittima si distinguevano appena, ma per la seconda erano evidenti. Quel tizio aveva fatto qualcosa accanto alla loro testa.

Sull'autobus, chini sui giornali, i passeggeri scrutavano il viso di Clément Vauquer, frugando nella loro memoria. Ce ne sarebbe voluto del tempo, prima che qualcuno riuscisse a scovarlo nello sgabuzzino degli evangelisti. Per il momento erano soltanto in sei a conoscere il suo nome. Anzi, otto: c'erano le due prostitute di rue Delambre. Louis strinse i denti.

Capitolo quindicesimo

Addossata al suo muro di rue Delambre Gisèle, studiando il giornale, aggrottava le sopracciglia folte.
– Questa poi, – borbottò, – no che non mi sbaglio... è lui. Abbi pazienza, questo è lui.
Gisèle vacillò per la sorpresa. Aveva bisogno di riflettere. Non ci andava mica tanto per il sottile, il moccioso di Marthe! Decisamente, c'era di che riflettere.
Un cliente si avvicinava a passo lento. Lo riconobbe: veniva a trovarla piú o meno una volta al mese. Appena le arrivò vicino Gisèle fece di no con la testa.
– Non è che possa tanto permettermi di rifiutare dei clienti, – disse Gisèle, – ma oggi non è giornata. Sarà per un'altra volta.
– Perché? Ne aspetti un altro?
– Ti dico che non è giornata! – ripeté Gisèle piú forte.
– E perché non è giornata?
– Perché ho da riflettere! – sbraitò Gisèle.
Curiosamente, anziché rispondere, il tizio girò i tacchi. È buffo, si disse Gisèle, agli uomini non piacciono mica tanto le donne che pensano. E non hanno tutti i torti, perché quando sto pensando, non è proprio il caso di rompermi le palle.
Avendo sentito Gisèle gridare, la piccola Line era accorsa dal fondo della strada.
– Gisèle, problemi?
– No, no, niente problemi. Sei gentile, ma se ho bisogno ti faccio un fischio.
– Gisèle, sta' a sentire, – riprese Line, – è da stamattina che mi chiedo una cosa...

– Vedi di non chiederti troppo, che fai scappare i clienti.
– Non l'hai visto, il giornale?
– Cosa, il giornale? Sí che l'ho visto. E allora?
– Il tipo che stanno cercando per l'omicidio delle due ragazze... L'hai guardato?
– See.
– E non ti dice niente?
– Macché, – rispose Gisèle senza scomporsi.
– Ma Gisèle, non ti ricordi? È il tipo dell'altro giorno, il fisarmonicista che cercava la vecchia Marthe... È lui, te lo giuro!
– E non giurare! Non sta bene.
Con gesti bruschi Gisèle aprí nuovamente il giornale e guardò l'identikit.
– Eh no, cara la mia Line, no che non è lui. Abbi pazienza, ma non è affatto lui. C'ha un qualcosa, non dico, ma per il resto, niente a che vedere. Abbi pazienza.
Turbata dalla sicurezza della grossa Gisèle, Line tornò a guardare l'identikit. Eppure non era pazza. Era proprio lo stesso tipo. Sí, ma Gisèle? Gisèle che aveva sempre ragione, Gisèle che le aveva insegnato tutto...
– Allora, – riprese Gisèle, – non starai mica lí impietrita a guardarlo!
– Ma Gisèle, e se fosse lui?
– Non è lui, ficcatelo bene in testa e non se ne parli piú. Perché il giovanotto che abbiamo visto l'altro giorno, – disse Gisèle agitando il dito sotto il naso di Line, – è il cocco della vecchia Marthe. Non vorrai mica che il cocco della vecchia Marthe, che nel quartiere è un'istituzione, vada in giro ad accoppare ragazzine, con tutta l'istruzione che ha ricevuto! No?
– No, – disse Line.
– E allora, lo vedi che dici fesserie?
E siccome Line rimaneva in silenzio, Gisèle tornò alla carica, in tono piú grave.
– Di' un po', piccoletta, non starai mica pensando di consegnare un innocente agli sbirri, per caso?

Line guardò Gisèle, un po' inquieta.
- Perché il tuo lavoro, poi, te lo puoi scordare. Quindi, se vuoi mandare all'aria tutto per il semplice fatto che non sai distinguere un papero da un pollo fai pure, sei adulta e vaccinata.
- D'accordo, Gisèle. Ma mi giuri che non è lo stesso tipo?
- Io non giuro mai.
- Ma non è lo stesso, vero?
- No, non è lo stesso. E adesso dammi quel giornale, che ti fa solo venire strane idee.

Gisèle seguí con lo sguardo la piccola Line che si allontanava. Nove su dieci se ne sarebbe stata buona... ma con i giovani non si sa mai. Meglio tenerla d'occhio.

Capitolo sedicesimo

Affrettandosi verso la topaia di rue Chasle, Louis si chiedeva se avrebbe trovato un avanzo di gratin della sera prima. Vandoosler il Vecchio aveva l'aria di saperci fare ai fornelli, ed erano secoli che Louis non mangiava il gratin. Perché il gratin, per forza di cose, è un piatto collettivo. E quando sei solo non puoi pretendere di mangiare piatti collettivi.

Certo, questi tre che a quasi quarant'anni condividevano un tetto con il vecchio zio Vandoosler non erano esattamente un modello di realizzazione esistenziale. Ne aveva riso tante volte. Ma in fondo, forse si sbagliava. Perché a dire il vero, neanche la sua vita d'investigatore solitario, traduttore di Bismarck e riordinatore di scarpe era un granché. Loro, almeno, dividevano l'affitto, avevano un piano per ciascuno, non erano soli e, oltretutto, mangiavano gratin. Ripensandoci, non era mica male come idea. E nessuno aveva detto che era una sistemazione definitiva. Louis tendeva a pensare che il primo a lasciare quel tetto al braccio di una donna sarebbe stato Mathias. Ma va' a sapere; magari poi sarebbe successo al Vecchio.

Era l'una passata quando Louis bussò alla porta. Lucien lo fece entrare alla svelta: era il suo turno in cucina, prima di andare a scuola doveva sbrigarsi a fare i piatti.

– Avete già mangiato tutti? – gli chiese Louis.
– Ho una lezione alle due. Siamo sempre di corsa, il giovedí.
– Marc è in casa?
– Provo a chiamarlo.

Lucien afferrò la scopa e batté due colpi al soffitto.

– Che razza di sistema è? – chiese Louis un po' stupito.

– È il sistema di radiocomunicazione interna. Un colpo per Mathias, due colpi per Marc, tre colpi per me, quattro per il Vecchio e sette colpi adunata generale prima della partenza per il fronte. Non possiamo mica dannarci l'anima a salire e scendere le scale di continuo!

– Ah, – fece Louis, – questa mi mancava.

Intanto esaminava il soffitto tutto ammaccato.

– Ovviamente danneggia l'intonaco, – commentò Lucien. – Nessun sistema è perfetto.

– E Vauquer? Com'è andata? Niente rogne?

– No. Hai visto il suo identikit sul giornale? Azzeccato in pieno. A mezzogiorno ha pranzato qui con noi, ma a persiane chiuse. Con questo caldo i vicini non ci troveranno niente di strano. Ora sta riposando. Siesta personale, ha detto.

– È allucinante quanto riesce a dormire.

– Per me è un tipo nervoso, – disse Lucien slacciandosi il grembiule da cucina.

Sentirono Marc che si precipitava giú per le scale.

– Vi devo lasciare, – disse Lucien annodandosi la cravatta. – Vado a insegnare alle giovani menti i cataclismi di questo nostro ventesimo secolo. *Tanta polvere in una testa di bambino...* – aggiunse mormorando.

Uscí dalla cucina come un fulmine salutando Marc di volata. Louis, pensieroso, si era seduto. In quella casa perdeva i suoi consueti punti di contatto con la normalità.

– Dorme, – disse Marc a bassa voce indicando la porta dello stanzino.

– Lo so, – sussurrò a sua volta Louis. – Non vi è avanzato niente, ieri sera?

– Avanzato cosa? – chiese Marc, sorpreso.

– Un po' di gratin?

– Ah, il gratin. Come no! Ce n'è ancora una bella porzione nel frigo. Te la riscaldo?

– Volentieri, – disse Louis con un sospiro di soddisfazione.

– Vuoi anche un po' di caffè? Lo preparo.

– Volentieri, – ripeté Louis.

Si guardò attorno. È vero che quello stanzone, con le tre grandi finestre a tutto sesto, aveva un che di monacale. E quel giorno piú del solito, con la penombra trattenuta dalle persiane chiuse e il bisbiglio delle loro voci.

– Si mette male, – disse Marc. – Hai visto il giornale?

– Sí, ho visto.

– La povera Marthe si starà preoccupando non poco per il suo bambolotto. Vado a prenderla subito dopo le pulizie. Porteremo pure la fisarmonica.

– È fuori discussione che suoni qui, Marc.

– Lo so. È solo per tirarlo un po' su.

– Sveglialo. Non c'è tempo da perdere.

Marc entrò pian piano nella stanza, ma Clément non stava dormendo. Disteso sul letto a braccia aperte, guardava la finestra chiusa.

– Vieni, – gli disse Marc. – Parliamo ancora un po'.

Clément si sistemò di fronte a Louis, le gambe incastrate sotto la sedia, i piedi attorcigliati alle sbarre. Marc serví il caffè e diede il gratin a Louis.

– Clément, – cominciò Louis, – stavolta ci devi proprio aiutare. Con questa, – aggiunse puntandosi il dito alla fronte. – Hai visto la tua faccia sui giornali? Tutta Parigi ti sta cercando. Tutta Parigi, tranne sei persone: una che ti vuole bene e cinque che cercano di crederti. Mi segui?

Clément annuí.

– Se non mi segui fammi un cenno, Clément. Non esitare, non c'è da vergognarsi, come direbbe Marthe. Il mondo è infestato da tipi tremendamente intelligenti che sono dei veri bastardi. Se non capisci, alza la mano. Cosí.

Clément annuí di nuovo e Louis ne approfittò per buttar giú un boccone di gratin.

– Ascolta, – continuò Louis a bocca piena. – C'è, punto *a*, un tizio che ti ha commissionato un lavoro. Ma, punto *b*, era tutta una macchina.

– Macchinazione, – disse Clément.

– Macchinazione, – ripeté Louis, pensando che Clément imparava piú in fretta del previsto. – E punto *c*, rischi di essere condannato al posto di questo tizio. Questo tizio, è il tizio del telefono a Nevers ed è il tizio del telefono all'hotel. Rifletti. Conoscevi la sua voce?

Clément si schiacciò il naso e chinò la testa. Louis mangiava.

– No. Non per quanto mi concerne.

– Era la voce di uno sconosciuto?

– Non lo so. Io stesso non l'ho riconosciuto, ma dal canto dello sconosciuto, non saprei.

– Bene. Lasciamo perdere. Punto *c*...

– L'hai già detto, il punto *c*, – suggerí Marc. – Non confondergli le idee.

– Merda, – disse Louis. – Punto *d*, quel tizio potrebbe conoscerti e avercela a morte con te.

Clément esitò, poi alzò la mano.

– Punto *d*, – ricominciò pazientemente Louis, – è possibile che quel tizio ti dia noia perché ti detesta.

– Sí, – disse Clément, – capisco.

– Quindi, punto *e*: chi è che ti detesta?

– Nessuno, – rispose immediatamente Clément, con il dito sul naso. – Ci ho pensato tutta la notte anche dal canto mio.

– Ah, ci hai pensato?

– Ho pensato alla voce del telefono e a scoprire chi mi faceva del male.

– E dici che nessuno ce l'ha con te?

Clément alzò la mano.

– Che nessuno ti detesta?

– Nessuno. O forse... sennò... in effetti ci sarebbe mio padre.

Louis si alzò e andò a sciacquare il piatto nel lavandino.

– Tuo padre? Non è mica un'idea stupida. E tuo padre dov'è?

– È morto da anni.

– Capisco, – disse Louis tornando a sedersi. – E tua madre?

– È in Spagna all'estero.

– Te l'ha detto tuo padre?

– Sí. Ci ha abbandonati quando io non ero ancora nato. Ma

lei mi vuole bene, non come mio padre. Lei è in Spagna. La voce del telefono è una voce da uomo.
– Sí, Clément, lo so.
Louis lanciò a Marc uno sguardo un po' scoraggiato.
– Proviamo in un altro modo, – propose Louis. – Dimmi dove hai vissuto dopo aver lasciato Marthe.
– Mio padre mi ha messo a Nevers in una scuola.
– Nessun problema in questa scuola?
– Macché, nessun problema. Non ci andavo.
– Ti ricordi come si chiamava, questa scuola? – chiese Louis tirando fuori una penna.
– Sí, la scuola di Nevers.
– Capisco, – disse Louis mettendo via la penna. – Ed è lí che hai imparato la musica?
– È dopo. Ho compiuto i miei sedici anni personali onde per cui ho lasciato la scuola.
– Dove sei andato?
– Sono andato per cinque anni interi a far giardiniere nell'Istituto Merlin.
– A Nevers?
– Vicino.
– L'Istituto Merlin, hai detto? Che tipo di istituto è?
Clément alzò le braccia in segno d'ignoranza.
– È per delle lezioni, – disse. – È un istituto di lezioni per degli allievi, degli allievi grandi, adulti. E intorno c'è un parco, quanto al quale ero il secondo giardiniere.
– E anche lí, niente problemi?
– Macché, niente problemi.
– Pensaci bene. Com'erano gli altri con te? Gentili?
– Gentili.
– Nessun litigio?
Clément scosse la testa a lungo.
– No, – disse. – Io detesto il litigio personale. Stavo bene lí, molto bene. Monsieur Henri mi ha insegnato la fisarmonica.
– Chi era?
– Il professore di...

Clément esitò, si schiacciò il naso.
– Economia, – disse. – E quando c'era pioggia andavo pure alle lezioni.
– Quali lezioni?
– Lezioni di ogni. Ce n'erano in continuità. Io entravo dalla porta esteriore.
Clément guardò Louis con attenzione.
– Non capivo tutte le parole, – disse.
– E lí, nessun nemico, niente?
– Macché, niente del tutto.
– E poi, dopo l'Istituto Merlin?
– Non era piú la stessa cosa... Ho chiesto a tutti i giardini di Nevers, ma avevano già il loro giardiniere. Allora ho suonato la fisarmonica. È quello che faccio dall'età dei miei ventuno anni.
– Per strada?
– Dovunque la gente dà. A Nevers mi conoscono di persona, suono nei caffè dove mi affittano dei sabati. Ho dei soldi per la camera e per tutto quanto a quel che un uomo deve avere per vivere.
– Litigi?
– Niente litigi. Non mi piacciono i litigi, io stesso non ne ho mai. Vivo tranquillo e la fisarmonica pure. Va bene cosí. Preferivo giardiniere a Merlin.
– Ma perché te ne sei andato, allora?
– Ma per lo stupro della ragazza nel parco, già!
Louis sussultò.
– Lo stupro? Hai stuprato una ragazza?
– Macché.
– Sei venuto alle mani con qualcuno?
– Macché, neanche quello. Ho preso la pompa dell'acqua fredda e li ho innaffiati come si fa coi cani onde separarli. E li ho separati benissimo. L'acqua era ghiacciata.
– A chi hai fatto questo?
– Ma a quegli schifosi che violentavano la donna e agli altri che la tenevano ferma. L'ho fatto con la pompa, la pompa da giardiniere. L'acqua era ghiacciata.

– E... dimmi... loro erano contenti?

– Macché! L'acqua era ghiacciata e avevano le cosce nude e le chiappe pure. Fa un freddo boia, altroché, quanto alla temperatura sulla pelle. Eppoi l'acqua li aveva separati dalla donna. Ce n'è uno che voleva ammazzarmi. Anzi, due.

Scese un silenzio pesante che Louis lasciò durare, passandosi e ripassandosi la mano tra i capelli. Un raggio di sole filtrava dalle persiane e cadeva sul tavolo di legno. Louis lo seguí con il dito. Marc lo guardò: aveva le labbra serrate e un'espressione tesa, ma il verde degli occhi era limpido, chiaro. Marc sapeva, cosí come Louis, che avevano appena guadagnato la riva. Niente piú che melma e scogli, ma quantomeno era la riva. Perfino Clément sembrava rendersi conto di qualcosa. Li guardò uno dopo l'altro e poi, a un tratto, sbadigliò.

– Non sarai mica stanco! – si preoccupò Louis, estraendo di nuovo carta e penna.

– Ce la farò, – disse Clément in tono serio, come se avesse dovuto fare venti chilometri di marcia forzata prima di sera.

– Tieni duro di persona, – lo esortò Louis nello stesso tono.

– Sí, – disse Clément raddrizzando la schiena.

Capitolo diciassettesimo

Clément parlò per piú di un'ora, a tratti con relativa disinvoltura. Questa storia, a suo tempo, l'aveva già raccontata piú volte alla polizia, e gli erano rimasti in memoria interi blocchi di frasi già utilizzate, il che gli facilitava il compito. Ogni tanto il dialogo s'interrompeva, sbandando come un'auto sulla carreggiata, sia che Louis non capisse piú Clément, sia che Clément alzasse la mano per segnalare a Louis che si era perso per strada. La conversazione, dunque, procedeva spesso a ritroso, l'uno o l'altro riprendendo con uguale pazienza i punti che erano saltati. La ricostruzione della storia fu laboriosa, ma malgrado le lacune che Clément non riusciva a colmare, Louis finí per farsene un'idea abbastanza precisa. Gli mancavano solo alcuni dettagli elementari: date, luoghi, nomi.

Louis riguardava i suoi appunti.

Impossibile stabilire se si trattasse del mese d'aprile piuttosto che di giugno, ma doveva essere un mese mite, di poco precedente al periodo in cui Clément era stato licenziato dall'Istituto. Nove anni prima, dunque; a primavera. Clément, che dormiva con la finestra aperta in una camera sopra il garage, aveva sentito gridare, giú nel parco. Era corso verso le grida che si affievolivano sempre di piú e aveva scoperto tre uomini che si accanivano su una donna. Due la tenevano ferma e il terzo le stava sopra. La notte era abbastanza chiara, ma i tre avevano il viso coperto da passamontagna. La donna – l'aveva riconosciuta – insegnava all'Istituto; ora però non ne ricordava piú il nome. Aveva subito pensato all'acqua ed era corso verso il punto d'irrigazione di quella parte del parco. Il tempo di srotolare la pompa e tornare correndo, gli parve che il tizio sulla donna non fosse piú lo stesso. Aveva aperto il getto al massimo e «sparato» sui tre uomini. L'acqua era ghiacciata, Clément l'aveva precisato almeno quindici volte. E con grande soddisfazione aveva spiegato a Louis che si trattava di un getto d'acqua potente, concepito per i tappeti verdi del parco; una sferza che a riceverla sul corpo da vicino faceva molto male. Su quegli uomini mezzi nudi l'effetto era stato spettacolare. Si erano staccati dalla donna, che immediatamente era strisciata a raggomitolarsi in un angolo, e urlavano insulti cercando di tirarsi su in fretta e furia i pantaloni zuppi. Clément precisò che non è per niente facile rimettersi dei pantaloni stretti e gocciolanti. Il ragazzo innaffiava con rabbia. Uno degli uomini si era fatto sotto come una furia per spaccargli la faccia, gridava che voleva ammazzarlo, ma Clément aveva orientato il getto d'acqua dritto dritto nel suo passamontagna e il tizio si era messo a urlare. Clément ne aveva approfittato per strappargli il passamontagna e quello, reggendosi le braghe a mezza coscia, se l'era data a gambe dietro agli altri due, senza smettere di voltarsi e insultarlo. In seguito aveva chiuso l'acqua e raggiunto la donna, che gemeva per terra «tutta sporca», aveva detto Clément. Era stata picchiata, le sanguinava la fronte e tremava. Lui si era tolto la maglietta e l'aveva stesa su di lei, per coprirla; e dopo non aveva piú saputo cosa fare. Solo a quel punto si era lasciato prendere dal panico, non sapendo piú che pesci pigliare. I tre bastardi, la pompa, l'acqua: quello era stato facile. Ma con la donna, lui era smarrito. Il direttore dell'Istituto – Clément sapeva il suo nome, Merlin, era facile, uguale all'Istituto – era arrivato di corsa in quel momento. Sulle prime, vedendo Clément solo accanto alla donna, aveva creduto che fosse stato lui ad aggredirla, cosa che per parecchio tempo pensò pure la polizia, dato che il ragazzo era l'unico testimone. Sciaguattando nell'erba molle come una spugna, il direttore aveva sollevato la donna e chiesto a Clément di aiutarlo a trasportarla nel suo alloggio. Senza fare rumore, non era necessario che tutti gli studenti accorressero in branco. Da lí avevano chiamato la polizia e un'ambulanza per la giovane donna che era stata portata all'ospedale, mentre la polizia si prendeva Clément. Due ore minimo, prima di rilasciarlo; e il divieto di allontanarsi dalla città.

Ma – e qui Clément aveva dato segni di agitazione – la donna era morta durante la notte. E la mattina dopo, uno degli studenti dell'Istituto veniva ritrovato nella Loira, annegato. Clément era stato chiamato. In effetti, si trattava proprio del tizio a cui aveva strappato il passamontagna. All'epoca sapeva perfettamente il suo nome, era un ragazzone che trovava sempre il modo di provocarlo. Hervé qualcosa. Ora come ora il cognome gli sfuggiva. Pousselet, Rousselet, una cosa cosí. La polizia aveva concluso che il tizio, questo Hervé, sapendosi scoperto, aveva assassinato la vittima all'ospedale, deciso a sbarazzarsi di Clément in un secondo tempo; ma poi non aveva retto e si era buttato nella Loira.

Merlin, il direttore, aveva fatto capire a Clément che per l'Istituto era meglio se quella tragedia veniva dimenticata, perciò lui doveva cercarsi lavoro altrove. Gli aveva preparato una lunga lettera in cui diceva che era un ottimo giardiniere.

– Avevo un gran magone quando sono partito, – disse Clément. – E il direttore aveva il magone pure lui. Andavamo d'accordo, noi due.

– E gli altri due stupratori? Avevi un'idea circa la loro identità?

Clément alzò la mano.

– Sapevi chi erano?

– Non potevo riconoscerli, per colpa del passamontagna. Il piú piccolo, quello che è scappato per primo perché aveva ancora i pantaloni addosso...

Clément scrollò la testa lentamente.

– Nessuna idea personale, – disse in tono dispiaciuto. – Era vecchio, un vecchio di almeno cinquant'anni.

– Vale a dire che oggi ne avrebbe sessanta, – osservò Louis sempre prendendo appunti. – Cosa ti faceva pensare che fosse vecchio?

– La sua camicia. Aveva una camicia da vecchio, con una canottiera sotto.

– Come hai fatto a vedere la sua canottiera in piena notte?
– Ma con l'acqua, già! – disse Clément guardando Louis come se avesse a che fare con un demente. – L'acqua fa diventare tutto trasparente.
– È vero, scusami. E l'altro?
– L'altro aveva i pantaloni giú, – disse Clément con un sorriso cattivo. – Lo detestavo. E sotto il passamontagna, mentre io stesso di persona gli innaffiavo la pancia, gridava: «Te la farò vendere io! Te la farò vendere io!» Non ho capito.
– «Te la farò vedere io», – suggerí Louis.
– Non vedo la differenza.
– Vuol dire che ce l'aveva con te.
Clément alzò la mano.
– Vuol dire che ti detestava, – riprese Louis.
– Io pure, lo detestavo, – disse brutalmente Clément.
– L'avevi riconosciuto? Anche con il passamontagna?
– Oh sí, – disse Clément, rabbioso. – Aveva la sua vecchia polo sporca, beige, ed era la sua voce, la sua voce schifosa.
E su queste parole il faccino sgraziato di Clément, inclinato verso Louis, sembrò torcersi di disgusto. Cosí era ancora piú sgradevole a vedersi. Louis indietreggiò leggermente. Clément gli mise una mano sulla spalla.
– L'altro uomo, – continuò aggrappandosi a Louis, – era «il Cesoia»!
Clément si alzò di scatto e piantò le due mani sul tavolo.
– Il Cesoia! – gridò. – E nessuno ha creduto a me stesso! Dicevano che non c'erano piovre!
– Non c'erano prove, – disse Louis.
– E non gli hanno fatto niente, niente di niente! Con tutte le cortecce che aveva conciato e poi la donna dopo!
Louis si era alzato a sua volta e tentava di riportare Clément alla calma. La pelle del ragazzo si era coperta di chiazze rosse. Alla fine Louis lo rimise a sedere con la forza, il che non fu molto difficile, e lo trattenne contro lo schienale.
– Chi è questo tizio? – chiese Louis con voce ferma.
Quel tono tagliente e quelle mani premute sulle spalle

sembrarono placarlo. Clément masticò rumorosamente a vuoto.
– Il capo giardiniere, – disse infine, – il mostro degli alberi. Con Maurice e me stesso lo chiamavamo il Cesoia.
– Chi è Maurice?
– Ma è l'altro ragazzo che si occupava delle serre.
– Un tuo amico?
– Sí, già.
– E che faceva, il Cesoia?
– Faceva cosí, – disse Clément sgusciando dalle mani di Louis e rimettendosi in piedi. Poi imitò il gesto del Cesoia con la mano destra, aprendo e chiudendo le dita piú volte e accompagnando la pantomima con rumori di bocca secchi e ripetuti: – Clac. Clac.
– Tagliava le piante con le cesoie, – disse Louis.
– Sí, – disse Clément girando intorno al tavolo, – stava sempre con quella grossa pinza che taglia. Clac. Clac. In vita sua amava solo lei. Clac. Clac. Quando non aveva niente da tagliare quanto alle piante tagliava a vuoto, tagliava l'aria. Clac.
Clément s'immobilizzò con la mano tesa e guardò Louis strizzando gli occhi inespressivi.
– Con Maurice e me stesso, trovavamo dei tronchi d'albero tutti tagliuzzati con le cesoie. Soffrivano, gli alberi. Clac. Clac. Clac. Ne rovinava un mucchio. E per di piú uccideva dei meli giovani strappandogli la corteccia.
– Sei sicuro di quello che dici? – chiese Louis, interrompendo con una mano il girotondo di Clément.
– Erano colpi di cesoie. Clac. E lui ce le aveva sempre in mano di persona. Ma io non avevo piovre, né per gli alberi, né per la donna. Ma la voce con cui mi ha urlato addosso, sono sicuro che era la sua.
Louis rifletté alcuni istanti mettendosi pure lui a girare intorno al tavolo.
– Da allora non l'hai piú rivisto?
– Non di persona.
– Sapresti riconoscerlo?

– Sí, già. Come no.
– Dici che l'hai riconosciuto dalla voce. E la voce del telefono, a Nevers, a Parigi? Potrebbe essere la sua?
Clément interruppe il girotondo e si schiacciò il naso.
– Allora? Hai orecchio e conosci la sua voce. Era lui, al telefono?
– Il telefono cambia tutto, – disse Clément, imbronciato. – La voce non è piú nell'aria, ma nella plastica. Difficile dire dal canto di chi è.
– Ma potrebbe essere lui?
– Difficile dire. Non pensavo a lui quando la voce del telefono parlava. Pensavo al padrone del ristorante.
– E non la sentivi da nove anni... Sai come si chiama, questo... Cesoia?
– Macché. Non lo so piú.
Louis sospirò, un po' esasperato. A parte quello del direttore e di uno degli stupratori, nella memoria di Clément non era rimasto impresso nessun nome. Però doveva dargli atto di essere riuscito a ripercorrere la storia in maniera compiuta e coerente, nonostante risalisse a parecchi anni prima. Se Clément, come Louis credeva, aveva detto la verità, non ci sarebbe voluto molto a ricostruirla per intero.
Louis piegò i suoi appunti con cura e se li mise in tasca. Cercò d'immaginare cosa può provare un bruto che viene innaffiato da un potente getto d'acqua gelida nel bel mezzo di uno stupro. Dolore, umiliazione, rabbia. Virilità azzerata per annegamento: uno cosí non potrà certo voler bene al suo giustiziere. In una mente un tantino ristretta, l'odio e la vendetta possono covare a lungo. Erano anni che Louis non incappava in un movente cosí insulso e cosí palese a un tempo.
Girò la testa e sorrise a Clément.
– Adesso puoi andare a dormire, se vuoi.
– Non sono stanco, – disse Clément contro ogni aspettativa.
Al momento di andarsene, Louis si accorse che in casa non c'era nessuno per fare la guardia a Clément. E finché non erano sicuri di nulla non si poteva assolutamente correre il rischio

di farselo scappare. Louis pensò di fare un salto nel sottotetto per vedere se Vandoosler il Vecchio era lí; ma non osava lasciare solo Clément nemmeno per tre minuti. Lo sguardo gli cadde sul manico di scopa che Lucien aveva appoggiato contro il muro dopo aver chiamato Marc. Esitò. Servirsi di quell'affare gli sembrava vagamente contagioso, come se rischiasse di lasciarci parte della sua integrità mentale. Ma in quella topaia c'era poco da scegliere.

Louis afferrò il manico di scopa e diede quattro colpi al soffitto. Poi rimase attentamente in ascolto e sentí una porta sbattere. Il vecchio poliziotto stava scendendo. Niente da dire, il sistema funzionava alla perfezione.

Louis fermò Vandoosler il Vecchio sul pianerottolo.

– Posso affidarti la sorveglianza di Clément finché gli altri non tornano?

– Certamente. Hai scoperto qualcosa?

– Può darsi. Di' a Marc che domani corro a Nevers. Lo chiamo stasera. È sempre possibile contattarvi telefonando al bar dell'angolo?

– Sí, fino alle ventitre.

Louis si accertò di avere il numero e strinse la mano del vecchio poliziotto.

– A presto. Sorvegliatemelo bene.

Capitolo diciottesimo

Louis si era alzato insolitamente presto, alle sette in punto, e alle dieci e mezza la sua macchina era già in prossimità di Nevers. C'era una bella luce e il clima era mite, e Louis aveva varcato il confine della Nièvre con una certa esultanza. Anni prima aveva svolto un discreto numero di missioni in quella regione, e l'autentico piacere provato nel rivedere la Loira lo stupí. Aveva dimenticato quel chiarore confuso che avvolge le isole del fiume, la miriade di uccelli che volano a pelo d'acqua; ma in un batter d'occhio aveva riconosciuto ogni cosa. La Loira era bassa e scopriva i suoi banchi di sabbia. Anche in questa sua modestia estiva il fiume era pericoloso, Louis lo sapeva. Ogni anno dei bagnanti si perdevano nei suoi mulinelli, convinti di poterlo domare in poche bracciate.
Guidando piano – com'era sua abitudine – e lasciandosi il fiume sulla destra, Louis pensava allo stupratore annegato all'indomani del delitto. Uccidersi nella Loira era possibile, certo; anche nei periodi di portata ridotta. Ma era ugualmente possibile annegarci qualcuno. Posto che ne fosse capace, Clément non aveva messo in dubbio la versione ufficiale sulla morte della donna e del carnefice. Ma forse quello non era l'unico modo di presentare i fatti. La sera prima Louis aveva raccontato a Marc l'agghiacciante storia dello stupro collettivo, e Marc era sembrato impressionato dal personaggio del Cesoia. A dire il vero, lo era anche Louis.
A Nevers esitò un po', prima di ritrovare la via del commissariato. Lasciò la macchina in centro, fece una pausa-caffè, acqua, pipí e prima di andare alla polizia si mise una

cravatta e si aggiustò davanti alla vetrina del bar. Una cosa di cui Kehlweiler andava fiero, dopo oltre venticinque anni di indagini di ogni tipo, era di conoscere un poliziotto in ogni città, come un marinaio che vanta una donna in ogni porto. In realtà, la regola aveva le sue eccezioni, soprattutto dopo il prepensionamento. Louis non riusciva piú a tener dietro ai rimpiazzi, alle partenze e ai trasferimenti, e l'affidabilità del sistema era a rischio. Ma per il momento resisteva. Louis cavò di tasca un foglietto sul quale la sera prima aveva trascritto l'elenco dei poliziotti di Nevers. Non conosceva il commissario, ma aveva lavorato su un delicato caso di ricettazione con l'ispettore Jacques Pouchet, poi diventato capitano. Louis voltò il foglietto. Non era stato molto prolisso nei commenti, all'epoca. Si era giusto annotato: «Jacques Pouchet, ispettore, Nevers: destra moscia – buoni risultati polizia – mi apprezza, mi teme, niente bastoni tra le ruote – mi deve una birra per una scommessa sul colore delle galline della Nièvre». Una scommessa in sospeso poteva essere utile, fa molto «quello che si ricorda», fa molto «amiconi». Niente di piú efficace.

Louis si rimise in tasca il foglietto domandandosi cosa diavolo avesse potuto inventare sulle galline nivernesi, dato che non ne sapeva nulla. Attraversò la strada in direzione del commissariato.

Pouchet era in ufficio. Louis declinò le proprie generalità, scribacchiò un messaggio amichevole che consegnò alla segretaria e attese. Pouchet lo ricevette tre minuti piú tardi.

– Salve, Tedesco, quanto tempo, – gli disse facendolo entrare. – Come mai da queste parti? Non sarai mica venuto a rompere le scatole, spero! – aggiunse, un po' sulle spine.

– Non ti preoccupare, – disse Louis, che provava sempre una certa soddisfazione nel vedere che la sua reputazione teneva duro. – Non sono piú nelle alte sfere. Sono alle prese con un vecchio caso che non ha nulla di politico.

– Meglio cosí, – disse Pouchet offrendogli una sigaretta. – Posso fidarmi?

– Certo che puoi. Si tratta di quello stupro collettivo avvenuto all'Istituto Merlin nove anni fa, nel...
– Tutto qua? – troncò Pouchet.
– Mi sembra che possa bastare.
– Mi ricordo benissimo. Non ti muovere, torno subito.

Louis attese il ritorno del collega fumando. Tranquillizzato dal fatto che Kehlweiler non rivangasse nulla di piú scottante, Pouchet avrebbe aperto il dossier senza fare storie.

– Vuoi tutti i dettagli? – chiese Pouchet tornando con una cartella sottobraccio.
– Possiamo andare a parlarne al bar? – rispose Louis. – Mi devi una birra. Avevamo scommesso sul piumaggio delle galline della Nièvre e tu avevi perso.

Pouchet lanciò a Louis uno sguardo torvo, poi scoppiò a ridere:

– Hai ragione, Tedesco! Hai proprio ragione!

Fu un ispettore estremamente amichevole quello che Louis si portò al bar dell'angolo. La storia delle piume aveva reso Pouchet gioviale, ma Kehlweiler si chiedeva se se ne ricordasse davvero cosí bene, perché non aveva aggiunto nessun dettaglio di colore; e nemmeno lui, del resto.

Per prima cosa Louis fece una capatina al bagno del bistrot, controllò che non arrivasse nessuno e svelto cavò di tasca il rospo. Lo bagnò nel lavandino e lo rimise rapidamente a posto. Con il caldo che faceva la prudenza non era mai troppa.

– Allora? – chiese Louis venendosi a sedere.
– Si tratta di uno stupro collettivo, come dicevi tu. È successo nel parco dell'Istituto Merlin...
– Che tipo di istituto è, esattamente?
– Era una specie di scuola privata, l'«Istituto di Studi Economici e Commerciali Merlin». Si facevano due anni di formazione post-maturità con un diploma di contabilità commerciale alla fine. Si pagava, ovvio, e anche profumatamente. Buona reputazione, antiche tradizioni, funzionava bene.
– «Funzionava»?
– Puoi ben immaginare che dopo lo stupro nel parco e i due

morti è stato un disastro. L'autunno seguente l'Istituto non ha potuto aprire i battenti perché non c'erano abbastanza iscritti. In poche parole, il fallimento. Poi, saranno stati sei anni fa, Merlin si è deciso a vendere la proprietà al comune. Adesso è un ospizio per anziani. E si paga profumatamente anche quello.

– Merda. Quindi sono tutti dispersi. Gli insegnanti... il personale... non c'è modo di rintracciarli...

– Se speravi di vederteli ancora tutti insieme levatelo dalla testa.

– Ho capito, – disse Louis, piuttosto contrariato. – Raccontami com'è andata. Ho una versione dei fatti e mi occorre sapere se è giusta.

– Dunque; si tratta della giovane professoressa di inglese, Nicole Verdot. Durante la settimana alloggiava all'Istituto, come altri professori, il personale e tutti gli allievi. Era il sistema del convitto, piú efficace per i risultati, pare. Tu cosa ne pensi?

– Niente, – disse Louis, che non voleva compromettere quell'intesa precaria.

– Intanto, i ragazzi non se ne vanno a zonzo dopo la scuola. Sono piú controllati.

– Se essere controllati vuol dire violentare donne dopo la scuola, non vedo dove sia il vantaggio.

– Non hai tutti i torti, non ci avevo pensato. A ogni modo, cosa facesse in giro a quell'ora la maestrina, verso mezzanotte, non c'è stato modo di saperlo. Una passeggiata, un appuntamento... l'aria era tiepida, era maggio, il 9 di maggio. Ed ecco che...

Pouchet alzò le mani e le lasciò ricadere pesantemente sul tavolo di formica.

– Ecco che tre tipi le saltano addosso come cani rabbiosi. Il giardiniere del parco è accorso, ma un po' tardi, purtroppo. Strano a dirsi, quel tipo ha avuto una trovata niente male: ha aperto la pompa dell'acqua. Li ha fatti scappare cosí, con il getto d'acqua.

– Perché «strano a dirsi»?

– Be'... Perché il giardiniere, abbiamo dovuto interrogarlo a lungo, visto che era l'unico testimone... Insomma, questa qui non gli era di grande aiuto, non so se mi spiego, – disse Pouchet indicando la propria testa. – Un'autentica zucca vuota. Dio buono, durante l'interrogatorio ce ne ha dato del filo da torcere, quel tipo. Ma tutto sommato la sua storia reggeva: effettivamente, nell'erba inzuppata, oltre a quelle del giardiniere abbiamo rilevato le orme dei tre uomini. E per terra abbiamo trovato il passamontagna, il famoso passamontagna che lui aveva strappato a uno di loro.

– Li aveva riconosciuti, i tipi?

– Solo uno, Hervé Rousselet, un ripetente del primo anno, ventenne, rampollo di buona famiglia nonché vera e propria bestia. A Nevers, dall'adolescenza in poi, ne aveva fatte di cotte e di crude. Il giardiniere sosteneva di avere «riconosciuto» un altro dei tre, il suo capo-giardiniere. Ma io credo che forzasse la mano per rovinarlo. Era evidente che lo odiava. Il Cesoia, lo chiamava. L'abbiamo torchiato ma non ne abbiamo cavato niente. La donna pure aveva riconosciuto uno dei suoi aggressori. Non faceva che ripetere «l'ho visto, l'ho visto...», una litania. Ma non riusciva a ricordarsi il nome, era troppo scossa, poveretta. All'ospedale l'hanno fatta dormire. E poi...

Di nuovo, Pouchet lasciò cadere le mani sul tavolo, sconsolato.

– ... Quello l'ha uccisa durante la notte. Per non farla parlare, si capisce.

– Non era sotto sorveglianza?

– Certo, vecchio mio, cosa credi? Il piantone stava nel corridoio, ma l'assassino è entrato dalla finestra al primo piano. Un errore clamoroso. Non te lo farai scappare, vero?

– No. Come l'ha uccisa?

– L'ha soffocata con il cuscino. E poi, per completare l'opera, l'ha strangolata.

– Ma guarda, – disse Louis.

– Però non gli è servito granché, a questo Rousselet. È andato dritto dritto a farsi secco nella Loira. L'hanno ritrovato la mattina dopo. E come vedi, il caso si è chiuso da solo. È stato triste, veramente triste. Gli altri due non siamo mai riusciti a beccarli.

Pouchet osservò Louis.

– Sei sulle loro tracce, per caso?

– Può darsi.

– Mi farebbe piacere, se ce la fai. Ti serve altro?

– Parlami del giovane giardiniere.

– Che dire? Si chiama Clément Vauquer e, te l'ho detto, non aveva molto sale in zucca. Un poveretto, se vuoi il mio parere, anche se un po' strambo. Bravo, non dico: si è dato da fare per aiutare la donna, tutto solo contro quei tre bruti. Ne conosco parecchi che se la sarebbero data a gambe. Lui no. Veramente bravo. E cosa gliene è venuto? Si è ritrovato in mezzo a una strada.

– Sai che fine ha fatto?

– Credo che faccia delle *soirées-chanson* in qualche locale della regione. All'*Occhio di lince*, per esempio; potresti provare a informarti.

Louis notò che la polizia di Nevers non aveva ancora messo in relazione il fisarmonicista con l'identikit pubblicato il giorno prima. Ma non poteva durare. Presto o tardi, qualcuno l'avrebbe identificato. Questione di ore, per dirla con Loisel.

– E il Cesoia? È rimasto nei paraggi?

– Io non l'ho piú visto, ma non ci ho nemmeno fatto caso. Il suo vero nome t'interessa?

Louis annuí e Pouchet scorse il dossier.

– Thévenin, Jean Thévenin. All'epoca dei fatti aveva quarantasette anni. Dovresti andare a parlare con Merlin, l'ex direttore. Può darsi che l'abbia tenuto a servizio fino alla vendita, per la manutenzione del parco.

– Sai dove posso rintracciarlo?

Credo che abbia lasciato la regione. Forse ti potrei dire qualcosa in ufficio, la mia segretaria conosceva uno degli insegnanti.

Pouchet pagò le due birre, con una strizzatina d'occhi per via della scommessa.

La segretaria assicurò a Louis che Paul Merlin aveva effettivamente lasciato la regione. Dopo il fallimento, era rimasto a Nevers per qualche tempo e poi aveva trovato un impiego a Parigi.

Pouchet portò Louis a pranzo con due suoi colleghi. Louis ripassò dal bagno per inumidire Bufo. Si preoccupava per il ritorno, con il caldo che avrebbe fatto in macchina. Ma di sicuro Marc non avrebbe mai accettato di badare al rospo. Badava al bambolotto di Marthe, ed era già tanto. Louis era molto in pensiero anche per il ragazzo. Si chiedeva per quanto tempo ancora sarebbero riusciti a sottrarlo a quella caccia all'uomo nazionale; si chiedeva quanto tempo ci avrebbe messo a scoprire se era un pazzo criminale o un brav'uomo, per dirla con Pouchet. In ogni caso, la storia dello stupro nel parco era vera, Clément non si era inventato nulla. Quindi c'erano almeno due uomini che lo odiavano, due stupratori. Uno si chiamava Jean Thévenin, alias il Cesoia. Louis ripensò alle ferite inflitte alle due donne di Parigi e rabbrividí. Detestava quell'immagine delle cesoie.

Quanto all'altro, il terzo uomo, non se ne sapeva nulla.

Quando Louis si apprestò a congedarsi dalla polizia di Nevers era pomeriggio inoltrato. La parte piú delicata veniva ora. Mise una mano sulla spalla di Pouchet e il capitano gli lanciò uno sguardo stupito.

– Metti, – disse Louis piuttosto a bassa voce, – che entro breve senti parlare di questo giardiniere.

– Del pompiere? Ne sentirò parlare?

– Metti il caso, Pouchet, e per un brutto affare.

Pouchet, interdetto, volle parlare, ma Louis lo fermò con un gesto.

– Metti che la polizia di Parigi e io non la vediamo allo stesso modo, e soprattutto metti che sia io ad avere ragione. E che abbia bisogno di un po' di tempo, di alcuni giorni. Allora, metti che sia tu a darmeli, questi giorni, dimenticandoti di avermi visto. Non sarebbe un errore. Una semplice omissione, senza conseguenze.

Pouchet fissava Louis, teso, indeciso.

– E metti, – disse il capitano, – che io voglia sapere perché mai dovrei farlo?

– Sarebbe legittimo. Metti che il giovane Vauquer, quello che non se l'è filata, meriti una possibilità; e metti che tu mi dia fiducia. Metti che io non ti voglia creare problemi.

Pouchet, con l'incertezza negli occhi, si passò un dito sulle labbra; poi, senza guardarlo, tese la mano a Louis.

– Metti che lo faccio, – disse.

I due uomini s'incamminarono in silenzio verso l'uscita. Sulla porta, Louis gli tese nuovamente la mano.

– Facciamo una bella cosa, – disse Pouchet in maniera del tutto inattesa. – Facciamo un'altra scommessa. Cosí ci diamo appuntamento alla prossima birra.

– Hai qualche idea? – chiese Louis.

I due uomini si concentrarono un istante.

– To', – disse Pouchet, indicando il bando di concorso agricolo affisso alla vetrina del ristorante. – Una questione che mi rode da sempre: il mulo, è il piccolo dell'asina e del cavallo, oppure della giumenta e dell'asino?

– C'è differenza?

– Pare di sí. Non ne so piú di cosí, parola. Allora, Tedesco, su cosa scommetti?

– Sull'asina e il cavallo.

– Io sulla giumenta e l'asino. Il primo che ha delle prove telefona.

I due uomini si fecero un ultimo cenno di saluto e Louis tornò alla macchina.

Al volante, tirò fuori di tasca il foglietto e al nome di Jacques Pouchet, capitano a Nevers, aggiunse: «Una persona perbene, piú che perbene – Giudicato un po' frettolosamente la prima volta Consegnato dossier su stupro collettivo Nicole Verdot – Mi copre – Seconda scommessa in corso su filiazione del mulo (ho scommesso asina-cavallo) – Chi perde paga una birra».

Poi tirò fuori dal cruscotto uno straccio per i vetri, lo inumidí abbondantemente nel canaletto di scolo, mise Bufo sul sedile davanti e lo coprí con il panno bagnato. Cosí, almeno, l'anfibio l'avrebbe lasciato in pace.

– Vedi, Bufo, – disse al rospo mettendo in moto, – da qualche parte nel mondo ci sono due tizi nient'affatto tranquilli. Loro non si ricorderebbero certo di metterti uno straccio sulla testa.

Louis sterzò lentamente e uscí dal posteggio.

– E io, vecchio mio, – aggiunse, – ho intenzione di farli saltar fuori, questi due tizi.

Capitolo diciannovesimo

Louis dormí fino a tardi e si svegliò sudato. La temperatura era salita di un grado. Mentre aspettava il caffè telefonò al bar di rue Chasle, che, guarda caso, si chiamava *L'asino rosso*. Gli tornò in mente la scommessa fatta con Jacques Pouchet la sera prima, e Louis si chiese come penetrare l'oscuro mistero della creazione del mulo, che d'altra parte era l'ultima delle sue preoccupazioni. Ma questa scommessa non era come le precedenti, era a doppio fondo. Sotto la scommessa, il patto; e il silenzio di Pouchet era fondamentale. Se Loisel scopriva che Louis conosceva l'uomo dell'identikit, Clément Vauquer era spacciato.

La padrona dell'*Asino rosso* gli chiese di attendere in linea mentre andava a cercare Vandoosler il Vecchio. L'ex poliziotto passava delle ore nel retro del bar, dove giocava a carte con altra gente del quartiere e, da qualche mese, con una donna per la quale pare avesse un debole. Quasi per caso e senza crederci troppo, Louis aprí il dizionario alla voce *mulo* e con sua grande sorpresa scoprí che si trattava dell'*ibrido maschio di un asino e di una giumenta*. Per gli ignoranti in materia, si specificava tra parentesi che l'ibrido del cavallo e dell'asina si chiama *bardotto*. Preso in contropiede, Louis posò meccanicamente il telefono sul tavolo. Gli faceva uno strano effetto scoprire di ignorare un fatto che sembrava evidente per il mondo intero. Escluso Pouchet, d'accordo. Ma essere fesso quanto il capitano non lo consolava piú di tanto. Chissà quali altri vertiginosi segreti avrebbero potuto ancora svelarsi ai suoi occhi: il vero significato della parola *sedia*, ad esempio; o della parola *bottiglia*, sulla quale magari si sbagliava da cinquant'anni senza averlo mai sospettato. Louis cercò il foglietto dove aveva annotato la scommessa. Non ricordava piú quale combinazione avesse scelto.

Asina-cavallo, dunque bardotto. Peccato. Si versò una bella tazza di caffè e a un tratto sentí una voce gracchiare nel telefono.

– Scusami, – disse a Vandoosler il Vecchio, – avevo un problema di riproduzione... rispondimi a monosillabi... Com'è andata la nottata? Vauquer? Bene... bene... E Marthe l'ha visto? Contenta pure lei? D'accordo, ti ringrazio... Nient'altro, sui giornali? Bene... Di' a Marc che la storia dello stupro è autentica... Sí... Non ora... Vado a cercare il direttore dell'Istituto...

Louis riagganciò, rimise a posto il dizionario e chiamò il commissariato di Nevers. Pouchet non era in ufficio, fu la sua segretaria a rispondere. – Le lascio un messaggio: «mettiamo sempre che ho ragione io, tranne per il mulo, quindi ti devo una birra» –. La segretaria gli chiese di ripetere, prese nota e riagganciò senza commenti. Louis si fece una doccia, sistemò Bufo in bagno per via del caldo e andò all'ufficio postale. Trovare l'indirizzo di Paul Merlin non fu difficile. Essendo sabato, con un po' di fortuna forse l'avrebbe persino trovato a casa. Louis alzò gli occhi verso la pendola. Mezzogiorno e dieci. Avrebbe disturbato Merlin in pieno pranzo di famiglia. No, era ridicolo. E neanche la sua giacca un po' sformata era granché adatta: Merlin abitava in rue de l'Université. Evidentemente, la vendita della proprietà di Nevers gli aveva fruttato qualche milione, e il signore non viveva in un pollaio. Era preferibile vestirsi di conseguenza, casomai il direttore tenesse particolarmente all'etichetta, cosa non certo insolita, tra gli educatori.

Louis attese quindi le due e mezza e si presentò in rue de l'Université, davanti a una palazzina a due piani con tanto di cortiletto del XVIII secolo. Camicia bianca, vestito grigio leggero e cravatta color bronzo, si esaminò un'ennesima volta nella vetrina della banca lí accanto. Aveva i capelli un po' lunghi; se li lisciò sulle tempie e dietro le orecchie. Le orecchie erano troppo grandi, ma a questo non c'era rimedio.

Citofonò. Rispose Merlin in persona. Dovette parlamentare

non poco nell'apparecchio, ma essendo Louis un uomo persuasivo Merlin finí per accettare di riceverlo.

Stava riponendo dei dossier con un certo malumore quando Louis entrò.

– Sono desolato di doverla disturbare, – disse molto cortesemente Louis, – ma non potevo permettermi di aspettare. La questione è abbastanza urgente.

– Diceva che si tratta del mio vecchio istituto? – chiese l'uomo alzandosi per stringere la mano al visitatore.

Sbigottito, Louis constatò che Paul Merlin assomigliava straordinariamente al suo rospo Bufo, il che glielo rese subito simpatico. Ma a differenza di Bufo, Merlin indossava degli abiti – convenzionali e curati – e per vivere non si accontentava di un portamatite. Lo studio era ampio e lussuosamente arredato, e Louis non si pentí del proprio sforzo nell'abbigliamento. In compenso, proprio come Bufo, l'uomo aveva un fisico infelice: la schiena curva e la testa che cascava in avanti. Come Bufo, aveva la pelle smorta e grigiastra, le labbra molli, le guance gonfie, le palpebre pesanti e, soprattutto, quell'aria stralunata tipica degli anfibi, come distaccata dalle futilità di questo mondo.

– Sí, – riprese Louis. – La tragedia della notte del 9 maggio, lo stupro della giovane donna...

Merlin levò una zampa.

– Il disastro, vorrà dire... Lei sa che ha mandato in rovina la scuola? Un Istituto che esisteva dal 1864...

– Lo so. Il capitano della polizia di Nevers me ne ha parlato.

– Lei con chi lavora? – chiese Merlin lanciandogli un'occhiata pesante.

– Ministero, – rispose Louis, porgendogli uno dei suoi vecchi biglietti da visita.

– L'ascolto, – disse Merlin.

Louis cercava le parole. Dal piccolo cortile saliva il rumore ossessivo di una piallatrice o di una sega elettrica, e anche questo sembrava indisporre Merlin.

– A parte il giovane Rousselet, allo stupro hanno partecipato altri due uomini. Li sto cercando. In primo luogo Jean Thévenin, l'ex giardiniere.

Merlin alzò il suo testone.

– Il Cesoia? – disse. – Purtroppo non si è mai potuto provare che lui c'era...

– Purtroppo?

– Quell'uomo non mi piaceva.

– Clément Vauquer, l'aiuto-giardiniere, era persuaso che il Cesoia fosse uno degli stupratori.

– Vauquer... – sospirò Merlin. – Ma Vauquer, chi vuole che lo ascoltasse? Era, come dire... non ritardato... no, ma... limitato. Molto limitato. Ma mi dica... è stato Vauquer a raccontarle tutto questo? L'ha visto?

La voce baritonale di Merlin si era fatta strascicata, diffidente. Louis s'irrigidí.

– Mai visto, – disse. – È tutto custodito negli archivi della polizia di Nevers.

– E... cos'è che l'attira, in questa triste storia? Ha i suoi begli anni, ormai...

Stessa voce diffidente e stessa tensione. Louis decise di anticipare una mossa.

– Sto cercando il killer delle forbici.

– Ah, – si limitò a dire Merlin, aprendo la sua bocca molle. Dopodiché, senza aggiungere altro, si alzò e camminò fino agli scaffali – in perfetto ordine –, tornò da Louis con una cartellina di tela, poi sciolse il nodo del laccetto in tutta tranquillità. Ne estrasse l'identikit di Vauquer e lo posò davanti a Louis.

– Credevo fosse lui, l'assassino, – disse.

Ci fu un silenzio durante il quale i due uomini si osservarono. Non è sempre detto che il rapace vinca sull'anfibio. Il rospo sa rintanare il suo grosso sedere a meraviglia, lasciando il nibbio stupefatto e a becco asciutto.

– L'ha riconosciuto? Vauquer? – interrogò Louis.

– Per forza, – disse Merlin con un'alzata di spalle. – Ho trascorso cinque anni con lui.

– E non ha avvertito la polizia?

– No.
– Perché?
– C'è sempre chi si precipita a farlo. Preferisco che sia qualcun altro a denunciarlo.
– Perché? – ripeté Louis.

Merlin mosse le labbra molli.

– Volevo bene a quel ragazzo, – disse con il tono di chi confessa a malincuore.

– Non ha un'aria molto simpatica, – disse Louis guardando l'identikit.

– No, anzi, – confermò Merlin, – ha un faccino alquanto brutto e idiota... Ma i volti... che vuol dire? E gli idioti... che vuol dire? Io gli volevo bene. E adesso che sappiamo entrambi di cosa stiamo parlando: a che punto sono le indagini per quanto lo riguarda? La polizia è certa della sua colpevolezza?

– Sí, sicura. Il dossier parla chiaro, Vauquer non ha scampo. Ma non conoscono ancora il suo nome.

– Lei però lo conosce, – disse Merlin puntandogli addosso il suo lungo dito. – Perché non dice nulla nemmeno lei?

– Qualcuno lo farà, – disse Louis arricciando il naso. – È questione di poche ore. Potrebbe essere già successo.

– Lei non crede che sia colpevole? – chiese Merlin. – Si direbbe che ne dubiti.

– Io dubito di continuo, è un riflesso. Il suo caso mi sembra troppo limpido, troppo schiacciante, per essere precisi. Sorvegliare le donne sotto gli occhi di tutti per giorni e giorni, lasciare sul posto le proprie impronte... mi sembra eccessivo. E come ben sappiamo, l'eccesso è privo di significato.

– Si vede che lei non ha conosciuto Vauquer... È un ragazzo semplice, molto semplice. Cos'è che non la convince?

– Lo stupro all'Istituto. Lui la donna non l'ha toccata. Anzi, l'ha difesa.

– Sí, continuo a crederlo.

– E ora? Le massacra? Non mi torna.

– A meno che quella scena di violenza e il successivo licenziamento non gli abbiano fatto perdere il lume, già piuttosto fioco... Chissà... – aggiunse Merlin a bassa voce, guardando l'identikit. – Io gli volevo bene. E per di piú, come dice lei, ha difeso la donna. Quando pioveva si rifugiava nelle aule e ascoltava le lezioni di francese, di economia... In capo a cinque anni parlava un gergo assurdo...

Merlin sorrise.

– Spesso veniva nel mio ufficio a potare l'edera che incorniciava le finestre e a occuparsi delle piante... Quando la contabilità dell'Istituto mi lasciava un po' di tempo gli proponevo di giocare con me. Oh... niente di speciale... dadi, domino, testa o croce... Lui si divertiva... Anche monsieur Henri, il professore di economia, si prendeva cura di lui. Gli insegnava a suonare la fisarmonica, a orecchio. Le sembrerà impossibile ma era dotato, davvero dotato. Insomma... in qualche modo cercavamo di proteggerlo.

Merlin sventolò il foglio di giornale.

– E poi... tutto a rotoli...

– Non ci credo, – ripeté Louis. – A mio parere qualcuno lo sta usando, qualcuno che vuole vendicarsi di lui.

– Uno degli stupratori?

– Uno degli stupratori. Forse lei potrebbe aiutarmi.

– Lo crede veramente? C'è una qualche probabilità che lei abbia ragione?

– Ce ne sono parecchie.

Allora Merlin sprofondò nella sua poltrona girevole e rimase in silenzio. Il rumore della piallatrice continuava instancabile a trapanare le orecchie. Merlin giocava a incastrarsi due monetine tra le dita di una mano. Le lasciava cadere, poi le incastrava di nuovo. Muoveva le labbra e le palpebre gli cascavano sugli occhi spenti. Meditava e il tempo passava. Louis pensò che il simpatico anfibio non si stesse limitando a questo. Sembrava che prima di riprendere la parola cercasse di controllare un'emozione. Passarono quasi tre minuti. Louis si era accontentato di distendere le lunghe gambe sotto la scrivania, e aspettava. Tutt'a un tratto, Merlin si alzò e aprí la finestra con un gesto violento.

– Spegni quell'arnese! – gridò sporgendosi dal davanzale. – Spegnilo, ho detto! Ho visite!

Poi chiuse la finestra e rimase in piedi.

Si udí il fischio dell'arnese affievolirsi, poi cessare.

– Il mio patrigno, – spiegò Merlin con un sospiro di esasperazione. – Sempre con quelle macchine infernali, persino la domenica. All'Istituto li avevo confinati in fondo al parco, lui e la sua falegnameria. Finalmente stavo in pace. Ma qui, da cinque anni a questa parte è un inferno...

Louis annuí, comprensivo.

– Ma cosa vuol farci? – riprese Merlin come tra sé. – È pur sempre il mio patrigno... Non posso mica buttarlo fuori di casa a settant'anni.

Un po' abbattuto, Merlin tornò alla sua poltrona e per alcuni istanti riprese a meditare.

– Darei qualunque cosa, – disse infine in tono duro, – perché quei due finiscano in galera.

Louis attese.

– Vede, – continuò l'ex direttore facendo un visibile sforzo per controllare la propria voce, – quei tre stupratori hanno distrutto la mia vita, quando invece il giovane Vauquer me la stava per salvare. Amavo quella donna, Nicole Verdot. Volevo sposarla. Sí, avevo buone speranze, aspettavo le vacanze estive per parlarle. E poi, la tragedia... Una ragazza e tre maledette carogne. Rousselet si è ammazzato e di certo non lo piango. Gli altri due, non so cosa darei per vederli in ceppi.

Merlin si raddrizzò e appoggiò sul tavolo le braccia corte, la testa piegata in avanti.

– Cominciamo dal Cesoia... – disse Louis. – Lei sa dove sia?

– Ahimè, no. Ho licenziato anche lui subito dopo la tragedia. Era pur sempre gravemente sospettato, anche se non c'erano prove. Tanto Vauquer, se vogliamo, aveva un che di commovente, quanto Thévenin – il Cesoia, come lo chiamavano i giardinieri – era ripugnante. Sempre sudicio, con il suo sguardo obliquo puntato sulle studentesse. Le dirò: molti altri non erano da meno, anche se vestiti di tutto punto. Il mio patrigno in primis, – disse Merlin accennando aggressivo in direzione della finestra. – Sempre a spiare le ragazzine, a tentare qualche mossa, a cercare di vederne di piú... Non che fosse cattivo, ma pesante sí, e molto imbarazzante. È un problema, nei convitti. Settantacinque ragazzine da un lato, ottanta sbarbatelli dall'altro... be', mi creda, non è facile tenerli a bada. Insomma, questo Thévenin l'avevo assunto senza molto entusiasmo per fare un favore a un'amica di famiglia... Sapeva fare il suo lavoro, ci procurava della verdura favolosa. Secondo Vauquer era lui, con le sue cesoie, a rovinare gli alberi... Io non ne sono convinto.

– Non l'ha piú rivisto a Nevers, in seguito?

– No, mi spiace. Ma posso aiutarla ugualmente, posso provare a informarmi. Con tutta la gente che conosco da quelle parti qualcosa dovrei riuscire a concludere.

– La ringrazio, – disse Louis.

– Quanto all'altro uomo, non vedo proprio come si possa fare... tanto piú che poteva essere un esterno. Che so, io, un conoscente del Cesoia, o di Rousselet... Solo lo stesso Cesoia sarebbe in grado di dircelo...

– Per questo mi piacerebbe beccarlo, – disse Louis alzandosi in piedi.

Merlin si alzò a sua volta e lo accompagnò alla porta. Nel cortile, il rumore della piallatrice riprese all'improvviso. Merlin assunse un'espressione rassegnata, proprio come Bufo nei periodi di gran caldo, e strinse la mano a Louis.

– Indagherò, – disse. – La terrò al corrente. E che la mia storia rimanga tra noi.

Louis attraversò lentamente il cortile, per riuscire a intravedere, dalla finestra di un laboratorio, l'uomo che maneggiava quella macchina terribile. Aveva i capelli bianchi, il petto nudo e villoso, un colorito fresco e l'espressione allegra. Posò l'arnese e si sbracciò per salutarlo. Sul bancone, Louis scorse una quantità di statuette di legno e un disordine indescrivibile.

Chiudendosi alle spalle il portone della palazzina, fece in tempo a sentire la finestra del primo piano aprirsi e la voce di Merlin gridare:
– Dacci un taglio, Dio santo!

Capitolo ventesimo

Prima di sera Louis passò a trovare Marthe, la rassicurò sulle condizioni del suo protetto e ancora una volta le raccomandò prudenza.

Poi, verso le dieci, fece visita a Clément Vauquer e gli raccontò in dettaglio l'incontro con l'ex direttore.

– Ti voleva bene, – disse a Clément, che quella sera, curiosamente, non manifestava nessuna intenzione di andare a dormire e sembrava piuttosto agitato.

– Io stesso lo stesso, – disse Clément schiacciandosi il naso in maniera un po' convulsa.

– Chi lo sorveglia questa sera? – chiese Louis a Marc abbassando la voce.

– Lucien.

– Bene. Digli di stare all'erta. Lo vedo irrequieto.

– Stai tranquillo. Come pensi di rintracciare il Cesoia?

Louis fece una smorfia di imbarazzo.

– Mica facile, – bofonchiò. – Passare in rassegna tutti i Thévenin di Francia sarebbe un'impresa folle. Stamattina ho dato un'occhiata: ce n'è una quantità impressionante. E noi non abbiamo molto tempo a disposizione. È urgente, capisci, urgente. Sottrarre Clément ai poliziotti, sottrarre le donne all'assassino... C'è poco da cincischiare. Credo che ci converrebbe rivolgerci direttamente alla polizia. Può darsi che abbia dei precedenti. Nathan me lo saprebbe dire.

– E se non ha precedenti?

– In tal caso spero in Merlin, che tenterà di trovare una pista a Nevers. È una testa dura, Merlin. Si metterà sotto.

– E se Merlin non lo trova?
– Non ci resta che l'elenco telefonico.
– E se questo Thévenin non avesse il telefono? Io sull'elenco non ci sono, eppure esisto.
– E che cazzo, Marc! Lasciaci almeno qualche possibilità! Da qualche parte deve pur essere, questo Cesoia; e noi lo troveremo!

Louis si passò le mani tra i capelli, un po' scoraggiato.
– Sta al cimitero di Montparnasse, – risuonò tutt'a un tratto la voce musicale di Clément.

Louis girò lentamente la testa verso il ragazzo, intento a piegare e spiegare un pezzo di carta stagnola.
– Di che parli, tu? – lo interrogò, in tono poco gentile.
– Del Cesoia, – disse Clément, ritrovando il sorriso cattivo che aveva quando parlava di quel tizio. – È al cimitero di Montparnasse di persona, quanto al posto dov'è.

Louis afferrò energicamente Clément per il braccio. Il suo sguardo verde si era posato su di lui, duro come un quarzo. Clément sosteneva quello sguardo senza difficoltà apparente e, per quanto ne sapeva Marc, era il primo a esserne capace. Perfino lui, che ormai lo conosceva bene, quando il Tedesco protendeva il naso e pietrificava gli occhi girava la testa dall'altra parte.
– L'hai ucciso? – chiese Louis, stringendo il braccio magro del giovanotto.
– Ucciso chi?
– Il Cesoia...
– Macché, – disse Clément.
– Lascia fare a me, – intervenne Marc spingendo via Louis. Prese una sedia e si frappose tra i due.

Era già la quarta volta in tre giorni che Louis perdeva la calma e Marc la ritrovava. Questo Vauquer mandava gambe all'aria l'ordine circostante.
– Dimmi un po', – riprese Marc dolcemente, – il Cesoia è morto?
– Macché.
– E allora dimmi, che ci fa al cimitero?

– Ma si occupa del parco, già!

Di nuovo, ma con piú calma, Louis afferrò il braccio di Clément.

– Clément, sei sicuro di quello che dici? Il Cesoia fa la manutenzione del cimitero di Montparnasse?

Clément alzò la mano.

– Fa il giardino del cimitero? – riprese Louis.

– Sí, già. Cos'altro volete che faccia? È giardiniere!

– Ma tu da quando lo sai?

– Da sempre. Da quando se n'è andato dal nostro parco di Nevers, quasi al tempo stesso di me stesso. Ha fatto il giardino del cimitero di Nevers e poi se n'è andato a Montparnasse. I giardinieri di Nevers mi hanno detto che a volte non torna a casa: rimane a dormire tra le tombe.

Il giovanotto storse di nuovo la bocca, per l'odio o per il disgusto, difficile dirlo.

– I giardinieri di Nevers sanno tutto, – concluse Clément.

In quest'affermazione perentoria, per la prima volta Louis riconobbe l'inflessione di Marthe, cosa che un poco lo commosse. Marthe aveva lasciato la sua impronta.

– Perché non me l'hai detto? – gli chiese, sbalordito.

– Me l'avevi domandato?

– No, – riconobbe Louis.

– Ah, meno male, – disse Clément, sollevato.

Louis andò al lavandino, bevve un lungo sorso d'acqua dal rubinetto, evitò di asciugarsi sulla manica della giacca – aveva ancora addosso il vestito buono – e si passò le mani bagnate tra i capelli neri.

– Andiamo, – disse.

– Al cimitero? – chiese Marc.

– Sí. Di' a Lucien di scendere. Ti darà il cambio lui.

Marc batté tre colpi al soffitto per chiamare il collega. Clément, che era lí da tre giorni e aveva capito il sistema, lo guardava trafficare sorridendo.

– Io facevo cosí con l'albero delle mele, – disse divertito. – Per farle cadere.

– Cadrà, cadrà, – confermò Marc. – Vedrai.

Un minuto piú tardi, Lucien ruzzolava giú dalle scale ed entrava nel refettorio con un libro in mano.

– Cambio della guardia? – domandò.

– Sí. Stacci attento. Era un po' agitato, poco fa.

Lucien abbozzò un saluto militare e con un brusco cenno del capo si sbarazzò del ciuffo che gli copriva gli occhi.

– Non ti preoccupare, – disse. – Vai lontano?

– Al cimitero, – rispose Marc, infilandosi una giacchetta di tela nera.

– Ah, carino. Se incontri Clemenceau portagli i miei saluti. Buona fortuna, soldato.

E Lucien, senza piú badare a nessuno, si sistemò sulla panca, sorrise a Clément e aprí il suo libro: *1914-1918: La cultura eroica*.

Capitolo ventunesimo

Per arrivare al cimitero di Montparnasse Louis aveva accettato di prendere un bus. Ora i due uomini camminavano rapidi nella notte.
– Certo che è strano, non trovi? – disse Louis.
– Non poteva mica sapere che cercavi il Cesoia, – ribatté Marc. – Devi capirlo.
– No, dico il tuo collega, Lucien. Mi sembra proprio strano.
Marc si irrigidí. Si concedeva pieno diritto di denigrare Lucien e Mathias, di insultarli anche violentemente, ma non tollerava che nessun altro gli torcesse un capello, nemmeno Louis.
– Non è per niente strano, – rispose duro.
– Sarà, ma non so come fai a sopportarlo tutto l'anno.
– Lo sopporto benissimo, – mentí Marc, inflessibile.
– Va bene, va bene, non scaldarti. Non è mica tuo fratello.
– Tu che ne sai?
– D'accordo, Marc, dimentica quello che ho detto. È solo che mi chiedo se ci si può fidare. Non sono tranquillo ad affidargli Clément, non dà l'impressione di aver afferrato pienamente la situazione.
– Sta' a sentire, – disse Marc fermandosi, lo sguardo puntato sulla sagoma del Tedesco che si delineava nella notte. – Lucien la situazione l'ha afferrata benissimo, quello è piú intelligente di me e di te messi assieme. Quindi, non hai proprio ragione di preoccuparti.
– Se lo dici tu.
Ritrovata la calma, Marc studiò il lungo muro di cinta del cimitero di Montparnasse.

– Da dove passiamo? – domandò Louis.
– Scavalchiamo.
– Tu sei uno scalatore, ma io sono un povero storpio. Da dove passiamo?

Marc ispezionò i dintorni.
– I bidoni dell'immondizia, laggiú. Userai quelli.
– Ottima idea, – osservò Louis.
– I bidoni, per esempio, sono sempre stati un'idea di Lucien.

I due uomini attesero che un gruppo di passanti si allontanasse e trascinarono un grosso bidone in rue Froidevaux.
– Come faremo a sapere se è qui? – chiese Marc. – È grande, questo cimitero. E per di piú è diviso in due parti.
– Se è qui, immagino che avrà con sé una luce. È questo che cerchiamo.
– Perché non aspettiamo fino a domani?
– Perché è urgente, e poi è meglio se lo incastriamo di notte, e da solo. Di notte la gente è piú fragile.
– Non tutta.
– Finiscila, Marc.
– Ricevuto. Ti aiuto a salire sul bidone. Poi salgo sul muro e da lí ti tiro su.
– Molto bene, procediamo.

Issarlo fu comunque un'impresa. Kehlweiler pesava ottantasei chili e sfiorava il metro e novanta, statura che Marc giudicava eccessiva e francamente offensiva.
– Hai portato una torcia? – mormorò Louis, leggermente ansimante, quando furono entrambi dentro il cimitero.

Gli seccava per il vestito. Aveva paura che fosse da buttar via.
– Per ora non ci serve. Si vede benissimo, non c'è l'ombra di un albero.
– Naturale, questo è il cimitero ebraico. Cammina lentamente, in direzione degli alberi.

Marc avanzava senza rumore. Avere Louis alle calcagna lo rassicurava. Non era tanto il luogo a impressionarlo – anche se non aveva nessuna intenzione di mettersi a fare il duro... – no: era piuttosto l'idea di quel tale, quel Cesoia, che si aggirava nell'ombra facendo «clac clac». Clément ne parlava in un modo da far venire i brividi. Marc sentí il braccio di Louis trattenerlo per la spalla.

– Laggiú, – sussurrò Louis, – a sinistra.

Una trentina di metri piú in là, una piccola luce oscillava nei pressi di un albero, rivelando una figura seduta per terra.

– Avvicinati da destra, io vado di qua, – ordinò Louis.

Marc si separò da lui e girò intorno agli alberi. Mezzo minuto piú tardi, i due uomini si ritrovarono ai due lati del Cesoia. L'uomo li vide all'ultimo momento e sussultò violentemente, lasciando cadere a terra la gavetta da cui stava mangiando. La raccolse con mano malferma, guardando i due uomini che lo accerchiavano. Quindi cercò di alzarsi.

– Resta seduto, Thévenin, – disse Louis premendogli la mano sulla spalla.

– Che cazzo volete da me? – biascicò l'uomo, con un marcato accento della Nièvre.

– Tu sei Thévenin, giusto? – disse Louis.

– E con questo?

– Dormi sul lavoro?

– E con questo? Non faccio male a nessuno.

Louis accese la torcia e fece scorrere il fascio di luce sul viso dell'uomo.

– Dio buono, che le prende? – sbraitò Thévenin.

– Voglio vedere che faccia hai.

Esaminò l'uomo attentamente, poi fece una smorfia.

– Adesso facciamo due chiacchiere, – disse.

– Non se ne parla proprio. Io non vi conosco.

– Non c'è problema. Ci manda qualcuno.

– Ah see?

– See. E se non parli oggi, parlerai domani. O dopo. Non c'è problema, chi ci manda non ha fretta.

– E chi sarebbe, questo qualcuno? – chiese Thévenin con la sua voce biascicata e diffidente.

– È la donna che hai violentato a Nevers, con due amichetti tuoi. Nicole Verdot.

Ancora una volta, Thévenin fece per alzarsi e Louis lo spinse a terra.

– Stai buono, – gli disse con voce pacata.
– Io non c'entro niente.
– Sí che c'entri.
– Io non c'ero.
– Sí che c'eri.
– Cazzo! – urlò Thévenin. – Le ha dato di volta il cervello o cosa? È un suo parente? Le dico che non l'ho toccata, la ragazza!
– Sí che l'hai toccata. Avevi la tua polo beige.
– Ce l'hanno tutti, una polo beige! – gridò l'uomo.
– E la stessa voce nasale che hai ora.
– Chi ve le ha dette queste stronzate? – chiese Thévenin ricomponendosi all'improvviso. – Chi? È il moccioso, vero? Ma certo che è il moccioso! È stato lui? Lo scemo del villaggio?

Thévenin scoppiò a ridere e afferrò la bottiglia di vino appoggiata all'albero. Tracannò una bella sorsata.

– È stato lui, non è vero? – disse agitando la bottiglia sotto il naso di Louis. – Il mentecatto? Ma sapete almeno con chi avete a che fare?

Thévenin sghignazzò, tirò a sé una vecchia sacca di tela e ci frugò freneticamente.

– Ecco qua! – disse sventolando sotto gli occhi di Louis e di Marc un giornale piegato alla pagina dell'identikit. – Un assassino! Ecco cos'è il vostro informatore!
– Lo so, – disse Louis. – Posso vedere la borsa? – aggiunse impossessandosi della sacca.
– Cazzo! – gridò di nuovo Thévenin.
– Ci stai stancando con i tuoi cazzi. Marc, fammi luce.

Louis rovesciò il contenuto della sacca sulla ghiaia: delle sigarette, un pettine, una camicia sporca, due scatole di conserva, un salame, un coltello, tre riviste pornografiche, due mazzi di chiavi, un quarto di baguette, un cavatappi, un berretto di tela. Il tutto puzzava un po'.

– E le cesoie? – disse Louis. – Non le hai?

Thévenin fece spallucce.
- Non le ho piú, - disse.
- Abbandoni i tuoi feticci? Perché ti chiamavano «il Cesoia»?
- È lo scemo che mi chiamava cosí. Era un mentecatto. Non sarebbe riuscito a distinguere una dalia da una zucca.

Louis ripose coscienziosamente gli oggetti sporchi nella sacca di tela. Non gli piaceva buttare all'aria le cose degli altri, chiunque fossero. Thévenin bevve un altro goccio. Prima di mettere via le riviste pornografiche, Louis le sfogliò velocemente.
- T'interessano? - ghignò Thévenin.
- No. Guardo se le hai rovinate, sforacchiate.
- Ma cosa credi?
- Alzati. Hai un capanno degli attrezzi, qui? Faccelo vedere.
- Perché dovrei?
- Perché non hai scelta. Per la donna di Nevers.
- Cazzo! Non l'ho manco toccata!
- Cammina. E tu, Marc, tienilo stretto.
- La mia bottiglia! - gridò Thévenin.
- La tua bottiglia non scappa. Cammina.

Thévenin, barcollante, li condusse all'altro capo del cimitero.
- Non vedo cosa ci trovi di bello, qui, - disse Louis.
- La pace, - disse Thévenin.
- Apri, - disse Louis quando furono davanti a una minuscola baracca di legno.

Tenuto stretto da Marc, Thévenin eseguí e Louis illuminò il piccolo interno, dov'era stipata un'attrezzatura da giardinaggio piuttosto sommaria. Per una decina di minuti passò scrupolosamente al setaccio il capanno. Di quando in quando spiava l'espressione di Thévenin, che sghignazzava nervosamente.
- Portaci al cancello e facci uscire, - disse richiudendo la porta del capanno.
- Per favore.
- Certo, certo. Per favore. Su, cammina.

Arrivati al cancello, Louis si girò verso Thévenin e lo afferrò garbatamente per il bavero.

– E adesso, Cesoia, smettila di sghignazzare e apri bene le orecchie: tornerò a farti visita, puoi contarci. Non cercare di scappare, sarebbe un grave errore. E non provarti a toccare mezza donna, mi hai sentito? Un solo sgarro, mezza vittima e, credimi, verrai a tener compagnia ai tuoi amici del cimitero. Non ti lascerò scampo, ovunque tu vada. Pensaci molto bene.

Louis prese Marc per il braccio e si chiuse il cancello alle spalle.

Tornati sul boulevard Raspail, quasi stupito di rivedere la città, Marc domandò:

– Perché non ne hai approfittato, avevi il coltello dalla parte del manico!

– Quale manico? Niente cesoie nella borsa, niente cesoie nel capanno. Forbici, neanche l'ombra; nemmeno un punteruolo o altro. E le riviste sono intatte.

– E casa sua? Perché non gli hai chiesto di portarci a casa sua?

– Con che diritto, Marc? Quel tipo è sbronzo, ma non è scemo. Sarebbe capace di andare alla polizia. Dal Cesoia a Clément il passo è breve; da noi a Clément, brevissimo. Se il Cesoia ci denuncia e racconta la sua storia, la polizia viene a prelevare Vauquer a casa tua il giorno dopo. Come vedi, non abbiamo un gran margine di manovra.

– E come farebbe il Cesoia a dire che sei tu? Non sa nemmeno il tuo nome.

– Infatti, non potrebbe. Ma Loisel sa che il caso mi interessa, ci penserebbe lui a fare il collegamento. E penserebbe che mi sto spingendo un po' troppo in là, senza nemmeno avvertirlo. Non sono tutti fessi quelli che ci stanno attorno, Marc; è questo il problema.

– Capisco, – disse Marc. – Siamo bloccati.

– In parte. Qualche spiraglio c'è, ma bisogna giocare d'astuzia. Se non altro, spero di avergli messo paura per un po' di tempo. E comunque gli starò addosso.

– Non farti illusioni. Con un assassino del genere non c'è minaccia che tenga.

– Non lo so, Marc. Non ci sono piú autobus, cerchiamo un taxi, io ne ho le palle piene.

Marc fermò un'auto a Vavin.
– Vieni a bere una birra da noi? – chiese a Louis. – Ti rimetterebbe a nuovo.
Louis esitò, poi scelse la birra.

Capitolo ventiduesimo

Alla topaia di rue Chasle la luce del refettorio era ancora accesa. Louis guardò l'orologio: l'una di notte.

– Lavora fino a tardi, Lucien, – disse spingendo il vecchio cancello.

– Sí, – disse Marc con una certa gravità, – è uno sgobbone.

– Come vi organizzate per sorvegliare Clément durante la notte?

– Spingiamo la panca davanti alla porta e ci dormiamo sopra con due cuscini, a mo' di sbarramento. Non è molto comodo, ma almeno Clément non può passare senza farsi sentire. Mathias dorme sotto la panca e senza cuscino. Ma Mathias è fatto a modo suo.

Louis non osò aggiungere altro. Aveva già fatto abbastanza danni prima, a proposito di Lucien.

Lucien non si era mosso dal grande tavolo. Ma non stava lavorando. La testa poggiata sulle braccia, dormiva profondamente su *1914-1918: La cultura eroica*. Senza fare rumore, Marc andò ad aprire la porta dello stanzino di Clément. Guardò dentro poi, di colpo, si voltò verso Louis.

– Che c'è? – disse Louis, improvvisamente allarmato.

Marc scosse piano la testa, la bocca aperta, incapace di articolare una parola. Louis si precipitò verso la stanza.

– Sparito, – disse Marc.

I due uomini si scambiarono uno sguardo atterrito. Marc aveva le lacrime agli occhi. Si avventò contro Lucien e lo scosse con tutte le sue forze.

- Il bambolotto di Marthe! - gridò. - Cosa ne hai fatto del bambolotto di Marthe, imbecille?

Lucien emerse dal sonno tutto stropicciato.

- Che cosa? - domandò con voce rauca.
- Clément! - gridò Marc continuando a scuoterlo. - Cristo Santo, dov'è Clément?
- Ah, Clément? Niente di grave, se n'è andato.

Lucien si alzò in piedi e si stiracchiò. Marc lo guardò, sgomento.

- Se n'è andato? Ma andato dove?
- A fare un giretto nel quartiere. Non ne poteva piú di starsene rinchiuso, povero ragazzo, è normale.
- Come sarebbe a dire se n'è andato a fare un giro? - gridò Marc scagliandosi di nuovo su Lucien.

Lucien soppesò Marc in tutta calma.

- Marc, amico mio, - disse pacatamente tirando su col naso, - se n'è andato perché gli ho dato l'autorizzazione.

Con un gesto rapido Lucien consultò l'orologio.

- Una libera uscita di due ore. Tra poco sarà di ritorno. Tra quarantacinque minuti, per l'esattezza. Vado a prendervi una birra.

Lucien andò a rovistare nel frigo e tornò con tre birre. Louis si era piazzato sulla panca: imponente, inquietante.

- Lucien, - disse con voce incolore, - l'hai fatto apposta?
- Sí, - disse Lucien.
- L'hai fatto apposta per mettermi nella merda?

Lucien incrociò lo sguardo di Louis.

- Può darsi, - disse. - Ma l'ho fatto soprattutto per fargli prendere una boccata d'aria. Non c'è nessun pericolo. Ha la barba folta, i capelli corti e castani, gli occhiali, i vestiti di Marc. Nessun pericolo.
- Per fargli prendere una boccata d'aria, eh?
- Proprio cosí, per fargli prendere una boccata d'aria, - disse Lucien sforzandosi di sostenere il piú a lungo possibile lo sguardo verde di Louis. - Per fargli fare due passi. Per dargli un po' di libertà. Sono tre giorni che lo tenete tra quattro mura, a per-

siane chiuse, trattandolo come un povero ebete che non si rende neanche conto di ciò che succede, come se non avesse sentimenti. Lo fanno alzare, gli dànno da mangiare, «mangia, Clément», lo interrogano, «rispondi, Clément» e quando sono stufi lo spediscono a letto, «vai a dormire, Clément», «sparisci, lasciaci in pace, vai a dormire»... Quindi io che ho fatto? Che ho fatto? – disse sporgendosi sopra il tavolo verso Louis.

– Un'immane stronzata, – disse Louis.

– Io, – continuò Lucien come se non avesse sentito, – io, a Clément, gli ho restituito le sue piccole ali, la sua piccola dignità.

– Spero che tu ti renda conto di dove lo condurranno, le sue piccole ali.

– In galera! – gridò Marc tornando su Lucien. – L'hai spedito dritto dritto in galera.

– Ma no, – disse Lucien. – Non lo riconoscerà nessuno. Ormai ha tutta l'aria di uno di quei modaioli di place des Innocents.

– E se qualcuno lo riconosce, razza d'idiota?

– Non c'è vera libertà senza rischio, – disse Lucien con indolenza. – Tu che sei uno storico dovresti saperlo.

– E se la perde, la sua libertà, imbecille?

Lucien guardò Marc, poi guardò Louis e mise una birra davanti a entrambi.

– Non la perderà, – disse marcando le parole. – Se la polizia lo arresta, dovrà rilasciarlo per forza. Perché non è stato lui a uccidere.

– Ah sí? – fece Marc. – E questo lo sa, la polizia? È una novità?

– Una novità, sí, – disse Lucien stappando con gesto secco la sua birra. Ma la polizia non lo sa ancora. Sono io l'unico a saperlo.

Poi, dopo un breve silenzio, aggiunse: – Ma se volete, sono pronto a condividere.

E sorrise.

Louis si aprí la birra e buttò giú qualche sorsata senza distogliere gli occhi da Lucien.

– Spero per te che la tua storia valga la pena, – disse in tono minaccioso.

– Non è mica questo l'importante, nella storia. Quel che conta è che sia vera. Dico bene, Marc? E per essere vera, è vera.

Lucien si alzò da tavola con la sua birra e andò a sedersi sullo sgabellino a tre gambe davanti al camino. Aveva smesso di guardare Louis.

– Il primo omicidio, – cominciò, – ha avuto luogo in square d'Aquitaine, nel XIX arrondissement. Il secondo è avvenuto in rue de la Tour-des-Dames, all'altro capo di Parigi, nel IX. Il terzo, se nessuno riesce a impedirlo, sarà in rue de l'Étoile, nel XVII.

Louis sbatté le palpebre. Non capiva.

– Oppure, – continuò Lucien, – in rue Berger. Ma io propenderei per rue de l'Étoile. È una strada molto piccola. Per fare un lavoro ben fatto, la polizia dovrebbe andare a suonare a tutte le donne sole che ci abitano e metterle in guardia, perché non aprano a nessuno. Ma ho paura che la polizia non mi darà ascolto, – aggiunse guardando i volti increduli di Marc e di Louis.

– Sei completamente pazzo, – disse Louis tra i denti.

– «D'Aquitaine»...? «La Tour»...? Non c'è niente che vi colpisce? – domandò Lucien guardandoli stupito. «D'Aquitania»... «La Torre»... Marc? Dio buono! Non ti dice niente?

– Sí, – ammise Marc con voce incerta.

– Ah! – fece Lucien speranzoso. – E cosa ti dice?

– Una poesia.

– Quale?

– Nerval.

Lucien balzò in piedi e prese un libro dalla credenza. Lo aprí a una pagina segnata con un orecchio.

– Ecco qua, – disse. – Ve la leggo:

«Io sono il Tenebroso, – Vedovo, – Sconsolato,
Principe d'Aquitania dalla Torre abolita:
L'unica *Stella* è morta, – e sul liuto stellato
È impresso il *Sole nero* della *Malinconia*»[1].

---

[1] G. de Nerval, *El Desdichado*, in *Chimere e altre poesie*, trad. it. di D. Grange Fiori, Einaudi, Torino 1972.

Lucien ripose il libro, un velo di sudore sulla fronte, le guance rosse come quando si esaltava. Marc lo conosceva e stava all'erta, tentennante, perché se le esaltazioni di Lucien a volte erano catastrofiche, potevano anche essere puri lampi di genio.

– L'assassino la segue riga per riga! – riprese Lucien pestando un pugno sul tavolo. – Non può essere un caso che le ritroviamo insieme, quest'Aquitania e questa Torre. È impossibile! Si tratta della poesia, è lampante! Una poesia mitica, una poesia d'amore! I versi piú criptati e piú celebri del secolo! I piú celebri! La base di una chimera, le fondamenta di un mondo! Le radici di un fantasma, i germi di una follia! E la mappa del crimine per il folle che se ne impossessa!

Lucien si fermò, senza fiato, allentò il pugno e bevve un sorso di birra.

– E stasera, – riprese espirando rumorosamente, – ho testato Clément: gli ho letto questa strofa. E posso garantirvi che non l'aveva mai sentita in vita sua. Non è Clément, l'assassino. Per questo l'ho lasciato uscire.

– Sei un povero demente! – disse Louis alzandosi di scatto.

Livido di rabbia, si diresse alla porta e si voltò verso Lucien.

– Lucien, – aggiunse con voce tremula, – impara qualcosa dalla vita, oltre alla tua fottuta guerra e alla tua fottuta poesia; impara che *nessuno* commette un omicidio perché si intona con una poesia! *Nessuno* uccide delle donne per decorare dei versi, come fossero palle di Natale da mettere sui rami di un abete! *Nessuno*! Nessuno l'ha mai fatto e nessuno lo farà mai! E questa non è una teoria, questa è la realtà! La vita è fatta cosí e cosí sono gli omicidi! Gli omicidi *veri*! Non quelli che ti inventi nel tuo cervello fino! E quelli di cui stiamo parlando sono omicidi *veri*, non certo decorazioni estetizzanti! Per cui ti dico solo questo, Lucien Devernois: se per le tue misere pippe da intellettuale di merda il piccolo Clément finisce dentro a vita, giuro che ti farò ingoiare una copia del tuo libro tutti i sabati all'una di notte, a mo' di anniversario.

E Louis sbatté violentemente la porta.

Per strada si costrinse a respirare lentamente. Quel disgraziato! Avrebbe potuto strangolarlo, per fargli rimangiare le sue elucubrazioni di saccente ridicolo. Nerval! Una poesia! Stringendo i denti fino a farsi male, Louis percorse una quindicina di metri di rue Chasle e raggiunse il muretto dove Vandoosler il Vecchio amava sedersi quando c'era il sole. Si piazzò là sopra e nella notte tiepida attese l'ipotetico ritorno di Clément. Consultò l'orologio. Se Clément rispettava la durata della «libera uscita» accordatagli da quel disgraziato, sarebbe stato di ritorno entro quindici minuti.

Louis contò uno a uno i minuti di quel quarto d'ora. E fu in quel breve momento che capí quanto fosse importante la speranza data alla vecchia Marthe, quanto desiderasse restituirle il suo ragazzo, libero dalla minaccia della polizia. Con le dita serrate sulle gambe Louis sorvegliava i due lati della viuzza. E precisamente quindici minuti piú tardi vide apparire, discreta, furtiva, la figura del docile Clément. Si ritrasse nell'ombra. Quando il giovanotto gli passò davanti il suo cuore accelerò, come quello di un innamorato. Non l'aveva seguito nessuno. Louis lo guardò entrare in casa, chiudere la porta... Salvo.

Si stropicciò il viso tra le mani in un improvviso moto di sollievo.

Capitolo ventitreesimo

Svuotato, Louis stramazzò sul letto alle due e trenta del mattino e decise che l'indomani non si sarebbe alzato. Del resto era domenica.
Aprí gli occhi a mezzogiorno meno dieci, un po' piú bendisposto nei confronti della vita. Allungò il braccio destro, accese la radio per sentire le nuove dal mondo e si mise in piedi a fatica.
Stava sotto la doccia quando sentí una parola che lo allarmò. Chiuse il rubinetto e, grondante d'acqua, tese l'orecchio.
«... avrebbe avuto luogo in tarda serata. Si tratta di una giovane donna di trentatre anni...»
Louis schizzò fuori dal bagno e si piantò davanti alla radio.
«... secondo gli inquirenti, Paule Bourgeay sarebbe stata sorpresa dall'assassino mentre si trovava sola nella propria abitazione, in rue de l'Étoile, nel XVII arrondissement di Parigi. La vittima, rinvenuta alle ore otto di questa mattina, ha probabilmente aperto di persona la porta all'assassino tra le ventitre e trenta e l'una e trenta del mattino. La giovane donna è stata strangolata e in seguito trafitta in diversi punti del busto. Le ferite corrisponderebbero a quelle rilevate sulle due precedenti vittime, assassinate a Parigi il mese scorso in square d'Aquitaine e in rue de la Tour-des-Dames. Gli inquirenti sono tuttora alla ricerca dell'uomo il cui identikit è stato pubblicato giovedí mattina, il quale sarebbe in grado di fornire alla polizia informazioni decisive concernenti quest...»
Louis abbassò il volume e lasciò scorrere le notizie in sottofondo. Per parecchi minuti camminò in tondo nella stanza

con il pugno premuto sulla bocca. Poi si asciugò, prese i vestiti e cominciò a vestirsi meccanicamente.

Cristo. Una terza donna. Louis fece un rapido calcolo: lei era morta tra le ventitre e trenta e l'una e trenta... Lui e Marc avevano lasciato il «Cesoia» al cimitero verso un quarto a mezzanotte. Sicché avrebbe avuto tutto il tempo. Quanto a Clément – Louis fece una smorfia – era uscito per due ore, grazie alla premura di Lucien che gli aveva restituito le sue piccole ali, ed era rientrato alle due meno un quarto. Avrebbe potuto comodamente attraversare Parigi e tornare.

Louis corrugò la fronte. Dov'era successo? Rimase di sasso, la camicia in mano. Rue de l'Étoile... Avevano proprio detto «rue de l'Étoile» o era lui che vaneggiava per colpa delle pipe di Lucien?

Louis alzò il volume e cercò un altro notiziario. Poi ascoltò una seconda volta.

«... mutilato di un'altra giovane donna nella sua abitazione, in rue de l'Étoile, a Parigi, intorno alle ore otto, da una...»

Spense la radio e per qualche minuto rimase seduto a torso nudo sul letto, immobile. Poi, con gesti lenti, si infilò la camicia, finí di vestirsi e alzò la cornetta del telefono. Cos'aveva detto a Lucien la sera prima? Povero demente, disgraziato, intellettuale di merda e chi piú ne ha piú ne metta. Il prossimo incontro sarebbe stato formidabile.

Intanto, era Lucien che aveva visto giusto. Mentre faceva il numero dell'*Asino rosso*, Louis scosse la testa. Malgrado tutto, c'era qualcosa che non quadrava.

La padrona del bar chiamò Vandoosler il Vecchio, che mollò le carte e andò a casa a cercare Marc, essendo gli altri assenti. Louis gli parlò cinque minuti piú tardi.

– Marc? Sono io. Rispondi a monosillabi, come al solito. Hai sentito? La terza donna?

– Sí, – disse Marc con voce grave.

– So che Clément è rientrato, ieri sera. Come ti sembra? Turbato?

– Normale.

– È al corrente del terzo omicidio?
– Sí.
– E cosa ne dice?
– Niente.
– E... Lucien? L'hai visto stamattina?
– No, dormivo. Ma per pranzo sarà qui.
– Forse non ha sentito le ultime notizie.
– Le ha sentite. Ha lasciato un messaggio sul tavolo. Te lo leggo, l'ho portato con me: «Ore nove e trenta – A tutte le unità: attacco nemico sferrato stanotte da nord-nord-ovest con pieno successo, causa mancanza di perspicacia da parte dello stato maggiore e conseguente impreparazione delle truppe. Nuovi attacchi previsti a breve. Approntare risposta adeguata – Soldato Devernois». Non ti innervosire, – aggiunse Marc.
– No, – disse Louis. – Per favore, chiedigli se gli va di passare da me dopo pranzo.
– A casa tua o al bunker?
– Al bunker. Se, come temo, dovesse rifiutare, avvisami.

Louis, pensieroso, scese a mangiare. Già tre vittime. Era convinto che l'assassino ne avesse previsto un numero limitato. Louis ci teneva a quest'idea, perché l'assassino stava contando e un conto ha necessariamente un fine, dunque una fine. Ma quale? Tre donne? Cinque? Dieci? E se il tipo si era scelto un campione di cinque, di dieci donne, doveva per forza avergli dato anche un senso. A che scopo mettere insieme un campione, altrimenti?

Louis si fermò sul marciapiede a riflettere, il viso sul pugno, seguendo il filo esile dei pensieri lungo il quale spesso mancavano le parole.

Non era possibile che scegliesse dieci donne a caso, una via l'altra. No, il gruppo doveva rappresentare una totalità, formare un universo, in modo da diventare un modello e riassumere in sé tutte le donne del mondo. Ricerca di senso.

Tra le due prime vittime non era stata scoperta nessuna relazione, dunque nessun senso. E senza dubbio la poesia suggerita da Lucien apportava un nesso perfetto, un significato, un universo, un destino all'interno del quale l'assassino poteva collocare i suoi omicidi e goderne. Eppure Louis non riusciva a convincersi che l'assassino potesse essersi ispirato a una poesia per determinare la propria scelta. Uccidere su una poesia... No. Era troppo bello per essere vero. Troppo ricercato, troppo raffinato, troppo chic, niente a che vedere con la realtà. Non abbastanza folle, non abbastanza ossessivo. Quello che Louis cercava era un sistema delirante e superstizioso. Ma scegliere una poesia per uccidere... erano pippe da intellettuali, ne era certo.

Ancora immerso nei suoi pensieri, Louis si sedette alla scrivania per aspettare l'eventuale visita di Lucien. Non credeva che sarebbe venuto. A esser sinceri, nemmeno lui si sarebbe scomodato dopo esser stato insultato in quel modo. Alla topaia, tuttavia, sembravano gestire gli insulti in maniera sensibilmente diversa dalla norma, e questo lasciava sperare... Ma ciò che era valido fra i tre evangelisti di certo non lo era per lui.

Disegnando ghirlande di otto su un foglio bianco, Louis rincorreva i propri pensieri e affinava la percezione della «serie rituale» dell'assassino. Potevano, i versi di Nerval, apportare il senso decisivo che l'assassino doveva dare alla serie? No, certo che no. Era grottesco. Pure e semplici pippe. La complessità di quei versi poteva, questo sí, ammaliare un fanatico dei segni e dei sensi; ma non era sufficiente a spiegare perché l'assassino avrebbe dovuto sceglierli.

No. No... a meno che... A meno che fosse stata la poesia a scegliere l'assassino, e non il contrario. Allora cambiava tutto. Louis si alzò e fece qualche passo nella stanza. Si annotò questa frase sul foglio coperto di otto e la sottolineò due volte: «Bisognerebbe che fosse la poesia ad aver scelto l'assassino». In tal caso era possibile. Per il resto erano pippe ma questo, e questo soltanto, era possibile. La poesia sceglieva l'assassino, gli piombava addosso, gli sbarrava la strada; l'assassino credeva di vederci il proprio destino e lo portava a compimento.

– Porco mondo! – disse Louis a voce alta.

Delirava. Da quando in qua le poesie piombano addosso alle loro vittime? Louis gettò la matita sul tavolo. E Lucien suonò alla porta.

I due uomini si scambiarono un rapido cenno e Louis sgomberò una sedia dai giornali che ci stavano ammonticchiati. Quindi guardò Lucien, che con il suo colorito fresco e lo sguardo indagatore non sembrava per nulla aggressivo, e nemmeno offeso.

– Volevi vedermi? – disse Lucien scostandosi il ciuffo di capelli. – Hai visto? Rue de l'Étoile. Colpito e affondato. D'altronde quel tipo non aveva scelta. Ha cominciato in un certo modo e non può che continuare cosí. Ogni sistema ha le sue regole. È come nell'esercito, non si può sgarrare.

Se Lucien la prendeva cosí, senza neanche avere l'aria di ricordare il battibecco della sera prima, non restava che andargli dietro. Louis si rilassò.

– Che ragionamento hai fatto? – domandò.

– L'ho già detto ieri sera. È l'unica chiave che permetta di aprire la scatola. Parlo della scatola dell'assassino, del suo sistemino da psicopatico.

– E tu come facevi a sapere che si trattava di un sistema da psicopatico?

– Non è quel che avevi detto a Marc? Che si trattava di un numero finito di vittime e non di una serie a catena?

– Sí. Vuoi un po' di caffè?

– Volentieri. E se c'è un numero finito, se c'è un sistema, allora c'è pure una chiave.

– Sí, – disse Louis.

– E la chiave è quella poesia. Piú chiaro di cosí...

Louis serví il caffè e riprese il suo posto dall'altra parte del tavolo, a gambe distese.

– Nient'altro?

– No, nient'altro.

Louis sembrò un po' deluso. Intinse uno zuccherino nel caffè e lo inghiottí.

– E secondo te, – riprese in tono scettico, – l'assassino sarebbe uno studioso di Nerval?

– Non esageriamo. Basterebbe uno con un po' di cultura. Quella poesia è arcinota. Ha fatto scorrere molti piú fiumi di inchiostro lei che non la Grande Guerra, te l'assicuro.

– No, – disse Louis scuotendo la testa con aria cocciuta. – C'è qualcosa che non va. Che senso avrebbe scegliere una poesia per appenderci dei cadaveri? Il nostro uomo è un assassino, mica un esteta deviato. Che sia colto o ignorante non cambia niente. Non avrebbe comunque scelto una poesia. Come scatola non è abbastanza solida.

– Tutto questo me l'hai già spiegato assai civilmente ieri sera, – si limitò a dire Lucien tirando su col naso. – Ciò non toglie che Nerval è la chiave della scatola, per quanto assurdo possa sembrare.

– Ma appunto, quella chiave *non è abbastanza assurda*. È una chiave troppo bella, troppo perfetta. Sembra falsa, studiata a tavolino.

Lucien allungò le gambe a sua volta e socchiuse gli occhi.

– Capisco cosa intendi, – disse dopo un po'. – Una chiave bellissima, artificiosa e anche un po' troppo pregiata.

– Tutte pippe, Lucien.

– Può darsi. Ma il guaio è che questa chiave falsa apre degli omicidi veri.

– In tal caso è una mostruosa coincidenza. Dobbiamo levarci dalla testa questo rebus.

Lucien scattò in piedi.

– Neanche per sogno, anzi! – disse, improvvisamente agitato, aggirandosi per il locale. – Bisogna dirlo alla polizia e pretendere che sorveglino la prossima strada. E ti conviene farlo, Louis, perché se muore un'altra donna sarai tu a ingoiarti quel libro, con tanto di copertina e di tua spontanea volontà, divorato dai sensi di colpa. Mi spiego?

– Quale sarebbe la prossima strada?

– Eh, questo è un punto un po' delicato. Credo che il quarto cadavere andrà inevitabilmente a finire sul sole nero della poesia.

– Spiegati, se non ti dispiace, – disse Louis in tono volutamente piatto.

– Riprendiamo la strofa: «Io sono il Tenebroso, Vedovo, Sconsolato | Principe d'Aquitania dalla Torre abolita». E questo è fatto, non torniamoci sopra. Passiamo al terzo verso: «L'unica Stella è morta» – fatto anche questo, andiamo avanti – «e sul liuto stellato | È impresso il Sole nero della Malinconia». Come puoi ben immaginare, stellate o meno, di «vie del liuto», a Parigi, non ce ne sono. Ed ecco che arriviamo al «Sole nero», maiuscolo nel testo, prossima meta dell'assassino. Deve passarci per forza, non ha scelta.

– Conclusione? – chiese Louis con voce strascicata.

– Conclusione multipla e zoppicante, – ammise Lucien a malincuore. – Non esiste nessuna rue du Soleil noir.

– E una boutique? Un ristorante? Una libreria?

– No, dev'essere una strada. Se l'assassino si mette a fare compromessi con la logica, allora il senso non ha piú senso. Non se lo può permettere. Ha cominciato con i nomi di strade e con quelli deve continuare.

– E fin qui ti seguo.

– Quindi, una strada. Non ci sono tante soluzioni: c'è rue du Soleil, rue du Soleil d'or o, per finire, rue de la Lune, possibile simbolo di un astro nero.

Louis fece una smorfia.

– Lo so, – disse Lucien, – non è molto soddisfacente, ma non c'è nient'altro. Io propendo per rue de la Lune, ma sarebbe indispensabile far sorvegliare gli accessi di tutte e tre le strade. Non possiamo giocare d'azzardo.

Lucien cercò lo sguardo di Louis.

– Lo farai, non è vero?

– Non dipende da me.

– Ma ne parlerai alla polizia, vero? – insisté Lucien.

– Sí, gliene parlerò, – disse Louis, asciutto. – Ma dubito fortemente che mi prenderanno sul serio.

– Li aiuterai tu.

– No.

– E il Sole nero? Te ne freghi?

– Non ci credo.

Lucien lo guardò scrollando la testa.
- In gioco c'è la vita di una donna, te lo ricordi, vero?
- Meglio di chiunque altro.
- Ma evidentemente a te fa meno effetto, - ribatté Lucien. - Dammi una mano. Da solo non ce la faccio a sorvegliare tutt'e tre le strade.
- Se gli gira, la polizia ti aiuterà.
- E tu racconterai le cose come stanno? Senza ridacchiare come un coglione?
- Te lo prometto. Lascerò che tirino le loro conclusioni senza metterci becco.

Lucien gli lanciò un'occhiata diffidente e si avviò verso la porta.
- Quando ci andrai?
- Ora.
- A proposito, saprai dirgli il titolo della poesia?
- No.
- *El Desdichado*. Vuol dire «Il diseredato».
- Molto bene. Conta su di me.

Lucien si voltò, la mano sulla maniglia.
- In una prima versione aveva un altro titolo. Magari ti interesserebbe conoscerlo...

Louis alzò le sopracciglia con fare educato.
- *Il Destino*, - disse Lucien scandendo le sillabe.

Poi sbatté la porta. Louis rimase in piedi per alcuni minuti, meditabondo, nello stato d'animo del miscredente preoccupato per un amico diventato improvvisamente mistico.

Poi si chiese da quando Lucien, che aveva sempre visto lavorare esclusivamente sulla Grande Guerra e dintorni, ne sapesse tanto su Gérard de Nerval.

Capitolo ventiquattresimo

Era domenica, ma con quel nuovo omicidio in ballo Loisel sarebbe senz'altro rimasto in ufficio fino a tardi. Ciò lasciava il tempo a Louis di andare a trovare i due assassini, il Cesoia e l'Imbecille, i due uomini che per colpa della vecchia Marthe aveva lasciato liberi di frugare nella notte e che, se non trovava una via d'uscita, avrebbe lasciato frugare ancora. Quando pensava all'omicidio della terza donna Louis avvertiva una leggera nausea. Non ne conosceva ancora il viso e non aveva fretta di andarlo a vedere. Calcolò con le dita. Era l'8 luglio. La prima donna era stata uccisa giovedí 21 giugno; la seconda dieci giorni dopo, domenica 1° luglio; e la terza sei giorni piú tardi. L'assassino aveva un ritmo sostenuto. A partire da venerdí, o forse anche prima, avrebbe potuto verificarsi un altro omicidio. A ogni modo, il tempo stringeva.

Louis guardò la sveglia: le tre. Non poteva piú permettersi il lusso di andare a piedi dappertutto; avrebbe preso la macchina. Chiuse le tre serrature della porta dell'ufficio e scese rapidamente i due piani di scale. Nell'ingresso buio dell'edificio, spingendo il pesante portone, Louis recitava a mezza voce: – «Nel buio del sepolcro, Tu che mi consolasti...»

Se ne rese conto mentre camminava per la strada afosa. Quella frase usciva dritta dritta dalla poesia di Nerval, ne era certo. «Nel buio del sepolcro, Tu che mi consolasti...» Sí, certo. Ma non era stato Lucien a recitarla, veniva da un'altra strofa; magari la seconda. Pensando agli oscuri meccanismi del ricordo Louis sorrise. Nerval. Non apriva un suo libro da oltre venticinque anni, ma ora, in piena burrasca, la memoria gliene regalava un frammento, come un fiore scampato a un naufragio. Triste fiore, a dire il vero. Louis realizzò in quell'istante che non sarebbe stato in grado di recitare correttamente i quattro primi versi a Loisel; eppure doveva mantenere la promessa fatta a Lucien. E cosí fece un lungo giro in cerca di una libreria aperta di domenica, poi raggiunse il cimitero di Montparnasse.

Di giorno il luogo era diverso, ma non piú allegro. Louis avvistò il Cesoia che sonnecchiava all'ombra, appoggiato al muro di una tomba nella punta piú remota del triangolo. Rassicurato, raggiunse l'altra parte del cimitero, la piú grande, e ne esaminò gli alberi con attenzione. Ci volle del tempo prima d'individuare sui tronchi delle incisioni simili a quelle descritte da Clément. Qua e là, su un albero ogni tanto, delle incisioni non molto profonde, ripetute e rabbiose, avevano ridotto la corteccia a brandelli. Alcune erano vecchie e cicatrizzate, altre piú recenti, ma nessuna era fresca. Louis tornò a passi lenti verso l'angolo dove ronfava il Cesoia. Lo scrollò a piú riprese con la punta del piede finché non si svegliò di soprassalto.

– Salve, – disse Louis. – Te l'avevo detto che sarei tornato.

Puntellandosi su un gomito, la faccia rossa e stropicciata, Thévenin guardò Louis con occhi cattivi senza dire una parola.

– Ti ho portato da bere.

L'uomo si alzò goffamente, si strofinò gli abiti alla meglio e tese la mano verso la bottiglia.

– Vuoi sciogliermi la lingua, eh? – chiese strizzando gli occhi.

– Si capisce. Non crederai mica che butti via i miei soldi per gentilezza nei tuoi confronti... Rimettiti seduto.

Come la sera precedente, Louis gli mise una mano sulla spalla e fece pressione fino a che l'altro non fu a terra. A causa del suo ginocchio Louis non poteva sedersi per terra; e non ci teneva nemmeno. Si appoggiò allo spigolo di una lapide. Thévenin sghignazzò.

– Ti è andata male, – disse. – Io, piú bevo, piú divento lucido.
– Certo, come no, – disse Louis.

Thévenin, accigliato, studiava l'etichetta della bottiglia.

– Però! Non scherzi, tu, eh? Un Médoc! – Fece un lungo fischio annuendo gravemente. – Però, – ripeté – un Médoc!
– Non mi piacciono i torcibudella.
– Certo che ne hai di grana...
– Ieri sera mi hai mentito, a proposito delle cesoie.
– Balle, – grugní l'uomo, tirando fuori dalla sacca il cavatappi.
– E tutte quelle incisioni sugli alberi, da dove vengono?
– Mai viste.
Thévenin stappò la bottiglia e se la portò alle labbra.
Louis gli premette una mano sulla spalla.
– Da dove vengono? – ripeté.
– I gatti. Nel cimitero ce n'è un sacco. Si fanno le unghie.
– E all'Istituto Merlin, pure lí c'erano i gatti?
– Un sacco. Però! Un Médoc! Non scherzi, tu, eh? – ripeté Thévenin facendo tintinnare l'unghia lunga sul vetro della bottiglia.
– Sei tu che stai scherzando con me.
– Non le ho piú, le cesoie, sul serio. Non le ho piú da almeno un mese.
– Ti mancano?
Thévenin sembrò riflettere alla domanda, poi tracannò un'altra sorsata.
– See, – disse, passandosi la manica sulla bocca.
– E non hai nient'altro da usare, nel frattempo?
L'uomo fece spallucce senza rispondere. Louis svuotò un'altra volta la sacca di tela, poi gli tastò le tasche.
– Resta dove sei, – disse prendendo le chiavi del capanno.
Ispezionò il ripostiglio, dove tutto era rimasto come la sera prima, e tornò a sedersi accanto al Cesoia.
– Cos'hai fatto ieri sera, dopo che me ne sono andato?
L'uomo restò in silenzio, a schiena curva. Louis ripeté la domanda.
– E che cazzo, – disse Thévenin. – Ho guardato le ragazze delle riviste, ho finito la bottiglia e mi sono addormentato. Che vuoi che faccia?
Louis afferrò il mento di Thévenin con la mano sinistra e fe-

ce ruotare il viso verso di sé. Frugò nel suo sguardo e ciò gli ricordò nitidamente suo padre, quando lo afferrava bruscamente e gli diceva: «Guardami un po' negli occhi che vediamo se dici bugie». Per parecchio tempo Louis aveva immaginato che la «L» di *Lüge*, Bugia, o la «W» di *Wahrheit*, Verità, gli si imprimessero sulle pupille in modo perfettamente leggibile. Ma gli occhi iniettati di sangue del Cesoia confondevano i messaggi.

– Perché mi fai questa domanda? – chiese Thévenin, il viso ancora intrappolato nella mano di Louis.

– Non riesci proprio a immaginarlo?

– No, – disse l'uomo sbattendo le palpebre. – Lasciami andare.

Louis lo spinse via. Thévenin si strofinò le guance e buttò giú qualche sorso di Médoc.

– E tu? – domandò. – Che razza di bestia sei? Perché mi rompi i coglioni? E si può sapere come ti chiami?

– Nerval. Ti dice niente?

– Ma niente proprio. Sei uno sbirro? No. Non sei uno sbirro, sei qualcos'altro. Qualcosa di peggio.

– Sono un poeta.

– Cazzo, – disse Thévenin, posando rumorosamente la bottiglia a terra. – Non è esattamente l'idea che mi ero fatto dei poeti. Tu mi prendi per il culo.

– Niente affatto. Senti qua.

Louis tirò fuori il libro dalla tasca posteriore dei pantaloni e lesse i primi quattro versi della poesia.

– Non è molto divertente, – disse il Cesoia grattandosi il braccio.

Louis prese di nuovo in mano il mento dell'uomo e, stavolta lentamente, avvicinò il viso al suo.

– Niente? – disse, scandagliando quegli occhi persi e arrossati. – Non ti ricorda niente?

– Sei pazzo, – mormorò Thévenin abbassando le palpebre.

Capitolo venticinquesimo

Louis parcheggiò nei pressi di rue Chasle, poi rimase immobile al volante per qualche minuto. Il Cesoia gli sfuggiva di mano e non c'era modo di assicurare meglio la presa. Se stringeva troppo, poteva spaventarsi e correre alla polizia. E quelli in quattro e quattr'otto sarebbero risaliti a Clément.

Bussarono al tetto dell'auto. Marc lo stava guardando attraverso il finestrino aperto.

– Cosa aspetti lí dentro? Di cuocerti il cervello?

Louis si asciugò la fronte sudata e aprí la portiera.

– Hai ragione. Non so cosa cavolo ci faccio qui. È insostenibile.

Marc scosse la testa. Trovava che Louis fosse strano, a volte. Lo prese per il braccio e lo trascinò verso casa, sul lato in ombra del marciapiede.

– Hai visto Lucien?

– Sí. Una pasta d'uomo.

– A volte, – riconobbe Marc. – E quindi?

– Quindi, il suo Nerval, sai dove me lo metto? – disse Louis con voce tranquilla dandosi una pacca sulla tasca posteriore destra.

I due uomini fecero piú volte avanti e indietro nella piccola rue Chasle, il tempo che Louis spiegasse a Marc dove intendeva mettersi Nerval. Poi entrarono in casa, dove nel refettorio, sempre a persiane chiuse, Vandoosler il Vecchio montava la guardia al fianco di Clément Vauquer. C'era pure la vecchia Marthe, che giocava ad asso pigliatutto con il suo marmocchio.

– Non ti ha visto nessuno? – chiese Louis dandole un bacio sulla fronte. – Stai facendo attenzione?

– Sta' tranquillo, – disse Marthe con un gran sorriso. – Sono contenta di vederti, sai.

– Frena, vecchia mia. Non ne siamo ancora fuori. E mi chiedo quanto tempo riusciremo a resistere.

Louis accennò vagamente a Clément e alle persiane chiuse, poi, sfinito, si lasciò cadere sulla panca, una mano tra i capelli sudati. Accettò con un cenno la birra che Marc gli stava offrendo.

– Ti preoccupi per quello che è successo stanotte? – azzardò Marthe.

– Tra l'altro. Ti hanno detto che il ragazzo è uscito, grazie alle attenzioni materne di Lucien? – bisbigliò Louis.

Marthe non rispose. Stava dando le carte.

– Prestamelo un attimo, – disse Louis indicando Clément. – Stai tranquilla, non gli consumerò il cervello.

– E chi me lo garantisce?

– Marthe, è lui che ci sta consumando il nostro.

Louis afferrò la mano del giovanotto per catturarne l'attenzione. Notò che aveva un orologio nuovo al polso.

– E questo cos'è? – gli domandò indicando l'orologio.

– È un orologio, – disse Clément.

– Voglio dire: dove l'hai preso?

– Me l'ha dato il ragazzo, colui che grida forte.

– Lucien?

– Sí. È per tornare in orario.

– Ieri sera sei uscito, non è vero?

Come il giorno prima, Clément sosteneva lo sguardo di Louis senza nessun imbarazzo.

– Mi ha detto di uscire due ore dal canto mio. Ho fatto attenzione, fuori.

– Sai cos'è successo stanotte?

– La ragazza, – disse Clément. – Il vaso di felci c'era? – aggiunse d'un tratto.

– No, niente vaso di felci. Perché, avrebbe dovuto esserci? Sei andato a portarne uno?

– Macché. Nessuno mi ha richiesto.

– Molto bene. E cos'hai fatto?
– Il cinema.
– A quell'ora?

Clément attorcigliò i piedi attorno alle gambe della sedia.

– Il cinema delle ragazze nude che va avanti tutta la notte, – spiegò torcendo il cinturino dell'orologio nuovo.

Louis sospirò e abbatté le mani sul tavolo.

– Che c'è? – intervenne Marthe facendo la voce grossa. – Non sei contento? Dovrà pure distrarsi, povero ragazzo. È un uomo, o sbaglio?

– Basta, Marthe, basta, – tagliò corto Louis in tono un po' stanco alzandosi dalla panca. – Me ne vado, – aggiunse rivolto a Marc, che stava montando l'asse da stiro. – Vado alla polizia.

Baciò Marthe senza una parola, le sfiorò una guancia con le dita e uscí, la birra in mano.

Marc ebbe un attimo d'indecisione poi posò il ferro e rincorse Louis. Lo raggiunse che era già in macchina e si affacciò al finestrino.

– La polizia ti sta cercando? – domandò. – Cosa ti succede?

– Niente. È questa faccenda che è deleteria. Ci siamo infognati fino al collo e non riesco a trovare il modo di venirne fuori. Sto facendo una cavolata dopo l'altra, aggiunse allacciandosi la cintura. Marthe aspetta, tu aspetti, la quarta donna aspetta, tutti aspettano e io? Io faccio cavolate.

Marc lo guardò senza parlare.

– Non possiamo mica passare il resto della vita al buio, – riprese a bassa voce Louis, – a proteggere quell'imbecille dal canto suo, buoni buoni a tenere il conto delle vittime!

– Avevi detto che non ci sarebbe stato un numero infinito di vittime. Avevi detto che Clément non c'entrava.

Louis si asciugò nuovamente il sudore che gli scorreva sulla fronte e bevve alcune sorsate di birra calda.

– Certo, l'ho detto. E cosa dimostra? Che di questi tempi non faccio che dire cavolate. Clément mi sta rompendo. Tra lui e il Cesoia non saprei chi scegliere.

– Hai visto il Cesoia? Che stava facendo ieri sera?

– La stessa cosa di Clément Vauquer: sguazzava nella pornografia.

Louis tamburellò sul volante.

– Mi chiedo chi è che delira, – aggiunse, lo sguardo perso davanti a sé. – Quelli o io? Io le donne le amo con il loro volto e con il loro consenso. Quelli invece per dieci sacchi si abbuffano di carne anonima. Mi fanno schifo. Che vadano a farsi fottere.

Louis rimase in silenzio, una mano appesa al volante arroventato.

– E tu? – disse. – La compri anche tu quella roba?

– Io non faccio testo.

– Ah no?

– No. Sono esigente, capriccioso, voglio essere guardato e adorato. Cosa me ne farei di un'immagine?

– Ambizioso, – disse fiaccamente Louis. – Comunque sia, io continuo a chiedermi chi è che delira.

Louis alzò la mano sinistra, gesto che per lui significava dubbio e confusione.

– Occhio al demente, – aggiunse con un mezzo sorriso mentre metteva in moto.

Marc fece un pigro cenno all'auto che si allontanava. Poi si accinse a tornare alla topaia, dove lo aspettavano i panni da stirare a pianterreno e i contratti agrari del XIII secolo al secondo piano. Una topaia piena di gente. Marc sospirò e attraversò a passi strascicati la strada afosa. La conversazione con Louis l'aveva incupito. Non gli piaceva parlare troppo di donne quando era solo, vale a dire piú o meno sempre da quasi tre anni a questa parte.

Capitolo ventiseiesimo

Dopo aver scaricato i propri dubbi e il proprio cattivo umore su Marc, Louis si sentiva decisamente piú leggero. Entrò con passo deciso nei locali del commissariato, dove una marea di gente si agitava nel chiasso e nell'afa. Scivolando tra i tavoli, Loisel riaccompagnava frettolosamente alla porta il commissario del XVII, da cui dipendeva rue de l'Étoile; intravide Louis e gli fece cenno.

– Ti devo parlare, – disse abbandonando il collega. – Seguimi. Avevi ragione tu.

Raggiunse il suo ufficio, sbatté la porta e sparpagliò sul tavolo ingombro di carte una quindicina di foto dell'omicidio della sera prima.

– Paule Bourgeay, – annunciò, – trentatre anni, nubile, sorpresa da sola nel suo appartamento, come le altre due.

– Ancora nessuna relazione tra queste donne?

– Non si sono mai incontrate in vita loro, nemmeno sul metró. Vivono da sole, sono abbastanza giovani. Non particolarmente belle.

– Stesso sistema? – chiese Louis, curvo sulle foto.

– Identico. Lo straccio in bocca, lo strangolamento, i colpi di punteruolo, o di forbici, un po' ovunque sul busto: un massacro. E qui, sul pavimento, – disse Loisel picchiettando su una foto, – ci sono le tracce che mi avevi segnalato. Ti confesso che non mi sarei accorto di niente se tu non avessi insistito. Ti ringrazio. Per ora non ci portano da nessuna parte, ma ho comunque fatto fare degli ingrandimenti; qui si vedono molto bene.

Loisel allungò una foto a Louis. Sulla moquette, a destra della testa, si distinguevano nitidamente una serie di striature intrecciate, quasi che una mano avesse grattato il tappeto, come un rastrello.

– Tracce di dita, – disse Louis, – è quel che pensi anche tu?

– Sí. Si direbbe che il tizio abbia cercato piú volte di raccogliere qualcosa. Il suo punteruolo, forse?

– No, – fece Louis con aria pensierosa.

– No, – confermò Loisel. – È qualcos'altro. Il pezzo di moquette è stato prelevato e spedito in laboratorio. Nell'immediato non abbiamo in mano niente di interessante.

Loisel si accese una delle sue sigarette sottili.

– Ma questa volta, – disse, – nessuno ha avvistato il nostro losco individuo per la strada, nei giorni precedenti. E niente vaso di felci nell'appartamento. Per me avevi visto giusto: dopo la diffusione dell'identikit, il nostro uomo si è imboscato.

– Credi? – disse Louis in tono distaccato.

– Ci metterei la mano sul fuoco. Ha raggiunto i suoi complici. Oppure, – aggiunse dopo una pausa, – è riuscito a ingannare qualche povero cretino.

– Be', certo, – disse Louis, – possibile anche questo.

– Di solito, in un caso simile si cercano i familiari. Un fratello, uno zio... soprattutto la madre, come ti ho già detto. Ma nel suo caso è inutile. Non ha piú nessuno.

– Come lo sai?

– Perché abbiamo il suo nome! – proclamò Loisel scoppiando a ridere, le mani premute l'una contro l'altra come se avesse acchiappato un insetto.

Louis si lasciò ricadere all'indietro sulla sedia.

– Ti ascolto, – disse.

– Si chiama Clément Vauquer. Tieni bene a mente questo nome: Clément Vauquer. È un giovane di Nevers.

– Chi ti ha informato?

– Il padrone di un ristorante di Nevers, ieri.

Louis respirò. Pouchet aveva tenuto duro.

– Tutto quadra, – riprese Loisel. – Il tipo ha lasciato la città all'improvviso, circa un mese fa.

– Per far che?

Loisel alzò le mani in segno d'ignoranza.

– Ti posso solo dire che è un disperato che vivacchia grazie alla sua fisarmonica. Non so se hai presente. Dicono che suoni bene, ma tanto a me la fisarmonica non piace. A parte questo piccolo talento, dev'essere una specie di ritardato mentale.

– E sarebbe venuto a Parigi per suonare... o per ammazzare?

– Ah, questo, caro mio... Con i ritardati non è proprio il caso di andare a cercare il pelo nell'uovo.

– Che altro sai?

– Sarebbe sceso all'*Hotel delle Quattro palle*, nell'XI, ma l'albergatore non ce lo garantisce. Stiamo indagando. Questione di giorni. Abbiamo teso la rete, non potrà resistere piú di tanto.

– No, – convenne Louis, – sono il primo a crederlo. Ma una questione di giorni è pur sempre lunga. Da qui a venerdí rischi di ritrovarti con un'altra vittima sul groppone.

– Lo so, – disse Loisel corrugando la fronte, – anch'io so contare. E al ministero di una quarta vittima non ne vogliono sapere.

– L'importante non è il ministero.

– No?

– No. È la prossima donna.

– Mi sembra ovvio, – disse Loisel in tono irritato. – Ma noi lo prenderemo prima. Il suo nascondiglio non può tenere. Prima o poi imbarcherà acqua. C'è sempre un idiota che fa una cazzata, stanne pur certo.

– Sicuro, – disse Louis, subito pensando a Lucien. – Ho una pista da suggerirti. Poi vedi tu.

Loisel guardò Louis incuriosito. Sapeva che le piste del Tedesco non erano mai da disdegnare. Louis aveva tirato fuori il libro dalla tasca dei pantaloni e lo stava sfogliando.

– È qui, – disse indicando la prima strofa di *El Desdichado*. – Leggi. I nomi delle prime tre strade ci sono tutti. Il prossimo omicidio dovrebbe ricadere sul «Sole nero». In rue du Soleil, rue du Soleil d'or, o rue de la Lune.

Accigliato, Loisel scorse quei due o tre versi, studiò la copertina del libro e tornò ai versi, che rilesse.
– Che razza di pippe sono queste? – disse infine.
– Non dirlo a me, – commentò piano Louis.
– È questo che avevi in mente la prima volta che sei venuto a trovarmi?
– Sí, – mentí Louis.
– Perché non me ne hai parlato?
– Pensavo che fossero pippe da intellettuali.
– E hai cambiato idea?
Louis sospirò.
– No. Adesso abbiamo un omicidio in piú, che ricalca lo schema, ma io non ho cambiato idea. Tuttavia posso sbagliarmi, e tu potresti vederla diversamente, ragion per cui ti passo l'idea. Forse sarebbe utile pattugliare le tre strade che ti ho segnalato.
– Grazie per l'aiuto, – disse Loisel posando il libro sul tavolo. – Mi dà sollievo vedere che giochi pulito, Kehlweiler.
– Ma è naturale, – rispose Louis in tono un po' grave.
– Però, vedi, – aggiunse il commissario tamburellando sulla copertina del libro, – io non ci credo a questo genere di raffinatezze. Quando mai si è visto un assassino cosí fantasioso da inventarsi delitti poetici? Non so se mi spiego...
– Meglio di quanto tu non creda.
– Peccato, è ingegnoso. Non prendertela.
– Figurati. Era solo per avere la coscienza a posto, – disse Louis pensando a Clément che giocava ad asso pigliatutto nel suo nascondiglio di poveri cretini. – Sai com'è.
Sporgendosi sopra il tavolo, Loisel gli strinse energicamente la mano.

Capitolo ventisettesimo

In segreteria telefonica c'era un messaggio di Paul Merlin, l'uomo-rospo. Louis lo ascoltò dalla cucina, mentre si tagliava un bel pezzo di pane che imbottí con tutto quello che riuscí a trovare nel frigo; in sostanza, del formaggio indurito. Erano solo le sette, ma aveva fame. Merlin aveva raccolto informazioni interessanti e voleva vederlo al piú presto. Louis lo richiamò reggendo l'apparecchio sotto la mascella e combinò di passare da lui prima di cena. Poi chiamò *L'Asino rosso* e chiese di Vandoosler il Vecchio. L'ex poliziotto era ancora lí, intento a giocare al suo tavolo. Se non era di turno ai fornelli, la domenica metteva radici al bar.

– Di' a Marc che passo a prenderlo in macchina tra venti minuti, – spiegò Louis. – Suonerò il clacson davanti al cancello. No, non andiamo lontano, da Merlin, ma ho davvero bisogno di lui. Ah, Vandoos, digli soprattutto di mettersi elegante: camicia stirata, giacca, cravatta. Esatto... Non ho idea... fai tu.

Louis riagganciò e finí di mangiare il suo pezzo di pane in piedi, accanto al telefono. Poi fece un salto in bagno a trovare Bufo e si cambiò. Aveva distrutto il suo miglior vestito al cimitero di Montparnasse, per cui scelse qualcosa di un po' meno rigoroso. Alle sette e venti caricò Marc che lo aspettava in rue Chasle, l'aria scocciata.

– Niente male, – disse Louis studiandolo mentre saliva in macchina.

– Era la mia tenuta da esame, – disse Marc corrucciato. – La cravatta è di Lucien, chiaramente. Muoio di caldo, mi prudono le chiappe e ho tutta l'aria di un coglione.

– È il prezzo che si paga per varcare i cancelli di rue de l'Université.

– Non so cosa ti aspetti da me, – continuò a brontolare Marc mentre l'auto correva verso gli Invalides, – ma sarà meglio che ti sbrighi. Ho fame.

Louis fermò la macchina.

– Vai a comprarti un panino all'angolo, – disse.

Cinque minuti piú tardi Marc tornò al suo posto, scocciato quanto prima.

– Non ti sporcare, – consigliò Louis riavviando il motore.

– Stasera era il turno di Mathias, quindi omelette di patate.

– Mi spiace, – disse sinceramente Louis. – Ma ho bisogno di te.

– Ti interessa, questo Merlin?

– Lui no, ma il suo vecchio sí. Voglio che tu salga con me da Merlin, poi, quando la conversazione è avviata, ti inventi una scusa qualunque e te ne esci. Di sotto, nel cortile, c'è il patrigno che lavora con degli attrezzi assordanti, te l'ho raccontato. Trova il modo di andare da lui, facci due chiacchiere e parlagli di Nevers, dell'Istituto.

– Perché non dello stupro, già che ci siamo? – disse Marc facendo una smorfia.

– Infatti, perché no?

Marc si voltò verso Louis.

– A cosa stai pensando?

– Al terzo stupratore. L'aggressione ha avuto luogo in fondo al parco, poco lontano dal laboratorio di falegnameria del patrigno. E lui non avrebbe sentito nulla? Secondo Clément, il terzo uomo era un tipo sulla sessantina; e secondo Merlin, il patrigno correva dietro a tutte le donne dell'Istituto.

– Cosa ti aspetti da me, di preciso?

– Che tu ti faccia un'idea del tipo. Resta con lui fino a che non sarò uscito, cosí avrò una scusa per mettere piede nel laboratorio.

Marc sospirò e si ritirò in un angolo, masticando il suo panino.

Merlin li ricevette con tutto il calore che la sua buona educazione gli permetteva e Louis si rallegrò di rivedere quella simpatica faccia di rospo. Marc, invece, rimase sorpreso.

– Non ti sforzare, – gli sussurrò Louis. – È a Bufo che ti fa pensare.

Marc concordò con un battito di palpebre e si sedette cercando di non stropicciarsi la giacca. Merlin manifestava una certa impazienza. Lanciò un'occhiata incuriosita a Marc.

– Uno dei miei collaboratori, – disse Louis con piglio sicuro, – specializzato in criminologia dei reati sessuali. Credo che potrà darci una mano.

Geniale, pensò Marc stringendo i denti. Merlin lo guardò con aria leggermente indignata e Marc si sforzò di assumere una posa serena e responsabile, il che non gli riusciva facile.

– L'ho trovato, – disse Merlin rivolgendosi a Louis. – Ho dovuto passare un'intera giornata al telefono, ma l'ho trovato!

– Il Cesoia?

– In persona! E mi creda, non è stata una passeggiata. Ma l'essenziale è che ce l'abbiamo in pugno. Abita a Montrouge, al numero 29 di rue des Fusillés.

Soddisfatto, Merlin fece il giro della scrivania e si lasciò sprofondare nella poltrona, come un rospo che ritorna allo stagno.

– Sí, – disse Louis. – E lavora al cimitero di Montparnasse. L'ho incontrato ieri sera.

– E questo che significa? Lo sapeva già?

– Sono mortificato.

– Lo sapeva già e mi ha fatto cercare quel tizio per niente?

– Il mio collaboratore è riuscito a localizzarlo ieri, dopo il nostro incontro.

Geniale, si ridisse Marc. Merlin gli lanciò un'occhiata pesante. Labbro pendulo, occhi bassi, raccolse alcune monete sparse sul tavolo e iniziò a incastrarsele tra le dita. Poi, con un solo gesto, fece ricadere le quattro monete nel cavo della sua manona. Quindi ricominciò daccapo raddoppiando le monete. Marc era talmente interessato che dimenticava di recitare il suo ruolo.

– Poteva almeno avere la gentilezza di avvertirmi, – disse Merlin facendo scivolare le monete dorate nell'altra mano.
– Sono mortificato, – ripeté Louis. – Con il terzo omicidio non ci ho proprio piú pensato. Le porgo le mie scuse.
– Basta cosí, – disse Merlin alzandosi e ficcandosi le monete nella tasca dei pantaloni. – E questo terzo omicidio? La polizia ha identificato Vauquer?

In quell'istante il rombo della piallatrice risuonò nel cortile. Per un attimo Merlin chiuse gli occhi. Esattamente la stessa espressione afflitta e sottomessa di Bufo quando Louis lo portava al bar e lo posava sul flipper. Marc ne approfittò per alzarsi, biascicò una frasetta giudiziosa a proposito di una telefonata da fare dal suo cellulare e si eclissò. Nel cortile si respirava meglio. Paul Merlin trasudava noia e odore di sapone, e Marc non aveva la minima voglia di farsi interrogare sulle perversioni dei maniaci sessuali. Le finestre del laboratorio dove lavorava il patrigno erano spalancate sul cortile. Approfittando di un attimo di silenzio, Marc bussò educatamente e chiese all'uomo la gentilezza di aprirgli il portone al ritorno. Doveva fare una telefonata e non voleva disturbare Paul Merlin con il citofono. Il vecchio, un pezzo di legno stretto tra le ginocchia, gli fece segno di non preoccuparsi.

Quando fu per strada Marc si tolse la giacca grigia, si strofinò le cosce, poi andò su e giú lungo il marciapiede per quattro minuti, durata ragionevole, gli parve, per una conversazione al cellulare di un uomo molto impegnato. Nel laboratorio aveva fatto in tempo a scorgere un incredibile disordine: cumuli di attrezzi, scatole, assi, pezzi di legno, mucchi di trucioli, montagne di segatura, giornali, foto, libri impilati, un bollitore bisunto e decine di statuette alte quanto un tavolo, allineate per terra e sugli scaffali. Decine di piccole donne di legno, nude, sedute o inginocchiate, pensose o vagamente supplici. Riattraversò lentamente il cortile e si affacciò alla finestra per ringraziare. Il vecchio gli fece di nuovo cenno di non preoccuparsi e rimise in moto la piallatrice. Lisciava la schiena di una donnina di legno in una nuvola di polvere. Marc diede un rapido sguardo alle sculture che ingombravano il pavimento: anche se minuziose e realistiche, non erano proprio dei capolavori. Erano piccole donne molto ben realizzate, decisamente troppo remissive e prosternate per i suoi gusti.

– È sempre la stessa? – gridò.
– Cosa? – gridò il vecchio.
– La donna? È sempre la stessa?
– Tutte le donne sono sempre la stessa!
– Ah, ecco, – disse Marc.
– Le interessa? – continuò il vecchio sempre strillando.

Marc fece segno di sí e il vecchio fece segno di non preoccuparsi e di entrare. Gli gridò il proprio nome – Pierre Clairmont – e Marc gridò il suo. Si aggirò goffamente per il laboratorio ed esaminò piú da vicino i visi di legno, molto dissimili e pesantemente realistici. Sui tavoli, decine di foto di donne ritagliate dalle riviste, ingrandite, pasticciate. A un tratto ci fu silenzio e Marc si voltò verso il vecchio: aveva posato la piallatrice per grattarsi i peli bianchi del petto. Con l'altra mano reggeva la statuetta per una coscia.

– Fa soltanto donne? – chiese Marc.
– Perché, c'è dell'altro? Se ha dei suggerimenti, dica pure. Che altro c'è?

Marc si strinse nelle spalle.

– Che altro? – ripeté il vecchio continuando a grattarsi il petto. – Navi? Chiese? Alberi? Frutta? Drappeggi? Nuvole? Cerbiatti nel bosco? A ogni modo, sempre donne sono; bisogna essere proprio tonti per non capirlo. Io dei simboli me ne frego. Per cui tanto vale fare delle donne da subito.

– Se la mette cosí, – disse Marc.
– Lei se ne intende un po' di scultura?
– Non piú di tanto.

Il vecchio scosse la testa, tirò fuori una sigaretta dal taschino della camicia e l'accese.

– Certo che lei, con il mestiere che fa, non deve avere un animo molto poetico.
– Quale mestiere? – chiese Marc sedendosi.

– Sigaretta?
– Sí, grazie.
– Direi polizia o qualcosa di simile. Niente di piacevole, ecco.

Geniale, si ripeté Marc. La sua mente corse ai contratti agrari del XIII secolo che lo aspettavano sul tavolo. Cosa cavolo ci faceva lí, in giacca e cravatta e pantaloni che pizzicano, a scervellarsi con quel vecchietto arzillo e vagamente aggressivo? Ah, già, Marthe. Il bambolotto di Marthe.

– Lei, – continuò il vecchio, – si interessa alle donne solo quando sono morte. Non è un punto di vista molto vitale.

In effetti, pensò Marc, lui si occupava addirittura di morti a milioni. Il vecchio aveva smesso di grattarsi e accarezzava con gesto meccanico la coscia della statuetta. Passava e ripassava sul legno il suo pollice rugoso, e Marc distolse lo sguardo.

– Cosa vi salta in mente, ad esempio, – riprese il vecchio, – di riesumare una tragedia atroce come quella dell'Istituto? Non avete nient'altro da fare?

– È al corrente?
– Paul me ne ha parlato ieri.

Clairmont sputò qualche briciola di tabacco per sottolineare la sua disapprovazione. Poi tornò alla coscia della statuetta.

– E lei non è d'accordo? – chiese Marc.
– Paul amava molto quella Nicole, la donna che è morta. Ci ha messo anni per riprendersi. E poi, un bel giorno, arrivate voi. Ma questo è tipico degli sbirri: mandare tutto a puttane, distruggere la vita della gente. Ce l'hanno nel sangue, eh? Lo scandalo, il pandemonio! Loro devono devastare tutto, come un esercito di formiche rosse. E per cosa, poi? Un pugno di mosche! Non li troverete mai, quei due stupratori!

– Va' a sapere... – disse Marc senza convinzione.
– Non c'erano prove allora e non ce ne saranno neppure ora, – tagliò corto Clairmont. – La roba vecchia va lasciata in pace.

Sollevandosi appena dallo sgabello si chinò sotto il tavolo, rovistò rumorosamente nelle casse del legno, afferrò una statuetta per la spalla e la posò brutalmente a terra, tra sé e Marc.

– Eccola qua, quella povera donna, – disse. – L'ho addirittura fatta fare in bronzo, perché sopravviva per sempre.

Louis entrò nel laboratorio in quel momento, si presentò e strinse la mano allo scultore.

– In quanto a sensibilità artistica, – gli disse Clairmont senza tanti preamboli, – la natura non è stata molto generosa, con il suo collega. Non so se lei sia fatto della stessa pasta, ma comunque vi compatisco.

– Vandoosler è un esperto, – disse Louis con un sorriso. – Si occupa esclusivamente di sessualità patologica, il che non lo induce affatto alla *rêverie*. Non siamo tutti degli specialisti navigati come lui.

Marc lanciò un'occhiata pesante al Tedesco.

– Sessualità patologica, eh? – riprese lentamente Clairmont. – È per questo che è venuto a trovarmi? E che cosa bolle in quel suo cervello di esperto? Cosa sta pensando? Che al vecchio Clairmont, tutto il santo giorno a maneggiare le sue donnine, deve mancargli una rotella? Che è un vero e proprio maniaco?

Marc scosse la testa, gli occhi a quel pollice che andava e veniva sulla coscia di legno. Louis sfiorò il capo della statuetta posata ai piedi di Clairmont.

– È di lei che stava parlando? – domandò.

– See, – disse il vecchio. – È quella che interessa a voi, la donna dell'Istituto, Nicole Verdot.

Louis sollevò delicatamente per le braccia la piccola donna inginocchiata.

– Le assomiglia?

– Non c'è scultore che sappia fare altrettanto. Chieda a quelli del ramo. Le assomiglia fin nelle orecchie.

Ahimè, pensò Marc.

– L'ha ritratta da viva?

– No, – disse il vecchio accendendosi un'altra sigaretta. – L'ho fatta dopo la sua morte, a partire dalle foto sui giornali. Lavoro sempre sulle fotografie. Comunque è lei, è proprio lei. Paul non riusciva a reggerla; un pugno nello stomaco, tanto sembra vera. Quando l'ha vista ha strillato come un'aquila. Per questo la nascondo. Lui crede che l'abbia buttata via.

– Gliel'aveva chiesta?
– Paul? Sta scherzando?
– Allora perché l'ha fatta?
– Per onorarla, perché sia sempre viva.
– L'amava?
– Non particolarmente. Io le donne le amo tutte.
– Aveva un naso piuttosto grande, – disse Louis posando piano a terra la statuetta.
– Sí, – annuí il vecchio.

Louis si guardò intorno.

– Posso dare un'occhiata? – domandò.

Clairmont acconsentí e Louis fece lentamente il giro del laboratorio. Il vecchio fissava Marc.

– Non mi aveva detto nulla della sua delicata specialità. È da molto che fa questo lavoro?

– Da quando avevo quattro anni, – disse Marc. – Ho iniziato molto presto ad amare lo studio.

Clairmont gettò la sigaretta nella segatura.

– Forse crederà che io abbia una mosca nella zucca, – mormorò tamburellando sulla testa di Nicole Verdot, umilmente inginocchiata ai suoi piedi. – Ma le consiglio di verificare il buon funzionamento delle sue rotelle, prima.

Marc assentí, passivo e condiscendente. Non aveva mai sentito quell'espressione, «avere una mosca nella zucca». Immaginò che fosse l'equivalente di «avere una vena di follia», «avere la testa bacata», anche se in una versione piú pittoresca, per via del ronzio assillante della mosca e del suo volo balordo. La formula della mosca gli piacque molto. Quantomeno non era stata una visita inutile: quella nuova acquisizione lo consolava di essersi perso l'omelette di Mathias. Certo che aveva una mosca nella zucca, era innegabile; ma non per i motivi che credeva Clairmont. Clément aveva un bel moscone nella zucca pure lui. E anche Lucien, con le sue trincee. Per non parlare del Tedesco, con i suoi fottuti crimini.

Marthe invece no. Marc guardò la mano del vecchio che palpava instancabilmente la statuetta incompiuta. Anche Clairmont aveva una mosca nella zucca; una varietà di mosca molto comune.

Capitolo ventottesimo

– Cinque cose, – disse Marc a Louis tendendo le dita mentre l'auto si allontanava dalla palazzina. – Primo: avrei qualche appunto da fare sulla professione che mi hai affibbiato senza consultarmi.
– Bene, – disse Louis. – Non ti è piaciuta?
– Neanche un po', – confermò Marc. – Secondo: cos'ha detto la polizia a proposito di Nerval? Terzo: conoscevi l'espressione «avere una mosca nella zucca»? Quarto: cos'hai pensato di quelle statuette ignobili? Quinto: ho imperativamente bisogno di andare a bere un bicchiere. Quei due tipi, il rospo e il patrigno del rospo, mi hanno sfiancato.
– Chi si occupa di Clément questa sera?
– Io. Il padrino mi rimpiazza fino a quando torno.
– Non possiamo piú permetterci neanche mezzo errore. La polizia ha identificato Vauquer. Ora sanno chi è e da dove viene. Passeranno al setaccio tutta la sua vita, e quando scopriranno lo stupro dell'Istituto e l'omicidio della giovane Verdot diventeranno agguerriti. Mi auguro che Lucien si sia reso conto che se ieri sera Clément fosse stato arrestato traslocavamo tutti in gabbia con lui.
– Non si capisce mai bene di cosa si renda conto Lucien. Può accorgersi che manca una puntina nel muro della dispensa e non riconoscere il suo gemello per la strada.
– Vorresti dire, – disse Louis parcheggiando davanti a un bar, – che esistono altri esemplari della sua specie?
– Oh no, non credo. Lucien assicura di essere unico, dice che hanno buttato via lo stampo.

– Meno male, – sospirò Louis uscendo dall'auto. – È l'unica notizia confortante che abbia sentito da una settimana a questa parte.
– E del suo Nerval? Ne hai parlato alla polizia?
– Certo. Ho fatto leggere tutta la strofa a Loisel. Morale: se ne sbattono. Loisel dice che si tratta di omicidi, non di un salotto letterario.
– Non sorveglieranno le strade?
– Neanche per idea.
– E le donne, quindi? Le prossime?
Louis spalancò le braccia e le lasciò ricadere.
– Vieni, disse, beviamoci un caffè al caffè.
I due uomini si sedettero a un tavolo appartato.
– Alza il tuo potente braccio e ordina due birre, – disse Marc. – Anche tu te ne sbatti, di queste strade?
– Sí, lo sai bene.
– Voglio dire: te ne sbatti quanto vuoi far credere? Non ti ronza qualche dubbio tra le pieghe della mente?
– Tra le pieghe della mente ronza sempre qualche cosa, lo sai benissimo.
– Certo. È la mosca che fa quel rumorino.
– La mosca?
– La mosca nella zucca. L'ha detto il patrigno del rospo. E di lui che ne pensi?
– Ama le donne in ginocchio, succubi, deboli; le vuole supplici, avvilite, trasfigurate nella loro sottomissione. Se questa fantasia non fosse disperatamente banale, ne farebbe un perfetto terzo stupratore. Il temperamento c'è, l'ossessione pure. E ha scolpito Nicole Verdot. Piuttosto lugubre, non trovi?
– E per la terza donna? Nessuna pista?
– Non cercano piste, perché sono convinti di aver trovato il colpevole. Quel che si può dire è che tra lei e le prime due non c'era nessuna relazione, che era una giovane donna tranquilla e rotondetta e che, come le altre, è stata selvaggiamente massacrata, senza traccia di stupro. Di piante in vaso con le dieci dita stampate sopra, nemmeno l'ombra.

– Questo non basta a scagionare il bambolotto di Marthe, – sospirò Marc. – Alle undici di sera non avrebbe comunque potuto rimediare una felce. E le tracce? Le tracce sul tappeto?

– Sí, quelle c'erano, sempre ugualmente incomprensibili. Sembrano striature sulla moquette, quasi impercettibili. Loisel le ha notate solo perché gliele avevo segnalate io.

– Ha qualche idea?

– Nessuna.

– E tu?

– Nemmeno. Comunque significano qualcosa, questo è sicuro. Ed è probabile che sia un dettaglio decisivo. Se riuscissimo a capirle salveremmo Clément Vauquer. È l'impronta dell'assassino, il suo marchio di fabbrica, la sua traccia imprescindibile. La sua firma, in qualche modo; l'impronta della sua mosca.

– La sua mosca?

– Sí, la mosca di cui parlavi prima, la mosca che ha nella zucca l'assassino.

Marc scosse la testa.

– Un'enorme mosca carnaria, – precisò.

– Esattamente, – disse Louis.

Capitolo ventinovesimo

Louis scaricò Marc davanti alla topaia di rue Chasle verso le undici, dopo quattro birre e due robusti cognacchini. Marc aveva ritrovato un umore ciarliero, anche un po' troppo allegro, e Louis gli rinnovò i suoi consigli di estrema vigilanza per la notte a venire. Era lui stesso leggermente ubriaco – si era già scolato due bicchieri di Sancerre con Paul Merlin nel suo studio – e si arrampicò faticosamente fino a casa.

Come un automa, fece il giro della stanza, lanciò un'occhiata preoccupata alla biografia di Bismarck che da martedí agonizzava sulla scrivania, prese una bottiglia d'acqua e se la portò a letto. Quindi sbatté fiaccamente le coperte, rituale vespertino divenuto obbligatorio da quando Bufo aveva preso il brutto vizio di andare a ficcarsi, al calar della notte, tra il materasso e la trapunta. Una vecchia trapunta tedesca che Louis aveva ereditato dal padre, pesante come il piombo, perfetta per assicurarti saldamente al letto quando galleggi nella birra. Perfetta pure per il rospo, che ci ritrovava la confortante sensazione di essere incastrato in un anfratto di roccia. Louis lo stanava sistematicamente e Bufo andava a rifugiarsi in una caverna della biblioteca, dietro i volumi insormontabili del *Grand Larousse du XIX siècle*. Per Louis era un principio scaramantico: spedire Bufo a rintanarsi altrove, significava tener viva la speranza di non dormire da solo. E chi spera, è a metà dell'opera.

– Fuori dai piedi, Bufo, – disse Louis prendendolo delicatamente in mano, – stai sopravvalutando i tuoi diritti di anfibio. Chi ti dice che io non stia aspettando qualcuno? Non una principessa trasformata in un lurido rospo come te, no, ma un'autentica bella donna che ami solo me? Ti scappa da ridere? Sbagli, ragazzo mio. Sono cose che capitano. Una vera bella donna eretta e fiera, mica una ragazza piegata al proprio conquistatore come quelle che si confeziona il vecchio Clairmont. Tutto sommato hai fatto bene a non venire, quel tipo non ti sarebbe piaciuto. Hai l'animo troppo candido, proprio come Marc. In compenso, credo che legheresti facilmente con Merlin. È il ritratto sputato di tuo nonno e, soprattutto, ha un Sancerre che è la fine del mondo. Comunque sia, se questa bella creatura arriva stasera, cerca di essere un po' piú carino che con Sonia. Non ti ricordi di Sonia? La ragazza che ha vissuto qui l'anno scorso e alla quale hai tenuto il muso per cinque mesi di fila? Se n'è andata, Sonia, le facevi pena. E le faceva pena anch'io.

Louis mise Bufo dietro il *Grand Larousse*.

– E ricordati: non cercare di leggerlo tutto; ti darà solo dei fastidi.

Spense la luce e crollò sul letto. Cercò di pensare all'ipotetica creatura che poteva raggiungerlo durante la notte, ma capí subito che quella sera non si sarebbe addormentato tanto facilmente. Il cuore gli pulsava nei piedi, e nella testa le immagini scorrevano decisamente troppo in fretta. Merda. Si girò sulla schiena, le braccia ben distese lungo il corpo, ma i volti delle tre donne assassinate non gli davano tregua. L'ultima, Paule, gli rinfacciava di non aver fatto niente per lei, di aver riso di rue de l'Étoile. Con calma, lui le spiegò che all'ora in cui Lucien Devernois gli sciorinava la sua teoria poetica, lei era sicuramente già morta. Louis aveva troppo caldo e spinse via la trapunta, stizzito. La quarta donna, quella che avrebbe reso l'anima tra le mani dell'assassino entro venerdí, arrivò fresca fresca, inginocchiata e supplice come le statuette del vecchio Clairmont. I suoi tratti erano confusi e toccanti e Louis fece fatica a liberarsene. Si ripresentò subito dopo, incorniciata dai volti di tutte le statuette di legno di Clairmont. Louis procedette a un nuovo esorcismo e cercò invano di addormentarsi girato sulla pancia. Un po' controvoglia, si rassegnò ad applicare una tecnica di addormentamento che gli aveva insegnato Marc, basata essenzialmente sul principio elementare delle pulsioni contraddittorie, e che l'amico chiamava «il sistema dei diavoletti fetidi»: l'uomo rifiuta di addormentarsi quando deve, ma si assopisce non appena glielo si vieta. Il metodo consiste nel tenere gli occhi rigorosamente spalancati e fissare, senza mai cedere, un punto preciso sul muro della camera. Se per disgrazia chiudi gli occhi, centinaia di diavoletti sbucano da quel punto nevralgico e ti divorano, per cui non è il caso di prendere la cosa sottogamba. Secondo Marc, in dieci minuti massimo ti viene un sonno irresistibile, a meno che ti venga l'idea balzana di sostituire i diavoletti fetidi con delle fatine, cosa che impedirà definitivamente il sonno. Louis esorcizzò una terza volta le donne di legno e fissò a occhi sgranati la serratura della porta per frenare il flusso potenziale di diavoletti. Per un attimo credette che il metodo avrebbe funzionato, ma dietro la porta le donne di legno lottarono selvaggiamente e fecero una strage di diavoletti. Scoraggiato, Louis allungò un braccio verso la lampada, si sedette e bevve qualche sorso d'acqua. Erano quasi le tre. Tanto valeva andare direttamente a farsi una birra.

Brancolò verso la cucina, accese la luce e si sedette al tavolo con una lattina. Forse il rimedio migliore era appigliarsi alla vita di Bismarck e cercare di scoprire se in quel mese di maggio 1874 il cancelliere si fosse o non si fosse adombrato. Louis accese la lampada della scrivania e il computer. D'un tratto, nel preciso istante in cui il ronzio di accensione cessava, una delle statuette di legno superò tutte le altre e s'impose con prepotenza alla sua mente. La mano paralizzata sulla tastiera, il cuore in accelerazione, Louis osservò senza avere il coraggio di muoversi quel viso muto che era salito alla ribalta dei suoi pensieri stanchi. Era proprio una delle statuette di Clairmont, una di quelle che aveva preso in mano la sera, nel laboratorio. La fissò per alcuni istanti, finché fu sicuro che non avrebbe piú dimenticato quel viso. Soltanto allora si permise un movimento. Piano piano, accese le altre lampade della stanza. Poi, in piedi, si appoggiò alla biblioteca con la sua brava bottiglia stretta tra le dita e cominciò a rovistare nella memoria. Aveva già visto quel viso, ne era sicuro, e ciononostante, quella donna era una sconosciuta. Non credeva di averle mai parlato, di averla mai avvicinata; eppure gli era indiscutibilmente familiare. Louis si costrinse a stare in piedi, girando per l'appartamento, lottando contro una voglia di dormire divenuta insopportabile. Ma l'idea che la donna di legno potesse svanire all'alba lo inquietava non poco, e con la sua brava bottiglia prese a passeggiare instancabilmente intorno alla scrivania. Gli ci volle piú di un'ora perché la sua memoria in allarme riportasse a galla i relitti dei ricordi e gli restituisse le informazioni essenziali. Louis buttò un occhio all'orologio: le quattro e dieci. Sorridente, spense il computer e si vestí. La donna era morta parecchi anni prima, si chiamava Claire qualcosa e abitava in una cartella del suo archivio. L'avevano assassinata. E se Louis non si sbagliava era lei, in realtà, la prima vittima del killer delle forbici.

Si diede una pettinata e uscí chiudendo piano la porta.

Capitolo trentesimo

Louis parcheggiò l'auto in prossimità delle Arènes de Lutèce e si affrettò verso il bunker. La notte era calda e senza luna. Tutto dormiva, tranne due checche a torso nudo addossate alla cancellata dei giardini, che al suo passaggio gli fecero cenno. Louis declinò con un gesto e si chiese cos'avrebbero pensato se avessero saputo che correva nel buio dietro a una donna morta.

Salí le scale con circospezione e aprí piano le tre serrature. Nell'appartamento accanto al bunker russava un vecchio dal sonno fragile, e Louis non intendeva disturbarlo. Mise su il caffè e senza fare rumore aprí il suo archivio di metallo. Non ricordava il cognome della donna ammazzata, ma ricordava perfettamente il luogo: Nevers.

Qualche minuto piú tardi, Louis posava sul tavolo una tazza di caffè e un dossier piuttosto sottile. Senza indugio ne estrasse i ritagli di giornale e le foto. Non si era sbagliato: era indubbiamente la donna scolpita da Pierre Clairmont. Sorriso sincero, palpebre cadenti, una massa di capelli ricci legati dietro le orecchie. Claire Ottissier, impiegata all'ufficio d'igiene del comune di Nevers, ventisei anni.

Louis mandò giú qualche sorso di caffè. Rendiamo grazie ai diavoletti fetidi, pensò. Il loro minaccioso intervento aveva costretto le donne di legno a chiudere le danze e a sputare senza sotterfugi il loro grave segreto. Altrimenti sarebbero state capaci di importunarlo tutta la notte senza rivelare nulla d'importante.

Claire Ottissier era stata uccisa nel suo appartamento di Nevers verso le sette di sera, mentre rientrava dal lavoro. Erano passati otto anni, calcolò Louis. L'aggressore l'aveva tramortita, strangolata con una calza e sforacchiata con una decina di colpi a lama corta. L'arma del delitto non era mai stata identificata. Sul linoleum sporco di sangue, accanto alla testa della vittima, erano state rinvenute piccole striature misteriose, come se l'assassino si fosse divertito a passare le dita nel sangue. «L'Eco della Nièvre», prolisso, aggiungeva che «... gli inquirenti stanno lavorando su queste tracce misteriose, le quali, possiamo esserne certi, non tarderanno a rivelare il loro sinistro messaggio».

Louis si versò una seconda tazza di caffè, lo zuccherò e girò. Le tracce, beninteso, non avevano mai rivelato nulla.

Ecco perché era rimasto turbato da quei peli di tappeto aggrovigliati a destra del viso della seconda vittima. Aveva già incontrato quella traccia, otto anni prima. E ora non aveva piú dubbi: il killer delle forbici aveva iniziato con Claire, molto tempo prima di mettere gli occhi sulla ragazza di square d'Aquitaine. Cos'era successo nel frattempo? Aveva ucciso altrove, all'insaputa di tutti? All'estero? La donna di square d'Aquitaine non era dunque altro che l'ennesima vittima?

Louis si alzò e sciacquò la tazza, pensieroso. Ora era abbastanza sveglio e dalle persiane chiuse cominciava a spuntare il giorno. Esitava su quale partito prendere con Loisel. Informarlo sul delitto originale del killer delle forbici sarebbe stato caritatevole. Ma accusare Clairmont senza prove non avrebbe giovato in nessun modo alla causa di Clément, e avrebbe bloccato l'intero ingranaggio. Come sempre, Louis era tentato di allentare il freno agli assassini. Un metodo ad alto rischio che a Loisel non sarebbe piaciuto di certo. E lo si poteva comprendere.

Indeciso, tornò al tavolo e passò in rassegna gli ultimi ritagli dei giornali dell'epoca. Un lungo articolo su «La Bourgogne» dettagliava la vita della vittima: gli studi, i meriti, la serietà professionale, i progetti di matrimonio. Seguiva un riquadro intitolato: «Rischia la vita per inseguire l'assassino». Louis trasalí. Non ricordava affatto quell'episodio. Un vicino di Claire, tale

Jean-Michel Bonnot, pasticcere, preoccupato dai rumori che provenivano dall'abitazione della sua tranquilla vicina, aveva bussato alla sua porta, poi si era introdotto in silenzio nel piccolo appartamento. Aveva sorpreso l'assassino ancora inginocchiato accanto al corpo della donna. L'assassino – o l'assassina, precisava l'articolo – l'aveva strattonato con violenza per poi scappare dalle scale buie dell'edificio. Il vicino si era rialzato per inseguirlo. Ma, il tempo di avvertire la moglie perché soccorresse la vittima, l'omicida aveva già guadagnato terreno. L'aveva rincorso lungo il fiume e alla fine l'aveva perso nei vicoli. Sotto shock per la tragica avventura, purtroppo Bonnot era riuscito a fornire soltanto una descrizione molto sommaria: un individuo nascosto da una sciarpa, un berretto di lana e un ampio cappotto. «Gli inquirenti hanno tuttavia buone speranze di ritrovare l'assassino, sfuggito per un soffio al coraggioso inseguimento del pasticcere».

Altri due giornali pubblicavano la foto del pasticcere di Nevers senza fornire informazioni piú precise sulla sua testimonianza. Nel corso della settimana seguente, poche righe rassicuravano i lettori sui progressi delle indagini. Poi, piú nulla. Louis aveva appuntato sull'ultimo articolo una scheda su cui aveva scarabocchiato «caso irrisolto, archiviato», e la data.

Chiuse gli occhi e si lasciò ricadere all'indietro sulla sedia. Dunque, nessuno aveva mai messo le mani sull'assassino – o assassina? –, ma qualcuno l'aveva visto. Il pasticcere non era in grado di descriverlo, ma l'aveva visto muoversi, spostarsi, correre. E non era un dettaglio da poco.

Doveva incontrare quel tipo al piú presto. Con il mento appoggiato sulle mani, osservò a lungo il viso di Claire Ottissier. Poi crollò addormentato sul tavolo.

Capitolo trentunesimo

La mattina dopo, un po' intontito, Louis parcheggiò all'ombra, all'angolo della piccola rue Chasle. Erano le dieci e trenta e il sole picchiava già duro. Questa volta Louis si era portato dietro uno spruzzino per inumidire Bufo di quando in quando. Impugnò il dossier sulla donna di Nevers, si ficcò il rospo nella tasca della giacca e attraversò quel pezzo di giardino spelacchiato che Marc, medievalmente e non a torto, chiamava «sodaglia». Bussò piú volte alla porta della topaia senza ottenere risposta. Tornò indietro fino al cancello e fischiò. La testa di Vandoosler il Vecchio spuntò dal lucernario.
 – Ehi! Tedesco! – gridò dalle sue altitudini il vecchio poliziotto. – È aperto! Spingi quella porta!
 Louis annuí, riattraversò la sodaglia ed entrò. Dalla cima delle scale, la voce di Vandoosler il Vecchio gli gridò che san Marco aveva le pulizie fino alle undici, san Luca era a far lezione – Dio abbia pietà degli scolari – e san Matteo era di sotto, in cantina, con chi tu ben sai e chi tu ben sai.
 – E che cavolo ci fanno in cantina? – gridò Louis di rimando.
 – Incollano pezzi di selce! – disse il Vecchio prima di chiudere la porta.
 Pensieroso e stanco, Louis scese la piccola scala a chiocciola che odorava di tappo bagnato. Sotto le volte della cantina campeggiava un bancone carico di attrezzi, puntellato da guide del telefono; il vino stava disposto su uno scaffale e, in mezzo, c'era Mathias: curvo su un lungo tavolo fortemente illuminato, su cui erano disposte centinaia e centinaia di piccole schegge di selce. Era la prima volta che Louis metteva piede in quel posto;

non sapeva assolutamente che Mathias si fosse organizzato un simile antro nelle profondità della terra. In piedi al suo fianco, Clément stava esaminando un minuscolo sassolino: espressione diligente, fronte corrugata e lingua che spuntava dalla barba recente. Seduta su uno sgabello da pittore, appoggiata alle bottiglie, Marthe farfugliava tra sé, cigarillo alle labbra e cruciverba tra le mani.

– Guarda guarda, – disse, – arrivi a proposito, Ludwig. *Vale quanto un cavallo*, cinque lettere con una *g* al centro?

– «Regno», – disse Mathias, senza staccare gli occhi dalle selci.

Un po' avvilito, Louis si chiese chi, in quella topaia, realizzasse la gravità della situazione. Mathias gli tese la mano, lo salutò con un sorriso spensierato e si rimise all'opera. Evidentemente, se Louis aveva ben capito, obiettivo dell'operazione era ricostituire il blocco di selce originario; quello che l'uomo preistorico si era fatto in quattro per spaccare in centinaia di schegge. Mathias sceglieva, saggiava e riponeva i frammenti gli uni accanto agli altri con stupefacente rapidità. Clément, dal canto suo, stava mettendo assieme due pezzi di selce senza particolare abilità.

– Fa' vedere, – gli disse Mathias.

Clément tese la mano e mostrò il suo assemblaggio.

– Va bene, – disse Mathias annuendo, – puoi incollarlo. Non troppo lunghi, i pezzi di scotch.

Il grande cacciatore-raccoglitore alzò la testa verso Louis e sorrise.

– Dal canto suo, Vauquer è molto dotato, – disse. – Ha occhio, davvero. E ti assicuro che la ricostruzione della selce non è una passeggiata.

– A quando risale? – chiese Louis per educazione.

– Dodicimila avanti.

Louis scosse la testa. Aveva l'impressione che uscirsene con la foto della morta di Nevers nel rifugio paleolitico di Mathias sarebbe stato percepito come un gesto sconveniente. Meglio prelevare Clément.

Louis salí a pianterreno con il giovanotto e si sedette al grande tavolo di legno, nella stanza dalle persiane sempre chiuse.

– Stai bene qui? – gli chiese.

– Ieri qualcuno ha bussato alla porta e tutti si sono preoccupati per la mia sorte personale, – rispose Clément.

– Vuoi dire che avete avuto visite? – disse Louis con voce allarmata.

Clément annuí gravemente, fissando su Louis il suo sguardo opaco.

– Una visita molto lunga di una straniera, – confermò. – Ma io sono stato mandato in cantina con Mathias. Onde per cui, essendo triste di noia, Mathias mi ha fatto lavorare con i sassi tagliati a pezzi. È l'uomo che ha fatto quei pezzi, molto lontano prima della mia nascita personale. Quanto alla loro conoscenza, è importante aggiustarli. La sera, dopo l'omelette, ho giocato ad asso pigliatutto con il vecchio padrino, in cambio che non c'è la televisione. La straniera era avviata.

– Hai ripensato alle donne? Ai delitti?

– Macché. O forse ci ho pensato, ma in tal caso che non mi ricordo affatto.

In quel momento Marc entrò nello stanzone con una bracciata di camicie e salutò distrattamente.

– Mal di testa, – annunciò passando. – È il cognac di ieri, probabilmente. Adesso faccio un caffè bello forte.

– Te lo stavo per chiedere, – disse Louis. – Ho dormito solo due ore.

– Insonnia? – chiese Marc stupito, posando il suo fagotto nel cesto della biancheria. – Non hai provato con i diavoletti fetidi?

– Come no. Ma sono stati travolti da un'ondata di donne di legno.

– Eh sí, – disse Marc prendendo le tazze, – può succedere.

– Non t'interessa il racconto della mia nottata?

– Cosí cosí.

– Be', ascoltalo comunque, e con grande attenzione, – disse Louis aprendo il dossier di Claire Ottissier. – Stanotte, una delle statuette di legno di Clairmont si è messa a picchiarmi in testa finché non le ho concesso un colloquio degno di questo nome. Mi faceva un male cane e non mi lasciava dormire.

– Sei sicuro che non fosse il cognac?

– Il cognac ha sicuramente fatto la sua parte, ma piú che altro era quella dannata statuetta di legno, credimi. Ti ricordi quella che stava contro la pendola, faccia al muro?

– Sí, ma non l'ho guardata.

– Io sí. È lei, – disse Louis facendo scivolare la foto del giornale verso Marc. – Un pugno nello stomaco, come direbbe Clairmont.

Marc si avvicinò al tavolo con il pentolino in mano e allungò un'occhiata alla pagina ingiallita.

– Mai vista, – disse.

– E tu, Clément? – chiese Louis spostando la foto.

Marc inghiottí due pillole e filtrò il caffè, mentre Clément osservava la donna e Louis osservava Clément.

– Devo dire qualcosa dal canto di questa donna? – chiese Clément.

– Esatto.

– Per esempio cosa?

Louis sospirò.

– Non la conosci? Non l'hai mai vista? Fosse anche una sola sera, otto anni fa, a Nevers?

Clément guardò Louis a bocca aperta, senza fiatare.

– Dio santo, lascialo respirare! – disse Marc servendo il caffè.

– Oh, cazzo, non farai mica anche tu come Marthe, adesso! Non è mica una bambola di porcellana!

– Un po' sí, invece, – obiettò Marc inflessibile. – Se lo spaventi, scapperà. Spiegati chiaramente, senza tranelli.

– Molto bene. Quella donna viveva a Nevers, si chiamava Claire, ed è stata strangolata nel suo appartamento una sera di otto anni fa. L'assassino l'ha crivellata a colpi di lama. Accanto alla testa c'erano le stesse tracce lievi e confuse che c'erano accanto alle tre vittime dell'Aquitaine, della Tour-des-Dames e dell'Étoile. Vale a dire che il killer delle forbici ha cominciato la sua serie molto prima di Parigi. L'ha cominciata con questa donna, a Nevers.

– È morta? – lo interruppe Clément posando la mano sul volto della donna.

– Completamente, – disse Louis. – Dopodiché l'assassino è scomparso per otto anni – all'estero, forse – e poi è venuto a Parigi e ha ricominciato.

– È il Cesoia, – grugní Clément. – Clac. Clac.

– Il Cesoia o il terzo uomo, – disse Louis. – Lo stupratore senza nome.

– Perché mai quel tipo avrebbe violentato la donna del parco e non avrebbe toccato le altre? – disse Marc tirando a sé il giornale.

– Il terzo uomo potrebbe anche non averla toccata, la donna del parco. Chiedi a Clément. Ci ha detto che era fuggito per primo, perché era vestito, ricordi?

– Clairmont? – domandò Marc, scorrendo attentamente il ritaglio di giornale.

– In ogni caso l'ha scolpita, e non è una bella cosa. Cosí come ha scolpito Nicole Verdot.

– Ma a quanto pare non è scomparso per otto anni; e nemmeno il Cesoia.

– Clac, – fece Clément, la testa tuffata nel caffè.

– Lo so, – proseguí Louis. – Ho interrogato Merlin sulla vita del patrigno: per sua disgrazia, il vecchio l'ha sempre seguito come un'ombra. Ma potrebbe aver rigato dritto per tutti questi anni, come il Cesoia, tenendo a bada la sua...

– La sua mosca, – suggerí Marc. – Il volo folle della mosca carnaria dentro la sua zucca vuota.

– Mettiamola pure cosí, – disse Louis spazzando l'aria con la mano come per scacciare l'insetto. – A meno che il terzo stupratore sia qualcun altro ancora, un complice sconosciuto del Cesoia. Partecipa allo stupro della giovane donna, la uccide durante la notte, fa lo stesso con il giovane Rousselet e, neanche un anno dopo, massacra la piccola Claire. Si prende paura e fugge lontano – in Australia, mettiamo – e piú nessuno sente parlare dei suoi crimini.

– È vero, – riconobbe Marc, – se ci pensi non capita spesso di leggere notizie dall'Australia.

– E poi ritorna, – continuò Louis, – in balía delle stesse pulsioni. Ma di correre rischi, stavolta, non se ne parla. Si prepara meticolosamente una via di fuga. E va in cerca di quel bastardo che gli aveva sciacquato il culo con l'acqua gelida in pieno stupro.

– Sono stato io, – disse Clément, alzando la testa di scatto.

– Sí, – disse Louis con dolcezza. – Stai tranquillo, me lo ricordo. Lo cerca e lo ritrova, piú o meno dove l'aveva lasciato, nella buona vecchia Nevers. Lo trascina fino a Parigi e gli scarica tutto sul groppone.

– Sí, – disse Marc. – Capisco che tu abbia passato la notte in bianco. Ma questa ricostruzione non ci porta da nessuna parte; aggiunge un delitto alla lista, è vero, ma che la mosca di quel tipo fosse una vecchia storia già lo sapevamo.

– Lascia un po' perdere la mosca, per cortesia.

– E poi ci dice che il vecchio Clairmont scolpisce donne assassinate, particolare non trascurabile, non lo metto in dubbio. Ma non ci fornisce prove abbastanza solide per tirar fuori Clément da questo ginepraio. È possibilissimo che il vecchio alimenti le sue fantasie con l'attualità delle prime pagine dei giornali. Potrebbe aver maneggiato le foto e non le donne.

– A proposito, – disse improvvisamente Louis, – avete avuto visite, ieri?

– Niente di preoccupante, un'amica di Lucien. Abbiamo mandato Clément in cantina. Non l'ha né visto né sentito, puoi stare tranquillo.

Louis ebbe un gesto d'impazienza.

– Vedi di spiegare a Lucien, – disse in tono duro, – che non è il momento di fare vita mondana in casa.

– Già fatto.

– Quello lí ci farà finire tutti dietro le sbarre.

– Cerca di pensare ad altro, – disse Marc, leggermente innervosito.

Louis prese posto all'altro capo del tavolo, vicino a Clément, e rimase alcuni minuti in silenzio a riflettere, il mento appoggiato sui pugni.

– La donna di Nevers, – disse, – ci fa avanzare di tre caselle. Grazie a lei stringiamo la morsa attorno al vecchio scultore, seppure senza certezze, te lo concedo; con tutto che lui c'è dentro fino al collo. Sempre grazie a lei, l'interpretazione poetica di Lucien si rivela un autentico buco nell'acqua. Gli omicidi con le forbici sono cominciati assai prima di quello di square d'Aquitaine, probabilmente con la piccola Claire di Nevers. E forse sono continuati altrove per otto anni; in Australia, mettiamo.

– Mettiamo.

– Quindi occorrerebbe aggiungere dei versi all'inizio della poesia, il che non è pensabile.

– No, – riconobbe Marc. – Ma tu avevi detto che il tipo contava le sue vittime. Se è cosí, perché con Clément ha parlato di «prima» e di «seconda» donna?

Louis fece una smorfia.

– Evidentemente si riferiva alla «prima donna» che Clément doveva pedinare, e non alla prima della sua serie omicida.

– Vuoi dire che la serie potrebbe non essere «finita»?

– Dannazione, Marc, non so piú cosa pensare. Quello che so, è che dobbiamo levarci dalla testa il *Desdichado* con il suo sole nero. La chiave è da un'altra parte. E per finire, terzo punto: grazie a quel vecchio omicidio di Nevers, abbiamo qualche speranza di farci una vaga idea sull'aspetto dell'assassino, o quantomeno di stabilire se può trattarsi di Clairmont o del Cesoia.

– Clac, – fece Clément.

– O del bambolotto di chi tu ben sai, – aggiunse Louis a bassa voce. – Oppure di un perfetto sconosciuto. Perché la sera dell'uccisione di Claire Ottissier, l'assassino ha rischiato di farsi pizzicare da un vicino che l'ha tallonato per un bel pezzo. Un «pasticcere coraggioso». Ti mostrerò l'articolo.

Marc fischiò tra i denti.

– Sí, – disse Louis. – Riparto per Nevers dopo pranzo. Accompagnami, se puoi. Affida Clément al padrino e a Mathias; andrà tutto bene, adesso che incollano sassolini insieme.

– E le pulizie? Come la mettiamo con le mie pulizie?
– Disdici. È questione di un giorno o due.
– Non è da persona responsabile, – brontolò Marc. – Ho appena trovato lavoro. Perché vuoi che ci venga anch'io? Puoi benissimo parlarci da solo con il pasticcere coraggioso.
– È ovvio. Però io non sarei capace di disegnare la faccia di Clairmont o del Cesoia o di chi ben sai. Tu sí.
– Clac clac, – fece Clément.
– Clément, prova a dimenticarlo un secondo, 'sto Cesoia, – disse Louis posandogli una mano sul braccio.

Marc arricciò il naso, indeciso.

– Pensaci, – disse Louis alzandosi in piedi. – Ripasso di qui verso le due. Forse la biancheria di madame Toussaint è meno urgente dell'assassino...

Marc buttò un occhio al cesto.

– Sono i panni di madame Mallet, – rettificò. – Perché i giornali dell'epoca parlano di un'«assassina»?
– Non lo so. Preoccupa anche me.

Capitolo trentaduesimo

Il Cesoia era seduto all'ombra del capanno degli attrezzi. Con un cucchiaio da minestra trangugiava a grandi bocconi il contenuto di una gavetta. Louis lo guardò ingozzarsi per un po'. Poi andò ad appoggiarsi a un albero lí di fronte e tirò fuori un panino da un sacchetto di carta. I due uomini masticarono senza rivolgersi la parola. Il cimitero era vuoto e silenzioso e il brusio del traffico lontano. Il Cesoia aveva steso sulla sacca un tovagliolo pulito e bianco con gli angoli di pizzo, su cui aveva disposto pane e coltello. Si asciugò la fronte sudata, lanciò un'occhiata torva a Louis, poi, indifferente, riprese la sua masticazione.

– Attento alla vespa! – gridò Louis a un tratto tendendo un braccio.

Il Cesoia allontanò prontamente il cucchiaio dalle labbra e lo agitò per aria. L'insetto volò via, ronzò per alcuni istanti intorno ai capelli dell'uomo e sparí.

– Grazie.
– Di che.

Il Cesoia trangugiò un'altra cucchiaiata, pensieroso.

– C'è un nido nel muro del lato sud, – disse. – Ho rischiato di farmi pungere tre volte, ieri.

– Bisognerebbe chiamare i pompieri.
– See.

Il Cesoia raschiò rumorosamente la gavetta e se la incastrò tra le ginocchia per prendere il pane.

– Graziosa, questa tovaglietta, – disse Louis.
– See.

– Fatta a mano, si direbbe.
– L'ha fatta mia madre, – grugní il Cesoia agitando il coltello. – Bisogna averne cura, molta cura. È un salva-figli.
– Un salva-figli?
– Sei sordo? Mia madre ne ha fatta una per tutti i suoi figli. Ogni domenica bisogna lavarla e farla asciugare per bene, se vuoi che ti protegga. Perché se lavi la tovaglietta ogni domenica, diceva lei, mia madre, ti tocca sapere che giorno è; e per saperlo non puoi alzare troppo il gomito. E per lavarla ti tocca alzarti. E ti tocca avere l'acqua calda e il sapone. E per avere l'acqua devi avere un tetto. E il tetto, tocca pagarlo. Il che vuol dire che solo per conservare pulita la tovaglietta dovrai rimboccarti le maniche, altro che stare con le mani in mano a bere bianchetti tutti i santi giorni, diceva lei, mia madre. È per questo che è un salva-figli. Mia madre, – aggiunse il Cesoia battendosi la fronte con il manico del coltello, – mia madre prevedeva tutto.
– E le figlie? – chiese Louis. – Ha fatto pure dei salva-figlie?
Il Cesoia fece spallucce, sprezzante.
– Mica alzano il gomito allo stesso modo, le ragazze.
– Quindi tu ti lavi i vestiti ogni domenica?
– La tovaglietta basta per proteggere tutto.
Louis scacciò un'altra vespa, finí il suo panino e spazzò via le briciole di pane dalla giacca. Fortunato, il Cesoia. Lui, da suo padre, aveva ereditato soltanto una trapunta di piombo che lo assicurava al letto quando beveva troppo.
– Ti ho portato un vino delle tue parti. Un Sancerre.
Il Cesoia gli lanciò un'occhiata sospettosa.
– Immagino che non hai portato solo questo.
– No, ho anche la foto di una donna morta.
– Ci avrei scommesso.
Il Cesoia si alzò, ripose con cura la tovaglietta bianca nella vecchia sacca sporca, sciacquò la gavetta nel capanno e si caricò un rastrello in spalla.
– Ho da fare, – disse.
Louis gli allungò la bottiglia. Il Cesoia la stappò in silenzio e

tracannò qualche sorsata. Poi tese la mano e Louis gli diede il ritaglio del giornale di Nevers, piegato in corrispondenza della foto. L'uomo la studiò alcuni istanti, poi bevve un goccetto.
– See, – disse. – Dove sta il trucco?
– La conosci?
– Si capisce. Ero ancora a Nevers, quando è morta. Chiunque a Nevers la riconoscerebbe; per due settimane non si è visto altro, sul giornale. Fai la collezione?
– Penso che sia stato il killer delle forbici a farla fuori. Tu, per esempio.
– Ma va' al diavolo. Non c'ero solo io, a Nevers. C'era pure lo scemo del villaggio.
– Lui però non si è fiondato a Parigi due settimane dopo l'omicidio. Tu invece sí, dico bene? Hai avuto paura?
– Io non ho paura di niente, tranne di non poter lavare la tovaglietta. A Nevers non c'era piú lavoro, tutto qua.
– Ti lascio, Thévenin, – disse Louis mettendosi in tasca il ritaglio di giornale. – Vado nella tua città.
Rabbuiato, il Cesoia si mise a rastrellare la sabbia del viale.
– Vado a trovare il tizio che ha rincorso l'assassino, – aggiunse Louis.
– Lasciami in pace.
Louis attraversò lentamente il cimitero lungo un viale arroventato e trovò la propria macchina surriscaldata. Prima di sistemare Bufo sul sedile davanti lo inumidí. Si chiedeva dove avrebbe nascosto il rospo durante il viaggio, nel caso che Vandoosler il Giovane l'avesse accompagnato. Nel cruscotto, forse? Louis lo svuotò dell'ammasso di carte stradali e rifiuti vari e studiò l'agibilità del piccolo vano. Non capiva come Marc potesse provare un tale disgusto per gli anfibi. A ogni modo, lui Marc non lo capiva quasi per niente. E viceversa.

Aprí la porta della topaia verso le due. Lucien stava prendendo il caffè con Vandoosler il Vecchio e Louis accettò la quarta tazza della giornata.

– Hai parlato con la polizia? – domandò Lucien.
– Nerval? Sí. Se ne sbattono.
– Vuoi scherzare? – gridò Lucien.
– Per niente.
– Intendi dire che non faranno nulla per la prossima donna?
– Di sicuro non sorveglieranno le tue strade. Stanno aspettando che chi nasconde Clément faccia la cazzata di lasciarlo uscire. Tranquilli e beati.

Lucien era diventato rosso. Tirò su col naso rumorosamente e buttò indietro i capelli.

– Cristo santo, non sono le *mie* strade! – gridò. – E tu cosa pensi di fare?
– Niente. Vado a Nevers.

Lucien spinse indietro la sedia con violenza, si alzò e lasciò la stanza.

– Ecco qua, – commentò Vandoosler il Vecchio. – San Luca è un isterico. Se cerchi Clément, è di sotto con san Matteo. San Marco è nei suoi appartamenti. Sta lavorando.

Seccato a sua volta, Louis salí al secondo piano e bussò alla porta. Marc era al suo tavolo, in mezzo a un guazzabuglio di manoscritti. Con la matita stretta tra le labbra fece un lieve cenno del capo.

– Schiodati, – disse Louis. – Si parte.
– Non troveremo nulla, – disse Marc, l'occhio incollato al manoscritto.
– Sputa quella matita, non capisco una parola.
– Non troveremo nulla, – ripeté Marc senza matita girandosi verso Louis. – E soprattutto, non mi va di mollare Lucien proprio adesso.
– Perché, che c'è adesso? Hai paura che spedisca Clément a farsi un giro?
– No, è qualcos'altro. Aspettami qui, devo parlargli.

Marc salí le scale quattro a quattro fino al terzo piano e ridiscese dieci minuti piú tardi.

– Tutto a posto. Il tempo di prendere le mie cose.

Louis lo guardò ficcare dei panni alla rinfusa in uno zaino e aggiungerci un mucchio di manoscritti medievali, come ogni volta che si allontanava dal suo tavolo di lavoro, anche solo per una notte. Pensò che Marc avrebbe avuto bisogno di una tovaglietta salva-figli, per lottare contro le sue cadute vertiginose nei pozzi della Storia.

Capitolo trentatreesimo

Marc era passato alla guida, mentre Louis schiacciava un pisolino sul sedile posteriore. Svegliami quando si vede la Loira, aveva detto. Verso le tre e mezza, Marc aveva superato Montargis e aperto a tastoni il cruscotto, in cerca della carta stradale. Le sue dita avevano sfiorato qualcosa di asciutto e molliccio e Marc aveva lanciato un urlo, fermandosi di brutto sul bordo della carreggiata. Aveva azzardato un'occhiata nel cruscotto e scoperto Bufo che sonnecchiava su un vecchio straccio umido. Che schifo, aveva toccato il rospo.

Indignato, si era girato per insultare Louis, ma il Tedesco non si era neanche svegliato.

Marc aveva balbettato qualche bestemmia e molto lentamente aveva richiuso il cruscotto, invocando la figura del Prode Pasticcere per farsi coraggio. Uno che cerca il killer delle forbici non può darsela a gambe davanti a uno stupido rospo. In un bagno di sudore, si era rimesso alla guida e si era calmato solo dopo un bel tratto di strada.

Alle quattro e mezza, la camicia incollata al sedile, Marc costeggiava la Loira. Prima di svegliare Louis e insultarlo decise di aspettare. A una trentina di chilometri da Nevers, frenò bruscamente e fece dietro front. Parcheggiò sulla piazza di un piccolo borgo medievale e lasciò in macchina il Tedesco e il rospo per scendere a piedi verso la chiesa. Ci girò intorno felice per mezz'ora, poi rimase a lungo seduto sul sagrato, la testa levata verso l'alta facciata a torre. Quando le pesanti campane suonarono le sei, si alzò, stirò le braccia e raggiunse la macchina. Louis lo aspettava appoggiato al parafango anteriore, per nulla contento.

– Si parte, – disse Marc, alzando una mano conciliante.

Si mise al volante e ripartí in direzione della statale 7.

– Ma porco d'un cane! Come ti è venuto in mente di fermarti qui? – disse Louis. – Hai visto che ore sono?

– Abbiamo tutto il tempo. Non potevo passare di qua senza venire a salutare la primogenita di Cluny.

– E chi sarebbe, questa ragazza?

– Una ragazza di cui sono sempre stato molto innamorato. Lei, – aggiunse puntando il dito verso destra quando l'auto ripassò in senso contrario davanti alla chiesa. – Una delle piú belle ragazze romaniche al mondo. Guardala! Guardala! – gridò agitando il braccio. – Mannaggia, dopo la curva non la vedremo piú!

Louis sospirò, torse il collo, guardò e si rimise comodo bestemmiando tra i denti. Non era certo il momento di lasciarsi scivolare in un pozzo di storia, e da ieri percepiva Marc su una china molto minacciosa.

– Molto bene, – disse, – ma adesso pesta su quel pedale, abbiamo già perso abbastanza tempo.

– Non sarebbe successo se tu non avessi ficcato il tuo lurido rospo nel cruscotto. Dopo quell'indesiderato contatto carnale ho avuto bisogno di un bel lavaggio spirituale.

I due uomini trascorsero gli ultimi chilometri in silenzio e Louis riprese la guida a Nevers, perché conosceva un po' la città. Consultò piú volte la piantina per localizzare la casa di Jean-Michel Bonnot e poco piú tardi parcheggiò davanti alla sua porta. Marc riprese la parola per proporre di andare a farsi un bel bicchierino, prima di avventurarsi nell'intimità del prode pasticcere.

– Sei sicuro che sia in casa? – chiese Marc quando furono davanti a una birra.

– Sí. Oggi è lunedí, non lavora. L'ho fatto avvisare dalla moglie stamattina. Credi di poter disegnare il Cesoia e Clairmont?

– Piú o meno.

– Dài, comincia, visto che non abbiamo niente da fare.

Marc tirò fuori dallo zaino un block notes e una penna, strappò una pagina e si concentrò. Accigliato, Louis lo guardò scarabocchiare per una quindicina di minuti.

– Faccio pure la mosca? – domandò Marc, senza smettere di disegnare.

– Piuttosto disegna la figura intera, oltre al viso.

– Benissimo. Ma richiede un supplemento. La mosca invece era gratis.

Marc terminò il suo schizzo e lo passò a Louis.

– Va bene cosí?

Louis annuí piú volte per esprimere la sua approvazione.

– Andiamo, – disse arrotolando il foglio. – Sono le sette.

La moglie di Bonnot li pregò di entrare ad attendere nel salone. Marc si sedette sull'orlo di un grande divano coperto da un centrino e attaccò il secondo disegno. Louis si era piazzato con disinvoltura su una poltrona di velluto e aveva disteso le lunghe gambe. Con il ginocchio che si ritrovava, non amava restare a gambe piegate piú del necessario. Jean-Michel Bonnot entrò poco dopo. Era piccolo, panciuto, aveva le guance molto rosse, lo sguardo incerto e un paio di occhiali spessi. Marc e Louis si alzarono. Bonnot strinse loro goffamente la mano. Dalla porta socchiusa si sentivano i bambini che cenavano.

– Abbiamo fatto tardi, – disse Louis, – la prego di scusarci. Il mio collega si è visto costretto a fermarsi lungo il tragitto per fare visita a una vecchia amica.

– Non fa niente. Mia moglie non ricordava l'ora precisa.

Louis espose in lungo e in largo al pasticcere i nessi che, a suo parere, potevano collegare l'omicidio di Nevers alla tragica serie di delitti che insanguinavano Parigi. Gli disse quanto la sua collaborazione avrebbe potuto rivelarsi decisiva per la ricerca dell'assassino che, otto anni prima, lui aveva cosí coraggiosamente inseguito.

– Addirittura! – si schermí Bonnot.

– Ma è cosí, – insisté Louis. – Con molto coraggio. Tutti i giornali dell'epoca l'hanno sottolineato.

– Credevo che la polizia stesse cercando l'uomo di quell'identikit che è apparso dappertutto...

– Quella è solo una pista, – mentí Louis. – In ogni caso pensano che l'assassino, chiunque sia, potrebbe essere di Nevers.

– Perché, lei non è un poliziotto? – chiese l'uomo lanciandogli un'occhiata furtiva.

– Sono in missione per conto degli Interni.

– Ah, – fece Bonnot.

Marc scarabocchiava intensamente e ogni tanto alzava gli occhi verso il prode pasticcere. Si chiedeva come avrebbe reagito Bonnot se Louis avesse posato sul tavolo quel rospo immondo che si era discretamente infilato in tasca scendendo dall'auto. Immaginava che Bonnot l'avrebbe presa con filosofia. Forse un giorno l'avrebbe imparata anche lui, quella filosofia; non bisogna mai disperare.

– Conosce l'uomo dell'identikit? – chiese Louis.

– No, – rispose Bonnot con una punta di esitazione.

– Ne è sicuro?

– Sí, sí. È che mia moglie l'altra sera ci ha scherzato sopra, perché le ricordava un po' un tizio delle nostre parti, uno mezzo ritardato. Ogni tanto lo incontriamo: si tira dietro la fisarmonica da una strada all'altra e a volte gli offrono qualcosa. Ho detto a mia moglie che non si deve ridere di quella gente lí, né degli assassini, né dei ritardati.

Madame Bonnot entrò in quell'istante e mise in tavola una bottiglia di pastis e un vassoio di pasticcini.

– Servitevi, – disse Bonnot accennando al vassoio col mento. – Io non mangio mai dolci. Per fare il pasticcere ci vuole disciplina.

Bonnot si versò da bere e sia Louis che Marc lasciarono intendere di essere altrettanto interessati al pastis.

– Perdonatemi. Credevo che i poliziotti non bevessero a casa della gente.

– Siamo degli Interni, – tornò a spiegare Louis, – e quelli degli Interni hanno sempre bevuto in casa d'altri.

Bonnot gli lanciò il suo sguardo obliquo e riempí i bicchieri senza commenti. Marc allungò a Louis gli schizzi di Clairmont e del Cesoia, si serví un grosso millefoglie e attaccò il profilo di Clément Vauquer. Bonnot non gli era del tutto simpatico, per cui era ben contento di poter restare a margine della conversazione.

Adesso Bonnot, tormentandosi gli occhiali sul naso, esaminava con Louis il disegno del Cesoia. Accennò una smorfia di disgusto.

– Non è molto piacevole, vero?
– No, – convenne Louis, – non molto.

Bonnot passò al ritratto di Clairmont.

– No, – disse dopo un attimo, – no... Come vuole che mi ricordi? La storia la conosce... Era febbraio, l'assassino era imbacuccato in una sciarpa, con un berretto in testa. Non mi è neanche passato per la mente di guardarlo, ero troppo sconvolto. E poi gli spintoni, l'inseguimento, sempre di spalle... Mi spiace. Se dovessi scegliere tra questi due, stando al profilo, alla corpulenza, voterei per questo qui, – disse posando un dito su Clairmont. – L'altro mi pare un po' largo di spalle. Ma francamente...

Marc strappò rumorosamente la pagina e gli mise il profilo di Clément sotto gli occhi. Poi scelse una pasta al caffè e tornò ai suoi fogli. Quel tizio era un bravo pasticcere, niente da dire. Un piantagrane come Lucien avrebbe decretato che le porzioni erano troppo grandi, per niente raffinate; ma a Marc andavano benissimo.

– No... – ripeté Bonnot. – Non so. Forse questo qui è un po' troppo mingherlino...

– Come correva?

– Mica tanto bene. Non andava molto veloce, teneva le braccia all'indietro e rallentava ogni dieci metri, come se facesse fatica. Non era certo un velocista.

– E come mai è riuscito a sfuggirle, in quelle condizioni?

– Anch'io sono un pessimo corridore. Per di piú, mi sono dovuto fermare a raccogliere gli occhiali, che mi erano caduti. E quello ne ha approfittato per sgusciarmi tra le dita. Ecco come è andata. Niente di straordinario.

– Non è accorso nessun altro? Nessuno che l'abbia visto?
– Nessuno.
– Lei era da solo quando ha avuto luogo l'aggressione?
– In casa c'era mia moglie.
– E non ha sentito niente?
– No. Io invece ero ancora per le scale, avevo appena raggiunto il pianerottolo.
– Capisco.
– Perché mi chiede queste cose?
– Per figurarmi la sua reazione. Non capita tutti i giorni di correre dietro a un assassino.

L'uomo fece spallucce.

– Glielo garantisco, – disse Louis. – Lei non ha mai paura?
– Certo che ho paura, come tutti. Ma c'è una cosa di cui gli uomini non hanno mai paura, dico bene?
– E che cosa?
– Ma le donne, perdio! E io, sulle prime, ho proprio creduto che quello là fosse una donna! Per cui le son corso dietro senza pensarci due volte. Niente di straordinario.

Marc annuí, continuando a scarabocchiare. Il «Molto Mediamente Prode Pasticcere», rettificò tra sé. Perlomeno quella visita non era stata inutile: tutto rientrava nell'ordine naturale delle cose.

– Com'era il millefoglie? – domandò Bonnot girandosi verso Marc.

– Eccellente, – rispose Marc alzando la matita. – Abbondante, ma eccellente.

Bonnot approvò con il capo e tornò a Louis.

– Sono i poliziotti che mi hanno fatto ricredere. Secondo loro, una donna non avrebbe avuto la forza necessaria a far fuori la vicina cosí in fretta. Diciamolo, la vicina era ben piantata.

– Sarei curioso di sapere, – disse Louis tendendo un dito verso la bottiglia di pastis, – come mai ha pensato a una donna... Ha intravisto il suo volto, il suo corpo? Anche solo per un secondo?

Bonnot scosse piano la testa versandogli un altro bicchiere.

– No… Le ho già spiegato che lei… che era tutto imbacuccato. Aveva un ampio cappotto di lana marrone e dei comuni pantaloni, come se ne possono vedere addosso a uomini e donne, d'inverno…
– Capelli che spuntavano dal berretto?
– No… O comunque io non li ho visti. Non ho visto niente, in fondo. Ho semplicemente creduto che fosse una donna robusta, non molto giovane e non particolarmente graziosa. Non so perché. Non erano i vestiti, non era la corporatura, e nemmeno il viso o i capelli. Quindi era per forza qualcos'altro, sí, ma non so cosa.
– Ci pensi, potrebbe essere molto importante.
– Ma hanno detto che si trattava di un uomo, – obiettò Bonnot.
– E se avesse ragione lei? – insinuò Louis.
Un sorriso un po' sornione passò sul volto del pasticcere. Si prese il mento tra le mani e si mise a riflettere borbottando. Louis raccolse i disegni e li diede a Marc, che li infilò nel suo blocco.
– Non vedo proprio cosa potrebbe essere, – disse Bonnot raddrizzandosi. – È passato tanto di quel tempo…
– Può darsi che le venga in mente, – disse Louis alzandosi in piedi. – La chiamo stasera per darle il numero del mio albergo. E qualunque cosa le dovesse tornare in mente, riguardo alla donna o agli schizzi, mi lasci un messaggio. Sarò qui ancora per tutta la mattinata di domani.

Marc e Louis camminarono per la città in cerca di un posto dove cenare. La serata era ancora molto calda ma Louis, per precauzione, portava la giacca al braccio.
– Cattiva pesca, – disse Marc.
– Non c'è dubbio. Quell'uomo non è granché stimolante.
– Comunque sia, ho disegnato per niente. Il molto mediamente prode pasticcere è completamente miope.
– Però questa storia della donna è molto interessante, se è vera.

– Il che non è affatto sicuro. Quel tipo non mi sembra la franchezza in persona.

Louis si strinse nelle spalle.

– C'è gente che è fatta cosí. Vieni, mangiamo qualcosa qui. È uno dei ristorantini dove Clément aveva l'abitudine di andare a suonare la sera.

– Non ho fame, – disse Marc.

– Com'erano quelle paste?

– Veramente buone. Come pasticcere, ha le carte in regola.

Louis scelse un tavolo isolato.

– Di' un po', – disse sedendosi, – cosa disegnavi a casa del vile pasticcere, dopo aver terminato i ritratti? Chiese, fiumi, pasticcini?

– Il vecchio Clairmont ti direbbe che tutte queste cose non sono altro che donne. Non disegnavo né gli uni né le altre.

– E allora cosa?

– Vuoi proprio saperlo?

Marc gli tese il blocco aperto e Louis fece una smorfia.

– Cos'è questa schifezza? Uno dei tuoi diavoli fetidi o cosa?

– È un ingrandimento quaranta a uno della mosca di Clairmont, – spiegò Marc con un sorriso. – La mosca che ha nella zucca.

Louis scosse la testa, sconfortato. Marc voltò pagina.

– E questa, – disse, – è un'altra mosca ingrandita.

Louis girò il blocco in un senso, poi nell'altro, cercando qualche segno riconoscibile in un groviglio di tratti interrotto da grandi spazi vuoti.

– Non ci si capisce niente, – disse restituendo il blocco a Marc.

– Perché è insondabile. È la mosca dell'assassino.

Capitolo trentaquattresimo

Alle sei di sera Lucien, parecchio eccitato, era tornato da scuola in fretta e furia e si era fiondato in cantina. Mathias e Clément si accanivano su un nodulo di selce con un rotolo di scotch.
– Sei pronto? – s'informò Lucien.
– Stiamo finendo, – disse tranquillamente Mathias.
Lucien tamburellò sul tavolo, mentre il cacciatore-raccoglitore completava il suo collage. Poi Mathias tolse la selce di mano a Clément e la ripose con delicatezza in una teca.
– Spicciati, – disse Lucien.
– Un attimo! Hai preso da mangiare?
– Panino campagnolo e litro d'acqua limpida per te, birra e pollo indiano con piselli per me.
Mathias non fece commenti e salí le scale spingendo con dolcezza Clément davanti a sé.
Nel refettorio, Lucien brandí il manico di scopa e diede quattro frenetici colpi al soffitto. Un frammento d'intonaco cadde ai suoi piedi e Mathias ebbe un impercettibile gesto di disapprovazione. La porta del sottotetto sbatté e un minuto piú tardi apparve Vandoosler il Vecchio.
– Di già? – domandò.
– Preferisco esser lí per le sette, – disse Lucien con voce risoluta. – L'impreparazione militare è da sempre causa di indicibili massacri.
– Benissimo, – disse il padrino. – Tu che strada prendi?
– Mathias si apposta in rue du Soleil e io in rue de la Lune. Per rue du Soleil d'or, pazienza. Siamo solo in due.

– Sei sicuro?
– Della poesia? Mai stato cosí sicuro. Quanto a quei due, ho i disegni di Marc, che ce li ha pure descritti nei minimi particolari.
– Potrebbe essere uno sconosciuto.
Lucien tirò su col naso, impaziente.
– Dobbiamo tentare la sorte. Qualcosa in contrario?
– No, figurati.
Il padrino li accompagnò alla porta, chiuse a doppia mandata e intascò la chiave. Stasera avrebbe trascorso lunghe ore da solo con Clément Vauquer.

Capitolo trentacinquesimo

All'*Albergo della Vecchia Lanterna*, a Nevers, non servivano la colazione dopo le dieci. Louis era abituato a questo tipo di punizione, poiché apparteneva alla schiera di gente sospetta che si alza dopo l'ora legale, tra le undici e mezzogiorno, all'ora degli sballati, dei nottambuli, dei proscritti, dei colpevoli, dei poltroni, degli scapoli, dei malrasati e degli immorali. Alla reception lo informarono che c'erano due messaggi per lui. Con premura, Louis aprí il primo biglietto e riconobbe la scrittura di Marc, il che non prometteva nulla di buono.

> Salve, figlio del Reno, sono le otto e io torno a far visita alla primogenita che tu ben sai e agli annessi che ieri non ho avuto modo di salutare. Tra le 14.30 e le 15.30 mi farò trovare sul vecchio ponte. Se non ti vedo me ne torno in treno. Qualora il tuo rospo avesse intenzione di guadagnare le sponde della Loira non tentare di impedirglielo a tutti i costi,
> Marc.

Louis scosse la testa irritato. Come si fa ad alzarsi all'alba per andare a visitare una chiesa già vista il giorno prima? Marc si stava addentrando nei meandri del suo fottuto Medioevo e non sarebbe piú stato di grande aiuto. Louis aprí il secondo biglietto, molto meno prolisso. In mattinata aveva ricevuto una telefonata da Jean-Michel Bonnot, che lo pregava di passare al negozio appena possibile.

Louis trovò la bottega del coniglio pasticcere senza difficoltà. La moglie lo condusse nelle soffocanti cucine seminterrate, odoranti di burro e farina. Louis si ricordò di non aver fatto colazione e Bonnot, piú rosso del giorno prima e visibilmente impaziente, gli offrí due cornetti caldi.

– Le è tornato in mente? – chiese Louis.

– Proprio cosí, – disse Bonnot, fregandosi le mani per togliersi la farina. – Non sono riuscito a chiudere occhio, ieri sera. La mia povera vicina mi ronzava in testa come un fantasma. Sono stanco morto.

– Sí, – disse Louis, – so cosa vuol dire.

– Mia moglie diceva che era la luna, ma io lo sapevo bene che era la vicina. Per forza, dopo tutti i discorsi di ieri!

– Mi spiace.

– E a un tratto, verso le due del mattino, rivedo tutto. E ora so perché credevo che fosse una donna.

Lo sguardo di Louis si fissò sul pasticcere.

– Coraggio, – disse.

– Sarà tremendamente deluso, ma è lei che mi ha chiesto di avvisarla.

– Coraggio, – ripeté Louis.

– Se ci tiene tanto... Quando sono entrato nella stanza l'assassino era accovacciato accanto al corpo di Claire con il cappotto addosso. Ho visto del sangue e il panico mi è salito alla gola. Lui mi ha sentito e, senza neanche voltarsi, si è alzato in piedi e mi si è scagliato contro. Ma un attimo prima, in una frazione di secondo, aveva raccolto una cosa dal tappeto. E questa cosa era un rossetto.

Bonnot si fermò per scrutare Louis di sottecchi.

– Continui, – disse Louis.

– Be', è tutto. Il rossetto, piú la calza per terra, ho fatto due piú due. Mi sono messo a correr*le* dietro senza pensare neanche per un attimo che potesse essere un uomo.

– Non fa una piega.

– Però vorrei sapere: se era davvero un uomo, cosa diavolo ci faceva con un rossetto?

I due rimasero in silenzio alcuni istanti. Louis, pensieroso, consumava lentamente il secondo cornetto.

– Ma questo rossetto, dove l'ha raccolto?

L'uomo esitò.

– Vicino alla testa? Vicino al corpo?

Lo sguardo rivolto a terra, Bonnot si tormentava gli occhiali.
– Vicino alla testa, – disse.
– Sicuro?
– Mi pare.
– Da che parte?
– A destra del viso.

Louis sentí il cuore accelerare leggermente. Di nuovo, Bonnot rivolse gli occhi al suolo. Con il piede disegnava dei cerchi nella farina.

– E dalla porta d'ingresso, lei, – riprese Louis con insistenza, – lei ha davvero visto quel rossetto?

– Visto no, – ammise Bonnot. – Ma certe cose si riconoscono da lontano. Era rosso e argento, e nella sua mano ha fatto un leggero rumore metallico. Come se urtasse contro degli anelli. Tale quale mia moglie quando raccoglie il suo. Le casca sempre, non so come faccia. Non è che l'abbia proprio visto, no, ma ho intravisto i colori e sentito il tintinnio. E dalle mie parti, quello si chiama rossetto. A ogni modo, è per quel coso che ho pensato a una donna.

– Grazie, – disse Louis porgendogli la mano, sempre con fare pensieroso. – Non la voglio disturbare oltre. Le lascio il mio numero di Parigi, in caso di necessità.

– Nessuna necessità, – disse Bonnot scuotendo la testa. – Le ho detto quello che voleva sapere, piú di cosí non posso. I volti che mi ha fatto vedere ieri sera continuano a non dirmi niente.

Louis tornò alla macchina a passo strascicato. Era solo mezzogiorno, aveva il tempo di fermarsi al commissariato. Riteneva giusto e necessario aggiornare Pouchet sugli sviluppi. Avrebbero parlato della riproduzione degli equidi e dell'omicidio di Nevers. C'erano buone probabilità che fosse stato Pouchet a interrogare Bonnot, all'epoca.

Louis passò a prendere Marc alle tre e un quarto. Era affacciato al parapetto di pietra del vecchio ponte e, la testa ciondoloni, guardava scorrere la Loira. Louis suonò il clacson e aprí lo sportello senza alzarsi dal sedile. Marc trasalí, corse alla macchina e Louis ripartí senza commenti.

Piú per strapparlo alle sue fantasticherie che per informarlo, Louis gli fece il resoconto dettagliato della conversazione di quel mattino con il codardo pasticcere e del pranzo con Pouchet. Era stato proprio lui a interrogare il testimone. Ma all'epoca non si era mai parlato di un rossetto. Louis aveva pagato quattro birre e avevano bevuto alla salute di tutti i futuri cuccioli di mulo.

– Scusa? – disse Marc.

– Era una scommessa sul grande mistero del concepimento dei muli. Sai, quegli asini grossi e ben piantati?

– E dov'è il mistero? – chiese Marc in tutta innocenza. – I muli sono i rampolli degli asini e delle giumente. Nel caso inverso, si chiamano bardotti. Su cosa avete scommesso?

– Su niente, – disse Louis fissando la strada.

Capitolo trentaseiesimo

Dopo aver lasciato Marc davanti alla topaia, Louis filò dritto in rue de l'Université. La voce del vecchio Clairmont risuonò nel citofono.
– Kehlweiler, – annunciò Louis. – Paul Merlin non è in casa?
– No. Stasera è fuori.
– Non poteva andarci meglio. Sono venuto a trovare lei.
– A quale proposito? – chiese Clairmont, con l'intonazione sprezzante che assumeva spesso.
– Claire Ottissier, una donna morta a Nevers.
Ci fu un breve silenzio.
– Non mi dice niente, – riprese la voce del vecchio.
– È nel suo laboratorio, girata a guardare la pendola. L'ha scolpita lei.
– Ah! Quella? Mi perdoni, non ricordo tutti i nomi. E allora?
– Mi apre la porta? – disse Louis alzando il tono. – O preferisce che parliamo della sua arte necrofila davanti a tutti i passanti?
Clairmont aprí la porta e Louis lo raggiunse in laboratorio. Lo scultore stava appoggiato su uno sgabello, torso nudo, sigaretta alle labbra. Con un piccolo scalpello intagliava la capigliatura della statuetta in lavorazione.
– Sbrighiamoci, – disse Louis. – Ho una certa fretta.
– Io no, – disse Clairmont facendo volare un truciolo.
Louis prese una pila di foto dal banco, si sedette su uno sgabello di fronte a Clairmont e si mise a scorrerle rapidamente.
– Non faccia complimenti, mi raccomando, – disse Clairmont.

- Come le sceglie le donne da scolpire? Belle?
- Come capita. Le donne sono tutte uguali.
- Con o senza rossetto?
- Come capita. Che importanza ha?

Louis posò la pila sul banco.

- Ma le preferisce morte? Morte ammazzate?
- Io non preferisco niente. Mi è capitato di immortalare qualche vittima, non lo nascondo.
- A che scopo?
- Mi pare di averglielo già detto. Per immortalarle e onorare il loro martirio.
- E la cosa le fa piacere?
- Certamente.
- Quante vittime ha... «onorato»?
- Direi sette o otto. C'è stata la donna strangolata nella stazione di Montpellier, le due ragazze di Arles, le donne di Nevers, quando ci abitavo... Ultimamente non ne faccio piú. Credo che mi stia passando.

Clairmont diede un colpo di martello sullo scalpello ed eliminò una lingua di legno.

- Qualche altra curiosità? - riprese, soffocando il mozzicone nella segatura.

Louis fece un cenno e il vecchio gli passò una sigaretta.

- Ho intenzione di farla arrestare per lo stupro e l'assassinio di Nicole Verdot e l'omicidio di Claire Ottissier, - disse Louis accendendosi la sigaretta con la fiamma che gli tendeva Clairmont. - In attesa di prendere in esame altri capi d'accusa.

Clairmont agitò il fiammifero, sorrise e tornò alla chioma di legno.

- Ridicolo, - disse.
- Non credo proprio. Le statuette delle due vittime e la sua presenza in loco saranno piú che sufficienti a convincere il commissario Loisel, soprattutto se glielo chiedo io. Si sta occupando del killer delle forbici ed è sull'orlo di un esaurimento nervoso. Ha bisogno di un colpevole.
- Non vedo il nesso.

– Claire è la prima vittima dell'assassino, dopo Nicole Verdot, s'intende, ma Nicole Verdot non rientra nella serie. È un preludio.

Il viso dello scultore si rabbuiò per un istante.

– E lei ha intenzione di scaricarmi addosso tutto questo? Per colpa delle mie statuette? Ma è impazzito o cosa?

– Vedo che non capisce il mio piano. Come lei stesso dice, non ci sono prove e la polizia la rilascerà dopo quarantott'ore, che tra parentesi non saranno uno scherzo. Ma quando tornerà qui, il danno sarà fatto: il suo figliastro la sospetterà per sempre di aver partecipato allo stupro e all'uccisione di Nicole. Diffama oggi, diffama domani, rimane pur sempre qualcosa in sospeso. Talmente in sospeso che Merlin la sbatterà fuori di casa, sempre che non decida di farla a fettine con quella benedetta sega elettrica. E siccome lei vive interamente a sue spese, morirà di stenti.

Louis si alzò e misurò a grandi passi il laboratorio, mani dietro la schiena.

– La lascio riflettere, – disse pacatamente.

– E se il suo piano non mi piacesse? – chiese il vecchio corrugando la fronte con aria preoccupata.

– In tal caso mi racconterebbe tutto quello che sa dello stupro di Nicole Verdot e io dimenticherei provvisoriamente il mio piano. Perché lei sa qualcosa. O c'era o sa. La sua baracca era a meno di venti metri dal luogo dell'aggressione.

– La mia baracca era dietro gli alberi. E io dormivo, gliel'ho già detto.

– A lei la scelta. Ma si sbrighi, non ho tempo da perdere.

Clairmont serrò le due mani attorno al cranio della statua e sospirò, a capo chino.

– Che razza di modi, – disse tra i denti.

– Già.

– Io non c'entro niente, né con lo stupro, né con i delitti.

– E la sua versione qual è?

– C'erano Rousselet – lo studente che è annegato nella Loira – e il giardiniere.

– Vauquer?
– No, non lo scemo, l'altro.
– Thévenin? Il Cesoia? – chiese Louis fremendo.
– Esatto, il Cesoia. E poi ce n'era un terzo.
– Chi?
– Non l'ho riconosciuto. Rousselet ha violentato Nicole, il Cesoia non ne ha avuto il tempo. Il terzo non ha fatto niente.
– E lei come lo sa?
Clairmont esitò.
– Si spicci, – disse Louis tra i denti.
– Ho visto tutto dalla finestra.
– E non ha mosso un dito?
Clairmont si aggrappò alla testa della statua.
– No, ho guardato. Con il cannocchiale.
– Magnifico. È per questo che non ha detto niente alla polizia?
– Si capisce.
– Nemmeno quando Vauquer è stato sospettato?
– L'hanno rilasciato subito.
Louis camminò nel locale senza dire una parola; girò lentamente intorno al banco.
– Chi mi garantisce che lei non è il terzo uomo?
– Non sono io, – si difese con violenza Clairmont. – Era uno sconosciuto, un guardone, probabilmente una conoscenza del Cesoia. Se lo cerca è lí che deve scavare.
– E lei che ne sa?
– Due giorni dopo ho visto il Cesoia in un bistrot di Nevers. Era pieno di grana e se la sbevazzava al bancone. Mi sono insospettito e l'ho tenuto d'occhio per un po'. La grana gli è durata almeno un mese, senza contare quello che si sarà messo da parte. Ho sempre pensato che qualcuno li avesse pagati, lui e Rousselet, per quello stupro; pagati profumatamente. E secondo me quello che pagava era quello che teneva ferma la ragazza. Il guardone.
– Magnifico, – ripeté Louis.
Tornò il silenzio, un silenzio pesante. Louis si rigirava un

pezzettino di legno tra le dita, leggermente tremanti, e Clairmont si guardava i piedi. Quando Louis si avviò alla porta il vecchio scultore gli lanciò uno sguardo spaventato.
– Non si preoccupi, – gli disse Louis senza neanche voltarsi. – Paul non saprà mai quanto nobilmente lei si sia preso cura della sua amica. A meno che non mi abbia mentito.

A denti stretti e con le mani aggrappate al volante Louis risalí rue de Rennes a tutta velocità, bruciò la precedenza a un autobus e si lanciò verso il cimitero di Montparnasse. Mentre parcheggiava in rue Froidevaux, e una fitta pioggia temporalesca cominciava a sferzare il parabrezza, Louis realizzò che erano le otto passate e il cancello del cimitero era chiuso da un pezzo. Senza Marc non c'era verso di scalare quel muro. Louis sospirò. Cercare Marc per scalare, cercare Marc per disegnare, cercare Marc per correre... Ma a quanto pareva Marc si era dileguato in un'altra epoca e per quella sera Louis dubitava di riuscire a strapparlo alla sua topaia.

In avenue du Maine la macchina diede segni di cedimento e Louis buttò un occhio all'indicatore. Finita la benzina. Il motore si spense poco lontano dalla tour Montparnasse. Aveva fatto Parigi-Nevers e ritorno senza preoccuparsi di fare il pieno. Sferrò un pugno al cruscotto, uscí bestemmiando e, lentamente, spinse la macchina lungo il marciapiede. Tirò fuori lo zaino e sbatté la portiera. Ora la pioggia gli cadeva sulle spalle a secchiate. Camminò il piú in fretta possibile fino alla piazza e s'infilò nel metró. Erano almeno sei mesi che non prendeva il metró, e per individuare il tragitto fino alla topaia dovette consultare una piantina.

Mentre aspettava il treno si tolse la giacca, attento a non scuotere la tasca dove sonnecchiava il rospo che, contrariamente alle speranze di Marc, non si era precipitato pazzo di gioia verso gli argini della Loira. Bufo, in verità, non si precipitava pazzo di gioia su niente. Era un anfibio equilibrato.

Louis salí gocciolante nel vagone e si accasciò su un sedile.

Lo sferragliare del treno soffocava le atroci parole del vecchio Clairmont, e per dieci minuti questo gli fece bene. Louis aveva dovuto contenersi per non affogarlo nel suo mucchio di segatura. Era un bene anche che il cancello del cimitero fosse chiuso. Non era sicuro che la tovaglietta salva-figli avrebbe potuto fare molto per il Cesoia, quella sera. Louis respirò a fondo, posò lo sguardo su una passeggera dai capelli bagnati, su un cartellone pubblicitario, poi su una poesia araba del IX secolo affissa in fondo al vagone. La lesse con attenzione dal primo all'ultimo verso e tentò di decifrarne il significato, piuttosto oscuro. Era una storia di speranza e disgusto che ben si accordava con il suo umore. D'un tratto s'impietrí. Cosa diavolo ci faceva una poesia araba del IX secolo in un vagone del metró?

Louis studiò il cartellone. Era un'affissione in piena regola, con la sua brava cornice di metallo, a lato della pubblicità. Riportava due strofe della poesia, seguite dal nome dell'autore e dalla sua data di nascita e di morte. Sotto, la sigla della metropolitana e uno slogan: *Des rimes en vers et en bleu*[1]. Stupefatto, Louis scese alla fermata successiva e salí nel secondo vagone. Ci trovò un breve poema in prosa di Prévert. Fece tutt'e cinque i vagoni e contò cinque poesie. Attese il treno successivo e ne ispezionò le cinque carrozze. Dieci poesie. Cambiò e passò in rassegna i vagoni di altri due treni. Quando scese a Place d'Italie disponeva di ben venti poesie. Il canto arabo era tornato quattro volte, Prévert tre.

Stordito, Louis si sedette al binario, gomiti sulle ginocchia, viso tra le mani. Dannazione, perché non l'aveva scoperto prima? È che lui non prendeva mai il metró. Cristo santo. Affiggevano poesie nei treni e lui non lo sapeva. Da quanto durava quell'operazione? Sei mesi? Un anno? Louis si rivide davanti la faccia caparbia e appassionata di Lucien. Lucien aveva ragione. Non erano pippe da letterati da strapazzo, era una spaventosa possibilità. Tutto si capovolgeva. Non si trattava piú di un assassino a caccia di poesie, ma di una poesia venuta a incrocia-

---

[1] Letteralmente *Rime in versi e in blu*. Lo slogan è costruito sull'omofonia delle parole *vers* (versi) e *vert* (verde).

re la strada di un folle. Di un folle che l'aveva letta nel metró, di fronte al suo sedile, quasi fosse stata scritta per lui. L'aveva letta e riletta e ci aveva trovato un «segno», una «chiave». Non era piú necessario che l'assassino fosse un sottile letterato. Bastava che prendesse il metró, bastava che si sedesse e si guardasse attorno. E che quel testo gli piombasse addosso, come un messaggio personale inviatogli dal destino.

Louis salí le scale e bussò allo sportello della biglietteria.

– Polizia, – disse al bigliettaio esibendo la vecchia tessera del ministero. – Devo immediatamente contattare un responsabile della stazione. Uno qualunque.

Intimidito, il giovanotto squadrò gli abiti bagnati di Louis e davanti alla striscia tricolore che barrava la tessera cedette. Aprí la stretta porta d'accesso e lo fece entrare nel gabbiotto.

– Una rissa in galleria? – domandò.

– Nessuna rissa. Lei sa da quando affiggono poesie nel metró? Sono estremamente serio.

– Poesie?

– Sí, nei treni. *Des rimes en vers et en bleu*.

– Ah, quelle?

Il giovanotto corrugò la fronte.

– Direi un anno o due. Ma cosa...

– Un caso di omicidio. Ho urgente bisogno di alcune informazioni a proposito di una poesia ben precisa. Voglio sapere se è stata affissa e se sí, quando. Chi si occupa della comunicazione deve saperlo di sicuro. Ha il numero di telefono degli uffici?

– Qui dentro, – disse il giovanotto aprendo un armadio metallico ed estraendone un raccoglitore sgualcito.

Louis si piazzò dietro uno sportello chiuso e sfogliò il registro.

– Ma a quest'ora, – intervenne timidamente il giovanotto, – non troverà nessuno.

– Lo so, – disse Louis in tono stanco.

– Però se è davvero cosí urgente...

Louis si voltò verso di lui.

– Ha un'idea?
– Diciamo che... insomma... potrei sempre chiamare Ivan. È l'attacchino... A furia di incollare è diventato un esperto. Può anche darsi che...
– Forza, – disse Louis. – Chiami Ivan.
Il giovanotto fece il numero.
– Ivan? Ivan? Sono Guy, stacca quella cazzo di segreteria, è urgente, ti sto chiamando dalla biglietteria!
Guy rivolse a Louis uno sguardo di scuse. Poi, d'un tratto, l'amico rispose.
– Ivan, qui abbiamo un problema. Si tratta di uno dei tuoi cartelloni.
Qualche istante dopo Louis afferrò la cornetta.
– Di quale poesia si tratta? – chiese Ivan. – È molto probabile che me la ricordi.
– Vuole che gliela reciti?
– Forse è meglio.
Questa volta fu Louis che lanciò uno sguardo imbarazzato al giovanotto. Si concentrò per rammentare i quattro versi che aveva guardato il giorno prima con Loisel.
– Bene, – disse riafferrando la cornetta. – È pronto?
– La ascolto.
Louis inspirò.
– «Io sono il Tenebroso, Vedovo, Sconsolato, Principe d'Aquitania dalla Torre abolita, l'unica Stella è morta e sul liuto stellato, è impresso il Sole nero della Malinconia». Ecco. È di un certo Gérard de Nerval e si chiama *El Desdichado*. Non mi ricordo come continua.
– Può ripetermela?
Louis eseguí.
– Sí, – disse Ivan, – è stata affissa. Sono sicuro.
– Magnifico, – disse Louis, la mano stretta sulla cornetta. – Ricorda per caso in che periodo?
– Appena prima di Natale, direi. Appena prima di Natale, sí, perché ho pensato che non fosse molto allegra per le feste.
– In effetti.

– Però poi rimangono affisse per parecchie settimane. Bisognerebbe informarsi all'ufficio competente.

Louis ringraziò calorosamente l'attacchino. Poi tentò invano di contattare Loisel.

– Niente messaggi, – disse al poliziotto di guardia. – Richiamerò.

Strinse la mano al giovane Guy e dieci minuti piú tardi bussava alla porta della topaia. Era sprangata e nessuno si mosse. Louis posò lo zaino davanti alla porta e fece il giro della casa. Da dietro era possibile raggiungere le tre grandi finestre a pianterreno, che davano sulla parte piú ampia del giardino. Contrapponendola alla «sodaglia», Marc la chiamava «la terra disboscata», perché aveva diserbato un pochino e Mathias ci aveva piantato tre patate. Louis bussò piú volte contro le imposte gridando il proprio nome per non spaventare i guardiani di Clément.

– Ti apro! – tuonò la voce di Vandoosler il Vecchio.

L'ex poliziotto lo accolse con una bottiglia di vino in mano.

– Salve, Tedesco. Ci stiamo facendo una partita a «421»[1] tutti e tre insieme.

– Tutti e tre chi?

– Tutti e tre: io, Marthe e il suo pupillo.

Louis entrò nel refettorio e trovò Clément a cavalcioni sulla panca di legno, la vecchia Marthe al fianco. Sul tavolo c'erano dei bicchieri e dei cartoncini per segnare i punti.

– Dove sono gli altri? – chiese Louis.

– Gli evangelisti? Usciti a passeggio.

– Ah sí? Tutti insieme?

– Che ne so io, affari loro. Vuoi giocare?

– No, prendo un po' di caffè, se ne è rimasto.

– Serviti, – disse il padrino riprendendo il suo posto al gioco. – È nel pentolino.

– Vandoos, – disse Louis versandosi una tazza di caffè, – può darsi che sia proprio il Cesoia il secondo stupratore.

– Clac, – bisbigliò Clément.

---

[1] Gioco di dadi francese.

– E può darsi pure che lui e Rousselet siano stati pagati per farlo. Il terzo uomo, forse il committente dello stupro, resta ancora nell'ombra. E probabilmente è lui il pericolo piú grande. Sarebbe uno che conosce il Cesoia.

Vandoosler si voltò verso Louis.

– E non è tutto, – disse Louis. – Ho preso un granchio. Aveva ragione Lucien.

– Ah, – fece il padrino in tono neutro.

– Come potevo immaginare che lo scorso mese di dicembre *El Desdichado* era stato affisso in tutte le linee del metró?

– Perché, è importante?

– Cambia tutto. L'assassino non ha cercato la poesia; è andato a sbatterci contro.

– Capisco, – disse Vandoosler lanciando i dadi sul tavolo.

– Seicentosessantacinque in un colpo solo, – annunciò Marthe.

– Sei sei cinque, – canticchiò Clément.

Louis diede un'occhiata al bambolotto di Marthe. Aveva l'aria di trovarsi bene ora, in quella casa. Un po' lo capiva. Il caffè era migliore che da qualsiasi altra parte, anche servito freddo come quella sera. Era un caffè fondamentalmente rilassante. Doveva essere l'acqua, o la casa, forse.

– Ho cercato di contattare Loisel, – disse, – ma non è piú al commissariato. Irreperibile.

– Si può sapere cosa vuoi da quello sbirro?

– Voglio convincerlo a far sorvegliare quelle strade. Ma fino a domani sera non potremo fare nulla, porco mondo!

– Se la cosa ti può consolare, gli evangelisti hanno cominciato la sorveglianza ieri sera. Stasera si sono appostati tutti e tre. San Luca si sta gustando un pollo alla basca in rue de la Lune, san Marco e san Matteo mangiano un panino in rue du Soleil e in rue du Soleil d'or.

In silenzio, Louis osservò il vecchio poliziotto rilanciare i dadi sorridendo e Marthe, che aspirava dal suo cigarillo, lanciargli un rapido sguardo. Si passò piú volte le mani nei capelli neri ancora bagnati di pioggia.

– Tre, tre, uno, – canticchiò Clément a bassa voce.

– Questo è un ammutinamento, – disse inghiottendo un sorso di caffè freddo.

– È esattamente quel che ha detto Lucien. Ha detto che questa storia gli ricordava il 1917. Tutti fanno la posta al Cesoia o al vecchio scultore. Ma se come dici tu si tratta del terzo uomo non hanno speranze. La polizia dovrebbe passare in rassegna tutte le donne sole delle tre strade e metterle in guardia. E poi tendere una trappola.

– Perché non mi hanno detto niente?

Vandoosler il Vecchio fece spallucce.

– Eri contrario.

Louis ne convenne e si versò una seconda tazza di caffè.

– Hai un po' di pane? – domandò. – Non ho cenato.

– Oggi è martedí, ho fatto il *gratin royal*. Te lo riscaldo?

Un quarto d'ora piú tardi, soddisfatto e rilassato, Louis se ne serviva una porzione abbondante. Che gli ammutinati sorvegliassero le strade lo rassicurava; ma Vandoosler il Vecchio aveva ragione: se si trattava del terzo uomo sarebbe stato impossibile individuarlo. A meno che l'assassino non facesse dei sopralluoghi per diverse sere di seguito. Erano strade molto piccole, una era addirittura un vicolo. Non doveva essere difficile conoscerne i residenti e gli habitué. A ogni modo, l'entrata in campo di Loisel diventava fondamentale.

– Sono armati?

– Ieri sono partiti a mani nude. Stasera gli ho consigliato di equipaggiarsi un po'.

– La tua pistola?

– Neanche per sogno. Sarebbero capaci di spararsi al ginocchio. Lucien si è portato dietro il bastone animato del suo bisnonno...

– Molto discreto.

– Ci teneva, sai com'è fatto. Mathias ha un coltello a serramanico e Marc non ha voluto portarsi niente. I coltelli lo disgustano.

– Certo che son messi bene, – sospirò Louis. – In caso di guai...

– Non sono cosí sprovveduti come credi. Lucien ha il suo fervore, Mathias la sua virtú e Marc il suo acume. Non è mica poco, fidati della mia esperienza di vecchio sbirro.

– A che ora rientrano?

– Verso le due.

– Se non ti dispiace li aspetto.

– Al contrario, ti cedo il mio turno di guardia. E fatti un fuocherello, Tedesco; ti prenderai un accidenti, fradicio come sei.

Capitolo trentasettesimo

Louis varcò il cancello del cimitero di Montparnasse nella tarda mattinata di mercoledí. La pioggia aveva rinfrescato un po' l'aria e i viali umidi odoravano di terra e tiglio. La sera prima, Louis aveva atteso il ritorno degli evangelisti fino alle due e mezza. Verso le undici Vandoosler il Vecchio aveva accompagnato a casa Marthe. A Clément non piaceva vederla andar via e le posava la testa sulla spalla. Marthe gli scompigliava i capelli.

– Fatti una doccia prima di andare a letto, – gli aveva detto con dolcezza. – È importante farsi una bella doccia.

Louis aveva pensato che Marthe era come la madre del Cesoia: sarebbe stata capacissima di inventare delle tovagliette salva-figli intessute di moralità. In seguito era rimasto solo davanti al caminetto, gli occhi fissi sulle fiamme, i pensieri instancabilmente rivolti al killer delle forbici. Stranamente, le tre immagini che gli giravano per la testa erano la gigantografia della mosca dell'assassino, il pollo alla basca di Lucien e il piede del vile pasticcere che traccia dei cerchi nella farina. Era stanco, senza dubbio. E poi Lucien aveva fatto un ingresso rumoroso e barocco con il suo bastone animato. Dei tre uomini nessuno aveva notato niente, nelle strade.

Louis, Sancerre in mano, attraversò tranquillamente il cimitero senza avvistare il Cesoia. Il capanno era vuoto. Ispezionò il settore oltre rue Émile-Richard, senza maggior successo. Un po' inquieto, tornò al cancello e chiese informazioni al guardiano.

– È la prima volta che qualcuno lo cerca, – borbottò il guardiano, ostile. – Stamattina non è venuto. Ma lei cosa voleva? Se era per dissetarlo, – disse indicando la bottiglia, – non c'è fretta. Sarà andato da qualche parte a smaltire la sbornia.

– Gli succede spesso?

– No, mai, – convenne il guardiano. – Sarà malato. Mi scusi, devo fare la ronda. Con tutti i pazzi che circolano...

Louis s'incamminò, preoccupato. Con il Cesoia fuori tiro la situazione cominciava davvero a sfuggirgli di mano. Avvertire Loisel diventava urgente. Louis saltò su un autobus per Montrouge e vagò a lungo per le strade grigie prima di trovare il rifugio del Cesoia: un piccolo edificio strozzato tra un terreno incolto e un bar dai vetri opachi, con l'intonaco che se ne cadeva a pezzi. Una vicina gli indicò la camera di Thévenin.

– Ma ora non c'è, – precisò la donna. – Pare che abbia un alloggio di rappresentanza sul posto di lavoro. Certi nascono con la camicia.

Louis rimase per qualche minuto con l'orecchio incollato al battente della porta senza avvertire il minimo rumore. Bussò piú volte, poi rinunciò.

– Se le dico che non c'è non c'è, – insistette la donna, immusonita.

Di bus in bus, sempre con la bottiglia di Sancerre in mano, Louis raggiunse il commissariato di Loisel. Il gioco consisteva nel pilotarlo verso le tre strade senza menzionare né Clairmont né il Cesoia, senza inceppare l'ingranaggio. Ma parlare delle due morte di Nevers ormai era inevitabile. Prima o poi, se non era già successo, Loisel avrebbe saputo dello stupro nel parco. Allontanarlo da Clément, insistere sulla poesia, sul Sole nero. Non sarebbe stato facile trovare il miglior angolo d'attacco, Loisel non era un fesso.

– Ci sono novità riguardo alle tracce sul tappeto? – chiese Louis sedendosi di fronte al collega.

Loisel gli offrí una sigaretta-cannuccia.

– Zero. Sono sicuramente tracce di dita, e questo è quanto. Nessuna sostanza insolita, nel tappeto.

– Niente tracce di rossetto?

Loisel corrugò la fronte soffiando fuori il fumo.
- Ti sarai mica messo in testa di fare il cavaliere solitario...
- Nell'interesse di chi? Ti ricordo che non sono piú in servizio.
- Cos'è questa storia di rossetti?
- A dire il vero, non ne so nulla. Credo che l'assassino avesse già fatto fuori parecchia gente prima di lanciarsi come specialista nella capitale. Una certa Nicole Verdot, per cominciare, che ha tolto di mezzo d'urgenza dopo uno stupro; e Hervé Rousselet, un complice dello stupro che rischiava di cantare. Deve averci preso gusto, perché meno di un anno dopo ha strangolato e sforacchiato un'altra giovane donna, Claire Ottissier. Troverai questi nomi negli schedari, sono tutti casi irrisolti.
- E dov'è successo? - chiese Loisel strappando un foglio dal blocco, penna alla mano.
- Dove pensi che sia successo?
- A Nevers?
- Esattamente. Roba di nove e otto anni fa.
- Clément Vauquer, - suggerí Loisel.
- Non è l'unico uomo di Nevers. Comunque, sappi che si trovava sulla scena dello stupro. In un modo o nell'altro l'avresti scoperto, preferisco essere io a dirtelo. Semplice testimone nonché soccorritore, né stupratore né assassino.
- Non fare l'idiota, Tedesco. Stai difendendo quel tizio?
- Non piú di tanto. Penso solo che si sia gettato nelle nostre braccia un po' troppo facilmente.
- Fino a prova contraria, io tra le braccia non ho nessuno. Dove sei andato a prenderla, questa storia?
- Il caso Claire Ottissier gemeva nei miei archivi. Stesso modus operandi, come si suol dire.
- E l'altro? Lo stupro?
Louis aveva previsto la domanda. Il tono di Loisel era tagliente, il suo viso di pietra.
- Nel giornale locale. Ho fatto delle ricerche.
Loisel serrò le mascelle.
- Perché? Cosa cercavi?

– La spiegazione di un possibile accanimento contro Vauquer.

Loisel segnò una battuta d'arresto.

– E quel rossetto? – riprese.

– L'assassinio di Claire Ottissier ha avuto un testimone. Ieri sono andato a interrogarlo a Nevers.

– Mi raccomando, non ti disturbare per noi! – sbottò il commissario. – Immagino che il mio telefono fosse guasto e che tu non sia riuscito a contattarmi...

Louis piantò le mani sul tavolo e si mise in piedi in tutta calma.

– Non mi piace il modo in cui mi parli, Loisel. Non ho mai avuto l'abitudine di stendere un rapporto dettagliato dei miei tentativi. Ora che ho delle certezze vengo a comunicartele. Se questo modo di fare non è di tuo gradimento, e se le mie informazioni non ti interessano, tolgo il disturbo e arrangiati.

Se vuoi la pace prepara la guerra, pensò Louis, per quanto non avesse mai amato molto questa formula.

– Parla, – disse Loisel dopo un breve silenzio.

– Questo testimone, Bonnot, ha visto l'assassino raccogliere qualcosa accanto alla testa della vittima. Secondo lui, ma non ha visto niente da vicino, era un rossetto. Per questo ha creduto che fosse una donna.

– E poi cos'altro?

Louis tornò a sedersi. Loisel aveva ritrovato la calma.

– La poesia che ti ho mostrato l'altro giorno. Ormai è una cosa seria, molto seria. È stata affissa nel metró per due mesi, prima dello scorso Natale. Vorrei che tu facessi pattugliare rue de la Lune, rue du Soleil e rue du Soleil d'or; e che facessi avvertire tutte le donne sole. Non sono strade molto grandi.

– Dove vuoi andare a parare con il tuo metró?

– Metti che l'assassino sia un invasato, un paranoico, un maniaco...

– Sicuramente, – disse Loisel con un'alzata di spalle. – E con ciò? Non crederai mica che vada a scegliersi una poesia per non perdersi per strada!

– No, è stata la poesia a scegliere lui. Metti che quel tipo voglia scannare tutte le donne del pianeta, metti che però non sia cosí folle da rischiare la pelle con un massacro senza fine... Metti che, cacasotto, maniaco e calcolatore, decida di scannarne soltanto un campione, ma un campione significativo, che valga per tutte le donne... *la parte per il tutto...*
– E tu che ne sai?
– Nulla. Ma se fossi io, ragionerei cosí.
– Ah. Buono a sapersi. E cos'altro faresti?
– Cercherei una chiave carica di significato per mettere insieme il mio campione.
– E sarebbe quella poesia? – sogghignò Loisel.
– Sarebbe quella poesia incontrata quattro volte nel metró, o qualsiasi segno inviato dal Destino: un'immaginetta su una bustina di zucchero, un tema scolastico raccattato nel rigagnolo, una visita dei testimoni di Geova, una chiromante davanti al supermercato, il numero di gradini della scala ripetuto tre volte al giorno, le parole di una canzone sentita al bar una sera, un articolo sul giornale...
– Mi prendi in giro?
– Non hai mai girato il caffè cinque volte o evitato di pestare le righe per terra?
– Mai.
– Peggio per te, vecchio mio. Ma sappi che è cosí che funziona, anzi, cento volte peggio, quando uno ha un moscone nella zucca.
– Scusa?
– Un pallino. E quella dell'assassino è un'orrida mosca che si nutre di quei fottuti segni del Destino disseminati nella vita quotidiana. Ha visto la poesia dal sedile del metró, «Io sono il Tenebroso, Vedovo, Sconsolato...», un inizio accattivante, no? L'ha rivista la sera, rincasando, stretto nel vagone pieno zeppo, il naso schiacciato sui versi «... Principe d'Aquitania dalla Torre abolita...» E magari ancora l'indomani e il giorno dopo... «... Della Santa i sospiri e della Fata i gridi...» Suggestivo per uno stupratore, non credi? Un testo oscuro, criptico,

in cui chiunque può proiettare la propria follia... Lo cerca, lo aspetta, lo trova... e infine lo adotta, lo assorbe e ne fa il perno della propria furia assassina. È cosí che funziona, con certe mosche.

Loisel giocherellava con la matita, dubbioso.

– Devi limitare l'accesso a quelle strade, – disse Louis con insistenza. – Ispezionare tutte le case. Per l'amor di Dio, Loisel!

– No, – disse Loisel in tono risoluto, schiacciandosi la gomma della matita sulla fronte. – Ti ho già detto cosa ne penso.

– Loisel! – ripeté Louis pestando una mano sul tavolo.

– No, Tedesco, non ci sto.

– Quindi niente? Te ne lavi le mani?

– Mi spiace, vecchio mio. Comunque grazie per i delitti di Nevers.

– Non c'è di che, – grugní Louis avviandosi alla porta.

Ansioso e contrariato, per strada Louis si accordò il permesso di rosicchiarsi le cinque unghie della mano sinistra, la mano del dubbio e della confusione. Si fermò in un caffè per mangiare un boccone. Stupido ottuso di un Loisel! Cosa potevano fare, in quattro? Se almeno fosse riuscito a mettere le mani sul Cesoia... Gli avrebbe somministrato il suo litro di Sancerre con un imbuto fino a fargli sputare il nome del terzo uomo. Ma Thévenin aveva preso il volo, e le piste si interrompevano di netto.

Raggiunse la topaia verso le tre, per rendere conto agli evangelisti del proprio fallimento con Loisel e della scomparsa del giardiniere. Marc stava stirando, era in ritardo con la biancheria. Lucien era a lezione, il cacciatore-raccoglitore incollava i suoi sassi con Clément – che ci stava prendendo gusto – e Vandoosler il Vecchio era tutto intento a disboscare. Louis lo raggiunse e si sedette su un ceppo d'acacia. Il legno era annerito e tiepido.

– Sono preoccupato, – disse.
– Hai le tue buone ragioni, – ammise il padrino.
– Oggi è mercoledí.
– Sí. Ormai non dovrebbe piú tardare.

Verso le sette i quattro uomini lasciarono la topaia per raggiungere i posti di guardia. Louis si uní a Lucien per sorvegliare tutt'e due gli accessi di rue de la Lune.

Il tempo passava lento, monotono, e Louis si chiedeva per quante notti avrebbero resistito. Stimò che la sorveglianza si dovesse sospendere dopo otto sere. Non potevano mica piazzarsi lí con un pollo alla basca per tutta la vita. I residenti cominciavano a lanciare sguardi insospettiti. Non capivano cosa diavolo ci facessero quei tipi, impalati lí già da tre sere. Louis guadagnò il letto poco prima delle tre. Scacciò Bufo dal materasso e si addormentò come un sasso.

L'indomani Louis tentò senza successo una seconda offensiva presso Loisel. Visitò di nuovo il cimitero e la stanza di Montrouge, ma il Cesoia non era riapparso. Passò il resto della giornata a tradurre senza entusiasmo la vita di Bismarck e in serata raggiunse la topaia. I tre uomini erano in partenza. Lucien incartava con cura la sua gavetta di manzo stufato alle cipolle.

– Sei un po' ridicolo, Lucien, – osservò Marc.
– Soldato, – disse Lucien senza interrompere l'operazione, – se avessero potuto nutrire le truppe con stufato di manzo alle cipolle, la guerra avrebbe avuto tutta un'altra faccia.
– Sicuro. Una bella faccia come la tua, cosí i Tedeschi si sarebbero rotolati dal ridere.

Lucien alzò le spalle sprezzante e srotolò un foglio di alluminio lungo tre volte il necessario. Aspettando che Marthe li raggiungesse, Vandoosler il Vecchio e Clément avevano già iniziato una partita a carte a un'estremità del tavolo.

– Tocca alla mia persona, – diceva Clément.

– Certo, certo. Gioca, – rispondeva Vandoosler.

Quel giovedí sera, Louis andò a montare la guardia con Marc nella piccola rue du Soleil d'or. Fare il giro di tutte le strade lo rassicurava; cercava di dimenticare quanto quella sorveglianza fosse vana, quasi un po' grottesca.

Il giorno dopo, come in un rituale, Louis perlustrò il cimitero di Montparnasse, sotto lo sguardo carico di diffidenza del guardiano. Quel tipo alto dai capelli neri che passava di lí tutti i giorni non gli doveva sembrare granché a posto. Con tutti i pazzi che circolano...

Poi fece il suo giro a Montrouge, sotto gli occhi altrettanto sospettosi della vicina, e infine raggiunse Bismarck. Si mise a tradurre con un po' piú di ardore del giorno prima, il che non gli parve un buon segno. Evidentemente cominciava a disperare di condurre a buon fine la caccia al killer delle forbici. E in questo caso, piú che probabile, cosa ne avrebbero fatto del bambolotto di Marthe? Questo terribile interrogativo proiettava sui suoi pensieri un'ombra sempre piú cupa. Ormai erano dieci giorni che il vecchio poliziotto e gli evangelisti conducevano una vita da sequestrati, chiudendo le imposte, sospendendo le visite, sbarrando la porta, dormendo sulla panca; e dieci giorni che Clément non vedeva la luce del sole. Louis capiva bene che una simile situazione non poteva durare in eterno. Quanto a rinchiudere Clément da Marthe, non era certo un'idea piú felice. Il ragazzo avrebbe perso sul piumone rosso quel po' di cervello che gli rimaneva. Oppure avrebbe tagliato la corda e sarebbe finito in manette.

Si andava sempre a finire lí.

In fondo Clément non aveva goduto che di un breve rinvio. Non aveva speranze di sottrarsi alla trappola. Ammesso, chiaramente, che Clément Vauquer fosse davvero quel che diceva di essere.

Si andava sempre a finire anche lí.

Due giorni piú tardi, venerdí, dopo il cimitero, dopo Montrouge e dopo Bismarck, Louis si presentò alla topaia. Era un po' presto, Marc era ancora alle sue pulizie e Lucien al suo liceo. Louis si sedette al grande tavolo e guardò Clément che giocava con la vecchia Marthe. In dieci giorni di reclusione l'aria si era impregnata di un odore di sigaro e d'alcool e quel locale buio cominciava a sembrare una bisca. Una bisca dove non si veniva a giocare per il piacere, ma piú che altro per ammazzare il tempo. Marthe cercava di diversificare gli svaghi e rinnovava i giochi. Quella sera aveva portato gli aliossi[1], che Clément aveva dimenticato a casa sua, nel letto dove aveva dormito la prima notte. A Clément piacevano gli aliossi e li maneggiava con grande destrezza, lanciando gli astragali per aria e riacchiappandoli tutti uno dopo l'altro come un giocoliere.

Louis li guardò giocare per un po': lo spettacolo era affascinante e lui non ne conosceva le regole. Clément lanciava gli aliossi, li raccoglieva sul dorso della mano, rilanciava, raccoglieva, uno a uno poi due a due, tre a tre, gli argentati nel cavo della mano, il rosso sul dorso e Marthe contava le figure. Clément, rapido e abile, quasi rideva. Sbagliò il quattro a quattro e gli aliossi rotolarono sul pavimento. Si chinò e li raccolse. Louis trasalí: un bagliore di metallo, rosso e argento, il tintinnio degli aliossi nella mano... Louis si sentí raggelare e fissò gli occhi sulla mano di Clément che aveva ripreso la partita. Le sue dita prendevano e lanciavano, tracciando striature un po' unte sul legno incerato.

– Testa di morto, – annunciò Clément mostrando gli astragali che aveva in mano. – Marthe, lo faccio, il colpo della fortuna? Per quanto mi concerne, lo faccio?

Clément storceva la bocca.

– Dài, buttati, – lo incoraggiò Marthe. – Un po' di fegato, ometto mio.

– Cos'è il colpo della fortuna? – chiese Louis con voce tesa.

---

[1] Dadi da gioco usati nell'antichità, detti anche astragali, fatti con l'osso del tarso di alcuni animali e numerati dall'uno al quattro.

Marc entrò in quel momento, mentre Mathias, puntuale, emergeva dalla cantina. Con gesto autoritario Louis li ridusse al silenzio.

– Il colpo della fortuna, – spiegò Clément, – è...

S'interruppe e si schiacciò il naso.

– È quello per cui l'uomo è sempre salvo, – riprese. – Punto *a*, la nave che non va a fondo, punto *b*, la vacca che fa il latte e, punto *c*, il fuoco che si spegne.

– La botta di culo, insomma, – sintetizzò Marthe.

– Manda i pericoli lontano, – disse Clément annuendo gravemente, – e vale cento punti.

– E se lo sbagli? – chiese Marthe.

Clément fece il gesto di tagliarsi la testa.

– Perdi tutto sei morto, – disse.

– E come si fa? – chiese Louis.

– Nel modo di cui segue, – disse Clément.

Posò il dado rosso al centro del tavolo, agitò i quattro argentati nella mano e li lanciò sul piano di legno.

– Sbagliato. Ho diritto a cinque lanci. Dei quali ognuno deve girarsi in modo tale... del quale...

Clément corrugò la fronte.

– Gli aliossi devono cadere ognuno su una faccia diversa? – azzardò Marc.

Clément annuí con un sorriso.

– È una vecchia mossa, – disse Marc. – I Romani incidevano le quattro facce dell'astragalo sui fianchi delle navi al loro primo viaggio. Le proteggeva dai naufragi.

Clément, che non stava piú ascoltando, rilanciò.

– Sbagliato, – disse Marthe.

Senza fare rumore Louis si alzò, afferrò Marc per il polso e lo trascinò fuori dal refettorio. Salí qualche gradino della scala buia e si fermò.

– Cristo santo, Marc! Gli aliossi! Hai visto?

Marc lo guardò nell'oscurità, perplesso.

– Il colpo della fortuna? Sí, è vecchio come il mondo.

– Dannazione, Marc, non era un rossetto! Era un gioco di

aliossi! Rosso e argento, metallico... L'assassino giocava agli aliossi! Le tracce di dita, Marc! Le tracce sul tappeto! Giocava! Giocava!

– Non ti seguo, – sussurrò Marc.

– La descrizione del coniglio pasticcere! Erano degli aliossi quelli che l'assassino ha raccolto in fretta e furia!

– Questo l'ho capito. Ma perché vuoi a ogni costo che l'assassino si facesse una partitina di aliossi sul tappeto?

– Per la mosca, Marc, sempre la mosca! I dadi, gli aliossi, i solitari in dosi massicce: sono cose da squilibrati! Giocava per strappare un segno al destino, per santificare l'omicidio, per mettersi gli dèi in tasca, per portarsi fortuna...

– Il colpo della fortuna... – mormorò Marc, – «quello per cui l'uomo è sempre salvo»... Allora... tu credi che... Clément...?

– Non lo so, Marc. Hai visto che talento? Quello gioca da anni e anni. È il migliore, come direbbe Vandoos.

Dal refettorio giunse un grido di gioia.

– Ecco, – disse Louis, – ce l'ha fatta. Mi raccomando, non dire nulla, non far trapelare nulla, non turbarlo.

Lucien aprí la porta d'entrata con fracasso.

– Zitto! – disse Marc a titolo preventivo.

– Cosa cavolo ci fate al buio? – chiese Lucien.

Marc lo tirò in disparte e Louis tornò nel refettorio.

– Andiamo, – disse a Mathias.

Clément, la fronte madida, passava sorridente gli aliossi a Marthe.

Capitolo trentottesimo

Julie Lacaize tornava a casa, al numero 5 di rue de la Comète, Parigi, settimo arrondissement.

Posò sbuffando le tre borse della spesa nella piccola cucina, si tolse le scarpe e si lasciò cadere sul divano. Provata da otto ore di elaborazione dati, rimase distesa a lungo, pensando al modo migliore di sfuggire ai pranzi aziendali del venerdí. Poi chiuse gli occhi. Domani, sabato, non fare nulla. Domenica mattina, idem. Il pomeriggio idem oppure accompagnare Robin al teatro dei burattini. *Le marionette divertono i bambini e la gente di spirito*.

Verso le otto mise un piatto nel forno, fece una lunga telefonata alla madre e inserí la segreteria. Verso le otto e mezza aprí la finestra che dava sul piccolo cortile a pianterreno per far uscire il fumo del piatto appena bruciato. Verso le nove meno un quarto consumava la sua cena cercando di eliminare la crosta carbonizzata, sprofondata in poltrona, le spalle alla finestra aperta, davanti all'ennesima replica di *55 giorni a Pechino*[1]. L'aria fresca era piacevole, ma la luce attirava certi pappataci giganti che le s'impigliavano stupidamente tra i capelli.

---

[1] Film di Nicholas Ray, Usa 1962.

Capitolo trentanovesimo

Marc, Lucien e Mathias si separarono alla fermata del metró e partirono ognuno per la sua destinazione. Quella sera Louis accompagnava Mathias in rue du Soleil. Assaliti dal dubbio, su richiesta di Marc, il giorno prima avevano analizzato un'altra volta la poesia e la piantina di Parigi, ma alla fine avevano riconfermato la prima ipotesi. Sarebbe successo in rue de la Lune, in rue du Soleil o, al massimo, in rue du Soleil d'or. Lucien propendeva sempre per rue de la Lune, ammesso che la luna possa essere considerata il sole della notte e quindi il Sole nero. Louis gli dava ragione ma Marc era dubbioso. La luna, obbiettava, risplende unicamente di luce riflessa, non è altro che un pianeta morto, è l'antitesi del sole. Lucien aveva liquidato l'argomento. La luna illumina, punto e basta. Per il ruolo di Sole nero non c'era candidato migliore.

Durante l'intero tragitto in metró, Marc lesse la poesia affissa in fondo al vagone, una piccola variazione sulle spighe di grano nella quale non trovò nessun segno del destino a uso personale. Rimuginava con amarezza l'ipotesi di Louis sugli aliossi. Con ogni probabilità il Tedesco era nel giusto, e Marc se ne dispiaceva. Perché in tal caso, tutto convergeva verso Clément. La passione per il gioco, l'abitudine – poco diffusa – degli aliossi, i cinque astragali che si portava sempre in valigia, il talento nel manipolarli e poi la sua natura credulona, sicuramente superstiziosa, senza contare gli indizi che gravavano su di lui e che da dieci giorni tutti fingevano di ignorare.

Marc cambiò linea strascicando i piedi. Era abbattuto. Si era affezionato a quell'imbecille. E poi, in fondo, chi poteva dimostrare che era cosí imbecille? E cosa voleva dire esattamente «imbecille»? A modo suo, Clément non era privo di finezza. Né di tante altre cose. Era un musicista. Era abile. Era attento. In meno di due giorni aveva assimilato l'arte di incollare selci, che non era uno scherzo. Ma quella poesia non l'aveva mai sentita, Lucien l'aveva assicurato. E se Clément fosse stato abbastanza scaltro da ingannare Lucien?

Marc salí nel vagone e rimase in piedi, avvinghiato alla sbarra, quella a cui tremila mani di passeggeri si aggrappano ogni giorno per non rompersi l'osso del collo. Marc si era sempre chiesto come mai i vagoni avessero solo *due* sbarre. Eppure no, sarebbe stato troppo semplice.

Due sbarre.

Due giocatori di aliossi.

Clément e un altro. E perché no? Dannazione, Clément non era mica l'unico al mondo. In tutta Parigi forse ce n'erano addirittura migliaia, di giocatori di aliossi.

No, migliaia di sicuro no. Era un gioco raro e fuori moda. Ma a Marc non occorrevano migliaia di giocatori, gliene bastavano due, solo due. Clément e un altro.

Marc corrugò la fronte. Il Cesoia? Il Cesoia era in grado di giocare agli aliossi? Nella sua sacca non ne avevano trovati, e nemmeno nel capanno, ma questo cosa provava? E quel vecchio porco di Clairmont?

Marc scosse la testa. Per quale motivo avrebbero giocato agli aliossi, quei due? No, non reggeva.

Certo che reggeva. Dannazione, avevano pur sempre vissuto tutti insieme, ai tempi dell'Istituto di Nevers... E un gioco lo impari, lo diffondi, lo condividi... Niente di piú probabile: gli sembrava di vederli, i due giardinieri e il vecchio Clairmont intenti a far rotolare aliossi su un tavolo, di sera, a casa dell'uno o dell'altro... Clément glielo avrebbe semplicemente insegnato. E lui...

E lui...

Marc si immobilizzò, la mano stretta alla sbarra. Uscí dal metrò un po' stralunato e raggiunse barcollando la piccola rue du Soleil d'or.

E lui, Clément...

Marc prese il suo posto di guardia all'angolo della stradina, addossato a un lampione. Per piú di un'ora sorvegliò i passanti alla cieca, girando attorno al lampione, appoggiandosi per qualche minuto, poi riprendendo il girotondo, andando e venendo in un raggio di cinque metri. I suoi pensieri erano ridotti uno straccio e lui si sforzava di stirarli come le gonne di madame Toussaint.

Perché in fin dei conti, Clément doveva pur...

Alle nove Marc abbandonò il lampione, si voltò di scatto e si mise a correre per avenue de Vaugirard, un occhio alle macchine in corsa. Avvistò un taxi libero e gli si avventò contro agitando il braccio. E una volta tanto, il suo braccio si rivelò efficace. L'auto si fermò.

Capitolo quarantesimo

Neanche un quarto d'ora piú tardi Marc schizzò fuori dal taxi. Non era ancora calata la notte, e dovette cercare ansiosamente un nascondiglio. C'era soltanto un'edicola chiusa; bisognava accontentarsi. Un po' ansimante, ci si appoggiò e cominciò ad aspettare. Per farlo ogni sera, avrebbe dovuto trovare un rifugio meno pericoloso. La macchina di Louis, per esempio. Desiderava ardentemente chiamare Louis, ma il Tedesco era a Belleville, appostato in rue du Soleil, impossibile da contattare, irraggiungibile. Chiamare *L'Asino rosso* e avvertire il padrino? E se nel frattempo Clément tagliava la corda? E poi come poteva correre il rischio di lasciare il suo nascondiglio, anche solo per pochi minuti? Cabine telefoniche neanche l'ombra, e del resto non aveva la scheda. Deplorevole preparazione delle truppe, avrebbe detto Lucien. Carne da cannone, un vero macello.

Marc rabbrividí e si strappò le pellicine delle unghie con i denti.

Quando l'uomo uscí di casa, tre quarti d'ora piú tardi, nel buio, di colpo Marc cessò di tremare. Seguirlo senza il minimo rumore. Non farselo scappare, non perderlo di vista, soprattutto. Forse andava solo al bistrot dell'angolo, ma per carità, non bisognava perderlo. Non dare nell'occhio, rimanere distante. Marc lo seguí passo passo, camminando a testa bassa e occhi alzati, preoccupandosi di lasciare sempre qualche passante in mezzo a loro. L'uomo passò davanti a una brasserie senza entrarci, poi davanti a una stazione del metró senza scenderci. Procedeva senza fretta ma con un che di teso, di curvo nella schiena. Indossava pantaloni da lavoro e sbatacchiava qua e là una vecchia cartella di cuoio. Superò una fila di taxi senza fermarsi. Evidentemente si andava a piedi. Per cui non si andava molto lontano. E dunque, niente rue de la Lune, né rue du Soleil e nemmeno rue du Soleil d'or. Si andava da un'altra parte. L'uomo non stava passeggiando a casaccio, camminava dritto davanti a sé, senza esitare. Si fermò soltanto per consultare brevemente una piantina, poi riprese il cammino. Dovunque si andasse, era fuori di dubbio che ci si andava per la prima volta. Marc serrò i pugni nelle tasche. Da quasi dieci minuti camminavano l'uno dietro l'altro, con passo troppo deciso per una semplice passeggiata.

Marc cominciò seriamente a rimpiangere di non avere con sé nessun tipo di arma. In tasca aveva solo una gomma e le sue dita la rigiravano senza tregua. Certo, con una gomma non avrebbe risolto granché, se davvero si trattava di quel che temeva e fosse stato necessario intervenire. Si mise a perlustrare i marciapiedi nella speranza di trovarci anche solo una pietruzza. Speranza vana: a Parigi non esistono pietre vaganti, e nemmeno quei modesti sassolini che Marc avrebbe voluto calciare con la punta del piede lungo i suoi percorsi. Svoltando in rue Sainte-Dominique, a meno di quindici metri di distanza, Marc avvistò un provvidenziale contenitore carico di macerie; in bianco sul fianco verde, l'irresistibile dicitura *Vietato asportare materiali*. Di solito, appollaiati in cima ai rifiuti c'erano sempre tre o quattro individui alla ricerca febbrile di vecchi libri da rivendere, fili di rame, materassi, vestiti. Quella sera, invece, nessun cliente. Marc lanciò un'occhiata all'uomo che lo precedeva e lavorando di bicipiti si issò sul bordo del contenitore. Spostò alla svelta blocchi di gesso, gambe di sedie, rotoli di moquette e si ritrovò in una formidabile miniera di scarti idraulici. Impugnò un corto e solido tubo di piombo e saltò a terra. L'uomo era ancora visibile, anche se per poco: stava attraversando l'Esplanade des Invalides. Marc corse per una trentina di metri e poi frenò.

La passeggiata durò altri cinque minuti, poi l'uomo rallentò, chinò il capo e svoltò a sinistra. Marc non conosceva quel quartiere. Alzò gli occhi a guardare il nome della strada e si portò il pugno alle labbra. L'uomo aveva imboccato la piccola rue de la Comète... Cristo, una cometa... Come avevano potuto non vederla, quando avevano studiato la pianta di Parigi? Un lavoro fatto coi piedi. Invece di passare in rassegna i quattromila nomi di strade della capitale, loro si erano accontentati di spigolare, di cercare una luna, un sole, un astro. Una ricerca da dilettanti. Nessuno aveva pensato a una cometa, a una palla filante di ghiaccio e polvere, un'apparizione luminosa, un sole nero... E come se non bastasse, quella viuzza si trovava a uno sputo dall'incrocio della Tour-Maubourg. La Torre abolita, la Cometa... Un'evidenza che sarebbe saltata agli occhi di qualsiasi mosca comune.

Fu allora che Marc ebbe la certezza di essere alle costole del killer delle forbici. Senza armi, senza aiuto, con uno stupido tubo di piombo. Il suo cuore accelerò e gli si piegarono le gambe. Ebbe la netta sensazione che non avrebbe fatto gli ultimi metri.

Quando alle dieci e cinque suonarono alla porta, Julie Lacaize sussultò. Accidenti, non le piaceva essere disturbata nel mezzo di un film.

Andò alla porta e guardò dallo spioncino. Era buio, non riusciva a distinguere nulla. Dal piccolo cortile, una voce d'uomo ferma e tranquilla le parlò di un problema tecnico, una fuga di gas all'altezza dell'edificio, in corrispondenza della sezione numero 47; stava facendo accertamenti d'urgenza in tutti gli appartamenti.

Julie aprí senza esitare. I pompieri e i funzionari del gas sono creature sacre, che presiedono ai destini incerti di tubazioni sotterranee, condotti segreti, canne fumarie e vulcani della capitale.

Con aria preoccupata, l'uomo chiese di controllare la cucina, che Julie gli indicò richiudendo la porta.

Due braccia le serrarono il collo in una morsa. Incapace di gridare, Julie fu tirata all'indietro. Le sue mani si aggrapparono al braccio dell'uomo, in un gesto di disperazione convulso e vano. Alla televisione, il fragore dei proiettili dei Boxers riempiva la stanza.

Marc puntò selvaggiamente l'estremità del tubo di piombo contro la spina dorsale dell'assassino.

– Mollala, Merlin, in nome di Dio! – urlò. – O ti buco le reni!

Marc si accorse di aver strillato anche troppo forte, tanto piú che si sentiva incapace di bucare le reni, la testa o la pancia di chicchessia. Merlin mollò la ragazza e ruotò su se stesso, la testa di rospo contratta dall'ira. Marc si sentí afferrare alla nuca e per i capelli e sferrò con violenza la spranga di piombo sotto il mento dell'assassino. Merlin si portò le mani alla bocca gemendo e cadde sulle ginocchia. Esitando a colpirlo alla testa, Marc aspettava un suo guizzo e gridava alla ragazza di chiamare la polizia. Merlin si aggrappò alla poltrona per rialzarsi e Marc, mirando al collo, gli si scagliò addosso, il tubo puntato con entrambe le mani. Merlin cadde riverso e Marc gli premette la spranga alla gola. Sentí la voce acuta della giovane donna che dava l'indirizzo alla polizia.

– I piedi! Una corda! – gridò Marc, curvo sull'omone. Faceva pressione sul collo del rospo, ma la spranga di piombo gli tremava fra le mani. L'uomo era forte e dava pericolosi strattoni. Marc si sentiva disperatamente leggero. Se allentava la presa, Merlin avrebbe facilmente avuto il sopravvento.

Julie non aveva corde in casa e si affannava inutilmente intorno alle gambe dell'uomo con un rotolo di nastro adesivo. Nemmeno quattro minuti piú tardi Marc sentí i poliziotti irrompere dalla finestra aperta.

Capitolo quarantunesimo

Seduto sul divano con le braccia penzoloni e le gambe indolenzite, Marc guardava i poliziotti occuparsi di Paul Merlin. Aveva chiesto subito di avvertire Loisel e di andare a prendere Louis Kehlweiler, attualmente appostato in rue du Soleil. Seduta al suo fianco, Julie sembrava, se non arzilla, quantomeno piú in forma di lui. Le chiese tre aspirine, o qualsiasi altra cosa in grado di calmare l'emicrania atroce che gli trapanava l'occhio sinistro. Julie gli mise il bicchiere d'acqua in mano e gli somministrò a una a una le pillole, tanto che un poliziotto arrivato tardi credette che la vittima fosse Marc.
Quando l'emicrania gli diede un po' di tregua, Marc guardò Merlin che, scortato da due poliziotti, muoveva la sua bocca di batrace in maniera meccanica e incoerente. Una mosca nella zucca, non c'era dubbio; una mosca mostruosa, raccapricciante come quella che aveva disegnato a Nevers. Quello spettacolo rafforzò in Marc il terrore dei rospi, sebbene confusamente capisse che si trattava di tutt'altro. Julie era infinitamente bella. Si mordeva le labbra, lo sguardo malizioso, le guance rosa per l'emozione. Non aveva preso né aspirine né niente e Marc era decisamente impressionato.
Tutti aspettavano Loisel.
Arrivò, scortato da tre uomini, seguito poco dopo da Louis, che una volante era passata a prendere. Il Tedesco si precipitò verso Marc, il quale, un po' infastidito, gli fece segno che non era lui la vittima, ma la giovane donna seduta al suo fianco. Loisel condusse Julie nella stanza accanto.
– Hai visto dove siamo? – disse Marc.

– Rue de la Comète. Siamo proprio dei coglioni.
– E hai visto chi è?
Louis guardò Merlin e scosse gravemente la testa.
– E tu come ci sei arrivato?
– Con i tuoi aliossi. Poi ti racconto.
– Racconta adesso.
Marc sospirò, si strofinò gli occhi.
– Ho risalito la pista degli aliossi, – disse. – Clément gioca. Chi gli ha insegnato a giocare? Ecco la domanda giusta. Non certo Marthe, non se ne intende minimamente. Ma all'Istituto c'era un tale che giocava con lui: ad asso pigliatutto, a dadi, a «roba semplice»...

Marc alzò gli occhi verso Louis.
– Ti ricordi che Merlin te l'ha raccontato? Clément giocava con Paul Merlin. E Paul Merlin giocava agli aliossi, questo è sicuro. Nel suo ufficio aveva la mania di incastrarsi delle monetine tra le dita, ricordi? Poi le raccoglieva nel cavo della sua manona e ricominciava. Cosí, cosí, – disse Marc comprimendo le nocche delle dita. – Quindi mi sono fiondato da Merlin e l'ho aspettato.

La polizia stava portando via Merlin e Marc si alzò. Nessuno aveva pensato a spegnere la televisione, e Charlton Heston combatteva duramente sulle mura del forte. Marc raccolse il tubo di piombo rimasto a terra.
– Sei venuto con quello? – domandò Louis sbalordito.
– Sí. Un'arma che non ti dico.
– Quello schifo di piombo?
– Non è uno schifo, è il bastone da passeggio del mio bisnonno.

Capitolo quarantaduesimo

La mattinata era già piuttosto calda e Marc si era sistemato nel giardino dietro casa, seduto a gambe incrociate su una tavola di legno all'ombra dell'alianto, unico albero degno di questo nome in tutta la terra disboscata. Marc girava un cucchiaino in una tazza di caffè, cercando di raggiungere la massima velocità senza rovesciarne nemmeno una goccia. La vecchia radio costellata di macchie di pittura bianca gracchiava ai suoi piedi. Ogni mezz'ora, Marc regolava la frequenza per captare le ultime informazioni. La notizia dell'arresto del killer delle forbici aveva già fatto il giro delle onde. La giovane donna dagli occhi maliziosi si chiamava Julie Lacaize. Marc fu felice di saperlo. Quella ragazza gli piaceva, e ora si chiedeva se non avesse commesso un grosso errore strategico frignando per un'aspirina dopo una simile prodezza. Al giornale radio delle dieci avevano parlato di lui, qualificandolo come «coraggioso professore di storia». Strappando qualche ciuffo d'erba ai suoi piedi Marc aveva sorriso e modificato la formula in: «senza rendersi conto del pericolo, un uomo delle pulizie isterico si avventa su un anfibio». Né piú né meno. La strada della gloria è lastricata d'ignoranza, per dirla con Lucien.

Alle prime luci del giorno Louis aveva chiamato Pouchet, poi aveva raggiunto il commissariato dove Loisel stava interrogando Paul Merlin. Telefonava regolarmente all'*Asino rosso*, dove Vandoosler il Vecchio faceva da cinghia di trasmissione. Loisel era in contatto con la polizia di Nevers e le famiglie delle vittime e incrociava le informazioni per mettere alle strette Merlin.

Alle undici fu evidente che era stato lo stesso Merlin a commissionare lo stupro di Nicole Verdot, anche se non ci fu modo di farglielo riconoscere esplicitamente, né di ottenere i nomi degli esecutori. Non appena si accennava alla donna di Nevers Merlin diventava delirante e selvaggio. A mezzogiorno fu possibile ricostruire il suo desiderio e il suo odio per Nicole Verdot, la quale, dopo una notte di imprudente consenso, rifiutava le sue avances e minacciava di lasciare l'Istituto. «Rossa ho ancora la fronte del bacio della Dama; Sognai nella Grotta che la Sirena solca...»

Nascosto dietro un albero, Merlin aveva contemplato lo stupro punitivo. Forse sperava di soccorrere la giovane donna aggredita, forse perfino di recitare la parte del salvatore e indurla a cedere a furia di premure. Ma quel demente di Vauquer era intervenuto come un allucinato con la pompa dell'acqua, devastando tutto il piacere e i progetti del preside dell'Istituto. Peggio ancora: aveva strappato il passamontagna a Rousselet e Nicole Verdot aveva riconosciuto il suo aggressore. Rousselet era un bruto e un vigliacco, avrebbe parlato, rivelando il nome del mandante. Durante la notte, Merlin uccideva Nicole all'ospedale e annegava Rousselet nella Loira. Clément Vauquer l'avrebbe pagata cara.

«L'unica Stella è morta...»

Verso le tre del pomeriggio, Merlin aveva confessato gli omicidi di Claire Ottissier, Nadia Jolivet, Simone Lecourt e Paule Bourgeay. Louis spiegò come Merlin avesse assaporato l'agonia di Nicole Verdot, elemento scatenante di un meccanismo di piacere e di appagamento nella violenza assassina che Vandoosler il Vecchio riassunse cosí: ormai ci aveva preso gusto e non poteva piú farne a meno. «Della Santa i sospiri e della Fata i gridi...» La poesia l'aveva incontrato tre volte un mattino, reduce da una notte insonne, e gli aveva indicato la strada.

Verso le quattro e mezza, Louis forniva alcuni dettagli sul modo semplice e brillante con cui Paul Merlin localizzava le sue vittime: grazie al suo posto di alto funzionario all'Ufficio tributi di Vaugirard, cercava negli archivi informatici le strade che gli servivano e selezionava le donne nubili senza figli sotto i quaranta che ci abitavano.

Dopo quello di Julie Lacaize, Merlin aveva in progetto altri due omicidi: uno in rue de la Reine-Blanche e l'altro, l'ultimo, in rue de la Victoire. Marc corrugò la fronte, andò a prendere la pianta di Parigi lasciata sulla credenza in cucina e tornò a sedersi sulla panca. Rue de la Reine-Blanche... «Rossa ho ancora la fronte del bacio della Dama...» Una scelta perfetta, la Regina bianca, la purezza immacolata... Palese. Per la mosca, ovviamente, la mosca mostruosa con gli occhi dalle mille facce. E in chiusura, rue de la Victoire. «Due volte vincitore traversai l'Acheronte...» Un impeccabile ragionamento da mosca. Marc studiò la piantina del IX arrondissement. Rue de la Victoire, a due passi dalla Tour-des-Dames, a sua volta traversa di rue Blanche, il tutto a duecento metri dalla Tour-d'Auvergne, a sua volta traversa di rue des Martyrs. E cosí via. Marc posò la piantina sull'erba. Una caccia al tesoro terrificante, dove tutto finisce per avere un senso e incastrarsi con una perfezione vertiginosa. L'infallibile logica della mosca e Parigi è rasa al suolo.

Le cinque. Marc regolò la frequenza. Il destino di Clément Vauquer era stato tracciato con cura. Dopo i primi tre omicidi Merlin l'avrebbe tenuto al fresco da qualche parte, per poi «suicidarlo» dopo rue de la Victoire. Ma il demente gli era sfuggito. Anche gli imbecilli hanno un angelo custode. Merlin aveva dovuto proseguire correndo rischi maggiori. Compiuto il delitto finale, secondo le regole, con tanto di colpo della fortuna per santificarlo, avrebbe deposto le armi e vissuto nel piacere del ricordo.

Louis, Loisel e lo psichiatra presente all'interrogatorio erano concordi nel ritenere che quell'uomo non avrebbe mai potuto fermarsi.

– Un'unica mosca può ridurre Parigi in cenere, – disse Marc a Lucien, indaffarato nella preparazione della cena.

Lucien annuí. Aveva recuperato le sue forbici e tagliuzzava un mazzolino di erbette. Marc si sedette e l'osservò all'opera, in silenzio.

– Quella donna, – riprese Marc dopo alcuni minuti, – Julie Lacaize. È stata deliziosa con me. Ma mi sembra abbastanza normale, dato che le ho salvato la pelle.

– E allora?

– Allora niente. A essere sinceri, non ho avuto la sensazione che la cosa potesse aprirmi grandi prospettive.

– Bello mio, – disse Lucien senza interrompersi, – non puoi pretendere di fare atto di intelligenza e di coraggio e in piú portarti a casa la ragazza.

– E perché no?

– Perché allora non sarebbe piú un gesto eroico, sarebbe una farsa.

– Ah, ecco, – disse Marc a bassa voce. – Potendo scegliere, credo che avrei preferito la farsa.

Capitolo quarantatreesimo

Nel tardo pomeriggio Louis uscí dal commissariato, sfinito e sollevato. Lasciava a Loisel l'incombenza di chiudere la faccenda. Quanto a lui, aveva un'ultima questione da sistemare.

Il Cesoia stava rastrellando i viali della zona nord del cimitero. Vedendo arrivare Louis si immobilizzò.

– Sospettavo che saresti riapparso, – disse Louis. – Hai saputo che avevano preso l'assassino, non è vero?

Il Cesoia diede qualche inutile colpetto di rastrello sulla sabbia.

– E hai pensato che potevi rimettere fuori il naso? Che non sarei venuto a ripescarti? E lo stupro? L'hai dimenticato, lo stupro?

Il Cesoia contrasse le mani sul manico.

– Io non c'entro niente, – sputò. – Se il padrone ha detto che c'ero anch'io, ha mentito. Non ci sono prove. E nessuno crederà a un assassino.

– Tu c'eri, – lo freddò Louis. – Con Rousselet e un amico reclutato da te. Merlin vi aveva pagati.

– Io non l'ho toccata!

– Perché non ne hai avuto il tempo. Stavi per saltarle addosso quando Clément Vauquer ti ha inzuppato. Non sprecare fiato. Merlin non ha parlato, ma c'è un testimone. Clairmont vi osservava con il cannocchiale dal suo laboratorio.

– Il vecchio porco, – ringhiò Thévenin.

– E tu? Lo sai cosa sei, tu?

Il Cesoia lanciò a Louis un'occhiata astiosa.

– Te lo dico io, cosa sei, Cesoia. Sei un verme, e non mi costerebbe nulla schiaffarti dentro. Ma Nicole Verdot è morta e non c'è piú niente che possa darle conforto. E poi tu sei anche qualcos'altro. Sei quello che ha in borsa la tovaglietta salva-figli. E per questo, ma sia chiaro: solo per questo, ti lascerò stare; solo per la speranza di tua madre. Sei fortunato che ti abbia protetto.

Il Cesoia si morse il labbro.

– E per finire, ti lascio questa fottuta bottiglia di Sancerre che mi sono portato dietro tutti i fottuti giorni della tua fuga. Quando la berrai pensa a Nicole. E vedi di pentirti.

Louis posò la bottiglia ai piedi del Cesoia e si allontanò lungo il viale.

Quella sera, Louis era a cena alla topaia. Quando entrò nel refettorio lo trovò vuoto e buio. Attraverso le fessure delle persiane chiuse intravide Marc e Lucien, seduti sull'erba rada della terra disboscata.

– Dov'è il bambolotto di Marthe? – chiese raggiungendoli. – Volato via verso la luce?

– Eh no, – disse Marc. – Clément non è ancora uscito. Gli ho proposto di andare a sgranchirsi le gambe, ma mi ha spiegato placidamente che dal canto suo preferiva andare di persona a incollare pietrame in cantina.

– Accidenti, – disse Louis. – Pian piano bisognerà spingerlo a uscire.

– Sí, pian piano. Abbiamo tutto il tempo.

– E le persiane? Non le avete riaperte?

Lucien volse gli occhi alla topaia.

– To', – disse. – Nessuno ci ha pensato.

Marc si alzò e corse verso casa. Spalancò le tre finestre del refettorio e aprí le imposte di legno. Tolse la sbarra che bloccava le persiane della camera di Clément e lasciò che il caldo inondasse il locale.

– Ecco, – gridò a Louis sporgendosi dalla finestra. – Hai visto?

– Perfetto!
– Be', ora richiudo, sennò qua dentro crepiamo di caldo!
– Cosa gli prende? – disse Louis.
Lucien levò una mano.
– Non contrariare il salvatore, – disse con voce grave. – Avrebbe voluto un epilogo amoroso e invece ha soltanto un mucchio di panni da stirare.

Louis si appoggiò all'alianto scrollando il capo. Lucien tirò su col naso e si ficcò le mani in tasca.

– È sempre amaro, – mormorò, – il ritorno dei soldati dal fronte.

Capitolo quarantaquattresimo

Dal suo portone di rue Delambre, in via del tutto eccezionale, la grossa Gisèle, giornale sottobraccio, si decise ad affrontare i trenta metri che la separavano da Line.
Quando fu davanti a lei le sventolò il giornale sotto gli occhi.
– Allora? – berciò. – Chi è che aveva ragione? Era il cocco di Marthe o *non era* il cocco di Marthe che aveva ucciso quelle poverette?
Line scosse la testa, leggermente impaurita.
– Non ho mai detto questo, Gisèle.
– E non fare la furba, adesso! Neanche due giorni fa volevi sbolognarlo agli sbirri, abbi pazienza. Che per l'ennesima volta ho dovuto intervenire io. Non è il modo di fare, cara la mia Line; e che ti serva da lezione. Il cocco di Marthe aveva un'educazione, capisci? E poi era il cocco di Marthe; e su questo non c'era tanto da discutere.
Line chinò la testa e la grossa Gisèle si allontanò borbottando.
– Certo che ti cadono le braccia, – bofonchiò, – a furia di sbraitare per avere ragione.

Indice

I tre evangelisti

p. 3   Chi è morto alzi la mano
 239   Un po' piú in alto sulla destra
 463   Io sono il Tenebroso

Stampato per conto della Casa editrice Einaudi
Presso Mondadori Printing S.p.a., Stabilimento N.S.M., Cles (Trento)

C.L. 20241

Edizione							Anno			
3	4	5	6	7	8	9	2012	2013	2014	2015